W0397968

Über dieses Buch Jules Verne steht als neuer Mythenmeister und Klassiker am Beginn der modernen Science fiction-Literatur. Er »hat die weißen Flecke auf der Landkarte der wissenschaftlichen Erdkunde sorgfältig inventarisiert und sie mit fabelhaften Geschichten, die in der Verlängerungslinie bekannter Tatsachen liegen, ausgefüllt« (Michel Butor). Seine Geschichten bieten, was man von einer qualifizierten Unterhaltung erwarten kann: dynamische »echte« Helden, rasante Abenteuer, technisch-konkrete Phantasie, einen seltenen Einfallsreichtum in grotesken und komischen Situationen und literarischen Spaß. Das vorliegende Lesebuch versammelt, erstmals im Taschenbuch, sechs Erzählungen und Kurzromane zum Kennenlernen und Wiederentdecken.
Ein Drama in den Lüften (1874) gehört zu den frühesten und faszinierendsten Erzählungen Jules Vernes. – In dem Roman *Die Stadt unter der Erde* entdeckt Simon Ford 500 Meter unter der Erde ein ganzes Höhlensystem aus bestem Anthrazit. Eine unterirdische Stadt entsteht, aber sie wird systematisch bedroht ... – Wie *Der Herr der Welt* dünkt sich Robur, der mit einem Super-Amphibien-Fahrzeug den amerikanischen Kontinent unsicher macht, bis schließlich ein Naturereignis seinem Treiben ein Ende bereitet ... – *Die Schule der Robinsons* ist einer der lustigsten Romane von Jules Verne. Godfrey, Neffe eines millionenschweren Erbonkels, hat das Leben als reicher Müßiggänger satt. Ehe er durch Heirat weitere Millionen erbt, will er endlich einmal Abenteuer erleben. Er schifft sich ein, gerät auch richtig in einen Sturm und wird auf eine einsame Insel verschlagen ... – Auf das *Testament eines Exzentrikers* ist ganz Chicago gespannt: wer wird das Riesenvermögen erben? Sechs Bürger der Stadt werden durch Los als Anwärter bestimmt, nur einer wird am Ende zur Kasse gehen dürfen. Zuvor müssen sich die Bewerber in einem Brettspiel messen, dessen Felder die durchnumerierten Staaten der USA bilden. Der Testamentsvollstrecker würfelt, und die Teilnehmer rasen kreuz und quer durch die Vereinigten Staaten ... – Mit einem Blick aus dem Jahre 1889 in die Zukunft (*Ein Tag aus dem Leben eines amerikanischen Journalisten im Jahre 2889*) klingt der Band aus.

Der Autor Jules Verne wurde 1828 in Nantes geboren. Bereits mit elf Jahren versucht er seine erste Reise und schifft sich auf einem Indienfahrer ein; sein Vater holt ihn gerade noch rechtzeitig zurück. Mit 22 schließt er seine juristische Dissertation ab und hat bereits einige Theaterstücke geschrieben. Es folgen eine Reihe von Operetten und Erzählungen. 1862 bringt der Roman *Fünf Wochen im Ballon* dem 34jährigen triumphalen Erfolg und einen Zwanzigjahresvertrag mit dem Pariser Verleger Hetzel. Verne kann sich das Schiff kaufen, das er sich immer gewünscht hatte und auf dem er in den folgenden Jahren ausgedehnte Reisen durch die europäischen Meere unternimmt. Fortan bestimmen das Studium von Material in Zeitschriften und Büchern und Schreiben sein Leben. 1867 fährt er auf einem Kabelleger nach Amerika. Zwanzig Jahre später wird er in Amiens seßhaft, wird 1889 auf einer ultraroten Liste in den Stadtrat gewählt, lernt Esperanto. »Wenn ich nicht arbeite spüre ich nicht, daß ich lebe«, sagte er und schreibt, 1902 vom grauen Star befallen, noch bis zum 24. März 1905, seinem Todestag.

Das große Jules Verne-Buch

Erzählungen und Kurzromane

Aus dem Französischen von
Lothar Baier
Joachim Fischer
Burkhard A. Kiegeland
Stefan Reisner
Max Rheub
Wolf Wondratschek

Fischer
Taschenbuch
Verlag

Veröffentlicht im Fischer Taschenbuch Verlag GmbH,
Frankfurt am Main, Dezember 1985

Lizenzausgabe mit freundlicher Genehmigung der
B & N Bücher und Nachrichten (Bärmeier & Nickel)
Verlags-GmbH & Co KG, Frankfurt am Main
Copyright für die deutschen Übersetzungen:
© Verlag Bärmeier & Nikel, Frankfurt am Main 1966, 1967, 1968
Die Illustrationen sind der ersten französischen Gesamtausgabe entnommen,
die 1878–1910 im Verlag Hetzel, Paris, erschien
Für diese Zusammenstellung:
© Fischer Taschenbuch Verlag GmbH, Frankfurt am Main 1985
Vollständige Quellenangaben befinden sich am Ende des Bandes
Umschlaggestaltung: Atelier Rambow, Lienemeyer, van de Sand
Gesamtherstellung: Clausen & Bosse, Leck
Printed in Germany
880-ISBN-3-596-28177-6

Inhalt

Ein Drama in den Lüften

1

Nachdem ich bereits in mehreren großen Städten Deutschlands Ballonfahrten durchgeführt hatte, kam ich im September 1857 nach Frankfurt. Bis jetzt hatte sich niemand gefunden, der mit mir aufsteigen wollte, selbst die neuesten Ballonversuche von Green, Eugène, Godard und Poitevin hatten die seriösen Deutschen nicht von der Luftfahrt überzeugt. In Frankfurt jedoch suchten mich sofort nach meiner Ankunft drei Stadtverordnete auf und baten darum, mitfliegen zu dürfen. Wir verabredeten den Start für zwei Tage darauf am Theaterplatz.
Mein Ballon besteht aus gummierter Seide, säureunempfindlich, wasser- und gasdicht, 3000 m^3 umspannend; mit diesem Volumen erreicht man ansehnliche Höhen. Den Ballonkörper umgibt ein Hanfnetz, das die Gondel trägt, 1,2 m im Durchmesser, kreisrund, 90 cm tief. 300 Pfund Ballast in Säcken, Anker, Barometer und Kompaß vervollständigen die Ausrüstung.
In Frankfurt fand gerade die September-Messe statt, deshalb hielt sich viel Volk in der Stadt auf. Ich merkte das an der Zahl der Schaulustigen, die sich um die Einzäunung sammelten und schon in den Morgenstunden des Aufstiegstages das Füllen des angeseilten Ballons beobachteten. Ich hatte Leuchtgas von ausgezeichneter Qualität bekommen, und bereits um 11 Uhr war die Hülle dreiviertelvoll – genug zum Aufstieg, da sich in dünneren Luftschichten das Gas noch ausdehnte.
In den letzten Stunden vorm Ablegen füllte sich der Theaterplatz bis in die Straßeneinmündungen, und aus den Fenstern aller umliegenden Häuser, vom Erdgeschoß bis zum Dachboden, steckten Neugierige ihre Köpfe heraus. Eine drückende Hitze, ein wolkenloser Himmel lag über der Stadt, der Wind stand still. Zufällig sah ich unter den Zuschauern, die sich dicht an der Absperrung drängten, einen bleichen jungen Mann mit verstörten Zügen, der mir auch beim Start in anderen Städten schon unterm Publikum aufgefallen war.
Es schlug 12 Uhr, ich war bereit zum Aufsteigen, aber die drei Herren von der Stadt ließen sich nicht blicken. Das wunderte mich. Ich schickte ihnen drei Boten in die Wohnungen und erfuhr darauf, daß der eine plötzlich nach Wien, der andere nach London und der dritte zu seiner kranken Tante nach Rüsselsheim gereist war. Es hatte also den Anschein, als stünde ihr Mut doch nur im umgekehrten Verhältnis zum Quadrat ihrer Geschwindigkeit. Vielleicht war ihnen

auch der Gedanke unbehaglich, daß sie durch das versammelte Publikum zum Teil eines Programms geworden wären und gezwungenermaßen hätten tun müssen, was sie nur freiwillig wollten... Ich weiß nicht. Für mich gab es keinen Zweifel, daß ich allein aufsteigen würde. Die fehlenden Gefährten waren rasch durch einige Sandsäcke ersetzt, ich bestieg die Gondel, die 12 Mann an den Haltetauen blickten zu mir her und ließen etwas Seil nach. Der Ballon hob sich um einige Zentimeter.
»Alles klar?«
Die Zwölf nickten mit den Köpfen.
»Aaaaach-tung!«
Die Menge geriet in Bewegung, ein Raunen schwoll an, ein Schreien und Rufen brach los, es riß den Ballon empor, ich spürte einen Schlag, sank am Boden der Gondel zusammen, und als ich mich wieder emporarbeitete, fand ich den bleichen jungen Menschen neben mir als Reisegefährten in der Gondel.
»Sie gestatten, daß ich Ihnen meinen Gruß entbiete, Monsieur«, sagte er.
»Mit welchem Recht stehen Sie in diesem Ballon?«
»Recht? Sie können mich jedenfalls nicht zurückschicken; das genügt mir. Offensichtlich fällt Ihnen gerade ein, daß Sie mein Gewicht nicht mitberechnet haben...Sie gestatten!«
Ohne mich weiter zu fragen packte er zwei Sandsäcke und schleuderte sie hinaus.
»Monsieur«, rief ich beherrscht, »ich beuge mich den Umständen und akzeptiere Sie als Begleiter auf dieser Fahrt. Aber die Führung des Ballons überlassen Sie gefälligst mir!«
»Ach, dieser Charme! Diese echt französische Zuvorkommenheit ... wir sind Landsleute, Monsieur, und ich schüttle Ihnen im Geiste die Hand, da Sie sie mir in der Realität verweigern. Nur zu! Lenken Sie, führen Sie, ich warte.«
Wir waren bereits 600 m hoch über der Stadt, um die Gondel herrschte Windstille, und die Umrisse der Straßen und Häuser unter uns verschwammen in der Hitze. Der Unbekannte lehnte mit dem Rücken am Rand der Gondel und sah mich spöttisch an. Er war etwa dreißig Jahre alt und trug unauffällige Kleidung. Seine scharfgeschnittenen Gesichtszüge und die ausgeprägte Muskulatur verrieten unbezähmbare Energie.
»Ärgerlich, dieser Dunst in der Atmosphäre«, sagte er. Ich antwortete nicht.

»Ah, Sie sind mir böse... Wissen Sie, ich habe nicht genügend Geld, um die Reise zu bezahlen, deshalb bin ich so aufgesprungen. Das gleiche passierte übrigens am 15. 1. 1784 in Lyon den Grafen Laurencin und Dampierre ... ein junger Kaufmann, Fontaine hieß der Mensch, kletterte mit in die Gondel und brachte die anderen ziemlich in Gefahr ... ist aber schließlich alles gutgegangen.«
»Ich werde Ihnen meine Ansicht darlegen, wenn wir wieder unten sind«, sagte ich gereizt.
»Wer wird denn gleich an die Rückkehr denken?« rief er. »Erst wollen wir doch mal höher hinauf!«
Und bevor ich ihn hindern konnte, hatte er wieder zwei Sandsäcke gepackt und sie über den Gondelrand geschleudert.
»Monsieur –«
»Ah ba! Keine Angst, ich weiß doch, wie geschickt Sie sind. Alle Welt hat Ihre schönen Ballonfahrten verfolgt, Ihre aerostatischen Experimente. Auch ich bin Aerostatiker, allerdings mehr theoretisch, ich habe die Materie studiert, im Kopf, ich habe es im Kopf, hier, alles ist im Kopf!« Er schwieg eine Zeitlang sehr traurig, dann sah er nach dem Barometer.
»800 m. Jetzt sind die Menschen nur noch Insekten. Man muß sie mindestens aus dieser Höhe betrachten, wenn man sie vernünftig beurteilen will. Wie Ameisen wimmeln sie über den Theaterplatz, zum Mainufer hinunter, zum Dom, die Zeil hinauf... Kann ich irgendwas für Sie tun? Frieren Sie? Wollen Sie meine Jacke?... Warten Sie, ich werde Ihnen etwas zeigen!«
Ich hatte mich gesetzt, ohne ihn einer Antwort zu würdigen. Er holte jetzt aus einer Tasche seiner Jacke eine Mappe, von der ich vermutete, daß sie seine theoretischen Arbeiten über die Aerostatik enthielt.
»Ich habe hier eine interessante Sammlung von Stahlstichen und Karikaturen über unsere luftige Liebhaberei«, sagte er, »in denen aller Spott, aller Neid und auch alle Bewunderung der Luftfahrt sich spiegelt. Zum Glück sind wir über die Zeiten hinaus, in denen Männer wie Montgolfier feuchtes Stroh und Lumpen verbrannten, um Gas zu erzeugen –«
»Wollen Sie ihren Ruhm schmälern?« fragte ich scharf.
»Iwo, es gehorte schon ungeheuer Mut dazu, mit derart zarten Hüllen, die nur warme Luft enthielten, emporzusteigen... Aber ich frage Sie: hat die Luftfahrt seit Blanchard, also seit fast einem Jahrhundert, große Fortschritte gemacht?«

Er zog einen Stich seiner Sammlung hervor und hielt ihn mir unter die Nase.
»Hier, Pilâtre des Rosiers und Marquis d'Arlandes bei ihrem Aufstieg. Nur 4 Monate, nachdem der Ballon erfunden war. Ludwig XVI. wollte die Fahrt verbieten, nur zwei zum Tode Verurteilte sollten... aber Pilâtre ist doch selbst geflogen. War gefährlich, damals gab's noch keine Gondel, nur eine kreisförmige Galerie um die untere Öffnung der Montgolfière, von der aus die Reisenden fortwährend feuchtes Stroh auf die glühenden Kohlen im Becken unter der Öffnung werfen mußten, wenn sie steigen wollten. In den Gärten von la Muette legten sie los, der Dauphin hatte sie ihnen zur Verfügung gestellt, am 21. 11. 1783, strichen an der Ile des Cygnes entlang, kreuzten die Seine an der Barrière de la Conférence, steuerten zwischen Invalidendom und Militärschule auf den Boulevard St. Sulpice zu. Davor verstärkten sie das Feuer, stiegen höher, überquerten den Boulevard und ließen sich jenseits der Barrière d'Enfer wieder herab, der Ballon setzte auf, unsanft, die Falten der Hülle schlugen über Pilâtre des Rosiers zusammen und begruben ihn...«
»Böses Omen«, rief ich.
»Quatsch. Das Unglück kommt auch ohne Omen«, sagte er barsch und versank wieder in Schweigen.
Frankfurt war unter uns bereits nicht mehr zu sehen.
»Vielleicht bekommen wir Sturm«, sagte er genüßlich.
»Vorher landen wir.«
»Pah! Wir steigen auf.«
Im Handumdrehen waren wieder zwei Säcke über Bord gegangen, und der Ballon stieg mit großer Geschwindigkeit auf 1200 m, wurde von den Sonnenstrahlen erwärmt, dehnte sich aus und stieg noch höher.
»Es wird kalt«, sagte ich.
»Bis 6000 m kann man noch gut atmen. Kümmern Sie sich nicht um mich, verstanden.«
»Sie sind ein Flegel, Monsieur. Wie heißen Sie?«
»Mein Name...?« sagte er.
»Ihr Name!«
»Herostrat«, sagte er spöttisch. »Oder Empedokles. Wie Sie wollen.«
Das versetzte mir einen Schock. Ich begann zu ahnen – »Nach dem Physiker Charles ist niemandem mehr etwas Neues eingefallen.

Charles erfand die Klappe, durch die das Gas entweichen kann, wenn man tiefer sinken will, Charles erfand die Gondel, mit der alle Ballonfahrten leichter und ungefährlicher sind, Charles erfand das Netz um die Hülle, mit dem die Last gleichmäßig verteilt wird, Charles erfand den Ballast, Charles erfand die Gummierung, das Barometer, das Wasserstoffgas als Füllung, und am 1. 12. 1783 stieg er auf, Charles, 300 000 Zuschauer in den Tuilerien, Charles stieg empor, und die Soldaten präsentierten das Gewehr... Er flog fast 40 km, und der König setzte ihm eine Pension von 2000 Livres aus: JA, DAMALS WURDEN EBEN ERFINDUNGEN NOCH BELOHNT. Monsieur, wissen Sie, daß ich durch meine Studien herausgefunden habe, daß diese ersten Luftschiffer das Geheimnis der Steuerung eines Ballons kannten? An Blanchard können Sie zweifeln, aber wußten Sie, daß Guyton Morveaux mit Ruder und Steuer seine Apparate bewegen und in bestimmte Richtungen lenken konnte? Wußten Sie, daß sich der längliche Ballon des Uhrmachers Julien über dem Hippodrom neulich aufgrund eines besonderen Mechanismus gegen den Wind stellen ließ? Haben Sie von Patin gehört, der vier Wasserstoffballons koppeln und mit horizontal gestellten, teils gefalteten Segeln seinen Apparat seitlich neigen und schräg fliegen lassen wollte? Haben Sie vom Unsinn gewisser Motoren gehört, die den Strömungswiderstand brechen sollen, Schrauben zum Beispiel, so ein Unfug? ICH bin der einzige, der bisher entdeckt hat, wie man Ballons wirklich lenken kann, nur ich kenne die Mittel und Wege dazu, aber keine Stadt hat sich auf meinen Subskriptionslisten eingetragen und mir mit Zuschüssen geholfen, nicht eine einzige Regierung hat erkannt, worum es sich bei meiner Erfindung –«

Er gestikulierte jetzt so heftig, daß die Gondel in gefährliche Schwankungen geriet. Ich mußte ihn festhalten und an die Korbwand drücken; er beruhigte sich rasch.

»Da unten liegt Darmstadt«, sagte er.

Ich sah angestrengt hinab.

»Sind Sie sicher?«

»Gucken Sie doch genau hin. Sehen Sie das Schloß nicht?«

»Dann müssen wir jetzt hinunter.«

»Wollen Sie vielleicht an so einem Scheiß-Kirchturm hängen bleiben?«

»Ich lande außerhalb der Stadt.«

»Nichts werden Sie! Weg von den Kirchtürmen!«

Mit diesen Worten beugte er sich wieder zu den Säcken hinab. Ich stürzte mich auf ihn, aber er warf mich einfach zurück und erleichterte den Ballon mit zwei Würfen um weitere 100 kg Ballast. Wir schossen in eine Höhe von 2000 m hinauf.
»Ganz ruhig bleiben!« rief er. »Denken Sie nur mal an Brioschi, an Biot, Gay-Lussac, Bixio, Barral! Die haben ihre Versuche noch viel weiter oben gemacht!«
»Bitte, lieber Freund, wir müssen jetzt landen«, sagte ich mit aller Güte, die ich aufbrachte. »Es zieht sich ein Gewitter zusammen –«
»Ah! Herrlich! Wunderbar! Dann steigen wir noch weiter! Was kann es Schöneres geben, als die drückenden Wolken von oben zu sehen! Wir haben bedeutende Vorgänger, Monsieur: die Marquise und die Gräfin Montalembert, die Gräfin Podenas, Fräulein La Garde und den Marquis Montalambert, den Herzog von Chartres am 15. 7. 1784, die Grafen Laurencin und Dampierre, Monsieur de Luynes in Nantes, in Bordeaux d'Arbelet de Granges, in Italien den Ritter Andreani, in unseren Tagen den Herzog von Braunschweig: um größer zu sein als sie, muß man nur höher fliegen; sich dem Unendlichen nähern hieß die Ewigkeit begreifen.«
Wir standen jetzt so hoch, und der Ballon war so angeschwollen, daß die Gasklappe geöffnet werden mußte, wenn der Ballon nicht platzen sollte. Da ich fürchtete, mein Begleiter würde mich daran hindern wollen, beschloß ich, das Manöver heimlich auszuführen, während er redete und gestikulierte.
Es war 12.45 Uhr. Wir befanden uns seit 40 min in der Luft. Von Süden kamen dichte Wolken auf uns zu. Ich sprach ihn an. »Haben Sie eigentlich für Ihre Erfindung schon alle Hoffnung aufgegeben?«
»Ja. Wer heute etwas Neues bringt, wird mit Füßen getreten wie ein Esel! Sehen Sie das hier, sehen Sie DAS???«
Er holte mit zitternden Fingern Karikaturen aus seiner Mappe, auf denen die Pioniere der Luftfahrt mit mehr oder weniger Witz verhöhnt wurden. Einige Blätter entglitten ihm, er bückte sich danach: genau die Ablenkung, die ich brauchte, um am Gasklappenseil zu ziehen. Ich hoffte, er habe in der starken Aufregung, mit der er die Blätter vorsuchte, das Rauschen des entweichenden Gases nicht gehört.
»All diese grausamen Witze über den Abt Miolan, der mit Jenninet und Bredin aufstieg! *Die seltsamen Tiere Miaulan, Jean Minou und Cretin!* Hohn und Spott! Hölle und Teufel!«

Der Ballon sank, das Barometer stieg, ohne daß er etwas davon merkte.
»Und sehen Sie mal diesen dämlichen Stahlstich«, rief er und zeigte ein anderes Blatt vor, »ein ungeheurer Ballon, der Schiffe, Schlösser und Häuser mit sich fortträgt, und die geistsprühende Annonce dazu: *Dieser Globus, erfunden zum Heil der Menschen, fährt ab sofort zur Ile de Levant, zum Nord- und Südpol und in den fernen Westen. Der Passagier braucht sich um nichts mehr zu kümmern, es ist für alles gesorgt. Die Fahrpreise sind für alle Entfernungen gleich, nämlich 1000 Goldstücke pro Person. In Anbetracht des Gebotenen, der Schnelligkeit und Bequemlichkeit, ein mäßiger Preis. Jeder findet, was er braucht: die einen die Kapelle, die andern einen Ball, Fastenbrüder und Freßgenossen, und wer die spritzige Konversation liebt, findet Leute, mit denen er plaudern und diskutieren kann. Aber auch der Dummkopf braucht seinesgleichen nicht zu missen*... wenn meine Tage nicht gezählt wären, dann würde ich's den Herren Witzzeichnern zeigen, daß diese Träume keine Luftschl..., ich meine, daß diese Luftschlösser Wirklichkeit werden können!«
Wir sanken weiter.
»Hier. Ballonspiele. Kennen Sie das?« Er hielt mir ein gezeichnetes Spielfeld unter die Nase. »Dieses Spiel enthält in Abbildungen und Versen die gesamte Geschichte der Luftfahrt, von Phaeton, Ikarus, Architas bis heute. Es wird selbstverständlich nur in gebildeten Kreisen gespielt, sehr beliebt, mit Würfeln und Jetons, deren Wert vorher festgelegt werden muß. Man würfelt, das Hütchen rückt drei vor, oder zwei, oder sechs, und der Spieler bekommt soviel Jetons, wie auf dem Feld eingetragen sind, das er erreicht...«
»Ich sehe, Sie haben sich gründlich mit der Luftwissenschaft beschäftigt –«
»Allerdings. Und wenn Gott mir das Leben schenkte, würden durch mich noch große Taten in der Aerostatik ... große Dienste der Menschheit ... aber das soll nicht sein.«
»Aber warum nicht?«
»War Herostrat vielleicht ein Baumeister?«
Inzwischen flogen wir wieder ziemlich tief, aber er ist ja im Grunde gleich, ob man aus 1000 m oder aus 100 m Höhe herunterfällt.
»Denken Sie an Fleurus«, sagte er. »Der große Coutelle. Er stellte für die Schlacht eine ganze Kompanie Luftschiffer auf. Das gefiel dem General Jourdan so sehr, daß er bei der Belagerung von Mau-

beuge, zweimal täglich mit Coutelle aufstieg und Umschau hielt. Feindbeobachtung! Mit dem Bodenpersonal verständigten sie sich durch kleine bunte Fähnchen. Und als Jourdan Charleroi belagerte, stieg Coutelle mit General Morlot in seinem Observatorium über der Ebene von Jumet auf, blieb 7–8 h lang oben und machte damit den Sieg von Fleurus möglich. Die Generale bedankten sich, aber die Geschichte der militärischen Luftfahrt ging kurz danach zu Ende. Sogar ihre Schule in Meudon schloß Bonaparte, als er aus Ägypten zurückkehrte. *Was hätte alles aus diesem neugebornen Kinde werden können!* Das sagte Franklin. ES WURDE ERSTICKT!« Er schlug beide Hände vors Gesicht und schwieg. Plötzlich sprach er in die hohlen Handflächen:

»Sie haben die Klappe geöffnet, Monsieur. Das hatte ich Ihnen streng verboten!«

Ich ließ das Seil fahren.

»Zum Glück haben wir noch 300 Pfund Ballast.« Er warf ohne Zögern einige Säcke ab. Dann fuhr er mich scharf an:

»Ich habe nichts gesagt, als Sie die Klappe aufzogen, weil das Gas die Hülle zu sprengen drohte. Aber versuchen Sie das nicht nochmal! – Sie erinnern sich bestimmt an den Kanalflug von Blanchard und Jefferies. Ihr Ballon wurde am 7. 1. 1785 bei Nordwestwind in Dover geschwellt, aber ein Fehler in der Gewichtsberechnung zwang sie schon bald nach dem Abflug, 30 Pfund Ballast abzuwerfen. Aber noch zu wenig. Der Wind war lahm. Die Hülle undicht. Das Gas entwich. Der Ballon macht schlapp und sinkt. ›Was jetzt?‹ sagt Jefferies. ›Wir haben‹, sagt Blanchard, ›erst den vierten Teil unseres Weges zurückgelegt und befinden uns in sehr geringer Höhe. Vielleicht treffen wir eine günstigere Windströmung, wenn wir steigen.‹ – ›Dann raus mit allem, was Ballast ist!‹ Der Ballon steigt ein bißchen, dann sinkt er von neuem ab. Auf halbem Weg schmeißen sie Bücher und Werkzeuge raus. Eine Viertelstunde später steigt das Barometer wieder. ›Wir sind verloren!‹ Aber Blanchard sieht bereits die französische Küste auftauchen. ›Ich sehe dort in der Ferne die französische K...‹ Da tut es einen Schlag, Jefferies fragt ›Ist die Hülle geplatzt?‹ – ›Nein, aber der Verlust des wertvollen Gases hat ihren unteren Teil erschlafft, so daß er im Winde knallt. Wir fallen immer stärker, scheinen unrettbar verloren, Freund Jefferies. Hinunter mit allen unnötigen Dingen!‹ Jetzt fliegen Proviant, Ruder, Steuer und alles ins Meer. Die beiden schweben nur noch 100 m über dem Ärmelkanal. ›Wir steigen –!‹ – ›Nein, die Gondel schaukelt bloß

durch die Gewichtsverlagerung. Und am ganzen Horizont kein Schiff –‹ Da schreit Jefferies ›Die Klamotten runter!‹ Er zieht sich aus, reißt Blanchard die Kleider vom Leib, wirft sie über Bord, der Ballon sinkt. ›Blanchard‹, sagt Jefferies, ›Sie wollten allein fliegen, ich hab mich Ihnen aufgedrängt, der Ballon sinkt, ich spring ab!‹, der Ballon sinkt, Blanchard schreit ›Nein!‹, Jefferies ›Ade!‹, will springen, aber Blanchard sagt ›Es gibt noch ein Mittel, mit der wir dieser schrecklichen Gefahr entrinnen können, wenn wir die Taue abhauen, vielleicht daß der Ballon durch den Verlust der Gondel‹ – ›Ah‹, schreit Jefferies und dreht sich einmal mit ausgestrecktem Messer im Kreis, sie krallen sich ins Netz, die Gondel fällt, der Ballon steigt, ›Rettung! Rettung!‹ und wenige Minuten später gehen sie im Wald bei Guines zur Erde nieder.«
Die Gewitterwolken waren jetzt bedrohlich düster geworden, und ich wollte ernsthaft hinunter.
»Ja hinunter«, rief der bleiche Mensch und schleuderte zwei Säcke in die Tiefe. »Was sollen wir hinabsteigen, wenn dort oben die Sonne auf uns wartet!«
In 3500 m Höhe flogen wir über der Wolkendecke, und als wir einen Riß passierten, durch den ein schwärzlicher Fleck am Silberband, eine Stadt am Fluß zu sehen war, sagte er:
»Da, Speyer.«
Hier oben flogen keine Vögel mehr, die Luft war viel zu dünn. Er bückte sich jetzt, nahm den Kompaß und schleuderte ihn in den blauen Himmel.
»Ist doch egel, wohin wir fliegen!« rief er stürmisch. »Das Herrliche ist erst das Fallen! Ich liebe sie, alle die da fallen! Die Opfer, die Unglücklichen, von Pilâtre des Rosiers bis Lieutenant Gale... 13.6.1785 brach Pilâtre mit Romain von Boulogne auf. Er hatte an seinen Gasballon eine Montgolfière gehängt, das ist so gut wie ein Faß Pulver auf dem Ofen wärmen. Sie kamen 400 m hoch, dann faßte sie ein Wind und trieb sie aufs offene Meer hinaus. Pilâtre will die Gasklappe ziehen, aber das Seil hat sich verhakt, zerreißt den Ballon, der fällt auf die Montgolfière, bringt sie ins Trudeln, und der ganze Apparat stürzt mit den beiden ab. In wenigen Sekunden zerschellt.«
Er sieht mich an und fährt geistesabwesend mit der Zunge über die Lippen. Unter uns krachen die Donnerdetonationen des Gewitters, die Wolken türmen sich hoch und drängen sich um uns zusammen.
»Sie bringen mich noch zur Raserei!« schrie er mich plötzlich an.

»Von jetzt ab wird keiner von uns mehr wissen, wann wir steigen oder fallen.«

Er warf das Barometer hinaus und zwei Sandsäcke hinterher. Wir mußten mindestens 5000 m hoch sein, an den Halteseilen bildete sich bereits Eis, und ich fror bis ins Mark.

»Olivari«, sagte der andere, »stieg mit einer Montgolfière aus Papier empor. Wunderbar! Sein Apparat wurde ein Raub der Flammen, Olivari stürzte und fand den Tod. Mosmet erhob sich in Lille, und zwar auf einer leichten Scheibe. Er schwankte, verlor den Halt, rutschte ab und fand den Tod. Bittorf aus Mannheim sah, wie sein Papierballon zu brennen anfing, Bittorf sprang und fand den Tod. Harris kriegte die Gasklappe nicht mehr zu, er stürzte ab und fand den Tod. Sadler war zu lange gefahren und hatte keinen Ballast mehr, der Wind riß ihn über Boston und schleuderte ihn in die Schornsteine, Sadler brach und fand den Tod. Coking wollte mit einem Fallschirm aussteigen, überschlug sich und fand den Tod. Ich liebe sie, diese Opfer, die die Vorsicht mißachten und höher, höher steigen...«

Ich hatte während dieser aufgeregten Rede den Versuch gemacht, wieder an die Klappe zu kommen, aber der andere sprang hinzu, zog ein Messer und kappte den Zug über meinem Kopf. Dann steckte er das Messer wieder ein.

»Wie Madame Blanchard gestorben ist, haben Sie auch nicht gesehen«, sagte er. »Fragen Sie mal diese meine eigenen Augen. 6. 7. 1819 stieg sie in Tivoli auf mit ihrem Miniaturballon, das Sparbrötchen, und hatte ihn auch noch bis obenhin gefüllt. War so voll, daß er beim Flug einen Streifen Wasserstoffgas durch die Luft zog. Sie stieg nachts auf und wollte eine Strahlenkrone an einem Draht unter dem Ballon und eine Feuerwerkskugel mit Silberregeneffekt an einem Fallschirmchen anzünden, kam aber mit dem Anzünder in den entweichenden Wasserstoff. Zuerst dachte ich, der Lichteffekt ist eine Überraschung der cleveren Dame, aber nein, die Flamme wächst ins riesenhafte und erleuchtet das ganze Viertel Montmartre. Ich sah die kleine Aeronautin sich hochrecken und nach dem Feuer schlagen, dann bemühte sie sich verzweifelt, herunter zu kommen, aber das Gas brannte mehrere Minuten, und der Ballon schrumpfte nur langsam. Der Wind, ich prüfte den mit nassem Finger, kam von Nordwest und trieb Madame im Ballon ins Stadtgebiet von Paris zurück, ja, in die Rue de Provence, Haus Nr. 16, da wollte sie im Garten landen, aber Ballon und Gondel fingen sich in den

Schornsteinen auf dem Dach. ›Zu Hilfe!‹ hörte man das kleine Frauchen schreien, und dann kam ich gerannt, in die Straße einbiegend, gerade noch rechtzeitig genug, um zu sehen, wie die Gondel das Dach hinabrutschte. Sie stieß an die Traufe, Madame Blanchard wurde herausgeschleudert und fand den Tod.«
Er warf jetzt kurzentschlossen auch die letzten Ballastsäcke hinaus, wir stiegen bis 9000 m oder mehr, das Blut schoß mir aus Nase und Mund.
»Ja, da!« rief er. »Was gibt es Herrlicheres als Märtyrer. Die Nachwelt spricht Sie heilig.«
Ich hörte kaum noch und sank auf dem Boden der Gondel zusammen, aber gleich war der andere neben mir und zischte mir ins Ohr: »Na, und Zambecarri? Das Wetter war tagelang schlecht, er konnte nicht aufsteigen, seine Feinde fingen bereits an zu spotten, aber da, am siebenten Oktober, schien es aufzuklaren. Er füllte seinen Ballon in Bologna und stieg mit Andreoli und Grossetti um Mitternacht empor. Aber er hatte ja den Ballon die ganzen Tage im Regen liegen lassen, die Hülle war schön weich und naß, und das Gas zog reichlich daraus ab. Mit einer Blendlaterne beobachten sie verzagt das Barometer. Zambecarri hat vor Aufregung seit 24 h nichts essen können, ebensowenig Grossetti. ›Der Frost schüttelt mich‹, sagt Zambecarri, ›ich bin erschöpft und sterbe.‹ Auch Grossetti fällt um. Andreoli ist allein. Endlich rüttelt er Zambecarri wach. ›Was ist? Wo sind wir? Wie steht der Wind? Wie spät ist es?‹ – ›2 Uhr.‹ – ›Und der Kompaß?‹ – ›Umgefallen.‹ – ›Und die Laterne?‹ – ›Verlöscht.‹ – ›Die Luft ist zu dünn‹, schreit Zambecarri in der mondlosen Nacht, ›mich friert, mich friert, Andreoli, was sollen wir tun?‹ Der Ballon sinkt in eine dichte Wolkenschicht. ›Still, hörst du nichts?‹ – ›Nein.‹ – ›Es rauscht!‹ – ›Ich hör nichts.‹ – ›Aber ich! Das sind doch –‹ Und sie wissen nicht, ob sie im nächsten Augenblick an einen Turm schlagen oder auf Dächer stürzen. ›Hörst du? Es klingt wie das Meer!‹ – ›Unmöglich!‹ – ›Und doch! Das Rauschen der Wogen!‹ – ›Kaum zu glauben!‹ – ›Wahr und wahrhaftig!‹ Sie sind so tief, daß Andreoli nach fünf vergeblichen Versuchen Licht machen kann. 3 Uhr. Das Wogenrauschen kommt immer näher, die Gondel berührt das Wasser. Zambecarri wirft Ballast ab und schreit ›Zu Hilf!‹ Die Flut steigt den Reisenden bis an die Brust. ›Ins Wasser mit Kleidern, Instrumenten, Geld!‹ Sie entblößen sich völlig, der Ballon steigt rasend schnell wieder auf, Zambecarri muß sich vor Kälte erbrechen, Grossetti spuckt Blut. Sie können nicht mehr sprechen, der Atem wird zu kurz. Nach

wenigen Minuten sind sie mit einer Eiskruste bedeckt. Sie sehen den Mond tief unten am Horizont, er ist rot wie Blut. 4 Uhr: sie hängen wieder bis zum Oberkörper im Meer. Bei Tagesanbruch finden sie sich bei der Küste vor Pesaro, da kommt ein Windstoß, reißt sie hoch weg wieder aufs Meer. Die Barken fliehen vor ihnen – Verloren – aber nein. So ein gebildeter Schipper nimmt sie an Bord. Aber Zambecarri ist brav. Kaum ist er wiederhergestellt, muß er wieder Ascensionen machen. Bei der nächsten stößt er an einen Baum, seine Spirituslampe kippt um, übergießt ihn, er fängt Feuer, brennt, sein Apparat beginnt zu brennen, er landet halb verkohlt. Er hat aber *noch* eine Fahrt geschafft, von Bologna aus, sein Ballon hakt sich wieder in einem Baum, die Spirituslampe fällt wieder um, setzt ihn wieder in Brand, und diesmal endlich stürzte er ab und fand den Tod. UND NACH ALL DEM SOLLEN WIR TATENLOS BLEIBEN?«
Unser Ballon schwebte in Höhen, die man nicht mehr abschätzen konnte. Er vibrierte in der Atmosphäre, und vom geringsten Geräusch hallten die Himmel wider. Ich hatte mich wieder aufgerichtet. Der Ballon war das einzige, was ich in all der Unermeßlichkeit sah. Über uns, zum Weltraum zu, wurde es tief finster.
»Die Stunde ist da!« rief der andere. »Wir sterben jetzt. Die Menschen haben uns ausgestoßen und verachtet. Lösen wir uns völlig von ihnen. Kappen wir die Seile! Eine andere Kraft als die irdische wird unsere Gondel packen und an sich reißen: wir können noch heute auf der Sonne landen!«
Von letzter Verzweiflung galvanisiert, stürzte ich mich auf den Wahnsinnigen, und ein furchtbarer Ringkampf begann. Er warf mich nieder, kniete sich auf meine Brust und reckte sich hoch, um die Seile durchzuschneiden.
»Eins!«
»Gott!«
»Zwei!«
Ich machte eine übermenschliche Anstrengung, riß mich empor, stieß ihn zurück, während er »Vier!« schrie, und griff mit den Händen nach oben ins Netzwerk. Der Ballon und ich, der Rasende und die Gondel, wir fuhren auseinander, ich in unermeßliche Höhen, ein Krachen... Sekunden später brachten mich feuchtwarme Luftfetzen, die mir ums Gesicht schlugen, wieder zu Bewußtsein. Ich schwebte mitten in den von Blitzen durchzuckten Wolken, der Ballon trudelte und wurde schwindelerregend schnell in der Horizontalen fortgetragen.

Als ich die Augen wieder öffnete, sah ich Land unter mir, dem ich mich schrägschnell näherte, wenige Kilometer voraus sah ich das Meer, auf das mich der Orkan zutrieb. Da durchstieß mich eine mächtige Erschütterung, ich ließ die Seile fahren, sie zischten brennend durch meine Hände, ich fiel zurück und lag auf dem Erdboden.

Als ich wieder zu Bewußtsein kam, befand ich mich in einem Bauernhaus auf einem Bett. Ich erfuhr, daß ich in Hardewick gelandet war, das etwa 60 km von Amsterdam entfernt an der Zuidersee liegt.

Möge diese Erzählung ihre Leser interessieren und belehren, möge sie die kühnen Schiffer der Luftbahnen aber nicht in ihren Forschungsreisen entmutigen!

Die Stadt unter der Erde

1

Mr. J. R. Starr, Ingenieur
30 Canongate
Edinburgh
Würden Sie bitte die Güte haben, sich morgen zum Bergwerk Aberfoyle, Grube Dochart, Yarow-Schacht, zu begeben. Eine Nachricht von höchster Wichtigkeit erwartet Sie dort. Harry Ford, der Sohn des ehemaligen Obersteigers Simon Ford, wird Sie vom Bahnhof Callander abholen. Um Geheimhaltung wird dringend gebeten. F.

Ich, James Richard Starr, der Empfänger dieses Schreibens, war und bin, so darf ich sagen, ein nüchtern, aber logisch denkender Mann. Als langjähriger Vorsitzender der *Gesellschaft für Altertumsforschung,* Mitglied der *Royal Institution* und freier Mitarbeiter des *Edinburgh Review* sowie verschiedener in- und ausländischer Fachzeitschriften benötige ich wohl auch, so wird man mir zugestehen, ein einwandfrei arbeitendes Gehirn, und ich möchte in aller Bescheidenheit erklären: Ich besitze ein solches, und ich kann mich auf sein Funktionieren im allgemeinen verlassen. Dennoch, als ich diesen Brief an einem grieselgrauen Dezembermorgen des Jahres 18.. mehrmals und mit wachsender Neugier las, spürte ich ganz deutlich, wie meine logischen Kräfte nach und nach versagten. Ich betrachte es nicht als ungewöhnlich, daß mir absolut nicht einfallen wollte, um welche »Nachricht von höchster Wichtigkeit« es sich da handeln konnte. Als Wissenschaftler liebe ich offene Fragen. Sie sind mein täglich Brot. Ungewöhnlich war jedoch, welche Emotionen mich beim Lesen dieser von ungeübter Hand verfaßten Zeilen überwältigten, welche diffusen Visionen mir kamen, welche unbegründeten Hoffnungen sich in mir regten. Ich kann es nicht anders ausdrücken: Der Hauch des Außerordentlichen wehte mich plötzlich an, wuchs und wurde zu einem Sturm, der mein gesamtes Denken hinwegfegte und den sonderbarsten Spekulationen Platz schuf. Ich befand mich mithin in einem Zustand, der mir ebenso unerklärlich wie unerträglich anmutete. Gibt es so etwas wie psychische Osmose, Hyperästhesie der höheren Sinnesorgane, Kryptoskopie? Hat man Davey, Lord Dufferin, Mrs. Piper und Andrew Jukes, den Pastor aus Woolwich, zu Unrecht verlacht? Und all die anderen: Clawrin, Morselli, Richet, Dr. Hodgson, Eusapia Palladino? Heute bin ich fast geneigt, diese Frage zu bejahen, denn an jenem 3. Dezember ahnte

ich zweifellos die Bedeutung dieses Schreibens aus Aberfoyle, ohne jedoch die Bedeutung der Ereignisse, die es ankündigte, vielmehr einleitete, ganz zu ermessen... Oder war es umgekehrt?
Nein, nein. Es wird abstrus. Solche Überlegungen führen nicht weit. Ich werde mich fassen, wie ich mich auch damals innerhalb weniger Minuten faßte. Nüchtern sein. Langsam denken. Der Reihe nach vorgehen. Im übrigen hat die Geschichte des Bergwerks von Aberfoyle auch wenig mit Okkultismus zu tun, eher schon mit Pathologie. Aber lassen wir das. Endgültig.
Theorien sind schön. Was zählt, ist die Praxis. Und davon verstehe ich etwas. Immerhin war ich 20 Jahre lang technischer Direktor der Gruben von Aberfoyle, und aus dieser Zeit kannte ich Simon Ford und auch seinen Sohn Harry recht gut. Auf den Alten hatte ich mich immer verlassen können. Ein tüchtiger Arbeiter, ein Mann, der mit geradezu rührender Liebe am Betrieb hing. Ich muß sagen: Fast ging es bei ihm etwas zu weit. Damals, als das Bergwerk aufgegeben wurde, bestand er darauf, sich mitsamt seiner Familie in den toten Stollen anzusiedeln. Ja, so war er. Daß in Aberfoyle nichts mehr zu holen war, wollte er einfach nicht glauben, und er schien besessen von der Idee, doch noch irgendwo eine abbauwürdige Ader aufzustöbern. Es gab einige Diskussionen und Einwände. Die Frage war, ob nicht eine gehörige Portion von Geschäftstüchtigkeit hinter diesem spleenigen Einfall steckte, und wir von der Direktion haben uns damals vergeblich bemüht, ihn von seinem Plan abzubringen. Soviel Betriebstreue erregte Verdacht. Es wurden neue Bohrungen angeordnet, doch deren Ergebnisse bestätigten die lautere Gesinnung Simon Fords. Überall waren wir auf den roten Sandstein aus dem Devon gestoßen. Ein Ergebnis, das den arbeitslosen Obersteiger keineswegs entmutigte. Ich erinnere mich der Worte, die wir beim Abschied wechselten.
»Leben Sie wohl, Meister Ford, und lassen Sie sich mal sehen. Mein Haus in Edinburgh steht Ihnen jederzeit offen.«
»Ach, Edinburgh ist weit.«
»Na, wo wollen Sie denn bleiben?«
»Hier natürlich. In der Grube.«
»Also doch?«
»Selbstverständlich. Meine Frau, mein Sohn und ich, wir werden es uns schon irgendwie bequem machen. Platz ist genug da. Und das sage ich Ihnen, Mister Starr: Wir werden uns noch einmal wiedersehen, aber hier, in Aberfoyle!«

Gibt es psychische Osmose, Hyperästhesie der höheren Sinnesorgane, Kryptoskopie?
Hat man Andrew Jukes, den Pastor aus Woolwich, zu Unrecht verlacht?

»In Ordnung, Ford. Wenn Sie was entdecken, benachrichtigen Sie mich, einverstanden?«
»Worauf Sie sich verlassen können!«
»Na denn. Leben Sie wohl!«
»Auf Wiedersehen!«
»Wie Sie meinen«, erwiderte ich und konnte mir ein Lächeln nicht verkneifen. Aber als ich den guten Ford ansah, hatte er doch tatsächlich Tränen in den Augen.
Was wäre aus Großbritannien geworden, fuhr es mir durch den Sinn, hätte es nicht auf solche wackeren Männer zählen können? Einer ist immer da, der sich etwas in den Kopf gesetzt hat.

2

Mein Entschluß stand fest, noch ehe ich ihn recht gefaßt hatte. Ich gab meinem Diener den Auftrag, die Reisetasche zu packen, schrieb einen Brief an Sir W. Elphiston, den Präsidenten des *Royal Institution*, worin ich bat, mich für die nächste Sitzung zu entschuldigen, räumte meinen Schreibtisch auf, schickte den fälligen Beitrag an *Miners Monthly*, eine Abhandlung über den Fettgehalt der belgischen Industriekohle, verabschiedete mich von meiner Bibliothek, und erst am Nachmittag, als nichts mehr zu tun war außer der Besorgung der Fahrkarten, wurde mir bewußt, was zu unternehmen ich im Begriff stand. Seit Jahren hatte ich Edinburgh nicht mehr verlassen.
»James, ich fahre!«
»Sehr wohl, Sir. Und darf ich fragen, wohin?« antwortete mein Diener. Er trägt denselben Vornamen wie ich, ist jedoch sonst ohne Makel.
»Nicht weit. In der Nähe von Alloa.«
»Vorhin ist ein Brief abgegeben worden, Sir. Ich glaube, er kommt aus der Gegend.«
»Noch einer?«
Es war ein ziemlich unansehnliches, ja beschmutztes Couvert, das James mir reichte, und die Adresse war offenbar mit feuchtem Tintenstift gekrakelt. Mich hätten diese Äußerlichkeiten mißtrauisch machen sollen, aber ich hatte mich in Gedanken schon so tief in das Erdreich der Grafschaft Stirling eingegraben, daß ich nicht einmal stutzte, als ich den Inhalt zur Kenntnis nahm. Es waren zwei kurze Sätze auf einem vergilbten Zettel, und die Unterschrift fehlte:

»Bemühen Sie sich nicht, Ingeniör Starr. Der Simon Ford hat sich geirrt.«

Zu den Unarten, die sich geistig arbeitende Menschen im Laufe der Zeit angewöhnten, gehört, daß sie nur noch Gedrucktes und säuberlich Formuliertes aufnehmen, begreifen und verarbeiten. Ich stand eine Weile, den Zettel in der Hand, starrte angestrengt auf die windschiefen Buchstaben, versuchte zu verstehen, brachte aber nur ein Kopfschütteln zustande und legte endlich die verwirrende Botschaft beiseite.

An diesem Abend ging ich früh zu Bett, denn ich sollte um 5 Uhr morgens aufstehen. Mein Schlaf war unruhig. Ich träumte von der Versenkung ungeheurer Torfmoorwälder, von Riesenschachtelhalmen im Karbon, von der Mineralisation der Pflanzensubstanz durch Druck und Hitze unter gleichzeitigem Einfluß von Kohlensäure, von Lignit und Graphit, Anthrazit und Braunkohle, von Zoophyten und Spiriferen, von Grauwacken, Quarzporphyren und Moostierchen. Als ich erwachte, hatte ich das Gefühl, um ein paar Millionen Jahre gealtert zu sein, und war dennoch kaum erleichtert, als mir klar wurde, daß ich erst vor 55 Jahren das Licht der Welt erblickt hatte.

3

Auf dem Bahnsteig fiel mir gleich der kräftige junge Mann mit den regelmäßigen Gesichtszügen, den lebhaften Augen und dem vollen, mehr bräunlichen als blonden Haar auf – ein Lowlander reinsten Wassers. Es war Harry Ford.

»Bist du Harry Ford?«

»Ja, Mister Starr.«

»Hätte dich kaum wiedererkannt, mein Sohn. Hast dich in den zehn Jahren prächtig rausgemacht.«

»Aber ich habe Sie gleich erkannt, Sir. Sie sind noch ganz derselbe. Doch, wirklich! Wie Sie mir damals die Hand gedrückt haben, so freundlich, so gütig, das habe ich nie vergessen.«

»Na, setz erst mal deine Mütze auf, Harry. Es gießt in Strömen. Die Höflichkeit soll dir keinen Schnupfen eintragen.«

»Wollen Sie, daß wir uns unterstellen?«

»Nein, Harry. Meine Zeit ist knapp bemessen. Komm, machen wir uns auf den Weg.«

»Wie Sie wünschen.«

»Wie geht's dem Vater?«
»Danke, gut.«
»Und der Mutter?«
»Ebenfalls.«
»Sag mal, es war doch dein Vater, der mir geschrieben hat?«
»Geschrieben habe ich.«
»Aha. Und wer hat die zweite Nachricht gesandt, diesen Zettel?«
»Welchen Zettel?«
»Davon weißt du also gar nichts. Aber vielleicht kannst du mir verraten, was der wackere Simon auf dem Herzen hat. Was ist denn das für ein großes Geheimnis?«
»Sir, mein Vater möchte es persönlich erklären.«
»Aber du kennst es?«
»O ja.«
»Also gut, ich frage nicht mehr. Vorwärts nun! Ich bin mächtig neugierig. Es drängt mich, Simon Ford zu sprechen. Da fällt mir ein: Wo wohnt er denn?«
»Na, in der Grube.«
»So, immer noch. Und wie gefällt es euch da?«
»Ach, Sie kennen doch den Vater, Mister Starr. Die Grube ist nun mal sein ein und alles. Er scheut das Tageslicht wie die Katze das Wasser!«
Wir hatten einen tüchtigen Fußmarsch bis zum Yarow-Schacht vor uns, 5 km ungefähr. Der junge Mann hatte mir die Reisetasche abgenommen und schritt munter aus. Ich hatte einige Mühe, ihm zu folgen. Zum Glück besserte sich das Wetter zusehends, und so blieb ich oft stehen, Atem zu schöpfen und die Landschaft zu betrachten, die sich stark verändert hatte. So sehr, daß mich ständig die fixe Idee plagte, wir seien auf einem falschen Wege. Allein hätte ich wohl kaum zur Grube Dochart gefunden. Seit dem Tage, da die letzten Tonnen Steinkohle aus Aberfoyle in Richtung Glasgow gerollt waren, hatte ich die Gegend nicht mehr gesehen. Jetzt breitete sich wieder Landwirtschaft aus. Vögel piepsten und Kühe muhten, wo einst das Pfeifen und Keuchen der Dampfmaschinen die Lüfte erzittern ließ. Die Stümpfe der Schornsteine wurden von frechen Pappeln überragt. Der Boden, früher zentimeterdick mit Kohlenstaub und Ruß bedeckt, hatte sich in gutes Weideland zurückverwandelt. Zwischen den verfaulenden Schwellen der Geleise, auf denen einstmals Tag und Nacht die schweren Güterwagen polterten, wuchsen nun Sauerampfer und Ginster. Statt des schwarzen Rauches verfinster-

ten trächtige Kumuluswolken den Himmel. Wahrlich, ein betrüblicher Anblick, eine bedauerliche Metamorphose! So also sähe die Welt überall aus, wenn man Naturapostel und Maschinenstürmer gewähren ließe.

»Tja, Harry«, seufzte ich. »Daran muß ich mich erst mal gewöhnen. Es wirkt doch reichlich ländlich.«

»Ein Jammer, Mister Starr, daß der Erdball nicht ganz und gar aus Steinkohle besteht. Das wäre doch was! Vorrat für ein paar Millionen Jahre.«

»Mindestens. 1082841 Millionen Kubikkilometer.«

»Donnerwetter!«

»Aber man muß auch zugeben, daß die Natur sehr weise handelte, als sie den Sphäroiden hauptsächlich aus nichtbrennbaren Stoffen formte, Kalkstein zum Beispiel, Granit, Grauwacken.«

»Wasser, nicht zu vergessen!«

»Richtig. Und wenn es nicht so wäre, dann würde der gesamte Planet vermutlich in die Kessel der Lokomotiven und Gasanstalten wandern, das glaube mir.«

»Meinen Sie?« fragte der gute Junge erschrocken. In puncto Kohle war mit ihm anscheinend nicht zu spaßen, und so wollte ich gerade zu einer längeren Erklärung ansetzen und den Unterschied zwischen Litho- und Hydrosphäre sowie die Zusammenhänge zwischen dem blühenden Gedeihen der britischen Industrie und den zahlreichen und ergiebigen Bergwerken des Vereinigten Königreichs besprechen, da fiel mein Blick auf einen hohen Turm, an dessen Spitze zwei rostrote Räder stillstanden.

Dochart! Wir waren angelangt. Und es erschien mir nachträglich ganz passend, daß ich die ökonomischen Verhältnisse Britanniens nicht über den grünen Klee gelobt hatte, denn was ich nun zu sehen bekam, ließ mich erschauern: Die Verwaltungsgebäude und Maschinenhäuser teilweise zerstört, teilweise mit Moos und Gras bewachsen. Der Förderturm halb von Efeu umrankt. Die Dächer eingesunken oder abgetragen. Umgeworfene Gerüste, die an Skelette von Dinosauriern erinnerten. Der Boden bedeckt von unzähligen Stopfbüchsen, verrosteten Eisenplatten, verbogenen Schienen, vergammelten Maschinenteilen, aus den Angeln gehobenen Türen, Scherben, Schrauben, Kettengliedern, Brettern, Balken, Matratzen, Papierfetzen, Sprungfedern, Eimern und Zahnrädern ohne Zähne. Die Schlackenhalden waren übergrünt. Ich stand auf einem Ruinenfeld, vor einem Denkmal der Trostlosigkeit. Ein Anblick, dem ich

nicht gewachsen war, denn er traf mich unvorbereitet. So schlimm hatte ich mir die Sache nicht vorgestellt. Das war nicht mehr Dochart, sondern seine gefledderte Leiche.
Harry bemerkte und verstand die Erregung, die sich meiner bemächtigt hatte.
»Kommen Sie, Sir«, flüsterte er und griff nach meinem Arm. Ich folgte ihm willig. Es war wie nach einer Beerdigung.
Die Öffnung des Förderschachtes ließ sich unter wucherndem Unkraut kaum erkennen. Ich beugte mich über das schwarze Loch und spähte hinab. Ein schweigender Abgrund gähnte mich an. Hier war früher das Pfeifen der von gewaltigen Ventilatoren angesaugten Luft zu hören gewesen und das Kreischen der Räder im Förderturm und das Scheppern der Rüttler in der Sortieranlage und die in der Tiefe verhallenden Rufe der Kumpels und das Knarren der Hunde, das Wiehern der Maulesel in der Finsternis. Ein Förderkorb war natürlich auch nicht mehr vorhanden.
»Wie kommen wir überhaupt nach unten?«
»Die Leitern sind noch da, Sir. Aber seien Sie bitte vorsichtig. Kann immer mal vorkommen, daß die eine oder andere Sprosse...«
»Also, geh du voran. Hast du eine Lampe?«
»Ja, Sir.«
»Was, ein einfaches Öllämpchen nur? Das ist Selbstmord.«
»Wozu denn eine Sicherheitslampe? Vor schlagenden Wettern brauchen wir uns nicht zu fürchten. Die Zeiten sind vorbei, Mister Starr!«
Da hatte er recht, und ich als weit über die Grenzen Schottlands bekannter Fachmann hätte eigentlich wissen sollen, daß sich in der kohlenlosen Grube Kohlenwasserstoffgase nicht mehr entwickeln konnten.
Sir Humphry Davy, der im Herbst 1815 die nach ihm benannte Sicherheitslampe erfand, wurde am 17. Dezember 1778 zu Penzance in Cornwall geboren. Jeder Bergmann sollte diesen bedeutenden Gelehrten ehren wie Vater und Mutter zugleich, denn seiner Erfindung verdankt er tagtäglich sein Leben. Übrigens entdeckte Sir Humphry auch die narkotische Wirkung des Stickoxyduls und wies zuerst die Existenz der Alkalimetalle auf elektrolytischem Wege nach, wie er überhaupt die theoretische Chemie ungemein förderte. Er starb 1829 in Genf, und zwar als Professor.
Aber das nur nebenbei.

4

Die »Nottreppe« im Yarow-Schacht war noch leidlich intakt. Auf 30 immer untereinander (oder auch übereinander) stehenden Leitern kletterten wir bis auf den Grund des Schachtes, 500 Meter unter der Erdoberfläche, von wo aus ich seinerzeit die letzten ergiebigen Stollen strahlenförmig in die Schiefer- und Sandsteinschichten hatte treiben lassen. Senkrecht über uns, sozusagen im Zenit stehend, schwebte ein bläulicher Vollmond: der Einstieg. Offenbar hatte sich der Himmel inzwischen entwölkt. Ringsherum im Berg knisterte und flüsterte es fast unhörbar. Das waren die eigentümlichen Geräusche, die Sickerwasser und minimale Gesteinsverschiebungen verursachten. Ich war all dieser Erscheinungen entwöhnt. Harry räusperte sich.

»Wollen Sie einen Moment verschnaufen, Sir?«

»Nicht nötig«, sagte ich, obwohl ich ganz schön aus der Puste gekommen war. Aber merkwürdigerweise vermißte ich hier unten den typisch muffigen Geruch, der einem gewöhnlich in gestorbenen Schächten das Atmen so erschwert, wenn nicht gar unmöglich macht. Im Gegenteil, die Luft war frisch und sauerstoffreich. Da fiel mir wieder ein, daß der Yarow-Schacht nicht nur mit dem dazugehörigen Wetterschacht, sondern durch mehrere Stollen mit benachbarten Schächten in Verbindung stand und daß also irgendwie durch das Aufsteigen wärmerer Luft eine ausreichende Zirkulation bewirkt werden mußte. Die Sonne sorgte jetzt, da die Grubenventilatoren demontiert waren, für die Bewetterung des Systems, und das war auch nötig, denn plötzlich stieg mir doch ein unangenehmer Duft in die Nase. Er kam von dem faulenden Wasser, das sich im Schachtsumpf angesammelt hatte. Die Pumpanlage war natürlich ebenfalls außer Betrieb, ja, ein Druckrohr gar nicht mehr vorhanden. Simon Ford konnte von Glück reden, daß das Werk in den zehn Jahren noch nicht abgesoffen war.

»Wollen Sie mir bitte folgen?« forderte mich Harry mit einladendem Lächeln auf und hob seine Lampe. Seit wir uns unter Tage befanden, benahm er sich ganz wie der Hausherr, besser gesagt wie der Sohn des Hauses, und ich fühlte mich mehr und mehr in die Rolle eines Architekten gedrängt, der seinem Bauherrn einen Besuch abstattet. Dieses Gefühl, gestehe ich, störte mich. Die entschiedene Höflichkeit, die man mir entgegenbrachte, unterdrückte aber jeden Gedanken an Widerstand. So tappte ich bald ungeschickt hinter

meinem Führer her – durch Stollen, deren Baupläne ich entworfen und berechnet, zumindest aber genehmigt hatte. Sprach ich schon von Theorie und Praxis? Ich glaube, ja. Aber ich werde dieses Thema noch oft erwähnen müssen. Es ist unerschöpflich. Es ist ein Zentralthema. Nein, das zentrale Thema schlechthin.
»Vorsicht, Sir, stolpern Sie nicht!«
»Wie weit ist es denn noch?«
»Zehn Minuten.«
Aber wir waren schon länger als eine Viertelstunde unterwegs und noch immer nicht am Ziel, als sich ein Zwischenfall ereignete, der mir als solcher gar nicht aufgefallen wäre, wenn ich allein gewesen wäre. Ein Stein, nein eigentlich eine Klamotte polterte plötzlich von irgendwo herab, schlug krachend in unserer Nähe zu Boden und blieb liegen. Es war ein Brocken von der Größe eines menschlichen Kopfes.
So etwas ist im Grunde nichts Außergewöhnliches. Von 100 Betriebsunfällen in den Bergwerken des Vereinigten Königreichs werden seit Einführung der Davyschen Sicherheitslampe 43 durch Steinschlag oder Einbrüche von Stollen verursacht, was ungefähr 17300 Verletzte und 3000 Todesfälle pro Jahr ergibt, und mit diesem statistischen Material wohlvertraut, wollte ich ebenso ungerührt wie erleichtert meinen Weg fortsetzen. Doch Harry hinderte mich daran. Er griff meinen Arm und zog mich, ehe ich Zeit fand, mich über sein Verhalten zu wundern, in eine Nische, wo er mich mit todernster Miene und bedeutungsvoll anblickte. Jetzt erschrak ich erst.
»Was ist los?«
»Still, Sir«, raunte er mir zu und legte den Finger auf die Lippen. Sogar der trübe Schein der Ölfunzel ließ mich erkennen, daß mein Begleiter bleich geworden war. Er schien zu lauschen. Fürchtete er den Einsturz des Stollens, einen Bergrutsch, einen Wassereinbruch? Das wäre eher ein Anlaß gewesen, diesen unsicheren Ort schleunigst zu fliehen. In der Nähe vermeinte ich jetzt ein Knacken, ein rhythmisches Knirschen zu hören, das sich rasch entfernte. Oder war das eine Halluzination? Ich sehnte mich nach meinem Schreibtisch. Es fröstelte mich, und ich schwitzte trotzdem.
»Sonderbar«, flüsterte ich.
»Mister Starr...«, begann Harry nach einer Weile,
»glauben Sie an Berggeister?«
»Nein.«

»Aber ich.«
»Was soll das heißen?«
»Daß es ein Mordanschlag war.«
»Ein was?«
»Ein Attentat.«
»Na, hör mal!«
»Doch, Sir. Dieser Stein ist nicht zufällig heruntergefallen. Es war ein gezielter Wurf. Haben Sie das nicht bemerkt? Sehn Sie sich doch mal den Brocken an.«
Ich bückte mich. Harry leuchtete mir. Die Herkunft des Gesteins war unschwer zu bestimmen.
»Schrattenkalk«, sagte ich, »Mesozoikum, untere Kreidezeit.«
»Jedenfalls hat sich das Ding um ein paar hundert Meter verirrt, Sir.«
»Um ein paar Millionen Jahre, mein Sohn. Wir befinden uns hier im tiefsten Paläozoikum, wenn du weißt, was das ist. Aber wen hätte deiner Meinung nach dieser Stein treffen sollen?«
»Sie, Mister Starr.«
Also, wenn es sein muß, glaube ich an Berggeister, an Gnomen, Kobolde und Feen, an solche, die Schätze behüten und solche, die Schätze verteilen. Aber in diesem speziellen Fall fand ich mich nicht dazu bereit. Vielmehr neigte ich zu der Annahme, daß jemand, der anonyme Briefe mit orthografischen Fehlern verfaßt, eventuell auch in der Lage sein könnte, mit Steinen zu werfen.
»Vielleicht hast du recht«, sagte ich, »aber dann war der Attentäter kein Gespenst. Solche Wesen pflegen nämlich zu treffen, lieber Harry.«
»Sondern?«
»Ein Mensch.«
Und da gab mir Harry eine Antwort, die mich nun doch aus der Fassung brachte. Als sei es die selbstverständlichste Sache von der Welt, daß man mir nach dem Leben trachtete, nickte er und sagte:
»Schon möglich.«

5

Um nachzuweisen, daß in Großbritannien die Kunst des Bergbaus entwickelt und zuerst in großem Stil betrieben wurde, brauche ich nicht mein kulturhistorisches Wissen auszubreiten. Gewiß: Chinesen, Griechen, Römer, Inkas und Germanen, sie alle kannten die

Kohle und verwandten sie zur Erzeugung von Energie. Doch wo wurde schließlich das Geschäft mit der Kohle gemacht? Die Antwort auf diese Frage schenke ich mir.
Bereits Wilhelm der Eroberer verteilte die Ausbeute der Werke von Newcastle als Belohnung unter seine Waffengefährten. Im 13. Jahrhundert besserte Heinrich III. die Staatskasse auf, indem er Konzessionen zum Abbau der »Meerkohle« verkaufte. Zu seinen Lebzeiten wurden die schottischen Kohlenlager entdeckt und erstmals ausgebeutet. Und seitdem ist kaum ein Jahr vergangen, in welchem die Kohleproduktion des Vereinigten Königreichs nicht gesteigert wurde.
Man nennt uns Briten gern ein Volk von Seefahrern und meint damit eine treffende Charakterisierung zu geben. Aber hat man sich einmal überlegt, womit die Kessel der britischen Kriegs- und Handelsflotten angeheizt werden? Nicht mit französischer, deutscher oder amerikanischer Kohle, sondern eben mit britischer. Mehr noch: Es verläßt heutzutage kein Schiff mit dem Union Jack am Heck die Häfen der Insel, ohne nicht als Ballast Anthrazit aus Wales, Schottland oder Devonshire mitzunehmen. Mehr als 15 Prozent der britischen Jahresförderung werden exportiert.
Nun, ich möchte diese Überlegungen nicht vertiefen. Worauf sich das Empire gründet, ist bekannt. Gerade deshalb scheint es mir einer Beleidigung des britischen Bergmanns gleichzukommen, wenn man sich den typischen Briten nur immerfort in der schmucken Uniform eines Seelords vorstellt. Goldene Knöpfe auf marineblauem Tuch machen sich gut. Aber die wahren Helden der Nation sind nicht bei Trafalgar gefallen, sondern unter Tage verreckt. Ich möchte hier aussprechen, was Loyalität mir zu sagen gebietet: Wohl zehnmal mehr Blut als auf den Schlachtfeldern und Zwischendecks wurde im Schoß der britischen Erde beim Kampf um das schwarze Gold vergossen. Das ist zwar eine nachweisbare, aber dennoch nur ungern zur Kenntnis genommene Tatsache, und es gibt einen simplen Grund, weshalb man sich ihrer so selten erinnert: das schlechte Gewissen verheimlicht diese nur allzu bekannte Realität.
Jawohl, ich spreche von Kinderarbeit, von Auspeitschung und Krankheit, von 18 Stunden Schwerstarbeit täglich, von Hunger und Hungerlohn, von Männern und Frauen, staubgeschwärzt und halbnackt, die sich viehisch benahmen, weil man sie wie Vieh behandelte, von Menschen, die dem Wohlstand der Nation zum Opfer gebracht wurden, ich spreche von Sklaverei und Profiten. Buxton,

Wishaw, Folkestone, Bolton, Leeds, Bradford, Whitehaven, Oldham, Huddersfield oder Aberfoyle sollten ebenso zu Ehrennamen werden wie Waterloo und Trafalgar.
Doch was schwatze ich da? Soziale Probleme sollte man den Sozialisten überlassen, das stimmt. Was sich vor 1000000 Jahren in Britannien abspielte, geht mich an, nicht aber die jüngste Vergangenheit. Ich war stets nur technischer Direktor. Mein Fach ist und bleibt die Geologie und meine Aufgabe die Bestimmung von Steinen.
»Ausgerechnet Schrattenkalk!«

6

»Glück auf, Sir!« rief eine Stimme. Tausendfach hallte es in den Stollen und Schächten wider:
»Willkommen in meiner Hütte!«
Simon Ford war uns ein Stück entgegengekommen. Im Dunkeln nahte die hohe Gestalt mit sicheren Schritten. Der Schein einer Lampe warf ihren riesigen Schatten voraus.
»Glück auf, Obersteiger!«
»Was habe ich gesagt, Mister Starr? Damals vor zehn Jahren? Erinnern Sie sich?«
»Eine Wette hätten Sie gewonnen, Ford!«
»Hauptsache, daß Sie endlich da sind. Hatten Sie eine angenehme Reise? Ich hoffe, Sie bringen ordentlichen Hunger mit. Magde hat sich mit dem Essen viel Mühe gegeben.«
»Vor allem«, sagte Harry, »sind Mister Starr und ich naß. Oben gießt es nämlich wie aus Kübeln.«
»Na, sehen Sie! Hier unten gibt es keinen Regen, Sir. Aber Ihnen brauche ich ja die Vorteile meiner Behausung nicht zu erklären. Treten Sie ein. – Magde, Besuch ist da!«
Unversehens waren wir vor einer Tür angelangt, die fast die gesamte Breite des Stollens einnahm. Hier hatten früher die Cornwallmaschinen gestanden, die wir später gegen moderne Gestängepumpen ausgetauscht hatten. Und so verbarg sich hinter dem Eingang auch ein geräumiges Zimmer, schlicht, aber ausreichend möbliert. Sogar eine Standuhr war da, und am Tisch saß Magde Ford, die Hausfrau, und schnitt Brot. Ein Kätzchen hockte zu ihren Füßen. Nichts erinnert daran, daß ich mich in der Unterwelt befand, außer der schummrigen Beleuchtung durch ein paar Öllämpchen.
»Guten Tag, Mrs. Ford!«

»Guten Tag, Ingenieur! Legen Sie ab. Setzen Sie sich. Das Mittagessen ist schon fertig!«
Es gibt Hotchpotch, Cockyleeky, Haggis, Käse und Haferkuchen, dazu einen gut fünfundzwanzigjährigen Usquebaugh, und so dauerte die Mahlzeit länger als eine Stunde. Währenddessen plauderte Simon Ford von der Vergangenheit, erzählte von seiner unablässigen Suche nach neuen Kohlenlagern in den unterirdischen Labyrinthen. Mir wäre es allerdings lieber gewesen, wenn er auf die Gegenwart zu sprechen gekommen wäre.
»Wissen Sie, wer das geschrieben haben könnte?« fragte ich, zog den anonymen Brief aus meiner Jackentasche und reichte ihn über den Tisch. Simon Ford besah sich den Zettel aufmerksam, bevor er ihn seinem Sohn zeigte.
»Kennst du diese Handschrift?«
»Nein, Vater.«
»Was hältst du davon?«
»Irgend jemand hat was gegen den Besuch von Mister Starr.«
»Ja ja, aber wer? Und wie hat dieser Unbekannte von dem geplanten Besuch erfahren?«
»Das sind die Geister«, murmelte Harry und beugte sich tief über seinen Teller.
»Sie müssen wissen, Mister Starr«, erklärte Simon Ford nach einer Weile, »wir haben hier tatsächlich allerhand Seltsames erlebt. In der Grube geht es nicht mit rechten Dingen zu. Hat Ihnen Harry schon davon erzählt?«
»Wovon?«
»Von diesen Klopfgeistern, diesen Irrwischen und Seufzern. Letztes Jahr hörten wir beide ganz deutlich Stimmen, nicht wahr, Harry?«
»Schluß damit«, rief Magde Ford, »zerbrecht euch darüber nicht den Kopf. Die Suppe wird kalt!«
Schweigend aßen wir weiter. Mit Rücksicht auf die Hausfrau unterließ ich es, Fragen zu stellen. Aber als Magde das Geschirr abgeräumt und ich mich bei ihr gebührend bedankt hatte, dachte ich, nun sei der rechte Zeitpunkt gekommen, meine Neugier zu befriedigen. Ich nahm einen letzten Schluck Usquebaugh, sah meinen Gastgeber an und sagte:
»Nun, Meister Ford, ich bin ganz Ohr!«
»Auf Ihre Ohren kommt es gar nicht an, Sir, vielmehr auf Ihre Beine. Fühlen Sie sich gekräftigt?«

»Die Mahlzeit war vorzüglich.«
»Dann, lieber Harry, bring mir meine Spitzhacke. Hol' drei Sicherheitslampen. Wir brechen auf.«
»Sicherheitslampen?« rief ich. »Wozu denn das? Vorhin hat mir Harry erklärt...«
»Vorsicht ist besser als Nachsicht, Sir!«
»Mal raus mit der Sprache, Mister Ford. Was haben Sie mir zu sagen? Sie haben doch neue Kohlenlager entdeckt? Sonst hätten Sie mich nicht gerufen. Stimmt's? Wo sind die Flöze? Und von welcher Sorte ist die Kohle? Glanzkohle, Mattkohle, Förderkohle, Backkohle, Sandkohle, Magerkohle? Kommen Sie zur Sache. Ich bin gespannt.«
»Augenblick, Sir«, erwiderte Simon Ford, »Kohle habe ich nicht gefunden...«
»Gold, Silber, Erze?«
»... sondern nur den Beweis dafür, daß es in Aberfoyle noch Kohle gibt. Können Sie sich vorstellen, daß sich Wettergas entwickelt, wo keine Kohle vorhanden ist?«
»Gewiß nicht.«
»Sehen Sie«, sprach Simon Ford feierlich, indem er sich von seinem Stuhl erhob, »das ist auch meine Meinung, und darum muß es in der Grube Dochart auch Kohle geben. Jetzt lassen Sie mich mal in Ruhe erzählen, Mister Starr.«
»Ehe Sie anfangen«, sagte ich, denn ich kannte die Umständlichkeit meines ehemaligen Obersteigers und konnte mir seine Beweisführung in ungefähr ausmalen, »wollen wir uns vielleicht schon auf den Weg machen.«
»Ein guter Vorschlag!« rief Harry, der inzwischen das Verlangte herbeigeschafft hatte. Jeder von uns nahm eine Lampe. Simon Ford schulterte seine Spitzhacke, und Harry erhielt einen langen Bergstock. Unser Aufbruch war hastig. Dennoch vergaß ich nicht, meiner Gastgeberin nochmals herzlich zu danken. Als die Standuhr mit sanften Glockentönen die Mittagsstunde anschlug, traten wir hinaus in die feuchtkühle Finsternis vor der Hütte.
»Also«, begann Simon Ford, »Harry und ich, wir haben wohl keinen Tag in den vergangenen zehn Jahren verstreichen lassen, ohne uns zu bemühen, die Grube Dochart wieder ertragreich zu machen. Nicht einen einzigen Tag. Ist es nicht so, Harry?«
»So ist es.«
»Ich sprach schon davon, Mister Starr. Aber ich habe Ihnen noch

nicht erzählt, wie wir bei unseren Untersuchungen vorgingen. Bohrversuche anzustellen, war uns schlechterdings unmöglich. Überhaupt waren unsere technischen Möglichkeiten ziemlich beschränkt.«

»Allerdings«, warf ich ein.

»Was wir jedoch besaßen, das war unser gesunder bergmännischer Instinkt. Wer sich auf ihn verläßt, kommt mitunter eher ans Ziel als der kühle Verstandesmensch. Glauben Sie mir, Sir?«

»Doch, doch.«

»Wir unternahmen also Streifzüge durch alle Teile des Werkes. Mal hierhin, mal dorthin, wie uns das Gefühl gerade leitete. Und bei einem dieser Erkundungsgänge beobachtete Harry vor einiger Zeit etwas Sonderbares. Am äußersten Ende der westlichen Nebenstollen flackerten manchmal kleine, bläuliche Flammen am Schiefergestein auf.«

»Feuer?«

»Wodurch sie sich entzündeten? Ich weiß es nicht, heute genausowenig wie damals. Jedenfalls, diese Flammen konnten nur eine Bedeutung haben: Kohlenwasserstoffgas. Und das ist gleichbedeutend mit dem Vorhandensein von Kohle.«

»Gab es niemals Explosionen?« fragte ich.

»Die gab es«, bestätigte Simon Ford. »Aber sie waren ungefährlich und von der Art, wie ich sie früher oft mutwillig zustande brachte, um schlagende Wetter nachzuweisen. Wissen Sie, wie man vor Davy Explosionen verhütete, Sir?«

»Meinen Sie den Büßer?«

»Ja. Den letzten Büßer von Aberfoyle habe ich in meiner Jugend noch arbeiten sehen. Man nannte ihn so, weil seine Schutzkleidung einer Mönchskutte ähnelte. Seine offizielle Bezeichnung war ›Fireman‹. Mit maskiertem Gesicht, den Kopf in eine Kapuze gehüllt und den Körper in einer Kutte vermummt, kroch er auf dem Boden dahin, atmete also in den unteren, reineren Luftschichten, hielt aber eine brennende Fackel an einem langen Stab in die Höhe, und wenn das Feuer mit dem Wettergas in Berührung kam, entstand meistens eine kleine Explosion. Dauernde Anwendung dieses Verfahrens bewahrte die Grube vor einer Katastrophe.«

»Wie lange hat so ein Büßer gelebt?« fragte Harry.

»Unterschiedlich. Viele starben im Dienst, und wenn einer tot war, wurde er durch einen anderen ersetzt. So blieb es, bis Davys Sicherheitslampe in allen Bergwerken eingeführt wurde.«

»Wie lange hat so ein Büßer gelebt?« fragte Harry.
»Ganz verschieden. Die meisten starben im Dienst.«

»Und Sie, Meister Ford«, sagte ich, »haben diesen alten Brauch wieder aufleben lassen?«
»Durch diese Methode habe ich mich davon überzeugt, daß Dochart nicht schlagwetterfrei ist. Infolgedessen...«
»Kohle«, riefen Harry und ich.
»Richtig«, sagte Simon Ford.
»Aber wo?«
»Das werden Sie gleich sehen, Mister Starr.«

7

Nach einer Stunde Fußmarsch mußten wir etwa 4 km in dem unterirdischen Gängeviertel zurückgelegt haben. Ich wußte zu diesem Zeitpunkt längst nicht mehr, wo wir uns befanden, denn schon bald nach Verlassen der Hütte hatte mein Orientierungssinn versagt. Das Tunnelsystem der Grube Dochart – auf dem Lageplan so ordentlich und überschaubar – verwirrte mich. Doch ich stellte keine Fragen, sondern verließ mich ganz auf meinen Führer. Vor mir schimmerte sein schlohweißes Haar. Das war in der Finsternis mein einziger und verläßlicher Wegweiser. Den Schluß unseres Zuges bildete Harry.
Wir sprachen nicht viel. Die Erregung, die sich des alten Obersteigers bemächtigt hatte und seine Gangart so sehr beschleunigte, daß selbst sein Sohn, wie ich dem angestrengten Schnaufen hinter mir entnahm, Mühe hatte, ihm zu folgen, teilte sich auch mir mit. Ich überdachte noch einmal, was Simon Ford mir erzählt hatte, und kam zu dem Schluß, daß seine Argumente weitgehend überzeugend waren. Kontinuierliches Ausströmen von Wasserstoff-Monokarbonat ist in der Tat ein untrügliches Zeichen für ein Kohlevorkommen. Blieb noch die Frage, ob es sich bei dem von Simon Ford entdeckten Lager um ein abbauwürdiges Flöz handelte.
Plötzlich sah ich vor mir das Ende des Stollens. Simon Ford war stehengeblieben und leuchtete mit seiner Lampe die Felswände ab. Sie wiesen noch die Spuren der Bearbeitung auf, Spitzhackenschläge und Sprenglochbohrungen. An dieser Stelle war der Gang höhlenartig erweitert, waren Decke und Seitenwände nicht abgestützt. Ich ahnte, wo wir uns befanden. Hier im Schiefer und Sandstein der tertiären Formation lief die letzte Kohlenader aus. Hier war das letzte Stück Kohle der Grube Dochart aus dem Fels gehauen worden.
»Wir sind vor Ort«, sagte Simon Ford. »Hier werden wir uns an die

Arbeit machen müssen. Hinter dieser Wand verbirgt sich die Kohle!«

»An der Oberfläche dieses Felsens haben Sie also den Austritt von Wettergas nachgewiesen?«

»Jawohl, Mister Starr. Und ich habe es mit meiner Lampe entzündet. Harry ist das ebenfalls mehrmals gelungen.«

»In welcher Höhe?«

»Ungefähr drei Meter über dem Boden.«

Ich setzte mich auf einen Felsbrocken und prüfte schnuppernd die Luft in der Höhle. Aber was meine Nase mir verriet, dämpfte meinen Optimismus ganz erheblich. Wettergas ist nämlich nicht vollständig geruchlos. Schon eine geringfügige Beimischung entgeht dem Fachmann nicht, und was mich erstaunte, war, daß ich nicht einmal eine Andeutung des typischen, mich immer an Veilchenduft erinnernden Geruchs entdecken konnte, so sehr ich mich darum bemühte. Eine Explosion stand jedenfalls nicht zu befürchten, und man hätte ohne jede Gefahr in dieser Höhle mit offenem Feuer hantieren können. Auch Simon Ford und sein Sohn schienen die wenigversprechende Konsistenz der Atmosphäre bemerkt zu haben. Der Alte schüttelte den Kopf. Harry runzelte die Stirn. Beide blickten sich zweifelnd an.

»Vater, riechst du was?«

»Eigentlich nicht«, antwortete Simon Ford und sog die Luft mehrmals in tiefen Zügen ein.

»Möglicherweise«, wandte ich ein, »handelte es sich nur um eine gasgefüllte Höhle, die sich inzwischen entleert hat.«

»Meinen Sie?«

»Solche Erscheinungen kommen vor, Meister Ford, und sie haben schon manchen braven Bergmann genarrt. An der Nase herumgeführt, wenn Sie so wollen.«

»Aber mich nicht«, murmelte Simon Ford. »Oder etwa doch? Harry, gib mir mal dein Licht. Wir wollen die Probe aufs Exempel machen!«

»Was hast du vor, Vater?«

Ohne eine Antwort zu erteilen, ergriff Simon Ford die Davysche Sicherheitslampe, riß mit einem Ruck das feine Drahtnetz ab und ließ die Flamme in der freien Luft brennen. Wie ich es erwartet hatte, rührte sich nichts. Die Flamme schrumpfte nicht einmal zusammen, wodurch sich gewöhnlich das Vorhandensein von Wettergas – ein Mangel an Sauerstoff also – anzeigt. Gerade und weiß brennend stieg sie auf.

»Keine Spur von Gas«, sagte ich.
»Es hat sich nach oben verzogen.«
»Wahrscheinlich«, meinte Simon Ford, ließ sich Harrys Bergstock reichen, befestigte die Lampe an seiner Spitze und hielt sie in die Höhe, erzielte jedoch hierbei kein besseres Ergebnis. Die Flamme änderte weder ihre Farbe noch ihre Form.
»Probieren Sie's mal an der Wand.«
»Harry, mach du mal«, sagte der Alte und wischte sich die Stirn. Zorn und Enttäuschung schwangen in seiner Stimme, und ich nehme an, auch Scham. Der großangekündigte Versuch hatte sich bisher als ein totaler Fehlschlag erwiesen. Die Hände des ehemaligen Obersteigers zitterten, als er seinem Sohn den Bergstock übergab.
»Ich verstehe die Welt nicht mehr«, sagte er und nahm aufseufzend neben mir Platz. »Vor ein paar Tagen war es noch da.«
»Nehmen Sie es nicht tragisch«, sagte ich begütigend, »es wäre nicht das erste Mal...«
»Vater!« schrie Harry plötzlich.
»Was gibt's?«
»Die Spalten im Schiefer! Sie sind verstopft!«
»Ist das wahr?«
»Guck selbst nach!«
Simon Ford sprang auf, ich hinterdrein. Harry hatte sich nicht geirrt. Deutlich waren beim Schein der Lampe zwei lange, helle Linien auf der Felswand auszumachen. Jemand hatte die Spalten im Gestein sorgfältig mit Kalk verschmiert und Kohlenstaub darauf verwischt, der den Verputz jedoch nur unvollkommen bedeckte.
»ER!« rief Harry.
»Wie bitte?«
»Es ist SEIN Werk!«
»Wer denn?« fragte ich.
»Der Unbekannte, der Höhlenmensch! Jener ungebetene Gast, der sich bisweilen in unserem Reich herumtreibt. Er, dem ich schon hundertmal aufgelauert habe, ohne ihn zu erwischen. Jetzt ist kein Zweifel mehr möglich; Menschenwerk!«
»Und der Stein?«
»Auch von IHM, Mister Starr. ER hat ihn geworfen. Nun bin ich mir ganz sicher, daß es sich nicht um Gespenster, Geisterwesen handelt, sondern...«
»Um den Verfasser des anonymen Briefes?«
»Jawohl«, antwortete Harry mit Bestimmtheit.

»Aber May Moullach«, ließ sich Simon Ford vernehmen, »die Jungfrau mit den behaarten Armen? Urisk, der Zwerg mit den vier verschiedenen Gesichtern? Branshie, die Unheilverkündende? Die Brawnies? Der Seer? Und all das andere schattenhafte Gesindel? Willst du etwa seine Existenz nicht anerkennen, mein Sohn? Das würde nur Unglück bringen.«
»Nein«, erwiderte Harry.
»Abgesehen davon«, mischte ich mich ein, »ob diese über- oder unterirdischen Wesen existieren oder nicht, werter Meister. Glauben Sie nicht auch, daß hier ein Mensch seine Hand im Spiel hat? Einer, der was vom Abdichten versteht?«
»Und Mister Starrs Adresse kennt.«
»Meinetwegen«, brummte Simon Ford. »Es ist mir auch wurscht. Was mich angeht, so denke ich nur an Kohle. Harry, pack deine Spitzhacke! Steig auf meine Schultern. Ich bin stark genug, dich zu tragen.«
Harry hatte verstanden. Sein Vater lehnte sich gegen die Wand. Der Sohn kletterte an ihm empor, bis er auf Simon Ford's Schultern stand und so die verkitteten Stellen erreichen konnte. Mit kräftigen Schlägen bearbeitete er das Gestein.
Bald entstand ein lautes Zischen, wie wenn aus einem Syphon die Kohlensäure entweicht – ein Geräusch, das man in den Bergwerken der ganzen Welt mit dem onomatopoetischen Ausdruck »Puff« umschreibt – und plötzlich, mit rabiater Gewalt, jedenfalls für uns ganz unerwartet schnell, wurde aus dem »Puff« ein ohrenbetäubendes, grellblitzendes »Ratatabumms«. Das ausströmende Wettergas war explodiert. Es hatte sich an der Flamme entzündet.
Für einen Augenblick war es still und dunkel (denn alle Lichter waren erloschen). Obwohl wir alle drei von dem Luftdruck und dem Schrecken zu Boden geschleudert worden waren, kannte unsere Freude keine Grenzen. Der alte Obersteiger sprang als erster auf die Beine. Wie ein Kind, das sein schönstes Spielzeug wiedergefunden hat, hüpfte er in der Höhle umher und sang das alte Bergmannslied:

»Hurra, hurra!
Die Kohle ist da!
Das Wettergas brennt.
Jetzt lauft und rennt!«

8

Should auld acquaintance be forgot
an never brought to min?
Should auld acquaintance be forgot
an days o' lang syne?
For auld lang syne, my dear,
for auld lang syne
we'll tak a cup o'kindness
yet for auld lang syne.

An diesem Tage sangen wir noch lange und laut bis in die tiefe Nacht der ewigen Nacht im Bergwerk Aberfoyle. Manches alte schottische Lied erklang. Das Ereignis mußte schließlich gefeiert werden. Als wir von unserer Expedition zurückgekehrt waren, hatte Magde in richtiger Voraussicht schon eine Flasche Usquebaugh auf dem Abendbrottisch bereitgestellt. Wir tafelten und tranken nach Herzenslust. Woran wir uns aber eigentlich berauschten, das waren unsere Pläne, das war die Zukunftsmusik, die ökonomische Perspektive.

»Meister Simon«, rief ich, »jetzt wird erst mal eine Aktiengesellschaft gegründet. Wenn das Flöz hält, was das Gas verspricht, sollen in spätestens drei Monaten die ersten Kohlen gefördert werden. Darauf schwöre ich beim heiligen Mungo, dem Schutzpatron aller Bergleute. Darauf wette ich meinen linken Schuh!«

»Nein, darauf nehmen wir noch einen, Sir!«

»Auch gut.«

»Hoch lebe Aberfoyle! Es lebe...«

»Hoch!«

»Hoch!«

»Hoch!«

»Die alte Grube Dochart, unsere alte Dochartgrube, soll sie sich verjüngen wie eine Witwe, die wieder heiratet? Jawoll, das soll sie! Was, Mister James?«

»Einfahren sollen die Bergleute, ausfahren, ein und aus und rein und raus, bis daß der Yarow-Schacht qualmt!«

»Ha ha hoh!«

»Jetzt nehme ich euch die Flasche weg«, sagte Magde, tat es aber doch nicht, sondern schenkte noch einmal ein.

»Im Ernst, Mister James! Wie ich mich darauf freue, das kann ich gar nicht sagen. Das Rasseln der Wagen, das Wiehern der Pferde, das Ächzen des Gestänges, das Pusten und Keuchen der Ventilatoren, das helle Klingen der Spitzhacken, wenn sie dem Berg zu Leibe rücken, das ganze Rumore, der liebe, alte Lärm ... und ich hoffe, Mister Starr, Sie werden mich noch rüstig genug für mein Amt als Obersteiger halten!«

»Teilhaber wirst du, Simon! Wirst sechsspännig durch die Grube kutschieren in Frack und Zylinder, Oberoberobersteiger Simon Ford!«

»Und beim ehrwürdigen Holyrod, James, du sollst wieder Aufseher werden, technischer Direktor, das sollst du, darin bist du der Beste, was sage ich, du bist überhaupt der beste Kerl...«

»Und Hauptteilhaber!«

»Das sowieso.«

»Es lebe die Aktiengesellschaft, es lebe die New Aberfoyle AG, sie lebe...«

»Hoooooooooch!«

Nur einer nahm nicht an diesem ausgelassenen Treiben teil.

»Harry, du bist ja so still«, wandte sich Simon Ford an seinen Sohn.

»Ich denke nach.«

»Du solltest ihm mal eine Frau besorgen, Simon«, sagte ich. »So ein junger Bursche und dann ewig hier unten in der Grube, das muß ja zu Depressionen führen.«

»Zu was?«

»Das kann ja nicht gutgehen.«

»Nein«, sagte Harry, »das ist es nicht. Ich denke bloß die ganze Zeit: Wir sitzen hier und feiern.«

»Aber?«

»Wenn uns nun einer einen Strich durch die Rechnung macht?!«

»Wenn, wenn, wenn!«

»Na, hör mal, Harry. Wer soll uns denn schon...«

»ER!« rief Harry. »ER!«

»Ach so«, sagte Simon Ford.

»Ach ja«, fiel es mir ein, »der Troglodyt!«

»Es wird Zeit«, mahnte Magde. »Geht schlafen. Wie müde ihr alle ausseht. Gute Nacht allerseits!«

9

Am nächsten Morgen zogen wir, nachdem wir ein kräftigendes Frühstück eingenommen hatten, los. Magde, die es im Hause nicht hielt, begleitete uns. Wir waren mit allen für unser Vorhaben notwendigen Werkzeugen ausgerüstet: Steinbohrer, Brecheisen, Schlegel, Spitzhacken, Dynamitpatronen, dazu eine Fackel und eine Sicherheitslampe, die angeblich 12 Stunden lang brennen konnte.

Als wir nach einem rastlosen Eilmarsch das Ende des Stollens erreicht hatten, prüften wir zunächst den Zustand der Luft. Noch immer entströmte, wenn auch schwach, das Wasserstoffmonokarbonat dem Felsen, hatte sich jedoch zum Glück in dem Stollen schon soweit verflüchtigt, daß eine Explosion nicht zu erwarten war. Wir konnten also ungehindert ans Werk gehen. Und das taten Simon Ford und Harry auch, während sich Magde und ich auf dem Felsbrocken niederließen, um von dort aus den Fortgang der Arbeit zu beobachten.

In die Felswand, die hauptsächlich aus Schiefer, Sandstein und Einsprengseln von Puddingsteinen bestand, mußte zunächst eine Einbuchtung geschlagen werden, und danach wurden die Sprenglöcher an den von mir bezeichneten Stellen gebohrt. Simon Ford und sein Sohn wüteten wie Berserker gegen den Felsen, führten wohl 40 bis 48 Schläge pro Minute aus, und so hatten sie recht bald, nach etwa zwei Stunden, alles zur Sprengung vorbereitet. Wir setzten die Dynamitpatronen mit den langen, geteerten Lunten ein, legten Feuer und machten uns eiligst aus dem Staube.

»Endlich!« rief Simon Ford enthusiastisch. »Endlich wird die neue Kohlenader in Angriff genommen.«

»Abwarten, Meister Simon. Meinen Sie, der neue Stollen sei schon fix und fertig und wartet nur auf uns?«

»Ja, verzeihen Sie mir meine Ungeduld, Mister Starr. Aber ich glaube nun mal an Wunder.«

»Und an Geister«, sagte ich.

»Das ist ein und dasselbe.«

In diesem Augenblick erschütterte ein gewaltiger Donnerschlag den Unterbau der Grafschaft Stirling. Grollend tobte der Lärm durch die weitverzweigten Schächte, Höhlen und Gänge und kehrte multipliziert und verkleinert, gebrochen und vermehrt als tausendfaches Echo zu uns zurück. Es klang wie Artilleriebeschuß. Nein, lauter. Wir warteten drei oder vier Minuten mit offenen Mündern, bis sich

die Druck- und Schallwellen selbst zerstört hatten, dann rannten wir los, das Ergebnis der Schießarbeit zu besichtigen.
Es war verblüffend und widersprach allen Erfahrungen, die ich im Laufe meiner langjährigen Tätigkeit im Bergbauwesen gesammelt hatte.
»Die Pforte ist geöffnet!« rief Simon Ford. Und dieser Vergleich beschrieb ziemlich genau das Phänomen, das sich nun vor uns auftat. Denn das Dynamit hatte nicht etwa nur ein Loch in den unberührten Felsen gerissen, sondern zugleich auch den Eingang zu einer Höhle freigelegt, deren Tiefe auf den ersten und auf den zweiten Blick gar nicht abzuschätzen war. Wo wir massives Gestein vermutet hatten, war nur eine Mauer, eine Wand, eine Haut gewesen. Sprachlos bestaunten wir dieses Tor zur Unterwelt, aus dem uns feuchter Dunst entgegenschlug und fernes Rauschen wie aus einer Meermuschel.
Harry kam als erster zu sich. Oder verlor er angesichts der gleichermaßen drohenden wie verlockenden Öffnung nicht im Gegenteil den Kopf? Jedenfalls wollte er sich unverzüglich und kopfüber in das Loch zwängen. Doch ich hielt den Draufgänger zurück.
»Warte, bis die Luft gereinigt ist.«
»Ja, Achtung vor Mofetten«, stimmte Simon Ford mir zu.
Wir ließen eine Viertelstunde verstreichen. Dann setzten wir die Fackel in Brand, drückten sie Harry in die Hand, und, das rotglühende Licht an einem langen Stabe vor sich her schiebend, kroch Harry sogleich in das Sprengloch und war bald in der Finsternis verschwunden.
»Na, wie ist's?« riefen wir hinterher, erhielten aber keine Antwort. Also warteten wir, gespannt, schweigend, lauschend.
»Was er wohl da drinnen macht?« flüsterte Madge.
Es verging eine Minute. Es vergingen zwei Minuten, drei... vier... sieben...
»Hallo, Harry!« rief Simon Ford.
»Harry?«
»Ob er den Boden unter den Füßen verloren hat? Vielleicht ist er abgestürzt? In einem Abgrund zerschmettert? Oder in ein Wasser gefallen und ertrunken? Oder erstickt? Oder unter einbrechendem Gestein begraben? Oder vor Angst gestorben? Oder in giftige Ausdünstungen geraten? Oder irgendwelchen Tieren zum Opfer gefallen? Oder IHM in die Hände geraten?«
»Wem?«

»Um Gotteswillen, IHM!«
»HARRY? HÖRST DU UNS?«
»Ja. Kommt doch endlich. Mister Starr, Vater, Muttet, hierher! Der Weg nach New Aberfoyle ist frei!«

10

Welche Folgen die Sprengung in der Grube Dochart am 4. Dezember 18.. zeitigte, dürfte weitgehend bekannt sein. Ich möchte dennoch, bevor ich mich der Schilderung der Exkursion widme, die Simon Ford, Magde, Harry und ich an jenem denkwürdigen Tage begannen, kurz die geologischen Verhältnisse Mittelschottlands rekapitulieren, und indem ich dies tue, bin ich mir dessen bewußt, daß ich hierbei einen Grundsatz mißachte, den eigentlich jeder Wissenschaftler befolgen sollte: vor der Beschreibung steht die Beobachtung.
Ein guter Satz! Ein beherzigenswertes Prinzip! Und doch hieße es meine Glaubwürdigkeit strapazieren, wollte ich es dem Leser dieses Berichtes zumuten, mir auf Treu und Glauben in die Wunderwelt der Tiefe zu folgen, ohne ihn zuvor über deren Beschaffenheit aufzuklären. Der kritische Verstand würde spätestens nach 1000 m haltmachen und umkehren. Ich könnte es ihm kaum verübeln, wenn er mich von da an einen Phantasten ohne jede wissenschaftliche Qualifikation nennen und mir weitere Gefolgschaft aufkündigen würde. Wäre es möglich, die Erdrinde in einer Mächtigkeit von 300 m dort abzuheben, wo sie den Namen der Grafschaften Stirling, Dumbarton und Renfrew trägt, so würde man unter diesem überdimensionalen Deckel ein Labyrinth finden, an dem gemessen die Katakomben Roms nicht viel mehr als ein Kaninchenbau sind. In der Tiefe der Erde Mittelschottlands ordnen sich mehrere hundert Zellen von jeder Form und Größe zu einer Art riesigem Bienenkorb, einem Bienenkorb, den allerdings statt der Insekten ohne weiteres ein Heer von Ichtyosauriern, Megatherien und Pterodaktylen bevölkern könnte. Galerien, Krypten, Grotten, Höhlen mit den Ausmaßen der Victoria-Station und des Petersdoms, Tunnel, die nach allen Richtungen, Höhen und Tiefen führen, daneben wieder Kammern, Zimmer und unpassierbare enge Schläuche bilden ein System, mit dem sich höchstens die berühmten Mammuthöhlen in Kentucky vergleichen lassen, welche 11 Seen, 7 Ströme, 8 Wasserfälle, 32 unergründliche Schluchten, 18 Hotels, 250 km befahrbare

Straßen und 57 Gewölbe enthalten, von denen einige über 100 m hoch sind.
Wie dieses amerikanische Weltwunder, so sind auch die Höhlen von Aberfoyle ein Werk der Natur. Und doch scheinen sich in den schottischen Grotten die Baustile sämtlicher Kulturepochen zu einem ungeheuren Museum vereinigt zu haben. Da sieht man gotische Kathedralen, griechische Tempel, barocke Fassaden, moderne Markthallen und Bahnhöfe, Säulen von romanischer, indischer und ägyptischer Ordnung. Das alles freilich in verwirrendem Durcheinander, sozusagen mit silurischer oder devonischer Unbekümmertheit errichtet.
Zum größten Teil besteht dieses sonderbare Gesamtkunstwerk aus wertlosem Sandstein und Schiefer. Zwischen diesen Formationen ziehen sich jedoch gleich Adern mit schwarzem Blut Flöze von solcher Mächtigkeit durch das Bassin, daß sie vermutlich sämtliche Kohlenvorräte der Grafschaften Galles und Northumberland, die von Wales dazugerechnet, bei weitem übertreffen. Die Lager erstrecken sich über eine Länge von 60 km von Norden nach Süden und setzen sich sogar noch unter der Irischen See bzw. dem Nord-Kanal fort. Dazu kommt, daß die Ausbeutung dieser Schätze infolge der von der Natur geschaffenen Gänge und Stollen höchst bequem ist. Der Abbau vollzieht sich zwar unter der Erdoberfläche, ist aber seiner Art nach doch eher ein Tagebau. Es entfällt der komplizierteste und zeitraubendste Arbeitsgang, nämlich die Ausschachtung.
Genaue Untersuchungen zur Entstehung des unterirdischen Gebildes sind noch im Gange, und es kann daher zu diesem Thema nichts Endgültiges gesagt werden, zumal bis heute die wirkliche Ausdehnung des Höhlensystems noch nicht bekannt zu sein scheint. Die Wissenschaft beschäftigt sich noch mit der Bestandsaufnahme. Es wird aber angenommen, daß die Höhlenräume durch einen Einbruch der unteren Schichten der Erdkruste im Paläozoikum entstanden. Eine andere Theorie meint in ihnen das Werk unterirdischer Ströme zu sehen. Wahrscheinlich jedoch verdanken wir die phantastische Architektur dem zeitlich voneinander getrennten Einwirken beider Kräfte, der des Wassers und der der tektonischen Bewegung.

11

Als wir durch das Loch geklettert waren, glaubten wir uns zunächst in einem alten, in Vergessenheit geratenen Bergwerk. Denn wir befanden uns am Ende eines Tunnels, dessen Wände wie die eines Stollens zurechtgehauen schienen, und ringsum glänzte es schwarz im Schiefergestein, nein, sprenkelte grauer Schiefer tiefes Schwarz: Kohle, nichts als Kohle. Man brauchte nur die Haue zu nehmen und zuzuschlagen.

Keiner von uns brachte einen Ton heraus. In gewissen Momenten übertrifft das Schweigen den Jubel. Wir wanderten in diesem natürlichen Stollen (denn als einen solchen erkannte ich ihn ziemlich bald) dahin, Harry voran, die Fackel hoch erhoben, Simon Ford, mit seinen dicken Bergmannsfingern die Wände streichelnd, Madge, auf ihren Mann sich stützend, und ich, indem ich mir halb über diese seltsame Familie, halb über die Seltsamkeiten der Geologie den Kopf zerbrach.

Sicherheitshalber wurde die Fackel gelöscht und statt dessen die Lampe entzündet. Der Stollen erwies sich so begehbar wie ein Trottoir. Wir stiegen weder über Felsbrocken, noch sprangen wir über Spalten, noch litten wir, wie es so oft in natürlichen Höhlen geschieht, unter Sauerstoffmangel oder schädlichen Dünsten. Ich hatte stets ein Auge auf die Flamme in der Davy'schen Lampe, und das geringste Warnsignal wäre mir nicht entgangen, doch das Licht brannte völlig normal.

Etwa 10 km legten wir so zurück. Nun ja, es war riskant, sich auf diesem unbekannten Weg so weit vorzuwagen. Aber wer von uns mochte schon an Umkehr denken. Wahrscheinlich wären wir den ganzen Tag vorangelaufen, wenn wir nicht nach zwei Stunden das Ende der Röhre erreicht hätten. Sie mündete in eine Höhle, deren Dimensionen wir beim schwachen Schein der Lampe nicht abschätzen konnten. In welcher Entfernung stieg die gegenüberliegende Wand auf? Waren es 50, 500, 5000 m? Nach und nach erkannten wir, daß wir am Ufer eines Sees standen. Keine Luftbewegung kräuselte seine nachtfarbene Oberfläche. Ungeheure Pfeiler reckten sich aus dem schlafenden Wasser empor, strebten nach oben, stießen irgendwo in der Höhe zusammen. Es gibt ein Maß der Übertreibung, das zu registrieren die Sinnesorgane sich weigern. Sie reduzieren das Übermaß entweder auf die gewohnte Größe oder verdoppeln es ins Absurde. So war ich, als ich am Ufer dieses Sees stand, nicht in

der Lage, mir vorzustellen, daß über ihm die Grafschaft Stirling mit all ihren Hügeln, Bergen, Flüssen, Kirchen und Dörfern sich unter der Dezembersonne erstreckte.
»Ich finde«, sagte ich, »wir kehren um.«
»Unsere Lampe brennt zwölf Stunden«, sagte Simon Ford.
»Und dann haben wir noch die Fackel, Sir.«
»Trotzdem«, entschied ich. »Allmählich spüre ich meine Beine. Und Sie, Madge? Merken Sie gar nichts?«
»Nicht viel.«
»Madge«, sagte Simon Ford, »würde diese Strecke zehnmal hintereinander laufen, ohne zu ermüden. Und ist der Weg nicht die Anstrengung wert? Entscheiden Sie selbst, Mister Starr: Bereuen Sie es, nach Aberfoyle gekommen zu sein?«
»Aber nein«, rief ich, viermal nein. Was ich bisher von dieser Wundergrube gesehen habe, ist mir, ist einfach, es ist, mir fehlen die Worte, lieber Meister.«
»Nun ja«, meinte Harry, »für ein paar Jahrhunderte sollte der Vorrat reichen.«
»Wenigstens.«
»Und was die Qualität der Kohle anbelangt...«
»Vortrefflich«, fiel mir Simon Ford ins Wort, »einzigartig, beste Glanzkohle. Hier, sehen Sie mal!«
Er spuckte in seine Hände, griff die Spitzhacke, holte aus, schlug ein Stück aus dem Flöz und reichte es mir. »Na, was sagen Sie?«
»Wir finden hier«, erklärte ich, nachdem ich die Probe eingehend begutachtet hatte, »eine Steinkohle von großer Härte mit klaren Bruchflächen, glasartigem Glanze und tiefschwarzer Färbung, die, arm an flüchtigen Bestandteilen wie Sauerstoff, Feuchtigkeit und Stickstoff und reich an bituminösen Stoffen wie Schwefel, Kohlenstoff und Wasserstoff, bei kurzer Flamme zu staubiger Asche verbrennt und hierbei eine außergewöhnliche Hitze entwickelt. Ihre Entzündungswärme dürfte bei 325° liegen, ihr Heizwert 7200 WE/kg betragen.«
»Wo...«
»Das wird eine Konkurrenz für Swansea, Cardiff und Newcastle«, rief Simon Ford. »Die werden noch Augen machen da unten im Süden.«
»Wo sind...«
»Besonders deshalb, weil wir die Kohle billig auf den Markt werfen können. Die Förderung kostet ja kaum was.«

»Wo sind wir...«
»Praktisch nur Lohngelder.«
»Wo sind wir hier eigentlich?« fragte Harry.
»Woher soll ich das wissen?« antwortete Simon Ford. »Irgendwo im Untergrund der Graf...«
»Hört doch mal!« unterbrach Harry mit erhobenem Zeigefinger. Sein Gesichtsausdruck ließ uns augenblicklich verstummen. Wir lauschten wie er. Aus der Ferne (aber aus welcher Ferne?) ließ sich ein dumpfes Murmeln vernehmen, ein Rauschen, das, so schwach es auch war, dennoch in ein Crescendo und Decrescendo unterschieden werden konnte und sich regelmäßig wiederholte. Einige Minuten bewahrten wir völliges Schweigen.
»Komisches Geräusch.«
»Klingt wie Brandung.«
»Wir sind doch nicht etwa unters Meer geraten?«
»Hört sich ganz so an.«
»Oder unter den Katrinsee«, sagte ich.
»Na und?« rief Simon Ford. »Was ist denn schon dabei? Es wäre nicht das erste Mal, daß man der Kohle auf dem Grund des Ozeans nachspürt.«
»Bravo, Meister Simon! Wir treiben unsere Stollen unter die Irische See. Wir durchlöchern das Bett des Atlantischen Ozeans wie Maulwürfe den Acker. Wir arbeiten uns mit Hammer, Schlegel und Meißel bis zu unseren Vettern in Amerika durch. Wir wühlen uns bis zum Mittelpunkt der Erde, um ihr auch das letzte Krümchen Anthrazit zu entreißen.«
»Machen Sie sich über mich lustig?«
»Nein, keineswegs. Aber bevor wir ans Werk gehen, sollten wir uns ausruhen und stärken. Was halten Sie davon? Von hier bis zur Hütte sind es gut drei Stunden Weges. Wenn wir jetzt aufbrechen, kommen wir gerade richtig zum Abendessen.«
»Einverstanden.«
Wir ließen das Gezähe (wie der Bergmann sein Werkzeug nennt) am Ufer des Sees liegen, warfen einen letzten Blick in die schweigende Grotte, auf die unbewegte Wasserfläche, dann hob Harry sein Zwölfstundenlicht und leitete uns zu dem Eingang des Tunnels, durch den wir gekommen waren. Auf den ersten Kilometern ereignete sich nichts Besonderes. Harry ging voran. Er war ein guter Führer. Dank seiner Aufmerksamkeit liefen wir niemals Gefahr, uns in einen der zahlreichen Seitengänge zu verirren, die rechts und

links abzweigten. Schnurstracks folgten wir dem Hauptweg. Es schien, als sollte der Rückweg ebenso schnell wie der Hinweg zurückgelegt werden, und wir schritten sorglos plaudernd aus.
Da, als etwa die Hälfte der Strecke zur Grube Dochart hinter uns lag, wir uns also mitten in dem engen Schlauch befanden, ereignete sich ein mysteriöser Zwischenfall. Es begann mit einem Pfeifen über unseren Köpfen. Dann spürten wir einen heftigen Luftzug wie von riesigen Flügeln. Etwas schlug gegen Harrys Lampe. Sie entfiel seiner Hand. Madge versuchte vergebens, sie aufzufangen. Das Glas plitterte auf den Steinen. Das Öl lief aus. Das Licht erlosch.
»Wer da?!« schrie Simon Ford.
Lange Zeit wagten wir nicht, uns zu rühren. Wo war der Feind, der uns überfallen hatte? Beobachtete er uns aus der Finsternis mit Nachtaugen? Holte er zu einem neuen Schlag aus? Wir drängten uns aneinander.
Als über eine Viertelstunde alles ruhig blieb, beratschlagten wir, was zu tun sei. Unsere Lage war prekär. Simon Fords und meiner Lampe war das Öl ausgegangen. Die Fackel hatten wir bei dem Werkzeug am See liegen lassen. Vorerst sahen wir uns also jeder Möglichkeit beraubt, die Finsternis zu erhellen, und bis zur Grube Dochart waren gut 5 km vor uns, weitere fünf bis zur Hütte. Jetzt erwachte in Simon Ford der Obersteiger. Er ergriff das Kommando, und wir fügten uns willig seinen Anordnungen.
»Harry, du gehst voran! Madge, du folgst ihm. Dann kommen Sie, Sir, und zum Schluß ich. Immer auf Tuchfühlung bleiben. Dem Vordermann nach. Langsam und vorsichtig Schritt für Schritt. Lieber zehnmal stehenbleiben als einmal stolpern. Und nun vorwärts! Die Arme ausstrecken!«
Durch eine Dunkelheit, an die sich das Auge nicht gewöhnen konnte, weil sie absolut war, tasteten wir uns im Gänsemarsch voran. Es war das schwärzeste Schwarz meines Lebens. Ich hielt mich an Madges flauschigen Rock. Endlich, nach zwei Stunden, schien das Ende des Tunnels erreicht. Harry tapste auf der Stelle. Von hinten rammte mich Simon Ford.
»Sind wir da?«
»Vermutlich.«
»Und wo ist die Öffnung?«
»Ja, wo?« antwortete Harry. Wir hörten wie seine Hände die Wand absuchten, wie sie immer ungeduldiger auf dem Felsen schabten

und patschten. Dann verstummte das Geräusch. Wir ahnten das Unheil.
»Feierabend«, sagte Harry.
»Was soll das heißen?«
»Es gibt keinen Ausgang.«
»Also haben wir uns verirrt«, gab ich zu bedenken.
»Ach nein, Sir.«
»Meinst du etwa...«
»Allerdings«, erwiderte Harry, »wir sind eingesperrt. Jemand hat das Loch verschlossen.«
»Und was nun?«
»Gefängnis«, stöhnte Simon Ford.
»Ja, Vater«, sagte Harry mit der ihm eigenen Offenheit, »aber ohne Wasser und Brot.«

12

Während ich diesen Bericht verfasse, waschen die Regenschauer eines anderen Dezembers die Fensterscheiben meines Arbeitszimmers, werden in Aberfoyle Tag für Tag 1000 t gefördert. Um es kurz zu machen: Wir sind aus unserem Verlies befreit worden. Und da der Leser dies ohnehin voraussetzen wird, möchte ich ihn nicht mit der Schilderung unserer Leiden in der Unterwelt foltern. Wir wurden nach 10 Tagen gerettet, und zwar in ziemlich erbärmlicher Verfassung, unterkühlt, halb verdurstet, fast verhungert. Soviel zu unserem Dunkelarrest. Wie und weshalb unsere Rettung gelang, das allerdings möchte ich niemandem vorenthalten.
Ich schrieb zu Anfang, mein Diener James sei bis auf seinen Namen ohne Makel. Aber das ist nicht ganz korrekt. James hat einen weiteren Fehler, ein Laster sogar. James ist neugierig. Er ist ein Schnüffler. Ich weiß das. Ich weiß, daß er in meinen Akten herumstöbert, in meinen Briefschaften blättert, hinter der Tür steht, wenn ich Besuch habe, mir durch die Gardine nachblickt, wenn ich das Haus verlasse, meinen Schreibtisch öfter als notwendig aufräumt und zu viele Fragen stellt. Früher tadelte ich ihn deswegen. Ich versuchte, ihn zu erziehen. Ich erwog sogar seine Entlassung. Heute schweige ich, ja mache ich mir bereits Vorwürfe, wenn ich in Versuchung gerate, ihn doch einmal anzufahren. Denn ich habe das moralische Recht verloren, mich über den Charakterfehler meines Dieners zu beklagen, seit ich eben diesem Fehler mein Leben verdanke.

Eine Woche nach meiner Abreise begann man sich in Edinburgh zu wundern. Sir W. Elphiston, der Präsident der *Royal Institution* und übrigens ein guter Freund von mir, war der erste, der mich vermißte. Daß ich zur Sitzung nicht gekommen war, erstaunte ihn nicht. Schließlich hatte ich mich entschuldigt. Daß ich jedoch zwei Tage später nicht im Club erschien, machte ihn stutzig. Er fragte gemeinsame Bekannte nach meinem Verbleib. Niemand konnte ihm Auskunft geben. So begab er sich am folgenden Tage zur 30 Canongate, in der Hoffnung, mich dort anzutreffen oder näheres über meine Abwesenheit zu erfahren. Doch James, der ihm öffnete, war nicht weniger beunruhigt als der Präsident der *Royal Institution.*

»Jetzt ist Mister Starr schon seit über einer Woche unterwegs. Dabei hat er nur die kleine Reisetasche mitgenommen. Kein frisches Hemd. Nicht mal ein Paar Strümpfe zum Wechseln. Das ist ganz gegen seine Art. Ich mache mir Sorgen, Sir.«

»Wegen der Strümpfe?«

»Nicht deswegen. Mister Starr ist nach Aberfoyle gefahren, zur Grube Dochart, und das ist keine Tagesreise von hier. Also hatte er längst zurück sein müssen, nicht wahr?«

»Nach Aberfoyle, sagst du?«

»An dem Tag, bevor er aus dem Hause ging, erhielt er zwei Briefe von dort. Was soll ich Ihnen sagen, Sir? Es waren merkwürdige Briefe. Wenn Sie die gelesen hätten...«

»Hast du sie etwa gelesen?«

»Hm.«

»Schon gut, James. Erzähle mir, was du weißt. Vielleicht hilft uns das weiter.«

»Also, Sir, die Sache war so...«

Nun ist mein Kollege Sir W. Elphiston nicht nur ein Wissenschaftler von Rang, der unsere Kenntnisse auf dem Gebiet der Grubenbewetterung ganz außerordentlich erweitert hat, sondern zugleich auch ein Mann der Tat – wie es übrigens dem Sprößling einer Familie auch geziemt, deren männliche Mitglieder zumeist als Offiziere im Dienst der Krone standen. Als daher James seine Erzählung beendet hatte, war Sir Walter nicht nur in der Lage, aus dem Gehörten die richtigen Schlüsse zu ziehen, sondern darüber hinaus auch imstande, unverzüglich geeignete Maßnahmen zu ergreifen.

Und am 15. Dezember, gegen 16 Uhr, langte eine kleine, aber wohlgerüstete Rettungsmannschaft am Yarow-Schacht an. Außer Sir

W. Elphiston gehörten ihr Dr. Francis Callaghen, ein Mediziner, und Jonathan O'Brien, heute stellvertretender Bergwerksdirektor bei Newcastle, sowie als ortskundiger Führer Jack Ryan, ein junger Landarbeiter, an, der früher als Hauer in der Grube Dochart gearbeitet hatte und sowohl mit den Verhältnissen in der Grube wie mit der Familie Ford bekannt war. Der kleine Trupp führte Grubenlampen, Strickleitern, Medikamente, Proviant für 7 Tage, 100 m Seil, Äxte, Spitzhacken und diverses Werkzeug in ausreichender Menge mit sich.

Der Abstieg in die Tiefe bot zunächst keinerlei Schwierigkeiten. Jack Ryan ging voran. Das Ziel der Mannschaft war die Hütte der Familie Ford, und den Weg dorthin kannte Ryan recht gut. Er hatte ihn mehrmals bei den Besuchen, die er seinem ehemaligen Obersteiger und seinem Freunde Harry abstattete, zurückgelegt, und er versicherte seinen Begleitern, man werde binnen einer halben Stunde die Hütte erreicht haben. Als aber die Männer 26 der insgesamt 30 Leitern hinabgeklettert waren und schon 50 m unter sich den Grund des Schachtes zu erkennen glaubten, machten sie eine überraschende Entdeckung: die letzten vier Leitern fehlten. Man leuchtete mit an Seilen herabgelassenen Lampen die Tiefe ab. Vergebens. Die Leitern schienen spurlos verschwunden.

Sir W. Elphiston erzählte mir später, er habe sich angesichts dieser Tatsache ernstlich gefragt, ob sein Eindringen in die Grube Dochart nicht womöglich unerwünscht und ob es nicht angebracht sei, den Rückweg anzutreten. Er sei sich vorgekommen wie jemand, der nach beschwerlichem Anstieg auf einen Burgberg feststellen muß, daß die Burgherren die Zugbrücke vor ihm hochgezogen haben. Jack Ryan war es schließlich, der, mit den Gewohnheiten der Familie Ford vertraut, den Präsidenten umstimmte. »Ich kenn' doch Simon, Madge und Harry, Sir. Seit 10 Jahren leben die nun da unten, und ich hab' sie wohl dreidutzendmal besucht. Die Leitern verstecken, das würde ihnen nicht im Traum einfallen. Da stimmt was nicht, Sir. Glauben Sie mir!« Sir Walter ließ sich überreden. Mit Hilfe des Seiles gelangten die Männer einer nach dem anderen auf die Sohle des Schachtes – um dort eine weitere verwirrende Entdeckung zu machen: ein großer Haufen erkalteter Asche. Und als Sir Walter mit kriminalistischem Spürsinn die Feuerstelle untersuchte, erkannte er deutlich die verkohlten Überreste von Sprossen. Jemand mußte die fehlenden Leitern verbrannt haben.

»Aber wer?«

»Harry bestimmt nicht, Sir.«
»Sollte hier ein Verbre...«
Sir W. Elphiston, nicht der Mann, vorschnell ein Urteil zu fällen, mochte die Vermutung, die sich allen beim Anblick des Aschenhaufens aufdrängte, noch nicht aussprechen. Immerhin war es gar zu unwahrscheinlich, daß einer der Fords die Verbindung zur Außenwelt mutwillig zerstört hatte. Eiligst setzte man den Weg fort, und eine Viertelstunde später hatte der Suchtrupp die Hütte der Fords erreicht. Kein Lichtschimmer drang aus ihren Fenstern. Jack Ryan nahm Anlauf und warf sich gegen die Tür. Splitternd sprang sie auf. Die Männer stürzten über die Schwelle und hoben ihre Lampen. Die Hütte war verlassen.
In dem Bestreben, einen Anhaltspunkt für ihre Abwesenheit zu finden, machten sich die vier an eine sorgfältige Durchsuchung des Raumes. Spuren von Gewalttätigkeit waren nirgendwo zu bemerken. Alles stand an seinem Platz, als habe Madge nur für ein paar Minuten das Haus verlassen. Auf der Anrichte, wie eilig zusammengerafft, stand schmutziges Geschirr, vier Teller und Tassen, ein halbleerer Teetopf. Die Lebensmittel im Speiseschrank hätten für mehr als eine Woche gereicht. Die Stühle postierten sich brav um den abgeräumten Tisch. Nichts wies auf einen überstürzten Aufbruch hin. Da kam Jack Ryan auf die Idee, den Wandkalender neben der Tür in Augenschein zu nehmen. Madge Ford hatte es sich angewöhnt, in der ewigen Nacht, in der sie lebte, jeden neuen Tag mit einem Kreuz zu bezeichnen. Das letzte dieser Kreuze war neben dem 5. Dezember vermerkt.
»Sonderbar«, meinte Sir W. Elphiston, nachdem er, von Jack Ryan auf das Datum hingewiesen, sich die Sache nochmals überlegt hatte. »Sie werden sich doch nicht 10 Tage lang in der Grube herumtreiben. Daran habe ich noch gar nicht gedacht: Vielleicht sind sie nach oben gestiegen?«
»Aber die Leitern?«
»Hoffentlich«, ließ sich Dr. Callaghen vernehmen, »liegt hier kein Unglücksfall vor, Schlagwetter, Steinschlag oder sonst was.«
»Ich gestehe«, meinte Jonathan O'Brien düster, »daß es eher so aussieht, als ob...«
»Als wenn was?«
»Nun ja, das mit den Leitern ist doch ... Sie erwogen selbst vorhin, Sir Walter, wenn ich Sie recht verstanden habe...«
»Ein kriminelles Delikt?«

»Etwas Ähnliches. Oder nicht?«

»Ich möchte diese Möglichkeit nicht von der Hand weisen. Wir sollten uns dennoch nicht auf den Gedanken versteifen. Unser Ideenaustausch scheint mir recht nützlich zu sein. Fahren wir fort damit! Macht jemand einen anderen Vorschlag?«

»Mister Starr hat sich verirrt«, sagte O'Brien.

»Ausgeschlossen, mein Guter. Wenn einer die Grube Dochart kennt, dann ist es James. Schließlich hat er die ganze Anlage projektiert. Bedenken Sie das.«

»Und vergessen wir doch nicht: Er befindet sich offensichtlich in Begleitung seines ehemaligen Obersteigers. Die beiden werden sich schon irgendwie zurechtfinden.«

»Natürlich«, meinte Dr. Callaghen.

»Aber wenn sie nun gar nicht in der Grube sind?«

»Wie das?«

Während die drei Akademiker so diskutierten und den Fragenkomplex zunächst erweiterten, bevor sie ihn später wiederum einzuengen gedachten, hatte sich Jack Ryan vor die Tür begeben. Plötzlich hörte man von draußen seinen Schrei: »Da! Da! Da!«

Und als die drei Männer aus dem Zimmer sprangen, sahen sie gleich Jack Ryan einen Lichtpunkt, der sich in der fernen Finsternis des Stollens hin und her bewegte, als winke jemand mit erhobener Lampe.

»Los«, rief der Präsident, »hinterher!«

Doch sein Vorschlag stieß auf den erbitterten Widerstand Jack Ryans, der sich sogar dazu aufraffte, den Präsidenten der *Royal Institution* am Ärmel festzuhalten, und zwar mit aller Macht.

»Um Gottes willen, nicht doch, Sir! Es ist ein Geisterlicht, ein Irrwisch!«

»Bitte, was?«

»Hiergeblieben!«

»Untersteh' dich, mein Junge!«

»Verzeihen Sie mir, Sir. Aber soll ich Sie etwa in Ihr eigenes Verderben laufen lassen?«

»Ich bitte sogar darum«, rief Sir W. Elphiston in dem von seinen Vorfahren ererbten schneidenden Tonfall und musterte den ehemaligen Hauer und jetzigen Landarbeiter mit rücksichtsloser Strenge, erkannte aber sogleich, daß er ihm hiermit Unrecht tat. Der gutmütige Bursche war allen Ernstes der Meinung, die er so lauthals und entschieden vertrat.

»Hör mal, Jack! Du brauchst ja nicht mitzukommen. Oder geh meinetwegen immer 13 Schritte hinterher. Aber jetzt läßt du mich los, verstanden?«

Das tat Jack Ryan endlich auch. Nachdem ihm die drei Herren aufmunternd auf die Schultern geklopft hatten, bequemte er sich sogar dazu, mit ihnen die Verfolgung des Lichtes aufzunehmen. Es schien von einer kleinen, aber sehr beweglichen Gestalt getragen zu werden. Vielleicht war die Vermutung Ryans gar nicht so abwegig. Was da durch das Gewirr der unterirdischen Gänge huschte und sich immer wieder durch rasche Sprünge den Blicken der vier Männer entzog, um sich plötzlich, aber an ganz unvermuteter Stelle aufs neue zu zeigen, war wirklich eine Art Kobold, der seine Verfolger nach Belieben neckte. Jedenfalls vermochten die vier sich der Erscheinung um keinen Schritt zu nähern. Atemlos hasteten sie durch das sinnverwirrende Labyrinth, zu immer größerer Eile verführt, gefoppt von einem Wesen, das, wenn es schon kein Geist war, ihnen doch an Ortskenntnis, Schnelligkeit, List und Ausdauer weit überlegen war. Manchmal glaubten sie ein Gesicht zu erkennen, ein kindlich schönes Profil. War es eine Fee? Ein guter Geist? Lockte er sie nicht in die Irre, sondern auf die richtige Fährte? Hoffnung beflügelte die Schritte der vier Männer.

Aber nach einer Stunde standen sie unversehens am Ende eines Stollens vor einer engen Öffnung im Schieferfelsen, und die Gestalt war verschwunden. Sir W. Elphiston und seine Begleiter warteten eine Weile, ob sich das fremdartige Wesen wieder zeigte. Dann prüften sie ihre Lampen und drangen entschlossen durch die enge Pforte. Sie hatten etwa 100 Schritte in einem engen Tunnel zurückgelegt, da blieben alle vier wie angewurzelt stehen. Vor ihnen lagen regungslos vier Körper auf dem Felsboden. Waren es Leichen?

»James«, schrie Sir Walter, »James, bist du es?«

»Ja«, konnte ich noch flüstern, dann schwanden mir endgültig die Sinne.

13

Drei Jahre später empfahlen die Reisehandbücher von Joanne oder Murray den Touristen als besondere Attraktion einen mehrstündigen Besuch der Bergwerke von New Aberfoyle. 10 km südwestlich von Callander läuft ein an seinem Eingang mit Türmchen, Zinnen und vielerlei anderem Zierat monumental geschmückter Tunnel

aus, der in sanft absteigender Linie direkt in die wunderbare Unterwelt der Grafschaft Stirling führt. Auf zweifachen Geleisen rollen, durch hydraulische Kraft bewegt, stündlich Wagen hinauf und hinunter und befördern die zahlreichen Besucher aus der Alten und Neuen Welt nach Coal-City – ein vielleicht hochtrabender Name, wenn man bedenkt, daß jene in der riesigen Höhle entstandene Ansiedlung eher dörflichen Charakter besitzt. Sie besteht nur aus ein paar Hütten. Was der von Simon Ford gegründeten Bergarbeitergemeinde dennoch einen so ungemein städtischen Anstrich gibt, das ist die Technik, deren man sich unter Tage bedient.
Die zahlreichen, senkrecht aufsteigenden Wetterschächte hatten nämlich nicht ausgereicht, die Finsternis in genügendem Maße zu verdrängen. Gas, wegen seiner offen brennenden Flamme eine zu gefährliche Lichtquelle, schied von vornherein aus. So blieb nur noch die Elektrizität, um das Bergwerk zu beleuchten. Gewaltige Scheinwerfer, an der Decke des natürlichen Gewölbes angebracht, tauchen alles in gleißende Helligkeit und bilden einen beinahe gleichwertigen Ersatz für die Sonne des Himmels. Schlägt die Stunde der Ruhe, so genügt ein Druck auf den Knopf, den künstlichen Tag zu beenden und die Nacht anbrechen zu lassen. Die lästige Dämmerung, an der Erdoberfläche stets ein Anlaß für Müßiggang und den Augenärzten ein argwöhnisch beobachtetes Phänomen, fällt unter diesen Voraussetzungen fort. Und einen weiteren Vorteil bietet die Elektrizität: Sie verwandelt nicht nur auf Befehl die Nacht zum Tage, sondern treibt auch Maschinen an, und zwar ohne Rauchentwicklung. Ebenso wärmt sie Speisen und Getränke, heizt Öfen, Bügeleisen, Wärmflaschen, kurz: erleichtert das industrielle und häusliche Leben in einem Maße, wie es noch vor 50 Jahren undenkbar erschien. Coal-City ist eine technische Mustersiedlung, ein modernes Exempel.
Meine Vermutungen über Quantität und Qualität der zu erwartenden Ausbeute hatten sich vollauf bestätigt. Der Reichtum der von uns entdeckten Kohlenadern erwies sich als unschätzbar. Im Westen der großen Höhle hatten wir zuerst mit dem Abbau begonnen, nachdem die nötigen Wetter- und Förderschächte hergestellt waren, eine Arbeit, die sich übrigens in Anbetracht der Tatsache, daß die Höhle über dem See eine Höhe von 100 m erreicht, als gar nicht so schwierig herausstellte. Ein Fünftel der Ausschachtungsarbeiten, die bis in eine Tiefe von 500 m führen sollten, wurde uns dadurch erspart.

... und ein Druck auf den Knopf verwandelt die Nacht zum Tage.

Ich hatte kürzlich die Gelegenheit, anläßlich einer Dienstreise die berühmtesten Mammut-Höhlen in Kentucky und deren größte Halle, *Lucy's Dome*, zu besichtigen und konnte hierbei feststellen, daß das sogenannte Naturwunder in Amerika dem schottischen Höhlensystem auf verblüffende Weise ähnelt – mit einem, allerdings erheblichen, Unterschied: Während Lucy's Dome eben nichts als ein schönes, reich mit Stalaktiten und Stalagmiten geschmücktes Wunder ist, befriedigt der Anblick der schottischen Höhle nicht allein den Ästheten und Geologen, sondern mehr noch den Techniker und Bergmann. In *Lucy's Dome* werden vor 5000 Zuhörern Chorkonzerte aufgeführt, gastiert der weltberühmte Violinvirtuose Ole Bull und hat man (unsinnigerweise) eine Station für Lungenkranke eingerichtet. In Aberfoyle dagegen wütet der Rhythmus der Arbeit gegen die Felswände. Nur an Sonn- und Feiertagen erfüllt der genügsame, aber anheimelnde Klang des Dudelsacks die weite Halle. Dann tanzen die Bergleute am Ufer des von mir Malcolm-See benannten Wassers.

Die rätselhaften Zwischenfälle, die die Entdeckung von New Aberfoyle behindert hatten, bildeten noch lange den Hauptgesprächsstoff in Coal-City. Obwohl wir Geretteten uns über diese Ereignisse im Interesse der New Aberfoyle AG beharrlich ausschwiegen (und zum Beispiel nicht die Polizei informierten), drang doch hin und wieder das eine oder andere Wort an die Öffentlichkeit, und die in der Grafschaft Stirling kursierenden Gerüchte mochten ein Grund dafür sein, daß die Bergleute sich nur zögernd dazu entschlossen, sich mit ihren Familien unter Tage niederzulassen. Die Hütte Simon Fords blieb lange Zeit die einzige. Erst als ich demonstrativ neben dem Heim des ehemaligen Obersteigers mein Domizil aufschlug, um von dort aus bisweilen das Unternehmen zu leiten, war der Bann gebrochen. Auch verstummte das Gerede nach und nach von allein, da unser unbekannter Feind sich offenbar geschlagen gegeben hatte. Jedenfalls ließ er sich weder blicken, noch verübte er neue Attentate. Selbst wir, die wir seinen Nachstellungen fast zum Opfer gefallen wären, vergaßen ihn so allmählich, und unsere Erlebnisse erschienen uns endlich so abstrus und entfernt, daß wir heimlich dem Gerede der Leute Glauben schenkten, es sei in New Aberfoyle anfangs nicht mit rechten Dingen zugegangen. Diesem volkstümlichen Aberglauben zu huldigen, war natürlich reine Bequemlichkeit. Aber schließlich hatten wir anderes zu tun, als uns über verbrannte Leitern den Kopf zu zerbrechen. Der Aufbau der Werke nahm unsere Kräfte völlig in Anspruch.

Nur Harry gab sich nicht mit der allgemeinen Deutung zufrieden. Wenn er seine Streifzüge durch die weitverzweigten Katakomben unternahm, dann tat er es nicht nur, um in den Höhlen und Grotten nach Bekassinen und Trauerenten zu jagen, welche sich von den zahlreichen blinden Fischen des Malcolm-Sees und seiner benachbarten Gewässer ernähren, sondern in erster Linie deshalb, weil er hoffte, eines Tages Aufklärung zu erlangen. Die Vergeblichkeit seiner Bemühungen war ihm hierbei mehr Ansporn als Grund, sie abzubrechen. Harry war unser Mahner. Immer wieder versuchte er, uns aus unserer Gedankenfaulheit aufzuschrecken. Doch zuletzt erntete er dafür nur noch Spott, besonders den von Jack Ryan, der seine Stellung auf dem Gutshof von Melrose aufgegeben hatte, um als Anführer einer Kolonne wieder vor Ort zu arbeiten.

»Hol mich der Nick, wenn deine Melancholie mich nicht ansteckt. Meine Augen werden trüber. Die Lippen kneifen sich zusammen. Das Lachen bleibt mir in der Kehle stecken. Harry, alter Miesepeter, was fehlt dir?«

»Na, was wohl?«

»Immer noch diese verrückte Idee?«

»Natürlich.«

»Armer Kerl, es würde dir ganz gut bekommen, an Berggeister zu glauben. Ärger schlägt sich erst auf den Magen und dann aufs Gemüt.«

»Du weißt sehr gut, daß diese Gnome und Feen nur in deiner Phantasie existieren. Seit Wiederaufnahme der Arbeiten hat sich jedenfalls keines dieser Wesen blicken lassen.«

»Schon richtig«, rief Simon Ford dazwischen, »aber hat sich etwa jemand gezeigt, der deinen Verdacht gerechtfertigt hätte?«

»Den werde ich schon finden.«

»Harry, mein Junge, Geister lassen sich nicht fangen«, ereiferte sich Madge. »Wann lernst du endlich aus? Du solltest dich lieber freuen, wie sich alles so glücklich getroffen hat. Das Geschäft floriert. Wir leben warm und trocken. Sei also immer fröhlich und vergnügt.«

»Ach, diese sogenannten Geister«, murmelte Harry.

»Im übrigen: Was willst du eigentlich von diesen Nichtgeistern? Willst du sie bestrafen? Wie hast du dir das vorgestellt?«

»Bestrafen und belohnen. Wenn uns die eine Hand eingesperrt hat, so vergesse ich doch nie, daß wir der anderen unsere Rettung verdanken.«

»Harry, der Richter und Rächer. Und wenn diese beiden Hände nun zu ein und derselben Person gehören?«
»Ausgeschlossen.«
»Vielleicht, lieber Harry«, warf ich ein, »war es ein Geisteskranker, der da sein Unwesen trieb. Ein Verrückter, der uns einen Streich spielen wollte und gar nicht abschätzen konnte, was er mit seinen Tollheiten beinahe angerichtet hätte. Laß dir die Angelegenheit noch einmal in Ruhe durch den Kopf gehen und dann...«
»Zu meinem Bedauern bemerke ich«, unterbrach mich der junge Mann, »daß sogar Sie sich haben anstecken lassen. Der Verbrecher, Sir, existiert genauso wie jenes hilfreiche Geschöpf, das die Rettungsmannschaft zu uns lockte. Daran ist nicht zu rütteln.«
»Schluß jetzt«, rief Simon Ford. »Die Art und Weise, wie du deine Meinung vertrittst, gefällt mir nicht. Soviel Dreistigkeit auf einem Haufen! Wenn du wenigstens eine begründete Vermutung hättest. Aber nein, es sind nichts als Hirngespinste.«
»Doch.«
»So rede.«
»7 km von hier, unter den Schichten, welche das Loch Lomond tragen, befindet sich ein natürlicher Schacht. Vor etwa 8 Tagen, als ich versuchte, seine Tiefe zu messen und mich über die Mündung beugte, um mein Lot hinabzulassen, war es mir plötzlich, als würde die Luft in seinem Inneren heftig bewegt, wie von kräftigen Flügelschlägen.«
»Ein Vogel...«
»Das ist noch nicht alles, Vater. Am selben Tage kehrte ich noch einmal zu dem Schacht zurück und hörte ganz deutlich ein leises Wimmern aus der Tiefe.«
»Er sieht keine Gespenster«, spottete Jack Ryan, »er hört sie nur.«
»Morgen weiß ich jedenfalls, woran ich bin.«
»Wieso?«
»Weil ich in den Schacht steigen werde.«
»Kommt nicht in Frage«, rief Madge, »das heißt Gott versuchen. Simon, willst du das zulassen?«
»Meinen Segen hat er«, erklärte der alte Ford nach einigem Schweigen, und zu seinem Sohn gewandt: »Aber wehe, wenn du eine tote Ente als Beweisstück heraufholst.«

14

Am nächsten Morgen machten sich Harry, Jack Ryan und zwei junge Hauer auf den Weg. Sie trugen ein 70 m langes Seil mit sich, mit dessen Hilfe sie Harry in den Abgrund hinablassen und wieder emporziehen wollten.
Der Schacht besaß einen Durchmesser von 4 bis 5 m. Über seine Öffnung wurde ein Balken gelegt, damit das Tau sich stets in der Mitte hielt und den waghalsigen jungen Mann davor bewahrte, an die Seitenwände zu stoßen. Der Strick wurde zuerst um Harrys Lenden geknotet und dann unter seinen Armen so befestigt, daß der Körper gerade hing. Dadurch behielt Harry beide Arme frei, und nachdem er sich ein Messer in den Gürtel gesteckt und seine Sicherheitslampe angebunden hatte, balancierte er bis zur Mitte des Balkens, ging in die Hocke, umklammerte das Holz, ließ sich baumeln und nach einigem Zögern schließlich fallen.
Die ziemlich glatte Wand des Schachtes bestand aus Schiefergestein. Harry, der mit einer Geschwindigkeit von etwa 0,5 m/sec hinabsank, war in der Lage, sie genau zu untersuchen. Er konnte zwar nirgendwo etwas Verdächtiges feststellen, dennoch warnte ihn ein unbestimmtes Gefühl. Je tiefer er sank, desto mißtrauischer wurde er, und er zog seinen Dolch aus dem Gürtel, zur Abwehr bereit. Aber weder ließ sich ein lebendes Wesen sehen, noch, wenn überhaupt in dieser finsteren Tiefe eines hauste, verriet es seine Gegenwart durch das geringste Geräusch, und als 60 m des Seiles herabgelassen waren, atmete Harry auf. Er hatte wieder festen Boden unter den Füßen. Sofort machte er sich an die Untersuchung des Bodens und der ihn einschließenden Wände, wozu er, um sich besser bewegen zu können, sich selbst von dem Seile und, um besser sehen zu können, die Lampe von seinem Gürtel losband. Ihn erstaunte, daß hier in der Tiefe die Luft verhältnismäßig rein war. Von irgendwoher wehte ihn ein kühler Lufthauch an. Also mußte dieser Schacht zu dem Höhlensystem von New Aberfoyle eine zweite Verbindung besitzen. Und diese Vermutung täuschte Harry nicht. In einem Winkel des Gesteins bemerkte er bald die Öffnung eines Ganges, der so niedrig war, daß Harry sich bücken mußte, um hineinkriechen zu können. Einige Meter ging es leidlich auf allen vieren vorwärts, doch dann versperrte ein großer Brocken den Weg. Harry, entschlossen, das Hindernis beiseite zu räumen, streckte die Hand nach ihm aus...

Plötzlich schrie er auf.
Die erste Berührung hatte ihn davon überzeugt, daß nicht ein Stein den Gang verstopfte, sondern ein menschlicher Körper. Entsetzt wich Harry zurück. Aber als dieser Unbekannte sich nicht regte und auf mehrmaligen Anruf keinen Laut von sich gab, wagte er sich wieder vor. Den Körper packen, ihn bis zu dem Grund des Schachtes schleifen und dort beleuchten, war das Werk von Sekunden.
»Ein Kind«, flüsterte Harry erstaunt.
Er befestigte hastig das Seil an seinem Gürtel, band die Lampe fest, ergriff das Kind mit der Linken und den Dolch mit der Rechten und gab seinen Kameraden das verabredete Zeichen. Der Strick straffte sich augenblicklich, und der Aufstieg begann. Mit verdoppelter Aufmerksamkeit blickte sich Harry um. Eine mögliche Gefahr bedrohte jetzt nicht mehr ihn allein.
Der Weg nach oben verlief zunächst ohne Schwierigkeiten. Aber Harry hatte etwa ein Drittel hinter sich, als er im Halbdunkel einen Schatten bemerkte, der sich ihm von unten her rasch näherte und ihn im Vorüberschweben streifte. Es war ein ungeheurer Vogel, der plötzlich wütend auf ihn herniederstieß und ihn mit Schnabelhieben traktierte. Harry, durch die beständige Drehung des Seiles behindert, versuchte, sich mit seinem rechten Arm so gut wie möglich zu verteidigen. Indessen gelang es ihm nicht, das Untier zu treffen. Der Vogel war gewandt und schnell. So zog sich der Kampf in die Länge. Schließlich brüllte Harry aus Leibeskräften, in der Hoffnung, oben gehört zu werden. Es geschah, was er erwartete: Seine Kameraden beeilten sich.
Noch waren es bis zur Öffnung des Schachtes 30 m, da änderte der Vogel seine Kampftaktik. Einen Meter über Harrys Kopf, gerade so weit entfernt, daß dieser ihn nicht erreichen konnte, krallte sich die Bestie an dem Seil fest und begann, es mit seinem scharfen Schnabel zu bearbeiten. Harry sträubten sich die Haare. Ein Strang war schon zerhackt. Mehr als 40 m über dem Abgrund dehnte sich das Seil. Ein zweiter Strang löste sich. Harry ließ sein Messer fallen. Mit übermenschlicher Anstrengung reckte er sich empor und, gerade als die letzte Trosse zerriß, gelang es ihm, das Tau über der Bruchstelle zu ergreifen. Doch ohnmächtig fühlte er, wie das Ende langsam durch seine Finger glitt. Er hätte sich mit beiden Händen halten können, wenn er das Kind geopfert hätte. Harry bezweifelte, daß seine Kräfte reichen würden. Das Blut schoß ihm in den

Kopf. Schon schloß er die Augen, in der gräßlichen Erwartung, in die Tiefe zu stürzen...
Da fühlte er sich von seinen Kameraden ergriffen und mitsamt dem Kinde auf dem Boden niedergelegt. Dunkelheit überfiel ihn.

15

Harry hatte geglaubt, ein Kind aus dem Abgrund gerettet zu haben. Als man das langhaarige Wesen aber in Coal-City auf ein Lager bettete und Madge sich mit geübter Hand seiner Pflege widmete, stellte es sich heraus, daß es – ein Mädchen von ungefähr 16 Jahren war. Mit großen Augen betrachtete die Kleine die Mitglieder der Familie Ford und die Nachbarn, die herbeigeeilt waren, das außergewöhnliche Ereignis zu bestaunen. Ihre Wangen waren eingefallen. Ihr Körper, dem man die Spuren grausamer Leiden ansah, abgezehrt. Ihre Hautfarbe so bleich, daß man meinen konnte, sie sei noch nie von den Strahlen der Sonne getroffen worden.
»Oje«, flüsterte Jack Ryan, »eine Fee.«
»Wie heißt du?« fragte Madge.
»Nell.«
»Fehlt dir etwas, Nell?«
»Essen, Trinken«, murmelte die Fremde, »ich habe nichts zu mir genommen seit...«
Es war nicht nur die Entkräftung, derentwegen Nell die Unterhaltung Mühe bereitete. Offenbar war sie es nicht gewohnt zu sprechen. Da sie sich zudem eines Dialektes bediente, der heute nahezu ausgestorben ist, nämlich des Altgälischen, waren ihre Worte nur sehr schwer zu verstehen. Man reichte ihr eine kleine, aber gehaltvolle Mahlzeit und klares Wasser. Beides war im Nu verzehrt.
»Wie lange warst du da unten, meine Tochter?« fragte Madge.
»Lange?«
»Ich meine, seit wie vielen Tagen?«
»Tage?« wiederholte das Mädchen und schien über den Sinn dieser Frage nachzugrübeln wie über ein gänzlich unverständliches Problem. Dann schüttelte es den Kopf. Abwehr und Mißtrauen malten sich auf seinem Gesicht. Dennoch zog es seine Hand nicht zurück, als Madge sie ergriff und sanft zu streicheln begann.
»Sage mir, Nell, wie alt bist du?«
»Weiß nicht.«
»Ich meine: wie viele Jahre zählst du?«

Jetzt schwieg die Fremde. Erschöpft schloß sie die Augen. Wir betrachteten sie mit Mitleid und gewiß nicht ohne Sympathie. Der Zustand des bedauernswerten, nur mit einem zerschlissenen Rock bekleideten Wesens rührte uns zutiefst. Besonders Harry schien sich von dem eigenartigen Reiz dieses Mädchens angezogen zu fühlen. Zweifellos war Nell eine Schönheit, wenn auch eine momentan allzu ätherische. Als sich ihre Lippen zu einem leichten Lächeln öffneten, beugte sich Harry über sie und fragte:
»Nell, da unten, in der Grube, warst du da allein?«
»Allein! Allein!« rief Nell, indem sie sich aufrichtete. Schrecken verzerrte ihre Züge, und ihre Augen blitzten, während sie Harrys Arm umklammerte.
»Das arme Ding, es ist noch zu schwach«, erklärte Madge und half dem Mädchen, sich wieder niederzulegen. »Kommt jetzt, Simon und du, Harry, und all ihr anderen. Was Nell vor allem braucht, ist Ruhe. Sie soll schlafen.«
Wir entfernten uns auf Zehenspitzen. Madge schloß die Tür. Bald darauf kündeten tiefe und regelmäßige Atemzüge davon, daß die schöne Unbekannte eingeschlafen war.
Das merkwürdige Begebnis sprach sich in Windeseile herum. Leider nicht nur in Coal-City, sondern in der ganzen Grafschaft, und zuletzt im gesamten Vereinigten Königreich erregte die Auffindung des »Höhlenmädchens« ungeheures Aufsehen. Die Presse bemächtigte sich des Falles. Journalisten wallfahrteten nach Aberfoyle, Neugierige folgten ihnen, und binnen kurzem waren in Britannien die sonderbarsten Legenden im Umlauf: Man habe das Mädchen direkt aus dem Felsen geschlagen, mit Hammer und Meißel, wie ein versteinertes Mastodongerippe; oder es handele sich um eine seit 100 Jahren Hypnotisierte, um eine Art Siebenschläferin; eine andere Zeitung nannte Nell eine »humanisierte Fee«. Als sogar der Verband britischer Spiritisten einen Vertreter nach Aberfoyle entsandte, der darum bat, Nells mediale Fähigkeiten prüfen zu dürfen, wurde mir der Rummel zu toll. Ich reiste nach London, beraumte eine Pressekonferenz an und machte dem Gerede ein für allemal ein Ende, indem ich erklärte, die Aufgefundene sei unzweifelhaft ein völlig normales Mädchen, das sich allem Anschein nach in dem Bergwerk verirrt und bei irgendeinem Unfall sein Gedächtnis verloren habe.
Was natürlich nicht stimmte! Zwar wurde bald offenbar, daß Nell durchaus keine überirdischen Fähigkeiten besaß. 14 Tage nach ihrer

Ankunft machte sie sich bereits eifrig als Helferin der guten Madge im Haushalt nützlich und bewies dabei ebensoviel Geschick wie jedes andere intelligente Mädchen seines Alters – und durchaus keine medialen, prähistorischen oder gar geisterhaften Charakterzüge. Daß sie jedoch über ihre Herkunft nicht ein Sterbenswörtchen verriet, mußte eine andere Ursache haben als den von mir angeführten Gedächtnisverlust. Tatsächlich umgab dieses Mädchen ein Geheimnis. Wenn sie behauptete, ihr ganzes bisheriges Leben in dem unterirdischen Labyrinth verbracht zu haben, so war an diesen Angaben nicht zu zweifeln. Nell wußte nicht, wie Sonne, Mond und Sterne aussahen. Was ein Baum sei, mußte man ihr umständlich erklären. Von Ländern, Städten, Meeren, Flüssen hatte sie nie etwas gehört, ja, es war ihr anscheinend unbegreiflich, daß außerhalb von New Aberfoyle eine andere, von Menschen bevölkerte Welt sich erstreckte. Und wen diese Unkenntnis nicht überzeugte, den stimmten doch einige physiologische Besonderheiten nachdenklich, die man an Nell beobachtete: übergroße Pupillen, abnorme Empfindlichkeit gegen Licht und Geräusche und ein fast vollständiger Mangel an Hautpigmenten – alles Eigenschaften, wie sie ein Mensch nur in der lautlosen Schwärze der Unterwelt zu erwerben vermag.
Wie aber war Nell in diese Unterwelt gelangt? Wovon hatte sie sich dort ernährt? Vor allem: Wer hatte sie ernährt und gekleidet? Wer hatte sie das Sprechen gelehrt? Es war undenkbar, daß das Mädchen seit seiner Kindheit keinen Menschen zu Gesicht bekommen hatte. Wer ihr aber eine diesbezügliche Frage stellte, erntete nur einen erschrockenen Aufschrei als Antwort. Nell wollte nicht sprechen. Oder durfte sie nicht? Aber vor wem fürchtete sie sich dann?
Angesichts dieses Rätsels beschlichen uns aufs neue unsere früheren Ahnungen und Befürchtungen. Obwohl schon mehr als drei Jahre seit der Entdeckung von New Aberfoyle vergangen waren und seitdem die Arbeiten ungestört vorangetrieben werden konnten, wucherten die Gerüchte über einen verborgenen Feind wieder in allen Köpfen. Die Leute redeten von Gespenstern. Harry sprach von IHM, warnend und, wer wollte ihm das verübeln, mit einem gewissen Triumph in der Stimme, denn jetzt hörte ihm jedermann aufmerksam zu – auch Jack Ryan, dessen Aberglaube merklich erschüttert war. Wir unternahmen sogar unter Harrys Führung eine Expedition zu dem geheimnisvollen Schacht. Mehrere bewaffnete

Männer stiegen hinab. Alles, was sie dabei erfuhren, war, daß der Gang, worin Nell gelegen hatte, mit den unteren Etagen des Höhlensystems in Verbindung stand.
Es gab vermutlich nur einen Menschen, der uns aus unserer Unwissenheit hätte helfen können, nämlich Nell. Doch sie schwieg weiterhin. Und da niemand das Mädchen an seine schwere Vergangenheit erinnern mochte, warteten wir geduldig, bis es von selbst zu sprechen anfinge.

16

Es war ein Festtag. Ebenso wie auf der Oberfläche der Grafschaft Stirling ruhte auch in New Aberfoyle die Arbeit. Die Bergleute erholten sich bei Musik und Tanz. Sie ruderten mit kleinen Booten auf dem See oder unternahmen mit ihren Frauen und Kindern Fußwanderungen in dem ausgedehnten unterirdischen Reich. Auch Harry und Nell hatten die Hütte zu einem Spaziergang verlassen und schlenderten an dem steinigen Ufer des Malcolm-Sees entlang.
In einiger Entfernung von Coal-City leuchten die Scheinwerfer weniger hell. Nur selten bricht sich dort ein Lichtbündel auf dem unbewegten Wasserspiegel, spielt um die mächtigen Pfeiler, welche die riesige Kuppel über dem Malcolm-See stützen. Dieses Halbdunkel war für Nells Augen eine Wohltat. Obwohl sie nun schon seit Monaten als eine Art Haustochter, Adoptivkind oder Stiefschwester im Hause Simon Fords zugebracht hatte, waren ihre Sehnerven noch nicht an die Leuchtkraft der elektrischen Apparate gewöhnt.
»Wenn du erst das Licht des Tages sähest, Nell! Ich bin sicher, du könntest es kaum ertragen.«
»Bestimmt nicht. Wenn die Sonne so ist, wie du sie mir geschildert hast...«
»Sie ist so, glaube mir. All dieser Glanz, all diese Herrlichkeiten... Mit Worten lassen sich die Wunder der Welt nicht beschreiben. Stimmt es denn wirklich, daß du seit deiner Geburt in der Grube niemals nach oben gelangt bist?«
»Niemals, Harry.«
»Ich glaube es. Früher war die Verbindung mit der Oberwelt eben schwierig und zeitraubend. Heute gibt es die Grubenbahn. In wenigen Minuten fährt sie hinauf und hinunter. Ach, Nell, wie sehne ich die Stunde herbei, da du mir sagen wirst: ›Komm, Harry,

meine Augen vertragen nun das Tageslicht. Laß uns gemeinsam das Wunder der Schöpfung entdecken.‹«

»Hoffentlich«, antwortete das junge Mädchen, »werde ich recht bald so zu dir sprechen. Auch ich freue mich, ja das tue ich... und doch...«

»Was willst du damit sagen? Bedauerst du es, die Finsternis verlassen zu haben, in der du dein bisheriges Leben verbrachtest?«

»Auch die dunklen Tiefen, Harry, haben ihren Reiz. Wenn du ahntest, was meine Augen alles erkennen! Manchmal huschen Schatten vorüber, Kreise und Strahlen umschwirren einander, ein ungewisser Schein zittert in den Schluchten und Gewölben hin und her. Man muß sie selbst erlebt haben, die Schönheiten der Tiefe, um zu begreifen, woraus sie bestehen.«

»Hast du dich niemals gefürchtet, so ganz allein?«

»Wenn ich allein war, nicht.«

»Aber wenn du nicht allein warst, wer...?« fragte Harry, denn er glaubte die Gunst des Augenblicks nützen zu müssen, um etwas mehr zu erfahren. Doch Nell wandte sich mit einer raschen Bewegung ab und rief:

»Wovor hätte ich mich ängstigen sollen? Ich kannte mich in den Stollen und Schächten von New Aberfoyle aus. Sie waren mein Zuhause.«

»Und du hast sie niemals verlassen?«

»Ein paar Mal«, sagte Nell, »war ich auch in der Grube Dochart.«

»Also kanntest du auch die Hütte am Yarow-Schacht?«

»Die Hütte – ja, aber deren Bewohner nicht.«

»Das waren wir«, sagte Harry, »Vater, Mutter und ich. Als die Zeche stillgelegt wurde, konnten wir uns nicht entschließen, unsere Behausung aufzugeben.«

»Hättet ihr es doch getan...«, murmelte Nell.

»Ich verstehe wohl nicht recht? Verdanken wir unseren jetzigen Wohlstand nicht unserer Beharrlichkeit? War die Entdeckung New Aberfoyles nicht eine segensreiche Tat? Die gesamte Bevölkerung der Grafschaft steht wieder in Lohn und Arbeit. Und du, Nell? Haben wir dich nicht dem sicheren Tode entrissen? Hast du nicht Herzen gefunden, die dir ganz und gar ergeben sind? Liegt nicht ein glückliches Leben vor dir?«

»Wer weiß...«

»Was meinst du damit?«

»Das Eindringen in die neuerschlossene Grube, lieber Harry, birgt

»Wer weiß …«
»Was meinst du damit?«

auch Gefahren in sich, große Gefahren. Einmal waren Unvorsichtige zu weit in die unbekannten Gänge hineingeraten. Schließlich konnten sie den Rückweg nicht mehr finden. Ihre Lampe verlosch. Sie verirrten sich.«

»Und blieben 10 Tage lang eingeschlossen?«

»Ja.«

»Sie wären umgekommen«, sagte Harry mit zitternder Stimme, »hätte Gott nicht einen Engel gesandt, der Sir W. Elphiston und seine Männer leitete. Ohne dieses geheimnisvolle Wesen wäre uns New Aberfoyle zum Grab geworden – denn jene Gefangenen, Nell, du weißt es, waren Mister Starr, meine Eltern und ich.«

»Du?«

»Ja«, sprach nach kurzem Schweigen Harry, »dir verdankte ich mein Leben, noch ehe ich deines rettete. Niemand anderes als du ist es gewesen, der...«

»Still«, flüsterte Nell und ließ den Kopf in ihre Hände sinken. Noch niemals hatte Harry sie so ergriffen gesehen.

17

Es ist verständlich, daß mir Harry nicht alles mitteilte, was er mit Nell besprochen hatte. Warum hätte er es auch tun sollen? Welcher Art die Gefühle waren, die die jungen Leute füreinander hegten, das stand allzu deutlich auf ihren Gesichtern geschrieben. Dafür jedoch, daß Harry mich über den Inhalt der oben geschilderten Unterhaltung informierte, war ich ihm dankbar. Ich erkannte plötzlich, von welcher Wichtigkeit eine eheliche Verbindung der beiden für das Unternehmen sein mußte. Den Schlüssel zu Nells Geheimnis – wer besaß ihn außer Harry?

Sobald mir diese Erkenntnis gekommen war, tat ich alles, um das Verhältnis der beiden zu festigen. Im übrigen stand einer Heirat nichts entgegen. Simon Ford, dem ich die Angelegenheit erläuterte, gab sein Einverständnis, und auch Madge schien keinen Einwand erheben zu wollen. Freilich: Harry, jetzt Sohn wohlhabender Eltern, war eine gute Partie, wohingegen Nell nichts als das zerschlissene Kleid besaß, das sie trug, als man sie fand. Doch war die Aufklärung, die uns das Mädchen über die Feinde New Aberfoyles geben konnte, nicht eine Aussteuer von möglicherweise unschätzbarem Wert? Die Interessen des Werkes gingen voran. Und Simon Ford verschloß sich dieser Logik nicht.

Wer weiß, ob es nicht die unausgesprochenen Gedanken Nells waren, die uns da so einleuchtend erschienen. Ich möchte diese Möglichkeit nicht von der Hand weisen, aber zugleich betonen, daß ich dem Mädchen das Recht zur Ausführung dieses raffinierten Planes durchaus einräumte. Schließlich liebte sie Harry. Und Harry sie.

18

Am 22. August 18.. gegen 15 Uhr nachmittags befand sich der auf dem Katrin-See verkehrende Ausflugsdampfer *Rob Roy* planmäßig auf der Fahrt von Stronachlacar in Richtung Callander. Es war ein strahlender Sommertag. Die *Rob Roy* war voll besetzt. Zahlreiche Touristen drängten sich auf ihrem Sonnendeck und genossen den Anblick, den der von Walter Scott besungene See und seine malerischen Ufer gewähren. Am Bugspriet des Schiffes stand in seiner bunten Tracht ein Hochländer und blies den Dudelsack, während ein anderer, auf der Reling sitzend, das Volkslied von den schottischen Seen mit klarer Stimme dazu sang:

Ihr schönen schottischen Seen,
möget ihr ewig bestehen.
Möget ihr niemals vergehen,
ihr schönen schottischen Seen.

An euren Ufern lebte
so mancher brave Held,
der Schottlands Heil erstrebte,
bis daß man ihn gefällt.

Der Wind soll ewig wehen
über euch schottischen Seen.
Möget ihr niemals vergehen,
ihr schönen schotti...

Hier brachen Gesang und Begleitung unvermittelt ab, und ein vielstimmiger Schrei brandete auf. Etwas Seltsames war geschehen. Obgleich die *Rob Roy* noch gut 800 m von der Anlegestelle entfernt war, hatte sie plötzlich einen heftigen Stoß erhalten. Mitten im tiefen Katrin-See war das Schiff auf Grund gelaufen? Vergebens mühten sich die Maschinen, es wieder flottzumachen. War das schon ein Grund zur Beunruhigung, so ängstigte die Passagiere mehr noch

»Der Wind soll ewig wehen
über euch schottischen Seen.
Möget ihr niemals vergehen,
ihr schönen schotti . . .«

ein fürchterliches Gurgeln und Zischen, das immer lauter wurde. War die *Rob Roy* leckgeschlagen? Drohte das Schiff zu sinken?
Bald wich die Furcht maßlosem Erstaunen. Nicht die *Rob Roy*, sondern der Wasserspiegel sank. In wenigen Minuten hatte sich der gesamte Inhalt des Katrin-Sees in das Innere der Erde entleert. Die *Rob Roy* lag da wie ein Fischkutter im Wattenmeer. Süßwasserfische aller Arten zappelten ringsherum im Schlamm.
»Gott schütze«, rief der Dudelsackspieler in das verblüffte Schweigen der Fahrgäste hinein, »Gott schütze und erhalte New Aberfoyle!«

19

Zur selben Zeit ging in der Grube die Arbeit ihren gewohnten Gang. Weit in der Ferne hörte man den Donner der Sprengungen. Das gleichmäßige Klöppeln der Schlegelschläge hallte in den Höhlen und Stollen wider. Knirschende Bohrer fraßen in den Sandstein und die Schieferfelsen tiefe Löcher. Stöhnend saugten die Ventilatoren die Luft an. Die Holztüren der Schächte klappten. In den untersten Stollen rasselten die Hunde mit einer Geschwindigkeit von 15 km/h dahin, automatische Glocken auslösend, die den Arbeitern befahlen, sich in die dafür vorgesehenen Nischen zurückzuziehen. Unermüdlich stiegen die Förderkörbe hinauf und hinab, drehten sich die gewaltigen Trommeln in den Maschinenhäusern und spulten die Seile auf und ab. Die Lampen strahlten in vollem Glanze und beleuchteten Coal-City taghell. Während ein Teil der Werkleute, nämlich die Nachtschicht, schlief, arbeitete die Tageskolonne mit Feuereifer. Der Abraum quoll in reichlicher Menge. Hunderte kleiner Wagen entleerten stündlich ihre kostbare Fracht in die Förderkörbe.
Simon Ford und Madge saßen nach Tisch im Wohnzimmer ihrer Hütte. Der alte Obersteiger hielt seine gewohnte Ruhepause, schmauchte ein Pfeifchen mit bestem Virginia, plauderte von vergangenen Zeiten und führte sich dann und wann einen Schluck Usquebaugh zu Gemüte. Nell und Harry, die sich nach dem Essen verabschiedet hatten, um, wie sie erklärt hatten, Jack Ryan einen Besuch abzustatten, bildeten ein weiteres, lebhaft erörtertes Thema der beiden Alten.
»Wenn«, sagte Simon Ford, »dann bald. Warum sollten die beiden noch lange warten? Harry ist weiß Gott im richtigen Alter.«

»Ach ja«, seufzte Madge.
»Und das wird ein Fest geben, von dem man noch lange in Coal-City sprechen wird. Wozu denn knauserig sein? Ich lasse was springen. Wenn ich daran denke, wie wir haben sparen müssen... da sollen es die jungen Leute besser haben. Oder nicht?«
»Man sieht ja«, antwortete Madge, »wohin die Sparsamkeit uns gebracht hat.«
»Allerdings«, sprach Simon Ford, erhob sich und trat an eines der Fenster, um sein Reich zu betrachten. Das Haus Simon Fords besitzt drei große Fenster, alle dem Malcolm-See zugewandt, und oft sehe ich den Hausherrn hinter den Scheiben stehen, von wo aus er wie ein Kapitän von der Kommandobrücke hinunterblickt.
»Schön«, sagte Simon Ford, »einfach herrlich.«
In diesem Augenblick schlug die Standuhr die dritte Stunde des Nachmittags an. Und als sei dies ein Signal gewesen, ließ sich plötzlich in der Ferne ein dumpfes Brausen vernehmen, das sich in Sekundenschnelle zu einem alles übertrumpfenden Getöse steigerte. Dann schwappte auch schon der Malcolm-See über und wälzte eine ungeheure Woge an Land, die sich an den steinernen Mauern der Fordschen Behausung brach und ihre Gischt gegen die Fensterscheiben warf. Rasch ergriff Simon Ford die Hand seiner lieben Gattin und flüchtete in das obere Stockwerk.
Von dort aus bot sich ein atemberaubender Anblick. Überall liefen in panischem Schrecken die Bewohner von Caol-City vor den anstürmenden Wassermassen davon. Sie schienen zu glauben, das Meer sei in die Grube eingebrochen, da bekanntlich deren Stollen bis unter die Irische See reichen. In diesem Falle wäre zwar jeder Fluchtversuch sinnlos gewesen, dennoch kletterten die Leute auf Felsen, sprangen in die am Ufer liegenden Boote oder rannten mit eilig zusammengerafften Habseligkeiten zum Eisenbahntunnel, in der vagen Hoffnung, doch noch irgendwie davonzukommen.
Als die ersten Familien aber die Tunneleinfahrt erreichten, sahen sie sich Simon Ford gegenüber, der seine Hütte ebenfalls schleunigst verlassen hatte. Mit ausgebreiteten Armen stellte er sich den Flüchtlingen entgegen.
»Halt, Leute! Halt!« schrie der alte Obersteiger ihnen zu. »Wenn unsere Stadt im Wasser versinken soll, dann steigen die Fluten so schnell, daß ihnen niemand entkommen wird. Jetzt aber wächst der See nicht mehr. Die Gefahr ist vorüber. Zurück an die Arbeitsplätze. Niemandem wird etwas geschehen!«

Da schwappte auch schon der Malcolm-See über und wälzte eine ungeheure Woge an Land.

»Aber unsere Kameraden, die in der Tiefe arbeiten?«
»Keine Sorge. Sie arbeiten heute in einem Stollen, der höher liegt als die Oberfläche des Malcolm-Sees.«
Simon Ford sollte recht behalten. Das Wasser war zwar sturzbachartig und unter gewaltigem Lärm eingebrochen, wodurch der Eindruck einer Katastrophe hervorgerufen wurde – doch diese Katastrophe blieb aus. Der Strom versiegte ebenso plötzlich, wie er entstanden war, und als der Wasserspiegel des Malcolm-Sees sich wieder beruhigt hatte, erkannte man, daß er sich kaum um einen Meter gehoben hatte. Hieran mag der Leser die Größe des unterirdischen Gewässers ermessen. Der Katrin-See, mit einer Länge von 12 km und einer durchschnittlichen Breite von 2,5 km, ist schließlich auch kein Teich. Trotzdem hatte ihn der Malcolm-See verschluckt wie ein Walfisch den Hering.
Und niemand war zu Schaden gekommen. Es gab weder Ertrunkene noch Verletzte – bloß viele nasse Strümpfe.

20

An jenem denkwürdigen 22. August, als von der schottischen Landkarte ein ganzer See getilgt wurde, hielt ich mich nicht in Aberfoyle, sondern zu geschäftlichen Besprechungen in Edinburgh auf. Ich wurde also nicht Augenzeuge des Unglücks. Dennoch – oder auch deshalb – trug ich, so möchte ich behaupten, den größten Schrecken davon. Man stelle sich mein Entsetzen vor, als mir mein Diener James am Morgen des 23. August den *Edinburgh Review* auf den Tisch legte und ich darin lesen mußte: KATRIN-SEE VERSCHWUNDEN! Andere Männer meines Alters sterben bei solchen Gelegenheiten am Herzinfarkt. Auch mich wollte es überfallen. Doch ehe mich der Schlag treffen konnte, war ich schon aufgesprungen und aus dem Hause. Ich weiß nicht, wie ich die Reise nach Aberfoyle überstand, nur eines weiß ich: Es werden Zeiten kommen, da sich der Mensch mit der Geschwindigkeit einer Gewehrkugel durch die Lüfte bewegen wird.
In Aberfoyle angekommen und von der, dem Leser schon bekannten Harmlosigkeit der Überschwemmung erstaunt, leitete ich sofort die Untersuchung der Unglücksursachen ein. Simon Ford, Harry und ich bestiegen ein Ruderboot und begaben uns dorthin, wo das Gewölbe eingebrochen sein mußte, nämlich unter das Bett des Katrin-Sees, vielmehr dorthin, wo er bis vor kurzem noch gewesen war.

Immerhin schien das Ereignis erklärlich und eine Folge der geologischen Beschaffenheit des Gewölbes zu sein. Die sekundäre Schicht zwischen dem Bett des Sees und der Höhle unter ihm konnte nur äußerst dünn sein. So gab es eine Reihe vertretbarer Hypothesen: Sickerwasser, Erosion, ein tektonisches Beben oder Gesteinsverschiebungen.

Als wir uns aber unterhalb der Öffnung befanden – es war ein Loch von etwa 13 mal 20 m –, genügte ein Blick, um festzustellen, daß keine dieser Hypothesen zutraf. Die Diagnose lautete einwandfrei auf: Sprengung. Hier war ein Mensch nach reiflicher Überlegung zu Werke gegangen. An mehreren Stellen wies das Gestein die typischen Schwärzungen auf, wie sie Dynamitexplosionen verursachen.

»Was wäre geschehen«, sagte ich, »wenn dieser Durchbruch nicht den Katrin-See, sondern das Meer hereingelassen hätte? Nicht auszudenken.«

»Doch«, meinte Harry düster.

»Allerdings, es hätte eines Ozeans bedurft, um unser New Aberfoyle zu vernichten. Aber wem, bei Gott, könnte an solcher Teufelei gelegen sein? Verstehen Sie, Mister Starr, was da ... in welchem Kopf ... ich begreife es nicht. Nein.«

»Aber ich«, sagte ich, »denn dieser gigantische Anschlag ist ein Indiz. Wenn die Person des Attentäters auch noch im Dunkeln bleibt – seine Motive hat er enthüllt. Was treibt einen Verbrecher zum Mord? Entweder der Wille, sich zu bereichern oder, wenn das nicht der Fall ist, ein psychischer Zwang: Rachsucht zum Beispiel, Eifersucht oder Sadismus. Hätten wir es mit einem normalen Gangster zu tun, der seinen Profit im Auge hat – warum sollte ein solcher Mensch auf die Idee verfallen, ganz New Aberfoyle unter Wasser zu setzen und seine Bewohner zu ertränken wie Katzen im Sack? Daran würde er keinen halben Penny verdienen. Also steht zumindest eines fest: daß nämlich der Täter ...«

»Und wenn es nun mehrere sind?«

»Das ist unwahrscheinlich, Harry. So viele verbohrte Hirne gibt es nicht, kann es gar nicht geben. Nein, wir haben es mit einem Einzelgänger zu tun, der es sich – aus welchem Grunde auch immer – geschworen hat, New Aberfoyle zu vernichten. Anscheinend ist er zu schwach, uns offen entgegenzutreten. Doch macht ihn die Intelligenz, mit der er begabt ist, zu einem gefährlichen Feind. Dabei, liebe Freunde, verfügt er über eine genaue Ortskenntnis. Hätte er uns sonst bisher entwischen können? Zweifellos gehen die früheren Anschläge, die auf uns verübt wurden, auch auf sein Konto. Dieser Kerl, Meister Simon, kennt sich in den unterirdischen Labyrinthen weit besser aus als wir. Er ist ein Fachmann, und zwar nicht einer der dümmsten. Daran besteht kein Zweifel mehr. Denken Sie einmal nach: Hatten Sie jemals einen persönlichen Feind, auf den unser Verdacht zutreffen könnte? Sie wissen, daß es eine Monomanie des Hasses gibt, die auch Jahrzehnte nicht auszulöschen vermögen. Konzentrieren Sie sich. Entspannen Sie sich. Suchen Sie in Ihrem Leben so weit wie möglich zurück. Alles, was hier vorgeht, ist womöglich die Folge irgendwelcher Ereignisse in Ihrer frühesten Jugend.«

Simon Ford antwortete nicht gleich. Er kraulte sich den weißen Bakkenbart. Man sah, daß er angestrengt überlegte. Endlich hob er den Kopf und sprach:

»Beim heiligen Gilles, weder Madge noch ich haben jemals einem Menschen etwas Böses zugefügt. Jedenfalls nicht, daß ich es wüßte. Nein, wir haben keinen Feind.«

»Dachte ich mir natürlich«, sagte ich, ohne meine Enttäuschung ganz verbergen zu können, und dann entfuhr es mir: »Wenn doch diese Nell endlich sprechen wollte!«

»Meine Nell?«

»Verzeihung, Harry.«

»Ich möchte doch herzlich bitten«, sagte der junge Mann. »Verschonen Sie meine Verlobte. Ich weiß, wie ängstlich sie ohnehin ist und daß sie nur mühsam mit ihrem Geheimnis hinter dem Berg hält. Wenn sie schweigt, so hat sie entweder nichts zu sagen oder sie glaubt, nichts sagen zu dürfen. Gibt es einen Grund, an ihrer Aufrichtigkeit, an ihrer Liebe zu uns allen zu zweifeln? Sobald sie mir mitteilt, was sie jetzt noch verschweigt, werde ich Sie davon in Kenntnis setzen, Mister Starr, das verspreche ich, aber jetzt ...«

»Sei unbesorgt, Harry. Nells Schweigen erscheint mir zwar, um offen zu sein, ein wenig... Nun, wie soll ich sagen? Aber trotzdem werde ich natürlich keine Silbe gegen deine zukünftige Frau fallenlassen. Übrigens, wann ist es denn soweit?«

»Von mir aus schon morgen«, sagte Harry, »aber nach mir geht es ja nicht. Vater spricht das letzte Wort.«

»Nun, Meister Ford?«

»Tja«, brummelte der Alte.

»Möglichst bald«, schlug ich vor.

»Also schön. In einem Monat.«
»Abgemacht?«
»Abgemacht.«
Augenblicklich packte Harry die Riemen, und mit kraftvollen Schlägen setzte er das Boot in Fahrt. Schweigend legten wir die 7 km bis Coal-City zurück. Ich glaube, jeder von uns beschäftigte sich in Gedanken mit Nell – nur jeder auf seine Weise.

21

Die bevorstehende Vermählung Harry Fords mit Nell löste in Coal-City und Umgebung einige Aufregung aus – leider nicht nur freudige. Neben herzlichen Glück- und Segenswünschen trafen fast täglich neue Unglücksbotschaften ein. Es schien, als sei die öffentliche Bekanntmachung des Aufgebots das Signal zu einer Kette von Unglücksfällen, die in erster Linie die Arbeiten in der Tiefe betrafen.
So verzehrte ein Grubenbrand das Holz in einem der untersten Querschläge und hätte auf den Flöz übergegriffen, wenn Harry und seine Kameraden nicht unter Einsatz ihres Lebens und mit sehr viel Wasser das Feuer bekämpft und endlich unterdrückt hätten. Man fand eine Lampe, von der man annehmen mußte, daß sie dem unbekannten Brandstifter gehörte. Zwei Karrenläufer wurden mit Rauchvergiftungen ins Hospital eingeliefert.
Kurz darauf brach in einem der Schächte die Förderanlage zusammen. Harry, der an dieser Stelle die Arbeiten leitete, wurde unter den Trümmern begraben, aber wie durch ein Wunder unverletzt geborgen. Es stellte sich heraus, daß irgendein Tunichtgut die Pfosten angesägt hatte.
Zwei oder drei Tage vergingen, da ereignete sich ein weiteres Unglück. Ein Grubenzug, auf dem Harry saß, stieß in voller Fahrt (15 km/h) gegen ein Hindernis, entgleiste und stürzte um. Quer über den Schienen hatte ein schwerer Balken gelegen.
Kurz, diese Vorkommnisse häuften sich derart, daß zuletzt Arbeitsmoral und Betriebsklima erheblich darunter litten. Die Bergleute murrten. Sie fürchteten für ihr Leben. Nur das mutige Beispiel Harrys, der, obwohl er das eigentliche Ziel all dieser Attacken zu sein schien, unerschütterlich blieb und mit stoischer Ruhe seiner Arbeit nachging, verhinderte den Streik. Ich mußte es dem jungen Mann schließlich verbieten, die Bekundung seiner Unbesorgtheit allzu

weit zu treiben, nachdem er bei einem Kontrollgang an den westlichen Ufern des Malcolm-Sees mit knapper Not und Mühe einem Steinhagel entkommen war, der von der Höhe des Gewölbes auf ihn herniederprasselte.

Selbstverständlich gingen wir jetzt von unserem Prinzip ab und schalteten die Polizei ein. Wir mußten es tun. Hätten wir es nicht getan, so hätte der Ruf des Unternehmens noch mehr gelitten. Aber was sollte die Polizei schon ausrichten? Ich hatte mir von dem Erscheinen der Beamten nur eine Beruhigung der Gemüter versprochen. Und so war es auch. Die Herren nahmen alle Vorgänge zu Protokoll, besichtigten die verschiedenen Tatorte, notierten sich einige Zeugenaussagen und verschwanden – mit dem Versprechen, die Angelegenheit gründlich zu bearbeiten. Die Aufklärung dieser Verbrechen, das war eine Aufgabe, die nur denjenigen gelingen konnte, die mit den Verhältnissen in der Grube aufs engste vertraut waren, nämlich den Bergleuten selbst.

In diesem Sinne versuchte man, auf Nell einzuwirken. War es nicht begreiflich, daß Simon Ford und Madge ihre zukünftige Schwiegertochter mit einer gewissen Strenge bewachten? Ich muß gestehen: auch mich packte in jenen unruhigen Wochen handfestes Mißtrauen, und wenn ich bei den Fords zu Besuch war, beobachtete ich mit recht gemischten Gefühlen Harrys hübsche Braut, zumal es gar nicht zu verkennen war, daß sie, von Natur aus eher ruhig und schweigsam, von einer verdächtigen Nervosität befallen war. Mußte man darin nur die Vorfreude auf das eheliche Glück erblicken? Standen nicht die seltsamen Vorgänge irgendwie in Zusammenhang mit ihrer Person? Wir alle fühlten das, und wenn wir entsprechende Andeutungen machten, erhob Nell keinen Einspruch. Sie schwieg – sehr zu unserem wachsenden Mißvergnügen. So zählten wir alle, und nicht nur die beiden Brautleute, voller Ungeduld die Tage bis zur Hochzeit.

Acht Tage vor dem bestimmten Termin ereignete sich ein Vorfall, der Nells Unschuld in vollem Maße erweisen sollte und uns zeigte, daß wir ihr in Gedanken bitter Unrecht getan hatten. An diesem Morgen war das Mädchen als erste aufgestanden und, einer dunklen Ahnung folgend, hatte es die Haustür geöffnet, um die nähere Umgebung der Hütte zu mustern. Plötzlich entfuhr ihr ein Schrei, so laut und schrill, daß ich in 50 m Entfernung davon erwachte. Augenblicklich kleidete ich mich an und stürzte zum Hause Simon Fords. Als ich dort anlangte, standen der Obersteiger, seine Frau

Harrys Braut war weiß wie Schnee.

und sein Sohn schon an Nells Seite. Harrys Braut war weiß wie Schnee. Unfähig, ein Wort herauszubringen und am ganzen Leibe zitternd, wies sie auf die Außenseite der hölzernen Tür, wo, offenbar mit einem Stück Kohle geschrieben, folgende Zeilen zu lesen waren:

Simon du hast mir das lezte Flöz von meinem Kohlenwerk entwendet. dein Sohn hat mir meine Nell geraupt. Verderben über euch. Verderben über Alle. Wehe gantz New-Aberfoyle. Silfax.

»Silfax!« riefen Simon Ford und Madge wie aus einem Munde. Auf ihren Gesichtern malte sich mehr Erstaunen als Schrecken.

»WER?« fragte Harry.

»Mein Gro...«, murmelte Nell. Sie war nahe daran, in Ohnmacht zu sinken. Kurz bevor es geschah, hatte Madge das Mädchen umfaßt und trug es in die Wohnung, von wo man bald hemmungsloses Schluchzen und die beruhigenden Worte Madges hörte.

»Wer dieser Bursche ist«, sagte ich, »weiß ich nicht. Jedenfalls ist er aber mit dem Verfasser des anonymen Briefes identisch, den ich seinerzeit erhielt. Es ist dieselbe Handschrift. Aber Sie, Meister, kennen diesen Silfax offenbar. Erzählen Sie!«

»Das ist eine lange Geschichte«, begann Simon Ford. »Silfax war der letzte Büßer der Grube Dochart, ein wilder, ein menschenscheuer Charakter. Ich erinnere mich gut an ihn. Oft genug habe ich ihn in den Stollen dahinkriechen sehen. Hatte er nicht einen Vogel bei sich? Ja, jetzt weiß ich es wieder. Ein Uhu, ein riesiger Uhu begleitete ihn stets und half ihm bei seiner gefährlichen Arbeit, indem er den brennenden Docht dorthin trug, wohin Silfax' Arme nicht reichten. Eines Tages verschwand dieser Greis und mit ihm ein kleines Waisenkind, ein Mädchen, das hier im Werk geboren...«

»Nell«, rief Harry, »das war Nell.«

»So wird es sein. Ja, der Mann mit dem Uhu und dem Enkelkind! Er war nicht mehr jung, so an die 15 bis 20 Jahre älter als ich. Man sagte übrigens, er sei nicht ganz richtig im Kopf. Die Gefahr, der er sich tagtäglich aussetzte, schien seinen Geist verwirrt zu haben. Manche hielten ihn für einen Strolch. Eher war er ein Narr, glaube ich. Daß er noch lebt, hätte ich nie gedacht.«

»Und was meint er wohl mit den Worten: Du hast mir das letzte Flöz entwendet?«

»Das erkläre ich mir so«, antwortete Simon Ford. »Silfax, mit dessen Verstand es, wie gesagt, im argen lag, behauptete schon früher, einen Anspruch auf die Grube zu haben. Ich weiß noch, wie rasend er werden konnte, wenn man ihm sagte, daß es mit Dochart nicht mehr weit her sei. Es war ja seine Grube, seine ganz allein, und je mehr die Kohlenvorräte zusammenschmolzen, desto ungebärdiger und menschenfeindlicher wurde der Büßer. Mit Schmähreden überschüttete er die Hauer, die sich an den Abbau der letzten Ader machten, und als dann die Stillegung der Zeche unabwendbar und abzusehen war, da war Silfax eines Tages verschwunden, zusammen mit seinem Enkelkind. Wohin die beiden gegangen waren, das wußte niemand. Doch ich wiederhole es: ich hielt ihn längst für tot. Ich konnte nicht ahnen, daß der gesuchte Unhold Silfax der Büßer sei. Der Mann muß an die 90 sein, und da wundert es mich doch, daß er uns solche Scherereien macht. Aber dieser Silfax besaß eben schon damals ungewöhnliche Körperkräfte. Außerdem kennt er die Grube wie kein anderer – von mir einmal abgesehen, wenn ich das hinzufügen darf.«

»Gott sei Dank, jetzt wissen wir Bescheid. Hatte ich nicht recht mit meinen Vermutungen, daß hier ein Geisteskranker, ein Einzelgänger sein Unwesen treibt? Wahrscheinlich hat dieser Mann zufällig die neuen Kohlenlager entdeckt, und in seinem Irrsinn mag er sich zu deren Beschützer und Besitzer ernannt haben. Angefangen mit dem anonymen Brief über den Stein, der nach mir geworfen wurde, die Verbrennung der Leitern – alles sein Werk!«

»Und nun wissen wir auch, wer mir damals die Lampe aus der Hand schlug«, rief Harry, »mit wem ich damals in dem Schacht einen Kampf auf Leben und Tod zu bestehen hatte. Es war Silfax' Uhu. Welche schrecklichen Jahre mag Nell in der Gesellschaft dieser beiden Wesen verbracht haben?! Die Ärmste! Durfte man von ihr erwarten, daß sie den eigenen Großvater denunzierte?«

»Schrecklich«, murmelte Simon Ford, »wirklich schrecklich.«

»Irgendwie hat dieser Silfax also von der bevorstehenden Vermählung erfahren. Das hat seine Wut zum äußersten getrieben. Daher diese dauernden Sabotageakte in den vergangenen Wochen! Daher die Anschläge auf Harry, den Bräutigam!«

»Aber damit, daß ich und Nell heiraten, wird Silfax sich abfinden müssen. Vielleicht würde er sogar ein Einsehen haben, wenn man ihm die Sache überzeugend erklärte. Wir sollten versuchen, ihn zu stellen. Ich traue es mir durchaus zu...«

»Mit dem Wahnsinn ist keine Verhandlung möglich, mein lieber Harry. Das wäre Zeitverschwendung. Es gibt wichtigere Dinge. Erstens: wir müssen alle nur erdenklichen Vorsichtsmaßnahmen für unsere persönliche Sicherheit treffen. Zweitens: wir müssen uns mit Nell unterhalten. Weiteres Schweigen wäre sinnlos. Auch im Interesse ihres Großvaters. Was Nell weiß, sollte sie jetzt endlich erzählen.«

»Ich zweifle nicht daran, daß sie es tun wird.«

»Ja«, ließ sich eine helle Stimme vernehmen. Nell trat in das Zimmer. Sie war bleich. Ihre Augen verrieten, wieviel sie geweint hatte. Doch sie schien gefaßt und entschlossen, der Notwendigkeit des Augenblicks zu willfahren.

»Nell!« rief Harry und umarmte seine Braut.

»Lieber Harry, jetzt müssen dein Vater und deine Mutter, jetzt mußt du alles erfahren. Auch Mister Starr soll nicht länger im ungewissen bleiben über das Kind, das du zu deinem Unglück errettet hast.«

»Nelly, liebstes Nellchen!«

»Laß Nell jetzt mal sprechen!«

»Also, ich bin die Enkelin des alten Silfax. Ihr habt es erraten. Nie kannte ich eine Mutter, nie einen Vater, einen Freund, bis zu dem Tage, da ich hierher kam.«

»Dieser Tag sei gesegnet!«

»Wohl 15 Jahre lang habe ich mit meinem Großvater allein in den verborgensten Höhlen dieser Grube gehaust! Auf seine Art war Großvater freundlich zu mir. Er speiste mich mit dem, was er von oben mitbrachte. Ich habe eine dunkle Erinnerung daran, daß in den ersten Lebensjahren eine Ziege meine Ernährerin war. Ihr Tod betrübte mich tief. Später gab es ein anderes Tier, einen Hund, wie der Großvater sagte. Leider war dieser Hund zu lustig. Er bellte manchmal. Mir hatte der Großvater das Schweigen beigebracht, bei dem Hund mißlang ihm das. Eines Tages war das Tier verschwunden. Der Großvater hatte auch einen Uhu. Zuerst hatte ich vor dem Vogel Angst. Er sah so furchterregend aus. Aber mit der Zeit wurde er ganz zutraulich zu mir. Schließlich liebte ich ihn sogar, und er gehorchte mir eher als seinem Herrn. Das machte mir Sorgen. Der Großvater war eifersüchtig. Der Uhu und ich, wir versteckten uns meist, um beisammen zu sein. Wir wußten beide: es ist besser so... Doch da schwatze ich zuviel von mir. Ich sollte lieber von euch sprechen.«

»Erzähle nur, meine Tochter!«

»Eure Nachbarschaft in der Grube hat meinen Großvater immer mit

Wut erfüllt, obwohl uns doch ein weiter Zwischenraum trennte. Großvater ärgerte sich schon, weil überhaupt Menschen in der Grube lebten. Wenn ich es wagte, nach euch zu fragen, dann sprach er tagelang kein Wort mit mir. Er schwor hoch und heilig, es sollte euer Unglück werden, wenn es euch gelänge, in die neuen, nur ihm bekannten Höhlen vorzudringen und seine Kohlengrube aufzuschließen. Trotz seines Alters verfügt mein Großvater über gewaltige Kräfte, und seine Drohungen ließen mich ebenso für euch wie für ihn fürchten.«

»Sprich weiter«, ermunterte Simon Ford das Mädchen. Nell hatte sich für eine Weile unterbrochen, um ihre Gedanken zu sammeln.

»Damals, als ihr zum ersten Mal nach New Aberfoyle kamt, hatte der Großvater einen teuflischen Einfall. Er verschloß das von euch gesprengte Loch. Ihr solltet für immer eingekerkert bleiben, dem Hungertod preisgegeben. Nun kannte ich euch zwar nur als schattenhafte Wesen, und ich empfand vor euch mehr Furcht als Achtung, dennoch ertrug ich den Gedanken nicht, daß ihr elend zugrunde gehen solltet. Ich faßte den Entschluß, euch zu befreien. Gott fügte es, daß ich Jack Ryan und den anderen begegnete. Es gelang mir, die Rettungsmannschaft zu euch zu locken. Leider ertappte mich dabei der Großvater. Seine Wut war maßlos. Er schlug mich rot und blau... Nun wurde mein Leben vollends unerträglich. Der Großvater verfiel mehr und mehr dem Wahnsinn. Er erklärte sich zum König des Schattens und des Feuers. Als er eure Spitzhacken an die Kohlenadern pochen hörte, quälte er mich unbarmherzig. Ich wollte fliehen, doch wurde ich zu streng bewacht. Endlich, vor etwa vier Monaten, schleppte mich der Großvater in einem Anfall geistiger Umnachtung dorthin, wo ihr mich gefunden habt. Nachdem er seinen treu bei mir wachenden Uhu vergeblich gerufen hatte, machte er sich aus dem Staube. Wie lange ich in der Grube gelegen habe? Ich weiß es nicht. Als du, mein Harry, erschienst, war ich dem Tode nahe. Und nun siehst du wohl ein, daß des Silfax' Enkelin nicht das Weib Harry Fords werden darf, weil es dein, weil es euer aller Leben kosten würde.«

»Aber Nell!« rief Harry betroffen.

»Nein, nein! Es gibt nur ein Mittel. Ich muß mich opfern, muß zu meinem Großvater zurück. Ihr kennt ihn nicht. Niemand vermag vorauszusehen, welche Ideen ihm seine Rachegelüste eingeben. Silfax ist ein Genie des Bösen, und seine Drohung richtet sich gegen ganz New Aberfoyle. Nur mir ist es gegeben, ihn zu versöhnen. Lebt wohl! Ich gehe. Das Glück dieser Welt, ich habe es bei euch erlebt. Mein Herz wird immer bei euch bleiben.«

»Nell!« riefen wir alle. »Willst du wirklich...«

»Ja.«

»Gut, mein Kind«, sagte ich, »du hast uns erzählt, was du zu tun für nötig hältst. Aber glaubst du, daß wir so erbärmlich sind, dein Opfer anzunehmen? Silfax sagt uns den Kampf an. Sei's drum. Schließlich ist er auch nur ein Mensch, und wir werden uns vor ihm zu schützen wissen. Erzähle uns lieber, wo sich der Alte gewöhnlich versteckt. Damit wäre uns eher gedient als mit deiner Flucht. Vielleicht gelingt es uns, ihn wieder zur Vernunft zu bringen?«

»Das dürfte unmöglich sein«, antwortete Nell. »Mein Großvater ist überall und nirgends. Seine eigenen Schlupfwinkel habe selbst ich nie gekannt. Als ich meinen Entschluß faßte, Mister Starr, da wußte ich recht gut, was Sie mir entgegenhalten würden. Nein, es gibt nur einen Weg, und der führt zurück zu IHM. Unterschätzen Sie Silfax nicht. Mein Großvater ist zwar immer unsichtbar, doch er sieht alles. Fragen Sie sich doch, wie er stets von Ihren geheimsten Plänen erfahren konnte, von dem an Sie, Mister Starr, gerichteten Brief bis zu der beabsichtigten Vermählung. Mein Großvater weiß eben alles.«

»Luzifer«, flüsterte Madge.

»O nein. Oder doch? Vielleicht. Jedenfalls ist Großvater selbst in seinem Wahnsinn ein geistig hochstehender Mensch. Immerhin lehrte er mich Gott erkennen, er sprach mit mir über alles Mögliche. Er hat mich eigentlich nur darin getäuscht, daß er, um meinen Haß gegen die ganze Menschheit zu wecken, mir alle Menschen als gemein und widerwärtig darstellte. Großvater hat seine eigene Theorie. Als Harry mich hierher brachte, habt ihr mich für unwissend gehalten. Weit schlimmer als das: Ich glaubte mich – verzeiht mir das Mißtrauen – in der Gewalt von Verbrechern und sann auf Flucht. Nach Großvaters Ansicht gibt es nur Ausbeuter und Unterdrückte, und beide, sagt er, seien gleichermaßen verachtungswürdig. Daran glaubte ich blind. Erst Sie, Madge, haben mich auf andere Gedanken gebracht, weniger durch Ihre Worte als durch das Beispiel, das Sie mir vor Augen führten – und durch die Liebe, welche Ihr Mann und Ihr Sohn Ihnen entgegenbringen. Später, als ich dann all diese zufriedenen, glücklichen Arbeiter Mister Starr vereh-

ren sah, für dessen Sklaven ich sie anfangs hielt, als ich in der Kapelle von Coal-City die Bevölkerung vor dem Altar knien sah, um Gott für das tägliche Brot zu danken, da fühlte ich: Der Großvater hat mich getäuscht, nein, er hat sich sogar selbst getäuscht. Laßt mich also die versteckten Pfade wieder aufsuchen, auf denen ich ihn begleitete. Ich werde ihn rufen. Er wird mich hören. Wer weiß, ob es mir nicht gelingen wird, seine Verblendung zu besiegen?«
»Mutter«, rief Harry, »was würdest du von einem Manne denken, der eine so edle Tochter, wie du sie erwartest, aufgeben würde?«
»Und wäre er mein Sohn, ich würde ihn verleugnen.«
»Hörst du die Worte unserer Mutter, Nell? Wohin du auch gehst, ich werde dir folgen. Und wenn du auf dem Abschied bestehst, nun gut, dann werden wir uns gemeinsam verabschieden...«
»Harry, mein Harry!« schluchzte das Mädchen und, von seinen Gefühlen überwältigt, warf es sich dem jungen Mann in die Arme.
Und daß sie dort für immer bleiben sollte, wurde noch einmal mehrstimmig und feierlich beschlossen.

22

Am nächsten Tag unterrichtete ich die Bevölkerung von Coal-City über die drohende Gefahr. Da Silfax keine Komplizen unter der Arbeiterschaft haben konnte, war Verrat nicht zu befürchten. Bewaffnete Posten wurden im ganzen Werk verteilt. Jeder Fremde, so ließ ich anordnen, sei mir vorzuführen. Harry erhielt die Aufgabe, nicht von Nells Seite zu weichen – für alle Fälle. Mit größter Sorgfalt wurden alle uns bekannten Höhlen und Gänge durchkämmt. Eine Spur von Silfax ließ sich nicht entdecken.
Endlich brach der 23. September an. Der Beginn der Feierlichkeiten in der dem St. Gilles geweihten Kapelle war für 11 Uhr morgens angesetzt. Die Arbeiten wurden unterbrochen. Ob Sortierer, Zufüller, Hauer, Wagenführer oder Zimmermann – keiner wollte es sich nehmen lassen, der Familie des alten Obersteigers seine Ehrerbietung zu beweisen.
Zur festgesetzten Stunde traten Harry, der seine Mutter führte, und Simon Ford mit Nell am Arm aus der Fordschen Hütte. Hinter ihnen ging ich. Mir folgte Jack Ryan. Ihm schlossen sich die Ingenieure des Werkes, die Angestellten und Steiger an, alle in ihrem besten Festtagsrock. Nell war nur sehr einfach gekleidet erschienen, sah aber reizend aus. Ihr einziger Schmuck bestand aus einem

snood, jenem bunten Bande, das sich die jungen Mädchen Schottlands ins Haar binden.
Vor der Kapelle wartete schon Ehrwürden William Hobson, der die Trauungszeremonie vornehmen sollte. Orgelklänge strömten dem Zug entgegen, der sich in gemessenem Tempo dem Ufer des Malcolm-Sees näherte. Es war ein wunderschönes Bild. Ich hatte aus Anlaß der Feierlichkeit die Spannung auf 600 Volt erhöhen lassen. New Aberfoyle war in ein Meer von Licht getaucht. Die bunten Fenster der Kapelle funkelten wie Diamanten.
»Harry Ford«, begann der Geistliche, als das Paar sich vor dem Hochaltar aufgestellt hatte, »wollen Sie Nell zu Ihrem Weibe nehmen und schwören, sie bis in den Tod treu zu lieben?«
»Bei Gott dem Allmächtigen, ich schwöre es!«
»Und Sie, Nell, wollen Sie Harry Ford zum Gatten nehmen und ...«
In diesem Moment erschütterte ein so ohrenbetäubendes Getöse die gesamte Unterwelt, daß die Hochzeitsgesellschaft wie von Sinnen auseinander und zur Türe hinausstob.
Was war geschehen?
Einer der gewaltigen über dem See hängenden Felsen, etwa 65 m von der Kapelle entfernt, hatte sich plötzlich, als habe er das schon seit langem geplant, losgelöst und war in den Malcolm-See gestürzt. Er hinterließ eine Öffnung, in welche sich das Wasser gurgelnd und zischend ergoß. Ein Abgrund gähnte, von dessen Existenz bisher niemand etwas geahnt hatte.
Dann tauchte auf der Wasserfläche ein Boot auf. Ein Greis in dunkler Mönchskutte und mit langem, bis auf die Brust wallendem Barte trieb es voran. In der Hand hielt er eine Davysche Lampe, worin die durch das umgebende Drahtnetz isolierte Flamme brannte. Sprachlos beobachteten wir diese nie gesehene Gestalt, wie sie mit kräftigen Bewegungen den Kahn wriggte, daß es sich weiß unter seinem Bug kräuselte. Plötzlich ließ der Alte den Riemen fallen. Er richtete sich auf, hob seine Arme zu prophetischer Gebärde und schrie uns zu:
»Tod und Verderben über euch!«
Ich überlegte gerade, ob man die ganze Sache nicht auch komisch finden könnte und warf einen Blick auf Simon Ford, der die sonderbare Figur ebenso ratlos betrachtete wie alle anderen, da stieg mir der eigentümliche Geruch des Wasserstoffmonokarbonats in die Nase. Blitzartig durchfuhr es mich: Was da gurgelte, war das abflie-

ßende Wasser – aber das laute Zischen rührte vom Wettergas her. Anscheinend hatte der Sturz des Felsens eine überdimensionale Windtasche geöffnet, und jetzt entwich deren Inhalt unter dem Druck einiger Atü in das Gewölbe und verwandelte die gesamte Atmosphäre von New Aberfoyle in eine hochexplosive Mischung.
»Raus hier!« schrie ich, erkannte aber sogleich den rein rhetorischen Charakter dieses Rufes. Zur Flucht war es zu spät. Der alte Silfax war da, bereit, sich selbst und sämtliche Einwohner von Coal-City unter Trümmern zu begraben. Jetzt hätte uns nur noch ein guter Schütze retten können. Aber wer geht schon mit einem Revolver in der Tasche zur Hochzeit? Ich fügte mich in das Unabänderliche und betete. Das Gemurmel der Todesangst stieg aus der Versammlung zum steinernen Himmel empor.
Da stürzte sich mutig ein Mann in den See und schwamm mit kräftigen Stößen auf das Boot zu. Es war Jack Ryan. Silfax sah ihn kommen. Er zerbrach das Glas der Lampe, riß den brennenden Docht heraus und hielt ihn in die Luft...
Ich schloß die Augen. Nach 10 sec öffnete ich sie wieder. Wie hatte ich nur, ich, technischer Direktor einer Grube, Mitglied der *Royal Institution*, Wissenschaftler von Rang, wie hatte ich nur vergessen können, daß das leichte Gas, anstatt sich in den unteren Luftschichten zu verbreiten, in die Höhe steigen mußte?
»Los! Raus hier!« schrie ich.
Doch Silfax war mit seinen Künsten noch nicht am Ende. Er winkte einmal mit der linken Hand – und eine ungeheure Nachteule senkte sich von oben herab, ergriff den todbringenden Docht und schwang sich wieder empor, wohin der ausgestreckte Finger ihres Herrn sie wies.
Wie viele Sekunden verblieben mir noch...
Da entwand sich Nell Harrys Armen. Sicheren Schrittes eilte sie zum Ufer, bis dicht an das Wasser.
»Uhu! Uhu! Komm zu mir. Komm zu deiner Nell. Komm, Uhu! Komm!«
Erstaunt zögerte der treue Vogel einen Augenblick. Als er Nells Stimme wiedererkannte, ließ er den brennenden Docht in den See fallen, beschrieb einen weiten Bogen, ging dann in den Sturzflug über und landete schließlich flügelfaltend zu Füßen der Braut.
Ein gellender Schrei!
Eben als Jack Ryan die Hände auf die Bordwand des Bootes legte, um sich hochzustemmen, stürzte sich Silfax, der seinen Racheplan ge-

... doch Silfax war mit seinen Künsten noch nicht am Ende.

scheitert sah, in die Fluten des Malcolm-Sees – um nie wieder aufzutauchen.

23

Sechs Monate später, im März des folgenden Jahres, wurde die auf so grausame Weise unterbrochene Trauung in der Kapelle des St. Gilles zelebriert. Es war eine schlichte Feier, denn das Brautpaar trug zu der Zeit noch Trauer. Muß ich übrigens hinzufügen, daß Nell und Harry ein überaus glückliches Paar geworden sind? Silfax, wie gesagt, blieb verschwunden. Die Gewässer des Malcolm-Sees haben sich für immer über der Leiche dieses luziferischen Greises geschlossen. Bisweilen kann man aber über der stillen Fläche des Sees den Uhu sehen. Er allein scheint den Tod seines Herrn nicht verwinden zu können. Sucht sein Blick in die ungemessenen Tiefen zu dringen? Möchte er seine Freundin wiedersehen?
Jedenfalls bietet der Anblick dieses unheimlichen Vogels, der schweigend und unruhig seine Kreise unter dem dunklen Gewölbe zieht, Anlaß für manche phantastische Erzählung.

Der Herr der Welt

Mit machtvoll rauschenden Schwingen erhob sich der Apparat des wahnsinnigen Erfinders über Täler und Felsgipfel.

1

Zu der Zeit, als mein grandioser Aufstieg bei der amerikanischen Bundespolizei zu Washington begann, wurde auch der Klettersport in den Vereinigten Staaten populär. Längst hatten die Europäer ihre Matterhörner und Zugspitzen bezwungen, als die ersten amerikanischen Bergsportvereine gegründet wurden und viele Staatenbürger Sonntag für Sonntag mit Rucksack, Pickel und Alpenstock in die Berge zogen.
Während die Bergsteigerclubs von Colorado, Wyoming, Montana, Kalifornien und anderen Staaten des Westens in kurzer Zeit Leistungen vorweisen konnten, die den Erfolgen der berühmten europäischen Alpenvereine gleichkamen, gerieten die Klettersportler der ostamerikanischen Staaten wirkungslos ins Hintertreffen. Ihre Hausberge, die Appalachen und Alleghanies, waren nur ein aufgeblähter Schwarzwald, zwar 1600 km lang, ihre höchsten Gipfel erreichten aber mit Mühe und Not 2000 m. Die Hochgebirgsenthusiasten aus dem Osten waren deshalb gezwungen, Tausende von Kilometern nach Westen zu fahren, um sich in den Rocky Mountains, der Sierra Nevada und dem Kaskadengebirge hochalpinen Bedingungen zu stellen. Die heimischen Berge wurden unterdessen das Ziel von harmlosen Schulwanderungen und Betriebsausflügen.
Ein einziger Berg, der Great Eyry im Westen Nordkarolinas, war von den örtlichen Appalachen-Vereinen immer noch nicht bezwungen worden. Dieser schroffe Bergkegel hebt sich mit seinen kahlen, bei bestimmten Lichtverhältnissen bläulich schimmernden Wänden deutlich von den bewaldeten Höhenzügen der *Blauen Berge* ab. Immer wieder hatte er die Bewohner des benachbarten Dorfes Pleasant-Garden und der Stadt Morganton angelockt, aber keiner war weiter als bis zu seinem Fuß vorgedrungen. Bald fanden sich die Einheimischen damit ab, daß sie den Kegel des Great Eyry weiterhin nur von unten betrachten konnten, im Gegensatz zu Adlern, Geiern und Kondoren, die in Scharen um den stumpfen Gipfel kreisten.
Die Leute wurden erst dann wieder auf den Great Eyry aufmerksam, als die Vögel an manchen Tagen plötzlich kehrtmachten und wie in panischer Angst vor dem Berg davonflogen. Wenig später erzählte ein Bauer aus Pleasant-Garden, zur selben Zeit, als eine Vogelschar aus der Nähe des Great Eyry geflohen sei, habe er ein seltsames Geräusch aus der Richtung des Berges gehört. Ein anderer wollte sogar dicke Rauchwolken beobachtet haben, die scheinbar aus

dem Innern des Bergkegels aufgestiegen waren, und mehrere Dorfbewohner berichteten übereinstimmend, sie hätten in der Nacht einen Lichtschein bemerkt, der von den Wolken über dem Great Eyry zurückgeworfen wurde.
Der katastrophale Ausbruch des Krakatau in der Südsee war vielen noch gut in Erinnerung, so daß sich bald das Gerücht verbreitete, der Great Eyry sei ein Vulkan und werde in allernächster Zeit ausbrechen. Die Lokalzeitungen Nord-Karolinas griffen das Thema ›Vulkan‹ begierig auf und schilderten die Folgen eines Ausbruchs in den düstersten Farben. Das »Geheimnis des Great Eyry« wurde zum unausschöpflichen Gesprächsstoff. Wer in sicherer Entfernung von dem unheimlichen Berg wohnte, hätte es nicht ungern gesehen, wenn in die stillen Appalachen etwas Leben gekommen wäre, während die Bürger von Pleasant-Garden und Morganton Maßnahmen für den inneren Notstand erörterten und Evakuierungspläne ausarbeiteten. Auch die Bewohner anderer benachbarter Ortschaften und Einzelhöfe nahmen an den Beratungen teil. Ein Bürgerausschuß bat die Bergsteigervereine, eine kleine Expedition zusammenzustellen und endlich einmal nachzusehen, was in und auf dem Great Eyry eigentlich vorgehe. In ihrer Antwort gaben die Klettersportler zu erkennen, daß sie sich einerseits keiner Gefahr aussetzen wollten, andererseits die Existenz eines Vulkans im orographischen System der Appalachen für völlig ausgeschlossen hielten.
Auf die Hilfe der widerspenstigen Bergsteiger konnte man glücklicherweise verzichten; der Ballonfahrer Wilker hatte seinen Aufstieg in Morganton angekündigt. Bei Ostwind mußte der Ballon genau über den Gipfel des Great Eyry hingetrieben werden, und dann mußte sich die Frage endgültig lösen lassen, ob der Great Eyry tatsächlich eine Krateröffnung einschloß und ob mit einem Vulkanausbruch zu rechnen war.
Als sich der Morgennebel verzogen hatte, startete der Ballon und trieb langsam steigend auf den Bergkegel zu. In 500 m Höhe blieb der Ballon aber stehen, und der Luftschiffer versuchte vergeblich, wieder Wind zu finden. Weiter oben wurde der Ballon jedoch von einer Strömung aus dem Westen gepackt und weit nach Osten geführt, wo er den Blicken der Zuschauer allmählich entschwand. Die Zeitungen berichteten tags darauf, Wilker sei mit seinem Ballon in der Nähe von Raleigh, der Hauptstadt Nord-Karolinas, gelandet.
Die Bürger Morgantons riefen immer wieder nach einem Ballon. Aber den meisten Luftschiffern war die Gegend zu wenig attraktiv,

außerdem wollten sie nicht zur Herbstzeit aufsteigen. Den Winter über blieb es ruhig im Berg. Nur ab und zu stieg eine dünne Rauchsäule über dem Gipfel auf, und die nahe am Great Eyry wohnenden Bauern wollten wieder geheimnisvolle Geräusche gehört haben.
Erst mitten im folgenden Frühjahr meldete sich der Berg wieder mit voller Aktivität. In der Nacht vom 4. zum 5. April brach ein solches Donnergetöse vom Gipfel des Great Eyry herunter, daß sogar die Einwohner von Pleasant-Garden aus dem Schlaf gerissen wurden. Zur gleichen Zeit erzitterte der Boden wie unter schweren Hammerschlägen. Hals über Kopf stürzten die Menschen aus ihren Häusern und flohen nach Osten, da sie jeden Moment erwarteten, eine riesige Erdspalte würde das gesamte Vorgebirge mitsamt Höfen und Dörfern verschlingen.
Während Bauern und Dorfbewohner zu Fuß und im Wagen in die pechschwarze Nacht hineinstürmten, war aus der Richtung des Great Eyry nichts Besonderes zu erkennen. Schwere Wolken zogen über der Bergkette dahin, selbst bei Tag wären die Gipfel unsichtbar gewesen. Wenig später lief in Montanton das Gerücht um, ein Aschenregen gehe bereits über das Vorland des Great Eyry herunter und Lavabrocken zertrümmerten die Dörfer.
Besonnenere Leute zweifelten allerdings an den Erzählungen der geflohenen Dorfbewohner. Keiner hatte einen Feuerschein oder einen Lavastrom gesehen, und die Erschütterungen konnten auch von einem Steinschlag herrühren. Für sie schien es lange nicht ausgemacht, daß da wirklich ein Vulkan ausgebrochen war.
Nachdem die Bauern stundenlang in der kalten Nacht gewartet hatten, gingen mehrere Familien wieder in ihre Häuser zurück, um das Tageslicht abzuwarten und dann selbst nachzusehen, was der Great Eyry ausgespuckt hatte. Manche lagen längst wieder in tiefem Schlaf, als zum zweitenmal Alarm geschlagen wurde. Alles stürzte aus den Häusern und sah zum Great Eyry hinüber, da schrien Frauen und Kinder auch schon auf. Über den Gipfel des Berges schlugen Flammen, die von den tiefhängenden Wolken zurückgestrahlt wurden und die Hänge des Bergkegels in ein fahles Licht tauchten. Einige Sekunden später begann es oben auf dem Berg zu krachen und zu knistern, als stünden die Tannenwälder auf den Bergflanken in Brand.
Für die Bauern gab es jetzt kein Halten mehr. Frauen nahmen ihre Kinder an der Hand und rannten mit ihnen nach Osten, während die Männer ein paar Habseligkeiten zusammenpackten und auf ihre

Wagen luden. Viele ließen auch noch ihre Pferde, Rinder und Schafe aus den Ställen, um sie vor der Katastrophe zu verschonen, so daß sich bald ein wildes Durcheinander von Menschen, Tieren und Wagen in kopfloser Flucht nach Osten wälzte.
Nur ein paar Großgrundbesitzer blieben weiterhin in ihren Herrenhöfen und versuchten vergebens, die Bauern von ihrer überstürzten Flucht abzuhalten. Ihrer Meinung nach war dort oben nur ein Waldbrand ausgebrochen, der allmählich wieder in sich zusammensank. Als eine Gruppe dieser Großbauern gegen die Bergkette vorrückte, sah sie die Flammen auch schon langsam verlöschen, bald war die Umgebung des Great Eyry wieder in tiefes Dunkel gehüllt.
Auf dem Weg zu den Hängen des Bergkegels fanden die Männer weder Spuren von Lava noch herabgestürztes Geröll, nirgendwo hatte sich Aschenregen auf die Felder gelegt. Doch kurz vor Tagesanbruch schreckten die Bauern plötzlich auf. Während es auf dem Great Eyry weiterhin dunkel blieb, begann es hoch über ihren Köpfen in regelmäßigen Stößen zu rauschen und zu pfeifen, aber schon Minuten später war das Geräusch in der Ferne verklungen.

2

14 Tage nach dem Vorfall, der in den Zeitungen der Union mit Ausführlichkeit und noch mehr Phantasie abgehandelt worden war, wurde ich überraschend zu meinem Chef bei der Bundespolizei gerufen. Ich konnte Polizeidirektor Ward ganz gut leiden, aber ich wußte nicht recht, ob er mit mir noch zufrieden war, denn ich hatte schon längere Zeit keine interessanten Aufträge von ihm bekommen.
»Strock«, sagte er, »fühlen Sie sich gut in Form?«
»Ich hoffe, ich bin nicht aus der Übung gekommen«, antwortete ich.
»Ich habe da eine knifflige Angelegenheit zu bearbeiten. Der Mann, den ich dabei brauche, muß es nicht nur im Kopf, sondern auch in Armen und Beinen haben. Ich glaube, der richtige Mann sind Sie.«
»Da bin ich aber gespannt.«
»Sie haben bestimmt von den Vorfällen im Great Eyry in Nord-Karolina gehört oder gelesen.«
»Sicher.«
»Allem Anschein nach bereitet sich in den Alleghanies ein Vulkan-

ausbruch vor, der katastrophale Folgen für die Bevölkerung haben kann.«

»Wollen Sie Notstandsmaßnahmen treffen lassen?«

»Soweit sind wir noch nicht. Die Polizei muß sich erst einmal mit der örtlichen Lage vertraut machen, bevor sie irgendwelche Anordnungen zum Schutz der Bevölkerung erlassen kann.«

»Ist man sich denn überhaupt schon über das Ausmaß der Gefahren klar, die den Siedlungen am Rand der Alleghanies drohen?«

»Darum geht es ja. Die Gefahrenquelle selbst, der Great Eyry, ist noch gar nicht untersucht worden. Die Einheimischen behaupten steif und fest, der Berg sei unersteigbar. Das halte ich freilich für ein Gerücht. Diese Bauern werden einfach zu faul sein, selbst einmal nach dem Kraterloch auf ihrem Hausberg zu sehen.«

»Eine kleine Expedition wird den Great Eyry sicherlich bezwingen können, Herr Direktor.«

»Das meine ich auch. Der Staat darf keine Kosten scheuen, wenn es um die Sicherheit seiner Bürger geht. Falls diese Erscheinungen auf dem Great Eyry nicht auf natürliche Ursachen zurückzuführen sind, ist es immerhin auch möglich, daß eine Gangsterbande dort oben ihr Nest angelegt hat.«

»Haben Sie irgendwelche Hinweise bekommen?«

»Das nicht, Strock. Aber bei unseren einheimischen Verbrechern ist nichts unmöglich.«

»Nehmen wir einmal an«, sagte ich, »der Great Eyry ist tatsächlich ein Vulkan. Kann man dann auf irgendeine Weise verhindern, daß er ausbricht, zum Beispiel Schmierseife hineinschütten?«

»Soweit ist die Technik leider noch nicht. Aber man kann die Bevölkerung warnen und damit verhindern, daß sie von einer Katastrophe überrascht wird wie die Bewohner Martiniques vom Ausbruch des Mont Pelé. Sobald der Berg zu spucken beginnt, muß jeder in der Nähe wissen, wohin er sich in Sicherheit bringen kann.«

»Wenn Sie mich fragen, Herr Ward, ich glaube nicht so recht an die Vulkantheorie.«

»Ich auch nicht, Strock, es würde mich schon sehr wundern, wenn sich mitten in den friedlichen Appalachen so ein feuerspuckender Schlund auftun würde. Andererseits liegen verschiedene Augenzeugenberichte vor, nach denen der Great Eyry mit Flammengarben und Erdstößen ausgebrochen ist. Wir müssen diese Berichte in jedem Fall peinlich genau prüfen, und zwar muß ein Mann von uns selbst nach Morganton fahren, die Leute ausfragen und ihre Schil-

derungen auswerten. Haben Sie Lust dazu, Strock?«
»Ach sehen Sie, mir ist jeder Auftrag recht in dieser Sauregurkenzeit.«
»Sie wissen, was Sie zu tun haben. Falls Sie den Berg selbst besteigen wollen, nehmen Sie sich ein paar Leute mit. Treten Sie sonst aber möglichst unauffällig auf. Sie können sich die Stimmung dort vorstellen, die Bauern sind nervös, und wenn sie auch noch merken, daß sich sogar die Bundespolizei eingeschaltet hat, könnte eine Panik ausbrechen.«
»Auf Diskretion können Sie sich verlassen, Herr Direktor.«
»Gut. Ich werde Ihnen eine Empfehlung an den Polizeichef von Morganton mitgeben, die örtlichen Stellen werden Sie voll unterstützen. Ich vertraue aber vor allem auf Ihre Intelligenz, Strock, und wünsche Ihnen viel Erfolg.«
»Ich werde mir alle Mühe geben, Herr Ward, aber garantieren kann ich für nichts.«
»Im Notfall sind auch wir noch da.«
»Wann soll ich losfahren?«
»Morgen.«
»Das heißt, übermorgen bin ich in Morganton.«
»Halten Sie mich brieflich und telegraphisch über den Fortgang Ihrer Ermittlungen auf dem laufenden.«
»Selbstverständlich, Herr Direktor. Haben Sie Dank für den Auftrag, ich darf mich jetzt verabschieden.«
Auf dem Nachhauseweg machte ich mir keine großen Gedanken über die Sache. Ich freute mich einfach auf die Berge und die frische Luft, und Bewegung hatte ich ohnehin einmal nötig. Am nächsten Morgen nahm ich den Schnellzug nach der Hauptstadt von Nord-Karolina, übernachtete dort und fuhr am folgenden Tag mit der Appalachenbahn Richtung Westen nach Morganton.
Morganton ist ein kleines Kur- und Grubenstädtchen, auf einer Jurafläche gelegen. Rings um den Ort sind riesige Getreidefelder angelegt, dazwischen sprudeln zahlreiche Mineralquellen, die man allmählich für einen Kurbetrieb in europäischem Stil zu nutzen beginnt. In Sichtweite von Morganton erhebt sich ein Bauernhof neben dem anderen, die Gegend zählt zu den dichtestbesiedelten landwirtschaftlichen Nutzungsgebieten des Ostens. Falls hier tatsächlich ein Vulkan ausbrach, waren mehrere tausend Einwohner unmittelbar von Gesteinshagel, Lavaströmen und Erdbeben bedroht.
Ich ließ mich gleich zum Haus des Polizeichefs und Bürgermeisters

bringen. Dieser Elias Smith war selber Großbauer und bewirtschaftete mehrere Güter in der Umgebung von Morganton. Gleichzeitig genoß er als Jäger einen fast legendären Ruf. Elias Smith empfing mich ohne alle Umstände, ein Telegramm hatte ihn schon von meinem Kommen unterrichtet. Er saß behäbig an seinem Tisch, als ich hereinkam, paffte und rief nach seiner Hausgehilfin, sie solle endlich noch ein Glas bringen. Inzwischen legte ich ihm mein Schreiben von meinem Chef vor. »So so, der Doktor Ward schickt Sie her«, sagte er und schenkte mein Glas voll, »dann stoßen wir zuerst einmal auf den Herrn Polizeidirektor an.«
Elias Smith mußte erst einmal schnaufen, bevor er weitersprechen konnte.
»Sie kommen wegen des Kindsmords im städtischen Kursaal?«
»Davon weiß ich nichts. Ich habe den Auftrag, alle Aussagen über vulkanische Erscheinungen am Great Eyry zu sammeln und auszuwerten. Eine mögliche Naturkatastrophe solchen Ausmaßes wäre in jedem Fall eine Angelegenheit der Nation.«
»Also macht man sich auch schon in Washington Gedanken über das Bauchgrimmen unseres Great Eyry. Alle Achtung.«
»Mich persönlich interessiert auch, was sich im Innern des Great Eyry tut.«
»Das ist fein, Herr Strock. Ich will nämlich auch endlich wissen, was sich im Great Eyry zusammenbraut. Erstens bin ich Grundbesitzer und zweitens Bürgermeister, der für seine Gemeindemitglieder zu sorgen hat.«
»Wenn Ihre eigenen Höfe gefährdet sind, haben Sie sicher auch schon herausbekommen, was für eine Art von Katastrophe hier zu befürchten ist.«
»Leider nein, Herr Strock. Schauen Sie, ich für mein Teil glaube nicht an einen Vulkanausbruch. In den ganzen Alleghanies findet sich keine Erscheinung vulkanischen Ursprungs. Wir haben alle umliegenden Täler abgesucht: von Lava, Schlacken und Asche keine Spur.«
»Sind Sie überzeugt?«
»Vollkommen.«
»Es wurde aber von Erdbeben gesprochen.«
»Je nun, die Erdbeben. Bei mir hat's nicht gebebt. Ich war in jener denkwürdigen Nacht auf meiner Farm in Wildon, ein paar Kilometer vom Great Eyry entfernt. Die Flammen über dem Gipfel habe ich mit eigenen Augen gesehen, später habe ich auch etwas hoch oben in

der Luft rauschen hören, aber von einem Erdbeben habe ich nichts gemerkt.«

»Aber gerade von Erderschütterungen stand einiges in den Augenzeugenberichten, die uns in Washington vorliegen.«

»Herr Strock, Sie kennen eben unsere Bauern schlecht. Die haben vor Schreck wahrscheinlich so gezittert, daß sie nachher glaubten, auch ihre Umgebung wäre erschüttert worden. In meinem Bericht steht von Erdbeben jedenfalls kein Wort.«

»Aber einen Feuerschein, sagten Sie doch, haben Sie selbst beobachtet.«

»Einen Feuerschein, den die Wolken in weitem Umkreis zurückgeworfen haben. Und das Seltsamste dabei war, daß es zur gleichen Zeit dort oben ganz schrill gepfiffen hat, wie wenn Dampf durch ein Überdruckventil entweicht.«

»Das können Sie bezeugen?«

»Allerdings, Herr Strock. Mir haben dabei fast die Ohren geklingelt.«

»Soweit ich mich erinnere, schrieben Sie auch etwas über Geräusche wie von Flügelschlägen.«

»Das stimmt. Als das Feuer auf dem Great Eyry ausgegangen war, hörte ich plötzlich etwas durch die Luft rauschen, es klang wie Flügelschläge. Der Stärke des Geräuschs nach hätte das aber ein Riesenvogel sein müssen, der da vom Great Eyry herunterflatterte. Heute frage ich mich, ob ich mich vielleicht doch getäuscht habe. Oder können Sie sich vorstellen, daß auf unserem Great Eyry ein Vogel Rock nistet?«

»Das nicht, Herr Smith, aber irgend etwas steckt da schon dahinter. Mit Ihrer Hilfe werde ich es schon noch herausbekommen.«

»Sie können mit mir rechnen.«

»Wunderbar, Herr Smith. Fangen wir gleich morgen an, wenn es Ihnen recht ist.«

»Morgen früh, einverstanden. Besuchen Sie mich am besten heute nachmittag noch einmal, dann können wir weitere Einzelheiten besprechen.«

Ich verabschiedete mich und suchte mir ein Hotel, um mich dort längere Zeit einzumieten. Von dort schrieb ich auch sofort an meinen Chef, daß ich in Morganton volle Unterstützung gefunden hätte und daß ich meine Behörde über alle Vorgänge unverzüglich informieren werde. Beim zweiten Besuch sagte mir Herr Smith fest zu, gleich am nächsten Morgen zum Great Eyry aufzubrechen.

»Zwei junge Bergführer werden uns begleiten«, sagte er, »zuverlässige Leute, ich kenne sie schon lange. In der Saison führen sie die Touristen ins Gebirge. Sie vermuten übrigens, daß sich der Great Eyry trotz aller Warnungen besteigen läßt.«

»Das wäre ja wunderbar.«

»Vor ein paar Wochen ist ein riesiger Felsbrocken heruntergegangen und hat vielleicht eine Bresche in die Wand geschlagen.«

»Dann bis morgen, Herr Smith.«

Mit der Dämmerung des nächsten Tages stand ich auf und ging mit meinem Reisesack zum Bürgermeister. Ein Wagen war schon vorgefahren, auch die beiden Bergführer, der 30 Jahre alte Harry Horn und der 25jährige James Bruck waren schon abmarschbereit. Nur der Bürgermeister packte noch seine Siebensachen zusammen, durchsuchte Küche und Keller und kam dann mit einem riesigen Picknickkorb zum Vorschein. Mir lief schon das Wasser im Mund zusammen, als er konserviertes Rindfleisch, ein paar Brocken Schinken, eine gesottene Rehkeule, ein Faß Bier, ein paar Flaschen Whisky und Schnaps sowie mehrere Brotlaibe im Wagenkasten verstaute. Frisches Wasser mußte es genug geben im Gebirge. Zum Schluß hängte Elias Smith sein Jagdgewehr um und pfiff seinem Hund Nisko, dann saßen wir auf.

Der Morgen war kühl und klar. Wir fuhren in westlicher Richtung aus dem Städtchen hinaus und folgten der Straße, die am linken Ufer des Satawba-River nach Pleasant-Garden führt. Manchmal kamen wir durch kleinere Wälder, dann glänzten wieder Sümpfe, und um einzelne herum waren Zypressenhaine angelegt. Überall wurde neues Land gewonnen, mehrere Bauernhöfe waren erst im Bau. Die schönsten Zypressen wuchsen hier auf feuchtem Untergrund, ihre schlanken Stämme reckten sich gerade in die Höhe, manchmal waren ihre Stämme nahe am Boden zu dicken Knollen verwachsen. Vom Bürgermeister erfuhr ich, daß die Einheimischen aus diesen Knollen ihre Bienenkörbe herstellen. Wenn der Wind in die Blätter fuhr, waren auch die langen, grauen Fasern zu sehen, die in der Morgensonne glänzten. Wenn die Straße in einen Wald hineinführte, flüchteten scharenweise Mäuse vor uns her, da und dort sahen wir auch Beutelratten mit ihren Jungen im Bauchbeutel durchs Gras hüpfen. Gleichzeitig veranstalteten Papageien und andere Vögel einen Riesenspektakel in den Bäumen. Auf der ganzen Fahrt hatten wir jedenfalls Begleitung, zuweilen auch mit Musik.

Am Nachmittag kamen wir in dem kleinen Dorf Pleasant-Garden

an. Der Bürgermeister von Morganton führte uns gleich zu seinem Amtskollegen, der uns zum Essen und Übernachten einlud. Bald saßen wir in der guten Stube seines von großen Buchen beschatteten Hauses, und ein gutes Abendessen löste allseits die Zungen.
»Sie wollen also auf unseren Great Eyry hinauf«, sagte unser Gastgeber. »Ohne meine Bandscheibengeschichte würde ich sofort mitgehen.«
»Es ist besser, Sie bleiben bei Ihren Bauern und sorgen für Ordnung«, sagte Elias Smith.
»Haben Sie seit dem letzten Feuerschein noch irgend etwas Auffälliges beobachtet?« fragte ich den Bürgermeister von Pleasant-Garden.
»Nein. Von hier aus kann man den Gipfel des Great Eyry ausgezeichnet sehen, aber seit dem 5. April hat keiner unserer Bürger ein besonderes Vorkommnis gemeldet. Ich bin ja nicht fromm, aber dort oben ist der Teufel los. Die Hölle steckt nicht unter der Erde, sondern oben auf dem Great Eyry.«
»Wer weiß«, meinte Elias Smith, »vielleicht finden wir auf dem Weg ein paar verkohlte Schwanzspitzen oder abgestoßene Hörner.«
Früh am nächsten Morgen kletterten wir in den Wagen und fuhren weiter nach Westen. Auf der Farm von Herrn Smith sollten wir am Abend ankommen und dort vor dem Aufstieg übernachten.
Auch hier wechselten Wälder mit Sümpfen ab, es ging jedoch allmählich bergauf, so daß sich nicht mehr soviel Feuchtigkeit im Boden halten konnte wie zwischen Morganton und Pleasant-Garden. Der Boden schien auch nicht mehr soviel herzugeben, denn die Bauernhöfe wurden immer spärlicher, nur ab und zu noch sah man Häuser unter hohen Buchen versteckt am Lauf kleiner Bäche, die in den Gebirgstälern entsprangen. Je näher wir den Bergen kamen, desto mehr jagdbares Wild war zu sehen.
»Mich juckt es schon am Abzugsfinger«, sagte Herr Smith, »es ist das erste Mal, daß ich hier in friedlicher Mission vorbeifahre. Die Hasen und Rebhühner werden mich gar nicht wiedererkennen, wenn ich sie nicht mit einem Schrotschauer begrüße.«
Mir gefiel diese Fahrt durch das Gebirgsvorland recht gut. Die Luft war frisch, der Wind rauschte in den Bäumen, und in der Ferne zeichnete sich schon der Kamm der Alleghanies vom hellen Himmel ab, über den nur ein paar einzelne Wolken hinzogen. Die unteren Berghänge waren von dichten Nadelwäldern bedeckt, weiter oben trat schwärzlicher Fels zutage, aber selbst auf den schroffen Graten

wuchsen noch einige windverkrüppelte Bäume. Einer der Bergführer zeigte mir den höchsten Berg der Appalachen, den 2044 m hohen Black Dome.
»Waren Sie schon einmal dort oben?« fragte ich den Bürgermeister von Morganton.
»Ich nicht, aber verschiedene unserer Kurgäste sind schon auf den Black Dome geklettert.«
»Aus dieser Höhe hätten sie doch sehen müssen, ob der Great Eyry oben platt ist oder ein Kraterloch hat«, sagte ich.
»Die Entfernung zwischen den beiden Bergen ist leider zu groß«, antwortete Harry Horn. »Vom Black Dome aus sieht man nichts als ein Gewirr von Felsen.«
Inzwischen war schon die Farm von Herrn Smith zu sehen, und gegen 17 Uhr rollte unser Wagen in den Hof. Stallknechte schirrten die Pferde ab und versorgten sie im Stall. Der Kutscher sollte mitsamt seinem Gefährt in der Wildon-Farm auf unsere Rückkehr vom Great Eyry warten.

3

Am nächsten Morgen standen wir alle sehr früh und voll Tatendrang auf. Der Great Eyry war keine 600 m hoch, deshalb rechneten wir bis 11 Uhr vormittags auf dem Gipfel zu sein. Die Bergführer zeigten sich allerdings weniger optimistisch als ich, denn sie hielten den Bergkegel nach wie vor für unersteigbar.
»Ich kann mir um alles in der Welt nicht vorstellen, weshalb wir im Zeitalter des Hochalpinismus nicht auf diesen Steinhaufen klettern können«, sagte ich zu Elias Smith.
»Die Alleghanies sind keine Alpen, und glauben Sie nicht, die Mittelgebirge hätten keine Tücken.«
»Ich habe fast den Eindruck, Herr Smith, Sie wollen nicht mehr so richtig.«
»Doch doch.«
»Schließlich bin ich von der Bundespolizei beauftragt, diesem Great Eyry auf den Grund zu gehen.«
»Wenn es sein muß«, sagte Herr Smith und zog entschlossen an seiner Pfeife, »steigen wir bis tief in die Eingeweide des Berges hinunter.«
»Dazu werden wir aber länger als nur einen Tag brauchen«, antwortete ich.

»Das macht nichts. Die Bergführer haben ihre Rucksäcke voll Proviant, und ich habe mein Gewehr dabei. In den Tälern gibt es genug Wild, und Holz zum Feuermachen ist auch da. Aber vielleicht brennt dort oben noch ein Feuerchen.«

»Was für ein Feuerchen?«

»Das Feuer vom 5. April, Herr Strock. Alle Bauern hier haben es gesehen. Wenn tatsächlich ein Vulkan daruntersteckt, ist das Feuer noch nicht gänzlich erloschen. Was wäre jedenfalls von einem Vulkan zu halten, auf dem man nicht einmal mehr ein Ei kochen und eine Kartoffel rösten kann?«

»Wenn wir soweit wären«, sagte ich, »hätte ich meinen Auftrag beinahe erfüllt.«

In Wirklichkeit war ich viel neugieriger, als ich es nach außen hin zu erkennen gab. Die Wahrscheinlichkeit sprach dagegen, daß der Great Eyry ein Vulkan war, aber zugleich waren die beobachteten Erscheinungen schlecht auf andere Ursachen als auf vulkanische zurückzuführen. Hier lag ein echtes Rätsel vor, und ich hatte mir in den Kopf gesetzt, es zu lösen. Im stillen hoffte ich auch darauf, durch meinen Auftrag bekannt zu werden und meinen Namen in den Zeitungen zu finden.

Die beiden Führer waren vor uns in ein Tal eingedrungen und marschierten zügig vorwärts. In den Wäldern rechts und links schrien Papageien, hie und da sprangen Eichhörnchen durchs Gebüsch. In der Mitte des Tälchens schlängelte sich ein Bachbett entlang, das sich offenbar nur bei Regen füllte, denn jetzt lag es trocken da.

Das Tal stieg bald so steil an, daß wir nur noch im Zickzack vorankamen und oft größere Umwege machen mußten. Bald krochen wir auf allen Vieren vorwärts und hielten uns an Grasbüscheln fest, um nicht auf den glatten Steinen abzurutschen. In dieser Gangart konnten wir den Gipfel im Lauf des Tages kaum erreichen.

»Jetzt wundert mich nicht mehr«, sagte Herr Smith keuchend, »daß unsere Kurgäste nicht gern auf den Great Eyry klettern. Ich habe fast den Verdacht, daß es gar keiner versucht hat.«

»Freiwillig würde auch ich mir Knie und Hände nicht zerschinden«, sagte ich.

»Auch ich muß sagen,« rief Harry Horn von vorn, »daß ich in meiner Laufbahn als Mittelgebirgsführer noch nie so einen Hang hinaufgekrochen bin.«

»Hoffentlich wird die Strecke nicht noch schwieriger«, meinte mein Kamerad. »Dafür haben wir keinerlei Ausrüstung.«

Wir kamen bald in ein Waldstück, aus dem das Felsmassiv bis zum Gipfel des Great Eyry aufragte. Die Frage war nur, auf welcher Seite wir an die Felswand herangehen sollten. Von Osten her waren die meisten Berge dieser Kette unersteigbar, denn sie fielen in einem Winkel von etwa 50° in die Ebene ab.
Während ich den beiden Führern immer dicht auf den Fersen blieb, – das Klettern macht mir keine Mühe, außerdem bin ich schwindelfrei –, fiel der Herr Bürgermeister immer mehr zurück. Er mußte neben seinem Gewehr auch noch seinen Bauch bergauf schleppen, deshalb schnaufte er wie ein Walroß, und der Schweiß durchnäßte sein Hemd.
Die Stunden vergingen, und wir sahen den Gipfel noch immer nicht vor uns. Gegen 10 Uhr schlug der eine Führer, der ein Stück vorausgegangen und nach einem Aufstieg gesucht hatte, vor, eine Rastpause einzulegen. Vor uns lichtete sich der Wald, die Steilwand, die zum Gipfel hinaufführen mußte, schimmerte durch die Bäume.
»Na endlich«, stieß der Bürgermeister hervor, »wenn meine Lungen noch mitmachen sollen, muß vor allem mein Magen frisch versorgt werden. James, pack den Schinken aus.«
Den Bergführern war anscheinend nicht nach essen zumute. Sie standen unschlüssig herum und starrten immer nur wieder auf die Steilwand, die uns die Sicht auf den Gipfel nahm. Auch mir war gar nicht wohl in meiner Haut. Wenn wir tatsächlich knapp unter dem Gipfel wieder umkehren mußten, war meine Mission fehlgeschlagen, und mein Chef würde es sich das nächste Mal zweimal überlegen, ehe er mir einen solchen Auftrag erteilte.
Die Bergführer verteilten Fleisch und Brot, warnten uns aber streng vor allzu frühem Alkoholmißbrauch. Zu unserer Überraschung drängte Herr Smith als erster zum Aufbruch. Unsere Führer schienen gar nicht so sehr darauf erpicht zu sein, möglichst schnell voranzukommen. Nachdem Harry Horn ein Stück vorausgegangen war, führte er uns in nordwestlicher Richtung am Hang entlang. Allmählich kamen wir etwas höher, und nach ein paar Minuten war hinter einer Biegung der Black Dome in der Ferne zu sehen. Aber wir brauchten fast eine Stunde, bis wir uns an dem glatten Hang etwa 70 m hinaufgearbeitet hatten.
James Bruck blieb plötzlich stehen und zeigte auf eine Rinne, in der abgerissene Wurzeln, zerbrochene Zweige und zerriebene Steine herumlagen.

»Hier ist wahrscheinlich der große Brocken heruntergepoltert«, sagte er.

»Wo der Felsen herunterkam, müssen wir doch hinaufkommen«, meinte Elias Smith.

In der Rinne ging es ziemlich schnell vorwärts. Wir konnten überall gut Tritt fassen und standen schon um 11 Uhr 30 ganz oben am Hang. Senkrecht ragten die Felswände vor uns auf, die den Gipfel des Great Eyry offensichtlich umgaben. An manchen Stellen hatten sich bizarre Formationen und Figuren im Felsen gebildet, nur an der Ostseite war die Wand vollkommen glatt.

»Legen wir noch eine Pause ein«, sagte Herr Smith, »damit wir das letzte Stück in einem Zug schaffen.«

»Wenn diese Wand doch nur irgendwo geborsten wäre«, meinte Harry Horn, »hier scheint der Felsbrocken keine Spuren mehr hinterlassen zu haben.«

10 Minuten später standen die beiden Führer wieder auf, und wir gingen vorsichtig hinter ihnen her. In dem Winkel zwischen Hang und senkrecht aufsteigender Wand konnten wir uns leidlich halten. Die Wand über uns war aber nicht nur senkrecht, sie hing auch noch ein ganzes Stück über, so daß der Gipfel des Great Eyry wie ein großer Apfelkorb aussah.

Im Lauf einer Stunde kamen wir um den ganzen Gipfel herum. An keiner Stelle war ein Einschnitt in der Wand, durch den wir uns hätten hocharbeiten können. An allen Stellen ragte der Überhang über unsere Köpfe hinaus, die konventionelle Bergsteigerkunst war hier am Ende. Einer hatte die Schritte gezählt, seit wir um den Gipfel herumgegangen waren. Danach hatte der Great Eyry oben einen Umfang von etwa 400 m. Mehr konnten wir nicht erfahren.

»Verflucht«, schrie Herr Smith, »jetzt stehen wir hier mit dem Ohr an der Tür, aber hinein können wir nicht.«

Ich war furchtbar wütend, daß wir so kurz vor dem Ziel aufgeben mußten. Aber ich versuchte, meine Enttäuschung zu unterdrükken.

»Man hört immerhin nichts, Herr Smith«, sagte ich. »Vulkane verbreiten gewöhnlich einen ziemlich unangenehmen Duft, aber hier rieche ich absolut nichts Besonderes. Meiner Meinung nach ist der Great Eyry kein Vulkan.«

Alle horchten gespannt hin, schnupperten in der Luft und suchten über dem Rand der Felswand nach Spuren von Rauch oder Dampf.

»Verflucht!« schrie Herr Smith, »jetzt stehen wir hier mit dem Ohr an der Tür, aber hinein können wir nicht.«

Aber es blieb alles ruhig, der Boden vibrierte nicht unter unseren Füßen, und der leichte Ostwind trieb uns nur klare Bergluft in die Nase. Hier oben zeigte sich kein Lebewesen. Nur ein paar Raubvögel flogen in großen Kreisen um den Gipfel. Wir sahen uns betreten an.
»Wieviel Uhr ist es bitte?« fragte Harry Horn.
»15 Uhr«, antwortete der Bürgermeister. »Wir kehren am besten gleich wieder um. Es nützt ja doch nichts, wenn wir bis zum Abend hier oben bleiben, so kommen wir wenigstens bei Tageslicht zurück nach Pleasant-Garden.«
So schnell konnte ich mich allerdings nicht zur Umkehr entschließen. Ich blieb so lange sitzen, bis Elias Smith auf mich zukam.
»Seien Sie vernünftig, Herr Strock«, sagte er. »Diese Kulissen hier schiebt Ihnen keiner weg. Kommen Sie, unten wartet wenigstens ein schönes Essen.«
Ich sträubte mich immer noch. Der Gipfel des Great Eyry war zum Greifen nahe. Ich dachte an die öffentliche Verantwortung, die ich als Polizeibeamter übernommen hatte. Meine Begleiter hatten aber schon mit dem Abstieg begonnen.
Bergab ging es sehr schnell. Wir kannten den Weg, und waren schon um 17 Uhr über die letzten Gebirgsausläufer hinweg. In der Wildon-Farm erwartete uns der Verwalter des Bürgermeisters und ließ uns ein Abendbrot mit Getränken reichen.
»Soviel ich gesehen habe«, sagte er, »haben Sie den Gipfel nicht erreicht.«
»Hören Sie mit diesem Gipfel auf«, antwortete Elias Smith. »Ich glaube fast, unsere Leute hier leiden an einer kollektiven Vulkan-Psychose.«
Schweigend fuhren wir zurück nach Pleasant-Garden. Der Bürgermeister stand vor seinem Haus, als wir ankamen, und stellte die üblichen Fragen. Ich legte mich bald ins Bett, konnte aber lange Zeit nicht einschlafen. Zuerst überlegte ich hin und her, ob ich nicht doch noch ein paar Tage im Dorf bleiben und mit einem Einheimischen nochmals auf den Great Eyry steigen sollte. Aber dann hielt ich den Plan doch für sinnlos. Am Abend des folgenden Tages sagte ich dem Bürgermeister von Morganton Lebewohl und setzte mich in den Zug nach Raleigh. Der Ankunft in Washington sah ich mit ziemlich gemischten Gefühlen entgegen.

4

Nach diesem Mißerfolg verkroch ich mich nicht ungern hinter meinen Schreibtisch in Washington. Vom Great Eyry war von Stund an nicht mehr die Rede, wobei ich nicht wußte, ob aus Taktgefühl mir gegenüber oder aus der Einsicht heraus, daß an der Sache doch nichts sei.

Zwei Wochen nach meiner Rückkehr aus Nord-Karolina wurden wir von Meldungen alarmiert, die den mysteriösen Vulkanausbruch in den Alleghanies womöglich noch in den Schatten stellten. Diesmal wurden die Bürger Pennsylvaniens in Angst und Schrekken versetzt, aber nicht durch die Erscheinung hoch über ihren Köpfen, sondern direkt vor ihren Nasen.

Offiziell hieß es in den Zeitungen und örtlichen Polizeiberichten, seit einigen Tagen sei in den Straßen um Philadelphia herum ein Kraftfahrzeug bei der groblichen Verletzung fast aller Straßenverkehrsregeln beobachtet worden. Leider sei es der Polizei nicht gelungen, das fragliche Fahrzeug zu identifizieren, da es sämtlichen Polizeiwagen davongefahren sei und dabei andere Verkehrsteilnehmer auf rücksichtslose Weise gefährdet habe. Ich fand an der Sache zuerst nichts Außergewöhnliches. Überall in den Vereinigten Staaten schossen Autofabriken aus dem Boden, die ihre Neukonstruktionen irgendwo ausprobieren mußten; warum nicht auf den gepflegten Straßen Pennsylvaniens. Für Automobile hatte ich mich bis dahin nicht weiter interessiert, mir genügte die Eisenbahn vollauf als Transportmittel.

Die Berichte über den superschnellen Kraftwagen häuften sich in den Zeitungen, und gleichzeitig schossen auch die phantastischsten Spekulationen ins Kraut. Alle Augenzeugen waren sich zwar darin einig, daß ein Auto an ihnen vorbeigeprescht war. Aber schon in der Beschreibung der Antriebsart widersprachen sie einander. Die einen behaupteten, ganz deutlich das Knattern eines Benzinmotors gehört zu haben, andere wollten Dampfwolken gesehen haben. Den einen war der Geruch von Schweröl in die Nase gestiegen, die anderen hatten überhaupt nichts gerochen und schlossen daraus, der Wagen werde von einem Elektromotor angetrieben. Ich hatte bis dahin gar nicht gewußt, was für Arten von Automotoren es gab, jedenfalls hatte ich keiner dieser Antriebsarten besonders viel zugetraut.

Die Geschwindigkeitsschätzungen der Zeitungsleute übertrafen alles bisher Dagewesene. Sie gaben nämlich an, die Geschwindigkeit des geheimnisvollen Fahrzeugs überhaupt nicht angeben zu können – dabei waren Höchstgeschwindigkeiten um 160 km/h sowohl bei hochgezüchteten Kraftwagen als auch bei Expreßzügen durchaus an der Tagesordnung und abschätzbar. Dieses Superauto mußte demnach gegen 200 km/h laufen. Bei allem Wohlwollen für die Autofabriken und ihre Versuchsfahrer mußte eine derart rücksichtslose Fahrweise zu Recht als kriminell angeprangert werden. Leider fanden sich weder Konstrukteure noch Fahrer, die man hätte haftbar machen können.

Da ich zu dieser Zeit dienstlich nicht viel zu tun hatte, fuhr ich an einem Wochenende nach Pennsylvanien, um mir das verkehrsgefährdende Ungetüm selber einmal anzusehen. Es war schwierig, aus Philadelphia hinauszukommen, denn die Taxi- und Omnibusfahrer weigerten sich standhaft, auf die Landstraßen hinauszufahren. Schließlich fand ich doch einen Standplatz ein Stück außerhalb. Kein Wagen und kein Fußgänger waren auf der Straße zu sehen, nur da und dort waren Polizisten postiert, um alle Verkehrsteilnehmer zu warnen.

Ich wartete Stunde um Stunde. Bei jedem Motorengeräusch schreckte ich auf. Auf einmal begann es weit in der Ferne zu pfeifen und zu zischen, da sah ich auch schon eine Staubwolke über der Landstraße aufsteigen, und im nächsten Augenblick schoß ein fauchendes Gefährt mit einer derart hohen Geschwindigkeit an mir vorbei, daß ich weder seine Form noch seine Ausmaße erkennen konnte. Sekunden später war der Spuk schon wieder vorbei und in der Ferne verschwunden.

Wir Zuschauer hatten uns gerade noch rechtzeitig in den Straßengraben fallen lassen, sonst hätte uns der Luftdruck umgeworfen. Überall lagen abgerissene Äste herum, ganze Viehherden stoben in wilder Flucht über die Felder, und kreischende Vögel flatterten von den Straßenbäumen auf.

Wir sprangen sofort auf die Straße, um uns die Wagenspuren anzusehen. Wir mußten eine Weile suchen, bis wir die Abdrücke der Räder fanden; sie waren zwischen den tiefen Spuren anderer schwerer Fahrzeuge nur als schmale Streifen erkennbar.

»Vielleicht«, meinte einer meiner pennsylvanischen Kollegen, »haben sich die Räder dieses Geschosses nur deshalb so schwach eingedrückt, weil die enorme Geschwindigkeit die Schwerkraft und damit das Gewicht des Fahrzeugs aufhebt.«

Trotz aller Aufmerksamkeit hatten die Polizisten das Kennzeichen des Fahrzeugs nicht lesen, geschweige denn aufschreiben können. Aber schließlich war das Sache der Polizei in Pennsylvanien, und ich fuhr bald wieder nach Washington zurück.
Die Zeitungsberichte zum Thema »unbekannter Rennwagen« überschritten in den nächsten Tagen entschieden das Maß gerade noch zulässiger journalistischer Phantastik und riefen damit die entsprechenden Leserstimmen auf den Plan. Man sah in dem rasenden Gefährt eine Höllenmaschine aus dem Weltraum mit einem kosmischen Fabelwesen am Steuer, einer hielt es für einen Höchstgeschwindigkeitssaurier und fügte hinzu, er habe das Monsterwesen ganz deutlich die Zähne blecken sehen, andere glaubten, der Doktor Frankenstein sei wieder auferstanden und suche die Welt mit einem auf Schnelligkeit gezüchteten Homunculus heim.
Die gängigsten Theorien waren weitgehend biblisch orientiert. Endlich fanden die alten Gegner des Automobilgedankens einen passenden Anlaß, um den Gegenstand ihrer Verachtung gründlich zu verteufeln. Wenn es nicht Beelzebub selbst war, der diesen infernalischen Karren steuerte, dann zumindest ein apokalyptisches Ungeheuer, das der amerikanischen Menschheit die Hinfälligkeit aller Technik einschließlich der Verkehrsregeln demonstrieren wollte.
Die örtlichen Polizeibehörden wurden immer dringlicher bestürmt, endlich etwas zu unternehmen und die öffentliche Sicherheit wiederherzustellen. Die Praktiker unter den öffentlichen Meinungsmachern schlugen vor, sämtliche Straßen Pennsylvaniens mit Barrieren abzusperren, an denen sich der wildgewordene Autofahrer den Schädel einrennen mußte.
Bis sich die einzelnen Polizeiverwaltungen über ihre Maßnahmen einigen konnten, tauchte das Geistergefährt auch in anderen Staaten auf. Es wurde aus der Gegend von Frankfort / Kentucky gemeldet, aus dem weiteren Umkreis von Columbus / Ohio, aus Tennessee mit Schwerpunkt bei Nashville und schließlich von den Ausfallstraßen Chicagos.
»Straßensperren sind absolut nutzlos«, schrieb ein Leser der *Jefferson-Post* in Missouri, »denn wenn hier der Teufel selber am Steuer sitzt, wird er einfach seine Flügel aus seinem besseren Vorleben entfalten und darüber hinwegfliegen.«
Jetzt war es an der Zeit, daß die Bundespolizei eingriff. Zum Glück wurde es meiner Behörde erspart, sich mit dem Kraftwagenphantom zu befassen; sie hätte sich dabei, wie ich meine Dienststelle

damals einschätzte, entsetzlich blamiert. Ab Mitte Mai hörten die Meldungen über die Schreckensfahrten schlagartig auf.
Die Öffentlichkeit vergaß bald den Schrecken und witterte wieder Vergnügen. In allen Zeitungen der Vereinigten Staaten war folgende Agenturmeldung abgedruckt:
Der Automobilclub von Amerika hat soeben sein traditionelles Frühjahrsrennen angekündigt. Die Rennstrecke führt diesmal quer durch den Staat Wisconsin, und zwar auf einer Länge von 320 km von Prairie-du-Chien an der Westgrenze des Staates über die Hauptstadt Madison bis nach Milwaukee am Westufer des Michigansees. Die Renn-Kommission hat sich nach eingehender Prüfung für diese Straße entschieden, die nur noch von der Verbindungsstraße von Nikko und Namode in Japan übertroffen wird.
Die Ausschreibung zum großen Geschwindigkeitsrennen läßt wie immer Kraftwagen und Motorräder jeder Größe, Bauart und Motorisierung zu. Bis jetzt haben sich folgende Weltfirmen mit ihren Werksfahrern angemeldet: Hurter und Dietrich mit Motorrädern, die Firmen Gobron-Brillé, Gebrüder Renault, Richard Brasier, Decauville, Darracq, Ader, Bayard, Clément, Chenard & Walker mit leichten Wagen, Gillet-Forest, Harward & Watson, Pipe, Wolseley mit Mittelklassewagen sowie Mars, Fiat, Mercedes, Charrow-Girardot-Voigt, Hochtkiss, Panhard-Levassor, Dion-Bouton, Gardner-Serpollet, Turcat-Méry, Hirscher & Labone sowie einige andere. Insgesamt werden etwa 40 verschieden hochentwickelte Typen um die Preise von zusammen 50 000 Dollar wetteifern. Wieder einmal wird die Öffentlichkeit Gelegenheit erhalten, die Leistungen von Dampfmaschinen, Petroleum-, Spiritus-, Benzin- und Elektromotoren miteinander zu vergleichen.
Die Rennstrecke zwischen Prairie-du-Chien und Milwaukee wird am Sonntag, dem 30. Mai, auf der gesamten Länge für jeglichen Fahrzeugverkehr gesperrt werden. Fußgänger dürfen sich nur in gebührender Entfernung vom Straßenrand aufhalten.
Ich selbst fuhr am Renntag nach Milwaukee, ans Ziel der Rennstrecke. Die ganze Stadt war auf den Beinen, und Tausende und Abertausende verteilten sich längs der abgesperrten Landstraße. Auch aus den Nachbarstaaten Illinios, Michigan, Iowa, Indiana, sogar aus New York kamen zahllose Zuschauer, daneben war auch das Ausland, vor allem Frankreich, Deutschland, England, Österreich und Belgien durch Sportdelegationen und Schlachtenbummler vertreten.

Überall waren die Buden der bekannten Wettbüros aufgestellt worden, die schon Tage vor dem Rennen Umsätze von 100000 Dollar verzeichnen konnten. Auf der ganzen Strecke waren Telefonposten verteilt, die den jeweiligen Stand des Rennens an den Start und ans Ziel übermitteln sollten, und im Abstand von 1 km sorgten Polizeistreifen für die Sicherheit auf der Strecke.

Punkt 8 Uhr morgens meldeten die Telefonisten am Ziel in Milwaukee den Start des ersten Wagens. Im Abstand von 3 min folgten die anderen, deren Reihenfolge durch das Los bestimmt worden war. Wer von ihnen die kürzeste Zeit herausfuhr, sollte Sieger werden.

Während die Zuschauer um mich herum gespannt auf die Ankunft des ersten Wagens warteten, gab der Telefonposten alle 5 min die Reihenfolge und die Geschwindigkeiten der Teilnehmer bekannt. Eine Stunde nach Startbeginn hatte sich schon eine Gruppe von Spitzenreitern herausgebildet: das Modell der Gebrüder Renault mit Michelin-Reifen lag vorn, dahinter kamen ein Harward-Watson und ein Dion-Bouton. Mehrere Fahrzeuge waren schon mit Motorschaden auf der Strecke geblieben, andere waren verunglückt, und ihre Fahrer wurden schwerverletzt aus den Trümmern ihrer Wagen gezogen. Aller Wahrscheinlichkeit würde nur ein Dutzend Fahrer bis zu uns ans Ziel kommen.

Kurz nach 9 Uhr meldete der Telefonist neben dem fahnengeschmückten Zielpfahl am Ufer des Michigansees, nur noch drei Wagen und ein Motorrad hätten Chancen, den 1. Preis von 20000 Dollar zu bekommen, und zwar zwei amerikanische Fabrikate, ein englisches und ein französisches. Da brach ein neuer Ansturm auf die Wettbüros los, die Summen schossen weit schneller in die Höhe, als die schnellsten Rennwagen beschleunigt werden konnten. Mehrere Automobilproduzenten gingen aufeinander los und beschuldigten sich gegenseitig, die Werkswagen der Konkurrenten heimlich angesägt oder angebohrt zu haben. Schon wollte die Polizei eingreifen und einen französischen Fabrikanten wegen Landfriedensbruchs festnehmen, da meldete das Streckentelefon einen alarmierenden Zwischenfall, über den sich die Streitenden noch mehr erregten als über ihre schwindenden Erfolgsaussichten.

Gegen 9 Uhr 30 hatten sich ein paar Kilometer hinter Prairie-du-Chien Hunderte von Zuschauern nur durch einen entschlossenen Sprung zur Seite vor einem rücksichtslos dahinrasenden Fahrzeug retten können, das pfeifend und fauchend dem Hauptfeld der Rennwagen nachjagte. Nach den ersten Zeitmessungen wurde die Ge-

schwindigkeit des ohne Anmeldung laufenden Gefährts mit 240 km/h angegeben. In spätestens einer Stunde mußte es die Spitzenreiter des Rennens eingeholt haben.
Über Telefon wurden Zuschauer und Kontrollstationen längs der Strecke unverzüglich gewarnt. Hie und da brach unter den Schaulustigen Panik aus, denn einige hatten das Fahrzeug wiedererkannt, das Wochen vorher die Straßen der umliegenden Staaten unsicher gemacht hatte. Ein Sturm der Entrüstung richtete sich gegen die Polizei, denn die Straßenbehörden hatten versichert, das Teufelsgefährt sei ein für allemal verschwunden.
Inzwischen war es der Rennaufsicht gelungen, die Rennfahrer anzuhalten, soweit sie nicht schon von selbst zur Seite gefahren waren. Sofort umdrängte die Menge die schreckensbleichen Fahrer und fragte sie nach dem unbekannten Wagen aus, der sie waghalsig überholt hatte. Keiner konnte genaue Einzelheiten über das vorüberpreschende Fahrzeug angeben, manche behaupteten, es sei ungefähr 2 m lang und spindelförmig, und die Räder hätten sich so schnell gedreht, daß man die Speichen nur noch als flimmernde Scheibe hätte erkennen können. Der völlig im Innern des Fahrzeugs verborgene Fahrer müsse jedenfalls einer der geschicktesten Rennfahrer sein, denn er habe seinen Wagen auch in engen Kurven nie unter 200 km/h abgebremst.
Während das Telefon die neuesten Meldungen über das mysteriöse Fahrzeug durchgab, berieten Polizei und Rennfachleute in fieberhafter Eile, was man am Ziel in Milwaukee gegen die drohende Gefahr unternehmen könne. Man einigte sich schließlich darauf, quer über die Straße eine Bretterwand zu ziehen, an der sich der verrückte Fahrer endgültig den Schädel einrennen mußte. Bevor aber die nächste Schreinerei benachrichtigt war, hörten wir schon das bekannte Pfeifen in der Ferne. Eine Staubwolke wirbelte über dem Horizont hoch, und auf der Landstraße näherte sich ein dunkler Punkt, der sich unglaublich schnell vergrößerte. Die Zuschauer sprangen zur Seite und warfen sich weit von der Straße zu Boden. Im nächsten Augenblick schoß der Wagen an der Ziellinie vorbei und raste mit unverminderter Geschwindigkeit weiter. In wenigen Sekunden hatte er das Ufer des Michigansees erreicht und versank zischend im grünen Seewasser.

5

Schlechtgelaunt fuhr ich nach Washington zurück. Es ärgerte mich, daß es all diesen famosen Autospezialisten und Polizeiaufgeboten nicht gelungen war, das Geisterfahrzeug zum Halten zu bringen, bevor es im Michigansee auf Nimmerwiedersehen versinken konnte. Zudem stand mir noch bevor, Direktor Ward ausführlich über meine Mission am Great Eyry zu unterrichten.

Mein Chef war glücklicherweise privat verreist. In der Zwischenzeit wollte ich mir überlegen, ob es nicht doch ein Mittel gäbe, den Gipfel des Great Eyry zu bezwingen. Man hätte zum Beispiel ein Gerüst an die oberste Wand legen oder einen Tunnel in den Fels sprengen können. Andererseits hatte die Bundespolizei höchstwahrscheinlich kein Interesse daran, Tausende von Dollars in eine Aktion zu investieren, deren praktischer Nutzen gleich Null wäre. Wir hätten dann zwar gewußt, ob der Great Eyry einen Krater besitzt oder nicht, aber einen Ausbruch hätten wir nicht verhindern und das Vulkanfeuer nicht auslöschen können.

Mich selber hatte die Neugier allerdings derart gepackt, daß ich drauf und dran war, meine Ersparnisse zusammenzukratzen und auf eigene Faust mit einem Bautrupp nach Nord-Karolina zu fahren. Später dachte ich daran, einen der Millionäre vom Schlage Goulds, Astors, Vanderbilts oder Rockefellers um einen Zuschuß zu bitten, aber Bekannte redeten mir den Plan wieder aus.

Am 15. Juni war Direktor Ward wieder zurück und ließ mich in sein Büro rufen. Mir klopfte das Herz bis zum Hals, aber mein Chef begrüßte mich wie immer freundlich und zuvorkommend, obwohl er längst wußte, daß ich meinen Auftrag nicht hatte ausführen können.

»Es tut mir für Sie leid, Strock«, sagte er, nachdem er mir einen Platz angeboten hatte. »Ich hätte Ihnen in dieser Angelegenheit vollen Erfolg gewünscht.«

»Die Sache sah einfacher aus, als sie ist«, antwortete ich. »Es ist theoretisch in gleicher Weise möglich, auf den Mond wie auf den Great Eyry zu gelangen, nur die technischen Hilfsmittel reichen momentan nicht aus.«

»Ich kenne die Mängel unserer technischen Ausrüstung«, meinte Direktor Ward. »Darüber brauchen wir uns jetzt nicht zu unterhalten. Mit einem Wort, wir wissen nach wie vor nicht, was sich im Innern des Great Eyry zusammenbraut.«

»Nein.«
»Flammen haben Sie auch nicht gesehen?«
»Nichts.«
»Haben Sie irgend etwas rumoren hören im Berg?«
»Nein.«
»Ihrer Meinung nach gibt es kein Zeichen dafür, daß der Great Eyry ein tätiger Vulkan ist?«
»Ich halte es für wenig wahrscheinlich. Und wenn, dann liegt der Vulkan in tiefem Schlaf.«
»Mein lieber Strock, mit einem eingeschlafenen Vulkan können wir nichts anfangen. Entweder ist er noch aktiv, oder er ist gänzlich erloschen. Halbe Sachen gibt es für die Polizei nicht. Halten Sie es aber nicht für möglich, daß sich diese Hinterwäldler aus Nord-Karolina Erdstöße und Feuerschein nur eingebildet haben?«
»Nein, Herr Direktor. Herr Smith, der Bürgermeister von Morganton und sein Amtskollege aus Pleasant-Garden haben selber Flammen aus dem Gipfel des Great Eyry hervorlodern sehen und eigenartige Pfeifgeräusche gehört. Und beide sind durchaus vernünftige und aufgeklärte Männer.«
»Dieser Herr Smith wäre zwar nicht der erste abergläubische Bürgermeister in den Vereinigten Staaten, aber wir wollen ihm und seinen Bauern noch einmal glauben. Die Bundespolizei kommt aber so oder so keinen Schritt weiter.«
»Wenn die Bundespolizei die Ausgaben für Dynamit bewilligt, kann das Geheimnis des Great Eyry schon in ein paar Tagen gelüftet sein.«
»So eilig ist es mir damit nicht. Wenn der Vulkan bald ausbrechen will, können wir ihn ohnehin nicht daran hindern. Die Natur offenbart sich meistens von selbst, so daß der Mensch Kosten und Mühe sparen kann.«
»Sie mögen zwar recht haben«, sagte ich ein bißchen verärgert, »aber ich kann mich mit Fehlschlägen einfach nicht abfinden.«
»Wären Sie schon so lange Polizist wie ich«, antwortete mein Chef grinsend, »dann hätten Sie sich noch an ganz andere Mißerfolge gewöhnen müssen. Denken Sie nur einmal daran, wieviel Prozent aller Verbrechen niemals aufgeklärt werden; und wenn sich ein Verbrecher erwischen läßt, so liegt das meistens nicht an der Intelligenz der Polizei, sondern an der Dummheit und dem menschlichen Versagen des Delinquenten. Meistens können diese Dummköpfe ihre Heldentaten nicht bei sich behalten, und dann werden sie auch

prompt geschnappt. In meinen langen Dienstjahren habe ich mich schon mehr über die Dummheit als über die Bösartigkeit unserer einheimischen Verbrecher aufgeregt. Ein Mann wie Sie und ich könnten jeden Mord oder jeden Diebstahl so geschickt vorbereiten und ausführen, daß kein Kriminalpolizist jemals dahinterkäme. Es sind immer die Gescheiteren, die uns durch die Lappen gehen; den Dümmeren müßte ich erst einmal Nachhilfeunterricht erteilen, bevor aus ihnen etwas wird.«

»Der Rennfahrer von Milwaukee wird Unterricht kaum nötig haben, oder haben Sie ihn schon geschnappt?«

»Reden Sie mir nicht von dem Rennwagen«, rief Direktor Ward, »sondern lesen Sie einmal den neuesten Polizeibericht. Ich muß gerade noch einen Brief fertig diktieren.«

Ich setzte mich ans Fenster und nahm das Schriftstück in die Hand, das aus Boston kam und am selben Abend der Presse übergeben werden sollte. Es hieß darin, mehrere Beobachter aus Maine, Conneticut, Massachusetts hätten einen unbekannten schwimmenden Körper gesehen, der öfters bis auf 2 sm an die Küste herangekommen sei. Das Objekt habe sich aber so schnell fortbewegt, daß man es auch mit Fernrohren nicht klar habe ausmachen können. Es sei schätzungsweise 10 bis 15 m lang, ziemlich schmal und blaßgrün, so daß es im Meerwasser nur schwer erkennbar sei. Zwischen Kap Nord in Conneticut und Kap Sable an der Westküste Neuschottlands sei es am häufigsten beobachtet worden.

Die Fischer und Seeleute hatten zuerst geglaubt, einen verirrten Wal vor sich zu haben. Im Gegensatz zu diesen Meeressäugetieren tauchte das fragliche Geschöpf nicht in gleichmäßigen Abständen auf und unter und spritzte auch keine Wasserfontänen in die Luft.

Alte Seebären an der Küste Neuenglands sahen schon eines der sagenhaften Tiefseeungeheuer auftauchen, eine Mischung aus Seeschlange und Riesenkrake. Kleinere Boote wagten sich überhaupt nicht mehr aus ihren Häfen hinaus oder nahmen schleunigst Reißaus, wenn sich jener grüne Rücken in der Ferne zeigte.

Die großen Segler und Transatlantikdampfer ließen sich freilich nicht von ihrem Kurs abbringen, wenn das seltsame Untier gesichtet wurde. Dieser oder jener Kapitän nahm sogar die Verfolgung auf, worauf das Tier schleunigst davonschwamm. Eines Tages lief auch ein kleiner Kreuzer der Küstenwache von Boston aus und fuhr bis auf Schußweite an das Ungeheuer heran. Kaum hatte die Mannschaft die erste Salve abgefeuert, da riß das Tier mit solch einer

War das ein Wal? Oder ein Seebär? Ein Riesenkrake?
Die Küstenwache wußte keine Antwort.

Geschwindigkeit aus, daß es weitere Schüsse nicht mehr erreichten. Auch die Besatzungen kleinerer Schiffe bemerkten sehr bald, daß jener Riesenfisch bei jeder Annäherung unverzüglich das Weite suchte und somit als weitgehend harmlos gelten konnte.
Ich legte den Bericht zur Seite und sagte zu Herrn Ward:
»Das ist doch alles ganz normal. Die Bevölkerung ist zwar ein bißchen beunruhigt, aber das wird sich schon noch legen.«
»Es legt sich leider nicht, wie es in dem Bericht steht.«
»Das ist die Sache der Leute selber, aber keine Angelegenheit der Polizei. Die sollen zusehen, daß das Tier aus den Küstengewässern verschwindet oder sollen es einfangen, damit man es im naturgeschichtlichen Museum von Washington ausstellen kann.«
»Angenommen, es ist aber keine Walfischkrake?« fragte mein Chef.
»Was soll es denn sonst sein? Das Ungeheuer von Loch Ness vielleicht?«
»Lesen Sie erst einmal weiter«, sagte Direktor Ward.
Die zweite Hälfte des Berichts schien doch interessanter zu sein als die erste. Herr Ward hatte einige Absätze dick mit Rotstift unterstrichen. Ich las da mit Erstaunen, daß man die Theorie des Meerungeheuers inzwischen über Bord geworfen hatte und allgemein die Ansicht vertrat, ein technisch hochentwickeltes Fahrzeug vor sich zu haben.
Ich war mit dem neuesten Stand des Schiffbaus soweit vertraut, daß ich wußte, welche Leistungen die modernsten Fahrzeuge vorweisen konnten. Ein Transatlantikdampfer neuer Bauart brauchte auf der Nordatlantikroute fünf Tage von Europa nach Amerika, auch Kreuzer, Torpedoboote und andere Kriegsschiffe erreichten vergleichbare Geschwindigkeiten. Jenes unbekannte Fahrzeug schien aber an Schnelligkeit und Wendigkeit jegliche bekannte Schiffskonstruktion zu übertreffen. Da in den Berichten niemals von Rauchfahnen oder Dampfwolken die Rede war, mußte angenommen werden, daß das geheimnisvolle Schnellboot von einem vollkommen neuartigen Motor angetrieben wurde. Soweit sich die Aufbauten hatten erkennen lassen, hatte niemand einen Auspuff oder einen Schornstein entdeckt. Vielleicht wurde es von einem äußerst leistungsfähigen elektrischen Antriebsmechanismus fortbewegt.
Ich hatte die Papiere für einen Augenblick zur Seite gelegt und sah mich gedankenverloren im Zimmer um. Da fragte mich mein Chef:

»Woran denken Sie, Strock?«
»Mir ist nur aufgefallen, daß man den Motor dieses Schnellboots genausowenig kennt wie den Antrieb jenes Rennwagens, der auf den Straßen des Mittelwestens sein Unwesen getrieben hat.«
»Sehr interessant, Strock. Das ist Ihnen aus heiterem Himmel eingefallen.«
»Jawohl, Herr Direktor.«
»Wenn Ihre Vermutung zutrifft, haben wir es bei der Jagd auf den neuen Motor um einiges leichter. Wir müssen dann nur noch eines der beiden Fahrzeuge erwischen.«
»Vielleicht stellt sich einer der beiden Erfinder von selbst der Öffentlichkeit. Ich halte es für unwahrscheinlich, daß ein Konstrukteur die Entwicklung eines derart leistungsfähigen Motors immer für sich behalten will, während er sein Patent für teures Geld verkaufen kann.«
»Wir wollen es hoffen, Strock. Vergessen Sie aber nicht, daß sowohl jener Rennfahrer als auch jener Schiffsführer eine permanente öffentliche Gefahr darstellen, die wir so bald wie möglich unterbinden müssen.«
»Wissen Sie, was mich bei der ganzen Geschichte allmählich stutzig macht?« fragte ich meinen Chef. »Das Wasserfahrzeug ist erst dann aufgetaucht, nachdem der Rennwagen im Michigansee versunken war. Die Presse scheint sich um diesen Umstand noch nicht gekümmert zu haben. Ich darf mich jetzt von Ihnen verabschieden, Herr Ward, halten Sie mich bitte auf dem laufenden.«
»Einen Augenblick noch, Strock. Ich glaube, da bestehen nicht nur zeitliche Zusammenhänge. Sowohl der Rennwagen als auch das Schnellboot scheinen sich auf annähernd gleiche Weise fortzubewegen.«
»Vielleicht haben Sie recht, Herr Direktor.«
»Ich kann mir nicht helfen, Strock, aber ich habe das dunkle Gefühl, daß wir es hier mit ein und demselben Fahrzeug zu tun haben!«

6

Vom Polizeipräsidium ging ich schnurstracks nach Hause. Ich wollte den ganzen Fall noch einmal in Ruhe überdenken, und so ungestört wie zu Hause war ich nirgends. Frauen und Kindern war der Zutritt in meine Junggesellenklause verboten, und meine alte Haushälterin

Grad, die ich als Erbstück von meiner Mutter selig übernommen hatte, besaß keine jener verhängnisvollen Eigenschaften, die einen Mann in den besten Jahren aushöhlen und schließlich vernichten können. Sie kochte gut und hielt meine Wohnung in Ordnung, ihr einziger Fehler war, daß sie zuviel schlechte Zeitungen las und wohl auch an die Astrologie glaubte, obwohl sie es vor mir niemals zugab.

Nach dem zweiten Frühstück zog ich mich in mein Arbeitszimmer zurück, steckte mir eine Pfeife an und nahm die Morgenzeitung in die Hand. Ich überblätterte gleich die Seiten mit den politischen Nachrichten, denn Politik bedeutet in Amerika nichts anderes als Querelen zwischen republikanischen Frauenvereinen und demokratischen Bridgeclubs. Am liebsten lese ich die Rubrik »Vermischtes«, zumal mich in diesen aufregenden Tagen alle Nachrichten über Vulkanausbrüche, Seeungeheuer und Rennwagen besonders interessieren. Leider fand ich keine Meldung aus Morganton oder Pleasant-Garden, auch Herr Smith hatte mir immer noch nicht geschrieben, ob der Great Eyry sich noch einmal gerührt hatte. Insgeheim wartete ich nur auf einen neuen Katastrophenalarm, der meine Dienststelle davon hätte überzeugen müssen, daß man endlich ein Großunternehmen ausrüsten müßte.

Die Affäre mit dem Rennwagen und dem Schnellboot hielt die Polizei verständlicherweise mehr in Atem als der Flammenschein am Gipfel des Great Eyry. Falls dort tatsächlich ein Vulkan ausbrach, waren höchstens ein paar Bauernhöfe in der unmittelbaren Nachbarschaft betroffen, während der Rennwagen sämtliche Verkehrsteilnehmer bedrohte und das Schnellboot die internationale Schiffahrt gefährdete. Man konnte sich nirgends mehr in den Vereinigten Staaten auf die Straßen trauen, ohne befürchten zu müssen, daß einen jener wildgewordene Rennfahrer über den Haufen fuhr. Selbst verkehrsgewohnte Städter hätten nicht schnell genug reagieren und dem Wagen ausweichen können. Jeder Bürger lief ständig Gefahr, auf offener Straße Opfer eines Amokfahrers zu werden; der Ruf nach Polizeimaßnahmen wurde verständlicherweise immer lauter. Die Massenblätter hatten nur ein Thema in diesen Tagen: wer schützt uns vor motorisierten Wahnsinnigen?

Als ich vom Mittagessen aufstehen wollte, begann meine Haushälterin wie immer mit dem Abdecken, dann blieb sie plötzlich mit einer Flasche in der einen und dem Gedeck in der anderen Hand stehen und sah mich herausfordernd an.

»Was sagen Sie zu all diesen Geschichten, Herr Strock?«
»Schweinerei«, antwortete ich.
»Wieviel unschuldige Menschen hat denn dieses Diabolomobil in den letzten Tagen totgefahren?«
»Ich weiß es nicht.«
»Ist das grüne Schiff wieder gesehen worden?«
»Ich glaube nicht. In den Zeitungen stand wenigstens nichts davon.«
»Aber im Dienst müßten Sie doch etwas erfahren haben, Herr Strock.«
»Nein, im Amt wissen wir im Moment auch nicht mehr.«
»Dann frag ich mich bloß, Herr Strock, warum wir überhaupt eine Polizei haben und nicht nur Zeitungen.«
»Liebe Grad, die Polizei ist vielleicht ein bißchen langsam, dafür aber um so gründlicher.«
»Was hat unsereins davon? Während sich die Polizei um ihre Dienstvorschriften kümmert, werden wir mitten auf der Long-Street in Washington von diesem Höllenchauffeur überfahren!«
»Wenn er nur schon einmal in Washington wäre!« rief ich. Vor unserer Haustür würden wir ihn schon am Wickel bekommen.«
»Das müssen Sie mir erst einmal vormachen.«
»Da ist doch weiter nichts dabei, Grad.«
»Oho. Hat schon einmal jemand den Gottseibeiuns persönlich an den Hörnern aufgezäumt?«
»Sie machen sich's wirklich einfach. Sobald Sie sich etwas nicht erklären können, muß der Teufel mitsamt seinen Hexen und Beelzebuben herhalten. Natürlich war es der Teufel, der den Gipfel des Great Eyry angezündet hat, selbstverständlich hat der Teufel das Frühjahrsrennen von Wisconsin durcheinandergebracht und ein Schnellboot vor der Küste Neuenglands auf die Reise geschickt. Und wir zerbrechen uns den Kopf, was für eine Teufelei irgendein Bösewicht hier wieder ausgebrütet hat. Ich empfehle mich, Grad, ich habe noch zu tun.«
Ich war ziemlich wütend nach dieser Unterhaltung. Solange die Polizei ihren aufopfernden Dienst gewissenhaft erfüllte, nahm niemand von ihren Leistungen Notiz; ging aber irgend etwas schief, konnte ein Fall nicht sofort aufgeklärt werden, dann fielen alle Leute über einen armen Beamten wie mich her und beschimpften mich. Zugegeben, mir war selbst nicht wohl dabei. Der Unbekannte hatte sowohl auftauchen als auch ungehindert verschwinden können. Vielleicht hatte er seine Erfindungen nur kurz vorführen wollen,

ohne seine Konstruktionsgeheimnisse preiszugeben, oder er war mitsamt seiner Maschine verunglückt. Bis jetzt hatte man aber weder im Michigan-See das Wrack eines Rennwagens herausfischen können noch vor der Küste Neuenglands irgendwelche Schiffstrümmer treiben sehen. Dennoch sprachen alle Anzeichen dafür, daß der mysteriöse Erfinder so oder so nur ein kurzes Gastspiel gegeben hatte und wieder auf- und davongegangen war, ohne größere Spuren zu hinterlassen. Im 30. Jahrhundert würden vielleicht nur noch Legendenbücher aus der technischen Urzeit über ihn berichten.
Den zeitgenössischen Legendenverfassern hatte er allerdings auch schon Stoff genug gegeben. Nachdem die amerikanischen Zeitungen das Thema gründlich durchgekaut hatten, rückte auch die europäische Presse auf den Plan. In der Alten Welt war man mehr und mehr der Überzeugung, der Rennfahrer sei tödlich verunglückt, wobei natürlich der Wunsch der Vater der Pressemeldung war. Die Europäer waren einfach auf die Amerikaner neidisch, in deren Land der Erfinder, möglicherweise selbst ein Amerikaner, aufgetaucht war. Deshalb sollte in Europa gar nicht erst der Verdacht aufkommen, die Amerikaner könnten Nutznießer einer epochemachenden Erfindung sein. Das technische Übergewicht der Vereinigten Staaten über Europa wäre unerträglich geworden, falls jene Erfindungen in die Hände amerikanischer Konstrukteure gelangen sollte.
Am 10. Juni veröffentlichte die *New York* einen aufsehenerregenden Artikel, der die Sorgen der Europäer womöglich noch vervielfachte. Ein wissenschaftlicher Mitarbeiter des Blattes hatte ausgerechnet, daß ein amerikanisches Schiff mit dem Motor des unbekannten Schnellboots in drei Tagen von Amerika nach Europa fahren könne, während der schnellste herkömmliche Ozeandampfer für die gleiche Strecke fünf Tage brauche. Falls es gelänge, den neuen Antrieb nachzubauen, sei die Seeherrschaft der Vereinigten Staaten auf viele Jahre hinaus gesichert.
Bei der Polizei mußten wir uns allerdings mit weniger spektakulären Fragen befassen. Die Gespräche mit Herrn Ward drehten sich wieder und wieder um meine Mission in Nord-Karolina, so daß ich annahm, mein Chef wolle mich bewußt kränken. In Wirklichkeit wollte er aber nur meinen Ehrgeiz anstacheln, denn er wußte so gut wie ich, daß mein Mißerfolg am Great Eyry nicht an mangelndem gutem Willen, sondern an der unzureichenden Ausrüstung gelegen hatte.
»Pech haben wir alle schon einmal gehabt«, sagte Herr Ward am 14. Juni beim Mittagessen zu mir.

»Ich habe schon öfters vorgeschlagen, mich mit einem kleinen Pioniertrupp auf den Great Eyry zu schicken.«

»Lassen Sie nur, Strock. Wir haben jetzt andere Dinge im Kopf. Bei Gelegenheit werden Sie diese Scharte wieder auswetzen können.«

»Es fragt sich nur, wann und wobei, Herr Direktor.«

»Warten Sie doch ab! Denken Sie nur an die Rennwagen- und Schnellboot-Affäre, vielleicht ist da etwas für Sie drin, Strock.«

»Meinen Sie im Ernst, man würde mir, dem kleinen Inspektor Strock, einen solchen Auftrag in die Hand geben?«

»Warum nicht? Gedulden Sie sich nur ein wenig.«

Ich ging wie benommen nach Hause. Ich konnte kaum einschlafen vor Aufregung und sah mich schon als gefeierten Detektiv, der den flüchtigen Erfinder dingfest gemacht und seine Konstruktion für die Nachwelt gerettet hat. Noch in meinen Träumen jagte ich den Unbekannten quer durch den amerikanischen Kontinent und verfehlte ihn mehrmals nur um ein Haar.

Ich war nicht gerade bester Laune, als mich meine Haushälterin am nächsten Morgen unsanft aus dem Schlaf riß. Grad hatte einen eingeschriebenen Brief in der Hand, dessen Empfang ich erst noch quittieren mußte. Die Handschrift war mir nicht bekannt. Der Brief war zwei Tage vorher in Morganton abgestempelt worden.

»Ach so«, sagte ich zu meinem guten Hausgeist, »Herr Smith aus Morganton wird mir geschrieben haben. Wahrscheinlich hat er irgend etwas Wichtiges mitzuteilen.«

»Passen Sie auf, Herr Strock, der Teufel wird im Great Eyry mal wieder ein Süppchen kochen.«

»Vielleicht ist die Suppe auch schon über den Rand geschwappt und ins Tal geflossen. Ich fahre am besten gleich hin, Grad, und bringe Ihnen einen Topf voll mit.«

»Sie wollen mich wohl auf den Arm nehmen, Herr Strock? Mit dem Teufel scherzt man nicht.«

»Mit mir aber auch nicht, Grad, lassen Sie mich endlich meinen Brief lesen.«

Ich brach das Siegel, das ein Wappentier und drei Sterne zeigte, und riß den dicken Umschlag auf. Drinnen steckte ein doppelt gefaltetes Blatt Papier, das einseitig beschrieben war. Ich suchte gleich nach der Unterschrift, entdeckte aber nur drei Buchstaben: H. d. W. Ich kannte niemanden, der seinen Namen so abgekürzt hätte.

»Es ist doch nicht der Bürgermeister von Morganton«, sagte ich zu Grad. »Kennen wir irgend jemanden, der H. d. W. heißt?«
»Ich kann doch nicht alle Ihre Spezis kennen«, antwortete Grad mürrisch.
»Werden Sie nur nicht unverschämt«, fuhr ich sie an.
Die Schrift des unbekannten Briefschreibers gefiel mir auf den ersten Blick recht gut. Die Grundstriche waren ziemlich kräftig und zügig, während die feinen Haarstriche von ausgeprägtem Fingerspitzengefühl zeugten. Als ich zu lesen begann, stockte mir doch das Blut in den Adern. Ich las den Brieftext damals so oft durch, daß ich ihn heute noch auswendig weiß:
Great Eyry, Alleghanies
Nord-Karolina
13. Juni
An Herrn Strock,
Oberinspektor der Bundespolizei,
34, Long-Street,
Washington D. C.

Werter Herr,
Sie sind vor einigen Wochen in dienstlichem Auftrag nach Nord-Karolina gereist und haben den Bürgermeister von Morganton und zwei Bergführer um Hilfe gebeten. Mit diesen Herren sind Sie am 28. April auf den Great Eyry gestiegen, konnten die letzte Wand vor dem Gipfel aber nicht bezwingen. Sie sind einmal um den ganzen Mauerkranz herumgegangen, um nach einem Aufstieg zu suchen, mußten jedoch unverrichteter Dinge wieder absteigen.
Ich warne hiermit jeden, der den Berg noch einmal besteigen will. Erstens kommt keiner hinauf, und zweitens kommt keiner mehr wieder herunter, der hinaufgekommen ist.
Hüten Sie sich also davor, nochmals auf den Great Eyry zu klettern. Das nächste Mal werden Sie nicht ungeschoren davonkommen. Sie wissen jetzt Bescheid und sind für ein mögliches Unglück selbst verantwortlich.
H. d. W.

Ich mußte während der Lektüre ein so erstauntes Gesicht gemacht haben, daß meine Haushälterin keine Ruhe gab, bis ich ihr den Brief in vollem Wortlaut vorgelesen hatte. Mit weit aufgerissenen Augen hörte sie zu.
»Da will mir irgend jemand einen Streich spielen«, sagte ich zu ihr.

»Ein sehr böser Streich«, meinte Grad, »so bös, daß er bestimmt vom Teufel kommt.«

»Zu dem Sie sich auf der Stelle scheren können«, fauchte ich sie an.

Als ich allein war, las ich das Schreiben noch einmal gründlich durch. Es gab gar keine andere Möglichkeit, als daß mich irgendein Witzbold auf den Arm nehmen wollte. Schließlich hatten alle Zeitungen der Vereinigten Staaten in beschämender Ausführlichkeit über die mißglückte Besteigung des Great Eyry geschrieben, und mein Name war dabei in unrühmlicher Weise bekannt geworden. Es ärgerte mich, daß jedermann von meinem Mißerfolg wußte und den Finger auf meinen wundesten Punkt legen konnte.

Ich ließ mir aus Spielerei auch andere Möglichkeiten durch den Kopf gehen. Es war nicht ganz auszuschließen, daß sich eine Verbrecherbande am Gipfel des Great Eyry versteckt hielt, wo sie vor dem Zugriff der Polizei ziemlich sicher sein konnte. Dabei mußte ich mich jedoch fragen, welcher Verbrecher so dumm sein konnte, daß er einen Schlupfwinkel freiwillig an die Polizei verriet. Ich wußte zwar von Herrn Ward, wie dumm Verbrecher mitunter sein konnten, aber daß einer so dumm war, konnte ich mir doch nicht vorstellen. Der Brief klang doch wie eine freundliche Einladung an die Polizei, mit großem Aufgebot an Ort und Stelle zu erscheinen und die Bande auszuheben. Mit einer geballten Ladung Dynamit oder Melinit hätten unsere Pioniere die Felswand schon in die Luft gesprengt; auch wenn die Banditen selbst hätten entwischen könne, wäre ihr Versteck in unserer Hand gewesen.

Diese Möglichkeit schied aus. Nur ein Verrückter oder ein Spaßvogel konnte den Brief an mich geschrieben haben. Einen Grund zur Aufregung gab es nicht. Zuerst hatte ich meinem Chef das Schreiben vorlegen wollen, aber dann überlegte ich es mir anders, denn Herr Ward hätte mich nur ausgelacht, wie ich ihn kannte. Für alle Fälle verwahrte ich den Brief aber sorgfältig in meinem Schreibtisch.

Am nächsten Tag ging ich wie immer ins Büro. Ich mußte einige Routineberichte fertigstellen und machte mir schon gar keine Hoffnungen mehr, daß man mich demnächst im Außendienst einsetzen würde. Für den Fall, daß ich wieder mit einem Auftrag wie der Besteigung des Great Eyry losgeschickt würde, war ich fest entschlossen, alle meine Kräfte einzusetzen. Sollte eine zweite Mission wiederum fehlschlagen, gab es für mich keinen anderen Ausweg mehr als ein Entlassungsgesuch aus dem Staatsdienst und die Rückkehr ins Privatleben.

Über den unbekannten Rennfahrer oder Bootsführer war in der Zwischenzeit nichts mehr bekannt geworden. Die Bundesregierung hatte endlich angeordnet, daß sämtliche Verkehrswege und Gewässer der Vereinigten Staaten strengstens überwacht wurden, aber uns war klar, daß eine solche Maßnahme ziemlich sinnlos war und mehr zur Beruhigung der Bevölkerung diente. Denn ein Territorium von 6000 km Länge und 3500 km Breite läßt sich nicht so einfach überwachen wie der Park des Weißen Hauses.

Niemand konnte wissen, ob sich das geheimnisvolle Schnellboot nicht doch noch vor irgendeiner Küste Amerikas herumtrieb. In den Küstengewässern Neuenglands war es ja nur gesehen worden, weil dort ein ungewöhnlich dichter Schiffsverkehr herrscht, während an anderen Küsten nur selten Fahrzeuge unterwegs waren. Falls der Erfinder des Rennwagens und des Schnellboots nicht ertrunken war, konnte er längst in einer anderen Weltgegend wieder aufgetaucht sein, ohne daß wir in Washington sofort etwas davon erfuhren.

Dieses Thema wurde in meiner Dienststelle allmählich zu den Akten gelegt. Vom Great Eyry gab es im übrigen auch keine Neuigkeiten. Bürgermeister Smith hatte sich noch immer nicht gemeldet, auch die Zeitungen hatten aufgehört, von eingebildeten Vulkanausbrüchen und Erdbeben zu berichten.

Ziemlich lustlos schlenderte ich am 16. Juni morgens um 9 Uhr in Richtung meiner Dienststelle. Als ich vor einem Schaufenster stehenblieb, sah ich im Spiegelbild der Scheibe zwei Männer, die sich dicht hinter mir hielten. Ich dachte mir weiter nichts dabei, auch als sie mir bis kurz vor das Polizeipräsidium folgten und dann verschwanden. Kaum war ich am Abend durch meine Haustür gegangen, da nahm mich Grad beiseite und flüsterte mir zu:

»Herr Strock, heute morgen sind zwei Männer vor unserem Haus auf- und abgegangen und haben gewartet, bis Sie herausgekommen sind. Dann sind Sie Ihnen die ganze Long-Street hinunter dicht auf den Fersen gefolgt.«

»Haben Sie sich dabei auch nicht verguckt?«

»Bestimmt nicht, Herr Strock.«

»Würden Sie die beiden Männer wiedererkennen, falls sie nochmals erschienen?«

»Ganz sicher.«

»Man merkt doch gleich, daß Sie einem Polizisten den Haushalt

führen, Grad. Mit Ihren Fähigkeiten könnten Sie eigentlich Blockwart beim Zivilschutz werden.«
»Herr Strock, Sie haben es wirklich nicht nötig, eine in Ehren ergraute Frau wie mich auf den Arm zu nehmen. Ich habe vielleicht noch bessere Augen als Sie, deshalb habe ich früher als Sie gemerkt, daß man Ihnen nachstellt. An Ihrer Stelle würde ich diese finsteren Gestalten von ein paar Kriminalbeamten beschatten lassen.«
»Eine gute Idee«, sagte ich zu ihr, um sie wieder zu besänftigen, »ich werde gleich morgen früh einen Mann von uns bitten, bei jedem Schritt und Tritt auf mich und meine Verfolger aufzupassen.«
»Am liebsten würde ich selbst hinter Ihnen hergehen, wenn es nur mit meinen Füßen etwas besser wäre. Ihre Mutter selig hat mir aufgetragen, immer auf Sie achtzugeben.«
»Ich verspreche Ihnen, daß ich jetzt vorsichtig bin, Grad. Ich werde mich immer schön umschauen, wenn ich ausgehe.«
»Ich bitt Sie darum, Herr Strock. Bevor Sie weggehen, werde ich jetzt immer zuerst aus dem Fenster schauen, und wenn die Männer wieder da sind, setzen Sie mir keinen Fuß vor die Tür.«
»Abgemacht, Grad«, sagte ich. Es hatte keinen Sinn, ihr etwas auszureden.
An den nächsten beiden Tagen schaute Grad fleißig aus dem Fenster, bevor ich in den Dienst ging, aber draußen zeigte sich keine verdächtige Gestalt. Ich war überzeugt, meine Haushälterin hätte sich die beiden Verfolger nur eingebildet. Am Morgen des 19. Juni wachte ich durch ein fürchterliches Gepolter auf der Treppe vor meinem Zimmer auf. Grad kam zu mir hereingestürmt und rief völlig außer Atem:
»Herr Strock, sie sind wieder da!«
»Wer ist da?«
»Die Geheimagenten.«
»Wer?«
»Sie wissen schon, die Spione. Sie stehen auf der anderen Straßenseite und behalten unseren Hauseingang im Auge.«
Ich stand rasch auf und ging zum rechten Fenster. Den Vorhang schob ich unauffällig ein wenig zur Seite und sah hinaus. Auf dem gegenüberliegenden Bürgersteig standen tatsächlich zwei Männer, mittelgroße, aber durchtrainierte Gestalten mit breitkrempigen Hüten auf dem Kopf und Stöcken in der Hand. Sie gingen manchmal ein paar Schritte auf und ab, schauten dabei aber unverwandt auf meine Fenster und den Ausgang.

»Sind das wirklich die Männer, die Sie kürzlich gesehen haben?« fragte ich Grad.
»Ganz sicher, das sind sie.«
Meine Haushälterin hatte sich also doch nicht getäuscht. Natürlich hätte ich gerne gewußt, was die beiden Männer vorhatten, aber ich selbst konnte ihnen ja nicht nachgehen, da sie mich sofort erkannt hätten. Noch heute wollte ich einen Beamten anfordern, der mein Haus bewachen und den beiden Unbekannten folgen sollte. Auf diese Weise konnten die Personalien der Leute sicher festgestellt werden.
Ich mußte jetzt so oder so aus dem Haus, denn ich konnte wegen einer solchen Lappalie keinesfalls den Dienstbeginn versäumen. Wenn mir die Männer bis zum Polizeipräsidium auf den Fersen blieben, ergab sich vielleicht sogar die Gelegenheit, sie in einen Hinterhalt zu locken, aus dem sie sich mit eigener Kraft nicht mehr befreien konnten. Ich nahm Hut und Mantel und ging die Treppe hinunter. Mit gleichgültigem Gesicht öffnete ich die Haustür und sah mich auf der Straße um – der Bürgersteig war leer. Weder die Straße hinauf noch hinunter konnte ich die Männer entdecken. Ich hatte mir ihre Gesichter aber so fest eingeprägt, daß ich sie unter Tausenden wiedererkennen würde. Auch Grad hatte bis zum Abend keinen der Unbekannten gesehen. Entweder wußten die Männer jetzt, was sie wissen wollten, oder wir hatten uns alle beide an der Nase herumführen lassen.
Auch im Dienst gab es wieder Aufregungen. Am 22. Juni knallte man mir den neuesten *Evening Star* auf den Tisch mit einer Sensationsmeldung auf der ersten Seite. Die Überschrift lautete:
Das Ungeheuer vom Kirdallsee
Der fast 2000 km² große Kirdallsee westlich Topeka, der Hauptstadt des Staates Kansas, war bis vor wenigen Tagen ein stilles Gewässer, das nur wenige Ausflügler kannten. Seine steilen Ufer laden wenig zum Baden ein, dafür wimmelt es in dem klaren Wasser von Fischen. Tausende von Fischern ziehen Tag für Tag Prachtexemplare von Hechten, Aalen, Barschen, Forellen, Karpfen und Gründlingen heraus, die in den ganzen Westen und Mittelwesten versandt werden.
Seit einigen Tagen sehen sich die Fischer auf dem Kirdallsee empfindlich in ihrem Erwerbsleben gestört. Sie können mit ihren Booten nicht mehr zum Fischen auslaufen, ohne befürchten zu müssen, daß sie in einen Strudel geraten, mit anderen Booten kollidieren

oder sogar kentern. Mehrere Fischereifahrzeuge sind schon ernsthaft beschädigt worden, als sie bei klarem Wetter und völliger Windstille von schäumenden Wogen gepackt und gegen die Uferwände geworfen wurden.

Niemand konnte sich erklären, was den stillen See plötzlich derart in Aufruhr gebracht hatte. Die Einheimischen waren überzeugt, daß der See vom Grund her aufgewühlt werde. Zuerst dachten die Bewohner der Seeufer an ein Erdbeben, das den Seegrund aufgerissen hätte. Bei näherer Beobachtung mußte diese Vermutung jedoch wieder verworfen werden, denn die Wellen gingen nicht von einer einzigen Stelle im See aus, sondern bildeten sich überall in bestimmten zeitlichen Abständen. Vulkanausbrüche oder Erdbeben treten aber kaum nach der Uhr auf.

Außer einer gewaltsamen Bodenveränderung hätte aber nur noch ein Lebewesen von riesigen Ausmaßen das Seewasser derart in Wallung bringen können. In den Fischerdörfern munkelte man auch schon von einem überdimensionalen Weichtier, dessen Fangarme den See an mehreren Stellen gleichzeitig peitschen könnten. Eine rasch einberufene Untersuchungskommission kam aber bald zu dem Ergebnis, daß ein solches Ungeheuer nur von außen in den Kirdallsee hätte kommen können. Aber der See hat auf keiner Seite einen Zu- oder Abfluß, da er ringsum von Bergen eingeschlossen ist. Auch an eine unterirdische Verbindung war nicht zu denken, der nächstgelegene Flußlauf ist Hunderte von Kilometern entfernt, und bis zur nächsten Meeresküste sind es über 1000 Kilometer.

Nach mehreren Beratungen stellte die Kommission fest, daß es zwar ziemlich leicht war, falsche Hypothesen zu widerlegen, um so schwieriger wurde es jedoch, die wahre Ursache dieser seltsamen Naturerscheinung zu finden.

Nachdem man alle Möglichkeiten durchgespielt und verworfen hatte, kam jemand auf die Idee, ein sogenanntes Unterseeboot könnte das Seewasser aufgewühlt haben. Den biederen Fischern mußte freilich erst erklärt werden, was ein Unterseeboot war. Man zeigte ihnen deshalb Aufnahmen eines solchen Fahrzeugs, das der Konstrukteur Lake vor Jahren entwickelt und unter dem Namen ›Protektor‹ in Bridgeport / Conneticut vom Stapel gelassen hatte. Dieses Boot hatte einen Elektromotor von 75 PS, der die Zwillingsschrauben antrieb, und einen Petroleummotor von 250 PS, mit dessen Hilfe sich der ›Protector‹ auch auf dem Land fortbewegen konnte. Räder von 1 m Durchmesser gestatteten es dem Steuer-

mann, sein Fahrzeug sowohl über den Meeresgrund als auch über die Straßen zu bugsieren.
Die Seefischer zeigten sich allerdings immer noch skeptisch. Das Ufer war überall bewohnt, und keiner hatte ein solches Unterseeboot in den Kirdallsee einfahren sehen. Deshalb verwarfen sie auch diese Hypothese.
Inzwischen schien sich der See auch wieder beruhigt zu haben. Zahlreiche Boote liefen erneut zum Fischfang aus, unter anderem auch der Schoner ›Markel‹. Als dieser Schoner eines Tages unter vollen Segeln nach Nordwesten hielt, kollidierte er plötzlich mit einem unsichtbaren Gegenstand, der ihm ein Leck unterhalb der Wasserlinie riß. Es gelang der Besatzung mit Mühe und Not, das Leck zu verstopfen und ihr Fahrzeug in den nächsten Hafen zu bringen.
Eine Überprüfung der Seekarte ergab, daß der Schoner auf keinen Fall auf ein Riff gelaufen sein konnte, da der Kirdallsee am Ort der Kollision mindestens 30 m tief ist. Inzwischen hatte man den Schoner entladen und auf den Strand geschleppt, um das Leck freizulegen. Dabei entdeckten die Matrosen, daß der Rumpf wie von einem stählernen Rammsporn durchbohrt worden war.
Niemand kann jetzt mehr bezweifeln, daß der friedliche Kirdallsee das Versuchsgelände eines skrupellosen Unterseebootfahrers geworden ist. Hunderttausende von Evening-Star-Lesern fragen an dieser Stelle: wann werden die Bewohner des Seeufers endlich von dieser Plage befreit? Warum läßt die Polizei zu, daß ein wildgewordener Erfinder die Straßen und Gewässer der Vereinigten Staaten mit Rennwagen, Schnell- und Unterseebooten unsicher machen kann? Schläft bloß unsere Polizei, oder schläft gar die Regierung?
Ich faltete das Blatt zusammen und ließ mich sofort bei Direktor Ward melden. Mein Chef war die Ruhe selbst, sehr zu meinem Erstaunen.
»Was gibt's denn?« fragte er leutselig.
»Haben Sie schon gelesen?« sagte ich und streckte ihm die Zeitung hin.
»Ach so. Wundert es Sie eigentlich, daß aus dem Rennwagen-Schnellboot jetzt auch ein Unterwasserfahrzeug geworden ist?«
»Glauben Sie im Ernst, daß auch hier unser teurer Kunde dahintersteckt?«
»Gar keine Frage, Strock. Interessant an der Geschichte ist weniger der Mann als der Motor, den er entwickelt hat. Diesen Motor müß-

ten wir haben, und wir könnten die größten und schnellsten Fahrzeuge der Welt bauen.«
»Aber wie wollen Sie die Maschine bekommen, Herr Direktor?«
»Wir kaufen sie ganz einfach.«
»Ein paar Millionen werden die Vereinigten Staaten aber schon ausgeben müssen, sonst schnappen die Europäer uns die Erfindung vor der Nase weg.«
»Sie wissen doch selber, Strock, wieviel der Staat im Jahr für die wissenschaftliche Forschung ausgeben kann. Das geht doch in die Milliarden.«
»Schön und gut, aber wenn man ein Geschäft abschließen will, muß man erst einmal einen Partner haben.«
»Genau da liegt der Hase im Pfeffer. Wollen Sie diesen Partner nicht ausfindig machen, Strock? Sie könnten dadurch...«
»... die Scharte vom Great Eyry auswetzen. Den Spruch kenne ich schon«, sagte ich verärgert. »Aber wenn Sie mir den dienstlichen Befehl geben, dann werde ich natürlich sofort losfahren und den unbekannten Maschinenbauer suchen.«
»Hier haben Sie den dienstlichen Auftrag, Strock. Aber täuschen Sie sich nicht, die Sache wird womöglich kniffliger als die Besteigung des Grat Eyry.«
»Herr Direktor«, sagte ich wütend, »Sie wissen ganz genau, daß jenes Unternehmen nicht durch meine Schuld fehlgeschlagen ist. Hätte die Regierung ein paar tausend Dollar für Dynamit und lange Leitern bewilligt...«
»Daran soll es jetzt nicht fehlen, Strock. Wir werden Ihnen alle Mittel in die Hand geben, die notwendig sind, um diesen Teufelsburschen dingfest zu machen.«
»Haben Sie schon Hinweise irgendwelcher Art?«
»Leider nein. Der Kirdallsee ist zwar rings umstellt, bis jetzt ist aber weder ein Unterseeboot noch ein Unterwasserkapitän an Land gekommen. Manchmal habe ich fast den Verdacht, dieser Ritter der Technik hat auch noch eine Tarnkappe erfunden, mit der er sich und sein Universalfahrzeug unsichtbar machen kann. Ein Proteus aus Stahlblech!«
»Jedenfalls wird er sich uns nicht freiwillig stellen und seinen Apparat verschenken.«
»Sehr schlau, Strock. Wenn er sich nicht fangen läßt, müssen wir zusehen, daß wir ihn mit Geld ködern. Ein paar Millionen wird er sich wohl nicht verschließen, meinen Sie nicht auch?«

»Man sollte es annehmen, Herr Direktor. Was habe ich aber dabei zu tun?«

»Die Einzelheiten Ihres Auftrags werden wir später noch miteinander durchsprechen. Bis dahin muß ich noch ein paar Informationen einholen. Außerdem wird in der gesamten Presse eine Anzeige veröffentlicht werden, die dem unbekannten Konstrukteur eine bestimmte Summe für seine Erfindung anbietet; bis eine Antwort von ihm kommt, werden wir eben warten müssen.«

»Wir sitzen da und legen die Hände in den Schoß, während die Bürger dieses Landes um ihr Leben zittern müssen.«

»Ganz so schlimm ist es auch wieder nicht, Strock. Das Menschen- bzw. Polizeimögliche haben wir getan. Sämtliche Straßen sind bewacht, die Küsten- und Flußuferwachen sind verstärkt.«

»Die werden unseren Freund wenig schrecken«, sagte ich. »Wenn wir so weitermachen, wird die Öffentlichkeit bald jegliches Vertrauen in ihre Ordnungsorgane verlieren. Wenn wir einen Verbrecher schon zu Lande und zu Wasser nicht erwischen können, was wird man dann erst sagen, wenn die Kriminellen auch noch das Luftschiff als Fluchtmittel benützen werden? Ich fürchte, die Polizei ist dann überflüssig, und wir werden uns alle nach neuen Beschäftigungen umsehen müssen.«

»So schwarz wie Sie sehe ich nicht«, meinte Direktor Ward. »Aber ich erkenne Ihre verantwortungsbewußte Dienstauffassung durchaus an.«

Ich wollte meinem Chef schon von dem mysteriösen anonymen Schreiben erzählen sowie von den beiden Männern, die mich offensichtlich verfolgt hatten. Aber dann sagte ich mir, es gebe jetzt Wichtigeres zu tun als die leidige Great-Eyry-Affäre, zumal sich die Leute in der Umgebung des Berges wieder beruhigt hatten und sich jetzt weit mehr für den Rennfahrer interessierten als für ihren angeblich feuerspuckenden Great Eyry. Ich verabschiedete mich von meinem Chef und ging nach Hause, um mich auf meine neue Mission innerlich und äußerlich vorzubereiten. Ein paar Stunden später holte man mich aber schon wieder ins Polizeipräsidium ab. Ich ging sofort zu Direktor Ward.

»Strock«, sagte mein Chef ernst, »halten Sie sich bereit, es kann jeden Moment losgehen. Gehen Sie nicht mehr außer Haus, damit ich Sie jederzeit erreichen kann. Genaue Instruktionen bekommen Sie bei Ihrer Abreise.«

»Ich werde mein Köfferchen packen und mich bereithalten. Eine

Frage habe ich noch: soll ich allein vorgehen, oder wollen Sie mir doch noch ein paar Beamte mitgeben?«

»Gut, daß Sie darauf kommen, Strock. Sie dürfen sich zwei Leute aussuchen, mit denen Sie vertrauensvoll zusammenarbeiten können.«

»Die Männer werden sich schon finden lassen. Angenommen, ich habe den Verbrecher vor mir, was soll ich dann Ihrer Vorstellung nach unternehmen?«

»Verlieren Sie ihn nicht aus den Augen, schleichen Sie sich an ihn heran und greifen Sie zu. Sie wissen doch, wie man das macht. Einen Haftbefehl lasse ich gerade ausschreiben, den können Sie dann gleich mitnehmen.«

»Sie denken aber auch an alles, Herr Direktor. Soll ich ihm den Haftbefehl aber nachwerfen, wenn er in seinen Rennwagen springt und mit 240 km/h davonfährt?«

»Soweit dürfen Sie es natürlich gar nicht erst kommen lassen. Sie verhaften ihn und informieren uns auf der Stelle, den Rest erledigen wir schon.«

»Das beruhigt mich. Meine Begleiter werde ich sofort aussuchen, wir sind auf Abruf bereit, mit der Jagd auf den motorisierten Banditen zu beginnen.«

»Dann kann ich Ihnen nur Weidmannsheil wünschen.«

»Und ich sage Weidmannsdank. Wie soll ich es Ihnen nur vergelten, daß Sie mich als Jäger ausgesucht haben?«

»Keine Ursache, Strock. Man muß jedem eine Chance geben. Wenn Sie Glück haben, winkt Ihnen ein hübscher Orden und eine Prämie dazu.«

Tatendurstig verließ ich das Zimmer meines Chefs. Ich suchte meine künftigen Assistenten, den 30 Jahre alten John Hart aus Illinois und den 32jährigen Nab Walker aus Massachusetts, auf und befahl ihnen, sich ständig zu meiner Verfügung zu halten. Die nächsten Tage gingen dahin, ohne daß wir alarmiert wurden. Zwar liefen mehrere Meldungen über unseren Geisterfahrer im Polizeipräsidium ein, aber außer in zwei Fällen handelte es sich um Fehlinformationen.

Einmal war das Gefährt auf einer Straße in der Nähe von Little Rock/Arkansas gesehen worden, das andere Mal am Südufer des Oberer-Sees. Die etwa 1300 km lange Strecke von Arkansas nach Wisconsin mußte das Gefährt in ein paar Stunden zurückgelegt haben, denn die Meldung aus Little Rock war am Nachmittag abgegangen und die vom Oberer-See am Abend. Es war uns allerdings voll-

kommen unbegreiflich, wie der Rennfahrer mehrere Staaten hatte durchqueren können, ohne von einem Menschen, geschweige denn einem Polizisten gesehen zu werden.
Der Einsatzbefehl, mit dem ich stündlich rechnete, kam immer noch nicht. Die Druckerpressen der Zeitungshäuser liefen in der Zwischenzeit auf Hochtouren. Eine Falschmeldung jagte die andere, selbst die sogenannten seriösen Zeitungen schreckten nicht vor hanebüchenen Lügen und Entstellungen zurück. Soweit ich jemals ein gewisses Vertrauen in die Presse gehabt hatte, jetzt war es damit endgültig aus. Das einzige lesbare Gedruckte seit Wochen war am 3. Juli in allen großen Tageszeitungen zu lesen. Die amerikanische Regierung hatte sich auf den Text einer amtlichen Anzeige einigen können:
Die Regierung der Vereinigten Staaten von Amerika gibt bekannt: Vor zwei Monaten ist in den Bundesstaaten Pennsylvanien, Kentucky, Ohio, Missouri und Illinois ein schnelles Fahrzeug aufgetaucht, daß sich am 27. Mai schließlich außer Konkurrenz in das Frühjahrsrennen von Wisconsin eingemischt hat. Es bestehen genügend Gründe zu der Annahme, daß es das gleiche Fahrzeug war, das in der ersten Juniwoche als eine Art Schnellboot vor der neuenglischen Küste zwischen Kap Nord und Kap Sable aufgekreuzt und nach kurzer Zeit wieder verschwunden ist. Vieles spricht ebenfalls dafür, daß sich jenes unbekannte Fahrzeug in der zweiten Juniwoche unter der Oberfläche des Kirdallsees in Kansas aufgehalten hat und seither an mehreren Orten der Vereinigten Staaten kurzfristig gesehen worden ist. Jenes Fahrzeug kann sich offensichtlich auf dem Land ebensogut wie auf dem Wasser und unter Wasser fortbewegen. Die Regierung der USA hat beschlossen, diesen Apparat wegen seiner universalen Verwendungs- und Entwicklungsmöglichkeiten käuflich zu erwerben. Der mutmaßliche Konstrukteur und Besitzer des Fahrzeugs wird deshalb ersucht, sich mit der Bundesregierung in Verbindung zu setzen und eine Summe zu nennen, die als Verhandlungsgrundlage zu betrachten ist. Die Antwort auf dieses Angebot sollte möglichst umgehend erfolgen und an das Bundespolizeipräsidium in Washington, D. C, gerichtet sein.
Nicht nur in meiner Dienststelle sah man der Antwort mit Spannung entgegen, auch die Öffentlichkeit nahm regen Anteil an der Aktion. Tag und Nacht drängte sich eine riesige Menschenmenge vor dem Polizeigebäude zusammen, und die Zeitungsreporter streiften wie hungrige Köter um sie herum. Falls die Sensation kam, wollte sie jeder als erster an seine Redaktion übermittelt haben. Alle

warteten gespannt darauf, ob der geheimnisvolle Unbekannte seinen Namen und seinen Beruf preisgeben und wieviel Geld er für seine Maschine verlangen würde. Es hieß übrigens, einige amerikanische Milliardäre hätten sich bereiterklärt, dem Staat unter die Arme zu greifen, im Fall, daß es ihm an ein paar Millionen fehlte.
Die Tage verstrichen, aber kein Postbote brachte den ersehnten Brief ins Polizeipräsidium. In der Zwischenzeit hatten die europäischen Korrespondenten den neuesten Coup der Yankees in ihre Heimatländer gekabelt, die nun ihrerseits in den Zeitungen Aufrufe veröffentlichen ließen. Die kleineren Staaten schieden aber sehr bald freiwillig aus dem Millionenrennen, das ihre Budgets hoffnungslos ruiniert haben würde, so daß sich nur noch die Großmächte Deutschland, Frankreich, Österreich, England, Rußland und Italien als Konkurrenten der Vereinigten Staaten gegenüberstanden.
Nach wenigen Tagen gingen die verschiedenen Regierungen dazu über, den unbekannten Erfinder mit bestimmten Kaufsummen anzulocken. Mit der Zeit entwickelten sich regelrechte Kursbewegungen, die zweimal pro Tag in den großen Weltblättern veröffentlicht wurden. Unter der Führung Amerikas kletterte dieser Kurs Million um Million steil nach oben. Als eine Woche nach dem ersten öffentlichen Kaufgesuch immer noch keine Antwort eingegangen war, wurde der amerikanische Kongreß zu einer Sondersitzung einberufen, in deren Verlauf der Regierung ein Gebot von 20 Millionen Dollar zugebilligt wurde.
Die Pressekommentare fielen durchaus freundlich aus. Meine fortschrittsbegeisterten Landsleute hielten es für vertretbar, soviel Geld für eine sensationelle technische Neuerung auszugeben. Nur die Europäer mokierten sich. Mit ihren begrenzten Mitteln konnten sie kein ernsthaftes Angebot mehr aufrechterhalten. Dafür verspotteten sie uns und unsere Regierung und behaupteten, es gebe weder einen unbekannten Erfinder noch eine unbekannte Erfindung, wir alle hätten uns von einem Hochstapler an der Nase herumführen lassen.
Wir hatten schon beinahe alle Hoffnung aufgegeben, ein Lebenszeichen des Unbekannten zu erhalten, da entdeckte einer unserer Angestellten am Morgen des 15. Juli einen nichtfrankierten Brief im Postkasten des Polizeipräsidiums. Sein Inhalt wurde kurz geprüft und dann sofort in Faksimile an die Zeitungen weitergegeben.

7

An Bord der Epouvante,
den 14. Juli

Offener Brief an die Staaten Europas und Amerikas.
Es entspricht dem Krämergeist der Epoche, daß man mich öffentlich dazu auffordert, meine Erfindung zu veräußern. Zu all diesen Angeboten sage ich freilich nur nein.
Meine Erfindung ist und bleibt mein geistiges und materielles Eigentum. Amerika und Rußland, Deutschland und Frankreich mögen sich darum reißen, wie sie wollen. Ich werde mit meiner Maschine anfangen was mir paßt. Sie sichert mir eine praktisch unbegrenzte Macht, da sie allen möglichen Maschinen weit überlegen ist. Mit ihrer Hilfe werde ich bald die Weltherrschaft ausüben, und niemand wird mich daran hindern können.
Über die Millionen, die man mir anbietet, kann ich nur lachen. Ich brauche kein Geld, und wenn ich welches brauchte, würde ich es mir nehmen, wo immer ich es finde.
Ich warne die Völker in allen vier Winden der Welt vor jedem Gewaltakt gegen mich. Ich werde ihn grausam vergelten.

Denn ich bin der H. d. W.

In meiner Dienststelle zuckte man ratlos die Schultern. Immerhin wußte man jetzt, daß der geheimnisvolle Erfinder noch lebte und wahrscheinlich höchstpersönlich nach Washington gekommen war, um seine Antwort in unseren Briefkasten zu werfen.
Als ich mir den faksimilierten Brief genauer ansah, hätte ich vor Staunen beinahe laut aufgeschrien. Die Handschrift stimmte haargenau mit der des Schreibens überein, das ich vor ein paar Wochen aus Morganton bekommen hatte. Unter beiden Briefen stand die gleiche abgekürzte Unterschrift H. d. W. Als Absendeort war nun aber statt Great Eyry »an Bord der *Epouvante*« angegeben, so hieß das Fahrzeug des Unbekannten höchstwahrscheinlich.
Ich ging auf dem schnellsten Weg nach Hause und riß den Einschreibebrief aus Morganton aus der Schreibtischschublade. Ich verglich Buchstaben für Buchstaben miteinander; es gab keinen Zweifel mehr, beide Briefe waren von derselben Hand geschrieben. Ich überlegte fieberhaft, welcher Zusammenhang zwischen beiden Briefen bestehen könnte. Was hatte der Great Eyry mit dem Fahrzeug *Epouvante* zu tun? Wenn es gelang, dieses Rätsel aufzuhellen, war es vielleicht auch möglich, dem unbekannten Erfinder auf die Spur zu

kommen. Ich steckte den Brief in die Tasche und kehrte ins Präsidium zurück.
Ich ließ mich bei meinem Chef nicht erst anmelden, sondern durchquerte im Sturmschritt sein Vorzimmer und trommelte gegen seine Tür. Direktor Ward hatte kaum »Herein!« gerufen, da stand ich schon keuchend vor ihm.
»Strock, was ist mit Ihnen?«
»Herr Ward, lesen Sie das!« antwortete ich und streckte ihm den Brief hin.
»Was ist das für ein Papier?«
»Die Visitenkarte eines gewissen H. d. W.«
»Wo ist dieses Schreiben aufgegeben worden?«
»Auf der Post von Morganton in Nord-Karolina.«
»Wann haben Sie den Brief bekommen?«
»Etwa vor einem Monat.«
»Warum haben Sie mir den Empfang nicht gleich gemeldet?«
»Weil ich diese Mitteilung für einen schlechten Witz hielt.«
»Was halten Sie jetzt davon?«
»Ganz genau weiß ich es noch nicht. Ich will mich aber gern Ihrer werten Meinung anschließen, Herr Direktor.«
Direktor Ward nahm mir den Brief aus der Hand und las ihn langsam durch. Inzwischen sah ich mir das Original des offenen Briefes an, den der Unbekannte der Polizei übergeben hatte.
»Jetzt schlägt's aber dreizehn!« rief Direktor Ward. »In dem Brief an Sie steckt ja eine faustdicke Nötigung! Man droht Ihnen Gewalt an, falls Sie ein zweites Mal auf den Great Eyry klettern.«
»Bis jetzt bin ich noch nicht oben. Ich frage mich nur, was der Great Eyry mit der *Epouvante* zu tun hat.«
»Genaues kann ich Ihnen auch nicht antworten. Es gibt meiner Meinung nach nur eine Möglichkeit, eine ziemlich phantastische Möglichkeit.«
»Spannen Sie mich nicht auf die Folter.«
»Der unbekannte Erfinder hat seine Werkstatt am Gipfel des Great Eyry eingerichtet und will nicht, daß man ihm in die Karten schaut.«
»Ausgeschlossen«, sagte ich. »Ich habe den Berg doch selbst gesehen. Wenn man nicht einmal zu Fuß auf den Gipfel kommt, wie soll es dann erst ein Auto schaffen.«
»Mit seinen Rädern kommt das Fahrzeug sicher nicht den Berg hinauf, aber angenommen, es hätte auch noch Flügel?«

»Jetzt mach ich aber nicht mehr mit, Herr Direktor. Alles was recht ist; aber ein Rennwagenunterseeboot mit Flügeln halten Sie doch wohl selbst für ein Hirngespinst.«
Mein Chef sagte nichts mehr, ihm war selber nicht wohl in seiner Haut. Etwas verlegen nahm er sich die beiden Briefe wieder vor und studierte die Handschrift mit einer Lupe.
»Sogar mit der gleichen Feder hat jener H. d. W. die beiden Briefe geschrieben«, sagte Direktor Ward. »Lassen Sie mir Ihren Brief vorläufig einmal hier. Vielleicht liefert er uns noch einmal wertvolle Aufschlüsse. Und Sie halten sich mit Ihren Leuten abmarschbereit.«
Ich hatte jetzt das dunkle Gefühl, daß man mich bald alarmieren würde. Es war nun aber auch höchste Zeit für die Polizei, gegen den Unbekannten vorzugehen. Alle gutgemeinten Angebote hatte er ausgeschlagen, und die Öffentlichkeit verlangte nun immer dringlicher, daß man alle Mittel aufwandte, den gemeingefährlichen Unbekannten dingfest zu machen. Nachdem bekanntgeworden war, daß sich der Erfinder auf ein ehrliches Geschäft nicht einlassen wollte, wurde er in den Zeitungen ungeniert als Verbrecher angesprochen. Wenige Tage nach der Veröffentlichung des offenen Antwortbriefes ließ die Bundesregierung eine weitere Bekanntmachung in allen Zeitungen abdrucken:
Die Regierung der USA gibt öffentlich bekannt,
daß sie den Besitzer des Apparats Epouvante mit sofortiger Wirkung für vogelfrei erklärt. Gleichzeitig wird der innere Notstand der Nation ausgerufen. Alle Bürger der Vereinigten Staaten müssen jetzt gegen die allgemeine Gefahr zusammenstehen, die ihnen von seiten des gesetzlosen Konstrukteurs droht. Alle Handlungen, die zur Ergreifung des Täters und zur Zerstörung seines Fahrzeugs führen, werden hiermit im voraus gebilligt. Gleichzeitig setzt die Bundesanwaltschaft eine Belohnung von 100000 Dollar aus für jeden Hinweis, der zur Ergreifung des Täters führt.
Dennoch waren die Aussichten nicht gewachsen, daß man jenen H. d. W. in nächster Zeit erwischen würde. Zwar trafen beinahe Tag für Tag neue Meldungen über seinen Aufenthalt im Polizeipräsidium ein, die aber umgehend dementiert werden mußten. Natürlich hoffte jeder, der eine solche Falschmeldung in die Welt setzte, auf die Belohnung oder wenigstens einen Teil davon. Die Stimmung im Polizeipräsidium war wieder einmal auf einen Tiefpunkt gesunken, mehrere leitende Beamte trugen sich mit dem Gedanken, um

ihren Abschied nachzusuchen. Allmählich wurde auch ich nervös, denn ich mußte immer noch Tag und Nacht in Alarmbereitschaft sein, während meine Dienststelle nach wie vor zur Untätigkeit verdammt war.
Am 29. Juli endlich wurde ich mit höchster Dringlichkeitsstufe zu meinem Chef beordert. In ein paar Minuten stand ich vor ihm.
»Strock, es geht los«, sagte er. »In 1 h müssen Sie schon abgefahren sein.«
»Wohin?«
»Nach Toledo.«
»Ist er dort aufgetaucht?«
»Anscheinend. An Ort und Stelle werden Sie alles weitere erfahren.«
»Verstanden. In 1 h nach Toledo abgereist sein.«
»Denken Sie daran, Sie haben einen Sonderauftrag. Strock.«
»Welchen?«
»Ihr Auftrag heißt: voller Erfolg!«

8

Ich benachrichtigte sofort meine beiden Begleiter. Wir hatten unsere Reisetaschen längst gepackt, in der Waffenkammer nahm jeder einen Revolver in Empfang. Unsere Aktion begann immerhin unter günstigeren Vorzeichen als alle vorausgegangenen: keine einzige Zeitung wußte etwas von dem Hinweis, der uns nun nach Toledo an den Eriesee führte. Drei Plätze im Schnellzug waren schon für uns reserviert. Wir fuhren nachts durch Virginia und Ohio, und am nächsten Morgen um 8 Uhr standen wir auf dem Bahnsteig von Toledo.
Ein freundlicher Herr löste sich aus der Menge und kam auf uns zu. Das mußte der Beamte der Bundespolizei sein, der uns in Washington angekündigt worden war.
»Herr Arthur Wells?« fragte ich.
»Jawoll, Herr Strock. Ich stehe zu Ihrer Verfügung.«
»Dann suchen Sie ein gemütliches Lokal, wo wir in aller Ruhe frühstücken können.«
»Wenn es ein bißchen schneller gehen könnte, wäre es mir noch lieber. Vor dem Bahnhof steht ein Break, wir müssen sofort abfahren.«
»Einen Kraftwagen hat die hiesige Polizei wohl nicht?« fragte ich.

»Doch, aber der Chef braucht ihn selber.«
»Wie weit müssen wir fahren?«
»Ungefähr 30 km. Der fragliche Ort heißt ›Bucht von Black Rock‹.«
Wir kletterten sofort in die Kutsche und ließen uns in ein Hotel bringen, wo wir unser Gepäck ablegten und in Windeseile frühstückten. Die Hast bekam meinem Magen leider ziemlich schlecht.
Der Gepäckkasten des Break war bis oben mit Lebensmitteln vollgestopft. Auf meinen fragenden Blick erklärte Wells, unser Fahrtziel liege in einer einsamen Gegend, in der es weit und breit weder ein Gasthaus noch einen Bauernhof gebe. Falls die Aktion längere Zeit in Anspruch nehme, müßten wir wohl oder übel unter freiem Himmel übernachten.
Inzwischen war der Break aus Toledo hinausgerollt und folgte nun dem Ufer des Eriesees in Richtung Südwesten. Ich schaute mir eine Landkarte an, um mir die geographischen Verhältnisse genau einzuprägen. Der Eriesee stand im Nordwesten mit dem Detroitfluß, dem Huron- und Saint-Clair-See in Verbindung, im Nordosten besaß er im Niagara-River mit den weltberühmten Fällen seinen Abfluß in den Ontariosee. Wir fuhren jetzt von Toledo weg in Richtung auf die Stadt Buffalo, die am Beginn des Niagara-River liegt.
Während die Kutsche die gewundene Uferstraße entlangrollte, kam ich mit meinem Kollegen Wells ins Gespräch.
»Ich habe gehört, Sie selbst haben das Polizeipräsidium alarmiert.«
»Das stimmt«, antwortete der Beamte. »Das begann alles ganz harmlos. Ich war zu einem privaten Besuch am Eriesee und hatte mir bei meinen Bekannten ein Pferd geliehen, um Freunde in dem Dorf Hearly zu treffen. Als ich dem Ufer entlang durch ein dünnes Wäldchen ritt, sah ich plötzlich ein Wasserfahrzeug aus dem See auftauchen. Ich bin natürlich sofort vom Pferd gesprungen und habe mich am Ufer hinter einem Busch versteckt. Nach kurzer Zeit legte das Unterseeboot an, die Luken gingen auf, und zwei Männer sprangen an Land.
Mir war sofort klar, daß ich hier nichts anderes als die *Epouvante* vor mir hatte. Wären Sie damals vor zwei Tagen mit ihren Männern bei mir gewesen, Strock, ich bin überzeugt, wir hätten die Verbrecher längst hinter Schloß und Riegel gebracht.«
»Was haben Sie dann unternommen?«

»Bis 17 Uhr habe ich die Männer beobachtet, dann bin ich nach Toledo geritten und habe an die Polizei in Washington telegraphiert.«
»Wahrscheinlich kommen wir viel zu spät«, sagte ich. »Die *Epouvante* wird längst wieder ausgelaufen sein.«
»Das glaube ich nicht einmal. Gestern mittag bin ich wieder zur Landungsstelle geritten und habe das Fahrzeug immer noch liegen sehen.«
»Waren die beiden Männer auch dabei?«
»Ja. Ich hatte den Eindruck, sie reparierten etwas an ihrem Boot.«
»Vielleicht erwischen wir sie dann doch noch rechtzeitig.«
»Wenn alles gut geht«, sagte Wells, »können sie vielleicht nicht einmal auf ihrem Fahrzeug flüchten. Gestern haben sie eine ganze Menge Gerät an Land geschleppt und dann an Bord gearbeitet.«
»Wieviel Mann haben Sie gesehen?«
»Immer nur zwei. Sie gingen mehrmals bis an den Waldrand, brachen Äste ab und zündeten ein Feuer an. Bis 17 Uhr bin ich in meinem Versteck geblieben und dann nach Toledo geritten, wo ich ein Telegramm von Direktor Ward bekommen habe. Daraufhin habe ich Sie heute morgen abgeholt.«
»Würden Sie die Männer wiedererkennen?« fragte ich.
»Ganz sicher. Der eine ist mittelgroß und kräftig, hat ein strenges Gesicht und trägt einen Vollbart. Der andere ist etwas kleiner und untersetzt.«
Wenn wir Glück hatten, und das Fahrzeug noch weitere 12 Stunden in der Bucht von Black Rock vor Anker lag, mußten wir die Verbrecher antreffen. Sollte ihnen wider Erwarten die Flucht in den See gelingen, dann lagen für diesen Fall in Buffalo zwei Torpedoboote unter Dampf, die nur auf einen telegraphischen Befehl warteten. Mir war allerdings nicht ganz klar, wie die vergleichsweise schwerfälligen Kriegsschiffe die wendige *Epouvante* aufbringen wollten.
Gegen 19 Uhr kamen wir endlich an dem Wäldchen an, hinter dem die Bucht von Black Rock lag. Die Landstraße konnte an dieser Stelle vom See her nicht eingesehen werden, so daß wir nicht Gefahr liefen, vorzeitig entdeckt zu werden.
Wells gab dem Kutscher einen Wink, und die Pferde zogen den Wagen vorsichtig in das Wäldchen hinein. Meine Begleiter und ich waren abgesessen und marschierten zwischen Zypressen, Kiefern und immergrünen Eichen hindurch. Auf dem grasbewachsenen und laubbedeckten Boden hörte man keinen Schritt. Schweigend gingen

wir ein paar Minuten hinter dem Wagen her, dann ließ Wells auf einer Lichtung anhalten.
»Hier warten wir die Dunkelheit ab«, sagte mein Kollege. »Bis zur Bucht ist es zwar nicht mehr weit, aber bei Tageslicht können wir uns dort auf keinen Fall blicken lassen.«
»Mir juckte es schon in den Fingern, wenn ich daran dachte, daß die *Epouvante* samt ihrer Besatzung vielleicht zum Greifen nahe vor uns war. Das Abendbrot brachte mich für kurze Zeit jedoch auf andere Gedanken. Die beiden Polizisten hatten den Wagenkasten geleert und seinen Inhalt unter einer herrlich gewachsenen Zypresse ausgebreitet, die mich unangenehm an die Wälder rings um Pleasant-Garden erinnerte.
Wir mußten uns noch über mehrere Pfeifenlängen hinweg gedulden, bis wir aufbrechen konnten. Es war totenstill geworden. Mit dem Einbruch der Dunkelheit hatte sich der Wind gelegt, kaum ein Blatt bewegte sich noch an den Bäumen. Als meine Uhr auf 20 Uhr 30 zeigte, tippte ich Wells an.
»Es ist Zeit.«
»Ich bin fertig, Strock.«
Der Kutscher erhielt Anweisung, die Pferde ruhig zu halten, dann zogen wir los; Wells an der Spitze, dicht dahinter kam ich, und dann folgten meine beiden Begleiter. Am Waldrand blieben wir stehen. Bis zum Ufer hatten wir nun keine Deckung mehr. Da wir aber keine verdächtige Bewegung wahrnehmen konnten, wagten wir uns ohne zu zögern bis an den Rand der Felsen vor, die steil in die Bucht abfielen. Mir klopfte das Herz bis zum Hals. Nach wenigen Augenblikken hatten wir eine Bresche im Gestein erreicht, durch die man die Wasserfläche der Bucht überblicken konnte. Wells und ich sahen uns an. Nichts zeigte sich auf der glatten Wasseroberfläche der Bucht. Die *Epouvante* war offensichtlich ausgelaufen.
Am liebsten hätte ich einfach losgeheult vor Wut. Auch Wells schien innerlich zu toben. Unser fein ausgeklügelter Plan war ins Wasser gefallen. Dabei wäre es unter den gegenwärtigen Bedingungen ein Kinderspiel gewesen, an die beiden Männer der *Epouvante* heranzuschleichen und ihnen den Rückweg auf ihr Fahrzeug abzuschneiden, sobald sie an Land gegangen waren. Auf ein Zeichen hatten sich Hart und Walker entfernt und gingen in entgegengesetzter Richtung am Rand der Bucht entlang. Wells und ich starrten noch immer entgeistert auf das schwarze Wasser der Bucht. Ich sah manchmal einen schwachen Lichtschein über das Wasser huschen,

der in Sekundenschnelle verlosch. Dann schien es mir, als schöbe sich ein massiger Schatten langsam in die Bucht hinein. Schließlich war ich überzeugt, daß mich nur meine überreizten Nerven getäuscht hatten. Nach einer Stunde kamen die beiden Beamten wieder zurück.

»Haben Sie etwas gesehen?«

»Nein. Auch von den Geräten, von denen Herr Wells gesprochen hat, haben wir keine Spur gefunden.«

»Was stehen wir hier noch herum?« sagte Kollege Wells.

»Lassen Sie uns noch einen Moment warten«, meinte ich. Alles in mir sträubte sich dagegen, jetzt schon aufzugeben.

Als wir eine Weile schweigend am Ufer gesessen hatten, hörten wir plötzlich einen sanften Wellenschlag an den Felsen, obwohl es vollkommen windstill war.

»Es wird unruhig auf dem Wasser«, sagte ich.

»Oder unter Wasser«, antwortete Wells.

Angespannt lauschten wir in die Dunkelheit. Das Plätschern verstärkte sich allmählich, ohne daß wir sehen konnten, wo es herrührte. Hart und Walker stiegen auf die Felsen am Ufer, um die Bucht in ihrer ganzen Ausdehnung überblicken zu können. Ich legte mich unterdessen flach auf den Bauch und beobachtete die Wellen, die bald in regelmäßigen Abständen gegen die Steine klatschten.

»Das muß von einem Schiff kommen«, flüsterte Wells mir zu.

»Vielleicht gibt es im Eriesee auch Walfische?«

»Machen Sie jetzt keine Witze, Strock. Ein Schiff fährt ganz in unserer Nähe vorbei.«

»Wo genau ist die Besatzung der *Epouvante* gestern an Land gegangen?« fragte ich.

»Genau wo wir jetzt stehen.«

»Das heißt, wenn die *Epouvante* in die Bucht einläuft, wird sie wahrscheinlich hier auch anlegen.«

»Strock, sehen Sie einmal ganz genau hin!« sagte Wells und zeigte mit der Hand auf die Einfahrt zur Bucht. Im selben Augenblick kamen die beiden Polizisten zurück und legten sich neben uns auf den Bauch.

Keine 200 m vor uns waren schwarze Umrisse zu erkennen, die sich ganz langsam auf uns zu bewegten. Motorengeräusche konnten wir nicht hören, wahrscheinlich war die Maschine gestoppt worden und das Fahrzeug glitt ohne Kraft in die Bucht. Wells war jetzt ganz sicher, daß die *Epouvante* zurückgekommen war. Er packte mich am

Arm und zog mich und meine Begleiter hinter sich her weiter auf den Strand hinauf. Das Fahrzeug war jetzt schon auf Steinwurfweite herangekommen, in das Geräusch der Wellen mischte sich schwacher Maschinenlärm.
Wie von Geisterhand gesteuert, legte das Fahrzeug sicher an der Uferwand an, die hier eine regelrechte Kaimauer bildete. Plötzlich sahen wir zwei Gestalten an Deck klettern; ein Mann warf eine Halteleine an Land und knüpfte sie an einer Felsnase fest, während der andere den Dregganker knirschend in den Ufersand fahren ließ.
Von den Grotten aus, in denen wir uns neben dem Durchgang zum Strand versteckt hatten, konnten wir nicht übersehen, was an Bord des Fahrzeugs vor sich ging. Aber wir hörten deutlich Schritte im Sand, und kurz darauf gingen zwei Männer mit Laternen in der Hand an uns vorbei auf den Waldrand zu. Wenn es allein nach mir gegangen wäre, dann hätte ich sofort das Zeichen zum Überfall gegeben. Aber Wells hielt mich zurück. Wir sahen den Männern unschlüssig nach. Auf einmal drehte sich der eine von den beiden um und hielt seine Laterne so, daß sein Gesicht für einen Moment in voller Beleuchtung lag. Ich zerrte Wells am Arm.
»Ich kenne diesen Mann!« flüsterte ich ihm zu. »Er hat mir vor ein paar Wochen auf der Straße in Washington aufgelauert. Jetzt wird mir so manches klar.«
Wieder schoß mir die Frage nach dem Zusammenhang zwischen der *Epouvante* und dem Great Eyry durch den Kopf. Die Lösung war jetzt endlich in greifbare Nähe gerückt. Die Männer hatten inzwischen den Waldrand erreicht, und der Schein ihrer Laternen verschwand zwischen den Bäumen.
»Hoffentlich finden sie unser Fuhrwerk nicht«, sagte ich.
»Bis zur Lichtung dringen sie sicher nicht vor«, antwortete Wells, »und wenn sie das Gespann entdecken, werden sie wahrscheinlich sofort auslaufen wollen. Sie können uns so oder so nicht mehr entkommen.«
Aus der Richtung des Fahrzeugs drang kein Geräusch zu uns herüber. Ich sprang aus meinem Versteck und lief zu der Stelle hin, wo der Anker im Sand steckte. Die Maschine lag ganz still im Wasser. Kein Lichtschein drang aus dem Rumpf. Jetzt oder nie, dachte ich, müßten wir die *Epouvante* erobern. In diesem Augenblick hörte ich Wells Stimme:
»Strock, Deckung!«
Ich rannte schleunigst über den Strand und versteckte mich neben

meinen Kameraden. Die Leute von der *Epouvante* waren aus dem Wald zurückgekommen, jeder trug ein dickes Paket auf dem Rükken. Nicht weit von uns blieben sie stehen. Ich wollte schon das Zeichen zum Angriff geben, da hörte ich den einen von den beiden Männern rufen:

»Wir sind da, Käptn.«

»Kommt rein«, antwortete ein unsichtbarer Mann.

»Verdammt, die sind ja mindestens zu dritt«, sagte Wells leise.

Wir wußten nicht mehr, wie wir uns entscheiden sollten. Gegen eine Übermacht mußten wir ja zwangsläufig den kürzeren ziehen, andererseits konnte die *Epouvante* jeden Augenblick auslaufen, dann war alles zu spät.

»Wells«, sagte ich, »wir müssen jetzt handeln. Immerhin sind wir zu viert.«

»Psst«, flüsterte Wells, »da sagt wieder einer etwas.«

»Ist da alles klar an Land?« rief der, den die beiden anderen als Kapitän angesprochen hatten.

»Jawoll, alles in Ordnung.«

»Zwei Pakete müssen noch an Land sein. Könnt ihr die gleich noch auf die *Epouvante* schaffen?«

»Selbstverständlich, Käptn«, antwortete einer der Männer.

»Bei Sonnenaufgang laufen wir aus. Alles klar?«

Wir atmeten wieder auf. Wahrscheinlich waren doch nur drei Mann an Bord der *Epouvante*, über deren Identität nun kein Zweifel mehr bestehen konnte.

Gegen 23 Uhr gingen die beiden Besatzungsmitglieder wieder von Bord und verschwanden im Wald. Ich trommelte sofort meine Begleiter zusammen und besprach mit ihnen unseren Schlachtplan. Danach wollten wir warten, bis die Männer zurückgekehrt waren und sich an Bord in ihre Kojen verkrochen hatten. Wenn wir die Mannschaft im Schlaf überrumpelten, fanden sie unmöglich Zeit, ihre Maschinen anzuwerfen, die *Epouvante* auslaufen oder gar tauchen zu lassen.

Mit schußbereiten Revolvern legten wir uns neben den Durchgang zum Strand. Noch nie in meinem Leben war ich so ungeduldig gewesen. Nicht weit von uns weg schaukelte das stromlinienförmige Boot sanft in der Bucht. Man sah weder einen Schornstein noch eine Takelage, ganz wie die Seeleute Neuenglands das Fahrzeug beschrieben hatten.

Die beiden Männer blieben länger als das letzte Mal im Wald. Plötzlich hörten wir ganz deutlich Zweige knacken und Pferde wiehern, und im nächsten Augenblick brach unser Gespann aus dem Wald und raste auf den Strand zu. Die beiden Männer von der *Epouvante* rannten mit ihren Paketen im Arm so schnell wie möglich vorneweg.

»Auf sie!« rief ich.

Wir sprangen mit ein paar Sätzen zu dem Durchlaß hin, um den Verbrechern den Weg abzuschneiden. Kaum hatten sie uns bemerkt, warfen sie auch schon ihre Pakete weg und feuerten ihre Revolver ab. John Hart wurde am Bein getroffen.

Wir schossen sofort zurück, aber die Verbrecher benützten geschickt jede Deckung. Ehe wir nachladen konnten, waren sie an Bord der *Epouvante* gesprungen. Walker und ich rannten hinterher und zerrten mit verzweifelten Kräften an dem Ankertau der *Epouvante*. Da erschien auch schon der Kapitän mit gezücktem Revolver an Deck. Ehe Wells uns Feuerschutz geben konnte, wurde er an der Seite verwundet.

Heute weiß ich nur noch, daß sich der Anker auf einmal aus dem Sand losriß. Mit dem Gürtel blieb ich an einer seiner Spitzen hängen und wurde über den Strand ins Wasser geschleift. Vor mir sah ich noch das Kielwasser der *Epouvante* aufschäumen, dann mußte ich die Besinnung verloren haben.

9

Nach langer Zeit wachte ich mit einem fürchterlichen Brummschädel auf. Durch ein kleines Bullauge drang ein schwacher Lichtschein in den unbekannten Raum, in dem ich lag. Jemand mußte mich ausgezogen und auf eine Pritsche gelegt haben; meine Kleider hingen zum Trocknen in der Ecke, daneben lag der vom Anker zerrissene Gürtel.

Es bestand kein Zweifel, ich war an Bord der *Epouvante*. Die Mannschaft mußte mich an Bord gezogen haben, als ich hilflos am Ankertau hängend durch das Wasser geschleift wurde. Ich erinnerte mich noch schwach daran, daß mein Begleiter Hart neben mir zu Boden gestürzt war, als ich ins Wasser gezerrt wurde. Ich wußte jedoch nicht, ob er getroffen wurde oder nur ausgerutscht war.

Die Frage war jetzt, ob sich die *Epouvante* als Rennwagen, Schnell- oder Unterseeboot vorwärtsbewegte. Für einen Kraftwagen fuhr der Apparat allerdings viel zu ruhig, und unter Wasser wäre es wahr-

Es bestand kein Zweifel mehr, man hatte mich entführt! Ich befand mich an Bord der Epouvante.

scheinlich nicht so hell gewesen. Allem Anschein nach schwamm die *Epouvante* brav auf der Oberfläche des Eriesees.
Als ich nach meinen Kleidern angelte, entdeckte ich über mir eine Luke. Rasch schlüpfte ich in meine Kleider und drückte den Lukendeckel nach oben. Im nächsten Moment war ich schon mit dem Kopf über Deck und schaute mich nach allen Seiten um. Ein Ufer war nirgends zu entdecken.
Ich hatte schon Angst, die *Epouvante* sei auf hoher See, da spritzte mir eine Ladung Gischt ins Gesicht, den der Vordersteven bei der scharfen Fahrt der *Epouvante* über das ganze Deck warf. Es war Süßwasser.
Demnach schwammen wir doch auf dem Eriesee. Bei seiner Länge von annähernd 400 und seiner Breite von 80 km verschwinden die Ufer natürlich unter dem Horizont, wenn man in Seemitte fährt. Dem Sonnenstand nach mußte es jetzt Vormittag sein, die *Epouvante* war also kaum mehr als 7 oder 8 Stunden unterwegs und hielt Kurs Nordost.
Zwei Mann waren an Deck. Der eine stand vorne am Ausguck, der andere führte achtern das Ruder. Beide Gesichter waren mir bekannt, das eine von der Long-Street her, das andere vom Kugelwechsel am vergangenen Abend. Der dritte Mann war nicht zu sehen. Der Kapitän war offensichtlich unter Deck. Dabei wollte ich ihn endlich sehen, diesen genialen Erfinder und skrupellosen Verbrecher. Ich ging zunächst zum Vorschiff und fragte den Wachposten:
»Kann ich den Kapitän sehen?«
Der Mann rührte sich überhaupt nicht, sondern sah mich nur aus zusammengekniffenen Augen an. Er tat, als verstünde er mich nicht, dabei hatte ich ihn vor ein paar Stunden selbst noch englisch sprechen hören. Schließlich kehrte er mir einfach den Rücken zu und ließ mich stehen.
Der Rudergänger reagierte etwas anders. Auf meine Frage nach dem Kapitän drehte er den Kopf zur Seite, um mich nicht anschauen zu müssen. Ich konnte also nur warten, bis der gnädige Herr von selbst erschien. Bis dahin wollte ich mir die *Epouvante* einmal genauer ansehen.
Der schlanke Rumpf bestand aus einer mir unbekannten Metalllegierung. Mittschiffs stand eine größere Luke offen, aus der gedämpfte Maschinengeräusche drangen. Achtern und am Vorschiff sah ich noch mehrere Lukendeckel, die allesamt mit Kautschukstrei-

fen abgedichtet waren. Am Vorschiff war ein Periskop halb ausgefahren, mit dem sich Unterwasserfahrzeuge notdürftig orientieren können. Zu beiden Seiten des Rumpfes hingen dicke Seitenschwerter ins Wasser; ich konnte mir allerdings nicht vorstellen, wozu die *Epouvante* solch altmodische Anbauten mit sich schleppte.

Ich spähte längere Zeit durch den Motorendeckel hinunter, konnte aber keine Einzelheiten erkennen. Es roch weder nach Benzin, noch nach Petroleum, eine Vergasermaschine konnte das Fahrzeug demnach nicht antreiben. Ein Elektromotor von vergleichbarer Größenordnung hätte von einem außerordentlich hochgespannten Strom gespeist werden müssen, der sich mit den herkömmlichen Batterien oder Akkumulatoren nicht erzeugen ließ. Es blieb nur noch die Möglichkeit, daß der Konstrukteur ein Verfahren gefunden hatte, Sonnen- oder Wasserenergien direkt in elektrische Energie umzuwandeln. Ich konnte nicht einmal erkennen, ob die *Epouvante* sich mit Schrauben oder Schaufelrädern vorwärtsbewegte. Das schmale und flache Kielwasser ließ hier keine genauen Rückschlüsse zu.

Einmal fürchtete ich schon, die Magenschmerzen vom vergangenen Tage würden sich wiederholen, da fiel mir aber ein, daß ich seit bald 24 Stunden nichts Ordentliches mehr gegessen hatte. Die Gefühle in meinem Magen waren derart flau, daß ich den Verdacht nicht loswurde, vielleicht noch einen ganzen Tag in Bewußtlosigkeit verbracht zu haben, so daß wir nicht den 31. Juli, sondern bereits den 1. August schrieben. Wenn man mir auf meine Fragen weiterhin so höflich antwortete, dann erwartete mich an Bord der *Epouvante* unweigerlich der Hungertod.

Zu meinem großen Erstaunen verschwand aber einer der beiden Männer unter Deck und kam mit einem reichbestückten Frühstückstablett wieder nach oben, das er mir wortlos überreichte. Mit Heißhunger schlang ich konserviertes Fleisch, Räucherfisch und Schiffszwieback hinunter. Das Ale mußte ich aber erst mit Wasser verdünnen, sonst hätte ich mir die Kehle verbrannt. Die Mannschaft hatte ihr Katerfrühstück offensichtlich schon hinter sich.

Ich gab bald den Versuch auf, mit den Leuten ins Gespräch zu kommen. Zuerst hatte ich nur einen Gedanken: Flucht. Aber dann erinnerte ich mich daran, daß ich höherer Polizeibeamter und damit der Öffentlichkeit verantwortlich war. Ich nahm mir also vor, bevor ich von Bord ging, soviel wie möglich von den Konstruktionsgeheimnissen des Unbekannten auszuspionieren. Im Grund war ich ganz froh, daß es so gekommen war, denn auf diese Weise bestand wenig-

stens die geringe Chance, hinter die Identität des lebenden H. d. W. zu kommen.
Kummer machte mir nur die Tatsache, daß der Kapitän mitsamt seiner Mannschaft, zu der ich jetzt zwangsläufig gehörte, für vogelfrei erklärt worden war. Auf diese Weise konnte es mir genausogut wie ihm an den Kragen gehen.
Unterdessen hielt die *Epouvante* mit mittlerer Geschwindigkeit immer noch nach Nordosten. Die Sonne neigte sich schon leicht nach Westen; die Hitze über dem See wäre unerträglich gewesen, wenn nicht der Fahrtwind, vermischt mit einer kräftigen Brise, über Deck gestrichen wäre.
Gegen 14 Uhr hob sich plötzlich mittschiffs ein Lukendeckel, und der langersehnte Kapitän erschien an Deck. Er übersah mich aber geflissentlich und ging sofort zum Rudergänger, mit dem er sich im Flüsterton besprach. Danach verschwand der Mann im Maschinenraum, und der Kapitän übernahm selber das Steuer. Er schaute aufmerksam über den Horizont, prüfte den Kompaß und korrigierte danach geringfügig den Kurs. Gleichzeitig nahm die Fahrt der *Epouvante* um einiges zu.
Als der Kapitän in voller Lebensgröße mit seinem riesigen Brustkasten vor mir stand, erkannte ich ihn auch als zweiten Verfolger in Washington wieder. Seine Brauen- und Stirnmuskeln hatte er zwar immer noch zusammengezogen, aber die Straßenkleidung war mit einer gewöhnlichen Seemannskluft vertauscht. Jetzt erst fiel mir aber seine überentwickelte Kieferpartie auf, die er nicht schamhaft unter Schnauz- und Backenbärten versteckte, sondern stolz präsentierte und durch einen modischen amerikanischen Kinnbart womöglich noch betonte.
Ich sah ihm geradewegs ins Gesicht, und er blickte auch zurück, schien aber durch mich hindurchzusehen. Natürlich wußte er längst, welchen Fisch er in mir an Bord gezogen hatte, aber der Fang schien ihn gleichgültig zu lassen. Je länger ich sein markantes Gesicht anstarrte, desto stärker wurde meine Gewißheit, daß ich dieses Gesicht schon einmal gesehen hatte. Ich wußte nur nicht, ob im Schaufenster eines Photopraphen oder in einer polizeilichen Fahndungsliste. In der Hoffnung, daß der Kapitän etwas höflicher war als seine Spießgesellen, ging ich auf ihn zu und sprach ihn an:
»Sie sind wohl der Kommandant?«
Keine Antwort.
»Ich bin hier doch an Bord der *Epouvante*?«

Der Kapitän schwieg. Jetzt wurde es mir aber doch zuviel. Ich wollte ihn am Arm schütteln, um ihn aus seiner Lethargie zu wecken, aber er schlief nicht, sondern stieß mich sanft, aber bestimmt, zurück.
»Würden Sie mir wenigstens verraten, was Sie mit mir vorhaben?« fragte ich ihn mit Nachdruck.
Er preßte schon die Lippen zusammen, so daß ich eine sehr bedeutsame Rede erwartete, aber die Lippen erschlafften wieder, und die Rede blieb aus. Statt dessen nahm er einen Regelschalter in die Hand und drückte ihn ein Stück nach unten. Die *Epouvante* beschleunigte auf der Stelle.
»Sie brauchen mir sowieso nicht zu antworten«, sagte ich wütend. »Ich weiß, wer Sie sind, ich weiß, wie ihre Maschine heißt und wie sie funktioniert, und ich weiß, daß Sie die ganze Menschheit unterjochen wollen. An Ihrer Stelle würde ich jetzt auch den Mund halten.«
Der Kapitän zuckte mit keiner Wimper. Ich setzte mich auf den Dekkel meiner Luke und sah übers Wasser hin, in der Hoffnung, endlich Land zu entdecken. Irgendwann mußte das Ufer auftauchen, denn die *Epouvante* hielt mit unverminderter Fahrt nach Nordosten.
Nach einiger Zeit kam der Steuermann wieder an Deck und löste den Kapitän ab, der sich dann im Maschinenraum zu schaffen machte. Ich horchte nochmals angestrengt nach dem Motorengeräusch, von dem gleichmäßigen Stampfen, das für Kolbenmotoren charakteristisch ist, war nichts zu hören. Die *Epouvante* fuhr demnach mit einer routierenden Maschine, höchstwahrscheinlich mit einem Elektromotor.
Wenn der Kapitän weiterhin Nordostkurs steuern ließ, mußte die *Epouvante* über kurz oder lang an Buffalo vorbeikommen. Auf dem Wasserweg konnte er den Eriesee dann allerdings nicht mehr verlassen, denn über die Niagarafälle kam selbst eine *Epouvante* nicht heil hinweg. Ich nahm an, der Kapitän wolle bei Dunkelheit ans Ufer heranfahren und seine Reise auf dem Landweg fortsetzen. Den Augenblick der Landung mußte ich benutzen, um zu fliehen, denn ich konnte weder hier ins Wasser noch später vom fahrenden Wagen springen. Falls man mich schon vorher über Bord werfen wollte, brauchte ich mir wenigstens über die Flucht keine Gedanken mehr zu machen. Weniger aus Selbsterhaltungstrieb als aus Neugier wollte ich aber noch ein Weilchen am Leben bleiben. Wenigstens den Schlupfwinkel wollte ich sehen, wo der Apparat zusammengebaut worden war und jetzt noch versorgt wurde.

Es war mir ganz recht, daß wir uns der Nordostspitze des Eriesees näherten. Dort kannte ich mich sehr gut aus und würde mich bei der Flucht ausgezeichnet zurechtfinden. Wer sagte mir aber, daß H. d. W. tatsächlich hier an Land gehen würde und nicht plötzlich kehrtmachte, um seinen Apparat unter Wasser in eine ganz andere Richtung zu bugsieren?
Aber ehe ich mir's versah, schob sich eine gezackte Linie über den Horizont vor uns, und wenig später wurde der Bergeinschnitt sichtbar, durch den der Niagara-River aus dem Eriesee abfloß. Buffalo war also nicht mehr weit. Der Schiffsverkehr auf dem See wurde immer dichter, der Kapitän steuerte die *Epouvante* aber immer in so großer Entfernung an den Fahrzeugen vorbei, daß das kleine Schnellboot wohl kaum auszumachen war. Wenn der Kapitän jetzt nicht bald tauchen ließ und die Nacht über unter Wasser blieb, lief er Gefahr, direkt in eine Falle zu laufen. Aus dem Hafen von Buffalo würde es kein Entrinnen mehr geben, denn dort war jeder Fluchtweg abgeschnitten.
Als die Stadt schon beinahe in Sichtweite gerückt war, erschien der Kapitän an Deck. Der Steuermann zeigte ihm zwei dunkle Punkte, die sich in 5 bis 6 Seemeilen Entfernung auf dem See bewegten. Der Kapitän schaute kurz in die angegebene Richtung, zuckte dann aber mit den Schultern und setzte sich aufs Achterdeck.
15 Minuten später erkannte ich ganz deutlich zwei Rauchsäulen, die in den nordöstlichen Himmel stiegen. Bald waren die Umrisse zweier Dampfschiffe auszumachen, die aus Richtung Buffalo kamen und in schneller Fahrt der *Epouvante* entgegenfuhren. In diesem Moment begann ich wieder zu hoffen. Die beiden Fahrzeuge konnten durchaus die Torpedoboote sein, die in Buffalo in Alarmbereitschaft gelegen hatten und jetzt vielleicht schon zur Jagd auf die *Epouvante* ausgelaufen waren. Ich wußte, daß diese Torpedoboote die modernsten Fahrzeuge der amerikanischen Marine waren und auf Probefahrten 27 Knoten entwickelt hatten. Die *Epouvante* war vermutlich leider doch noch etwas schneller, abgesehen davon, daß die Kriegsschiffe nicht tauchen konnten.
Den Manövern der Torpedoboote war zu entnehmen, daß sie die *Epouvante* in die Zange nehmen und in eine Ecke des Eriesees drängen wollten, während Buffalo auf Steuerbordseite liegen blieb.
Der Kapitän nahm das Steuer in die Hand und sah die Kriegsschiffe gelassen naherkommen. Ich rechnete jeden Augenblick damit, daß man mich in die Kabine schicken würde. Aber die Mannschaft

schien mich wie gewöhnlich glatt zu übersehen. Die Entfernung zwischen uns und den Torpedobooten schrumpfte immer mehr zusammen. In Minutenschnelle waren die Fahrzeuge der Marine bis auf eine Seemeile herangekommen. Da drückte der Kapitän mit einem Ruck den Regelschalter bis zum Anschlag hinunter, und die *Epouvante* schoß mit einem Satz und aufschäumender Bugwelle vorwärts, auf die Mitte zwischen den Torpedobooten zu. Hinter den Schiffen erkannte ich jetzt auch die Kirchtürme und Kräne der Stadt Buffalo; bis zum Beginn des Niagara-River konnten es nur noch wenige Kilometer sein.

Gespannt blickte ich dem Moment entgegen, wo wir genau in der Mitte zwischen den Kriegsschiffen hindurchfuhren. Falls wir nahe genug an einem der beiden Schiffe vorbeikamen, war durchaus zu überlegen, ob ich nicht doch ins Wasser springen sollte. In dieser Situation konnte es sich die Besatzung der *Epouvante* wohl kaum erlauben, ihr Fahrzeug zu wenden und mich wieder herauszufischen. Dafür konnte ich sicherlich ohne Mühe die Strecke bis zu einem der beiden Torpedoboote zurücklegen.

Eine vielleicht noch günstigere Fluchtmöglichkeit konnte sich jedoch ergeben, falls die *Epouvante* in den Niagara-River abgedrängt wurde. Dort brauchte ich nur auf der Höhe der Insel Navy über Bord zu gehen, und nach wenigen Schwimmzügen würde ich festen Boden unter den Füßen haben.

Als die Torpedoboote und damit die Rettung schon ganz nahe waren, siegte doch der Polizist über den Zivilisten in mir. Eine Flucht in dieser Lage wäre zwar verständlich, aber doch nicht ganz im Einklang mit meinen Dienstvorschriften gewesen. Mein Ehrgeiz siegte schließlich über mein Bedürfnis nach Sicherheit. Ich nahm mir fest vor, weiter an Bord der *Epouvante* auszuharren, bis ich das Geheimnis des Kapitäns H. d. W. gelüftet haben würde.

Es war jetzt 18.15 Uhr. In weniger als einer Minute mußten wir genau in der Mitte zwischen den Kriegsschiffen liegen. Der Kapitän zuckte immer noch mit keiner Wimper, dafür zog er Brauen und Stirnfalten zu einem unentwirrbaren Knäuel zusammen.

Plötzlich ging auf dem Torpedoboot auf Backbord eine Rauchwolke hoch, ein Geschoß überflog pfeifend unser Vorschiff und schlug knapp neben dem anderen Dampfboot ins Wasser ein. Sekunden später rollte Kanonendonner über den See. Während der Kapitän aufrecht stehenblieb, wurde ich ziemlich unsanft in meine Kabine gestoßen, der Lukendeckel über meinem Kopf schnappte zu. Gleich

Ich schloß die Augen, um dem Tod nicht ins Gesicht sehen zu müssen, aber Sekunden später schwebte der Apparat über den Abgrund hinweg.

darauf hörte ich auch die anderen Lukendeckel zuschlagen. Die *Epouvante* ging auf Tauchstation, einzelne Kanonenschüsse drangen nur noch als schwaches Klirren an mein Ohr. In der Kabine herrschte nur noch ein milchiges Dämmerlicht. Die *Epouvante* lag ohne die geringste Rollbewegung im Wasser. Wahrscheinlich blieben wir jetzt so lange unter Wasser, bis die *Epouvante* außer Reichweite der Geschütze war oder die Nacht hereinbrach. Der Kapitän konnte dann entweder an Land gehen oder den Verfolgern in westlicher Richtung davonfahren.
Durch die Kabinenwand hörte ich plötzlich den Kapitän mit seinem Maschinisten streiten. Mit dem Tauchaggregat schien irgend etwas nicht zu stimmen, denn ein paar Minuten später stieg die *Epouvante* wieder an die Oberfläche. Schnell wurde es hell in meiner Kabine. Ich hörte Schritte über meinem Kopf, und gleich darauf wurde mein Lukendeckel aufgeschlagen.
Der Kapitän war allein an Deck, seine beiden Leute waren im Maschinenraum verschwunden. Die Torpedoboote drehten auch schon bei und fuhren in einer Entfernung von einer Viertelmeile hinterher. Der Abstand vergrößerte sich zwar etwas, aber über kurz oder lang war die *Epouvante* in die Enge gedrängt. Der Kapitän mußte von allen guten Geistern verlassen sein, daß er sich mit seinem nicht mehr tauchfähigen Fahrzeug auf dieses Duell einließ.
Die von der Abendsonne beschienenen Dächer von Buffalo huschten an Steuerbord vorüber. Inzwischen hatten sich die Torpedoboote so geschickt verteilt, daß der *Epouvante* nur noch der Ausweg in den Niagara-River blieb, der ja kein Ausweg war, weil er nach knapp 60 km in den Katarakten enden mußte. Die Sonne berührte fast den kanadischen Horizont, während sich der Mond langsam durch den Abendnebel schob. Auf den allmählich zusammenrückenden Ufern standen einzelne Leute neben ihren Villen und sahen der seltsamen Jagd zu, die sich vor ihren Augen abspielte.
Die Torpedoboote verfolgten uns mit Höchstgeschwindigkeit. Wir saßen jetzt unweigerlich in der Falle, wenn der Kapitän nicht doch irgendwo an Land ging und mit 240 km/h davonpreschte. Bis jetzt hielt sich die *Epouvante* aber immer noch vorschriftsmäßig in der Strommitte.
Ich konnte bald die Minuten zählen, bis unser Fahrzeug vom Sog des amerikanischen oder kanadischen Falls gepackt und in die Tiefe gerissen werden mußte. Es dauerte nicht lange, da tauchte die Insel Navy vor uns auf, die nur noch 5 km von den Fällen entfernt liegt.

Der Kapitän bog in den linken Flußarm ein. Unsere Verfolger hatten sich zwar ein Stück an uns heranschieben können, aber auf der Höhe der Insel begannen sie schon, ihre Fahrt zu stoppen. Das Zischen der Dampfablaßventile war bis auf der *Epouvante* zu hören. Kurz darauf vernahm ich auch schon das ferne Donnern der Fälle.
Die Strömung des Niagara-River riß uns immer schneller mit sich fort. 15 Minuten nach Passieren der Insel Navy sah ich auch schon die Bäume von Goat-Island, dem Landstück zwischen dem kanadischen Hufeisenfall und dem amerikanischen Fall, vor uns auftauchen.
Auf den Torpedobooten schrillten jetzt die Alarmpfeifen, ein paar hundert Meter vor Goat-Island drehten die Fahrzeuge ab. Gleichzeitig feuerten sie aus sämtlichen Rohren, aber die Schüsse lagen während des Wendemanövers glücklicherweise vollkommen falsch.
In der Zwischenzeit war der Mond aufgegangen und warf seine bleichen Strahlen auf das Nordufer. Die drei Holme von Goat-Island waren jetzt ganz nah. Entweder konnte ich die Insel gerade noch schwimmend erreichen, oder ich wurde zusammen mit einer wahnsinnigen Schiffsbesatzung in den düsteren Schlund des Hufeisenfalls hinuntergerissen.
Mit den Kräften der Verzweiflung nahm ich Anlauf, aber ich kam nicht mehr von Bord weg. Einer der beiden Besatzungsmitglieder hatte mich von hinten gepackt und festgehalten. Ich schloß die Augen, um dem Tod nicht ins Gesicht sehen zu müssen.
Unter meinen Füßen begann es plötzlich zu rattern und zu zischen. Aus den Augenwinkeln sah ich, daß die beiden Seitenschwerter der *Epouvante* sich wie riesige Fächer auseinanderfalteten. Sekunden später lag der Absturz des Hufeisenfalls hinter uns, inmitten von Wasserstaub, der in allen Farben leuchtete, glitt der Apparat über den Abgrund hinweg.

10

Eine Zeitlang war ich so benommen, daß ich nicht recht wahrnahm, wie die *Epouvante* den drohenden Sturz heil überstanden und dazu in einen eleganten Gleitflug verwandelt hatte. Als ich wieder einigermaßen klar denken konnte, war das Tosen der Fälle längst im Rauschen des Fahrwinds untergegangen, der mir um die Ohren strich.
Alle herkömmlichen Begriffe mußten vor diesem technischen Wun-

derwerk versagen, das Rennwagen, Schnellboot, Unterseeboot und Flugzeug in einem war. Wie viele Generationen von Erfindern mochten von solch einem Universalfahrzeug geträumt haben, das nun ein einzelner ohne die Hilfe von Forschungsstipendien und riesigen Konstruktionsbüros entworfen und auf die Räder gestellt hatte. Ich konnte H. d. W. meine Bewunderung nicht versagen.

Inzwischen war die *Epouvante* schon ein paar Kilometer auf den Ontariosee zu geflogen. Der Kapitän zog seine Maschine in allerlei Kurven hinein, um seinen Leuten und mir die Qualitäten seiner Konstruktion vorzuführen, dann ließ er sie einen weiten Bogen nach Osten beschreiben. Bald danach muß ich eingeschlafen sein, offensichtlich nicht ganz freiwillig, denn ich war zum Schlafen viel zu aufgeregt gewesen. Wahrscheinlich hatte man mir heimlich ein Schlafmittel in den Nachmittagskaffee geschüttet, damit ich später die Flugrichtung der *Epouvante* nicht verfolgen konnte.

Als ich mit einem dumpfen Gefühl in Kopf und Magen erwachte, lag das Flugzeug vollkommen ruhig. Mittlerweile war es Tag geworden; die *Epouvante* war offensichtlich bei Nacht noch ein Stück geflogen und dann irgendwo gelandet.

Wie am Tag zuvor hatte man mich in der Kabine eingeschlossen. Das wunderte mich auch nicht weiter, denn aus einer stehenden *Epouvante* hätte ich in jedem Fall mit mehr Erfolgsaussichten fliehen können als aus einer getauchten oder fliegenden.

15 Minuten später wurden über mir Bolzen abgezogen, der Lukendeckel sprang auf, und ich war mit einem Satz draußen. Die *Epouvante* ruhte tatsächlich auf dem Boden. Weit konnte ich allerdings nicht sehen, denn nach allen Seiten versperrten Felswände die Sicht. Der Apparat lag wie auf dem Boden einer riesigen Schüssel von etwa 400 m Umfang. Der Boden um mich herum war überall mit einer Schicht Kies bedeckt. Kein einziger Grashalm wuchs zwischen den Steinen. Es mußte noch recht früh am Morgen sein, denn dicke Nebelschwaden zogen über mich hinweg und verhüllten den oberen Rand der umgebenden Felswände, die ein ringsum geschlossenes Oval bildeten.

Trotz der Jahreszeit war es empfindlich kalt. Mir war in keiner Weise klar, wo die *Epouvante* heruntergegangen war. Den Atlantischen oder Pazifischen Ozean konnte sie in den paar Nachtstunden kaum überquert haben, sie mußte deshalb irgendwo in den Vereinigten Staaten oder in Kanada gelandet sein.

Im Hintergrund des Kessels sah ich plötzlich den Kapitän. Er kam offensichtlich aus einer Höhle in der Felswand. Jetzt hörte ich auch hoch über mir den heiseren Schrei von Vögeln, die das Flugzeug aus ihrer Zuflucht vertrieben hatte und die jetzt über dem Morgendunst ihre Kreise zogen. Der Kapitän winkte seine Leute heran und verschwand mit ihnen. Jetzt endlich war die Gelegenheit gekommen, mir die *Epouvante* genau anzusehen und vor allem die Teile zu inspizieren, die bei der Fahrt über den Eriesee unter Wasser gelegen hatten.

Zuerst rüttelte ich an allen Luken, aber außer dem Einstieg zu meiner Kabine waren alle anderen Öffnungen fest verschlossen. Dann sprang ich zur Erde und ging um die *Epouvante* herum. Der spitzige, stromlinienförmige Rumpf war mit glänzenden Aluminiumplatten beplankt. Die Flügel waren leider wieder eingefahren, so daß ich nicht sehen konnte, aus was für einem Material sie hergestellt waren. Der Apparat ruhte auf vier Rädern, zwei größeren starren Antriebsrädern und zwei kleineren Lenkrädern. Dicke Luftreifen waren auf die Aluminiumfelgen montiert, und die Radspeichen waren als schmale Blätter ausgebildet, die bei der Über- und Unterwasserfahrt offensichtlich als Zusatzantrieb wirken konnten.

Der Hauptantrieb der *Epouvante* bestand aus zwei Turbinen nach dem System Parson, die zu beiden Seiten des Rumpfs angebracht waren. Sie ließen sich genialerweise als Antrieb in der Luft wie auf dem Wasser verwenden. In der Luft bewegte sich die *Epouvante* nach dem Vogelflugprinzip fort, das hatte ich am vergangenen Abend noch erkennen können. Wie die Kraft aber auf die Flügel übertragen wurde, brachte ich nicht heraus, denn die Flügel waren eingeklappt. Die Kraftquelle der *Epouvante* war mir immer noch nicht zugänglich. Ich mußte mich mit der Vermutung zufriedengeben, daß es sich mit ziemlicher Sicherheit um ein System von leistungsfähigen Elektromotoren handelte. Mehr hätte ich vielleicht auch dann nicht feststellen können, wenn es mir gelungen wäre, einen Blick in den Maschinenraum der *Epouvante* zu werfen. Von den zahllosen Kabeln, Widerständen und Ankern hätte ich als ein im Grunde musischer Mensch doch nichts verstanden.

Damit wußte ich fast alles, was ich wissen wollte, und ich konnte wieder mit gutem Gewissen an mich und damit an Flucht denken. Es schien mir allerdings ziemlich ausgeschlossen, daß ich aus dieser Felsenschüssel wieder herauskam, von der ich nicht einmal wußte, in welcher Gegend der Landkarte sie zu suchen war.

Während der Kapitän und die beiden Männer immer noch in einer

Höhle verschwunden waren, ging ich langsam am Fuß des Ringwalls entlang. Der Fels setzte sich hauptsächlich aus Feldspat zusammen; wie hoch die Wände aufragten, konnte ich immer noch erkennen. Überall stieß ich auf kleinere und größere Höhlen, in denen Haufen von trockenem Gras und Holzstücke herumlagen. Dazwischen fanden sich die Fußspuren der *Epouvante*-Besatzung.
Die Männer waren während meines Rundgangs kein einziges Mal aus der Höhle herausgekommen. Ich nahm an, sie packten Ausrüstung und Proviant zusammen, um ihren Apparat für eine neue Reise fertigzumachen. Bis zum Abflug wollte ich aber unbedingt Aufschluß darüber haben, wo ich mich jetzt befand.
In der Nähe der *Epouvante* fand ich einen großen Haufen von Asche und Schlacken, halbverkohlte Holzspanten lagen darin herum, mit dem Fuß stieß ich an mehrere verbogene und ausgeglühte Instrumente aus Metall. Irgendwelche Geräte mußten hier verbrannt worden sein.
Ein kalter Lufthauch ließ mich plötzlich erschaudern. Ein frischer Wind war aufgekommen und trieb nun den Nebel auseinander. Als ich nach oben sah und die zerrissenen Wolken betrachtete, wollte ich meinen Augen nicht trauen. Dort oben leuchtete ein eigentümlich geformter Felsblock in der Morgensonne, den ich schon einmal, nur von der anderen Seite, gesehen hatte. Mit einem Schlag war mir alles klar.
Die *Epouvante* war auf dem Gipfel des Great Eyry gelandet. Hier war ihr Heimathafen, und ihr Besitzer war in diesem unersteigbaren Felsenkessel vor jeder Überraschung sicher. Jetzt begriff ich auch endlich, warum mich der mysteriöse H. d. W. so nachdrücklich vor der Besteigung des Great Eyry gewarnt hatte.
Ich konnte vor Aufregung kaum atmen. Über dieser unerwarteten Offenbarung hatte ich meine ausweglose Lage vollkommen vergessen. Einen Augenblick spielte ich mit dem Gedanken, die *Epouvante* in die Luft zu sprengen, auf die Gefahr hin, in dem Felsenkessel elend zu verhungern.
Plötzlich hörte ich Schritte hinter mir. Ich drehte mich um. Der Kapitän kam auf mich zu und sah mich herausfordernd an.
»Es ist der Great Eyry!« rief ich aus, ich konnte mich nicht länger beherrschen.
»Erraten, Inspektor Strock.«
»Ich hab's geahnt, Herr H. d. W.«
»Herr der Welt, wenn ich bitten darf. Ehemals Robur der Sieger.«

Mit einem Schlag war mir alles klar: die Epouvante war auf dem Gipfel des Great Eyry gelandet!

Der Kapitän wartete meine Reaktion gar nicht erst ab, sondern drehte sich um und ließ mich stehen. Ich starrte ihm lange Zeit wie einer Geistererscheinung nach. Das war also Robur, der weltberühmte Hubschrauberpilot, der die Welt vor einigen Jahren mit halsbrecherischen Kunstflugvorführungen in Verwirrung gestürzt und die berühmtesten Luftschiffbauer der Vereinigten Staaten in aller Öffentlichkeit lächerlich gemacht hatte.
Ich kannte die früheren Aktionen Roburs bis in alle Einzelheiten. Ein weltbekannter französischer Schriftsteller hatte seinerzeit alle Augenzeugenberichte und Fakten zusammengetragen und ein handliches Buch daraus gemacht, das in einer unzulänglichen Übersetzung auch in den Vereinigten Staaten erschienen war.
In jenem Buch war von einer geheimnisvollen Insel X die Rede gewesen, auf der Robur seinen ersten und zweiten Flugapparat mit dem Namen *Albatros* zusammengebaut haben soll.
Der Great Eyry war diese Insel X sicherlich nicht. Ich konnte mir aber vorstellen, daß Robur eines Tages auf seiner Insel aufgestöbert worden war und sich dann einen neuen Schlupfwinkel hatte suchen müssen. Der Great Eyry bot ideale Bedingungen. Er konnte von nirgendwo eingesehen werden und war nur auf dem Luftwege erreichbar.
Damit hatte ich meinen ersten dienstlichen Auftrag doch noch ausgeführt und das Geheimnis des Great Eyry gelüftet. Was die guten Bewohner Pleasant-Gardens als Vulkanausbruch angesehen hatten, war in Wirklichkeit nichts anderes als die Verbrennung von Müll und Altmaterial gewesen, und die angeblichen Erdbeben hatten wahrscheinlich die nichtsahnenden Leute Roburs mit dem Vorschlaghammer verursacht.

11

Leider hatte Robur schon schlechte Erfahrungen mit Gefangenen gemacht. Die zwei amerikanischen Luftschiffer hatten ihm damals auf der Chatham-Insel entwischen können. Ein zweites Mal würde er sich sicher nicht mehr an der Nase herumführen lassen.
Seit Robur für vogelfrei erklärt worden war, war sein Haß gegen seine Zeitgenossen wahrscheinlich noch unversöhnlicher geworden. Eine rücksichtsvolle Behandlung konnte ich von ihm deshalb kaum erwarten, zumal ich ihm von Amts wegen auf den Fersen war und einen Haftbefehl auf seinen Namen in der Tasche trug. Ich war

der einzige Mensch außer seinen eigenen Kameraden, der einige seiner Geheimnisse kannte; Robur würde sich hüten, mich wieder laufenzulassen.
Auf Hilfe von außen konnte ich kaum hoffen. Entweder war man überzeugt, ich sei bei der Schießerei mit Robur und seinen Leuten in der Bucht von Black Rock umgekommen, oder man hatte meine Spur bis zu den Niagarafällen verfolgt und dann verloren. Auf dem Gipfel des Great Eyry vermutete mich bestimmt niemand. Die Lage war für mich ziemlich verzweifelt. Ziellos streifte ich in dem engen Felsenkessel umher, während sich Robur und seine Leute in ihre Höhle zurückzogen und von morgens bis abends an verschiedenen Apparaten arbeiteten. Wahrscheinlich überholten sie die Maschinen der *Epouvante* von Grund auf, um sie für eine größere Unternehmung fertigzumachen.
Mit Robur schienen seltsame Veränderungen vor sich gegangen zu sein. Wenn er sich unbeobachtet fühlte, verzog er sein Gesicht zu entsetzlichen Grimassen und murmelte unverständliches Zeug vor sich hin. Wenn mich nicht alles täuschte, so zeigten sich hier die ersten Symptome einer beginnenden Schizophrenie. Ich war also einem Verbrecher und einem Geisteskranken dazu ausgeliefert. Ich war der Verzweiflung nahe.
In einer der Höhlen hatte ich mir ein Heulager bereitet, von dem ich gar nicht mehr aufstehen wollte. Der Anblick des in den Wahnsinn hinüberdämmernden Robur machte mich vollends krank.
Als er einmal einen lichten Moment zu haben schien, ging ich entschlossen auf ihn zu und sprach ihn an.
»Kapitän Robur, ich finde es jetzt an der Zeit, daß Sie mir endlich verraten, was Sie mit mir vorhaben.«
Ich stand nur noch zwei Schritte vor ihm und sah ihm fest in die Augen. Er hatte die Arme verschränkt und fixierte mich mit einem derart wilden Blick, daß ich zusammenfuhr. Ich gab den Versuch auf, ihn als Mensch anzusprechen. Ich hatte es von jetzt an mit einem Besessenen zu tun.
Am Nachmittag des 3. August wurde die *Epouvante* mit zahllosen Proviantkisten vollgestopft. Danach räumten Roburs Freund Turner und der zweite Mann sämtliche Höhlen aus und schafften Berge von Kisten, Brettern, Werkzeugen und anderen Materialien in die Mitte des Kessels und warfen sie auf einen Heuhaufen.
Allem Anschein nach wollte Robur seinen Stützpunkt Great Eyry auflösen und alle Spuren verwischen. Nachdem die Öffentlichkeit

auf den Great Eyry aufmerksam geworden war, mußte er damit rechnen, daß man früher oder später in seinen Schlupfwinkel eindringen und seine Werkstätten entdecken würde.
Von meiner Höhle aus sah ich die Abendsonne langsam über einen Ausläufer des benachbarten Black Dome hinweggleiten. Gegen 21 Uhr war es im Kessel vollkommen finster, der Sternhimmel war von dicken Wolken bedeckt, die der Ostwind vor sich hertrieb. Die Wolkenschicht war Robur offensichtlich höchst willkommen, denn sie verbarg die startende *Epouvante* vor unerwünschten Blicken.
Turner ging auf den Scheiterhaufen und steckte das trockene Gras an. Sofort fingen auch die Holzteile Feuer, und im Nu quollen dicke, schmutzige Rauchwolken aus dem Kessel. Dazwischen loderten einzelne Flammen bis über den Rand des Felswalls. Wieder einmal mußten die Bauern in der Gegend von Pleasant-Garden und Morganton Vulkanalarm geben, und wieder einmal mußte das Krachen des trockenen Holzes bis weit in die Täler hinein zu hören sein.
Während Robur auf Deck der *Epouvante* stand und das Spektakel mit sichtlichem Vergnügen betrachtete, rannten Turner und sein Kamerad ständig um das Feuer herum und warfen halbverbrannte Stücke zurück in die Glut.
Die Flammen fielen allmählich zusammen. Eine Zeitlang glühten ein paar dicke Holzbohlen noch nach, dann war es mit einem Schlag dunkel. Ehe ich wußte, wie mir geschah, hatte mich Turner am Arm gepackt und schleppte mich an Bord der *Epouvante*. Er selbst sprang hinterher und verschwand gleich im hellerleuchteten Maschinenraum, während sich Robur in den Steuerstand begab.
Kaum war ich in meiner Kabine, da knallte man hinter mir auch schon den Deckel zu. Nach kurzer Zeit wurden die Maschinen angelassen, dann begann meine Kabine leicht zu schwanken, und ich wurde fest in meinen Sitz gedrückt. Nachdem die *Epouvante* offenbar über die Kesselwände hinausgestiegen war, jagte sie mit aufheulenden Turbinen im Horizontalflug davon. Ich hatte nicht die geringste Ahnung, in welche Himmelsrichtung Robur seinen Apparat steuern würde.
Tausend Gedanken zermarterten meinen Kopf. An Schlaf war gar nicht zu denken. Verzweifelt stemmte ich mich gegen den Lukendeckel, aber er gab keinen Millimeter nach. Endlich, nach qualvollen Stunden, fiel ein fahler Lichtschimmer durch mein Bullauge. Die Sonne mußte aufgegangen sein, ich konnte aber so nicht feststellen, aus welcher Richtung sie kam. Als es richtig hell war, öffnete man

doch meine Luke und ließ mich aus meinem Käfig schlüpfen. Wir flogen in 300 bis 400 m Höhe über einer endlosen Wasserfläche dahin, mit der Rumpfnase genau nach Süden. Wenn die *Epouvante* auch schon während der Nacht den gleichen Kurs gehalten hatte, dann war das Gewässer unter uns der Golf von Mexiko.

Turner bediente das Steuer, Robur war wieder einmal unter Deck verschwunden. Zum ersten Mal sah ich jetzt den Flugmechanismus in Aktion. Die mächtigen Flügel bewegten sich mit ohrenbetäubendem Brausen auf und ab, während die Turbinen zischend die Luft einsaugten. Die Sonne schien warm vom tiefblauen Himmel, und der Tag wäre so friedlich gewesen, wenn ich hätte vergessen können, daß ich Opfer eines Verbrechers war.

Weit im Westen zogen auf einmal bleifarbene, wie dickflüssig aussehende Wolken auf. Auch Robur entdeckte sie, als er gegen 8 Uhr an Deck kam und Turner am Steuer ablöste. Von seinen Flügen mit dem *Albatros* mußte er sehr genau wissen, was diese Formationen bedeuteten. Aber er schien sich weiter nicht zu beunruhigen und hielt unverändert seinen Kurs nach Süden. Er war anscheinend überzeugt, das Unwetter werde sich im Lauf dieses Tages nicht mehr entladen.

Weit und breit zeigte sich kein Fahrzeug auf dem Meer, auch am Horizont konnte ich weder ein Segel noch eine Rauchfahne ausmachen. Robur durfte sicher sein, daß ihn niemand beobachtet hatte.

Seine Absichten waren mir nicht ganz klar. Wenn er nicht doch noch von seinem Kurs abwich, mußte die *Epouvante* die Antillen und später die Küste von Venezuela oder Kolumbien überfliegen. Was Robur dort suchte, wußte ich nicht.

Den ganzen Tag über flog der Apparat mit mäßiger Geschwindigkeit über dem Meer dahin. Am Spätnachmittag begann die Sonne plötzlich in einem falschen Rot zu leuchten, und gleichzeitig glitzerte das Meer rings um unser Fahrzeug. Jetzt war keine Minute mehr zu verlieren, das wußte auch Robur.

Alle glitten unter Deck und schlossen die Lukendeckel hinter sich zu. Die *Epouvante* setzte wenig später auf der bewegten Wasseroberfläche auf und tauchte rasch tiefer. Schon ein paar Meter unter der Oberfläche lag das Fahrzeug fast vollkommen ruhig. Ich streckte mich auf meiner Koje aus, bald hatte mich die Müdigkeit nach der Anspannung der letzten Tage überwältigt.

Ich wachte dadurch auf, daß die *Epouvante* an die Oberfläche stieg

und fürchterlich ins Rollen kam. Meine Luke wurde bald wieder geöffnet, und ich konnte meine Nase an die Luft strecken. Mit unglaublicher Schnelligkeit türmte sich im Nordwesten Wolke um Wolke auf. Schon fuhren die ersten Blitze hin und her. Das Gewitter zog derart plötzlich auf, daß eine Schiffsbesatzung kaum Zeit gefunden hätte, die Segel zu bergen.
Mit einem Schlag brach auch der Sturm los. Es schien, als hätten sich die Luftmassen hinter einer Wand gestaut, mit solcher Gewalt peitschte der Sturm die Wogen. Ein schäumender Brecher nach dem anderen fegte sich überschlagend über das Deck der *Epouvante*. Wenn ich mich nicht krampfhaft an der Reling festgehalten hätte, wäre ich glatt über Bord geschleudert worden.
An Roburs Stelle hätte ich die Luken sofort wieder dicht machen lassen und wäre auf Tauchstation gegangen. Der Kapitän blieb aber stur an Deck und machte keinerlei Anstalten, die *Epouvante* zum Tauchen fertigzumachen. Hochaufgerichtet stand Robur da und starrte unbeweglich in das Inferno hinein. Dabei funkelte in seinen aufgerissenen Augen das gleiche wahnsinnige Feuer, das mich schon in den vergangenen Tagen zutiefst erschreckt hatte. Robur hatte alle Ähnlichkeit mit einem Menschen verloren. Er dachte gar nicht daran, dem Sturm auszuweichen, sondern steuerte sein Fahrzeug genau gegen die Wogen. Plötzlich schrie er mit einer entsetzlich kreischenden Stimme:
»Jetzt werde ich es dir zeigen, daß du noch andere Götter neben dir dulden mußt!«
Dann erteilte er seinen beiden Leuten per Handzeichen ein Kommando, das die Männer ohne zu zögern ausführten.
Mir stockte das Blut in den Adern, als ich sah, wie die Flügel aus dem Rumpf fuhren, und die *Epouvante* wie ein Sturmvogel flatternd vom Wasser abhob. Robur glich einer Statue. Mit der rechten Hand umklammerte er das Steuer, die Linke lag auf dem Regelschalter. Die *Epouvante* flog mitten ins Zentrum des Gewitters hinein, und Robur schien, vom Wahnsinn gepackt, absichtlich immer auf die Wolken zu stoßen, aus denen die grellsten Blitze zuckten.
»Gleich bin ich neben dir!« brüllte Robur.
Ich konnte den Anblick dieses Größenwahnsinnigen, der sich und uns in Lebensgefahr brachte, nicht mehr ertragen. Als Polizist war ich schließlich immer noch der Vertreter der öffentlichen Ordnung, und mein Auftrag lautete, diesen Verbrecher ein für allemal unschädlich zu machen. Ich riß mich zusammen. Ich warf einen Blick

auf das brüllende Meer tief unter mir und vergaß auch nicht, daß mir eine dreifache Übermacht gegenüberstand. Mit einem Satz war ich bei Robur, legte ihm die Hand auf die Schulter und schrie aus Leibeskräften:

»Sie sind verhaftet! Im Namen...«

Ich konnte nicht mehr zu Ende sprechen. Die *Epouvante* zitterte und krachte in allen Fugen, als ein Blitzstrahl ins Mittelschiff schlug. Im selben Augenblick explodierte die elektrische Anlage, die Flügel wurden zerfetzt, und die berstende *Epouvante* raste mit dem Schwanz voraus aus 300 m Höhe aufs Meer hinunter. Das letzte, was ich hörte, war immer noch Roburs Stimme, der in seinem Wahn auf Himmelfahrt war.

Irgendwann kam ich wieder zu Bewußtsein. Als ich die Augen öffnen und halbwegs klar sehen konnte, grinsten mir ein halbes Dutzend Matrosen fröhlich ins Gesicht. Ich lag in einer sauberen Kajüte, neben mir stand ein Schiffsoffizier und betrachtete mich versonnen.

Sprechen konnte ich noch nicht. Dafür sagte mir der Offizier, daß ich an Bord des Dampfers *Ottawa* mit Kurs auf New Orleans sei. Die Besatzung habe mich am Rand der Gewitterzone neben einem Rennwagenrad treibend entdeckt und aus dem Golf von Mexiko gefischt.

Ich war also der einzige Überlebende der Katastrophe. Robur der Sieger war nicht mehr und kommt auch nicht mehr wieder. Während der fünf Tage Überfahrt bis zur Küste Louisianas erholte ich mich prächtig von dem furchtbaren Schock. In New Orleans begleiteten mich sämtliche Schiffsoffiziere an den Bahnhof, in Washington erwartete mich dagegen niemand.

Ich ließ mich sofort ins Polizeipräsidium fahren, wo ich ohne Anmeldung bei Direktor Ward anklopfte.

Mein Chef fiel beinahe vom Stuhl, als er mich in voller Lebensgröße vor sich sah.

»Strock, wo kommen denn Sie her! Sie haben doch längst im Eriesee ertrunken zu sein. Wir haben schon eine Gedenktafel im Flur aufgehängt.«

»Dann nehmen Sie sie halt wieder herunter. Sie können dafür die Todesanzeige des Herrn der Welt aushängen.«

»Er lebt also nicht mehr? Haben Sie ihn umgebracht?«

»Er hat sich selbst den Tod gegeben. In einem Anfall von Größenwahn hat er seinen Apparat über dem Golf von Mexiko in ein Gewitterzentrum gesteuert, und dort ist er explodiert und abgestürzt. Die *Epouvante* konnte nämlich auch fliegen, doch das ist eine andere Geschichte.«

»Na, na, Strock, Sie sollten sich doch besser noch ein paar Tage ausruhen.«

Mein Chef war offensichtlich überzeugt, Robur hätte mich schon angesteckt mit seiner Hybris. Der Reihe nach erzählte ich ihm alle meine Erlebnisse an Bord der *Epouvante* und klärte ihn auch über das Geheimnis des Great Eyry auf. Direktor Ward lächelte ständig, sagte jedoch nichts. Ich muß gestehen, in dem nüchternen Polizeibüro klangen meine Erzählungen fast zu phantastisch.

»Wenn Sie diesen Bericht an die Presse verkaufen«, meinte Herr Ward schließlich, »sind Sie der Held des Tages und ein gemachter Mann dazu. Warum werden Sie eigentlich nicht Schriftsteller?«

»Ich glaube, dazu ist mein Stil zu schlecht.«

»Das ist kein Hinderungsgrund. Sie müssen sich nur ein paar Geschichten ausdenken, so wie die, die Sie mir eben erzählt haben. Für Stil sorgt der Verlag.«

Ich sah ein, daß ich heute bei meinem Chef nichts mehr ausrichten konnte. Ich verabschiedete mich deshalb in der Hoffnung, bei meiner Haushälterin einen dankbareren Zuhörer zu finden.

Grad fiel zuerst einmal in Ohnmacht. Aber dann sperrte sie Mund und Nase auf, als ich ihr meine Abenteuer erzählte.

»Jesus Maria«, rief sie aus, »wenn Ihre Mutter selig das noch miterlebt hätte!«

»Sicher wäre sie ziemlich stolz gewesen auf ihren Sohn.«

»Niemals. Auf der Stelle hätte sie Ihnen verboten, auch noch einen Tag länger bei diesem Teufelswerk von Polizei zu bleiben.«

»Liebe Grad, gefährlich ist es überall.«

»Davon rede ich ja nicht. Aber ich finde, eine Polizei, die zwar fleißig Unschuldige erschießt, aber die schlimmsten Verbrecher sich selber umbringen läßt, ist für einen Mann, den ich schon in der Wiege versorgt habe, nicht der richtige Aufenthalt.«

Die Schule der Robinsons

»Insel zu verkaufen, gegen Barzahlung plus Unkosten und Kommission!« So rief, ohne Atem zu holen, der Auktionator Dean Felborg.

1

»Insel zu verkaufen, gegen Barzahlung, plus Unkosten und Kommission!« So rief, ohne Atem zu holen, der Auktionator Dean Felborg.

»Insel zu verkaufen, Insel zu verkaufen!« wiederholte der Gehilfe Gingrass lauthals und ruderte durch die Menschenmenge. Wirklich, eine große Menschenmenge, die sich im weiten Saal des Auktionshauses drängte, in Sacramento Street No. 10. Es zwängten sich nicht nur Amerikaner aus Kalifornien, Utah und Oregon durcheinander, auch einige Franzosen (die ⅙ der Bevölkerung ausmachen), auch Mexikaner, in malerische Ponchos gekleidet, Chinesen in seidenen Hosen und mit spitzen Hüten, Kanaken aus Ozeanien, sogar Schwarzfuß-, Dickbauch- und Plattkopf-Indianer traten sich gegenseitig auf die Füße. Das war in der Hauptstadt Kaliforniens, in San Franzisko, jedoch nicht mehr zur Zeit der Goldsucher, die zwischen 1848 und 1852 die Gegend unsicher gemacht hatten. Damals war Frisco ein einziger Bauplatz gewesen, eine riesige Herberge, in der die Abenteurer noch einmal ihren Schnaps tranken, bevor sie nach den Goldfeldern am Westabhang der Sierra Nevada aufbrachen. Nein, 20 Jahre später war San Franzisko zu einer Stadt aufgeblüht, die den Städten der Westküste – Lima, Santiago und Valparaiso – tüchtig Konkurrenz machte.

Heute, am 15. Mai, war es recht kalt. Im Auktionssaal spürte man davon jedoch wenig. Die schrille Glocke des Ausrufers hatte eine übergroße Menge herbeigelockt, so daß zumindest im Saal Sommertemperatur herrschte. Allerdings: fast niemand war erschienen, um eine Insel zu kaufen. Die meisten waren nur neugierig. Wer wollte schon eine Insel im Stillen Ozean kaufen, die von der Regierung angeboten wurde?

»Eine Insel zu verkaufen!« Man lachte, keiner bot.

»Um keinen Preis!« rief ein Ire, der kaum die Pennies in der Tasche hatte, einen Strandkiesel zu bezahlen.

»6 Dollars per Acre!«

»Und bringt nicht ¼ % Gewinn ein!« lachte ein dicker Farmer, der sich in Grundstücksgeschäften auskannte.

»Eine Insel zu verkaufen, 120 km Umfang, 90 000 Hektar! Eine Insel mit jungfräulichem Wald, mit Hügeln, fetten Wiesen, klaren Bächen, ohne jedes schädliche Tier, ohne Raubzeug, ohne Reptilien. Vorwärts, Bürger, knöpft die Taschen auf, eine Insel in tadel-

losem Zustand, kaum gebraucht. 1100000 Dollar nur, fast geschenkt.«
»Legen Sie Ihre Insel wieder in den Kasten, ich will eine andere haben!«
Niemand bot auch nur ½ Dollar. Dabei sollte niemand die Katze im Sack kaufen. Der Auktionator hatte überall im Saal Karten verteilen lassen, auf denen die Insel in den schönsten Farben abgemalt war, außerdem war von dem geschäftstüchtigen Manager die Presse rechtzeitig unterrichtet worden. Unzählige Zeitungen, Groschenblätter und Monatshefte hatten seit Monaten die Vorzüge der Insel – für deren Verkauf sich der Kongreß entschieden hatte – angepriesen.
Die Insel Spencer, gelegen in Westsüdwest der Bai von San Franzisko (32° 15′ nördlicher Breite und 142° 18′ westlicher Länge von Greenwich, 862 km Luftlinie von San Franzisko entfernt), gehörte allerdings nicht gerade zu den Inseln, die für die Schiffahrt eine Bedeutung haben. Sie liegt nämlich inmitten des sogenannten Fleurieuschen Beckens, einer Wasserfläche, die keine erkennbare Strömung zeigt. Die Seeleute aller Nationen fürchten sich vor diesem windstillen Gebiet. Die großen Straßen des Stillen Ozeans, die die Neue Welt mit der Alten verbinden, verlaufen weit südlicher.
Für jemanden, der die Einsamkeit suchte, konnte diese Insel gewiß ein idealer Ort sein. Für einen freiwilligen Robinson wäre sie gewiß ideal, allerdings hätte er genügend Geld für den Preis haben müssen.
Warum verkauften die USA diese Insel? Die Union war doch gewöhnlich daran interessiert, ihren Einfluß überall in der Welt zu vergrößern. Die Antwort ist einfach: die Insel Spencer bot einfach nicht genügend militärisches Interesse. Sie als Strafkolonie einzurichten, wie mehrere Senatoren vorgeschlagen hatten, erschien zu unpraktisch, und für den Handel war die Insel auch nicht zu gebrauchen. Also beschloß der Kongreß den Verkauf unter der Bedingung, daß der Käufer ein Amerikaner zu sein habe. Der Taxwert wurde auf 1100000 Dollar festgelegt. Für einen Konzern war das eine Kleinigkeit, aber ein Privatmann mußte schon reich sein, um sich ein Geschäft zu leisten, das ihm nicht ein einziges % Gewinn einbringen konnte. Außerdem war Barzahlung verlangt. Sollte ein Eigentümer gefunden werden, durfte er sich zum Präsidenten der Insel wählen lassen. Aber er konnte nicht König werden. Sollte er Mitbürger auf der Insel finden, so mußten sie ihn alle 7 Jahre wiederwählen. Diese

Bedingungen schreckten manchen Millionär ab, der gern König geworden wäre. Kurz: es meldete sich niemand.
Der Auktionator wurde heiser, sein Gehilfe heiserer. Immer wieder hob sich der Hammer, aber er wurde nicht geschlagen.
»Garantieren Sie für goldhaltigen Alluvialboden?«
»Nein, aber der Staat überläßt dem Käufer alle Ansprüche auf mögliche Bodenfunde.«
»Gibt's wenigstens einen Vulkan?«
»Nein. Da würde die Insel teurer sein. 1100000 Dollar, ich beginne also: zum ersten, zum zweiten...«
Die Spannung in der Menge wurde unerträglich.
»Wenn niemand bietet, wird die Auktion aufgehoben, zum ersten, zum zweiten!«
»1200000 Dollar!« Mitten aus der Menge ertönten diese Worte wie Schüsse aus einem Colt.
Alles drehte sich nach dem mutigen Mann um.
Es war William W. Kolderup aus San Franzisko.

2

Es war einmal ein reicher Mann, der seine Millionen so zählte, wie andere Tausender. Das war William W. Kolderup. Man hielt ihn für reicher als den Herzog von Westminster, der eine Apanage von 800000 Pfund erhält, und der 40000 Mark am Tag verbrauchen kann, also etwa 28–29 Mark in der Sekunde. Reicher noch als Mackay, der 2750000 Pfund Rente hat, die ihm in der Sekunde mehr als 2 Mark abwerfen. Reicher war William W. Kolderup als Rothschild, als Vanderbilt, reicher als die mächtigsten Direktoren der Bankhäuser der Alten und der Neuen Welt. Ohne zu überlegen hätte er eine Million als Trinkgeld geben können, wie unsereins 10 Pfennig oder 1 Mark.
Den Grundstein zu seinem Vermögen hatte der ehrenwerte Spekulant auf den Goldfeldern Kaliforniens gelegt. Er war nämlich der Hauptgesellschafter des Schweizers Sutter gewesen, der 1848 die erste Goldader entdeckt hatte. Seit dieser Zeit war Kolderup an allen großen Unternehmungen beider Hemisphären beteiligt, wobei Glück und Intelligenz ihm halfen.
Er ernährte Hunderte von Fabriken, und sie ernährten ihn. Seine Schiffe exportierten seine Produkte über den ganzen Erdball. Sein Reichtum wuchs nicht nur in arithmetischer, sondern auch in geo-

metrischer Progression. Es hieß, er wisse überhaupt nicht mehr, wieviel Geld er habe. Natürlich wußte er es ganz genau.

Gegenwärtig besaß William W. Kolderup 2000 Büros auf dem ganzen Erdball, 84000 Angestellte in Amerika, Europa und Australien, 300000 Korrespondenten und 500 Seeschiffe. Er gab jährlich ungefähr 1000000 Dollar für Briefporto aus! Das Gebot Kolderups, der den Taxpreis der Insel um 100000 Dollar überboten hatte, war also durchaus ernst zu nehmen. Augenblicklich verstummten die Witzeleien im Saal, Ausrufe der Bewunderung waren zu hören, und schließlich dröhnten donnernde Hurras durch den Saal.

Dem Höllenlärm folgte tiefste Stille. Würde es jemand wagen, gegen den Milliardär zu bieten? Gegen diesen großen Mann, der gutmütig, aber entschlossen blickte? Nein, hier war an Kampf nicht zu denken.

»1200000 Dollar werden hier geboten, bitte weitere Gebote!« rief der Auktionator.

Alle hielten den Atem an. Alle Herzen klopften lauter. Würde eine Stimme sich erheben und mehr bieten? William W. Kolderup stand unerschüttert, gleichmütig, als ginge ihn die Sache nichts an. Seine Nachbarn sahen jedoch, daß seine beiden Augen zwei mit Dollars geladenen und entsicherten Pistolen glichen.

»Niemand bietet mehr?«

???

»Zum ersten, zum zweiten...! So schlage ich zu, für 1200000 Dollar die Insel, wie sie steht und liegt, alles komplett. Für 1200000 die Insel Spencer.« Die rechte Hand des Auktionators hob sich, der elfenbeinerne Hammer schwebte – ein Schlag, und das Geschäft sollte perfekt sein. Das Publikum war so aufgeregt wie bei einer öffentlichen Lynchjustiz. Der Hammer zitterte leicht in der Hand des Auktionators. Doch bevor der trockene Schlag erfolgte, hörte man eine Stimme:

»1300000 Dollar!«

Ein allgemeines Raunen der Befriedigung ging durch die Reihen. Jetzt bekam man doch noch einen Wettkampf zu sehen. Wer war der unverschämte Kerl, der es wagte, William W. Kolderup zu trotzen?

Das war J. R. Taskinar aus Stockton.

J. R. Taskinar war reich, aber er war noch dicker. Er wo 490 Pfund. Beim letzten Kongreß der dicken Männer in Chicago erhielt er nur den zweiten Platz, was aber nur daran lag, daß man ihm nicht die

Zeit gelassen hatte, sein Abendessen einzunehmen. Dadurch verlor er 10 Pfund.
Dieser Koloß, der nur eigens für ihn gebaute Stühle und Sessel benutzte, um seine enorme Persönlichkeit mit Zuversicht darauf plazieren zu können, wohnte in Stockton am San Joaquin.
Diese Stadt gehört zu den Industriemetropolen Kaliforniens, hier werden die Produkte der Minen im Süden verladen, und die Schiffe schaufeln hier den größten Anteil kalifornischen Weizens. Nicht allein die Ausbeutung der Bergwerke und der Getreidehandel hatten Taskinar zu einem reichen Mann gemacht, es strömte – bildlich gesprochen – auch ein riesiger Fluß Petroleum durch seine Kassenschränke. Übrigens war Taskinar auch ein erfolgreicher Pokerspieler. Jedenfalls war er nicht gerade das, was man im Westen einen Ehrenmann nennt. Dazu ließ er seinen Colt etwas zu häufig sprechen.
Wie dem auch sei, Taskinar empfand einen speziellen Haß gegen William W. Kolderup. Er beneidete ihn wegen seines Vermögens, ärgerte sich über Kolderups gesellschaftliche Stellung, er verachtete ihn, wie ein dicker Mensch einen dünnen verachten kann. Es war nicht das erste Mal, daß der Spekulant aus Stockton dem Kapitalisten aus San Franzisko irgendein Geschäft – gleichgültig, ob mit guten oder schlechten Aussichten – aus reiner Rivalität abzujagen versuchte. William Kolderup sah dies jedesmal nur mit Verachtung und Hohn. Einen Erfolg konnte J. R. Taskinar seinem Gegner Kolderup nie vergeben. Bei den letzten Senatswahlen nämlich hatte Kolderup Taskinar geschlagen. Wie viele Dollars hatte Taskinar ausgegeben, um Journalisten, Beamte und Wähler zu bestechen – es hatte nichts genützt! Kolderup war der reichere. Er saß jetzt im Senat von Sacramento.
Als J. R. Taskinar erfahren hatte, daß Kolderup plante, die Insel Spencer zu kaufen, hatte er gleich eine Möglichkeit zur Rache gesehen. Daß die Insel für ihn völlig ohne Nutzen sein mußte, war ihm völlig gleichgültig.
»1 300 000 Dollar« hatte J. R. Taskinar also gerufen.
»Der dicke Taskinar!« Der Name lief von Mund zu Mund. Hier drohte ein gewaltiger, mit Dollarexplosionen geführter Kampf auszubrechen und niemand wagte vorauszusagen, welche Summen die beiden Geldschränke in die Schlacht werfen würden.
Wieder herrscht eine Totenstille, in der man eine Spinne ihr Netz hätte stricken hören können.

Da rief der Auktionator: »1 300 000 Dollar für die Insel Spencer!«
William W. Kolderup hatte den Blick ein wenig gewendet, die Menge war zurückgewichen, und so standen sich die beiden Rivalen gegenüber. Keiner wollte den Blick senken.
»1 400 000 Dollar.«
»1 500 000!«
»1 600 000!«
»1 700 000!«
Erinnerte dieser Kampf nicht an die beiden Fabrikherren in Glasgow, die miteinander gewettet hatten, wessen Fabrikschornstein höher gebaut werden könnte? Hier wurden freilich Goldbarren gestapelt!
»1 700 000 Dollar«, rief der Auktionator, »das ist nicht zuviel!«
»1 800 000!«
»1 900 000!«
»2 000 000!« rief William W. Kolderup mit entschlossenem Gesicht.
J. R. Taskinar kam hingegen in Hitze, sein Gesicht glich jetzt einem auf Rot gestellten Signal der South-Pacific-Railways. Sein Gegner kümmerte sich natürlich nicht um dieses Signal, sondern gab mehr Dampf.
J. R. Taskinar fühlte das. Zwischen den fleischigen, mit kostbaren Brillantringen überladenen Fingern drehte er an der ungeheuren goldenen Panzerkette, an der seine Uhr hing.
Er fixierte seinen Gegner, schloß dann die Augen, die er gleich wieder haßerfüllt aufriß: »2 500 000!« schleuderte er ihm entgegen, in der Hoffnung, den Rivalen durch diesen Sprung nach vorn zu erledigen.
»2 700 000!« antwortete Kolderup mit Seelenruhe.
»2 900 000!«
»3 000 000!«
Ja, William W. Kolderup aus San Franzisko wagte es!
Noch zögerte Dean Felborg mit dem Zuschlag. Vor Aufregung konnte er sich kaum noch auf den Beinen halten. Alle Blicke hingen an J. R. Taskinar. Jetzt empfand seine voluminöse Persönlichkeit ihr eigenes Gewicht, mehr noch allerdings die Last der 3 Millionen Dollar. Mit leiser, zitternder Stimme sagte er:
»3 500 000!«
»4 000 000!«
Das war der letzte Keulenschlag. J. R. Taskinar sank wie ein gefällter

»2 900 000!«
»3 000 000!«
Ja, William W. Kolderup aus San Franzisko wagte es!

Ochse zu Boden, der Hammer traf mit trockenem Schlag den Marmor des Pultes. »Ich werde mich rächen!« flüsterte der gestürzte J. R. Taskinar. Und darauf wurde er in das Occidental-Hotel abgeschleppt. William W. Kolderup hingegen wurde von der begeisterten Menge unter dreifachem Hipp-Hurrah zu seinem Haus in der Montgomery Street gebracht. Einige vergaßen sich sogar soweit, den Yankee Doodle zu singen.

3

William W. Kolderup war in seinen Palast in der Montgomery Street zurückgekehrt. Diese Straße ist die vornehmste in San Franzisko, so vornehm wie die Regent Street oder der Broadway, weit vornehmer als der Jungfernstieg oder der Kurfürstendamm. Hier flutet überall das Leben, hier ist Bewegung: Pferdebahnen, Kutschen und Wagen, von Pferden und Mauleseln gezogen, geschäftstüchtige Bankiers drängen sich auf dem Trottoir, Gouvernanten und Gammler warten vor den Schaufenstern, und zahlreiche Trinker zwängen sich durch die Türen der Bars, in denen kalifornisches Weizenbier ausgeschenkt wird.

Es ist unnütz, den Palast des Nabobs von San Franzisko zu beschreiben. William W. Kolderup besaß weit mehr Millionen als guten Geschmack. Man kann eben nicht alles gleichzeitig haben. Jedenfalls gab es einen großen Salon, in dem ein ganz kleines Klavier stand, dessen Akkorde eben durch die gefilterte Atmosphäre des Palastes zitterten, als der steinreiche Mann eintrat.

William W. Kolderup schritt in sein Büro, um das kleine Geschäft über die Insel Spencer endgültig zu ordnen. Es genügte, daß er einige Wertpapiere aus dem Safe nahm, sie seinem Kassierer mit einigen erklärenden Zeilen übergab – und alles war erledigt. William W. Kolderup hatte jetzt ein anderes Geschäft im Sinn. Er und Sie! Godfrey und Phina! Sie waren jetzt im Salon, sie über das Piano gebeugt, er halb ausgestreckt auf einem Sofa. Nur halb lauschte er auf die Notenperlen, die unter den Fingern des reizenden Mädchens hervorgingen.

»Hörst du überhaupt zu?«

»Natürlich, noch nie habe ich Strauß so gut gespielt gehört!«

»Das ist doch nicht Strauß, das ist die Mondscheinsonate!«

»Dann habe ich mich eben getäuscht!« sagte Godfrey mit der gleichgültigsten Miene San Franziskos.

Das junge Mädchen hob die Hände und hielt die Finger einen Augenblick gespreizt über dem Klavier, als sollten sie wieder herabsinken, um einen Akkord zu greifen. Dann drehte sie sich auf ihrem Klavierhocker um und sah dem schweigsamen Godfrey ins Gesicht. Er wich ihrem Blick aus.

Phina Halloney war das Patenkind William W. Kolderups. Er hatte ihre Erziehung bezahlt, und nun betrachtete er sie als seine Tochter.

Phina war auf ihre Art ein hübsches Mädchen, eine Blondine von 16 Jahren, leidenschaftlich wie eine Brünette, was man ihren blauen Augen leicht ansehen konnte. In der amerikanischen Gesellschaft werden derartige Mädchen unweigerlich mit der Lilie verglichen, sie war also eine Lilie, doch nicht auf schwankendem, sondern auf solidem Stengel prunkte sie. Sicherlich verfügte sie über ein gewisses Temperament, mehr aber noch über praktischen Sinn, Verstand und Selbstbewußtsein. Träume – sie sind schön, wenn man schläft, nicht, wenn man wach ist. Und Phina – sie schlief in dieser Minute nicht und sie dachte auch nicht daran, zu schlafen.

»Godfrey??«

»Phina?«

»Woran denkst du jetzt?«

»An dich?«

»Nein, gewiß nicht, du denkst an das Meer!«

Phinas Hand verirrte sich jetzt in den Tasten und eine Reihe verminderter Septimen, deren trauriger Klang deutlich genug sprach, ertönte, unverstanden von Godfrey.

Godfrey war der Neffe William W. Kolderups. Elternlos wie Phina, war er ebenfalls im Haus des Millionärs aufgewachsen. Er war jetzt 23 Jahre alt. Nach seinem Studium hatte er nichts weiter getan als sich vergnügt. Er war übrigens ein junger Mann von vornehmer Eleganz, trug nie kurze Hosen und allzubunte Krawatten, auch zierte er seine Finger nicht mit riesigen Juwelringen, wie es seine Landsleute zu tun lieben.

William W. Kolderup hatte mehrere Gründe, eine Heirat der beiden zu fördern:

1. vor vielen Jahren hatte er beiden je ein Konto auf einer seiner Banken eingerichtet. Bei einer Heirat bliebe das Geld in der Familie;
2. die beiden gefielen einander;

3. würden die beiden in seinem Haus bleiben, in dem der Millionär nicht gern einsam sein wollte.
Allerdings gab es einen Punkt, der gegen diese Heirat sprach.
Godfrey nämlich fühlte sich noch nicht reif zum Heiraten. Der Onkel hatte versäumt, ihn rechtzeitig aufzuklären.
Nach Beendigung seiner Studien fühlte Godfrey einen berechtigten Überdruß an der Gesellschaft, dem er zu begegnen hoffte durch eine große Reise. Er plante eine Weltreise. Von der Alten und der Neuen Welt kannte er wirklich nur San Franzisko und er ahnte, daß es noch mehr Sehenswürdigkeiten auf der Erde geben müsse. Was ist ein Amerikaner schon wert, der nicht mehrmals um die Erde gereist ist?
Godfrey hatte eine Unmenge von Reisebüchern gelesen, er hatte mit Marco Polo das Himmlische Reich, mit Kolumbus Amerika, mit Cook den Stillen Ozean, mit Dumont d'Urville die Umgebung des Südpols entdeckt. Er träumte von einer Forschungsreise, von Überfällen malayischer Piraten, von Schiffskollisionen im Nebel, von einer Strandung an öder Küste. Robinson! Wer wollte nicht schon einmal ein Robinson werden?
Diese Gedanken wälzte Godfrey gerade, als sein Onkel ihn in das Ehejoch schmieden wollte. Konnte er mit Phina reisen? Unmöglich, er mußte seine Abenteuer allein bestehen.
Erst nach einer Weltreise wollte er den Ehevertrag unterzeichnen. Kann ein Mann überhaupt das Glück eines weiblichen Wesens gewährleisten, wenn er vorher nicht wenigstens in Japan oder China, zum mindesten aber in Europa gewesen ist? Nein!
Phina hatte diese Problematik erkannt, und ihr praktischer Sinn sagte ihr, es sei besser, Godfrey reise jetzt allein, als nach der Hochzeit.
William W. Kolderup erschien nun in der Tür, geschäftstüchtig wie immer: »Wir müssen nun ein Datum festsetzen!«
»?«
»Das Datum eurer Hochzeit, meine lieben Kinder! Der früheste Termin ist mir gerade recht!«
»Lieber Onkel, Godfrey möchte weit lieber den Tag seiner Abreise festsetzen.«
»Abreise?«
»Ja, Godfrey möchte sich, bevor er mich heiratet, die Welt ein wenig ansehen.«
»Donnerschlag!«

»Ja, Onkel«, sagte jetzt Godfrey mutig, »höchstens ein bis zwei Jährchen. Vorausgesetzt, daß Phina auf mich wartet!«
»Das ist ein Verlobter, der vor der Heirat wegrennt!«
»Onkel, er hat recht«, sagte das junge Mädchen. »Ich bin ja (bei Licht besehen) noch sehr jung, und Godfrey braucht auch noch etwas Erfahrung. Durch eine Reise wird er etwas altern. Ist er erst einmal draußen, wird er sich bald nach Ruhe sehnen, und die findet er dann bei mir.«
»Du willst ihn also gehen lassen? Du willst warten?«
»2 Jahre und nicht länger.«
Phinas Hände klimperten wieder auf der Tastatur, diesmal den beliebten Schlager der Saison: »Verlobter, komm bald wieder!«
»OK«, stieß William W. Kolderup zwischen den Zähnen hervor. »Wann willst du abreisen?«
Phina hörte unwillkürlich mit ihrem Spiel auf.
»So schnell wie möglich.«
Onkel William legte Phina die Hand auf die Schulter. »Meine Tochter, man darf nicht mitten im Stück aufhören!«, und mit seinen dicken Fingern vollendete er das Spiel. »Plim, plim, pleng.«

4

Wenn T. Artelett Franzose gewesen wäre, hätten ihn seine Landsleute ganz gewiß Tartelett genannt. Und da der Name auf ihn paßt, wird er hier auch so heißen. Im übrigen hätte Tartelett ganz gut ein Franzose sein können. Chateaubriand erwähnt in seiner »Reise von Paris nach Jerusalem« ein kleines Männchen, »gepudert und frisiert wie in alter Zeit«, mit apfelgrünem Rock, halbwollener Weste, Jabot und Manschetten aus Mousseline, das auf einer kleinen Geige kratzte und den Irokesen Menuette beibrachte.
Tartelett war Tanz- und Anstandslehrer zwar nicht bei den Irokesen, aber bei den Kaliforniern. Er bekam für seinen Unterricht keine Bärenschinken und Biberfelle, sondern harte Dollars. Wenn er seine Schüler nicht mit »Meine Herren Wilden« und »meine geehrten wilden Damen« anredete, dann nur, weil er die Eltern seiner Eleven bereits gut erzogen hatte.
Tartelett war Junggeselle und zählte 45 Jahre. Vor mehreren Jahrzehnten hätte er sich beinahe einmal mit einer ehrsamen Jungfrau in reiferem Alter verheiratet.
Damals hatte er für seine Schwiegereltern eine Personenbeschrei-

bung zu Papier bringen müssen, die hier wiedergegeben wird, so daß sie eine weitere Beschreibung Tarteletts überflüssig macht:

T. Artelett, geb. am 17. Juli 1835, ¼4 Uhr morgens.
Größe: 1 Meter, 76 Zentimeter, 3 Millimeter.
Umfang über den Hüften: 40 Zentimeter, 4 Millimeter.
Gewicht: 141 Pfund, 2 Gramm.
Kopfform: länglich.
Haare: über der Stirn dünn, bräunlich; Stirn hoch.
Gesicht: oval. Teint: blühend.
Augen: scharf, grau; Wimpern und Brauen: hellbraun; die Lider liegen etwas tief eingebettet unter dem Augenbrauenbogen.
Nase: mittelgroß, nahe dem Ende des linken Nasenloches durch einen Riß etwas gespalten.
Schläfe und Wangen: platt und bartlos.
Ohren: groß und platt anliegend.
Mund: mittelgroß, gute Zähne. Die fest geschlossenen Lippen sind von einem Schnurrbart überdeckt, Kinn von einem mehrfarbigen Bart beschattet.

Sollte man Tartelett in der Badewanne antreffen, könnte man sehen, daß er eine weiße Haut hat.

Seine Existenz ist ruhig und geregelt. Raucht nicht und trinkt nicht. Trinkt keinen Kaffee. Leichtes Bier und Himbeersaft sind die einzigen Getränke, die er zu sich nimmt.

Sein Benehmen ist gut, der Charakter frei und offen. Wenn er bisher noch nicht geheiratet hat, dann nur aus Furcht, eine Frau unglücklich zu machen. Eine Zimmerwirtin hat er bisher jedoch noch nie unglücklich gemacht. Soweit die Beschreibung Tarteletts, die für eine Jungfrau in gewissem Alter nicht ohne Reiz gewesen sein mag. Aber leider zerschlug sich das Projekt und Tartelett blieb unbeweibt. Im Palast des William W. Kolderup wurde er allmählich zum Mobiliar gezählt. Er war ja auch ein kreuzbraver Mann. Man gewöhnte sich an ihn. Er liebte Godfrey und Phina, und es war sein einziger Ehrgeiz, die beiden gesellschaftsfähig zu machen.

William W. Kolderup hatte nun beschlossen, Tartelett als Reisebegleiter für Godfrey zu engagieren. Am 16. Mai ließ er Tartelett in sein Büro bitten.

Eine Bitte des Millionärs war für Tartelett ein Befehl. Der Professor der Tanzkunst verließ sein Zimmer, ausgerüstet mit seiner kleinen Geige, um für jede Gelegenheit gerüstet zu sein. Mit akademisch gesetzten Füßen, wie es ihm zukam, schwebte er die breite Treppe

des Palastes hinunter, klopfte mit angemessener Zurückhaltung an die Bürotür. Noch auf der Schwelle blieb er in der sogenannten 1. Position stehen: mit halbvorgebeugtem Rumpf, gerundeten Ellenbogen, lächelnd, die Füße voreinander gekreuzt, so daß die Fersen sich berührten und die Spitzen nach außen zeigten.
Jeder andere wäre in dieser Stellung bei dem leichtesten Luftzug umgekippt. Nicht so Tartelett.
»Mr. Tartelett, ich habe Sie rufen lassen, um Ihnen eine Neuigkeit mitzuteilen, die Sie nicht überraschen dürfte.«
Bückling Tarteletts.
»Die Hochzeit meines Neffen ist um 18 Monate verschoben worden. Godfrey wird auf eigenen Wunsch um die Welt reisen.«
Bückling Tarteletts.
»Sicherlich fällt es Ihnen schwer, sich von Ihrem Schüler zu trennen?«
»Oh, ganz gewiß!«
»OK, dann scheint es das beste, wenn Sie einfach mitfahren. Sie werden meinen Neffen begleiten.«
»??«
Tartelett stotterte sprachlos. Niemals war ihm der Gedanke gekommen, er könnte San Franzisko, Kalifornien und Amerika verlassen. Sein Fach war die Choreographie und nicht die Geographie! Nun sollte er seinem Vaterland den Rücken kehren, sollte übers Meer gehen! Tartelett konnte ein leichtes Zittern in seinen Knien nicht vermeiden. »Vielleicht bin ich ... nicht geeignet!« murmelte er und versuchte, sein Lächeln wiederzufinden.
»Das wird sich geben«, rief William W. Kolderup und hieb dem Tanzlehrer kräftig auf die Schulter.
»Und wann soll diese Reise losgehen?«
»In einem Monat!«
»Und auf welches sturmbewegte Meer werden mein Schüler und ich hinausgesandt?«
»Zuerst einmal auf den Stillen Ozean!«
»Und wo werden wir zuerst landen?«
»In Neuseeland. Die Neuseeländer halten die Ellenbogen sehr steif und eckig, da gibt's etwas zu tun für Sie!«
Der Millionär schnippte mit den Fingern, ein Zeichen für das Ende der Audienz. Tartelett, ganz benommen, vergaß zum ersten Mal in seinem Leben die elementarsten Vorschriften seiner Kunst: er wandte dem Millionär den Rücken und wankte hinaus.

5

Godfrey war begeistert. Professor Tartelett, der gewöhnlich fest auf den Beinen stand, hatte jedoch das Gleichgewicht verloren. Er schwankte über das Parkett seines Zimmers, als wäre er bereits an Bord eines Dampfers, dessen Schlingern und Stoßen ihn umherwarf. William W. Kolderup war, seit der Entschluß gefaßt war, wenig gesprächig. Seine geschlossenen Lippen und seine halb unter den Lidern versteckten Augen verrieten, daß er einer fixen Idee nachhing. »Du willst also reisen« – murmelte er – »dann sollst du auch reisen!«

Natürlich wurden alle Vorbereitungen sofort getroffen. Sollte Godfrey nach Süden, nach dem Westen oder Osten abgehen? Sollte er nach Süden fahren, würde der *Panama to California and British Columbia-Gesellschaft* die Passage zufallen. Wollte er nach Osten, so konnte die Pacific Railways ihn in wenigen Tagen nach New York führen, von wo aus die *Cunard-Line*, die *Hamburg-Amerika-Linie* oder der *Norddeutsche Lloyd* oder die *Transatlantique française* die Küsten der Alten Welt anliefen. In Richtung Westen gab es eine regelmäßige Verbindung der *Steam Transoceanic Golden Age* nach Melbourne. Es fehlte also keineswegs an Beförderungsmitteln. Die Präzision der Fahrpläne hätte es ohne weiteres gestattet, eine Spazierfahrt um die Welt zusammenzustellen, so bequem wie die Reise eines Ballonfahrers.

Aber es sollte anders kommen. William W. Kolderup besaß selbst eine große Flotte, und es wurde beschlossen, einen Dampfer für den Neffen des Mr. Kolderup »zur Verfügung zu stellen«. Daraufhin wurde sofort die *Dream*, ein solider Dampfer von 600 t mit 200 PS, ausgerüstet. Chef dieses Dampfers war Käpt'n Turcotte, ein Seebär, der alle Breiten und Tiefen der Meere kannte. 50 Jahre alt, war er 40 davon zur See gefahren, und Tornados, Taifune und Zyklone erschreckten ihn nicht. Sein Schiff vor den Wind zu legen und dem Orkan die Stirn zu bieten, das war für diesen Seehelden eine Selbstverständlichkeit, der nie an etwas anderem gelitten hatte als an der Landkrankheit. Im Hafen konnte Kapitän Turcotte nie lange verweilen. Sein Gang hatte sich durch das ewige Schwanken des Schiffes so verändert, daß er auch auf dem Festland nach rechts und links wankte, nach vor- und rückwärts balancierte.

Ferner befanden sich an Bord ein 2. Offizier, 1 Maschinist, 4 Heizer und 12 Matrosen, im ganzen 18 Personen. Zwar machte die *Dream*

nur 18 Seemeilen in der Stunde, dafür hatte sie jedoch andere nautische Eigenschaften, die diesen Nachteil wieder ausglichen. Konnte die *Dream* bei schwerem Wetter auch die Wellen nicht überholen, so liefen doch die Wellen nicht über sie hinweg. Außerdem war die *Dream* als Schoner getakelt, so daß bei günstigem Wind das Segelzeug der Dampfkraft zu Hilfe kommen konnte.
Natürlich hatte William W. Kolderup die *Dream* nicht zu einer bloßen Vergnügungsfahrt bereitgestellt. Er war ein viel zu praktischer Mann, um aus einer Fahrt von 1500–1600 Seemeilen über alle Meere nicht Gewinn zu ziehen. Das Schiff sollte ohne Ladung abgehen (wobei der nötige Tiefgang durch das Fluten gewisser Wassertanks erreicht wurde). Unterwegs sollte die *Dream* Ladung aufnehmen und die verschiedenen Handelsniederlassungen der Firma Kolderup besuchen. So entstanden tatsächlich keine Kosten, und Godfreys Fantasie kostete die Kasse des Onkels auch nicht einen Dollar.
All das wurde in langen und geheimen Verhandlungen zwischen William W. Kolderup und Kapitän Turcotte festgelegt. Es hatte jedoch den Anschein, als seien diese Angelegenheiten nicht einfach zu regeln, denn Kapitän Turcotte war ziemlich häufig bei seinem Chef, und ein aufmerksamer Beobachter hätte feststellen können, daß der Kapitän nach jeder Unterredung mit gesträubten Haaren aus dem Büro wankte, und man hätte manchmal sogar heftige Stimmen durch die Ledertür hören können, Tatsachen, die beweisen konnten, daß die Sitzungen nicht ohne Sturm abliefen.
Nach 8 Tagen schienen die Verhandlungen zu einem Ende gekommen zu sein, wenn auch der Kapitän mehr als einmal mit den Zähnen knirschte: »Soll mich der erste beste Walfisch seiner Großmutter zum Fraß vorwerfen, wenn ich je geahnt hätte, auf welchen Blödsinn ich mich hier einlasse!«
Unterdessen war die *Dream* neu gestrichen worden und der Proviant wurde an Bord geschafft. Die Takelage war in bestem Zustand, die Maschine so gut wie neu, der Kessel überprüft. Für alle Fälle wurde eine Dampfbarkasse mit an Bord genommen, die eine Verbindung mit unzugänglichen Küsten erleichtern sollte.
Am 11. Juni war alles soweit, man konnte jeden Augenblick in See stechen. Die von Kapitän Turcotte angeheuerte Mannschaft war so gut wie selten eine in San Franzisko. Eine ganze Herde lebender Tiere, Schweine, Schafe, Ziegen, Hühner und Hähne bewohnten das Zwischendeck. Außerdem waren noch erstklassige Konserven gekauft worden.

Die Reiseroute sah als erste Station Auckland, die Hauptstadt von Neuseeland, vor, sollten nicht Kohlenmangel oder Windstille es nötig machen, einen der Archipele des Stillen Ozeans anzulaufen. Vor der Abreise war nur noch eine kleine Formalität zu erledigen – es mußten noch einige Fotografien angefertigt werden. Ein Verlobter kann sich billigerweise nicht empfehlen, ohne ein Foto der Geliebten mitzunehmen und eines dazulassen. Godfrey begab sich also im Tropenanzug zur Firma Stephenson & Cie in der Montgomery Street, und Phina zog ihr Konfirmationskleid an und ließ ihr etwas trauriges Gesicht auf eine fotografische Platte bannen.
Auch Tartelett hatte daran gedacht – obwohl nicht verlobt – sein Bild zu verewigen. Aber dem Talent des Fotografen wollte es nicht gelingen, ein einigermaßen befriedigendes Negativ zu fertigen. Immer zeigte die Platte einen konfusen Nebel dort, wo eigentlich das Gesicht Tarteletts hätte zu sehen sein müssen. Er war nämlich durch nichts dazu zu bringen, auch nur den Bruchteil einer Sekunde still zu halten, trotz aller Ermahnungen des Operateurs. Man versuchte alles, empfindlichen Film, Momentaufnahmen – vergeblich. Die Nachwelt mußte also auf die Überlieferung der Züge des bedeutenden Tanzpädagogen verzichten.
Am 11. Juni war endlich alles parat. Die *Dream* brauchte nur die Anker zu lichten, die Papiere, Frachtbriefe, Verträge, Versicherungspolice waren in Ordnung. Am Morgen dieses Tages fand im Hause William W. Kolderups ein festliches Frühstück statt, wobei Godfrey und Tartelett ihre Aufregung in mehreren Gläsern Champagner zu ertränken suchten. Beinahe hätte Tartelett vergessen, seine kleine Geige mit an Bord zu nehmen. Alle sagten sich Lebewohl.
»Adieu! Godfrey!«
»Adieu! Phina!«
Die Schraube begann zu arbeiten, und der Steamer kam gemächlich vom Quai ab. Taschentücher wedelten.
Bald war die Bay von San Franzisko durchmessen, die *Dream* glitt die Straße von Golden Gate entlang, und endlich war der Stille Ozean ringsum.

6

Die Reise hatte also angefangen. Und das wird niemanden wundern. Professor Tartelett wiederholte dreimal am Tag seine Klage: »Eine Reise fängt immer an, aber wie sie aufhört, das ist wichtig!« Godfrey bewohnte eine Kabine im Heck der *Dream*, am hinteren Salon, der als Eßzimmer diente. Diese Kabine war wirklich bequem und elegant möbliert. Am hellsten Platz hatte Godfrey die Fotografie Phinas aufgestellt. Ein etwas schmales Lager, ein Waschtisch, einige Schränke, ein Schreibtisch und einige Regale bildeten das Meublement, mit dem Godfrey zufrieden sein konnte. Unter diesen Verhältnissen wäre er gern 23mal um die Erde gereist.

Tartelett befand sich nicht in so rosenroter Stimmung. Seine Kabine kam ihm eng und ungemütlich vor, konnte er doch seine täglichen Übungen kaum darin vornehmen. Die Mahlzeiten wurden gemeinschaftlich eingenommen, Godfrey und Tartelett saßen sich gegenüber, der Kapitän und der 2. Offizier nahmen die anderen Seiten des Tisches ein. Der Tisch war übrigens mit einer Leiste umschlagen, die bei höherem Seegang das Herunterfallen des Geschirrs verhindern sollte. Man kann sich vorstellen, daß Tarteletts Platz hier häufig leer blieb.

In zwei Tagen Fahrt auf ruhiger See ereignete sich nichts Außergewöhnliches. Es verwunderte nur, daß der Kapitän trotz der guten Wetterlage eine gewisse Besorgnis nicht verbergen konnte. Jeden Tag, wenn die Sonne durch den Meridian ging, bestimmte er die Position des Schiffes. Auffallend war, daß er nach dieser Beschäftigung immer den 2. Offizier in seine Kabine kommen ließ, wo er mit ihm im Flüsterton verhandelte. Godfrey bemerkte hiervon zwar so gut wie nichts, die Matrosen aber wunderten sich. Sie staunten um so mehr, als sie beobachten konnten, daß die *Dream* in der Nacht mehrmals ihren ursprünglichen Kurs erheblich geändert hatte, den sie erst am Tage wieder einschlug. Bei einem Segelschiff wären derartige Abweichungen erklärlich gewesen, nicht aber bei einem Dampfer.

Am 12. Juni ereignete sich ein Zwischenfall.

Kapitän Turcotte, der 2. Offizier und Godfrey saßen gerade beim Frühstück. Da hörten sie ein lautes Geräusch an Deck. Fast gleichzeitig erschien der Obersteuermann in der Tür des Salons.

»Kapitän!«

»Was gibt's denn, kann man denn nicht in Ruhe frühstücken?«

»Hier ist ein Chinese gefunden worden!«
»Ein Chinese?«
»Ja, wir haben ihn unten im Laderaum gefunden!«
»Himmelsapperschietundmöwendreck, werft ihn ins Meer!«
»All right!« sagte der Obersteuermann und tippte an die Mütze.
Bei dem allgemeinen Haß, den die Kalifornier gewöhnlich gegen die Söhne des Himmels empfinden, hatte sich der Seemann überhaupt nicht über diesen Befehl des Kapitäns gewundert. Kapitän Turcotte und Godfrey hatten sich erhoben, sie traten aus dem Salon und begaben sich zum Vorderdeck. Wirklich, da wand sich in den starken Armen einiger Matrosen ein Chinese, den man einige kräftige Stöße spüren ließ.
Es war ein Mann von ungefähr 35 bis 40 Jahren, mit intelligentem runden Gesicht, das nur durch den langen Aufenthalt im Lagerraum etwas bleich geworden war. Kapitän Turcotte bedeutete den Matrosen, den Mann loszulassen.
»Wer bist du?«
»Ein Sohn der Sonne.«
»Und wie nennst du dich?«
»Seng Vou, das heißt, der, der nicht lebt.«
»Und was machst du hier an Bord?«
»Ich fahre über See, aber so, daß ich Ihnen nicht die geringste Beschwerde mache.«
»So. Und wohin soll die Reise gehen?«
»Nach China, wenn's möglich ist.«
»Und wenn ich nicht will und dich bitte, von hier aus nach China zu schwimmen?«
»Dann würde ich den Versuch machen, obwohl ich vielleicht unterwegs untergehen würde.«
»Dann wollen wir es mal ausprobieren!«
Jetzt mischte sich Godfrey in das Gespräch. »Kapitän, ein Chinese an Bord, das heißt ein Chinese weniger in San Franzisko.«
»Wo es ja wirklich zuviel gibt!«
»Meinetwegen. Wir werden ihn einfach beim Passieren der Küste von Shanghai über Bord werfen, dann ist das Problem gelöst.«
Godfrey sprach hier als echter Kalifornier. Denn in diesem Landstrich empfindet man die chinesische Bevölkerung aus irgendwelchen Gründen als Gefahr. Man spricht geradezu von einer »gelben Pest«, der man mit allerlei Gesetzen zu Leibe rücken will.
Zu jener Zeit zählte man in Kalifornien ungefähr 50000 Kinder des

Himmlischen Reiches. Sie alle waren fleißige Arbeiter, die besonders als Goldwäscher unermüdlich waren. Sie lebten von einigen Händen Reis, etwas Tee und einer Pfeife Opium – und die einheimischen Arbeiter waren hierüber nicht begeistert. Schließlich pferchte man die Chinesen wie die Neger und die Indianer in eigene Ghettos, in denen sie an ihren alten Sitten und Gebräuchen festhielten.

In San Franzisko findet sich dieses Ghetto in der Gegend der Sacramento Street, die von den merkwürdigen Fahnen und Laternen fast verstopft scheint. Hier trifft man die Chinesen zu Tausenden in ihren seidenen Gewändern, mit konischen Hüten und spitzen Schuhen. Hier leben sie, meist als Gewürzkrämer oder Wäscher, als Kellner oder Köche. Seng Vou gehörte jedoch einer der Theatertruppen an, die in San Franzisko chinesische Theaterstücke aufführen. Er war als 1. Komiker einer derartigen Truppe angestellt. Ein europäischer Besucher dieser Theater hatte ihn jedoch nicht von den Tragöden unterscheiden können, denn im chinesischen Theater sind die Komiker gleichermaßen ernsthaft wie die Helden. Der amerikanische Schriftsteller Bret Harte konnte also mit Recht sagen, er habe nie einen chinesischen Schauspieler lachen sehen. Allerdings sprach Hart nicht Chinesisch.

Seng Vou hatte als Komiker großen Erfolg, doch wenig Geld. Nach Schluß der Saison hatte er beschlossen, sein Vaterland nicht erst als Leiche wiederzusehen. Also hatte er sich heimlich auf die *Dream* geschlichen. Nun mußte man ihn schon dulden. Er fiel aber auch niemandem mehr auf, er machte sich geradezu unsichtbar. Den Matrosen ging er aus dem Weg, und er ernährte sich von seinen eigenen Vorräten. Übrigens war er so mager, daß sein Gewicht die Fahrt überhaupt nicht beeinflußte. Seng Vou kostete William W. Kolderup nicht einen Cent.

»Warum will er ausgerechnet nach Shanghai?« sagte der Kapitän eines Tages zu seinem 2. Offizier.

»Das ist wirklich ärgerlich!« antwortete der. Und niemand verstand den Sinn dieser Bemerkung.

7

An den folgenden Tagen, am 13., 14. und 15. Juni, fiel das Barometer langsam und stetig. Die Brise frischte kräftig auf und lief nach Südwesten um. Damit bekam die *Dream* Gegenwind und mußte nun gegen die groben Wellen ankämpfen, die sie von vorn trafen. Die Segel wurden gerefft und nur die Schraube arbeitete weiter, in mäßiger Geschwindigkeit, um die Maschine nicht zu beschädigen. Godfrey ließ sich durch die heftigen Schwankungen des Schiffes nicht stören, er behielt seine gute Laune. Tartelett hingegen seufzte nur noch »Luft, Luft«, und bei jedem Rollen des Schiffes wankte er von einem Bord zum anderen, bei jedem Schlingern wurde er vom Vorderdeck zum Hinterdeck geworfen, wobei er Bewegungen vollführte, die auch in der modernen Choreographie als ungewöhnlich bezeichnet worden wären.

»Wird dieses Sauwetter noch lange dauern?« fragte er mindestens 29mal am Tag den Kapitän.

»Auf dem Barometer geht's rund!« spuckte der Kapitän aus.

»Und das wagt sich Stiller Ozean zu nennen!«

Tartelett war nicht nur seekrank, er fürchtete sich auch vor den gewaltigen schäumenden Wellenbergen, die sich an der Bordwand der *Dream* brachen. Wie ein Korken wurde der Dampfer umhergetragen. »Dieses Schiff muß kentern!« rief er mit glanzlosen Augen seinem Schüler zu.

»Unsinn, dieses Schiff besitzt alle Vorbedingungen zum Schwimmen!«

»Nein. Es geht bestimmt unter!«

Mit diesen Worten hatte Tartelett seinen Rettungsgürtel umgeschnallt. Nicht für Geld noch Liebe hätte er sich von ihm getrennt, er trug ihn Tag und Nacht. Und wenn das Meer einen Augenblick Ruhe gab, dann pustete Tartelett den Gürtel schnell wieder ein bißchen auf. Das Wetter wurde tatsächlich immer schlechter. Bei den gewaltigen Niveauveränderungen des Wassers blieb es nicht aus, daß die Schraube einmal im Wasser und ein anderes Mal über dem Wasser arbeitete. In den Wellen traf die Schraube auf einen gewaltigen Widerstand, in der Luft sauste sie um ihre Achse mit einer Schnelligkeit, daß die Maschine auseinanderzufallen drohte. Inzwischen hatte Godfrey verwundert bemerkt, daß in den Nächten das Stampfen des Schiffes bedeutend milder erschien. Sollte der Wind sich in der Nacht beruhigen?

Die Sache wurde so auffallend, daß Godfrey sich in der Nacht vom 21. zum 22. Juni selbst überzeugen wollte. Der Tag war sehr schlecht gewesen, der Wind hatte zugenommen, und es sah nicht danach aus, als würde er sich bald legen. Godfrey stand also nach Mitternacht auf, zog sich warm an und stieg an Deck. Am Bug lugte

der wachhabende Matrose in die Finsternis voraus. Kapitän Turcotte war auf der Kommandobrücke.
Die Heftigkeit des Windes hatte sich offenbar nicht verändert, doch erschien der Stoß der Wellen, die der Vordersteven der *Dream* durchschneiden mußte, erheblich schwächer. Godfrey bemerkte, als er nach dem von schwarzen Rauchwolken umhüllten Schornstein sah, daß die Rauchsäule statt von vorn nach hinten sich im Gegenteil von hinten nach vorn wälzte, also die gleiche Richtung wie das Schiff einhielt. Sollte der Wind umgeschlagen haben? Erfreut über diese Wahrnehmung trat er auf die Kommandobrücke.
»Kapitän!« Der hatte, da er einen dicken Südwester trug, das Kommen Godfreys nicht gehört. Als er ihn schließlich bemerkte, war er nicht gerade begeistert. »Sie hier, was suchen Sie hier auf der Brücke?«
»Hat der Wind sich gedreht?«
»Nein, ich fürchte, er wird sich zu einem Sturm auswachsen!«
»Und doch haben wir jetzt den Wind von rückwärts!«
»Ja, das ist so ... also tatsächlich ... naja, um die Sicherheit des Schiffes nicht zu gefährden, habe ich mich gezwungen gesehen, vor dem Wind zu laufen. Wir haben gewendet.«
»Aber das verzögert unsere Reise, Kapitän!«
»Gewiß, sehr unangenehm. Aber ich verspreche Ihnen, wir werden bald wieder unseren alten Kurs einnehmen. Bitte, gehen Sie zurück in Ihre Kabine und schlafen Sie.«
Und das tat Godfrey auch.
Am folgenden Morgen hatte die *Dream*, obwohl der Wind nicht merklich abgeflaut war, den alten Kurs wieder eingeschlagen. Diese Fahrt nach Westen während des Tages und nach Osten in der Nacht dauerte noch 48 Stunden, dann begann das Barometer zu steigen. Ein Ende des schlechten Wetters war abzusehen. Am Morgen des 25. Juni gegen 8 h, als Godfrey an Deck kam, hatte eine leichte Brise aus Nordosten die Wolken weggefegt, die in der Takelage spielenden Sonnenstrahlen schmückten das Fahrzeug mit ihrem feurigen Glanz. Das tiefgrüne Meer spiegelte das Licht im weiten Umkreis. Der Wind wehte nur noch in leichten Böen, und die Wellen zeigten nur noch einen Kamm aus weißem Schaum. Die unteren Segel wurden wieder gehißt. Das Meer erhob sich jetzt wie in langsamen Atemzügen, die den Dampfer nur sanft bewegten.
Der 2. Offizier stand an der Reling und blickte mit einem Fernrohr in Richtung Nordosten. Godfrey trat zu ihm.

»Nun, heute haben wir besseres Wetter als gestern!«
»Ja, Herr Godfrey.«
»Und die *Dream* fährt wieder auf Kurs?«
»Noch nicht.«
»Immer noch nicht, warum denn?«
»Im Sturm ist sie nach Nordost verschlagen worden, und wir müssen unsere Position erst neu bestimmen. Heute endlich scheint die Sonne, und wir werden am Mittag eine verläßliche Rechnung machen können.«
»Und wo ist der Kapitän?«
»Er hat das Schiff verlassen!«
»Verlassen?«
»Ja, unsere Hundewache glaubte, im Osten vor uns Riffe zu sehen. Das Meer war dort weiß verfärbt. Auf den Karten sind diese Riffe allerdings nicht zu finden. Wir haben deshalb die Barkasse seeklar gemacht und Kapitän Turcotte ist mit einigen Mann losgefahren, um die Sache aufzuklären.«
»Schade, daß er mich nicht mitgenommen hat!«
»Man wollte Sie nicht wecken!«
»Kann man das Boot mit dem Fernrohr sehen?«
»Nein, sie sind zu weit entfernt. Aber der Kapitän muß mittags wieder hier sein, um das Besteck zu machen.«
Godfrey setzte sich auf den Bugspriet und wartete auf die Barkasse. Gegen 10 h war am Horizont ein leichter Rauch, dünn wie ein Federstrich, zu sehen.
Godfrey blickte durch das Fernglas und allmählich zeichnete sich die Rauchsäule, in die sich schon weiße Dampfwolken mischten, am klaren blauen Himmel deutlicher ab. Es war ein vortreffliches Boot, das unter voller Geschwindigkeit fuhr.
Um 11¼ h trat Kapitän Turcotte auf das Deck der *Dream*.
»Was gibt es Neues, Kapitän?«
»Alles Einbildung, wir haben nichts gefunden!«
»Soll die Barkasse wieder an Bord geholt werden?«
»Nein, vielleicht brauchen wir sie noch.«
Wenig später sah man Kapitän Turcotte mit dem Sextanten die Höhe der Sonne messen. Der neue Kurs wurde bestimmt, und dann zogen sich der Kapitän und sein Offizier zu einer langen Beratung in die Kabine zurück.
Es war ein herrlicher Tag. Godfrey war bester Laune. Gibt es etwas Schöneres als eine derartige Fahrt auf dem Meer? Godfrey ver-

suchte, Tartelett zum Ablegen des Rettungsgürtels zu bewegen – vergeblich.
Der Abend kam heran. Es bildeten sich dichte Nebelwolken, die nicht bis auf die Meeresoberfläche herabsanken. Die Nacht wurde dunkler, als man nach dieser schönen Witterung am Tage hatte voraussehen können.
Aber ein Zusammenstoß war in dieser einsamen Meeresgegend ja nicht zu fürchten. Die Positionslichter wurden angezündet, ein weißes Licht stieg zur Spitze des Fockmastes empor und die Positionslichter, ein grünes rechts und ein rotes links, leuchteten von ihren Gestellen unterhalb der Wanten. Man hatte also alle internationalen Bestimmungen der Seefahrt eingehalten. Godfrey und Tartelett hatten sich zeitig in ihre Kabinen begeben, und auch Kapitän Turcotte war unter Deck. Er hatte das Kommando dem 2. Offizier überlassen. Das Schiff konnte in vollkommener Sicherheit weiterdampfen. Godfrey schlief sofort ein. Tartelett verriet durch sein gleichmäßiges Stöhnen, daß er immer noch wach war.
Plötzlich – vielleicht gegen 1 h morgens – wurde Godfrey durch einen furchtbaren Lärm geweckt. Er sprang auf und in die Hosen, warf sich eine Jacke über und rutschte in die Stiefel. Gleichzeitig hörte er an Deck den Schreckensschrei: »Wir sinken, wir sinken!«
Godfrey stürmte aus seiner Kabine. Auf dem Gang stieß er gegen eine unförmige Masse. Das mußte wohl der Professor Tartelett sein.
»Wir sind gestrandet?« rief Godfrey.
»Ich weiß nicht«, schrie der Kapitän zurück, »auf jeden Fall sinken wir!«
»Wirklich??«
Die *Dream* ging langsam unter, sie mußten auf eine Klippe geraten sein. Schon erreichte das Wasser die Höhe des Decks. Das Feuer im Heizraum mußte längst verlöscht sein.
»Ins Meer, ins Meer, Godfrey!« brüllte der Kapitän, »Sie müssen springen, sonst reißt das Schiff Sie mit!«
»Tartelett?«
»Ich kümmere mich um ihn!«
»Und Sie selbst?«
»Meine Pflicht befiehlt, daß ich bis zum letzten Augenblick an Bord bleibe. Sie müssen fliehen!«
Kapitän Turcotte packte Godfrey am Schlafittchen und war so

freundlich, ihn kurzerhand über Bord zu werfen. Er wußte, daß Godfrey wie ein Fisch schwimmen konnte.
Es war höchste Zeit! Wäre der Nebel nicht gewesen, hätte Godfrey sicherlich jetzt an Stelle der *Dream* einen nassen Abgrund sehen können. Godfrey konnte sich mit einigen Stößen dem Wirbel, der ihn mitzureißen drohte, entziehen. Das war alles das Werk kaum einer Minute. Kein Zweifel, die *Dream* war futsch.
Glücklicherweise erreichte Godfrey bald einen vor der Brandung geschützten Felsblock. Dort saß er nun und rief in die Finsternis hinaus. Aber niemand antwortete. Frierend erwartete Godfrey den Tag.

8

Drei lange Stunden mußte Godfrey warten, bis die Sonne aufging. Für den Anfang der Reise erschien Godfrey diese Prüfung etwas hart. Aber was konnte er tun? Vorläufig war er glücklicherweise in Sicherheit. Das Wasser konnte ihn wohl kaum auf seinem Felsen erreichen.
Wo befand sich dieser Felsblock? Überragte er eine niedrige Rifflinie, die sich seitwärts von ihm ausstreckte? Welche Küste war es, die Kapitän Turcotte bemerkt haben wollte? Welchem Land gehörte sie an? Zweifellos war die *Dream* in den letzten Tagen weit von ihrem Kurs abgekommen. Während dieser stürmischen Tage war eine genaue Ortsbestimmung ganz unmöglich gewesen. Hätte doch Kapitän Turcotte sich bloß etwas gründlicher informiert!
Die wichtigste Frage für Godfrey war die, ob der Felsen, auf dem er Zuflucht gefunden hatte, mit einem Festland in Verbindung stand. Nach Tagesanbruch mußte er sofort den Felsen, der nur einige Quadratmeter Fläche hatte, verlassen, um das Land zu erreichen. Wenn es aber nun überhaupt kein Land in der Nähe gab? Wenn Kapitän Turcotte sich geirrt haben sollte? Wenn sich ringsum nur das grenzenlose Meer ausbreitete und in Sichtweite Himmel und Wasser zu einem kreisrunden Horizont verschmolzen?
Mit der ganzen Kraft seiner Augen bemühte sich Godfrey, trotz der dunklen Nacht zu erkennen, ob irgendeine größere Landmasse, die Anhäufung von Felsen oder ein steiler Uferabhang die Nähe eines Landes östlich der Riffe verriet.
Er sah nichts. Kein Waldesduft war zu spüren, kein Lichtschein zu sehen. Kein Vogel flatterte durch die Nacht. Es schien, als ob

ringsum nur eine öde Wasserwüste läge. Es blieb ihm nichts anderes übrig, als zu warten. Sollte niemand den Schiffbruch überlebt haben? Sollte keiner der Leute der *Dream* an Land getragen worden sein? Der unglückliche Tartelett, der arme Chinese? Wo waren sie geblieben? Der eine war sicherlich unter Deck, der andere im Dunkel des Kielraums von der Wasserflut überrascht worden. Vielleicht hatte die Barkasse, die der Dampfer hinter sich herschleppte, wenigstens einige Schiffbrüchige aufgenommen? Oder die *Dream* hatte auch sie mit in die Tiefe gerissen. Wenn Godfrey schon nichts sehen konnte, versuchte er doch wenigstens, etwas zu hören.
Er schickte sein lautes Hallo in das Schweigen. Sein langgedehnter Schrei mußte weit ringsum zu hören sein.
Keine Antwort.
Er rief in alle Himmelsrichtungen.
Ringsum Totenstille. Nicht einmal ein Echo war vernehmbar. Also befand sich wohl auch keine Uferwand, kein größerer Felsen in seiner Nähe. Drei bange Stunden schlichen dahin. Godfrey wanderte auf seinem engen Platz hin und her, um der Nachtkälte zu begegnen. Endlich färbten einige bleiche Strahlen die Wolken im Zenith, es war der Reflex des ersten Lichtscheins am Horizont.
In der unbestimmten Dämmerung war jedoch noch nichts zu erkennen. Aus dem Meer stieg ein leichter Nebel, der ihn sogar hinderte, die Ausdehnung der Klippenreihe zu überblicken. Godfrey machte sich keine Illusionen. Sollte er wirklich auf einen isolierten Felsen geworfen worden sein, dann bedeutete das seinen sicheren Tod. In kürzester Zeit würden ihn Durst und Hunger erledigen.
Endlich lichtete sich der Nebel langsam. Einzelne Felsen, die einen Klippengürtel bildeten, tauchten wie Seeungeheuer auf. Es war eine lange, unregelmäßige Reihe schwärzlicher Steine, in allen Größen und Formen, die genau von Westen nach Osten verlief. Der große Block, auf dem Godfrey hockte, lag am westlichen Rand dieser Bank, vielleicht 50 m von der Stelle entfernt, wo die *Dream* versunken war. Das Meer mußte hier sehr tief sein, denn von dem Dampfer waren nicht einmal die Mastspitzen zu sehen.
Nach dieser Seite hin war also nichts zu machen. In der anderen Richtung war bis jetzt von einer Küste nichts zu sehen. Der Nebel zerteilte sich jedoch und allmählich konnte Godfrey ungefähr 600 m weit blicken. Schon erschienen einige Sandflächen zwischen den Felsen. Endlich wurde eine lange Linie niedriger Dünen zwischen den Felsen sichtbar.

»Land! Land!«
Ja, die Klippen bildeten nur eine vorspringende Spitze, wie sonst die Landspitze einer Bucht, die sich vielleicht 2 km vor ihm ausdehnte.
Bevor Godfrey seine Klippe verließ, sah er sich noch einmal um, suchte das Meer ab. Aber nichts war von der *Dream* übriggeblieben. Auch die Barkasse war nirgends zu sehen. Sollten die anderen auf der Insel eine Zuflucht gefunden haben? Niemand war zu sehen, es rührte sich nichts, soweit das Auge reichte. Godfrey ließ jedoch den Mut nicht sinken. Vor allem wollte er erst einmal festen Boden unter den Füßen spüren. Er kletterte also von seinem Felsblock und sprang auf die nächsten Steine, oder, wenn die Entfernung zu groß war, schwamm und watete er durch das Wasser. Endlich knirschte der Sand unter den Füßen!
Was erwartete ihn? Hunger? Durst? Sollte er vor Kälte sterben? Er hatte keine Kleidung, keine Waffe. Das war keine verlockende Aussicht. Er hatte Robinson beneidet und nun war er selbst einer. Jetzt erinnerte er sich mit Wehmut an den schönen Palast seines Onkels, er dachte an Phina und alle Bequemlichkeiten San Franziskos.
Wenn er nur nicht allein gewesen wäre! Kein menschliches Wesen war zu erblicken. Offenbar war dieser Teil des Landes unbewohnt. Keine Hütte war zu sehen und nirgends stieg eine Rauchsäule empor.
»Vorwärts also!« sagte Godfrey zu sich selbst.
Godfrey wanderte längs des Vorlandes nach Norden. Überall ungestörte Ruhe. Im Sand fanden sich keine Fußspuren. Einige Seevögel, Möwen und Taucherenten flatterten auf. Schon wollte Godfrey auf eine der mit Binsen und magerem Gesträuch bewachsenen Dünen steigen, als er innehielt.
Ein riesiger, stark aufgeblasener Gegenstand, wie der Kadaver eines von den letzten Stürmen an Land geworfenen Seeungeheuers, lag da 30 m vor ihm am Rand der Klippenreihe. Godfrey rannte darauf zu. War da eine menschliche Gestalt zu erkennen? Einige Schritte weiter und er blieb wie angewurzelt stehen: »Tartelett!« Es war der berühmte Tanz- und Anstandslehrer.
Godfrey stürzte auf ihn zu. Nun sah er, daß es nur der Rettungsgürtel war, der Tartelett das Aussehen eines Meerungeheuers verlieh. Zwar lag Tartelett regungslos, aber vielleicht war er noch nicht tot. Godfrey kniete neben Tartelett nieder, schnallte den Gür-

Von Klippe zu Klippe sprang der schiffbrüchige Millionenerbe zu unbekannten Gestaden.

tel ab und begann Tartelett zu massieren. Ein Atemzug! Jetzt spürte Godfrey auch den Herzschlag.
»Tartelett!«
Der Anstandslehrer ließ ein lautes Grunzen hören. Dann öffnete er die Augen, fuhr sich mit der Hand über die Stirn und tastete nach seiner kleinen Geige.
»Tartelett!«
»Der bin ich, Godfrey!« Er richtete sich auf, lächelte, faßte den Boden, stand auf – endlich hatte er wieder Land unter den Füßen. Vor Begeisterung griff er nach der Geige, verbeugte sich und schwenkte den Bogen, obwohl noch Wasser aus dem Geigenkörper lief.
»Auf die Plätze, eins zwei, mein Fräulein, bitte!« rief er.
Der gute Mann dachte an seine Schülerin Phina.

9

Lehrer und Schüler fielen sich in die Arme.
»Sind wir endlich in einem Hafen angekommen!« rief Tartelett, und Godfrey wollte sich hierüber nicht äußern.
»Legen Sie doch Ihren Rettungsapparat ab. Sie ersticken ja unter dieser Last.«
»Das soll ich wirklich tun?«
»Keine Angst. Nehmen Sie Ihre Geige, wir wollen auf Entdeckungsreise gehen.«
»Sehr gern, aber vielleicht können wir unterwegs im ersten Restaurant Halt machen. Ich sterbe vor Hunger und ein Dutzend Sandwiches, vielleicht mit einem Gläschen Portwein (das ich mir auf diesen Schreck vielleicht leisten kann), würde uns sicher gut tun.«
»Ja, wir halten an der ersten Imbißstube – vielleicht aber auch an der letzten, falls uns die erste nicht gefällt.«
»Dann sollten wir den ersten, der uns begegnet, nach dem nächsten Postamt fragen. Wir müssen sofort ein Telegramm mit Rückantwort an Mr. Kolderup schicken. Er muß uns sofort etwas Geld überweisen, denn ich habe nicht einen Cent bei mir.«
»O. K., beim ersten Postamt –, falls es in diesem Land eine Post geben sollte.«
Man brach auf. Godfrey wollte jetzt vor allem erfahren, ob er und Tartelett die einzigen Überlebenden der *Dream* waren. Sie stiegen, nach einer Viertelstunde Weg den Strand entlang, auf eine hohe Düne, von der sie den Strand und auch das Land im Osten leicht

übersehen konnten. In der Entfernung von vielleicht 2,5 km bildete eine zweite Hügelreihe eine Wand, über die sie nicht hinaussehen konnten. Nach Norden schien das Land in einer Spitze auszulaufen, nach Süden schnitt das Meer tief in das Land ein, und nach dieser Seite schien sich das Meer auf unbegrenzte Fernen hin auszudehnen. Möglicherweise war dieses Land eine Halbinsel oder eine Landenge, und das Festland war wohl in Richtung Nordosten zu suchen. Übrigens zeigte sich die Umgegend keineswegs als unfruchtbar. Üppiger Rasen bedeckte den Boden, glitzernde Bäche blinkten und dichte Wälder rauschten. Häuser waren allerdings nicht zu sehen, keine Stadt, nicht einmal ein Dorf. Auch keine vereinzelten Höfe. Schließlich waren auch keine Zelte, Hütten, Wigwams zu sehen. Vielleicht fanden sich menschliche Wesen unter der Erde, wenn auf ihr keine zu entdecken waren? Keine Straße, kein Weg deutete auf Einwohner hin.

»Eine Stadt sehe ich nicht!« sagte Tartelett, der sich auf die Fußspitzen gestellt hatte.

»Vielleicht ist gerade dieser Teil des Landes unbewohnt!«

»Wo sind wir überhaupt?«

»Ich weiß es nicht.«

»Was soll bloß aus uns werden, lieber Godfrey?«

»Vielleicht werden wir zu Robinsons?«

Tartelett erbleichte. Robinsons? Nachfolger des Helden aus Daniel Defoes Buch? Verlassen und getrennt von allen Verwandten, verurteilt, das Leben unter Raubtieren und Wilden zu verbringen, ohne Werkzeuge, ohne Waffen, ohne Kleidung – sollte das ihre Zukunft sein?

»Beruhigen Sie sich, wir werden uns erst einmal eine Unterkunft suchen.« Ja, man mußte zunächst eine Grotte, eine Höhle finden, um darin die Nacht zu verbringen. Vielleicht fanden sie am Strand auch einige Muscheln, um den Hunger zu stillen.

Sie stiegen also die Düne wieder hinunter.

»Vielleicht gibts hier wenigstens Tiere?« Godfrey meinte hiermit natürlich nur Federvieh und Haustiere, nicht wilde Bestien. Jedenfalls war das Ufer von einigen Vogelschwärmen, Rohrdommeln, Baumgänsen, Strandläufern belebt. Sie schienen mit ihrem lauten Geschrei und aufgeregten Flügelschlag gegen die Besitznahme des Landes zu protestieren. Sicherlich würden sie hier Nester und Eier darin sammeln können, die zur ersten Nahrung dienen konnten. Aber wie sollte man die Eier kochen? Eine wichtige Frage, die sie vorerst nicht beantworten konnten.

Godfrey und Tartelett überstiegen einen Sandhügel. Da erlebten sie eine freudige Überraschung.
Unter dem einheimischen Geflügel, das sich unter dem Gebüsch Beute suchte, bemerkten sie plötzlich ein Dutzend Hühner und einen oder zwei Hähne. Und als sie näher kamen, ertönte sogar ein gellendes Kikiriki. Und dort, zwischen den Dünen, wühlten da nicht Schweine, grasten da nicht Lämmer und Ziegen?
Der Proviant der *Dream* lief hier durcheinander. Godfrey dachte sofort daran, die Tiere zusammenzutreiben und in ein Gehege zu sperren. Morgen wollte er mit dieser Arbeit beginnen, und vielleicht konnte er eine Geflügelzucht einrichten.
Heute wollte er aber erst einmal Muscheln suchen. Einige Muscheln können ja roh gegessen werden. Leider war allerdings gerade nicht Saison.
»Und woher bekommen wir Feuer?«
Die Taschen des Professors enthielten nur einige Reservesaiten für seine Geige, einige Stücke Kolophonium. Ließ sich damit Feuer machen? Godfrey besaß nicht viel mehr, doch fand er befriedigt ein Messer mit mehreren Klingen, mit Korkenzieher und Schusterahle. Unter diesen Verhältnissen war das natürlich ein wertvolles Werkzeug. Außer diesem besaßen sie nur ihre Hände, wobei die des Tanzlehrers nur geübt waren, graziöse Bewegungen auszuführen. Tartelett wollte sie aber doch benutzen, um durch schnelle Reibung zweier Holzstücke gegeneinander Feuer zu entfachen.
Während Godfrey Vogelnester plünderte, sammelte der Professor verschiedene Holzstücke, die er an einen windgeschützten Ort trug. Er wählte besonders trockene Stücke, die er so lange aneinanderreiben wollte, bis sie sich durch die Wärme entzündeten. Was die polynesischen Wilden konnten, das mußte doch wohl auch ein Tanzlehrer aus Frisco zustandebringen. Er rieb und rieb und rieb. Und mit Wut! Offensichtlich war nun aber das Holz ungeeignet, denn warm wurde nur dem Professor. Als Godfrey von der Eierernte zurückkehrte, fand er Tartelett in Schweiß gebadet.
»Wahrscheinlich beruhen diese Erfindungen der Wilden nur auf Schwindel!«
»Und was wird nun mit den Eiern?«
»Es gäbe noch ein anderes Mittel. Wenn ich diese Eier an einem Bindfaden befestige, sie schnell in der Luft herumschleudere und sie dann plötzlich anhalte, dann müßte sich die Bewegung in Wärme umsetzen und die Eier...«

Während Godfrey Vogelnester plünderte, sammelte der Tanzlehrer Kleinholz für ein knisterndes Feuerchen.

»... wären gebraten! Genial!«
»Aber wie halten wir die Eier plötzlich an? Nein, wir müssen es einfach so machen!« Godfrey hatte ein Baumgänseei ergriffen, ein Loch hineingeschlagen und es kurzerhand ausgeschlürft.
Wohl oder übel, Tartelett mußte das gleiche tun.
Nun wollten sie eine Höhle suchen. Aber in den Felsen öffnete sich kein einziger Spalt, sie mußten ihre Suche nach dem Wald hin ausdehnen. Sie wanderten also über die Dünen. Wunderbarerweise folgten ihnen freiwillig alle überlebenden Tiere der *Dream*. Ein gewisser Instinkt mußte die Schweine, Hühner, Ziegen und Schafe treiben, die Männer nicht aus den Augen zu verlieren. Sie fühlten sich sicherlich zu einsam an diesem Strand.
¾ Stunden später erreichte die Truppe den Waldrand. Keine Spur von Wohnstätten irgendwelcher Menschen! Alles öde. Vielleicht hatte noch nie ein Mensch diese Stätte betreten! Aber schöne Bäume gab es, die in Gruppen zusammenstanden. Godfrey suchte vergeblich nach einem alten ausgehöhlten Baum, der ihnen einen Unterschlupf hätte bieten können.
Dann spürten sie wieder beißenden Hunger, und sie versuchten die Muscheln, die sie am Strand gefunden hatten. Schließlich waren sie so müde, daß sie einfach am Fuß eines Baumes einschliefen und ohne Träume die Nacht verbrachten.

10

Sie schliefen so ruhig wie in einem Appartement des teuersten Hotels von San Franzisko.
Am Morgen – es war der 27. Juni – wurden sie vom Krähen des Hahnes geweckt.
»Wird unser Frühstück dem gestrigen Abendbrot gleichen?« stöhnte Tartelett, der sich die Augen rieb.
»Ich fürchte es. Aber heute abend werden wir bestimmt besser essen.«
Ach, wo blieben Tee und Sandwiche? Ham und eggs? Tomatensaft und Yoghurt? Sollten sie nie wieder ein ordentliches Frühstück bekommen?
Wohl oder übel mußten sie ein halbes Dutzend rohe Eier und einige Muscheln essen.
Godfrey beschloß, heute seine Erkundung der Insel fortzusetzen. Er hoffte, einige Aufklärung über die Natur des Landes zu erhalten,

wenn er die zweite Hügelreihe, die den Wald in pittoresken Linien überragte, erkletterte. Er bestimmte Tartelett zum Wächter über die Schweine, Hühner und Hähne, Ziegen und Schafe.
»Godfrey, verirren Sie sich bitte nicht, und wenn Sie ein Postamt finden, vergessen Sie nicht das Telegramm an Ihren Onkel.«
»Richtig, das Telegramm, ich werde es nicht vergessen.«
Godfrey verschwand unter den Bäumen, deren dichtes Blätterdach kaum einen Lichtstrahl durchließ. Einen Weg gab es hier nicht. Zwei- oder dreimal huschte Wild vorbei, vielleicht ein Hirsch oder ein Elch. Zahllose Vögel hatten hier ihre Nester: wilde Tauben, Seeadler, Auerhähne und Predigervögel mit Schnäbeln groß wie Hummerscheren. Und hoch oben schwebten zwei oder drei Lämmergeier.
Godfrey wanderte immer geradeaus, es erschien nicht nötig, besondere Vorsichtsmaßnahmen zu treffen. Er wollte nur schnell den Gipfel des Hügels erreichen. Auf welchem Erdteil waren sie gelandet? Godfrey tippte auf die chinesische oder japanische Küste. Nach zwei Stunden Weg wichen die Bäume mehr auseinander, der Boden stieg allmählich an. Godfrey, obwohl schon ziemlich müde, hörte nicht auf, zu marschieren. Bald konnte er das grüne Blätterdach der Baumkronen überblicken. Godfrey sah sich jedoch nicht nach rückwärts um, er stürmte weiter voran, auf einen kleinen abgeflachten Kegel zu, von dem er das ganze umliegende Land würde überblicken können. Keuchend hastete er weiter. Was würde er sehen? Eine Wüste? Eine Stadt, ein Dorf? Godfrey kletterte auf allen vieren die letzte steile Wand empor. Atemlos lag er oben und suchte mit den Augen den Horizont ab. Im Osten: Meer. Er drehte sich um: überall Meer, im Süden, Westen, Norden. Eine Insel!
Einen Augenblick fühlte Godfrey einen Stich in der Brust. Doch dann faßte er sich schnell wieder und er beschloß, zunächst einmal die Gliederung dieser Insel, die er nun ganz überschauen konnte, zu erkunden. Der mittlere Teil war ganz von Wald bedeckt, alles übrige erschien als Wiese mit Baumgruppen, als felsiges Vorland, dessen Ausläufer bis ins Meer reichten. Einige Buchten hätten gut als Hafen für Fischerboote dienen können und die Bai, in der die *Dream* gescheitert war, sah auch nach einer brauchbaren Reede aus.
Welche Insel konnte das sein? Gehörte sie einer Inselgruppe an? Auf Sicht zeigte sich keine andere Insel. Godfrey überflog alle seine geographischen Kenntnisse, um herauszufinden, auf welcher

Insel er sich befand. Nach seiner Rechnung hatte die *Dream* auf siebzehntägiger Fahrt fast genau eine südwestliche Richtung eingehalten. Bei einer Geschwindigkeit von 150 bis 180 Meilen in 24 h mußte man ungefähr 50° überschritten haben. Andererseits hatten sie den Äquator nicht überquert. Es konnte sich also nur um eine Insel des Archipels der Sandwichinseln handeln. Aber diese Erkenntnis nützte nicht viel.

»Ich werde diese Insel Phina taufen, zur Erinnerung an meine einsame Verlobte!«

Von seinem Beobachtungsposten aus konnte Godfrey keine Spuren von Menschen entdecken. Keine Eingeborenen, weder Wohnstätten, keine Hütten am Strand, noch Häuser am Waldrand. Auf dem Meer war nicht das kleinste Fahrzeug sichtbar.

Godfrey blieb nichts weiter übrig, als hinunter zu klettern und Tartelett zu suchen. Ehe er jedoch seinen Platz verließ, fiel ihm eine hochstämmige Waldpartie in die Augen, die sich an der Grenze der nördlich gelegenen Wiesen ausdehnte. Vielleicht konnte man sich dort häuslich einrichten? Plötzlich sah Godfrey weiter südlich einen leichten Rauch aufsteigen, oder war es eine Sinnestäuschung? Sollten sich doch einige Matrosen der *Dream* gerettet haben? Aber war es überhaupt eine Rauchsäule, die der Wind sanft nach Westen trieb? Jetzt war davon schon wieder nichts zu sehen. Wieder war Godfrey um eine Hoffnung ärmer. Er glitt den Abhang hinunter, eilte über die ersten Stufen des Hügels und verschwand bald wieder unter den Bäumen. Nach einer Stunde hatte er den jenseitigen Waldrand erreicht. Hier wartete schon Tartelett inmitten der Herde. Und womit beschäftigte er sich? Er mühte sich noch immer, Feuer aus zwei Holzstückchen zu reiben.

»Wie war es mit dem Postbüro?« fragte er, als er Godfrey kommen sah.

»Es war geschlossen! Doch wir wollen etwas essen, ich habe Hunger.«

Und wieder mußten sie sich mit rohen Eiern und Muscheln begnügen.

»Eine sehr gesunde Kost!« sagte Godfrey, während Tartelett, nicht sehr überzeugt, an seinen Muscheln nippte.

»Und wo befinden wir uns nun?«

»Auf einer Insel!«

»Auf einer Insel? Rings von Meer umschlungen?«

»Auf der Insel Phina, ich habe ihr diesen Namen gegeben.«

»Das verstehe, wer will, Miß Phina ist doch ringsum von Land umgeben.«
Tartelett versank in eine lange Grübelei, und bis zum Einbruch der Nacht sprachen sie nur noch wenig.

11

Am folgenden Tag, am 28. Juni, waren sie auf den Beinen, bevor noch der Hahn krähte. »Vorwärts!« drängte Godfrey. Er wollte zum Norden der Insel vordringen. Dazu wollte er am Strand entlang wandern. Vielleicht fanden sich noch Wrackteile oder unbestattete Kameraden. Die Hoffnung, noch Lebende zu finden, hatte Godfrey schon aufgegeben. Godfrey und sein Begleiter überschritten also die erste Dünenreihe. Am Strand erneuerten sie ihren Vorrat an Eiern und Muscheln, dann folgten sie der Tanglinie, die die letzte Flut zurückgelassen hatte. Sorgfältig suchten sie den Strand ab. Sie fanden nichts.
Hatte das unglückliche Geschick aus den beiden neue Robinsons gemacht, so muß doch konstatiert werden, daß sie es weit schlechter als ihr Vorgänger getroffen hatten. Der besaß wenigstens noch Reste von seinem gescheiterten Schiff, er fand noch eine Menge Gegenstände, die sein Leben erleichtern konnten. Hier war nichts davon vorhanden. In tiefer Nacht war das Schiff in das unergründliche Meer versunken, nicht ein Nagel blieb von ihm übrig. Nicht einmal ein Streichholz wurde gerettet, und gerade das brauchten sie jetzt dringend.
Viele Leute, die jetzt an einem Kamin sitzen, in dem ein Haufen Kohle glüht oder Holzscheite flammen, werden nun behaupten »Achduliebergott, nichts ist einfacher, als ein bißchen Feuer zu machen. Da gibt es doch tausend Mittel! Zwei Kieselsteine, dürres Moos, ein wenig verkohlte Leinwand.« Aber woher sollte man die nehmen? »Dann eine Messerklinge, die als Stahl zum Anschlagen dient...« Gut, gut, aber die Ratgeber mögen das auf der Stelle einmal ausprobieren.
Unter diesen Gedanken wanderten die beiden vorwärts, gefolgt übrigens von der treuen Herde.
Plötzlich wurde ihr Blick auf eine Menge bunter Äpfel gelenkt, die zu hunderten am Strand verstreut lagen. Godfrey erkannte sie sofort als Manzanillas, Früchte, die von den Indianern Kaliforniens als Nahrung verwendet werden.

»Endlich etwas Abwechslung in unserem Speisezettel!«
»Das kann man essen?«
»Sie werden es gleich sehen!«
Godfrey biß in einen der Äpfel, die freilich ziemlich hart und sauer waren. Aber immerhin, in der Not frißt der Teufel auch Manzanillas.
»Vielleicht können wir nun Apfelsaft herstellen.«
Sie setzten ihren Weg fort. Bald ging das Ende der sandigen Düne in grünes Wiesenland über, das ein plätschernder Bach durchzog. Ein Stück weiter und sie kamen bei den hohen Bäumen an. Diese Riesenbäume gehören zu der Gruppe der Mammuts aus der Familie der Fichten. Ein Engländer würde sie Wellingtonias nennen, während die Amerikaner sie als Washingtonias bezeichnen. Der Unterschied liegt klar vor Augen.
Ob man diese Bäume nun aber nach dem Sieger von Waterloo oder nach dem Gründer der USA nennt, auf jeden Fall bleiben diese Bäume die allergrößten der Flora von Kalifornien und Nevada. In einzelnen Teilen der USA gibt es ganze Wälder dieser Bäume, deren Spitzen nicht selten die Höhe des Straßburger Münsters erreichen. Auf der Basis eines abgesägten Baumes ist einmal ein Kiosk errichtet worden, in dem zwanzig Personen bequem Tango tanzen können. Der höchste dieser Bäume, der 4000 Jahre alt ist, erreicht die Höhe der Peterskirche in Rom, er ist höher als die Pyramide von Gizeh, höher als der eiserne Glockenturm, der jetzt auf einem der beiden Türme der Kathedrale von Rouen errichtet worden ist und gegenwärtig als das höchste Bauwerk der Welt gilt. Hier fand sich also eine Gruppe von vielleicht 20 dieser Bäume, von denen einige, die vom Alter hohl geworden waren, an ihrem Fuß eine Öffnung zeigten, durch die bequem ein Reiter mit seinem Pferd hindurchgepaßt hätte.
»Dieser Anblick hat allein die Reise hierher gelohnt!« sagte Godfrey. In der Tat, man konnte sich größere Bäume nicht vorstellen.
Eine dieser Sequoien interessierte Godfrey besonders. Durch eine Öffnung am Fuß konnte man leicht in ihr Inneres gelangen. Der Kern des Riesen war verschwunden und der Splint als zarter, weißer Staub verstreut. Doch konnte dieser Baum, nur auf seine Rinde gestützt, bestimmt noch einige Jahrhunderte leben.
»Das wäre doch eine wunderbare Wohnung für uns! Sehen Sie sich das an, Tartelett!«
Die Höhe dieser Baumhöhle ließ sich wegen der Dunkelheit nicht

»Dieser Anblick allein hat die Reise hierher gelohnt!« sagte Godfrey. In der Tat, man konnte sich größere Bäume nicht vorstellen.

abschätzen. Kein Lichtstrahl drang von außen hier herein. Wind und Regen fanden hier keinen Einlaß. Etwas Besseres ließ sich also bestimmt nicht finden.
»Und wo ist der Schornstein?«
»Vorerst brauchen wir keinen, denn wir haben kein Feuer!«
Godfrey untersuchte jetzt die nähere Umgebung. Die Wiese erstreckte sich bis unter die Mammuts. Der durch den grünen Teppich sich dahinschlängelnde Bach verbreitete eine angenehme Frische. Verschiedene Sträucher, Mastix, Myrthen und Manzanillas in großer Zahl, wuchsen am jenseitigen Ufer. Nicht weit entfernt wuchsen auf dem ansteigenden Boden noch weitere Bäume, Eichen, Sykomoren und Zirbelbäume, die jedoch gegen die Riesenbäume, deren Schatten sich bei Sonnenuntergang bis an das Meeresufer verlängerte, nur wie Unterholz wirkten.
Auch die Haustiere schienen mit dieser Gegend zufrieden zu sein. Die Schweine und Ziegen und Lämmer hatten sofort begonnen, an den Wurzeln zu nagen und die Wiese abzugrasen. Die Hühner pickten munter nach Würmern – auch hiervon gab es offensichtlich genug.
Die Sonne näherte sich jetzt dem westlichen Horizont. Die beiden legten sich in den Staub des Riesenbaumes und knabberten an den wilden Äpfeln. Godfrey taufte ihren Baum noch nach dem Namen Onkel Wills, dann versanken sie in ihrem staubigen Bett in tiefen Schlaf.

12

Es läßt sich nicht verschweigen. Godfrey war unter den ungewohnten Verhältnissen ein neuer Mensch geworden. Bisher hatte ihn, wenn er seine 10 Stunden im Palast seines Onkels in der Montgomery Street schlief, nicht die Spur einer Sorge um den nächsten Tag bekümmert, ihn hatte kein abgefallenes Rosenblatt im Schlaf belästigt.
Jetzt war das anders geworden. Auf dieser unbekannten Insel, wo er seine Lebensbedürfnisse aus eigener Kraft decken mußte, unter Bedingungen zudem, die auch einem alten Inselpraktiker problematisch erschienen wären, war er fern von aller Welt. Gewiß würde man nach der *Dream* suchen, aber waren sie nicht verloren wie eine Nadel in einem Heuhaufen? Das ungezählte Vermögen des Onkels William W. Kolderup war nicht in jedem Fall allmächtig.

Godfrey wachte mehrmals in der Nacht auf. Sein Gehirn arbeitete unaufhörlich. Angesichts der Schwierigkeiten, die sich ihnen boten, erwachten in ihm Verstandeskräfte, von denen er keine Ahnung gehabt hatte. Godfrey war fest entschlossen, sich und seinen Begleiter aus der Notlage zu befreien.
Mit dem ersten Morgenrot war er schon auf den Beinen. Die Notwendigkeit, Feuer und Nahrung zu beschaffen, war vorerst das dringlichste. Tartelett schlief noch. Man sah ihn zwar nicht im Dunkel des Baumes, aber man hörte ihn. Er konnte Godfrey keine große Hilfe sein, ja, eigentlich machte er doch mehr Mühe, aber trotz allem, er war ein menschlicher Gefährte. Und somit war er mehr wert als etwa ein intelligenter Hund, obwohl der vielleicht manchmal nützlicher gewesen wäre.
An diesem Morgen untersuchte Godfrey die Umgebung der Mammutbäume, in der Hoffnung, eßbare Früchte und Wurzeln zu finden. Noch lagerte ein feiner Dunst über Strand und Meer, doch fing der Nebel an, sich unter dem Einfluß der Sonnenstrahlen zu lichten; ein schöner Tag kündigte sich an.
Nachdem Godfrey sich einen kräftigen Stock gesucht hatte, wanderte er gut 2 km am Ufer entlang. Er suchte dort einige vorzügliche Austern zusammen, die er sogleich ausschlürfte. Nun ging es nach Südosten weiter, am Bachufer entlang. Dieser Weg führte ihn durch die Wiesen zu einer Baumgruppe, die er näher untersuchen wollte. Ganze Völker von Wasservögeln erhoben sich schreiend. Für sie war der Mensch eine ganz neue Erscheinung. Im Bach tummelten sich zahlreiche Fische, die man leicht hätte fangen können. Doch Godfrey wußte nicht, wie er sie zubereiten sollte.
Unter einer Reihe von Büschen entdeckte Godfrey zwei Arten von Wurzeln, die von den Indianern Nordamerikas sehr häufig genossen werden. Allerdings mußten beide Wurzeln gekocht werden. Es handelt sich um eine an Glutamat reiche Knolle, aus der eine Art Mehl hergestellt wird, und um eine längliche Wurzel, die man zur Not auch roh essen konnte. Godfrey, der Tarteletts Frühstück nicht vergessen hatte, sammelte gleich ein ganzes Bündel dieser Pflanzen ein und warf es über die Schulter.
Tartelett fiel auch gleich über diese Nahrung her, so daß Godfrey ihn zum Maßhalten ermahnen mußte.
»Ach was, wir haben von diesen Knollen mehr als genug.«
»Wir müssen Mehl und Brot daraus herstellen!«
»Aber wie können wir das ohne Feuer?«

»Wir werden es schon irgendwie bekommen!«

»Ach, welch ein Schicksalsschlag. In der Montgomery Street brauchte ich nur drei Schritte zu gehen, um einen Herrn mit einer Zigarre im Mund zu treffen, der mir mit Vergnügen Feuer geben würde. Warum hat die Natur es nicht so geschaffen, daß die Schweine gleich gebraten sind? Warum können wir nicht von der Luft leben?«

»Das kommt vielleicht auch noch.«

»Meinen Sie wirklich? Das wäre doch wunderbar, wenn es nahrhafte Luft gäbe!«

»Die Gelehrten werden sich sicherlich mit diesem Problem beschäftigen. Es müßte der Chemie gelingen, die notwendigen Nahrungsmittel in einer für die Respiration geeigneten Gasform herzustellen. Man wird dann sein Diner einatmen, statt es zu kauen.«

»Das wäre herrlich, ich würde jetzt sofort ein Dutzend Sandwiches und ein Pfund Corned Beef einatmen.«

»Und dem Fremdenverkehr würde eine derartige Erfindung ganz neue Möglichkeiten eröffnen: in Texas würde man Maiskolben einatmen, in Irland Angus Steaks und in Frankreich Froschschenkel und dazu vielleicht einen Hauch Chablis oder Meursault.«

Unwillkürlich öffnete Tartelett den Mund und atmete tief ein.

»Genug geträumt, wir müssen unsere Wohnung einrichten!«

Tartelett fiel der Mund gleich wieder zu.

Zuerst mußten sie den Will-tree von mehreren Zentnern Holzstaub reinigen, die den Boden bedeckten und in dem man fast bis zu den Knien versank. Nach 2 Stunden intensiver Arbeit war ihr Zimmer von dieser Pulverdecke gereinigt. Der Boden erwies sich als fest. Sie wählten zwei Winkel für ihre Betten, die sie aus Laub und Zweigen aufschütteten. Die anderen Möbel, Tische, Hocker konnte Godfrey mit seinem Messer zurechtschneiden. Bei schlechter Witterung mußten sie ja wohl oder übel im Innern ihres natürlichen Hauses bleiben, um darin zu essen oder zu arbeiten. Licht kam durch die Türöffnung genug herein. Godfrey dachte daran, diese Öffnung sicherheitshalber später zu verschließen und dafür zwei Fensterlöcher in die Rinde zu schneiden. Die Höhe, bis zu der der Stamm hohl war, konnte Godfrey ohne künstliches Licht nicht ausmachen. Eine 3 m lange Rute, die er über seinen Kopf hielt, stieß jedenfalls nirgends an.

Der Tag verging unter diesen Arbeiten, die sie vor Sonnenuntergang nicht beendet hatten. Richtig müde warfen sie sich auf ihre Blätter-

betten. Doch mußten sie gleich wieder aufstehen, um die Hühner aus der Höhle zu vertreiben. Godfrey beschloß deswegen, bald einen Hühnerstall zu bauen. Glücklicherweise genügten einige Zweige vor dem Eingang, um die Hühner fernzuhalten. Die Schweine und Lämmer zeigten keine Lust, sich zu den beiden in die Höhle zu legen.
Die folgenden Tage vervollständigten die beiden Schiffbrüchigen ihren Proviant, sie sammelten Eier und Muscheln, Wurzeln, Knollen und Äpfel. Als Küchengeschirr standen ihnen nur einige große Muschelschalen zur Verfügung. Jedoch brauchten sie für ihren sparsamen Speisezettel auch nicht mehr.
Tartelett wusch zwei Hemden, zwei Taschentücher und zwei Paar Socken – fast die ganze Garderobe der beiden, im klaren Wasser des Baches. Unter der heißen Sonne trocknete die Wäsche schnell. So vergingen, ohne Wind und Regen, die Tage.
Jeden Tag beobachtete Godfrey das Meer. Doch es war immer leer, kein Schiff, kein Fischerboot, keine Rauchsäule. Es schien, als liege die Insel Phina außerhalb jedes Handelsweges. Sie konnten also nur abwarten.
Immer wieder versuchten sie, Feuer zu entfachen. Tartelett suchte nach alten Schwämmen, in der Hoffnung, daß sie feuerfangendes Material lieferten. Aber sie wollten sich nicht entzünden. Auch der Staub aus dem Will-tree erwies sich als ungeeignet. Sie waren der Verzweiflung nahe. Ohne Feuer zu leben, das erschien ihnen fast unmöglich. Wer will schon täglich Austern essen? Da kam ihnen endlich ein Zufall zu Hilfe.
Das Wetter veränderte sich allmählich, es wurde drückend heiß, und es sah nach einem Gewitter aus. Gegen 1 Uhr in der Nacht wurden Godfrey und Tartelett von einem Feuerwerk von Blitzen und starken Donnerschlägen aufgeweckt. Noch regnete es nicht, doch der Himmel war so dunkel, daß er bald wahre Katarakte herniedergießen mußte. Godfrey ging hinaus, um den Himmel zu beobachten.
Das Blätterwerk der Bäume zeichnete sich gegen den hell aufblitzenden Himmel ab wie die Figuren eines chinesischen Schattenspiels. Plötzlich sauste ein hellerer Blitz über den Himmel, zugleich knatterte ein furchtbarer Donnerschlag – der Will-tree war getroffen.
Godfrey war vor Schreck zu Boden gefallen, jetzt raffte er sich inmitten eines Funkenregens, der neben ihm niederfiel, wieder auf.

Der Blitzstrahl hatte die trockenen Zweige der oberen Äste entzündet, die wie glühende Kohlen herabregneten.
Mit einem Freudenschrei rief Godfrey: »Feuer, Feuer!« Tartelett sprang jubelnd aus dem Baum. Beide stürzten sie nach den brennenden Zweigen, von denen einzelne Stücke noch flammten.
Sie sammelten eiligst eine Menge dürren Holzes und dann zogen sie sich in den Baum zurück, um ihr Feuer zu hüten. Draußen rauschte jetzt der Regen und löschte den Brand, der den Will-tree zu vernichten drohte.

13

Das war ein Blitz zur rechten Zeit!
»Ich werde Tag und Nacht aufpassen, damit uns dieses Feuer nicht wieder ausgeht!« sagte Tartelett, der schon an das erste warme Essen dachte.
Am nächsten Morgen sammelten sie trockenes Holz, von dem es genug gab, und legten eine Feuerstelle am Fuß eines anderen Baumes an. Tartelett hockte sich neben die knisternde Brandstelle und pustete – obwohl das völlig nutzlos war – in die Flammen. Aufmerksam stierte er in den hellgrauen Rauch, der sich unter dem Blättermeer verlor.
»Nun werden wir bald ein bis zwei Hühner essen, dazu können wir einen Schweineschinken braten, dann eine Lämmerkeule und ein Ziegenviertel und als Nachgericht etwas Wild oder einige Süßwasserfische.«
»Nicht so schnell, wir haben keine Magentabletten dabei. Wir müssen uns erst langsam wieder an die Hausmannskost gewöhnen. Außerdem müssen wir sparsam mit dem Vieh umgehen. Fangen Sie doch erst einmal zwei Hühner. Brot werden wir uns aus den Camawurzeln herstellen.«
2 unschuldige Stück Federvieh wurden von dem Professor gejagt, der ihnen schließlich mit schnellem Griff die Hälse umdrehte. Geputzt, gerupft und ausgenommen wurden die Hühner auf einen dünnen Stock geschoben, und bald brieten sie über den knisternden Flammen.
Godfrey bemühte sich unterdes, die Camawurzeln eßbar zu machen. Nach einem alten Indianerrezept legte er einige Steine in das Feuer, um sie zu erhitzen. Dann wählte er eine Bodenstelle aus, von der er vielleicht 50 qcm Gras entfernte. Mit einer Muschelschale

wühlte er ein Loch, in das er eine Decke dürren Holzes legte. Es wurde angezündet und sollte die Erde erwärmen. Nach einer ¼ Stunde konnte er die Asche entfernen und die Camawurzeln einschichten. Sie wurden mit einer dünnen Lage Rasen bedeckt, auf die Godfrey nun die glühenden Steine schichtete. Zuletzt zündete er auf diesen Steinen ein Holzfeuer an, und er hatte so einen Backofen, in dem die härteste Camawurzel weich wurde. Nach 1 Stunde konnte er die Wurzeln herausgraben, die sich nun leicht zerdrücken ließen und bestens schmeckten. Man kann sich denken, daß die beiden Freunde ihre Hühner und die Wurzeln mit wahrem Hochgenuß verdrückten.

Der Tag verging so mit Essen und Wassertrinken. Tartelett sprang außerdem dauernd umher, um das Feuer am Leben zu erhalten. Die Nacht verlief ohne jeden Zwischenfall. Sie wurden am Morgen geweckt durch den Hahn und das Knistern des Feuers, das ihnen wie Musik in den Ohren klang. Godfrey hatte die Augen aufgeschlagen, als er plötzlich einen Luftzug aus der Höhe des Will-tree an seinem Gesicht spürte. Irgendwo oben an der ersten Gabelung mußte sich eine Öffnung befinden! Sollte der Blitz ein Loch geschlagen haben? Godfrey beschloß, zuerst einmal die Sequoia von außen zu untersuchen. Der Weg des Blitzes zeichnete sich deutlich ab. Der Stamm war dort, wo der Blitz hindurchgegangen war, vollständig entrindet, von den Ästen bis zur Wurzel. Wäre der Blitz in das Innere geschlagen, wären Godfrey und Tartelett zweifellos erschlagen worden. Erst jetzt erkannte Godfrey, in welcher Gefahr sie geschwebt hatten.

Offenbar war die Sequoia dort, wo der Blitz sie zuerst getroffen hatte, gespalten worden, so daß durch diese Öffnung Luft ins innere drang.

Godfrey suchte einen harzreichen Zweig, den er als Fackel verwenden konnte. Ein Fichtenreiser war schnell gefunden. Mit diesem Licht in der Hand war es leicht, die innere Anordnung des Will-tree zu übersehen. Etwa 7 m über dem Boden bildete eine unregelmäßige Wölbung eine Art Decke. Darin bemerkte Godfrey einen offenen engen Gang, dessen Fortsetzung sich im Dunkel verlor. Offenbar war der Baum in seiner ganzen Länge hohl. Vielleicht aber fanden sich darin noch einzelne Reste vom Splint. Das mußte es schwierig machen, innen heraufzuklettern. Godfrey wollte das sofort untersuchen: 1. um die Öffnung gegen Wind und Regen zu verschließen, 2. um sicherzustellen, daß keine wilden Tiere von oben eindringen konnten, 3. weil er neugierig war.

Er steckte seine Fackel in einen Spalt zwischen zwei Wurzeln und schwang sich dann an einigen Vorsprüngen empor. Wie alle Amerikaner war er gymnastische Übungen gewöhnt. Bald hatte er in der ungleichen Höhlung eine engere Stelle erreicht, von der aus er sich wie ein Schornsteinfeger, mit Armen und Knien anstemmend, hochziehen konnte. So kam er höher und höher. Wenn er einen kleinen Vorsprung fand, ruhte er sich einen Augenblick aus. Jetzt fühlte er schon einen stärkeren Luftzug, den er begierig einatmete, denn im Innern des Baumes war die Luft nicht gerade erfrischend. Der Schlauch verengte sich allmählich. Plötzlich hörte Godfrey ein seltsames Geräusch. Es war, als kratzte etwas im Innern des Baumes, gleichzeitig erschreckte ihn ein Pfeifen. Godfrey hielt an.
Sollte es hier Schlangen geben? Bisher hatten sie davon nichts gemerkt. Nein, es mußte ein Vogel sein, denn als Godfrey vorsichtig höherkletterte, hörte er ein deutliches Krähen und einen Flügelschlag. Wahrscheinlich hatte er einen Vogel aufgescheucht, der hier nistete.
Wenige Augenblicke später steckte Godfrey seinen Kopf durch die Öffnung, im gleichen Augenblick entfloh eine Art Dohle mit lautem Krächzen. Bald saß Godfrey bequem in den Ästen des Baumes. Der ungeheure Stamm des Riesenbaumes trug hier einen ganzen Wald. Mühevoll mußte Godfrey von Ast zu Ast gleiten, durch dichtes Grün, bis er die oberste Etage des Will-tree erreicht hatte. Die obersten Zweige beugten sich bereits unter seinem Körpergewicht. Ein weiter Horizont umschloß die Insel Phina, die sich wie auf einer Reliefkarte unter ihm ausbreitete. Das Meer war noch immer verlassen.
Aber da, im Norden der Insel? War es nicht wieder ein Rauch, der dort aufstieg? Eine feine, oben fast dunkelblaue Rauchsäule stieg ruhig in der klaren Luft empor.
Da mußte jemand ein Feuer angezündet haben! Godfrey bemühte sich, die Himmelsrichtung so genau wie möglich zu bestimmen. Die Stelle mußte 6 km vom Will-tree entfernt sein. Wenn er durch das Weideland direkt nach Nordosten ging und sich dann am Strand entlang hielt, mußte er zweifellos die Felsen finden, über denen jetzt die Rauchsäule stand. Mit klopfendem Herzen stieg Godfrey von seinem Beobachtungsposten herunter. Er sammelte schnell etwas Moos und kleinere Zweige, dann glitt er in die Öffnung hinein, die er sorgfältig verstopfte.
Mit einigen Worten verständigte er Tartelett von seinem Spazier-

Als gymnastisch gestählter Amerikaner schwang sich Godfrey höher und höher zum Wipfel des Will-tree.

gang, dann eilte er in nordöstlicher Richtung davon. Das war ein Weg von 2 Stunden, erst durch grüne Wiesen, durch lichten Wald und zwischen engen Hecken, dann am Strand entlang. Endlich kam er an der ersten Felsenkette an. Aber hier sah er keinen Rauch. Sorgfältig suchte er diese Gegend ab, er rief... Niemand antwortete. Von einem Feuer war nicht einmal eine Spur zu entdecken, kein Aschenrest. Hatte er sich getäuscht?
Vielleicht war hier eine Quelle, ein Geysir, der regelmäßig Wasser kochte? Hiermit ließe sich die Rauchsäule erklären.
Godfrey kehrte enttäuscht um. Auf dem Rückweg beobachtete er mehrere Wapitihirsche, die in rasender Eile vorbeiflitzten. Gegen 16 Uhr war er wieder am Will-tree. Von weitem hörte er schon das Kratzen der Geige. Professor Tartelett stand in der Haltung einer Feuerpriesterin mit feierlichem Ernst vor dem Feuer und spielte eine Serenade, Haydns Wassermusik.

14

Geduld: so hieß jetzt das oberste philosophische Prinzip. Godfrey war entschlossen, sich ihm unterzuordnen. Ohne Zögern beschäftigte er sich mit der Vervollkommnung der Einrichtung des Will-tree. Fehlte schon der Komfort, sollte es wenigstens an der Sauberkeit nicht mangeln. Mehrmals in der Woche wurden die Laubbetten erneuert. Als Tischgeschirr dienten ihnen Muschelschalen, deren Sauberkeit mit der der Teller und Schüsseln in einem amerikanischen Restaurant bestimmt konkurrieren konnte. Godfrey war ein richtiger Saubermann. Er hatte aus einem Stück ebener Rinde und vier in den Boden gerammten Pfählen einen Tisch gebaut. Dicke Baumstümpfe dienten als Hocker. Sie mußten also nicht mehr auf Knien essen. Kopfzerbrechen machte ihnen die Kleidung. Sie schonten ihre Habseligkeiten so gut es ging. Bei warmem Wetter gingen sie halbnackt. Wie sollten sie aber nach einiger Zeit ihre Hosen und Hemden ersetzen? Vorerst wusch Tartelett ihre Kleidung regelmäßig.
Godfrey beschäftigte sich mehr mit dem Proviant. Täglich suchte er einige Stunden nach Wurzeln und Früchten. Aus dünnen Zweigen verfertigte er eine Art Netz, mit dem er fischen ging. Der Küche fehlte jedoch noch eine Hauptsache – nämlich der Fleischtopf. Ein einfacher Topf aus Blech oder Gußeisen. Ohne dieses einfache Instrument der Zivilisation konnten sie kein gekochtes Fleisch, keinen

Kochfisch zubereiten. Immer nur gab es Braten vom Rost. Niemals hatten sie eine kräftige Brühe. Aber worin sollten sie die kochen?
Godfrey hatte eine zweite ausgehöhlte Sequoia gefunden, die er zum Hühnerstall ausbauen wollte. Die Hühner und Hähne gewöhnten sich bald an ihre neue Behausung, sie brüteten in trockenen Graslagern, und bald liefen schon kleine Küken umher. Die Hühner wurden übrigens nachts eingeschlossen, um sie vor Raubvögeln zu schützen.
Für die Schweine und Lämmer brauchten sie keinen Stall, denn das Vieh fühlte sich in ihrer Nähe wohl. Nahrung fand es genug in der Umgebung des Will-tree. Es war also in der Nähe ihrer Wohnung recht belebt. Glücklicherweise schien es auf der Insel Phina keine wilden Tiere zu geben, so daß sie sich darüber keine Sorgen zu machen brauchten. So lebten sie dahin, bis am 29. Juli sich ihre Lage wesentlich verbessern sollte.
Godfrey wanderte an diesem Tag schon am frühen Morgen am Strand entlang. Er suchte noch immer nach Wrackteilen der *Dream*. An diesem Tage wurde seine Aufmerksamkeit durch einen merkwürdig geformten Felsen erregt, der inmitten des Sandes zwischen Tang und Schlick hervorragte.
Eine Ahnung stieg in ihm auf, schnell rannte er herzu. Tatsächlich: was er zuerst für einen Felsen gehalten hatte, erwies sich als eine halb im Sand vergrabene Reisekiste.
War das ein Gepäckstück von der *Dream*? Befand sich diese Kiste seit dem Untergang der *Dream* hier oder stammte sie aus einem anderen Schiffbruch? Auf jeden Fall war das eine gute Prise.
Godfrey prüfte die Kiste zunächst von außen: keine Spur von einer Adresse, kein Absender. Nicht einmal Initialen waren eingraviert, wie es auf amerikanischem Reisegepäck üblich ist. Vielleicht fand sich aber im Innern ein Papier, auf dem Herkunft und Nationalität des Reisenden vermerkt waren? Offensichtlich war die Kiste hermetisch verschlossen, so daß der Inhalt vom Meerwasser nicht angegriffen sein konnte. Wirklich, der Koffer war mit dickem Leder bezogen und mit Kupfer beschlagen und überdies mit breiten Riemen zugeschnallt. Natürlich dachte Godfrey nicht daran, den Koffer zu zerstören. Allerdings würde es unmöglich sein, ihn zum Will-tree zu schleppen. Er mußte ihn schon an Ort und Stelle entleeren. Von hier bis zum Will-tree waren es ungefähr 3 km. Die Arbeit würde also einige Mühe machen. Was enthielt nun eigentlich dieser Koffer?

Bevor Godfrey Tartelett die gute Nachricht brachte, wollte er erst einmal nachsehen. Er löste also die Riemen und legte das Schloß frei. Wie war das zu öffnen? Er mußte sich hüten, sein Messer bei dieser Operation zu zerbrechen. Er suchte also einen größeren Stein, mit dem er das Schloß zertrümmern wollte.

Er schlug einmal kräftig gegen das Schloß, das merkwürdigerweise sofort nachgab. Endlich war die Kiste offen. Die Wände waren sehr dick und innen mit Zink ausgeschlagen, so daß der Inhalt in gutem Zustand sein mußte.

Und was fand Godfrey nun? Er hätte laut jubeln können. Zuerst zog er Hemden hervor, Servietten, Tücher, Decken, Unterhosen, einen Anzug, Pullover, einige Westen, zwei Paar Stiefel, Jagdschuhe, Gummistiefel, Filzhüte.

Dann in zweiter Lage: ein Fleischtopf, Siedekessel, Kaffee- und Teemaschine, mehrere Löffel und Gabeln, Messer, ein Spiegel, Schuhbürsten, dann zwei große Flaschen Weinbrand, dann einige Pfund Tee und Kaffee!

Zuunterst schließlich: Hohlbohrer, Drillbohrer, Sägen, Nägel und Schrauben, eine Spitzhacke, ein Beil. Dann ein Jagdmesser, 2 Flinten, 10 Pfund Pulver, Kugeln und Patronen, endlich eine kleine Hausapotheke, ein Kompaß und eine Uhr. Dann Schreibpapier, Toilettenpapier, Federn und Tinte, ein Kalender, eine Bibel und ein Ratgeber: *Der gediegene Campingkoch!*

Wirklich, ein Inventar, wie es besser nicht sein konnte. Godfrey hatte alle Gegenstände rings um sich auf den Strand gebreitet. Nirgends fand sich ein Hinweis auf den Besitzer dieser Kiste, aber im Fundbüro hätte Godfrey sie doch nicht abgegeben. Endlich waren die Lebensbedürfnisse der beiden Schiffbrüchigen für längere Zeit gesichert! Selbstverständlich konnte Godfrey alle Sachen nicht auf einmal mit zum Will-tree schleppen. Er mußte mehrmals hin und her wandern. Eile war geboten, denn das Wetter zeigte Regen an. Den größten Teil der Gegenstände legte Godfrey in die Kiste zurück, er belud sich mit einer Flinte, einem Revolver, einer Menge Pulver und Blei, nahm ein Jagdmesser und den ersehnten Fleischtopf.

Wie wurde er von Tartelett empfangen!? Der Fleischtopf versetzte den Professor in eine derartige Begeisterung, daß er sofort eine Serie von Luftsprüngen im 6/8-Takt vollführte.

Es war Mittagszeit. Nach einem kleinen Frühstück wollte Godfrey sofort zu seinem Fund zurückkehren. Tartelett mußte natürlich mitgehen. Nun brauchte er auf das Feuer nicht mehr zu achten, denn mit dem Pulver konnten sie es jederzeit entfachen. Während ihrer Abwesenheit sollte ein größeres Fleischstück durchkochen. Sofort wurde in dem Fleischtopf mit einigen Litern Quellwasser ein Schweineviertel angesetzt, einige Wurzeln dazu und mit Meersalz gewürzt.

Sie rannten nun zurück zu ihrer Kiste. Unter den Begeisterungsschreien Tarteletts wurde sie entleert. Auf dem ersten Rückweg konnten sie die Waffen, die Munition und einen Teil der Kleidung forttragen. Nach dieser Anstrengung gönnten sie sich einige Schlucke der Schweinebouillon, die ganz vorzüglich schmeckte. Auch das Schweinefleisch war ausgezeichnet. Die Entbehrung hatte sie bescheiden gemacht.

Am folgenden Tag hatten sie nach drei weiteren Touren den Inhalt der Kiste heimgeschafft. Am Abend lag alles geordnet und sortiert im Will-tree. Am 11. August schließlich stand die Kiste selbst als Kommode und Schmuckstück im Will-tree. Tartelett sah jetzt die Zukunft in den hellsten Farben. An diesem Abend trat er vor Godfrey hin, die Geige in der Hand, er verbeugte sich:

»Wäre es nicht Zeit, unsere Tanzstunden wieder aufzunehmen?« sagte er.

15

Die Zukunft sah also schon rosiger aus. Godfrey trug sich bereits mit dem Gedanken, ein Boot zu bauen. Aber Tarteletts Ideen über den Wohnkomfort beschäftigten sie beide in den nächsten Wochen. Godfrey beschloß, ihre Garderobe so weit wie möglich zu schonen.

»Warum eigentlich«, schimpfte Tartelett, »wir sind doch keine Wilden!«

»Doch, wir sind Wilde!«

»Meinetwegen. Dann werden wir aber wenigstens sonntags Hemden anziehen. Schließlich müssen wir die guten Sitten wahren. Es ist unanständig, die ganze Woche nackt herumzulaufen.«

»Gut, aber heute ist Montag.« Glücklicherweise besaßen sie nun einen Kalender, mit dem sie die Tage bestimmen konnten. Tartelett wurde von seiner Aufgabe als Feuerwächter entbunden, denn das Pulver machte ein ständiges Feuer überflüssig. Er erhielt den Auftrag, täglich Wurzeln und Früchte zu sammeln. Leider mußte er zu diesem Zweck Tag für Tag mehrere Kilometer laufen, was ihm mißfiel. Aber mit der Zeit gewöhnte er sich daran.

Godfrey kümmerte sich um die Haustiere und übernahm das Amt des Fleischers, das ihm auch nicht gerade Spaß machte. Er sorgte für Abwechslung auf dem Speiseplan, kochte eine Bouillon, suchte das Fleisch aus und beschloß, Jagd auf Wild zu machen. Die Möbel im Will-tree konnte er nun mit dem Werkzeug aus der Kiste verbessern. Der Tisch wurde geglättet, die Hocker gerade gesägt. Die Küchengeräte standen jetzt auf Brettern längs der Höhlenwand.
Aus mehreren Rindenstücken stellte Godfrey eine Tür her, gleichzeitig brach er zwei kleine Fenster aus, die Luft und Licht hereinließen. Sie konnten durch Läden nachts geschlossen werden. Wie er im Winter die Höhle beleuchten sollte, wußte Godfrey noch nicht. Er nahm sich jedoch vor, aus Lämmertalg Kerzen zu produzieren. Ein weiteres Problem stellte der Schornstein dar. Gegenwärtig, da die schöne Jahreszeit es erlaubte, konnten sie im Freien oder in einem benachbarten Baum ihre Feuerstelle unterhalten. Doch was sollte geschehen, wenn der Regen in Strömen goß, wenn die Kälte sie zwang, in ihrer Höhle zu bleiben? Godfrey wußte hierfür noch keine Lösung. Die beiden Ufer des breiten Baches in ihrer Wiese hatte Godfrey miteinander verbunden, in tagelanger Arbeit hatte er einen Brückensteg errichtet.
Versuchte Godfrey so, ihr Dasein bequemer zu machen, vergaß er jedoch auch nicht, Maßnahmen zu treffen, die ihre Rettung erleichtern sollten. Es war klar, daß die Insel Phina an keinem Schiffsweg lag. Trotzdem mußte er ein Mittel suchen, um die Aufmerksamkeit eventuell passierender Schiffe zu erregen. Zu diesem Zweck errichtete er auf einer Landzunge, die nach Norden vorsprang, einen Flaggenmast. Ein Stück Stoff aus der Kiste wurde geopfert, und da ihm das Weiß zu unauffällig erschien, färbte Godfrey es mit einigen wilden Beeren dunkelrot. Diese Arbeiten beschäftigten ihn bis Mitte August. Das Wetter war bis dahin, abgesehen von einigen Gewittern, unverändert schön gewesen.
Zu dieser Zeit begann Godfrey, auf die Jagd zu gehen. Rebhühner und Schnepfen boten eine angenehme Abwechslung. Und Tartelett begrüßte es sehr, als Antilopen-Steaks und Koteletts auf den Tisch kamen.
Bei seinen Streifzügen lernte Godfrey die Insel immer besser kennen. Aus seinen Nachforschungen ergab sich, daß die Insel Phina frei von wilden Tieren, frei von Schlangen und gefährlichen Echsen war. Außerdem war das Land offensichtlich unbewohnt, denn Eingeborene hätten sich bestimmt schon bemerkbar gemacht. Es blieb

nur noch die Rauchsäule, deren Herkunft er sich nicht erklären konnte. Godfrey hatte niemals die Spuren eines Feuers entdeckt und die Insel schien auch keinen Geysir zu besitzen, da sie deutlich nichtvulkanischen Ursprungs war. Übrigens hatte Godfrey den Rauch nicht mehr gesehen, und nach einigen Wochen vergaß er, darüber nachzudenken.

Am 13. September nun trat ein Ereignis ein, das jedem wirklichen oder erdichteten Robinson einmal widerfährt. Gegen 3 Uhr nachmittags wurde Godfreys Aufmerksamkeit durch einen langen Rauchstreifen erregt. Er war gerade zum Flaggenmast auf der Landzunge gewandert. Von hier aus sah er durch sein Fernrohr einen Rauch, der vom Westwind direkt auf die Insel zugetrieben wurde.

»Ein Schiff! Ein Schiff!«

Aber würde dieser Dampfer an der Insel Phina vorbeikommen? Und würde er seine Signale beachten? Zwei Stunden lang wartete Godfrey mit Ungeduld. Wirklich, der Dampfer kam näher, die Rauchsäule vergrößerte sich, und Godfrey konnte deutlich erkennen, wann neue Kohle nachgelegt wurde. Endlich erschien der Dampfer auf der Scheidelinie zwischen Himmel und Wasser. Es war, wie Godfrey erkannte, ein großer Dampfer, der einen nordöstlichen Kurs hielt und wahrscheinlich nahe der Insel vorbeikommen mußte.

Zuerst wollte Godfrey zurückrennen und Tartelett verständigen. Aber dann hätte er das Schiff aus den Augen lassen müssen. Ein Mann war sicher so gut zu erkennen wie zwei. Gegen 5 Uhr konnte Godfrey schon die 3 Maste erkennen und dann auch die Farben der Fahne. Es war die Fahne der USA.

Wenn er diese Fahne erkennen konnte, mußten sie an Bord doch unbedingt auch seine sehen! Godfrey begann, mit seinem Fahnentuch zu manövrieren, wie man es bei einer Begrüßung auf See tut. Dann setzte er die Fahne auf Halbmast, was nach Seemannsbrauch bedeutete, daß er Hilfe benötigte. Die Flagge des Dampfers antwortete nicht.

Gegen 6½ Uhr begann es zu dämmern. Godfreys Herz zog sich zusammen. Der Dampfer glitt jetzt, vielleicht 2 Seemeilen entfernt, vorbei. Die Sonne verschwand unter dem Horizont. Godfrey zog verzweifelt sein Flaggentuch auf und ab, niemand antwortete ihm. Er feuerte einige Schüsse ab, die aber wegen der großen Entfernung ungehört verhallen mußten. Es wurde allmählich Nacht, und in einer Stunde mußte der Dampfer verschwunden sein. Godfrey hatte jetzt die Idee, einige trockene Bäume anzuzünden, die dicht hinter dem Fahnenmast standen. Er setzte sie also mit Hilfe des Pulvers in Brand, und bald loderte eine ungeheure Flamme empor. Die Lichter des Dampfers antworteten nicht. Traurig kehrte Godfrey zum Willtree zurück, mit einem größeren Gefühl von Verlassenheit, als er je empfunden hatte.

16

Dieser Schlag traf Godfrey hart. Würde sich je wieder eine derartige Gelegenheit bieten? Godfrey verbrachte eine recht traurige Nacht. Jeden Augenblick fuhr er erschreckt hoch. Ihm war, als hätte er von der offenen See her einen Kanonenschuß vernommen. Hatte der Dampfer das Feuer doch noch bemerkt und gab er jetzt einen Signalschuß ab? Godfrey horchte... aber das alles war eine Illusion seiner überreizten Nerven. Am nächsten Morgen wußte Godfrey beinahe nicht mehr, ob das gestrige Erlebnis auch nur in seiner Einbildung existierte.

Godfrey erzählte Tartelett kein Wort davon. Warum hätte er den Anstandslehrer, der nur 24 Stunden voraus dachte, beunruhigen sollen? Tartelett hatte San Franzisko fast vergessen und sein einziger Kummer war, daß er hier in der Wildnis keine Schüler hatte.

Sorglos wanderte Tartelett umher, zu sorglos, wie sich an diesem Tag zeigen sollte. Gegen 4 Uhr nachmittags war er ausgegangen, um am Strand Austern zu suchen. Plötzlich sah Godfrey ihn in vollem Lauf zurückrennen. Seine Haare hatten sich gesträubt und auf seinem Gesicht malte sich das Entsetzen.

»Was ist denn los?«

»Da, da!« rief Tartelett und zeigte nach dem Meer. »Ein Kanu! Eine große Flottille von Wilden! Kannibalen!«

Godfrey blickte hinaus. Es handelte sich zwar nicht um eine Flottille, aber ein kleineres Fahrzeug bewegte sich in der Entfernung einer halben Meile auf die Landspitze mit dem Flaggenmast zu.

»Und warum sollen das Kannibalen sein?«

»Auf jeder Robinson-Insel landen früher oder später Menschenfresser!«

»Vielleicht ist das ein Boot des Dampfers, der gestern vorbeikam!«

»Davon haben Sie mir nichts gesagt!« rief Tartelett und hob die Hände verzweifelt zum Himmel.

»Wir werden gleich sehen, woran wir sind!«

Godfrey rannte zum Will-tree, griff zum Fernrohr und bezog am Waldrand Stellung. Von hier aus konnte er das Boot genau beobachten.
Das Fernrohr fiel Godfrey fast aus den Händen.
Tartelett schlotterten die Knie.
Es war wirklich ein Boot mit Wilden, das auf die Insel zukam. Konstruiert wie eine Pirogge der polynesischen Inseln, trug es ein großes Segel aus Bambus. Ein an Backbord befestigter Ausleger hielt das Boot im Gleichgewicht. Godfrey konnte ein Dutzend halbnackter Neger zählen.
Godfrey bedauerte jetzt, die Fahne aufgezogen zu haben. Sie verriet den Wilden ohne Zweifel die Anwesenheit der beiden Schiffbrüchigen.
Godfrey verfolgte den Weg der Eingeborenen mit dem Fernglas vor Augen. Sie hatten jetzt die Landzunge umrudert und hielten auf den Strand zu. Schließlich legten sie genau dort an, wo der kleine Bach mündete. Sollten sie ihm folgen, mußten sie unweigerlich den Will-tree entdecken. Godfrey und Tartelett rannten zu ihrer Unterkunft zurück, um alle nötigen Sicherheitsmaßnahmen zu treffen.
»Kaum sind wir 3 Monate hier und schon lassen sich Kannibalen blicken«, schimpfte Tartelett. »Daniel Defoe hat also nicht übertrieben.«
Das Feuer im Innern der Sequoia wurde gelöscht. Die Hühner und Küken befanden sich schon in ihrem Stall, dessen Eingang Godfrey mit Zweigen zudeckte. Die anderen Tiere wurden in die Wiese gejagt. Alle Werkzeuge und Instrumente wurden in die Wohnung geschafft, damit nichts die Anwesenheit menschlicher Wesen verraten konnte. Godfrey und Tartelett traten in den Will-tree und schlossen die Tür, ebenso die beiden Fenster. So saßen sie die ganze Nacht in völliger Dunkelheit.
Das Knacken eines Zweiges, ein Windhauch ließ sie schon zusammenschrecken. Es schien, als ob jemand um den Will-tree herumschlich. Vorsichtig öffnete Godfrey einen Laden und blickte ängstlich in das Dunkel hinaus. Noch bemerkte er nichts. Dann aber waren deutlich Schritte vernehmbar. Godfrey spähte noch einmal hinaus, sah aber nichts als eine Ziege, die unter den Bäumen Schutz suchte.
Sollten wirklich Wilde in den Baum eindringen, dann wollte Godfrey Tartelett mit nach oben schleppen. Aus den oberen Zweigen des Riesenbaumes mußte eine Verteidigung leichter sein. Mit Flinten

und Revolvern in der Hand hatten sie eine Chance gegen die Wilden.

Es kam während dieser langen Nacht jedoch zu keinem Angriff der Wilden. Vielleicht warteten sie den Tag für ihren Angriff ab. Sie konnten ja nicht wissen, daß sie es nur mit zwei Schiffbrüchigen zu tun hatten.

»Vielleicht gehen sie aber auch wieder in See?«

»Warum haben sie dann auf der Insel übernachtet?«

Tartelett wußte vor Schreck keine Antwort. Sicherlich hatte die Wilden der Appetit auf Menschenfleisch hierher verschlagen.

»Wir müssen bei Tageslicht die Gegend erkunden!«

»Wir?«

»Ja, wir beide, wir können uns jetzt nicht trennen ... bis zur Abfahrt des Kanus.«

»Pst! ich höre draußen etwas.«

»Es sind nur die Tiere im Forst!«

Tartelett seufzte. Jetzt dachte er doch wieder an den Palast von Onkel Will, in dem so etwas bestimmt nicht passieren konnte.

»Sie können doch eine Flinte halten, Tartelett?«

»Halten ... sicherlich.«

»Vielleicht vertreibt allein der Knall die Wilden!«

Godfrey öffnete nun vorsichtig die Fensterläden. Richtung Süden sah er nichts Außergewöhnliches, die Haustiere grasten friedlich. Godfrey schloß diese Fenster wieder. Die nach Norden gelegene Öffnung bot Einblick zum Strand. Godfrey suchte mit dem Fernrohr nach den Wilden. Alles war vollkommen ruhig. Hatten die Wilden die Insel wieder verlassen?

17

Da! Die Wilden mußten von der Anwesenheit der Schiffbrüchigen wissen. Die Fahne stand nicht mehr an ihrem Mast.

»Vorwärts!« sagte Godfrey.

»Müssen wir jetzt wirklich weggehen?«

»Wollen Sie etwa hierbleiben, allein?«

»Niemals!«

»Dann kommen Sie!« Bevor sie fortgingen, überzeugten sie sich, ob ihre Waffen geladen waren. Tartelett warf sein Gewehr mit der Geschicklichkeit eines Pomotou-Indianers über den Rücken. Außerdem trug jeder noch eine Patronentasche und ein Jagdmesser. Tarte-

lett wollte unbedingt seine Geige mitnehmen. Er meinte, die Wilden könnten über eine Serenade sehr entzückt sein. Es kostete Godfrey einige Mühe, dies dem Professor auszureden. Gegen 6 Uhr morgens traten sie hinaus. Alles still ringsum.
Der Professor, der sich kampfbereit gemacht hatte, folgte mit zögernden Schritten. Godfrey verschloß sorgfältig die Tür. Außerdem warf er einige Bündel Reisig davor. Dann lief er zum Bach, dem er bis zur Mündung folgen wollte. Tartelett folgte nur, weil er Furcht hatte, allein zu bleiben.
Am Rande der Baumgruppe hielt Godfrey still. Mit dem Fernrohr suchte er die ganze Strecke des Ufers ab, von der nordöstlichen Ecke der Insel bis zum Flaggenstock. Die äußerste Spitze dieses Kaps war ebenfalls menschenleer, doch mußten sich dort zweifellos Fußspuren finden.
Auf dem Meer war kein Fahrzeug sichtbar. Möglicherweise fuhren die Wilden unter dem Schutz der Felsen nahe dem Ufer entlang. Godfrey wollte hierüber Gewißheit haben. Er mußte wissen, ob das Kanu die Insel schon verlassen hatte. Also mußten sie die Stelle aufsuchen, an der die Wilden gestern gelandet waren. Die von verschiedenen Baumgruppen umschatteten Ufer des Baches waren glücklicherweise auf eine längere Strecke mit Buschwerk eingerahmt, so daß sie sich ohne Gefahr der Landungsstelle nähern konnten. Sie mußten mit größter Vorsicht vordringen. Godfrey hielt es für möglich, daß die Wilden, ermüdet von der langen Überfahrt, so früh am Morgen noch nicht auf den Beinen waren. Vielleicht konnte er sie überrumpeln.
Die Gewehre wurden entsichert, und sie schlichen wacker am linken Ufer des Wasserlaufs entlang. Nur einzelne Vögel flatterten auf. Von einem Baum zum anderen gleitend, kamen sie dem Strand näher, verborgen von den dichten Büschen. Sie mußten mißtrauisch sein, denn es konnte sie ja jeden Augenblick ein Pfeil treffen. Trotz aller Ermahnungen stürzte Tartelett mehrmals über die Baumwurzeln, so daß es in der ganzen Umgebung zu hören sein mußte. Godfrey fing schon an zu bedauern, daß er diesen ungeschickten Mann mitgenommen hatte. Es wäre besser gewesen, ihn im Will-tree einzuschließen.
Nach einer Stunde waren sie ungefähr einen Kilometer vorangekommen. Es war nicht so einfach, sich zwischen den Büschen und durch das Gras zu winden. Godfrey hielt an. Er konnte jetzt zur Rechten wie zur Linken das ganze Wiesenland überblicken. Auch

jetzt zeigte sich noch nichts Beunruhigendes. Gewiß waren die Wilden, da sie über die Anwesenheit von Menschen unterrichtet sein mußten, ebenso vorsichtig wie die Schiffbrüchigen. Sollten sie sich in dieser Gegend befinden, dann hatten sie zwischen den vielen Mastix- und Myrthenbüschen die besten Möglichkeiten, ihnen einen Hinterhalt zu legen.
Merkwürdigerweise wurde Tartelett, je weiter sie kamen, ohne den Feind zu sehen, immer selbstsicherer. Er verlor alle Angst und sprach verächtlich von diesen »Herren Kannibalen«. Godfrey hingegen wurde immer ernster und verdoppelte die Vorsichtsmaßnahmen. Nach einer weiteren Stunde waren sie am Ufer. Hier war es schon schwieriger, sich zu verbergen. Godfrey warf sich platt auf den Boden und befahl Tartelett, es ihm gleichzutun.
»Es gibt keine Menschenfresser mehr, sie sind weggelaufen!«
»Sie sind noch hier, ducken Sie sich. Und feuern Sie nur auf meinen Befehl.«
Sofort versagten dem Professor die Beine, er sank in den Sand. Godfrey hatte recht.
Von dem Platz aus, wo sich beide befanden, konnte man weder die Küste noch die Stelle sehen, an der das Flüßchen ins Meer mündete. Ein vorspringender Winkel des höheren Uferlandes beschränkte die Aussicht. Aber sie sahen dichten Rauch senkrecht in die Luft steigen.
Sollte dieser Rauch von derselben Art sein, wie der, den er schon früher beobachtet hatte? Waren die Wilden schon früher auf der Insel gewesen? Sie robbten sich langsam voran, bis sie an eine Stelle kamen, die ihnen den Blick über die ganze Uferpartie freigab. Vor Schreck hätten sie beinahe aufgeschrien. Godfrey sah nun vor Augen, was er zu erfahren gehofft hatte. Ein großes, auf dem Vorland zwischen niedrigen Stämmen aufloderndes Feuer sandte seine Rauchwirbel empor. Die Wilden rannten hin und her und schleppten Holz herbei. Das Kanu lag an einen schweren Stein gebunden in der Nähe und tanzte bei der ansteigenden Flut auf den langen Wellen der leichten Brandung.
Godfrey konnte deutlich erkennen, was dort am Strand vorging. Sogar das Knacken und Knistern des Feuers war deutlich zu hören. Er erkannte, daß er einen Angriff von hinten nicht zu fürchten brauchte, denn alle Schwarzen, die er gestern gezählt hatte, waren hier beschäftigt. Sie rammten zwei Pfähle in den Boden, offensichtlich, um einen Bratspieß nach polynesischer Mode herzustellen.

Einer der Eingeborenen, vielleicht ihr Chef, ging auf und ab und beobachtete das Innere der Insel. Er trug auf den Schultern das rote Flaggentuch.
Der 12. Wilde endlich lag, fest an einen Pfahl geschnürt, auf der Erde.
Aha: der Bratspieß war errichtet, um ihn zu schmoren. Man sieht, daß alle Robinsonaden einander so ähneln, daß man meinen könnte, sie seien voneinander abgeschrieben worden.
Godfrey beschloß, es Robinson gleichzutun und den Wilden die Mahlzeit zu verderben. Er konnte diesen Unglücklichen nicht den Mägen dieser Kannibalen überlassen! Er war ja gut bewaffnet, und bis an die Zähne bewaffnet, mußte er doch fertig werden mit diesen 11 Schurken. Er wartete also höchst kaltblütig auf den Augenblick, in dem er einen riesigen Donnerschlag inszenieren konnte.
Er brauchte nicht lange zu warten.
Nach 20 Minuten trat der Häuptling an das Feuer. Er wies mit einer majestätischen Handbewegung auf den Gefesselten. Godfrey erhob sich, Tartelett folgte ihm unwillkürlich. Godfrey meinte, die Wilden würden bei seinem Anblick entfliehen, aber tatsächlich schien es, als bemerkten sie ihn überhaupt nicht. Vielmehr banden jetzt 2 Wilde den Gefangenen los und zwangen ihn, neben das Feuer zu treten.
Er war noch ein junger Mann, der im Vorgefühl seiner letzten Stunde versuchte, Widerstand zu leisten. Er wurde jedoch überwältigt, niedergedrückt, und der Häuptling nahm ein Steinbeil, kam auf den Unglücklichen zu, um ihm den Schädel zu zertrümmern. Godfrey stieß einen Schrei aus, dem sofort ein Knall folgte. Eine Kugel pfiff durch die Luft. Sie mußte den Häuptling tödlich getroffen haben, denn der stürzte zu Boden. Beim Krachen des Schusses erstarrten die Wilden, als hätten sie niemals einen Gewehrschuß vernommen. Als sie Godfrey sahen, ließen sie sofort ihren Gefangenen frei. Er rannte sofort auf seine unerwarteten Retter zu.
Da donnerte schon ein zweiter Schuß. Tartelett hatte, ohne zu zielen und mit geschlossenen Augen, abgedrückt. Der Rückstoß versetzte ihm einen so heftigen Schlag, wie ihn der Tanzlehrer nie bekommen hatte. Doch welch ein Zufall! Ein zweiter Wilder sank neben dem Häuptling nieder.
Jetzt entstand eine kopflose Flucht. Die Wilden mußten sich über den Anblick der Weißen, die den Blitz schleudern konnten, unmäßig erschrocken haben. Sie rafften ihre Verwundeten oder Toten auf, schleppten sie mit sich fort, stürzten in ihr Kanu und ruderten mit

ganzer Kraft, um aus der Bucht herauszukommen. Dann entfalteten sie das Bambussegel, steuerten auf den Vorberg der Flaggenspitze zu und waren sehr bald dahinter verschwunden. Godfrey wollte sie nicht verfolgen. Warum hätte er noch mehr Wilde töten sollen? Er hatte ihr Schlachtopfer gerettet, und das war die Hauptsache. Sie brauchten nur noch den Sieg zu feiern, an dem Tartelett einen so wichtigen Anteil hatte.

Der Gefangene war inzwischen zögernd nähergekommen. Vor den Weißen angekommen, fiel er auf die Knie, beugte den Kopf und nahm schließlich Godfreys Fuß in die Hand, den er sich auf den Schädel setzte.

Man hätte fast glauben können, daß dieser Eingeborene Polynesiens ebenfalls den Robinson Crusoe gelesen hatte.

18

Godfrey hob den armen Teufel, der vor ihm liegen blieb, sofort auf. Es war ein Mann von höchstens 35 Jahren, nur bekleidet mit einem Stück Stoff um die Hüften. Aus seiner Schädelbildung konnte man den Typ des afrikanischen Negers erkennen. Wie es gekommen sein mochte, daß ein Neger aus dem Sudan oder aus Abessinien in die Gewalt der Eingeborenen einer Insel im Stillen Ozean gelangt war, hätte Godfrey freilich nur erfahren können, wenn der Schwarze Englisch oder eine der europäischen Sprachen gesprochen hätte. Doch zeigte es sich bald, daß der Unglückliche nur ein vollständig unverständliches Idiom hervorbrachte – wahrscheinlich die Sprache der Eingeborenen, zu denen er in früher Jugend gekommen sein mußte.

Godfrey hatte den Neger auf Englisch nach seinem Namen gefragt, aber keine Antwort darauf erhalten. Nicht ohne Mühe machte er ihm verständlich, daß er seinen Namen wissen wolle. Nach mehreren Versuchen antwortete der Neger, der übrigens ein ganz intelligentes und ehrliches Gesicht hatte, mit einem einzigen Wort:

»Carefinotou.«

»Carefinotou! Was für ein Name, ich schlage vor, wir nennen ihn Mittwoch, weil heute Mittwoch ist. Den Namen Carefinotou erlaubt die Polizei überhaupt nicht!« rief Tartelett.

»Wenn der Mann diesen Namen nun einmal hat, warum soll er ihn nicht behalten?«

Da fühlte er eine Hand sich auf seine Brust legen, während die ganze

Physiognomie des Schwarzen ihn zu fragen schien, wie er selbst heiße.

»Godfrey!«

Der Schwarze bemühte sich, den Namen zu wiederholen, aber obgleich ihm Godfrey mehrere Male vorsagte, gelang es ihm doch nicht, ihn in verständlicher Weise auszusprechen. Dann wandte er sich an den Professor, um dessen Namen zu erfahren.

»Tartelett – stets zu Diensten!«

»Tartelett – eks kuh kienlen!«

»Tartelett!«

»Tartelett!« offenbar lag diese Silbenverbindung besser in den Möglichkeiten des Negers, denn er sprach ihn auf Anhieb fehlerlos aus. Der Professor war geschmeichelt.

Godfrey, der die Intelligenz des Wilden ausnutzen wollte, versuchte ihn zu fragen, ob er den Namen der Insel wisse. Er wies mit der Hand nach den Bäumen ringsum, nach den Wiesen, Hügeln, nach dem Strand und endlich nach dem Horizont. Dann warf er dem Neger einen fragenden Blick zu.

Carefinotou verstand nicht sofort. Er wiederholte Godfreys Armbewegungen, drehte sich einmal herum: »Arneka!« sagte er dann.

»Arneka?« wiederholte Godfrey und stampfte mit dem Fuß auf.

»Arneka!«

Das bedeutete nun für Godfrey nichts. In seiner Erinnerung fand sich dieser Name nicht vor, wahrscheinlich war er nur den Eingeborenen, nicht aber den Kartographen bekannt. Carefinotou starrte inzwischen die beiden Weißen an, als wolle er sich ihre Eigenarten einprägen. Wenn er lächelte, zeigte sein Mund eine Reihe blendendweißer Zähne, die Tartelett mit einigem Unbehagen betrachtete.

»Wenn diese Zähne noch kein Menschenfleisch gekostet haben, soll mir die Geige in tausend Stücke zerspringen!«

Den Eingeborenen interessierten offensichtlich die Waffen am meisten, offenbar hatte er nie eine Feuerwaffe gesehen. Godfrey wollte ihm mit gutem Grund Respekt vor der Macht der Weißen verschaffen. Er lud sein Gewehr, zeigte Carefinotou ein Rebhuhn, das gerade vorbeikam, legte schnell an und gab Feuer.

Der Vogel fiel zur Erde.

Beim Knall des Schusses hatte der Neger einen ungeheuren Sprung gemacht, den Tartelett vom choreographischen Standpunkt aus nur bewundern konnte. Bald hatte der Neger jedoch seinen Schreck überwunden. Er lief auf den Vogel zu, der sich mit zerschmettertem

Flügel durch das Gras schleppte, griff ihn und brachte ihn seinem Herrn.

Tartelett wollte nun zeigen, daß auch er einen Anteil an der Rettung hatte. Er hatte eine Taucherente bemerkt, die auf einem alten Baum saß. Er legte an.

»Nein, schießen Sie nicht!«

»Aber warum nicht?«

»Stellen Sie sich vor, Sie verfehlen den Vogel. Unser Renommee wäre dahin.«

»Aber warum soll ich daneben schießen? Schließlich habe ich einen Wilden aus hundert Meter Entfernung in die Brust getroffen!«

»Sie haben ihn sicherlich getroffen, aber versuchen Sie das Glück lieber nicht zweimal.«

Der Professor war doch etwas beleidigt. Er legte sein Gewehr mit großer Wichtigtuerei wieder über die Schulter und, gefolgt von Carefinotou, kamen beide zum Will-tree zurück.

Carefinotou konnte nicht genug staunen über die Einrichtung des Baumes. Sie mußten ihm alle Werkzeuge und Ausrüstungsgegenstände vorlegen. Es war klar, daß Carefinotou seine Jugend bei einer sehr primitiven Menschenrasse verbracht haben mußte, denn selbst das Eisen schien ihm unbekannt zu sein. Er begriff gar nicht, daß der Fleischtopf nicht Feuer fing, wenn er auf die glühenden Kohlen gesetzt wurde. Zum großen Mißvergnügen Tarteletts wollte er den Topf immer wieder vom Feuer ziehen. Besonders amüsierte er sich über einen Spiegel, den er immer wieder umdrehte, um zu sehen, ob seine eigene Person sich noch einmal hinter dem Glas befände.

»Ach, ist das ein Affe!« sagte Tartelett.

»Nein, er steht entschieden über dem Affen, denn er sieht hinter den Spiegel, was ein Affe nicht tun würde.«

Glücklicherweise mäkelte Carefinotou nicht an dem ihm vorgesetzten Essen herum. Er beroch die Speisen erst, kostete sie dann mit der Zungenspitze und zuletzt schien das Frühstück, die fette Brühe, das von Godfrey erlegte Rebhuhn, nebst einer Lämmerkeule, mit Zugaben von Camas und Zwiebeln ihm nicht einmal auszureichen.

»Der arme Teufel hat einen guten Appetit!«

»Ja, wir müssen wohl seine Kannibalengelüste etwas im Auge behalten.«

Während sie so sprachen, hörte ihnen Carefinotou mit gespannter Aufmerksamkeit zu. Seine Augen leuchteten verständnisvoll. Denn es schien fast, als habe er begriffen, was über ihn gesprochen wurde.

Er begann mit bewundernswerter Schnelligkeit zu schwatzen, freilich waren es nur sinnlose, einsilbige Laute, gellende Ausrufe, in denen die Vokale a und u vorherrschten. (Wie in den meisten polynesischen Idiomen.)
Doch wie auch immer, Carefinotou war ein weiterer Gefährte in ihrem Unglück und es sollte sich zeigen, daß er bald ein perfekter Diener geworden war.
Er war kräftig, geschickt und nahm willig jede Arbeit auf sich. Was man ihm einmal gezeigt hatte, ahmte er nach. Bald besorgte er die Wurzeln und Früchte, schlachtete die Tiere und braute aus den Äpfeln einen Cidre. Godfrey zeigte ihm gegenüber nie Mißtrauen, und wenn er Sorgen hatte, dann nur die, daß die anderen Wilden zur Insel Phina zurückkehren könnten.
Schon am ersten Tag hatten sie Carefinotou ein Bett im Will-tree gebaut, doch zog er es vor, bei klarem Wetter irgendwo draußen oder in einem anderen hohlen Baum zu schlafen. Während der 14 Tage nach seiner Ankunft begleitete Carefinotou Godfrey auf der Jagd. Immer noch staunte er über die Wirkung der Feuerwaffe, und wenn er ein in der Entfernung getroffenes Wild stürzen sah, dann rannte er los wie ein Jagdhund, kannte keine Hindernisse und brachte das Tier.
Nach und nach gewöhnte sich Godfrey an ihn. Nur im Gebrauch der englischen Sprache erwies sich bis jetzt alle Mühe umsonst, Carefinotou brachte die einfachsten Wörter nicht über die Lippen. So verging die Zeit. Godfrey, der natürlich immer noch über die Möglichkeit, die Insel zu verlassen, nachdachte, sah mit Sorgen die kalte Jahreszeit kommen.
Am 27. September ereignete sich ein Zwischenfall, der ihnen viel Arbeit machte, aber auch ihre Speisekammer füllen sollte. Godfrey und Carefinotou waren an diesem Tag am Strand mit dem Einsammeln von Mollusken beschäftigt, als sie unter dem Wind eine Menge schwimmender kleiner Inseln bemerkten, die von der Flut langsam auf den Strand getrieben wurden. Was waren das für Massen, die in Gesellschaft dahergezogen kamen.
Godfrey wußte es noch nicht, als sich Carefinotou plötzlich platt auf den Bauch legte. Er zog den Kopf zwischen den Schultern ein, bog Arme und Beine zusammen und begann die Bewegungen eines Tieres nachzuahmen, das langsam am Boden kriecht.
»Schildkröten! Schildkröten!«
Ja, vor ihnen schwammen, auf der Fläche von 1 qkm, Tausende und

Godfrey und Carefinotou drehten die riesigen Amphibien auf den Rücken. »Man müßte ihnen Salz auf den Schwanz streuen«, meinte der Professor versonnen.

Abertausende von Schildkröten. Glücklicherweise strandeten einige hundert dieser Amphibien am Ufer. Godfrey und Carefinotou rannten schnell hinunter, um diesem Meereswild den Weg abzuschneiden. Sie legten sie auf den Rücken, was eine mühevolle Arbeit war.
Die nächsten Tage waren damit angefüllt, die Beute einzuholen. Das Fleisch der Schildkröten schmeckt konserviert und frisch gleichermaßen gut. Godfrey ließ den größten Teil für den Winter einsalzen. Einige Zeit hindurch gab es auch zum Frühstück eine wundervolle Lady Curzon.
Inzwischen durchstreifte Godfrey, vom treuen Carefinotou begleitet, immer wieder die Insel. Bei einem dieser Ausflüge ereignete sich etwas, das die Sicherheit der Schiffbrüchigen sehr zu gefährden schien. Godfrey jagte in einem großen Wald im Innern der Insel. Den ganzen Tag über hatten sie nur einige Antilopen in größerer Entfernung gesehen. Es war gegen 15 Uhr. Eben wollten sie zum Mittagessen zum Will-tree zurückkehren, als Carefinotou plötzlich einen ungeheuren Sprung machte. Dann eilte er auf Godfrey zu und zog ihn mit solcher Gewalt fort, daß er keinen Widerstand leisten konnte. Erst nach 20 Schritten blieb Godfrey stehen und sah Carefinotou fragend an.
Der höchst erschreckte Neger zeigte in die Entfernung von 50 m nach einem Tier. Es war ein großer brauner Bär, der mit den Vordertatzen an einem Baum lehnte und den Kopf auf- und abwärts bewegte, als wolle er den Jäger angreifen. Ohne weiter zu überlegen, schlug Godfrey das Gewehr an und gab Feuer. War der gewaltige Plattfüßler getroffen? Wahrscheinlich. War er getötet? Jedenfalls breitete er die Tatzen aus und sank am Fuß des Baumes nieder.
Jetzt durften sie nicht zögern. Ein direkter Kampf mit der Bestie hätte sie in größte Gefahr gebracht. Also rannten sie schnellstens davon.

19

»Ein Bär, warum denn ein Bär!« rief Tartelett, als Godfrey von ihrem Erlebnis erzählte. »Bisher hat es doch hier keine Bären gegeben. Und wenn es Bären gibt, dann ohne Zweifel auch Hyänen, Panther, Tiger und Löwen! Ich will sofort weg von hier!«
Godfrey bat ihn, sich zu beruhigen. Er hatte einen Bären gesehen, aber das hieß noch nicht, daß wilde Tiere bis zu ihrer Wiese vordrin-

gen würden. Auf jeden Fall mußte man vorsichtig sein. Für Tartelett begannen mit diesem Tag furchtbare Wochen, die seine Nerven schließlich derart angriffen, daß ihm – wie vielen aufgeregten Zeitgenossen in San Franzisko – nur noch ein Psychiater hätte helfen können.

»Ich will sofort weg von hier!« wiederholte er immer wieder. Das war leichter gesagt als getan.

Sie trafen alle Vorsichtsmaßnahmen, um auch einen Angriff von der Waldseite her unmöglich zu machen. Die Tür wurde verstärkt. Für die Haustiere hätte Godfrey gern einen Stall gebaut, aber das war vorerst noch eine zu schwierige Aufgabe. Also zogen sie einen Zaun, der nur einen vorläufigen Schutz bieten konnte. Der Zaun war weder hoch noch fest genug, um eine Hyäne oder einen Bären am Überspringen oder Überklettern zu hindern. Carefinotou bestand weiterhin darauf, nachts draußen zu schlafen. Gewiß wollte er seine Herren beschützen.

Eine Woche verstrich, ohne daß sich einer der furchtbaren Besucher in der Nähe blicken ließ. Sie verloren ihr Vieh nie aus den Augen, während es auf den Wiesen weidete. Meist versah Carefinotou den Dienst als Schäfer. Er nahm keine Flinte, aber ein großes Jagdmesser steckte in seinem Schurz, und in der Hand trug er eine Axt. So bewaffnet, hätte er sich ohne Zögern auf einen Tiger gestürzt.

Da sich jedoch seit ihrem Zusammentreffen mit dem Bären kein wildes Tier mehr sehen ließ, beruhigte sich Godfrey langsam. Er nahm seine Jagdzüge wieder auf. Tartelett hatte sich im Will-tree fest eingeschlossen, und er hätte sich nicht einmal für eine Tanzstunde hinausgewagt. Manchmal ging Godfrey auch allein auf die Jagd und ließ Carefinotou als Gesellschafter bei Tartelett.

Tartelett hatte sich zuerst in den Kopf gesetzt, dem Schwarzen Englisch zu lehren. Bald gab er das jedoch auf, Carefinotou hatte einfach kein Gehör für diese Sprache. Darum wollte Tartelett unbedingt die Sprache seines Schülers lernen. Godfrey hielt das für überflüssig, aber Tartelett ließ sich nicht davon abbringen, Carefinotou immer wieder verständlich zu machen, daß er ihm die Namen der Gegenstände, die er ihm zeigte, sagen solle.

Nach 14 Tagen konnte er wirklich schon 14 Wörter. Er wußte, daß Carefinotou »Binsi« für Feuer sagte, »Arudu« für Himmel und »Mervida« für Meer. Tartelett war darüber so stolz, als hätte er von der Akademie den ersten polynesischen Preis gewonnen. Zum

Dank wollte Tartelett den Schwarzen in die Geheimnisse der Choreographie einweihen.
Das hätte einer sehen müssen! Der unglückliche Carefinotou schwitzte Blut und Wasser, wenn er die elementarsten Tanzübungen machte. Er war zwar gelehrig, aber er hatte vortretende Schultern, einen aufgetriebenen Leib, die Knie waren nach innen gebogen und die Füße standen nach außen. Nun mache einer aus einer derartigen Figur einen Tanzstar! Der Professor ließ sich jedoch nicht beirren.
»Zieh die Schultern zurück, du Dummhut! Den Kopf gerade. Die Arme runder halten!«
»Tartelett, Sie verlangen aber auch unmögliches!« sagte Godfrey, der sich dieses Schauspiel mit ansah.
»Einem intelligenten Menschen ist nichts unmöglich.«
»Aber er wird doch niemals in einem Salon seine Kunst zeigen können!«
»Warum nicht? Niemandem ist eine glänzende Zukunft verschlossen.«
Dann ergriff Tartelett die Geige und kratzte einen Czardas, was Carefinotou höchst erfreute. Er machte die tollsten Sprünge und Verrenkungen, ohne daß Tartelett ihn anzufeuern brauchte. Tartelett fragte sich, ob diese Sprünge, obwohl sie ganz gegen die Regeln verstießen, dem Menschen vielleicht eigentümlich wären.
Godfrey hatte bei seinen Streifzügen keine weiteren Raubtiere zu Gesicht bekommen. Auch Fußabdrücke waren nicht zu finden. Sollte der Bär der einzige seiner Art sein? Das war völlig unerklärlich. Wenn Godfrey den Bären erlegt hatte, so hätte er doch den Kadaver finden müssen. Oder hatte das tödlich getroffene Tier sich fortgeschleppt, um in einer Höhle zu sterben. Aber Godfrey fand nicht einmal Blutspuren. Auf jeden Fall mußte man sich in acht nehmen.
Mit den ersten Tagen des September hatte die kalte Jahreszeit angefangen. Schon regnete es während mehrerer Stunden täglich. Später mußten wahrscheinlich jene endlosen Regenfälle kommen, die den Winter in diesen Breitengraden so ungemütlich machen. Nun mußte Godfrey daran denken, im Innern des Will-tree eine Feuerstelle einzurichten. Den Herd selbst konnte man zwar bequem in einer Ecke des Zimmers errichten, indem einige Steine aufeinandergeschichtet wurden, problematisch war es aber mit dem Schornstein. Godfrey kam auf den Gedanken, einige der dik-

Tartelett ergriff die Geige und brachte einen Czardas zu Gehör. Carefinotou vollbrachte begeistert die tollsten Verrenkungen.

ken und langen Bambusstangen zu verwenden, die am Ufer des Baches an einigen Stellen wuchsen.
Carefinotou hatte nach einiger Zeit begriffen, was Godfrey vorhatte, und seine Hilfe war tatsächlich sehr nützlich. Er half, genügend dicke Bambusröhren zu finden, die sie von ihrem Mark befreiten und durchstießen. Sie steckten die Röhren zusammen zu einer Länge, die ausreichte, den Rauch nach oben hin abzuleiten. Man mußte nur darauf achten, daß dieser Schornstein nicht in Flammen aufging.
Vom 3. bis 10. November regnete es ununterbrochen. Es wäre ganz unmöglich gewesen, im Freien ein Feuer zu entzünden. Während dieser traurigen Tage mußten sie im Will-tree bleiben, den sie nur verließen, wenn sie sich um das Vieh kümmern mußten.
Der Vorrat an Cama-Wurzeln ging langsam zu Ende. Da diese Wurzeln die Stelle des Brotes vertraten, war ihr Fehlen recht unangenehm. Godfrey erklärte daher am 10. November, daß er, sobald der Regen etwas nachlassen würde, zusammen mit Carefinotou ausgehen werde.
Im Laufe des Abends fing der Himmel an, sich von den schweren Wolken zu entlasten, der Regen ließ ein wenig nach und sogar die Sonne brach durch.
»Morgen werden wir aufbrechen!«
Carefinotou bestand in dieser Nacht wieder darauf, im Freien zu schlafen, was er während des stärksten Regens vermieden hatte. Als sie am nächsten Morgen um 7 Uhr den Will-tree verließen, schien tatsächlich schon die Sonne. Bewaffnet und mit Säcken versehen, schlugen sie den Weg durch das nasse Gras ein. Eine Stunde später waren sie – ohne jeden Zwischenfall – an Ort und Stelle angelangt.
3 Stunden lang füllten sie ihre Säcke mit den Camas. Dann traten sie den Rückweg an. Sie gingen nebeneinander und blickten sich ab und zu um. Sie waren an eine Biegung des Baches gekommen, als Godfrey plötzlich stehen blieb. Dieses Mal hatte er zuerst ein unbewegliches Tier entdeckt, das am Fuß eines Baumes stand und dessen Augen unheimlich leuchteten.
»Ein Tiger!«
Er täuschte sich nicht. Es war ein großer, auf den Hintertatzen stehender Tiger, der zum Sprung bereit schien. Augenblicklich hatte Godfrey den Sack fallen lassen. Die Flinte glitt in seine Hand, er spannte, zielte und gab Feuer.

»Hurra! Hurra!«

Der von der Kugel getroffene Tiger hatte einen Satz rückwärts gemacht. War er tödlich getroffen? Godfrey lud sofort nach. Ehe Godfrey Carefinotou zurückhalten konnte, war der mit dem Jagdmesser in der Hand nach der Stelle gelaufen, wo der Tiger verschwunden war. Er hörte überhaupt nicht auf die warnenden Rufe Godfreys.

Godfrey rannte also hinterher. Am Uferabhang sah er Carefinotou im Kampf mit dem Tiger, den er am Hals gepackt hatte und gegen dessen Tatzenschläge er sich heldenhaft wehrte. Endlich gelang es ihm, der Bestie das Messer bis zum Schaft ins Herz zu rennen.

Der Tiger kollerte jetzt auf den Wasserlauf zu, der durch den Regen stark angeschwollen war und der den Kadaver mit der Schnelligkeit eines Bergstroms wegriß. Nach wenigen Augenblicken war der Körper ins Meer gespült. Ein Bär! Ein Tiger! Nun war sicher, daß es hier wilde Tiere gab!

Zum Glück war Carefinotou nicht ernstlich verletzt worden. Besorgt kehrten sie zum Will-tree zurück.

20

Als Tartelett hörte, daß es auf der Insel nicht nur Bären, sondern auch Tiger gab, fing er erneut an, fürchterlich zu jammern. Die Raubtiere würden gewiß den Weg zum Will-tree finden. Dann gab es keine Sicherheit mehr. In seinem ersten Schreck verlangte der Professor richtige Fortifikationen, mindestens steinerne Mauern, Courtinen, Bastionen und Kasematten, um die Sequoia zu verteidigen. Wenn das nicht zu beschaffen war, wollte er seiner Wege gehen.

»Ja, ich auch!« antwortete Godfrey trocken.

In der Tat hatten sich die Verhältnisse geändert. Gegen den Mangel und die Kälte hatten sie sich wehren können, aber fehlten ihnen nicht die Mittel, sich gegen den Ansturm wilder Tiere zu verteidigen? Die Lage war ernst, aber nicht hoffnungslos.

»Wie kommt es nur, daß wir in den ersten 4 Monaten überhaupt kein Raubtier bemerkten, und jetzt mußten wir uns in 14 Tagen gegen einen Bären und einen Tiger wehren?«

Welche Sicherheitsmaßnahmen konnte Godfrey, der bei allem kaltblütig blieb, treffen? Zunächst wurde ausgemacht, nur noch selten Ausflüge zu machen und die wenigen schwer bewaffnet. Außerdem mußte natürlich der Will-tree gesichert werden, die Wohnung selbst, der Hühnerstall und das Tiergehege. Godfrey dachte daran, die vier oder fünf großen Mammuthbäume, die den Will-tree umstanden, miteinander zu verbinden. Wenn es ihm gelang, eine feste und hohe Palisade von einem Stamm zum anderen zu ziehen, dann befanden sie sich dahinter in einiger Sicherheit, wenigstens geschützt gegen unerwartete Überrumpelung. Godfrey schreckte vor dieser Arbeit, bei der er immerhin viele Bäume fällen und herbeischaffen mußte, nicht zurück. Tartelett war natürlich einverstanden und er versprach seine Hilfe, und merkwürdigerweise hatte auch Carefinotou schnell begriffen, um was es ging. Man machte sich also ohne Zögern ans Werk.

Nahe einer Biegung des Baches befand sich ein kleines Gehölz aus nicht allzu hohen Fichten, die sich für den Bau eigneten. Am nächsten Morgen drangen sie bis zu diesem Wald vor; doch trotz ihrer guten Bewaffnung achteten sie sorgfältig auf verdächtige Spuren. Zuerst wollten sie eine genügende Anzahl Bäume fällen, die sie dann gemeinsam zum Will-tree schleppen mußten.

Carefinotou leistete die wichtigste Arbeit. Er wußte geschickt mit Axt und Säge umzugehen und seine Körperkräfte erlaubten ihm, auch dann noch zu schuften, wenn Godfrey bereits Atemnot hatte und wenn Tartelett bereits zerschlagen an allen Gliedern kaum noch seine Geige hätte halten können. Dabei hatte Tartelett den leichtesten Teil der Arbeit bekommen: er sollte die Äste absägen. Trotzdem, hätte er auch nur ½ Dollar pro Tag bekommen, hätte er seinen Arbeitgeber immer noch zuviel gekostet.

6 Tage lang arbeiteten sie im Wald. Morgens zogen sie aus, mit einem großen Picknickpaket, und am Abend kehrten sie zum Will-tree zurück. Das Wetter war nicht gerade angenehm, oft mußten sie die Arbeit unterbrechen, um vor heftigen Regenschauern Schutz zu suchen. Am 18. November lagen alle Stämme zum Abtransport bereit. Während dieser ganzen Zeit hatte sich kein Raubtier sehen lassen. Nun mußten sie den schwierigen Transport bewältigen. Godfrey hatte die Idee, die Stämme zu Flößen zusammenzubinden und auf dem durch die Regengüsse angeschwollenen Bach zum Will-tree zu bringen. Von dieser wenig anstrengenden Methode war Tartelett natürlich besonders angetan. Binnen weniger als 3 Tagen waren die Stämme alle an ihrem Bestimmungsort eingetroffen.

Schon am nächsten Morgen begannen sich die ersten, einen Meter tief in die Erde eingerammten Pfähle zu erheben, um die stärksten Sequoien miteinander zu verbinden. Ein Flechtwerk aus starken

biegsamen Zweigen sollte die Sicherheit des Bauwerkes noch erhöhen.
»Wenn unsere Palisade fertig ist, Tartelett, dann können wir uns hier erst richtig zu Hause fühlen!«
»Zu Hause sind wir aber in der Montgomery Street.«
Dagegen ließ sich nichts einwenden.
Am 26. November war die Palisade zu ¾ errichtet. Noch 3 bis 4 Tage und die Umzäunung mußte fertig sein. Am 27. jedoch wurde ihre Arbeit durch ein unerklärliches Ereignis unterbrochen. Gegen 8 Uhr morgens war Carefinotou durch die Höhlung bis zur Gabelung der Sequoia hinaufgeklettert, um die Öffnung, durch die noch immer etwas Regen und Kälte eindrang, zu verschließen.
Plötzlich stieß er einen merkwürdigen Schrei aus. Godfrey, der an der Umzäunung arbeitete, wandte den Kopf und erblickte den Schwarzen, der durch deutliche Zeichen zu verstehen gab, daß er zu ihm heraufkommen solle. Godfrey, der wußte, daß sich Carefinotou keine Scherze erlaubte, griff das Fernrohr und kletterte innerhalb des Stammes in die Höhe, drängte sich durch die Öffnung hinaus und saß bald rittlings auf einem der gewaltigen Äste.
Carefinotou streckte den Arm in die nordöstliche Richtung und zeigte nach einer Rauchsäule, die sich in langen Wirbeln in die Luft erhob.
»Noch einmal!«
Er richtete das Fernrohr auf den Rauch: dieses Mal konnte es einfach keine Täuschung sein. Der Rauch, in vielleicht 5 km Entfernung, war deutlich sichtbar. Godfrey blickte sich nach Carefinotou um. Der Neger gab durch seine Gesten deutlich sein Erstaunen kund. Er war ebenso überrascht wie Godfrey. Auf See befand sich übrigens weder ein Schiff noch irgendein Boot.
»Dieses Mal werde ich die Feuerstelle finden.« Er gab Carefinotou zu verstehen, daß er nach ihr suchen wolle. Carefinotou war sofort bereit, ihm zu folgen. »Wenn sich dort ein menschliches Wesen aufhält, muß ich wissen, wer es ist, woher es kommt und wohin es geht.«
In der nächsten Minute waren sie unten. Sie unterrichteten Tartelett von ihrem Vorhaben, der allerdings keine Lust hatte, mit ihnen 10 km zu laufen.
»Meinetwegen gehen wir allein!« sagte Godfrey, und so brachen sie auf. Er trug ein Gewehr und einen Revolver, Carefinotou eine Axt und ein Jagdmesser.

Am Mittag, nachdem sie ein wenig gegessen hatten, kamen beide zu der ersten Felsenpartie, die das Ufer begrenzte. Der noch immer sichtbare Rauch erhob sich in einer Entfernung von einem Kilometer, und wenn sie immer geradeaus gingen, mußten sie direkt auf die Feuerstelle stoßen. Sie beeilten sich, doch immer mit soviel Vorsicht, um selbst zu überraschen, selbst aber nicht überrascht zu werden. Einige Minuten später verschwand der Rauch, als ob das Feuer urplötzlich verschwunden wäre. Godfrey hatte sich jedoch genau die Richtung gemerkt. Der Weg war bald zurückgelegt, und, um einen Felsen stürmend, standen Godfrey und Carefinotou jetzt auf dem Strand, kaum 40 Meter von der Gesteinsmasse entfernt. Sie liefen darauf zu... Niemand da! Aber diesmal verriet doch das kaum erloschene Feuer und die herumliegenden halbverbrannten Kohlenstücke unzweifelhaft, daß hier ein Brand unterhalten worden war.
»Hier ist ein Mensch gewesen!« Godfrey rief laut, keine Antwort. Carefinotou stieß einen lang anhaltenden Schrei aus, keine Seele erschien. Nun untersuchten beide alle Felsen in der Nähe nach einer Höhle oder Grotte, die einem Schiffbrüchigen oder Eingeborenen als Schlupfwinkel hätte dienen können. Doch nirgends fand sich die Spur eines Menschen. Leider blieben alle Bemühungen vergeblich, und so schlugen sie, unruhig und betroffen, gegen 3 Uhr den Rückweg zum Will-tree ein. Godfrey war tief in Gedanken; ihm erschien es, als stehe die Insel Phina unter der Herrschaft einer geheimen Macht. Es gab zu viele unerklärliche Ereignisse.
Nach einer Stunde Marsch hörten sie plötzlich ein eigenartiges Geräusch, eine Art trockenes Klappern. Carefinotou stieß Godfrey im letzten Augenblick zurück. Eben wollte sich eine im hohen Gras zusammengerollte Schlange auf Godfrey stürzen.
»Schlangen, nun sind auch noch Schlangen auf der Insel. Es ist zum Heulen!«
Es war in der Tat eine Klapperschlange und von der giftigsten Sorte. Carefinotou eilte dem Reptil nach und hackte es schließlich mit der Axt in zwei Stücke. Als Godfrey nachkam, wanden sich schon die blutenden Teile auf dem Boden. Später zeigten sich noch andere Schlangen, überall auf der Wiese, die der Bach vom Will-tree trennte. Wie kam es zu dieser plötzlichen Invasion?
»Vorwärts, vorwärts!« rief Godfrey, den dunkle Ahnungen bedrängten. Sie näherten sich der Brücke. Jetzt hörten sie lautes Geschrei, die Hilferufe eines zu Tode Erschrockenen.
»Das ist Tartelett, schnell!«

Zwanzig Schritte weiter und sie sahen Tartelett, der davonlief, so schnell ihn die Beine tragen konnten. Ein gewaltiges Krokodil, das aus dem Bach gekommen sein mußte, verfolgte ihn mit weitaufgerissenem Rachen.
Der vor Angst kopflose Mann rannte, statt nach links und rechts Haken zu schlagen, immer geradeaus... plötzlich stolperte er und fiel... er schien verloren! Godfrey blieb stehen. Er verlor glücklicherweise auch in diesem Augenblick seine Kaltblütigkeit nicht. Er schlug das Gewehr an und zielte nach einer Stelle dicht unter dem Auge des Krokodils.
Die sicher gezielte Kugel traf das Ungeheuer, das noch einen Seitensprung machte und dann regungslos niederfiel. Da rannte Carefinotou zu Tartelett, hob ihn auf – der Professor war dieses Mal mit dem Schrecken davongekommen. Es war jetzt gegen 18 Uhr. Nach einer Minute waren Godfrey und seine Gefährten im Will-tree. Ihr Abendessen verlief nicht gerade heiter.
Der Professor wiederholte nur immer wieder: »Ich möchte weg von hier, weg von hier!«

21

Die rauhe Winterzeit war gekommen. Bis Mitte Dezember gab es viele schlechte Tage und es war fast unmöglich, sich ins Freie zu begeben. Zuletzt zogen so heftige Stürme auf, die den Will-tree bis in die Wurzeln erschütterten. Die Bewohner des Will-tree kleideten sich jetzt so warm wie möglich. Die Wolldecken aus der Kiste leisteten gute Dienste, wenn sie einmal hinaus mußten, um die Bedürfnisse der Küche zu decken. Das Wetter wurde so abscheulich, daß sie sich auf das Notwendigste beschränken mußten. An eine Jagd war nicht zu denken, und der Schnee fiel mit einer Heftigkeit, daß sie sich in die Gegenden des Eismeeres versetzt glaubten.
Der Proviant erwies sich als nicht ausreichend. Das Schildkrötenfleisch ging langsam zu Ende. Sie mußten wiederholt eines ihrer Schweine oder Ziegen schlachten. Und welche trüben Gedanken bedrückten Godfrey! Es kam sogar so weit, daß er 14 Tage an einem intensiven Fieber erkrankte. Ohne die kleine Apotheke wäre es vielleicht um ihn geschehen gewesen!
Welche Erinnerungen, welche Klagen. Unzählige Male rief er in seinen Fieberträumen nach Phina.
So schlich der traurige Monat Dezember dahin. Erst gegen Ende des

Jahres erholte sich Godfrey wieder. Godfrey fürchtete jetzt vor allem, daß die Wilden, die von ihrer Anwesenheit wußten, zurückkehrten, in großer Zahl. Gegen einen derartigen Angriff hätte die Palisade keinen Schutz bieten können.

Alles in allem boten die hohen Zweige der Sequoia die sicherste Zuflucht, und es entstand also der Gedanke, einen Fluchtweg nach oben zu schaffen. Mit Hilfe Carefinotous gelang es, an der Wand des Stammes regelmäßige Stufen anzubringen, die, verbunden durch lange Pflanzentaue, ein schnelleres Aufsteigen im Innern ermöglichten.

»Nun haben wir eine Stadtwohnung unten und ein Landhaus oben!«

»Ich würde einen Keller vorziehen, vorausgesetzt, daß er in der Montgomery Street liegt.«

Ende des Jahres waren sie nun schon 6 Monate auf der Insel. Der Anfang des neuen Jahres war nicht gerade vielversprechend. Bis zum 18. Januar fiel Schnee in einem fort. Gegen Ende dieses Tages verhüllte eine feuchte kalte Nacht die ganze Insel, und der Schatten unter der Sequoia verwandelte sich in tiefste Finsternis. Vergeblich versuchten sie, auf ihren Lagerstätten zu schlafen. Bei dem ungewohnten Licht eines harzigen Spans durchblätterte Godfrey einige Seiten der Bibel.

Gegen 10 Uhr ließ sich vom nördlichen Teil der Insel ein Geräusch hören, das allmählich näher kam.

Das mußten Raubtiere sein, die in der Nähe herumstreiften und – o Schreck – dieses Mal vereinigten sich die Schreie und das Gebrüll von Panther, Tiger und Hyäne zu einem höllischen Konzert. Die drei sprangen voller unsäglicher Angst sofort hoch. Selbst Carefinotou war bleich vor Schreck.

Zwei tödlich lange Stunden lauschten alle drei in ängstlicher Spannung. Dann wurde es wieder ganz still, als wenn die Rotte wilder Tiere das Land noch nicht kannte und auf und ab rannte. Vielleicht entging der Will-tree ihrem Angriff noch einmal.

»Wenn es uns nicht gelingt, diese Tiere zu vernichten, ist es mit unserer Sicherheit auf der Insel vorbei!«

Kurz nach Mitternacht begann der Lärm von neuem, und jetzt mehr in der Nähe. Die gefährliche Herde näherte sich ohne Zweifel dem Will-tree.

Woher kam dieses Raubzeug? Es konnte doch nicht schon immer auf der Insel Phina gewesen sein. Wo befand sich diese geheimnisvolle

Höhle, die Löwen, Panther, Tiger und Schlangen ausspie? Carefinotou zeigte sich äußerst erregt, sein Gesicht war zu einer sonderbaren Grimasse verzerrt.
Tartelett seufzte, jammerte und brummte in seiner Ecke. Zweimal wagten sich Godfrey und Carefinotou bis zur Mitte der Umzäunung vor. Sie wollten sich überzeugen, ob die Tür der Holzschanzen ordentlich befestigt war. Plötzlich wälzte sich eine Lawine von Tieren lärmend nach dem Will-tree zurück. Noch waren es nur die Schweine, Ziegen, Lämmer und Hühner. Sie hatten das Geheul der Raubtiere gehört und waren entsetzt geflohen. Sie suchten Schutz hinter der Palisade. »Wir müssen ihnen öffnen!« rief Godfrey. Carefinotou hatte ihn gleich verstanden. Sie rissen die Tür auf, und die Herde stürzte sich Hals über Kopf in die Umzäunung.
Im gleichen Augenblick wurde durch die freie Öffnung ein eigentümliches Leuchten von wilden Augen sichtbar. Es war keine Zeit mehr, das Tor zu schließen.
Sich auf Godfrey werfen, ihn wider seinen Willen fortzerren und ihn in die Wohnung drängen, deren Tür er eiligst zuschlug, das vollbrachte Carefinotou alles während der Dauer eines Blitzes. Das Brüllen zeigte an, daß drei oder vier Tiere in die Palisade eingedrungen waren. Zu diesem entsetzlichen Gebrüll mischte sich bald das Grunzen und Blöken der Herde, die wie in einer Falle den Raubtieren preisgegeben war.
Offenbar begannen die Bestien die Herde zu zerfleischen. Da ergriff Tartelett in blinder Angst eine Flinte und wollte durch das Fenster auf gut Glück Feuer geben. Godfrey hielt ihn zurück.
»In dieser Dunkelheit ist jeder Schuß verloren! Es ist besser, wir warten auf den Tag.«
Godfrey mußte Tartelett die Waffe entreißen, da dieser zu keiner ordentlichen Überlegung mehr imstande war. Er warf sich schließlich schimpfend auf sein Lager und verfluchte alle Reisen, alle Reisebüros, Schiffahrtslinien und Inseln.
Godfrey und Carefinotou waren am Fenster stehengeblieben. Dort wohnten sie dem fürchterlichen Gemetzel bei, ohne etwas tun zu können. Das Geschrei der Schafe und Ziegen wurde allmählich matter, als ob sie schon alle erwürgt wären. Die kleine Ansiedlung erlitt so einen schrecklichen Verlust. Sie hatten aber gar keine Zeit, an die Zukunft zu denken, die Gegenwart war erregend genug.
Es war ihnen, als sähen sie eine große Menge Raubtiere innerhalb der Umzäunung. Und von draußen drang immer neues Gebrüll her-

ein. Wahrscheinlich wurden noch weitere Bestien durch den Blutgeruch herbeigelockt. Sie liefen hin und her und wandten sich zuweilen wütend gegen den Baum. Einzelne Schatten sprangen wie Katzen auf dem Boden umher. Die erwürgte Herde hatte nicht genügt, ihre Wut und ihren Hunger zu stillen. Weder Godfrey noch Carefinotou sprachen ein Wort. Da verriet ein lauter Knall ihre Anwesenheit. Tartelett war, geplagt von schrecklichen Halluzinationen, aufgestanden, hatte einen Revolver ergriffen und hatte, ohne daß Godfrey ihn hindern konnte, einen Schuß abgegeben, den er in seiner Einbildung genau zwischen die funkelnden Augen eines Tigers setzte.

»Unglückskuchen!« schrie Godfrey, der sich auf Tartelett stürzte. Carefinotou entwand Tartelett schnell die Waffe. Es war zu spät. Wie auf ein Signal ertönte plötzlich von draußen ein lautes Gebrüll. Man hörte gewaltige Tatzen die Rinde des Mammutbaumes abreißen. Furchtbare Stöße erschütterten die Tür.

»Wir müssen uns verteidigen!«

»Notstand!«

Godfrey nahm mit der Flinte in der Hand seinen Posten an der Tür ein. Zu seiner größten Verwunderung tat Carefinotou das gleiche – ja, der Neger nahm eine Flinte, eine Waffe, die er bisher nie angerührt hatte.

Jetzt knatterten die Gewehrschüsse durch die Fenster. Beim Aufblitzen des Mündungsfeuers konnten sie erkennen, mit welchen Feinden sie es zu tun hatten. Da sprangen innerhalb des Zauns, heulend vor Wut: Löwen, Tiger, Panther, Hyänen – 20 Stück Raubtiere wenigstens.

Godfrey und Carefinotou versuchten, ohne sich um Tartelett zu kümmern, mit sicherer Hand Tod und Verderben unter der Meute auszustreuen. Um keine Patronen zu verschwenden, warteten sie, bis sich ein Schatten näherte, dann gaben sie Feuer, und jedesmal verriet ein Aufheulen, daß sie getroffen hatten.

Nach einer Viertelstunde ließ der Lärm nach. Die Raubtiere hatten sich vielleicht zurückgezogen, oder sie warteten für einen neuen Angriff den Tag ab.

Godfrey war froh und erstaunt, daß Carefinotou mit großer Sicherheit seine Flinte hantierte. Gegen 3 Uhr morgens entstand neuer Lärm. Diesmal noch toller als zuvor. Die Situation wurde unhaltbar.

Jetzt stürmten die Bestien nämlich die Tür, und die beiden Schützen

Mit Flinten und Flüchen kämpften die Eingeschlossenen um ihr Leben.

konnten sie dort nicht erreichen. Schon krachte die Tür unter den Schlägen, ein heißer Atem drang durch die Ritzen. Noch versuchten Godfrey und Carefinotou, die Tür von innen zu verstärken, indem sie die Bettpfosten dagegen legten. Aber das konnte auf die Dauer nicht halten. Godfrey erkannte seine Ohnmacht. Wenn die blutgierigen Tiere erst einmal durchgebrochen waren, dann mußte jede Verteidigung nutzlos sein.
»Hinauf, wir müssen hinauf!« rief Godfrey.
»Ich bin schon oben!« rief Tartelett.
Godfrey nahm noch ein Paket Patronen. Dann kletterten sie hinauf, nach der Krone des Baumes, die ihnen jetzt einzig Schutz bieten konnte. Godfrey und Carefinotou waren kaum einige Meter hoch geklettert, als das Gebrüll aus dem Innern des Baumes heraufdrang. Einige Augenblicke Verspätung, und sie wären verloren gewesen. Die Tür brach in 1000 Stücke.
Oben stieß Tartelett einen Schreckensschrei aus, als sie ihre Köpfe heraushoben. Er sah nichts anderes als einen Tiger oder Panther hervorkommen. Der Professor hielt sich, mit entsetzlicher Furcht, hinabzustürzen, an einen Ast geklammert.
Carefinotou kletterte zu ihm, zwang den Ärmsten, nach einer stärkeren Astgabel zu reiten und band ihn dort mit seinem eigenen Gürtel ordentlich fest. Jetzt konnten sie nur abwarten. Godfrey bemühte sich, zu erkennen, was da unten vorging. Er hörte nur, daß die Tiere immer noch da waren.
Plötzlich, gegen 5 Uhr früh, wurde es unten im Baum überraschend hell. Bald drang der Lichtschein aus den Fenstern und der Tür. Gleichzeitig wirbelte ein beißender Rauch in das Geäst des Baumes.
»Was hat das zu bedeuten?«
Bei der Verwüstung des Will-tree hatten die Tiere die Kohlen aus dem Herd umhergeworfen, und das Feuer hatte die Möbel entzündet. Dann war auch die Rinde in Brand geraten. Die Lage der Ärmsten da oben war jetzt noch verzweifelter als vorher. Bei dem hellen Feuerschein konnten sie die Bestien um den Baum tanzen sehen.
Gleichzeitig erfolgte eine gewaltige Explosion. Die furchtbar erschütterte Sequoia erzitterte von den Wurzeln bis zu den Zweigen des Gipfels.
Das war der Pulvervorrat gewesen.
Godfrey und Carefinotou waren beinahe weggeschleudert worden. Tartelett wurde nur von seinem Gürtel gehalten. Erschreckt durch

die Explosion, vielleicht auch verletzt, flüchteten die Bestien in den Wald.
Gleichzeitig loderte das Feuer auf, das sich durch die Explosion nur noch verbreitet hatte. Das trockene Holz krachte wie 1000 Revolverschüsse. Ein gewaltiger Feuerschein erhellte jetzt die ganze Umgebung.
Bald ergriffen die Flammen die untersten Zweige, und bald mußten sie zu der Stelle vordringen, wo Godfrey und seine Gefährten saßen.
Sollten sie hier oben den Feuertod finden?
In jedem Fall war die Situation mehr als brenzlig. Schon loderten die untersten Zweige, dichter Rauch verschleierte den ersten Schein des Tages, der langsam im Osten emporstieg. Da ... ein furchtbares Krachen – die über den Wurzeln total ausgebrannte Sequoia sank etwas zusammen, neigte sich und fiel ... Beim Sturz begegnete aber der Stamm einem anderen Baum, seine mächtigen Äste verwirrten sich mit denen des anderen, und so blieb er in einem Winkel von 45° schief liegen. In diesem Augenblick glaubten Godfrey und Tartelett ihren letzten Augenblick gekommen. »Der 19. Januar!« rief da eine Stimme, die Godfrey trotz seiner Bestürzung sogleich erkannte.
Das war Carefinotou gewesen – ja, er hatte Englisch gesprochen.
»Was sagst du da?« Godfrey glitt zu Carefinotou hinüber.
»Ich sage«, antwortete Carefinotou, »daß heute Ihr Onkel Will eintreffen muß, denn wenn er nicht kommt, sind wir des Teufels fette Beute.«

22

Noch bevor Godfrey eine Antwort finden konnte, knatterten mehrere Flintenschüsse in kurzer Entfernung vom Will-tree. Gleichzeitig stellte sich (im rechten Augenblick) gleich einem Katarakt ein Gewittersturzregen ein, der sich in Strömen über die brennenden Zweige ergoß.
Was sollte Godfrey von dieser Reihe unerklärlicher Zufälle denken? Carefinotou sprach plötzlich Englisch wie ein geborener Londoner, er kündigte die Ankunft Onkel Wills an, und nun waren Gewehrschüsse zu hören.
Godfrey fragte sich, ob er noch alle Tassen im Schrank habe. Schon wurde nämlich – kaum 5 Minuten nach den ersten Schüssen – eine Gruppe Seeleute sichtbar. Godfrey und Carefinotou ließen sich am

Stamm herabgleiten, der innen noch immer brannte. Eben als Godfrey seinen Fuß auf den Boden setzte, hörte er eine Stimme:
»Godfrey, herzlich willkommen.«
»Godfrey, mein Lieber!«
»Onkel Will? Phina! Ihr beiden, hier?«
3 Sekunden später lag er in ihren Armen (in Phinas und in Onkel Wills zugleich!). Gleichzeitig erkletterten Kapitän Turcotte und seine Matrosen den Stamm der Sequoia, um Tartelett zu befreien.
»Onkel Will, wie hast du die Insel Phina finden können?«
»Die Insel Phina?« erwiderte Onkel William W. Kolderup. »Du willst wohl sagen, die Insel Spencer. Ich habe sie vor 6 Monaten gekauft.«
»Die Insel Spencer?«
»Du hast ihr meinen Namen gegeben, lieber Godfrey?«
»Der neue Name gefällt mir, Godfrey, und wir werden ihn beibehalten. Bis jetzt ist das die Insel Spencer, die kaum drei Tagesreisen von San Franzisko entfernt liegt. Ich dachte, du könntest dir hier am besten die Sporen eines Robinson verdienen.«
»Das habe ich sicherlich. Aber was ist mit der *Dream*?«
»Gar nichts. Hokuspokus.« William W. Kolderup war in bester Laune. »Die *Dream* sank ganz gemütlich nach meinen Befehlen. Sie nahm nämlich einfach den Wasserballast auf. Du glaubtest natürlich, daß die *Dream* unterging. Doch als Kapitän Turcotte sicher war, daß du und Tartelett die Küste ohne Schwierigkeiten erreichen würdet, ließ er die Maschine rückwärts laufen. Drei Tage später war er wieder in San Franzisko.«
»Also ist kein einziger Mann bei dem Schiffbruch ums Leben gekommen?«
»Niemand –, nur der unglückliche Chinese, der sich an Bord geschlichen hatte und den wir nicht wiedergefunden haben.«
»Und das Kanu?«
»War gefälscht. Wir haben es bauen lassen.«
»Und die Wilden?«
»Die Wilden, die ihr glücklicherweise nicht getroffen habt, waren ebenso gefälscht.«
»Und Carefinotou?«
»Gefälscht! Mein treuer Jup Brass hat offensichtlich seine Rolle als Freitag gut gespielt!«
»Gewiß, zweimal, bei der Begegnung mit dem Bären und dem Tiger hat er mir das Leben gerettet.«

»Onkel Will? Phina! Ihr beiden, hier?!« 3 Sekunden später lag Godfrey in Phinas Armen.

»Ja, aber Bär und Tiger waren gefälscht. Beide verpackt und eingeschifft, ohne daß du es gemerkt hast!«
»Doch sie bewegten sich doch richtig!«
»Ja, durch ein Uhrwerk, das Jup Brass in der Nacht aufgezogen hatte.«
»Also war alles gefälscht!«
»Naja, du mußtest doch einige Abwechslung haben!«
»Aber wenn du uns so prüfen wolltest, warum hast du uns dann die Kiste an den Strand gelegt?«
»Welche Kiste? Ich habe dir niemals eine Kiste geschickt!« Jetzt schlug Phina die Augen nieder.
»Also wirklich, eine Kiste, dann muß Phina Mitschuldige haben!« Onkel Will drehte sich Kapitän Turcotte zu, der jetzt laut auflachte.
»Mr. Kolderup, Ihnen kann ich widersprechen, aber Miß Phina nicht, das ist ganz unmöglich. Ich setzte also die Kiste aus.«
Den mächtigen Kopf schüttelnd, versuchte William W. Kolderup vergeblich, seine Rührung zu verbergen.
»Das nenne ich Liebe, schickt ihm eine Kiste!«
Während Godfrey nun die Reise von der lustigen Seite nahm, konnte sich Tartelett keineswegs beruhigen.
»Mr. William W. Kolderup«, sagte er, »Sie werden doch wohl nicht behaupten wollen, daß das Krokodil, dem ich beinahe elend zum Opfer gefallen bin, eine Mystifikation gewesen sei?«
»Ein Krokodil?«
»Ja, Mr. Kolderup«, mischte sich Carefinotou alias Jup Brass nun ein, »ein richtiges Krokodil, das ich in meiner Sammlung nicht mitgebracht habe.«
Godfrey berichtete nun über die Vorfälle der letzten Tage, über die Tiger, die wirklichen Panther und Schlangen, die sie auf der Insel entdeckt hatten.
Jetzt war William W. Kolderup an der Reihe, verblüfft zu sein. Die Insel Spencer, das wußte doch jedes Kind, beherbergte keine wilden Tiere.
Der Onkel begriff auch nicht, welche Bedeutung der an verschiedenen Stellen der Insel aufgestiegene Rauch haben sollte. William W. Kolderup hatte den Verdacht, daß hier irgend etwas nicht nach seinen Befehlen vorgegangen sei, und das ärgerte ihn.
Tartelett glaubte die ganze Geschichte nicht – er hielt sie für erfunden. Der fingierte Schiffsuntergang, die künstlichen Tiere, das

wollte ihm nicht in den Kopf. Und auf den Ruhm, mit einem Flintenschuß den Häuptling eines polynesischen Stammes niedergestreckt zu haben, wollte er nicht verzichten. Es konnte einfach nicht wahr sein, daß dieser angebliche Wilde nur ein Butler aus dem Haus William W. Kolderups war.

Nun war alles erzählt.

»Godfrey«, sagte William W. Kolderup, »du hast Inseln immer sehr geliebt, und ich will dir eine Freude machen: Ich schenke dir die Insel Spencer. Wenn du willst, kannst du immer hier bleiben und das Leben eines Robinson führen. Ich werde dich nicht mit Gewalt von hier fortreißen. Bleib ein Robinson, dein Leben lang!«

»Ich? Robinson?«

Da meldete sich Phina: »Godfrey, willst du wirklich auf deiner Insel bleiben?«

»Eher sterbe ich!« Er ergriff die Hand seiner Verlobten.

»Also, wenn ich hierbleibe, dann unter drei Bedingungen: 1. daß du, meine Phina, hier bleibst, 2. daß Onkel Will verspricht, uns gelegentlich zu besuchen, 3. daß der Geistliche der *Dream* uns heute noch traut.«

»Auf der *Dream* befindet sich kein Priester. Aber in San Franzisko wird's welche geben. Ich denke also, wir gehen morgen wieder in See.«

Godfrey zeigte nun den Besuchern die ganze Insel. Von ihrer Wohnstätte, dem Will-tree, war leider nicht viel übriggeblieben. Die Feuersbrunst hatte die ganze Einrichtung im Innern des hohlen Riesenbaumes vernichtet. Ohne das Eintreffen Onkel Williams wären die Schiffbrüchigen in der kalten Winterzeit gewiß schlimm dran gewesen.

»Onkel Will, wir haben unsere Wohnung nach deinem Namen genannt!«

»Sehr gut, wir werden ein Samenkorn mitnehmen und in meinen Garten in San Franzisko pflanzen. Vielleicht wächst dort auch ein Mammutbaum.«

Sie sahen in der Ferne einige Raubtiere, doch wagten sie sich nicht heran, die Matrosen erschreckten sie wahrscheinlich. Man ging an Bord, nicht ohne daß Tartelett um die Erlaubnis gebeten hätte, »sein Krokodil« als Trophäe mitzunehmen. Am Abend waren alle im Salon der *Dream* versammelt, wo sie die Verlobung Phinas und Godfreys zum zweitenmal mit einem festlichen Dinner feierten.

Am 20. Januar lichtete die *Dream* die Anker. Um 8 Uhr morgens sah

Godfrey nicht ohne innere Bewegung am westlichen Horizont gleich einem Schatten die Insel zerfließen, auf der sie 6 Monate eine so rauhe Schule durchgemacht hatten.

Am 23. gegen Mittag legte die *Dream*, nach einer Fahrt durch das Golden Gate, an der Werft in der Merchant Street an. Aber was sah man da?

Man sah aus dem Laderaum einen Mann heraufsteigen, der sich auf der *Dream* versteckt haben mußte.

Und wer war dieser Mann?

Es war der Chinese Seng Vou, der die Rückreise ebenso wie die Hinfahrt als blinder Passagier gemacht hatte.

Er trat auf William W. Kolderup zu: »Möge Mr. Kolderup mir verzeihen. Als ich an Bord der *Dream* Passage nahm, setzte ich voraus, sie fahre direkt nach Shanghai, von wo ich in meine Heimat wollte. Jetzt, da sie wieder in San Franzisko eingelaufen ist, schiffe ich mich aus.«

Alle standen staunend um den Chinesen herum.

»Du bist doch aber nicht 6 Monate im Schiffsraum geblieben?«

»Nein.«

»Und wo hast du dich verborgen?«

»Auf der Insel!«

»Du?«

»Ja.«

»Und der Rauch!?«

»Nun, ich mußte mir doch Feuer machen!«

»Und warum bist du nicht zu uns gekommen?«

»Ein Chinese lebt am liebsten allein. Er genügt sich selbst und braucht keinen anderen«, sagte Seng Vou.

Mit diesen Worten verneigte er sich nach allen Seiten, verließ das Schiff und verschwand.

»Das ist das Holz, aus dem die richtigen Robinsons geschnitzt werden«, rief William W. Kolderup. »Hast du ihn dir genau angesehen? Schade, daß er weg ist, er hätte in meiner Wäscherei arbeiten können!«

»Damit sind also die Raucherscheinungen erklärt... aber die wilden Tiere?«

»Und mein Krokodil?«

»Das werden wir später erfahren. Ich werde einen Detektiv engagieren.«

Wenige Tage später wurde mit großem Glanz die Hochzeit gefeiert.

Man kann sich vorstellen, daß dieses Fest einer der Höhepunkte der Saison in San Franzisko war. Tartelett und sein Schüler fielen in der Menge besonders durch ihr ausgezeichnetes Benehmen auf.

Tartelett hatte nur noch einen Gedanken. Leider konnte er zu seinem größten Bedauern sein Krokodil nicht als Krawattennadel tragen. Also beschloß er, es ausstopfen zu lassen. So könnte er das Ungeheuer als Zimmerschmuck ausstellen. Das Krokodil wurde also einem berühmten Konservator zugesandt, der es wenige Tage später im Palast des Onkels wieder ablieferte. Da liefen alle zusammen, das Untier zu bestaunen.

»Sie wissen doch, Mr. Kolderup, woher dieses Tier stammt?« sagte der Konservator und überreichte dabei seine Rechnung.

»Nein.«

»Es trug aber auf seinem Brustpanzer ein aufgeklebtes Etikett!«

»Ein Etikett?«

»Hier ist es!« sagte der berühmte Konservator. Er zeigte ein Stück Leder vor, auf dem mit Wäschetinte geschrieben stand:

Sendung von Hagenbeck in Hamburg
an J. R. Taskinar in Stockton. *U.A.w.g.*

Jetzt begriff William W. Kolderup alles.

Sein Gegner J. R. Taskinar, der Mitbewerber um die Insel, hatte aus Rache eine ganze Schiffsladung Raubtiere, Reptilien und schädliches Zeug von dem weltbekannten Menagerielieferanten Hagenbeck gekauft und sie auf mehreren Fahrten auf die Insel Spencer bringen lassen. Das mußte ihn ein tüchtiges Stück Geld gekostet haben.

Jetzt gab es also kein Geheimnis mehr.

»Ein guter Streich, ich hätte mir nichts Besseres ausdenken können als der Spitzbube Taskinar!«

»Aber nun ist die Insel Spencer unbewohnbar!«

»Ach was, wir schicken einen Jäger hin. Und da du, lieber Godfrey, die Reise um die Welt noch nicht gemacht hast...«

»Machen wir sie zusammen. Und wenn ein böser Stern mich zu einem Robinson machen sollte...«

»...dann hast du wenigstens eine Frau Robinson an deiner Seite!« sagte Phina.

Testament eines Exzentrikers

»Ich glaube, die Einwohner Chikagos wollen den 29. Bezirk stürmen«, sagte ein Polizist am 3. April 1897 um 8 h morgens zu seinem ebenfalls aus Irland stammenden Kollegen.

1

»Ich glaube, die Einwohner Chikagos wollen den 29. Bezirk stürmen«, sagte ein Polizist am 3. April 1897 um 8 h morgens zu seinem ebenfalls aus Irland stammenden Kollegen.
»Die Taschendiebe werden sich bei dem Gedränge ins Fäustchen lachen«, meinte der andere, »bevor sie ihre langen Finger in fremde Taschen stecken.«
»Sicher dürfen wir uns auch wieder handgreiflich um ein paar ohnmächtige Damen kümmern.«
Mindestens die Hälfte der 500000 Iren, 500000 Deutschen, 400000 Amerikaner, 50000 Engländer, 40000 Kanadier, 100000 Skandinavier, 100000 Polen und Tschechen, 15000 Juden und 10000 Franzosen, aus denen die Bevölkerung Chikagos bestand, war an diesem Morgen unterwegs. In dem unabsehbaren Menschenknäuel, das aus den drei Stadtteilen Chikagos immer neuen Zulauf erhielt, schafften sich Beamte, Postangestellte, Stadträte und Verkäufer exklusiver Modeläden mit den Ellenbogen freie Luft, marschierten Arbeiter der großen Schmalz- und Margarinefabriken (das Pfund zu 10 Cents) in Kolonnen, ebenso die gesamte Belegschaft der Waggonfabrik Pullmann, das Personal des Warenhauses Montgomery, Ward und Co, 3000 Arbeiter aus der Firma Mac Cormick, des Konstrukteurs der weltbekannten Garbenbindemaschinen, Metallarbeiter, Schuster, sowie 1800 Uhrmacher aus der Taschenuhrenfabrik Elgin.
Dahinter tauchten endlose Kolonnen Getreideverlader auf, Beamte von 27 Bahnlinien, Straßenbahnschaffner, Matrosen, Studenten, Schüler, Schauspieler, Schlachtermeister aus den Great Union Stock Yards, kurz, alle jene Bürger Chikagos, die das erstaunliche Sozialprodukt von 30 Milliarden Dollar zusammenbrachten. Damit der phantastische Umzug auch in Wort und Bild festgehalten wurde, zirkulierten zahllose Verlagsdirektoren, Redakteure, Reporter, Feuilletonschreiber, Volontäre und Kaffeeträger um die Marschsäulen und konzipierten erste Berichte für die 140 Tages- und Wochenzeitungen der großen Stadt in Illinois.
Einige spurtschnelle Journalisten, die der Spitze des noch ungeordneten Zuges vorausgeeilt waren, entdeckten plötzlich auf der La Salle Street in Höhe der Goethe Street eine hundertköpfige Musikkapelle und einen Männerchor von gleicher Stärke, und als sich die Bässe und Tenöre teilten, kam ein prachtvoller Sechsspänner zum

Vorschein, der mit goldbestickten roten Stoffen ausgelegt und mit Blumengirlanden behängt war, die auf jeder Seite von drei feierlich gekleideten Herren gehalten wurden. Etwas abseits standen die Repräsentanten der großen Chikagoer Clubs: James J. Davidson, Gordon S. Allen, Harry B. Andrews, John J. Dickinson, Thomas R. Carlisle und der Vorsitzende Georges B. Higginbotham vom Excentric Club, Mitglieder des Calumet Clubs, des Hyde Park, des Columbus, der Union League, des Vereins der irischen Amerikaner und weiterer vierzehn Verbände.

Kaum war der Musikzug in Linie zu drei Gliedern angetreten, öffnete sich der Blick auf einen neuen Zug, der von der entgegengesetzten Seite in die La Salle Street einbog. Vorneweg marschierte General James Morris mit dem gesamten Stab, der Gouverneur von Illinois, und der Bürgermeister von Chikago. In lichten Reihen folgten Abordnungen der Ingenieure, Lehrer, Rechtsanwälte, Staatsanwälte, der Fachärzte, der praktischen Ärzte, der Zahnärzte, Leichenbeschauer, der selbständigen Metzger, Haus- und Grundbesitzer sowie des Bundes der Steuerzahler. Jeder Teilnehmer trug eine Blume im Knopfloch und ein Papierfähnchen in der Hand. Zum Abschluß sprengte eine Abteilung Kavallerie in Ausgehuniformen um die Ecke und riegelte die Straße von der Menschenmenge ab, die sich aus der Innenstadt langsam und lärmend heranwälzte.

Das Haus, vor dem die sechsspännige Luxuskarosse stand, war ebenfalls festlich geschmückt und beleuchtet. Das Personal flankierte im Sonntagsstaat die marmorne Freitreppe, und durch die geöffneten Fenster waren lange Tafeln zu sehen, auf denen hauchdünnes Porzellan, Silberleuchter und Kristallkaraffen standen, an denen sich der Kerzenschein hundertfältig brach.

Schlag 9 h erscholl am Beginn der La Salle Street ein Fanfarensignal, ein dreifaches Hurrah hallte von den Häuserwänden wider, überall wurden Flaggen gehißt, und die Uniformierten marschierten im Gleichschritt los. Als sich auch die im Ehrenzug formierten Zivilisten in Bewegung setzten, fiel der Musikzug mit dem beliebten *Columbus March* ein, eine Freizeitkomposition des Professors John K. Paine. Am Ende der La Salle Street schwenkte die Vorausabteilung nach links und schlug die Richtung zum Lincolnpark ein. Obwohl Werktag war, standen dort Zehntausende von Menschen und starrten dem Festzug erwartungsvoll entgegen.

»Sieht aus wie bei der Eröffnung der Weltausstellung«, meinte einer der Spaziergänger.

»Ich gäbe etwas darum«, sagte ein Brauereiarbeiter, der mehr Bier als Wasser schwitzte, »mein Gewicht in Gold gäb ich, wenn ich unter den sechsen wäre, die da neben dem Wagen hergehen.«
»Wenn die wieder zurückkommen, sind sie allesamt Millionäre.«
Die Musikkapelle spielte nun *To the Son of Art*, und die Zuschauer schrien im Takt Hip Hip. Der Gesang hörte auch nicht auf, als der Zug den nördlichen Arm des Chikagoflusses überquerte und die Brücke gefährlich schwanken ließ. Danach bog der Ehrenzug mit dem Prachtwagen in den Boulevard Humboldt ein, streifte den Palmer Square und blieb endlich im Humboldt-Park stehen, denn es war inzwischen Mittag geworden, und die älteren Jahrgänge konnten sich kaum mehr auf den Beinen halten. Die Mittagspause wurde mit dem *Star Spangled Banner* untermalt, in den die Zuschauer sofort einfielen, mit oder ohne Butterbrot im Mund.
Um 12.30 h ging es weiter, um 14 h kam der Zug am Garfield Park an, um 14.30 h am Douglas Park und um 15 h am Gage Park, wo schon fliegende Kaffeestände für die zweite Pause aufgestellt waren. Die Musiker erwachten nun endlich aus ihrer Lethargie und spielten mit beschleunigtem Tempo die derzeit beliebten Allegri und Presti von Lecocq, Varney und Offenbach herunter. Die französisch-stämmigen Bürger wollten schon zu tanzen beginnen, wurden aber von den Deutschen, Iren und Amerikanern in eine Ecke abgedrängt. Der Andrang der Zuschauer war so überwältigend, daß beim Durchqueren des Washington Parks von 16 bis 16.30 h noch einmal eine Pause eingelegt wurde, deren musikalischer Höhepunkt die Egmont-Ouvertüre von Beethoven war.
Vom Washington Park setzte der Zug seinen Weg über die Midway Plaisance am Ufer des Michigansees bis zu einem weiteren Park fort. Während die Spitze der Marschierenden die eichenumsäumte Zufahrt betrat, intonierte das Orchester einen Straußwalzer nach dem anderen, so daß die nachfolgende Marschkolonne ständig aus dem Schritt kam. Kaum hatten der Wagen, das Musikkorps, die Ehrengäste und Soldaten das Eingangstor passiert, riegelte die Polizei den Zugang ab. Bei ihrer letzten Pause wollten die geladenen Gäste unter sich sein. Geschützt vor den Blicken Neugieriger wurden die roten Decken auf dem Wagen zurückgeschlagen. Ein verhältnismäßig schlichter Sarg kam zum Vorschein, den livrierte Diener tiefer in den Oakswood Cemetery, den größten der elf Chikagoer Friedhöfe, hineintrugen. Der Verblichene war niemand anderes als William J. Hypperbone, eines der hervorragenden Mitglieder des *Excentric*

Club, dieser weltbekannten Vereinigung gewichtiger Söhne Bruder Jonathans. Die 50 bedeutendsten Vertreter der Grundstücksmaklerbranche, der Schlachthof- und Pökelindustrie, der Eisenbahn-, Öl- und Montangesellschaften versammelten sich Abend für Abend in den Räumen des Clubs, lasen die wichtigsten Tages- und Wochenzeitungen und spielten, wie in den meisten Clubs mit eher hohen als niedrigen Einsätzen.

Die Exzentrizität des *Excentric Club* manifestierte sich allerdings nur in einem einzigen seiner Mitglieder, das sich wiederum nur durch eine einzige exzentrische Tat ausgezeichnet hatte. William J. Hypperbone, ein großer, hübscher, eleganter Yankee, mit kurzgeschnittenem, graumeliertem Haar und einem fächerförmig abstehenden, blonden und graugestreiften Bart, hatte sich im Alter von nicht einmal 40 Jahren entschlossen, eine echte Hundertjährige zu heiraten. Es begab sich aber, daß jenes ehrenwerte Fräulein Anthonia Burgoyne, das 1781 an dem Tag geboren war, als Lord Cornwallis vor den Amerikanern kapitulierte, von einem Keuchhustenanfall hinweggerafft wurde, ehe sie Gelegenheit fand, ihr Ja-Wort deutlich auszusprechen. William J. Hypperbone blieb weiterhin Junggeselle und widmete sich der Philosophie mit einer Inbrunst, die sich nur ein Mann leisten kann, der weder für sein tägliches Brot noch für eine Familie zu sorgen hat.

Nicht einmal mit seiner Gesundheit hatte William J. Hypperbone Schwierigkeiten. Kein Arzt konnte sich rühmen, jemals seinen Puls gemessen, seine Brust abgehorcht oder ihn zur Ader gelassen zu haben. Und doch war er ganz plötzlich, ohne Anzeichen eines Leidens, im besten Mannesalter gestorben. Bei der Frage, woran William J. Hypperbone gestorben war, hielt sich der Excentric Club nicht lange auf, vielmehr ging er sehr schnell zu der Frage über, wer das Riesenvermögen des vollkommen familien- und nachkommenlosen Toten erben werde. William J. Hypperbones eigentliche Familie war der *Excentric Club*. Hier hatte er seine Tage verbracht, gegessen, geschlafen und gespielt, und zwar sein Lieblingsspiel, das Edle Gänsespiel der Griechen, das er selbst im Club eingeführt hatte. Mit leuchtenden Augen pflegte er den Würfel fallen zu sehen, und er konnte es niemals erwarten, bis er von einer Gans auf die andere gesprungen war, die »Brücke« hinter sich gebracht, das »Wirtshaus« betreten, die Felder des Hirsches, der Schlange, des Löwen und anderer Tiere glücklich passiert hatte. Freilich wurde auch dabei um hohe Einsätze gespielt, und die Summen, die man als Strafe zu be-

zahlen hatte, waren so hoch, daß die Clubmitglieder hofften, aus dem Erbgut William J. Hypperbones angemessen entschädigt zu werden.
Kurz nach dem Ableben des Gänsespielers suchten zwei Clubmitglieder, der Vorsitzende Georges B. Higginbotham und Thomas R. Carlisle, den zuständigen Notar, Herrn Tornbrock auf, um sich nach den Bestimmungen des Testaments zu erkundigen. Aber statt den Herren den letzten Willen des Erblassers zu offenbaren, erklärte der Notar lediglich, daß William J. Hypperbone verlangt habe, daß sein Leichenwagen von sechs in Chikago geborenen und wohnhaften Bürgern begleitet werde, die durch Los zu bestimmen seien. Das Testament selbst sollte nach seinem Willen erst 14 Tage nach dem Begräbnis eröffnet werden. Kaum war dieser seltsame letzte Wille bekanntgeworden, stürmten Hunderte von Reportern das Büro des Notars Tornbrock und das Haus des am Spieltisch verstorbenen William J. Hypperbone in der La Salle Street. Dort war eine Urne mit mehreren hunderttausend Namenszetteln aufgestellt worden, aus denen die Namen der sechs Sargbegleiter unter notarieller Aufsicht gezogen werden sollten. Vergeblich versuchten die Lokalredakteure und Klatschkolumnisten von: *Chicago Tribune, Chicago Inter-Ocean, Chicago Evening Journal* (konservativ), *Chicago Globe, Chicago Herald, Chicago Times, Chicago Mail, Chicago Evening Post* (liberal), *Chicago Daily News, Daily News Record, Freie Presse* und *Staatszeitung* (unabhängig-überparteilich) die Namen der Sechs zu erfahren. Notar Tornbrock, ein praktischer Kopf, wollte die Namen nur dem Journalisten verraten, der den höchsten Preis zahlte. Die *Tribune* legte 10000 Dollar auf den Tisch, Tornbrock überwies das Geld an zwei der 21 Krankenhäuser, und die Tribune mußte am nächsten Tag 2500000 Exemplare ihrer Ausgabe nachdrucken. Daneben verteilte die Zeitung ein kostenloses Flugblatt mit den Namen der sechs Auserwählten überall in den USA.

Max Réal	*Harris T. Kymbale*
Tom Crabbe	*Lissy Wag*
Hermann Titbury	*Hodge Urrican*

Für die Zeitungsleser waren diese Namen zunächst nur Schall und Rauch. In der Öffentlichkeit zeigten sich die Sechs erst beim Abmarsch des Leichenzuges. Sie hielten die Girlanden und durften sie bis zum Begräbnis nicht mehr loslassen. Nach Verfügung des Verstorbenen hatten alle in ihren besten Anzügen anzutreten; an der

Verschiedenheit dessen, was die Sechs unter »bestem Anzug« verstanden, war ungefähr zu ermessen, aus welch verschiedenen Gesellschaftsschichten sie stammten.

2

An einem Teich, von Vögeln umzwitschert, stand das in einem Gemisch aus Spätgotik und Frührenaissance prangende Mausoleum, das William J. Hypperbone schon vor Jahren in Auftrag gegeben hatte. Ein über 30 m hoher spitzer Glockenturm überragte die Eichen des Friedhofs. Das Mausoleum selbst war als Mehrzweckbau, als Grabstätte wie auch als ruhige Landvilla zu verwenden. Als der Leichenzug das Mausoleum erreichte, standen die sonst geschlossenen Aluminiumgitter weit geöffnet, die bronzenen Eingangstüren waren zurückgeschlagen und gaben den Blick in die Vorhalle frei, wo sich Liegestätten locker um eine große chinesische Vase gruppierten. Da sich bereits die Dämmerung herabsenkte, war ein kostbarer elektrischer Lüster eingeschaltet und beleuchtete die Treppe und den blumenumsäumten Zugang.
Als der Sarg vom Wagen gehoben wurde, schrien die paar hundert übriggebliebenen Zuschauer vor Begeisterung auf und konnten nur durch das modulationsfähige Organ des Pfarrers Bingham beruhigt werden, der eine gemäßigte christliche Ansprache hielt, seine Redezeit aber so weit überschritt, daß Chopins Trauermarsch in doppeltem Tempo heruntergespielt werden mußte, was wiederum den amerikanischen Musikern eher Vergnügen als Verdruß bereitete. Nach diesem mit überschäumendem Beifall bedachten, glänzend gelungenen Programmpunkt trat der Vorsitzende des Excentric Clubs, George B. Higginbotham aus den Reihen der Sargbegleiter vor und gab einen bescheidenen Überblick über den Lebenslauf seines toten Freundes:
»Wir alle dürfen in William J. Hypperbone ein Vorbild für unsere Jugend erblicken. Mit 25 Jahren noch Eigentümer eines bescheidenen Vermögens, entwickelte er sich in wenigen Jahren zu einem salomonischen Grundstücksmakler, zu einem geachteten Millionär, dem geschicktesten Aktionär in der Geschichte des amerikanischen Eisenbahnwesens, dem klügsten Spekulanten, der jemals in Chikago gelebt hat. So vermögend unser Freund auch war, so freigebig haben wir ihn gekannt; ohne Zweifel hätte er seiner Generosität auch in ungeheuren Staatsanleihen Ausdruck verliehen, wenn die-

ser vortrefflichste aller Staaten Anleihen nötig gehabt hätte. Der Tod William J. Hypperbones ist nicht nur für den *Excentric Club* und die Stadt Chikago ein unersetzlicher Verlust, auch die Welt, das heißt, Amerika, wird noch schmerzlich fühlen, welcher Mann aus unserer Mitte genommen wurde, wenn es die Ehre haben wird, die ohne Zweifel aufsehenerregenden Paragraphen seines Testaments kennenzulernen.«

Die Zuschauer fanden kaum Zeit, diese und noch viele andere Worte in ihrem Herzen zu bewegen, da fielen Chor und Orchester mit dem brausenden Hallelujah aus Händels Messias ein. Die sechs Auserwählten legten ihre Hände an die Sarggriffe, die Mitglieder des *Excentric Club* stellten sich in Marschordnung auf, und die Gelenkigsten unter den Schaulustigen kletterten auf die umstehenden Bäume.

Plötzlich schrillten unsichtbare Fanfaren, und gleichzeitig flatterten unzählige mit bunten Bändern geschmückte Vögel auf, zogen über dem Weiher Kreise und setzten sich in die Kronen der hundertjährigen Eichen. Alle blickten nach oben, und in den Jubel der befreiten Vögel mischte sich das beifällige Gemurmel über die wohlgeratene Himmelfahrt.

Inzwischen hatten die sargtragenden Sechs die Vorhalle des Mausoleums durchquert und traten gemessenen Schritts in den runden Kuppelsaal, durch dessen gläsernes Oberlicht der letzte Schimmer des Tages fiel. Als die paar hundert geladenen Gäste versammelt und von den marmornen Faunen und Nymphen, die der Verstorbene mit Leidenschaft gesammelt hatte, nicht mehr zu unterscheiden waren, legten die Sechs den Sarg in die vorbereitete Grabstätte. Georges B. Higginbotham dankte ihnen mit warmen Worten, Pfarrer Bingham gab Gebet und Segen, schon wollten die livrierten Diener die schwere Grabplatte behutsam auf den Sarg stürzen, da trat Notar Tornbrock aus den Zuschauern hervor und las eine Mitteilung William J. Hypperbones vor:

> *Es ist unter anderem mein Wille, daß mein Grab noch zwölf Tage offenbleibt, daß die sechs Ausgelosten am 12. Tag ihre Visitenkarten auf meinen Sarg legen, und daß Notar Tornbrock am 12. Tag um 12 h mein Testament im Auditorium öffentlich bekanntgibt.*
>
> *William J. Hypperbone.*

Die Livrierten setzten den Grabdeckel wieder ab, das Publikum zerstreute sich, die Friedhofswärter verschlossen das Gitter vor dem

Mausoleum. Es schlug bereits 20 h vom Kapellenturm, als endlich wieder Ruhe in den Oakswood Cemetery einkehrte.
Da nun der Verstorbene zu Grabe getragen war, rückten die sechs Auserwählten in den Mittelpunkt des öffentlichen Interesses. Die Zeitungsleser wollten natürlich wissen, in welcher Stimmung die mutmaßlichen Erben die Testamentseröffnung erwarteten. Also wurden auf Drängen der Leserparlamente Hundertschaften von Reportern in die Wohnungen der Sechs geschickt. Als ein Berichterstatter bei Commodore Urrican, einem pensionierten Offizier der Kriegsmarine, in der Randolph Street 73 klingelte, wurde er kurzerhand hinausgeworfen. Der Journalist wäre am liebsten gleich von selbst gegangen, als er den bärbeißigen Mariner die Augen unter den buschigen Brauen rollen sah, aber seine Berufspflicht zwang ihn, die Schimpfkanonade des Commodore bis zum bitteren Ende auszuhalten. Zur gleichen Zeit klopfte der Lokalreporter der *Chicago Globe* an die Tür der South Halsted Street Nr. 3997. Ein 17jähriger Neger öffnete und teilte ihm bedauernd mit, sein Herr Max Réal sei schon in aller Herrgottsfrühe ausgegangen. Den Artikel über Max Réal konnte der Reporter zum Glück auch ohne Interview abliefern, denn der Gesuchte war ein bekannter Mann, ein erst 25 Jahre alter, doch in Kunsthandelskreisen längst als publikumswirksam geschätzter und gut bezahlter Landschaftsmaler.
Mit dem dritten Mann, Harris T. Kymbale, hatten die Zeitungen mehr Glück. Kymbale war selbst Journalist, Chefreporter des Lokalteils der *Tribune*, und er beantwortete alle Fragen schneller, als sie gestellt wurden. Mit bewundernswerter Zuversicht glaubte er daran, daß William J. Hypperbones Testament ein Sechstel des Erbes für ihn bereithalten würde.
Inzwischen war ein Kollege von der *Staatszeitung* in die Robey Street gefahren, um Hermann Titbury aufzusuchen. Eine fast 2 m große Kochmamsell streckte ihren Wuschelkopf aus der Tür. Auf ihren Ruf erschien aber nicht der Gesuchte, sondern seine um zwei Jahre ältere Ehefrau, ebenfalls rothaarig, deutschstämmig und geizig. Ihr Mann verbäte sich jede Störung, brüllte sie und feuerte die Tür wieder zu. Der Berichterstatter hatte schon von den Nachbarn gehört, daß mit den Titburys nicht gut Kirschen essen sei. Hermann Titbury war kein seriöser Geschäftsmann, sondern ein Wucherer, Pfandleiher und Kloakenbankier, der den kleinen Leuten für kleine Darlehen unverschämte Summen aus der Tasche zog.

Seine Behausung wirkte von außen eher wie ein vergitterter Geldschrank als ein Heim, in dem man sich behaglich fühlen konnte.
In derselben Stunde streiften zwei Reporter der *Freien Presse* durch die Calumet Street und fragten einen Polizisten nach der Wohnung Tom Crabbes. Jedes Kind in dieser Gegend hätte gewußt, wo Tom Crabbe, der berühmte Profiboxer und Champion wohnte, der unter der Fuchtel seines Trainers und Hauswirts John Milner den berühmten Fitzsimons aufs Kreuz gelegt hatte. John Milner empfing die Journalisten mit griesgrämigem Gesicht. Als er aber hörte, daß die Herren von der Zeitung kamen und einen Bericht über seinen Schützling schreiben wollten, führte er sie sofort in den Speisesalon, wo der 2 m große, an den Schultern 1 m breite, 533 Pfund schwere Boxer am Frühstückstisch saß und mit einem Kieferdruck von 234 Pond ein riesiges halbrohes Steak bearbeitete. Tom Crabbe ließ sich nicht im geringsten stören. Die Fragen beantwortete der glatte, redegewandte John Milner.
»Warum sagt Herr Crabbe denn nichts?« fragte einer der Reporter.
»Warum soll er sich denn die Zunge abnützen?« meinte der Trainer.
»Sein Gehirn wird er wohl auch nicht anstrengen.«
»Wozu soll er denn denken? Herr Crabbe ist in erster Linie eine Faust mit den dazu notwendigen vorgeschalteten Körperteilen und Organen.«
Ein Berichterstatter des *Chicago Herald* mußte in einer Mietskaserne an der Sheridan Street neun Treppen steigen, bis er vor der Wohnung Lissy Wags stand, einer 21jährigen Vollwaise, die sich als subalterne Kassiererin im Modegeschäft Marshall Field mühsam durchs Leben schlug. Als Fräulein Wag von ihrer Auslosung erfahren hatte, sträubte sie sich mit Händen und Füßen, vor die Öffentlichkeit zu treten. Erst auf Zureden ihrer ebenfalls hübschen Freundin Jovita Foley, mit der sie zusammenwohnte, nahm sie an dem denkwürdigen Begräbnis teil. Sie ließ sich nachher aber um keinen Preis der Welt dazu bewegen, den Reporter zu empfangen.
»Zuerst kommen die Reporter, dann die Photographen und schließlich kennt jedermann meine Intimsphäre!« rief Lissy Wag.
»Du wirst nicht verhindern können, daß du berühmt wirst«, antwortete Jovita Foley. »Spätestens wenn du die Erbschaft angetreten hast, wird man dich überall kennen.«
Aber an die Erbschaft glaubte Lissy Wag nicht. Sie wollte das Thea-

»Warum sagt Herr Crabbe denn nichts?« fragte einer der Reporter. »Warum soll er sich denn die Zunge abnützen?« meinte der Trainer.

ter nur mitmachen, um nicht als Spielverderberin zu gelten. Ihre Freundin hingegen fieberte dem Tag entgegen, an dem das Testament eröffnet werden sollte.
Schließlich waren die längsten zwei Wochen im Leben von fünf der sechs Ausgelosten verstrichen. Am Morgen des 15. April legten die Sechs ihre Karten auf den Sarg, die Marmorplatte wurde unter der Aufsicht des Notars auf das Grabmal gesenkt, dann sagten alle dem Entschlafenen ein letztes Lebewohl.

3

Am 15. April mußte das 19. Viertel Chikagos fast ebenso viele Schaulustige aufnehmen wie am Tag des Begräbnisses William J. Hypperbones. Stündlich spuckten die 1300 pro Tag einlaufenden Züge Tausende und Abertausende Besucher aus allen Nachbarstaaten in die Stadt. Ziel der ungeheuren Bürger- und Völkerwanderung war das zehnstöckige, von einem mehrere hundert Meter hohen klotzigen Turm überragte Auditorium, ein Hotel mit vielen tausend Betten und einem Theatersaal, der 8000 Zuschauern Platz bot.
Obwohl das Theater schon eine halbe Stunde nach Saalöffnung überfüllt war, obwohl der Notar die Zahl der Sitzplätze hatte verdoppeln lassen, um 10 000 Dollar Mehreinnahmen an Eintrittsgeld an zwei Kinderkrankenhäuser überweisen zu können, stauten sich noch zehntausend vor den Kassen des Auditoriums. Im Hintergrund der Bühne nahmen der Bürgermeister, die Stadträte und die Mitglieder des *Excentric Club* Platz, während die sechs Ausgelosten ganz vorn an der Rampe saßen. Für Tom Crabbe hatte man ein Sofa auf die Bühne schaffen müssen, weil ein Sessel unter seinem mächtigen Hinterteil zusammengebrochen war.
Als der erste Schlag des Zwölf-Uhr-Läutens durch das Auditorium hallte, verbreitete sich ein geflüstertes *Ah!* wie ein Windhauch über den Zuschauerraum. Notar Tornbrock sprang von seinem Sitz in der Mitte der Bühne, wartete den letzten Glockenschlag ab und ergriff eine dicke Mappe. Mit zitternden Fingern erbrach er die drei Siegel und zog ein Heft, eine zusammengefaltete Karte und einen kleinen Kasten heraus. Zunächst hielt er sich das Heft vor die Augen und begann bedächtig zu lesen:
Das folgende Testament habe ich am 3. Juli 1895 in vollkommen nüchternem Zustand aufgeschrieben. Herr Tornbrock wird die Aus-

Mit zitternden Fingern erbrach Notar Tornbrock die 3 Siegel und zog ein Heft, eine zusammengefaltete Karte und einen kleinen Kasten heraus.

führung meines letzten Willens in Zusammenarbeit mit Herrn Higginbotham vom Excentric Club *streng überwachen. Da sich bisher kein einziges Mitglied des* Excentric Club, *auch nicht der Verfasser dieses Testaments, durch exzentrische Handlungen ausgezeichnet hat, soll dieses Versäumnis wenigstens nach meinem Tod nachgeholt werden.* (Murmeln und Raunen).

Meine lieben Clubkameraden wissen, daß ich vor Zeiten das Edle Gänsespiel in unserem Club eingeführt habe. An diesem Spiel hat mir am meisten gefallen, daß man vollkommen dem Zufall überlassen ist und sich in Geduld und Langmut üben muß.

Das Edle Gänsespiel besteht aus einem Brett mit 61 Feldern. Auf 14 Feldern ist jeweils eine Gans abgebildet, jenes Tier, das sprichwörtlich dumm sein soll und in Wirklichkeit so klug ist, daß man ihm spätestens seit der Warnung vor dem Einfall der Gallier in Rom ein immerwährendes Denkmal hätte setzen müssen.

Auf sechs der restlichen 47 Felder muß der Spieler einen Einsatz bezahlen; und zwar auf Feld Nr. 6, der Brücke zu Nr. 12, den einfachen Betrag; auf Nr. 19 den doppelten, wo man im Wirtshaus warten muß, bis die anderen Spieler zweimal gewürfelt haben; den dreifachen auf Nr. 31, wo der Spieler so lange im Schacht sitzen muß, bis ein anderer ihn befreit; den doppelten auf dem 42. Feld, dem Labyrinth, von wo er wieder zum 30. Feld zurückgehen muß; den dreifachen auf Nr. 51, wo er von einem Mitspieler abgelöst werden muß, und schließlich ebenfalls den dreifachen auf Feld 57, wo einem ein Totenkopf entgegengrinst und auslacht, weil man wieder von vorne anfangen muß. (Unwilliges Geflüster an einigen Stellen).

In dem beigefügten Kästchen sind zwei gewöhnliche Würfel; die Karte habe ich nach der Idee für ein ähnliches Spiel selbst entworfen. (Man muß um Ruhe bitten)

Dieses Spiel habe ich als Widmung an mein Land erdacht, das ich glühend liebe und verehre wie nichts sonst auf der Welt. (Applaus)

Zur Union gehören 48 Staaten. 47 davon schreiben wir einfach hin, und einen 14mal. So haben wir aus dem Edlen Gänsespiel ein Edles Vereinigte Staaten-Spiel gemacht. (Vielstimmiger Jubel)

Aber welcher Staat hat es verdient, im Edlen Vereinigte Staaten-Spiel 14mal vorzukommen? Es gibt nur einen: unser begnadetes Illinois. (Minutenlanger Applaus)

Die sechs durch das Los ausgewählten Mitspieler werden persönlich

in den Bundesstaat reisen, der ihnen durch die Zahl der jeweiligen Würfelaugen angegeben wird. Vom 14. Tag nach der Testamentseröffnung an wird Notar Tornbrock in Gegenwart mehrerer Mitglieder des Excentric Club *pünktlich um 8 h morgens an jedem zweiten Tag die Würfel werfen und die Augenzahl sowohl laut ansagen als auch unverzüglich per Telegramm an den Ort melden, wo sich der betreffende Spieler bei Strafe des Ausschlusses aufhalten muß. Ich gehe im übrigen von der Voraussetzung aus, daß man bei den heutigen Verkehrsverhältnissen jeden Punkt in den Vereinigten Staaten, welche um keinen Preis verlassen werden dürfen, von jedem anderen Punkt aus innerhalb von 14 Tagen erreichen kann.*
Die Sechs haben ihre Reisekosten und die fälligen Einsätze selbst zu bezahlen. Ein Einsatz ist auf die mäßige Summe von 1000 Dollar festgelegt.
Zum Umfang meiner Hinterlassenschaften habe ich zu bemerken, daß meine Immobilien sowie meine verschiedenen Wertpapiere insgesamt etwa 60 Millionen Dollar wert sind.
Der Sieger im Edlen Spiel ist gleichzeitig mein Universalerbe. Wer zuerst im 63. Feld ankommt, also das 14. Illinois-Feld trifft, hat gewonnen. Der zweite soll eine kleine Entschädigung erhalten, und zwar die Summe seiner Einsätze.
Sollten alle Mitspieler freiwillig oder wegen Disqualifizierung aus dem Spiel ausscheiden, dann wird mein gesamtes Vermögen der Stadt Chikago übereignet.
Ich verlange, daß mein letzter Wille peinlich genau befolgt wird. Notar Tornbrock und Georges B. Higginbotham werden darauf achten. Gott möge seine Hand über das Spiel halten und den Würdigsten unter den Spielern gewinnen lassen.
Einige Sekunden war es still im Saal, dann folgte ein müdes Hurra. Die Zuschauer waren schon aufgestanden, da rief der Notar:
Halt, es gibt auch noch einen Kodizill. Darin heißt es:
Ich habe selbst noch einen siebten Partner bestimmt, der unter dem Zeichen X. K. Z. nach den üblichen Regeln mitspielen wird. Sein Name wird nur dann genannt, wenn er das Spiel gewinnt. Das ist der letzte Punkt meines letzten Willens.
Zunächst mit gemischten Gefühlen, dann aber doch begeistert, verließen die Zuschauer den Saal. Die Neugierigen, die nicht hatten dabeisein können, lasen die wichtigsten Einzelheiten über das Edle Vereinigte Staaten-Spiel schon in der Abendausgabe ihrer Zeitung. Sofort wollten Millionen von Lesern wissen, wie diese geheimnis-

volle Karte der Vereinigten Staaten aussah. Notar Tornbrock setzte alle Hebel in Bewegung und ließ innerhalb von 24 h eine genaue Abschrift der Originalkarte zeichnen, gravieren und farbig drucken. Am nächsten Tag wurden Millionen von Exemplaren auf den Markt geworfen, das Stück für 2 Cents, damit auch die Ärmsten der Armen den Verlauf des Spiels verfolgen und ihre Stecknadelfähnchen nach dem jeweiligen Stand des Spiels einstecken konnten.
Die Bundesstaaten der USA waren in folgender Ordnung aufgeführt:

1. Rhode Island
2. Maine
3. Tennessee
4. Utah
5. *Illinois*
6. New York
7. Massachusetts
8. Kansas
9. *Illinois*
10. Colorado
11. Texas
12. New Mexico
13. Montana
14. *Illinois*
15. Mississippi
16. Connecticut
17. Iowa
18. *Illinois*
19. Louisiana
20. Delaware
21. New Hampshire
22. South-Carolina
23. *Illinois*
24. Michigan
25. Georgia
26. Wisconsin
27. *Illinois*
28. Wyoming
29. Oklahoma
30. Washington
31. Nevada

32. *Illinois*
33. North-Dakota
34. New Jersey
35. Ohio
36. *Illinois*
37. West-Virginia
38. Kentucky
39. South-Dakota
40. Maryland
41. *Illinois*
42. Nebraska
43. Idaho
44. Virginia
45. *Illinois*
46. Pennsylvania
47. Vermont
48. Alabama
49. *Illinois*
50. Minnesota
51. Missouri
52. Florida
53. *Illinois*
54. North-Carolina
55. Indiana
56. Arkansas
57. California
58. *Illinois*
59. Arizona
60. Oregon
61. *Illinois*

Auf der Rückseite der Karte waren die Spielregeln abgedruckt. Es hieß dort:

Feld 6, der Staat New York (Brücke). Einfachen Einsatz zahlen und auf Feld 12 (New Mexico) weiterrücken.

Feld 19, Louisiana (Wirtshaus), doppelten Einsatz zahlen, Partner zweimal würfeln lassen.

Feld 31, Nevada (Schacht), Ablösung abwarten und einen Einsatz zahlen.

Feld 42, Nebraska (Labyrinth), dreifachen Einsatz zahlen und auf Feld 30 zurück.

Feld 51, Missouri (Gefängnis), dreifachen Einsatz zahlen und Ablösung abwarten.
Feld 57, Kalifornien (Totenkopf), einfachen Einsatz zahlen und auf Feld 1 zurück.
Wer ein Illinois-Feld erreicht, muß noch einmal um die gleiche Augenzahl weiterrücken. Wirft ein Spieler beim ersten Mal 9 Augen, und zwar einmal 3 und einmal 6, so bleibt er auf Feld 26 stehen; bei 5 und 4 Augen kann er bis auf Feld 53 vorrücken.
Wird ein Spieler von einem anderen eingeholt, so muß er ihm das Feld räumen, auf dessen letzten Standort zurück und außerdem einen Einsatz bezahlen. Hat er das Feld jedoch einen Tag vor der Ankunft des anderen Spielers geräumt, dann darf er ungeschoren weiterreisen.
Die sechs Mitspieler fanden sich nicht alle gleichmütig mit den Spielregeln ab, besonders nicht mit den Zahlungsverpflichtungen. Obwohl Hermann Titbury, Commodore Urrican und der Boxmanager John Milner (in Vertretung Tom Crabbes) genug Geld besaßen, fluchten sie darüber, daß sie die Reise mit Nebenkosten und Einsätzen aus eigener Tasche bezahlen sollten. Die drei weniger Bemittelten machten sich über Geldfragen keine Gedanken. Max Réal erhoffte sich von einer Reise kreuz und quer durch die USA eine Sammlung neuer Motive für seine Malerei, Harris T. Kymbale rechnete mit Gelegenheiten für aufsehenerregende Reportagen, und Lissy Wag war sich immer noch nicht schlüssig, was sie von der ganzen Geschichte zu halten hatte.
Die amerikanische Öffentlichkeit schien es aber zu wissen. Im Nu waren Wettbüros eingerichtet, in denen man zu beliebigen Summen auf die Köpfe der Spieler setzen konnte. Auf Initiative einer Zeitung wollten die Spieler übrigens ein Abkommen treffen, wonach der Gewinner die Hälfte, nämlich 30 Millionen, behalten durfte, die andere Hälfte aber unter seinen Mitspielern verteilen sollte. Alle unterschrieben, bis auf Commodore Urrican und den mysteriösen X. K. Z., an dessen Unauffindbarkeit jedes Einverständnis unter den Spielern scheitern mußte. Wie lange das Wettspiel dauern würde, konnte niemand voraussagen. Es konnte schon nach ein paar Wochen beendet sein, sich aber auch über Jahre hinziehen. Die Hotelbesitzer jedenfalls freuten sich auf die unerwartete Reisesaison und überzogen ihre Betten vorsorglich mit frischer Wäsche.
Inzwischen bestimmte der Notar durch Los die Reihenfolge der Spieler. Max Réal sollte als 1. von Chikago abreisen, dann Tom

Im Nu waren Wettbüros eingerichtet, in denen man zu beliebigen Summen auf die Köpfe der Spieler setzen konnte.

Crabbe, Hermann Titbury, Harris T. Kymbale, Lissy Wag und zuletzt Commodore Urrican. Der alte Mariner tobte natürlich, daß ein Zivilist und ein Kunstmaler dazu weit vor ihm plaziert waren, auch Jovita Foley ärgerte sich, daß ihre Freundin erst als 5. abfahren durfte. Der Boxer dagegen machte sich überhaupt keine Gedanken. Er aß Tag für Tag sechs Kraftmahlzeiten und überließ alles andere seinem nimmermüden Manager, der das Spiel zur Propaganda für seinen Schützling weidlich ausnutzte.
Am 30. April hob Notar Tornbrock den Würfelbecher hoch, schüttelte ihn, und vor den Augen der Spieler und der Exzentriker blieben beide Würfel, jeweils vier Augen zeigend, auf dem Tisch des Auditoriums liegen.
»Vier plus vier!« rief der Notar.
»Acht!« antworteten die Zuhörer im Chor.
Max Réal mußte demnach in den Staat Kansas fahren.
»Spieler Réal, machen Sie sich zur Abreise fertig«, sagte der Notar.
»Ich bin bereit zu fahren und zu gewinnen!« antwortete der Maler.
»Alles Gute, Kamerad«, sagte Harris T. Kymbale und drückte Max Réal warm die Hand.
Als Max Réal an Lissy Wag vorbeiging, wünschte er ihr eine glückliche Reise und viel Erfolg. Das Mädchen wurde rot und schwieg; Jovita Foley flüsterte ihr ins Ohr:
»Dieser Max Réal ist wirklich ein hübscher Junge.«
Am nächsten Morgen warf sich der Maler den Rucksack auf den Buckel, nahm Farben, Staffelei und Leinwände in die Hand, verabschiedete sich von seiner weinenden Mutter und marschierte mit seinem farbigen Burschen Tommy zum Hauptbahnhof.
Hunderte von Schaulustigen erwarteten ihn am Bahnsteig. Viele wollten den Spieler erst einmal sehen, bevor sie auf ihn setzten. Als der Maler auftauchte, ging ein mißfälliges Raunen durch die Menge. Man hatte einen durch und durch vom Ernst der nationalen Sache gezeichneten Mann erwartet; statt dessen stolzierte ein luftiger Maler mit Pinsel und Farben in der Hand am Zug entlang.

4

Max Réal hatte gehofft, durch bunte, sonnenbeschienene Landschaften bis nach Fort Riley, Kansas, fahren zu können. Nun aber verdeckten Regen und Nebel jede Sicht. Bahnhöfe, Städte und Dörfer flogen vorbei, ohne daß Max Réals suchendes Auge mehr als Schemen wahrgenommen hätte. Gegen Abend endlich lichteten sich die Wolken, und die Sonne versank inmitten schillernder Strahlenbündel hinter dem Horizont. Max Réal sperrte Mund und Nase auf. Doch ehe er seinen Skizzenblock hervorgezogen und die einmalige Farbensymphonie flüchtig festgehalten hatte, war schon die Nacht hereingebrochen. Die Nacht über raste der Zug durch die Getreideebenen von Iowa und hielt kurz nach Sonnenaufgang in Council Bluffs am linken Missouriufer an.

»Aussteigen!« rief Max Réal seinem dösenden Gehilfen zu.

»Sind wir schon da?« fragte Tommy.

»Man ist immer da, wenn man da sein will«, antwortete der Maler.

Als die beiden jungen Männer wenig später durch die Straßen von Omaha auf der anderen Seite des Missouri schlenderten, wurden sie von niemandem erkannt, obwohl natürlich auch die Bürger von Omaha eifrige Anhänger des Edlen USA-Spiels waren. Max Réal hatte aber niemandem seine Reiseroute verraten, weil er im Gegensatz zu Harris T. Kymbale und Tom Crabbe möglichst wenig Aufsehen erregen wollte. Um 10 h kletterten die Reisenden an Deck der *Dean Richmond*, eines Raddampfers, der sie in einem Tag bis nach Kansas City bringen sollte. Max Réal hockte sich gleich an die Reeling und zeichnete wild drauflos, sobald ihm der Anblick des Flußufers künstlerisch ergiebig schien. Am besten gelang ihm ein Porträt der Brücke von Leavenworth, die den Missouri in einem atemberaubend kühnen Bogen überspannte.

Kurz vor Mitternacht schifften sich Max Réal und Tommy in Kansas City aus und mieteten in einem bürgerlichen Hotel ein ruhiges Zimmer, in dem sie nach der anstrengenden Fahrt fast den ganzen nächsten Tag verschliefen. Es hielt sie aber nichts in der Stadt, und am Morgen des 4. Mai stiegen sie bereits wieder in den Zug in Richtung Fort Riley. Doch kaum hatten sie es sich gemütlich gemacht, da ließ Max Réal wieder aussteigen, weil er in der Nähe einer kleinen Bahnstation ein wunderbares Panorama entdeckt hatte.

Bei dieser Fahrweise brauchten die beiden eine ganze Woche bis To-

peka, wo sie am 13. Mai ankamen. Überall waren große Photographien von Max Réal angeschlagen, deshalb beeilte sich der Maler, daß er wieder aus der Stadt hinauskam. Gleich am nächsten Morgen nahm er den Zug nach Fort Riley. Wenige Kilometer vor dem Ziel hielt er es aber nicht mehr aus und verließ auf einer verlassenen Bahnstation den Zug. Stundenlang marschierten die beiden am linken Ufer des Kansas entlang, bis Max Réal an einer Flußbiegung unter einer alten Zypresse ein derart faszinierendes Licht- und Farbenspiel entdeckte, daß er in Begeisterungsrufe ausbrach. Im Nu hatte er seine Staffelei aufgebaut und mit glühenden Augen Farben gemischt. Eine Stunde lang malte er verzückt vor sich hin, bis ihn plötzlich Tommy aufscheuchte.
»Herr Réal, packen Sie Ihren Kram zusammen, sonst werden wir zu Tode getrampelt!«
Jetzt hörte auch der Maler ein rasend anschwellendes Gestampfe; der Boden zitterte, und auf einmal kamen in einer Staubwolke Tausende von Pferden und Eseln zum Vorschein, die genau auf den schmalen Uferstreifen zugaloppierten. Max Réal und Tommy liefen, was sie konnten, aber ihr Vorsprung wurde immer kleiner. Im letzten Augenblick fanden sie einen Nußbaum und zogen sich an seinen unteren Ästen hoch. Mit Gebrause sausten die Rücken der Tiere unter ihren Füßen vorüber. Staubbedeckt wanderten sie wenig später am Kansas entlang und erreichten um 20 h das Jackson Hotel in Fort Riley. Max Réal ging am nächsten Morgen zum Postamt und fragte nach dem Telegramm. Der Beamte versprach, die erwartete Depesche sofort ins Hotel bringen zu lassen. Damit war es mit Max Réals Inkognito aber auch aus; die halbe Stadt brachte ihn jubelnd und schreiend in sein Hotel zurück.
Da sich der Maler abseits der großen Städte gehalten hatte, wußte er nicht, daß Tom Crabbe und John Milner zwei Tage nach ihm auf Grund eines Würfelwurfes von 5 + 6 nach Texas abgereist waren. Der Trainer hatte sich dafür entschieden, bis zur Hauptstadt von Louisiana mit dem Zug zu fahren, um von dort entweder per Schiff oder per Eisenbahn Austin, die Hauptstadt von Texas, zu erreichen. Unterwegs machte John Milner für seinen Schützling überall Reklame. An jedem Bahnhof befahl er ihm, sich in voller Lebensgröße ans Fenster zu stellen und ein paar Muskeln spielen zu lassen. Die meiste Zeit verschlief der Boxer und damit den größten Teil der Fahrt durch Illinois, Kentucky, Tennessee und Mississippi. Am Bahnhof von Jackson gab es einen größeren Auflauf, weil ein be-

kannter Anthropologe namens Kil Kirney die Größe Tom Crabbes etwas abschätzig mit den Maßen des angeblich 6 m großen Abraham und des immerhin 4 m großen Moses verglich.
»Dazu gab es im 18. Jahrhundert in Deutschland einen Mann namens Müller, der immerhin 2,40 m groß war; der Ire O'Brien erreichte mit 2,55 m ebensoviel wie der Chinese Chang, der im 19. Jahrhundert lebte. Ihr Fleischberg, Herr Milner, kann mich mit seinen 2,30 m nicht weiter beeindrucken.«
»Ja soll ich ihn vielleicht auch noch in die Länge trainieren?« fragte der Manager.
In der Zwischenzeit hatte der Boxer drohend mit seinen Armen zu pumpen begonnen, die den Pleuelstangen der Schnellzuglokomotive hätten Konkurrenz machen können. Der Anthropologe zog sich schleunigst zurück. Nach einer Bahnreise von 1500 km erreichten Tom Crabbe und John Milner am 5. Mai New Orleans. Dort stiegen sie an Bord des Dampfers *Sherman*, der zwei Tage später in Galveston anlegen sollte, von wo es eine direkte Bahnlinie nach Austin gab.
Der Kapitän platzte fast vor Stolz, daß er den weltberühmten Champion an Bord hatte. Während seiner Ansprache stierte der Boxer aber nur auf das Kombüsenfenster, aus dem verführerische Dünste drangen.
»Herr Crabbe«, sagte der Kapitän, »ich versichere Ihnen, ich werde mit meinen Kohlen nicht geizen, damit Sie sicher und schnell nach Galveston kommen. Ich werde eigenhändig meine Zylinder nachschmieren, und falls wir Gegenwind haben, werde ich die Sicherheitsventile schließen, auf die Gefahr hin, daß die Kessel in die Luft fliegen.«
»Bitte nichts in die Luft fliegen lassen«, meinte John Milner ängstlich, während John Crabbe das Maul auftat, zum Zeichen, daß die Zeit fürs erste Frühstück gekommen war.
»Und zu essen werde ich Ihnen bringen«, fuhr der Kapitän fort, »was die Kombüse bietet.«
Während der Boxer frühstückte, fuhr die *Sherman* aufs offene Meer hinaus und begann unmerklich zu schaukeln. John Crabbe war noch nie zur See gefahren, zunächst vertrug er die frische Seeluft auch ausgezeichnet. Doch plötzlich wurde er feuerrot im Gesicht und unmittelbar darauf bleich wie der Tod.
»Fühlst du dich nicht gut?« fragte John Milner.
Langsam sperrte der Boxer seinen Mund auf, schon sah es aus, als

»Die Stärksten werden von der Seekrankheit leider immer am schlimmsten heimgesucht«, sagte der Kapitän.

wolle er einen vollständigen Satz von sich geben, da schwappte eine Woge über die Reeling und traf ihn mitten ins Gesicht. Wie ein Zuckersack rutschte der Riese von der Bank und blieb an Deck liegen.

»Die Stärksten werden von der Seekrankheit leider immer am schlimmsten heimgesucht«, sagte der Kapitän. »Für die ist es wie ein Erdbeben, bei dem die leichten Hütten stehenbleiben, die großen Gebäude aber zusammenstürzen.«

Tom Crabbe konnte sich weder aus eigener Kraft aufrichten noch von einem Dutzend Matrosen hochgehoben werden. Schließlich band man ihn an einen Flaschenzug und hievte ihn auf das Hauptdeck hinunter, wo er in einer Ecke liegenblieb. Am 9. Mai endlich zeigte sich der weiße Strand der texanischen Küste. Für den Kapitän war die Überfahrt weit billiger gekommen, als er gefürchtet hatte. Der Boxer hatte außer seinem ersten Frühstück keinen Bissen mehr zu sich genommen. Als die *Sherman* am Kai von Galveston anlegte, stand zwar eine riesige Zuschauermenge versammelt, aber Tom Crabbe lag noch immer dort, wo er mit dem Flaschenzug abgesetzt worden war. Alle Überredungskünste John Milners nützten nichts. Schließlich mußte wiederum der Flaschenzug in Aktion treten. Tom Crabbe wurde über Bord gehievt und mit einer Doppelbahre ins Hotel geschafft.

Der Boxer schlief die Nacht zwar durch, nahm aber am nächsten Tag keinen Bissen zu sich. Auch am 10. und 11. Mai klappten seine Kinnladen kein einziges Mal auseinander. John Milner wurde ganz unruhig, wenn er daran dachte, daß Tom Crabbe am 16. Mai persönlich im Postamt von Austin zu erscheinen hatte. Da etwas geschehen mußte, fuhr man den Boxer mit einem Lastkarren zum Bahnhof und stopfte ihn mit vereinten Kräften in einen Eisenbahnwaggon. Unterwegs erwachten endlich seine Lebensgeister, und am 13. Mai konnte er den Zug in Austin mit eigenen Kräften verlassen.

5

Am 9. Mai trug der Wirt der Sandy Bar in Calais, Maine, die Namen Herr und Frau Field in sein Gästebuch ein. Als er das wenig elegante Äußere des Ehepaares betrachtete, fragte er sich besorgt, wie es diese Leute mit dem Bezahlen von Rechnungen wohl zu halten pflegten. Kaum hatte das Paar die Koffer auf dem Zimmer, da sagte der Mann mürrisch:

»Wenn das so weitergeht, wird uns die Reise teuer zu stehen kommen.«
»Es kommt nicht darauf an, wieviel wir hineinstecken«, antwortete die Frau, »sondern wieviel dabei herausspringt.«
»Wenn wir nicht falsche Namen angenommen hätten, wäre alles noch viel teurer geworden. Als offizielle Teilnehmer des Edlen USA-Spiels hätten wir nicht in so einer verlausten Kneipe absteigen können.«
»Hermann, von wem war die Idee? Von mir!«
»Schon gut, aber jetzt sitzen wir in diesem gottverlassenen Nest und müssen zehn Tage lang auf das Telegramm warten.«
Herr und Frau Titbury wären in ihrer Sturheit niemals auf den Gedanken gekommen, sich die Wartezeit mit Ausflügen in das Seengebiet und nach Portland, dem Geburtsort Longfellows, zu vertreiben. Tagelang saßen sie in ihrem Zimmer und beratschlagten, in welchen Papieren sie den Gewinn von 60 Millionen anlegen wollten. Keinen Augenblick dachten sie daran, sich mit dem vielen Geld oder wenigstens dessen Zinsen ein angenehmeres Leben zu machen; sie wollten ihre Schätze horten und nichts als horten.
Nach 5 Tagen schlug Hermann Titbury vor, zur Abwechslung doch einmal über den Fluß nach Kanada zu fahren. Da explodierte seine Frau und schrie im Zimmer herum, er wolle wohl gegen die Regeln verstoßen und die 60 Millionen aufs Spiel setzen; und als Hermann Titbury einwand, niemand würde etwas von dem verbotenen Grenzübertritt erfahren, tobte seine Frau und rief, das Stück Kanada könne plötzlich durch ein Erdbeben vom Festland getrennt werden, und alles käme heraus, wenn sie nicht rechtzeitig im Telegraphenamt wären. Herr Titbury gab sich geschlagen, konnte seine Frau aber dazu überreden, wenigstens ein paar Kilometer aus Calais hinauszuspazieren. Der 14. Mai war ein heißer Tag. Nach zwei Stunden waren die Titburys so erschöpft, daß sie in der erstbesten Kneipe am Ufer der Sainte-Croix-River einkehrten. Alle Tische waren besetzt, das Ehepaar mußte sich an die Theke stellen.
»Zwei Whisky«, sagte Hermann Titbury.
»Wie bitte?« fragte der Wirt.
»Zwei Whisky habe ich gesagt, oder zwei Gin.«
»Haben Sie eine Permission?«
»Nein, warum denn, man wird doch wohl einen Whisky...«
»Nicht in Maine, mein Herr. Hier ist Prohibition. Als Reservepoli-

zist muß ich Sie wegen des Verlangens alkoholischer Getränke an die Justiz melden.«
Am nächsten Morgen erschienen die Titburys vor dem Richter R. T. Ordak, vor dem sie sich als das Ehepaar Field aus Harrisburg in Pennsylvania ausgaben. Nach kurzer mündlicher Verhandlung wurde Hermann Titbury-Field wegen Vergehens gegen das Prohibitionsgesetz zu 100 Dollar Geldstrafe verurteilt. Der Bestrafte geriet darauf so in Wut, daß ihm der Richter noch zweimal 100 Dollar wegen ungebührlichen Verhaltens vor der Obrigkeit aufbrummte. Nun platzte Hermann Titbury aber der Kragen.
»Wissen Sie überhaupt, daß Sie es mit Hermann Titbury aus Chikago zu tun haben, einem der Mitspieler im Edlen USA-Spiel?« schrie er den Beamten an.
Der Richter hatte von dem Spiel aber noch nichts gehört. Ungerührt verurteilte er Hermann Titbury wegen Angabe eines falschen Namens zu einer Woche Haft.
Niedergeschmettert sank Titbury neben seiner Frau auf die Bank. In fünf Tagen mußte er seine Depesche abholen, sonst wurde er unweigerlich aus dem Spiel ausgeschlossen. Im Gefängnis von Calais aber gab es im Gegensatz zum Gefängnis des Edlen USA-Spiels keine Ablösung.
Cheflokalreporter Harris T. Kymbale hatte Chikago am 7. Mai mit großem Bahnhof verlassen. Alle seine Kollegen hatten ihn zum Zug begleitet und ihm glückliche Reise gewünscht. Gutgelaunt, denn sein Verleger war bereit, ihm sämtliche Auslagen zu bezahlen, marschierte er durch den Mittelgang des Zuges und ließ sich von seinen Mitreisenden bewundern. 10 min nach der Abfahrt hallten schon die Hipps aus den in der Sommerhitze geöffneten Wagenfenstern.
»Sie sehen so zufrieden aus, Herr Kymbale«, sagte ein Pfarrer zu dem Reporter. »Sind Sie auch im Herzen zufrieden mit dem Würfelwurf?«
»Ja und nein, Hochwürden. Einerseits freue ich mich natürlich, daß ich mit dem ersten Wurf die 6, das heißt über die Brücke die 12 erreicht habe und damit meinen Mitspielern voraus bin. Aber daß ich ausgerechnet an diese ewigen Niagarafälle reisen muß, das fuchst mich doch. Viel lieber würde ich Tausende von Kilometern durch unser schönes Amerika reisen.«
»Wenn ich recht informiert bin«, sagte ein Konservenhändler mit einem Gesicht von einer Frische, wie sie seine Produkte sicher nicht

aufwiesen, »so müssen Sie vom Staat New York anschließend bis nach New Mexico reisen.«
»Ein Katzensprung.«
»Und dazu 1000 Dollar Einsatz bezahlen.«
»Wird durch telegraphische Überweisung erledigt.«
»Dieses Match ist für Sie doch ein gutes Geschäft, oder?« fragte ein Geschäftsmann. »Würde ich persönlich als Werbungskosten abbuchen.«
»Meine Zeitung hat das nicht nötig«, antwortete der Reporter.
»Was meinen Sie denn zu Ihrem Partner X. K. Z.?« fragte der Pfarrer.
»Der schreckt mich nicht, und wenn es der Präsident der USA persönlich wäre. Es würde mich übrigens nicht wundern, wenn sich der Präsident an einem Spiel um 60 Millionen beteiligte.«
Bis zur Ankunft in Detroit redete Harris T. Kymbale ohne Unterbrechung auf seine Mitreisenden ein. In seinem Hotel ließ man den berühmten Reporter der *Tribune* zwar in Frieden, als er aber am nächsten Morgen die Stadt besichtigte, folgte ihm ein Gefolge von mindestens 500 Menschen auf Schritt und Tritt und erläuterte ihm die Sehenswürdigkeiten Detroits.
Am Abend verließ Harris T. Kymbale die gastliche Stadt am Erie-See und reiste die Nacht durch über Toledo, Cleveland und Erie nach Buffalo, wo er am Nachmittag des 10. Mai eintraf. Er wollte gleich nach Niagara Falls weiterfahren, mußte die Nacht aber in Buffalo verbringen, weil der nächste Zug erst am folgenden Morgen ging. Am Ziel warteten schon Dutzende von Photographen auf ihn, und ihnen zuliebe überquerte er die donnernden Fälle auf einer schmalen Fußgängerbrücke, hütete sich aber, unter den Augen der Öffentlichkeit den kanadischen Teil zu betreten. Begleitet von zahlreichen amerikanischen und kanadischen Hochzeitspärchen, betrat er das Postamt des Industrienests Niagara Falls, gab seine Überweisung von 1000 Dollar auf und fuhr mit dem nächsten Zug nach Buffalo zurück. Im dortigen Telegraphenamt lag für ihn eine Depesche, worin seine Kollegen die Reiseroute nach New Mexico beschrieben hatten.
Von Buffalo nach Cleveland hinunterfahren Stop quer durch Ohio über Columbus und Cincinnati Stop durch Indiana über Laurenceburg über Madison, Versailles und Vincennes Stop durch Missouri über Salem, Belley und St. Louis Stop Dort auf die Jefferson-Bahn umsteigen und nach Kansas City fahren Stop Südliche Bahnlinie

nehmen, über Laurence, Emporia, Toledo, Newton, Hutchinson, Plum Buttes, Fort Zarah, Larned, Petersburg, Dodge City, Fort Atkinson, Sherbrock Stop durch den Osten von Colorado über Granada und Las Arimas Stop Dort in die Nebenlinie nach Pueblo einsteigen und über Trinidad nach Clifton an die Grenze von New Mexico fahren Stop dann mit der Kleinbahn über Cimarron, Las Vegas und Galateo nach Santa Fé Stop Machen Sie bloß keine Zikken und nehmen eine andere Bahnlinie Stop habe 100 Dollar auf Sie gesetzt Stop

Bruman S. Bickhorn, Redaktionssekretär.

Harris T. Kymbale wollte gerade die Waggontür hinter sich zuschlagen, da hielt ihn der Bürgermeister von Buffalo am Ärmel fest.

»Solche Schautouren wie an die Niagarafälle machen Sie aber in Zukunft nicht mehr!« schrie er dem Reporter ins Gesicht.

»Ich kann machen, was ich will«, antwortete Harris T. Kymbale.

»Von wegen! Sie haben genausowenig eigenen Willen wie ein Bauer auf dem Schachbrett.«

»Ich glaube, es geht los! Ich bin immer noch Herr über mich selbst!«

»Irrtum, mein Lieber. Sie gehören denen, die auf Sie gesetzt haben, ich zum Beispiel habe 5000 Dollar in Sie investiert.«

Zum Glück fuhr der Zug in diesem Augenblick ab. Harris T. Kymbale gestand sich ein, daß der Bürgermeister im Grunde recht hatte; er selber hatte ja auch kein anderes Ziel, als vor den anderen anzukommen. Der Reporter versuchte, sich in die Lage eines Spitzenjockeys hineinzuversetzen, obwohl er eher ein Zentaur als ein Rennreiter war. Mit dem Kursbuch in der Hand brachte er es fertig, in 60 h die Staaten Ohio, Indiana, Illinois, Missouri, Kansas und Colorado zu durchqueren und am Abend in Clifton die Grenze nach New Mexico zu erreichen. Am Bahnhof mußte er insgesamt 546 Hände schütteln, was eine volle halbe Stunde in Anspruch nahm; dann aber hatte er sämtliche Bewohner des in den Prärien des Wilden Westens verlorenen Dörfchens kennengelernt. Den letzten fragte er schließlich nach dem Zug Richtung Santa Fé und mußte zu seinem heillosen Schrecken hören, daß die Bahnlinie nach New Mexico zur Zeit ausgebessert und nicht befahren wurde. Harris T. Kymbale hatte nur noch 36 h Zeit, um die 200 km bis zu seinem Ziel hinter sich zu bringen.

Er hatte kaum den Bahnhof verlassen, da knallte ein halb amerika-

nisch halb spanisch aussehender Kutscher dreimal mit der Peitsche und sprach ihn an:
»Señor Kymbale, soll ich Sie nach Santa Fé bringen?«
»Aber ja. Wie heißt du?«
»Isidorio.«
»Gut, Isidorio, fahr, was deine Peitsche hält.«
Der leichte Wagen holperte davon, und der Kutscher hetzte seine Pferde so gnadenlos, daß er im nächsten Pueblo das Gespann wechseln mußte. Nur ein paar Stunden gönnte der Reporter sich und Isidorio Ruhe, dann rollte der Wagen weiter durch die Nacht. Am frühen Morgen passierte er Cimarron, und am Nachmittag lag Las Vegas längst hinter ihm. Vor den Reisenden erhob sich ein 1500 m hohes Bergland, auf dessen Rücken Santa Fé thronte. Bei Einbruch der Nacht begann der Weg steil anzusteigen. Die Pferde zogen immer langsamer, während die Zeit immer schneller zu verrinnen schien. Am nächsten Tag mußte Harris T. Kymbale in Santa Fé sein.
»Willst du nicht oder kannst du nicht schneller fahren?« rief der Reporter.
»Der Wagen hat leider keine Flügel.«
»Paß auf, ich mach dir jetzt einen Vorschlag, Isidorio.«
»Ich bin ganz Ohr, Herr Kymbale.«
»1000 Dollar, wenn ich morgen vormittag in Santa Fé bin.«
»Oh!«
»Das heißt, wenn ich das Match gewinne.«
»Ach so«, meinte der Kutscher und schlug dennoch auf seine Pferde ein.
Als die Reisenden um Mitternacht den Gebirgspaß erreichten, sprach Harris T. Kymbale den Kutscher noch einmal an:
»10 000 Dollar, wenn ich beizeiten ankomme.«
»Aber nur wenn Sie gewinnen, oder?«
»Sicher.«
80 km lagen noch vor ihnen, die sie in 12 h schaffen mußten. Der Reporter wurde wieder zuversichtlicher. Der Mond schien hell, die Straße war nicht zu schlecht, und der Wind blies den Reisenden in den Rücken.
»Du, Isidorio«, sagte Harris T. Kymbale. »Mir soll es jetzt nicht mehr darauf ankommen. 100 000 Dollar, wenn du mich vor Mittag nach Santa Fé bringst.«
»Das müssen Sie mir schon schriftlich geben, Herr Kymbale.«

»10000 Dollar, wenn ich beizeiten ankomme«, sagte Kymbale zum Kutscher.
»Aber nur, wenn Sie gewinnen, oder?«
»Sicher.«

»Meinetwegen.«
Der Reporter riß ein Blatt aus seinem Notizbuch, kritzelte ein paar Zeilen darauf und gab es dem Kutscher, der sofort wie ein Besessener auf die Pferde einschlug, die den Wagen bald in schwindelerregendem Tempo durch das Tal des Rio Chiquito zogen. 10 min vor 12 h stoppte das Gefährt vor dem Postamt zu Santa Fé.
7000 Hände reckten sich ihm entgegen, der Reporter rannte aber grußlos in das Telegraphenbüro und nahm dort zwei Telegramme in Empfang, das eine gab ihm die Würfelaugen 5 + 5 an und schickte ihn auf Feld 22 nach Süd-Karolina, das andere enthielt einen detaillierten Fahrplan des Redaktionssekretärs Bickhorn. Harris T. Kymbale entschloß sich, noch am gleichen Tag die Hauptstadt von New Mexico wieder zu verlassen.
Da sich der Vertrag mit Isidorio unter den Kutschern von Santa Fé inzwischen herumgesprochen hatte, boten sich Hunderte von Wagenlenkern an, Harris T. Kymbale aus der Stadt hinauszufahren. Der Reporter war auch bereits mit einem Einheimischen handelseinig geworden, da kam Isidorio auf ihn zu.
»Noch einmal vielen Dank«, sagte der Reporter, »und verwahre deinen Zettel gut.«
»Deswegen komme ich ja.«
»Warum, sind dir 100000 zu wenig?«
»Das nicht, aber ich bekomme sie leider nur, wenn Sie auch gewinnen.«
»Anders geht es nicht, alter Junge.«
»Eben deshalb wäre es mir persönlich lieber, wenn Sie mir 100 Dollar bar auf die Hand gäben!«
»Überleg dir das noch einmal«, sagte Harris T. Kymbale, während er einen 100-Dollar-Schein aus der Tasche zog und dem braungebrannten Kutscher gab. Der zerriß den Vertrag und gab die Fetzen zurück.
»Dieses Papier ist wenigstens etwas Sicheres«, meinte er grinsend und steckte den Geldschein ein.
Als ihn die Kutscherkollegen fragten, weshalb er dieses einmalige Angebot ausgeschlagen habe, antwortete er:
»100 Dollar sind mir lieber als 100000 leere Versprechungen. Der Herr Journalist ist von seinem Erfolg zwar überzeugt, ich selbst würde aber keine 25 Cents auf ihn setzen.«

6

Seit dem 16. April saßen Lissy Wag und Jovita Foley zuhause herum, nachdem ihnen der Prinzipal großzügig Urlaub gegeben hatte. Als der letzte Spieler vor ihnen, Harris T. Kymbale, auf die Reise gegangen war, hielten es die beiden Mädchen vor Nervosität kaum mehr aus. Tausendmal packten sie ihre Koffer ein und aus und zählten das Geld, das sie von ihren Sparkonten abgehoben hatten. Bald wußten die Bewohner sämtlicher 17 Stockwerke der Mietskaserne über alle Einzelheiten der Reisevorbereitung Bescheid. Jeden Tag kaufte Jovita Foley einen ganzen Stapel Zeitungen und warf sie ihrer Freundin auf den Tisch. Vergeblich suchte sie nach Meldungen über Max Réal, aber bis jetzt schien es dem Maler gelungen zu sein, alle Reporter an der Nase herumzuführen. Was die Zeitungen über das Ehepaar Titbury berichteten, war offensichtlich erfunden, aber es ist ja bekannt, daß die Presse lieber erlogene als gar keine Meldungen druckt. Um so mehr war über Tom Crabbe und Harris T. Kymbale zu erfahren, aber jene interessierten die Mädchen nicht.
In der vorletzten Nacht vor dem entscheidenden Würfelwurf fühlte Lissy Wag plötzlich einen fürchterlichen Druck in der Luftröhre, und gleichzeitig stieg ihre Körpertemperatur derart beängstigend an, daß sie ihre Freundin rufen mußte. Jovita Foley meinte zwar, das sei nur ein Nervenfieber, aber am nächsten Morgen mußte der Arzt gerufen werden, und damit erfuhr die ganze Stadt anteilnehmend von der Krankheit der fünften Partnerin. Dr. M. P. Pughe schloß seine 2-Dollar-Untersuchung mit der Bemerkung, der Fall sei durchaus harmlos, falls keine Komplikationen einträten.
»Und wie heißt diese Harmlosigkeit?« fragte Jovita.
»Bronchitis, mein Fräulein«, antwortete der Arzt, »mit leichtem Hircheln in der Lunge.«
»Und die Komplikationen?«
»Das ist gewöhnlich eine Lungenentzündung mit anschließender Lungenkongestion. Aber bis dahin ist es noch weit. Das Fräulein braucht vor allem Ruhe.«
Der Arzt verschrieb Hustensirup und kalte Wickel, dann rauschte er ab, während draußen schon die Reporter auf ihn lauerten. Am Vormittag wurde Lissy Wag von Fieberschauern geschüttelt, aber gegen Abend schien es ihr schon wieder besser zu gehen, obwohl sie durch ihre verstopfte Luftröhre kaum schnaufen und noch weniger sprechen konnte. Als Jovita Foley einmal aus dem Fenster schaute, ent-

In der vorletzten Nacht fühlte Lissy Wag plötzlich einen fürchterlichen Druck in der Luftröhre, und am Morgen mußte der Arzt gerufen werden.

deckte sie eine auf- und abwogende Menschenmenge, die sich vor dem Mietshaus zu sammeln schien. Vereinzelt konnte sie auch Stimmen unterscheiden.

»Wie sieht es dort oben aus?« fragte jemand.

»Schlecht, Schleimfluß und Typhus.«

»Ach was, mein Schwager, der Arzt ist, hat gesagt, daß Lissy Wag nur die üblichen Sachen hat.«

»Und der Briefträger hat sie schon ganz munter husten hören.«

»Welcher Vollidiot behauptet da, die Krankheit Lissy Wags sei harmlos?« rief Commodore Urrican, der plötzlich in der Menge aufgetaucht war.

»Her mit dem Kerl, ich zermalme ihn!« schrie ein Begleiter des Mariners, der noch unzivilisierter aussah.

»Trotz allem, benimm dich«, fuhr ihn der Commodore an, hörte aber nicht auf, unter den Umstehenden gegen die Gesundheit Lissy Wags Stimmung zu machen.

In den Kommentaren der Abendzeitungen spiegelte sich getreu die Volksmeinung. Die einen meinten, Lissy Wag habe nur Migräne, während andere bereits einen Termin nannten, an dem das Mädchen operiert werden müsse. Die Lissy Wag wohlgesonnenen Blätter wie *Chicago Globe* und *Chicago Evening* forderten die Einberufung eines internationalen Ärztekongresses, während die *Chicago Mail*, das Sprachrohr Commodore Urricans, in ihrer letzten Meldung behauptete, die fünfte Spielerin sei am Nachmittag zwischen 16.45 und 16.47 h Ortszeit verstorben.

Jovita atmete erst wieder auf, als der Doktor nach seiner abendlichen Konsultation versichern konnte, daß es sich nur um eine einfache Bronchitis handelte, die in 7 bis 8 Tagen zu kurieren war, falls keine Komplikationen einträten. Jovita Foley wachte die ganze Nacht am Bett ihrer Freundin. Als der Morgen des 9. Mai graute, erwachte Lissy Wag aus ihrem unruhigen Schlaf und bat Jovita Foley inständig, die Nachbarin zu rufen und zum Würfelwurf ins Auditorium zu gehen. Jovita wollte das kranke Mädchen zuerst um keinen Preis allein lassen, aber dann siegte ihre Neugier, sie setzte sich in einen Wagen und betrat um 7.40 h den großen, schon überfüllten Saal des Auditoriums.

»Wie geht es Lissy Wag?« wurde sie gefragt.

»Danke, ausgezeichnet«, antwortete Jovita Foley, die nicht wußte, daß fast alle Morgenzeitungen den Tod Lissy Wags gemeldet hatten. Kaum hatte Notar Tornbrock mit den Mitgliedern des Excen-

tric Clubs die Bühne betreten, bat Commodore Urrican ums Wort.
»Meine Herren«, schnarrte er, »wenn wir den letzten Willen des Verstorbenen ganz genau beachten wollen, so dürfte heute wohl kaum gewürfelt werden, weil die fünfte Spielerin gar nicht imstande ist, auf die Reise zu gehen.«
»Abgekratzt ist sie!« rief Turk, der Begleiter Urricans, dazwischen.
»Jawohl«, fuhr der Commodore fort, »Lissy Wag ist heute morgen 5.47 h gestorben.«
»Erstunken und erlogen!« rief Jovita Foley, die sich in dem Gemurmel kaum Gehör verschaffen konnte. »Vor 25 min habe ich Lissy Wag noch ziemlich lebendig auf die Toilette gehen sehen.«
»Und wenn sie lebt«, sagte Urrican, »so ändert das nichts an der Tatsache, daß sie nicht abreisen kann. Ich verlange deshalb, daß der Würfelwurf nicht ihr, sondern mir gilt!«
Notar Tornbrock gelang es erst nach Minuten, die schreienden, stampfenden und aufspringenden Zuschauer zur Raison zu bringen.
»Commodore, Sie interpretieren die Regeln des Edlen USA-Spiels vollkommen falsch. Die Partnerin mag vielleicht eher tot als lebendig sein, ich bin in jedem Fall verpflichtet, heute für sie zu würfeln. Erst wenn sie heute in 14 Tagen ihren Bestimmungsort nicht erreicht hat, muß sie aus der Spielerliste gestrichen werden.«
Der Commodore war sprachlos vor Wut. An seiner Stelle machte Turk dem gemeinsamen Ärger Luft, aber es half nichts, Schlag 8 h schüttelte Notar Tornbrock den Würfelbecher und ließ die Würfel bis an die Tischkante rollen. Georges B. Higginbotham sah sich das Ergebnis an, dann verkündete der Notar:
»6 + 3, 9 Augen. Feld 26, Wisconsin.«
Jovita Foley kehrte auf dem schnellsten Weg in die Wohnung zurück.
»Lissy«, rief sie schon vom Eingang her, »wir haben unverschämtes Schwein, weil wir nur zwei Stunden mit dem Schnellzug bis nach Milwaukee fahren müssen. Hätten wir dagegen 5 und 4 Augen bekommen, dann wäre die Reise bis hinunter nach Florida gegangen.«
»Das hätte sicher meinen Tod bedeutet, Jovita.«
»So kannst du bis zum 23. Mai im Bett bleiben und dich richtig auskurieren. Freust du dich denn überhaupt nicht?«

»Doch doch.«
»Einer wenigstens ärgert sich entsetzlich über unser Glück. Dieser Commodore wollte dich nämlich von der Partie ausschließen lassen, er behauptete steif und fest, du seist tot! Hoffentlich muß er dauernd den dreifachen Einsatz bezahlen und dann auch noch im Gefängnis verschimmeln! Der Notar hat es ihm aber gegeben.«
Obwohl Lissy Wag ganz ruhig geblieben war, hatte sie die Aufregung doch so sehr mitgenommen, daß sie gleich wieder husten und hircheln mußte. Der schnell herbeigerufene Arzt stellte jedoch fest, daß sich die Bronchitis noch nicht auf die Lunge gelegt hatte, forderte für die Kranke aber absolute Ruhe. Jovita verzog sich schweren Herzens ins Nebenzimmer und studierte ihren Reiseführer durch die USA. Von nun an erschien Dr. M. P. Pughe zweimal am Tag, ohne daß man ihn gerufen hatte, dafür erschienen auch zweimal am Tag ärztliche Bulletins in den Zeitungen, die über Lissy Wags Gesundheitszustand ausführlich berichteten.
Am Morgen des 11. Mai war Jovita Foley plötzlich verschwunden, und als sie zurückkam, strahlte sie über das ganze Gesicht.
»Wo warst du denn?« fragte Lissy Wag.
»Bei unserem Chef, ich habe ihm gesagt, daß es dir schon besser geht.«
»Hat das so lange gedauert?«
»Dann habe ich noch schnell im Auditorium vorbeigeschaut, heute ist doch der 11. Mai. Weißt du, wieviel Augen der Urrican bekommen hat? 9 Augen, aber mit 4 + 5, das heißt, er kommt mit einem Mal auf das Feld Nr. 53.«
»Wie schön für ihn«, meinte Lissy Wag.
»Wieso? Bis an den äußersten Zipfel von Florida muß der Commodore fahren.«
Am nächsten Tag konnte sich Lissy zum Essen schon aufsetzen, aber aufstehen durfte sie noch nicht. Jovita saß stundenlang an ihrem Bett und las aus dem Reiseführer vor. So erfuhren die Mädchen, daß Milwaukee das deutsch-amerikanische Athen genannt wurde oder auch Cream City, weil seine Gebäude ganz aus weißen Backsteinen erbaut waren.
Am frühen Morgen des 13. Mai strömte eine unabsehbare Menschenmenge durch die Straßen der Innenstadt zum Auditorium. An diesem Tag sollten die Würfel für X.K.Z. fallen, den die Zeitungen immer noch nicht identifiziert hatten. Auch nachdem sich Notar Tornbrock mit Mühe einen Weg durch die dichtgedrängten Zu-

schauer im Auditorium gebahnt und das Ergebnis 6 + 3 verkündet hatte, stand niemand auf, kein maskierter Mann trat auf die Bühne. Stunden blieben die Leute auf ihren Stühlen sitzen und warteten auf X.K.Z. Gegen Mittag wurden sie schließlich enttäuscht von den Putzfrauen aus dem Saal gejagt.
Am 22. Mai war Lissy Wag soweit hergestellt, daß sie ohne Bedenken reisen konnte, dafür klappte die nervöse Jovita zusammen und mußte das Bett hüten.
»Ich glaube, du mußt allein nach Milwaukee fahren«, sagte sie zu Lissy Wag.
»Kommt überhaupt nicht in Frage. Lieber verzichte ich auf die 60 Millionen, als ohne dich zu verreisen.«
Am Nachmittag konnte Jovita aber schon wieder aufstehen. Zum letzten Mal packte sie die Koffer und studierte die Strecke nach Milwaukee, die mit dem Schnellzug in zwei Stunden zu schaffen war. Lissy Wag jammerte die ganze Zeit und war wiederholt dazu bereit, zehn Jahre ihres Lebens zu geben, wenn sie nur schon im Zug säße. Viel Zeit für ihre Erdenzeit konnte ihr unter diesen Umständen kaum bleiben. Aufgeregt standen die beiden Mädchen am Fenster und sahen auf die Straße hinunter. Plötzlich klingelte es; als Jovita Foley öffnete, stand ein vornehmer, etwa 50 Jahre alter Herr mit graugescheckten Bart vor der Tür.
»Kann ich Fräulein Wag sprechen?« fragte er. »Mein Name ist Humphrey Weldon aus Boston, Massachusetts.«
»Meine Freundin ist leider noch etwas angegriffen«, sagte Jovita.
»Ich will sie auch nur ganz kurz sehen, bevor ich mein Geld auf sie verwette«, antwortete Humphrey Weldon und betrat die Wohnung. Als er in Lissy Wags Zimmer trat, wollte das Mädchen schon aufstehen, aber der Besucher bat sie, sitzenzubleiben.
»Bevor ich eine größere Summe auf Sie setze, gnädiges Fräulein, möchte ich mich gerne nach Ihrem Wohlergehen erkundigen.«
»Es geht mir zwar ganz gut, aber Sie werfen sicher Ihr Geld zum Fenster hinaus, wenn Sie auf mich setzen.«
»Ich habe da meine begründeten Vorahnungen.«
»Ich auch, ich auch«, rief Jovita.
»Ich kann Ihnen nur noch den Rat geben«, sagte der Besucher, »die Fahrpläne aufmerksam durchzulesen und immer nur die besten Züge zu nehmen. Es beruhigt mich sehr, daß Sie nicht ganz allein reisen.«

Nachdem sich Humphrey Weldon höflich empfohlen hatte, sagte Jovita zu Lissy:
»Ich kann mir nicht helfen, aber ich fühle auch, daß du gewinnst. Diese älteren Herren haben manchmal den richtigen Riecher.«
Gegen Abend erschien der Doktor noch einmal und versicherte den Mädchen, daß die befürchteten Komplikationen nun doch nicht eingetreten waren. Obwohl er den Mädchen ein Schlafmittel gab, sprang Jovita schon um 5 h früh am nächsten Morgen aus dem Bett.
»Hoffentlich fällt der Wagen nicht auf dem Weg zum Bahnhof um«, murmelte sie vor sich hin, »ich habe so eine Ahnung, daß der Zug unterwegs entgleist oder daß er wenigstens drei Stunden Verspätung hat.«
»Mach mich jetzt nicht wahnsinnig!« rief Lissy unter ihren Kissen hervor.
Jovita hatte den Wagen vorsorglich schon eine Stunde früher bestellt, so daß die beiden Mädchen bereits um 6 h das Haus verließen. Mehrere 100 Hausbewohner streckten ihre Köpfe aus dem Fenster, als der Kutscher die Peitsche knallen ließ.
Die Straßen Chikagos waren um diese Zeit fast leer. Auch auf dem Bahnsteig war kaum ein Mensch zu sehen. »Wo steckt nur dieser Herr Weldon?« fragte Jovita.
»Will er uns nicht zum Zug bringen?«
»Ach, der hat mich sicher aufgegeben«, antwortete Lissy.
Nach zwei Stunden setzte sich der Zug endlich in Bewegung. Die Linie folgte dem Ufer des Michigansees, bald sahen die Mädchen Lake View, Evanston, Glenoke und andere Stationen vorüberfliegen. Um 10 h fuhr der Zug in den Bahnhof von Milwaukee ein.
»Geschafft!« rief Jovita. »Wir sind da.«
Beinahe hätte sie einen Koffer vergessen, dann glaubte sie auch noch, sie hätte ihre Handtasche im Abteil hängen lassen. Endlich setzten sich die Mädchen in einen Wagen und ließen sich in ein Hotel bringen, das der Reiseführer besonders empfahl.
Kaum hatten sie sich dort zum Frühstück hingesetzt, sah Jovita dauernd auf die Uhr und drängte zum Aufbruch. Um 11.30 h stand Lissy Wag vor dem Telegraphenschalter und nannte ihren Namen, mußte aber eine halbe Stunde warten, bis ihr ein Telegramm ausgehändigt wurde.
»Gib's her!« rief Jovita und riß mit zitternden Händen den Umschlag auf. Auf dem Formular war zu lesen:

Lissy Wag, Hauptpost, Milwaukee / Wisconsin. 10 + 10, Feld 46, Kentucky, Mammuthöhlen.

Tornbrock.

7

Um 8 h am 11. Mai waren die Würfel gefallen, und um 9.25 h saß Commodore Hodge Urrican schon im Zug. Fast in Kompaniestärke waren seine Freunde auf dem Bahnsteig angetreten, aber Freunde waren es eigentlich nicht, eher Gesinnungsgenossen und Parteigänger, denn wirkliche Freunde hat ein pensionierter Offizier nicht. Urrican hatte sich immer noch nicht von dem Wutanfall erholt, der ihn übermannt hatte, als der Notar die Würfelaugenzahl verkündete und den Commodore damit beauftragte, auf Feld 53 zu rücken, das heißt nach Florida zu reisen, an den abgelegensten Zipfel Amerikas.

»Tornbrock hat gemogelt!« hatte Turk geschrien, »wir werden ihn verklagen!«, aber Urrican hatte nur ins Taschentuch beißen können vor stummer Wut.

Turk war auch im Zug dabei, schon seit Jahrzehnten war er dem Commodore nicht mehr von der Seite gewichen. Während Urricans aktiver Zeit war Turk sein Bursche gewesen, und nach dem Abschied des Commodore quittierte er ebenfalls den Dienst und trat bei Urrican als eine Art Gesellschafter ein, wie es bei Großherzoginnen üblich war. Offiziell bezeichnete ihn der Commodore als Verwalter, da es in dem Junggesellenhaushalt aber nichts zu verwalten gab, war Turk nichts anderes als ein ehrenamtlicher Oberaufseher ohne Geschäftsbereich. Wie diese beiden vollkommen verschiedenen Männer zueinander gefunden hatten, wußte niemand zu sagen. Im Gegensatz zu Urrican war Turk ein von Natur aus friedlicher, empfindsamer und sanftmütiger Mann, der sich immer voll Abscheu von jeder Matrosenschlägerei abgewendet hatte. Nun spielte er aber den Draufgänger, schrie und tobte schlimmer als sein Brotgeber, und wenn der Commodore einmal jemanden anbrüllte, dann tat Turk, als wolle er dem Opfer auf der Stelle den Hals umdrehen. Er benahm sich wie ein Hund, der immer gleich bellt und beißt, auch wenn sein Herr nur durch die Zähne knurrt. Niemand konnte ahnen oder wissen, daß Turk seine angeborene sanfte Natur nur aus reiner Liebe zu Urrican verleugnete. Wenn Turk einen Tobsuchtsanfall spielte, war der Commodore vollauf beschäftigt, ihn wieder zu besänftigen, und wurde dabei selber sanft, ohne es zu bemerken. Wenn Urrican alle Hände voll zu tun hatte, seinen Famulus zur Raison zu bringen, fand er gar keine Gelegenheit mehr, selber Dummheiten zu begehen, die ihm teuer zu stehen gekommen wären.

»Daß dieser Aktenfuchser von Notar uns auch bis ans Schwanzende von Amerika schicken muß!« fluchte der Commodore.

»Ich werde ihm dieses Schwanzende noch um die Ohren schlagen!« brüllte Turk, daß die Mitreisenden erschrocken zusammenfuhren.

»Beruhige dich«, sagte Commodore Urrican. »Wir müssen jetzt klar denken. Ich glaube, wir fahren am besten mit dem Zug bis nach Mobile und setzen von dort aus mit dem Schiff nach Key West über.«

»Verfluchtes Key West, verdammter Knochen, den uns die Spanier vor die Haustür geworfen haben!«

»Sei doch still, Turk, sonst werden wir noch aus dem Zug geworfen.«

Als der Commodore auf die Uhr sah, entdeckte er, daß der Zug schon vor 3 min hätte abfahren müssen. Sofort schrie er nach dem Fahrdienstleiter und verlangte Schadenersatz für den Fall, daß er nicht rechtzeitig am Golf von Mexiko ankäme. Dann fuhr der Zug los, durchraste den südlichen Teil von Illinois, dann Tennessee, Mississippi und Alabama, bis er mit kreischenden Bremsen am Abend des nächsten Tages um 22 h in Mobile anhielt. Fast zufrieden, weil sie weich und gut geschlafen hatten, marschierten die beiden Mariner am nächsten Morgen zum Hafen. An den Verladekais war alles ruhig. Kein Kran bewegte sich, kein Hebebalken wurde aufgezogen. Die Hafenarbeiter streikten seit einem Tag, Schiffe wurden weder be- noch entladen, und ein Ende des Ausstandes war noch nicht abzusehen, weil die Reeder es schroff abgelehnt hatten, die Forderungen der Gewerkschaft überhaupt anzuhören.

Bis zum 15. Mai hockten Urrican und Turk am Hafen von Mobile herum, dann riet ihnen der örtliche Reserveoffiziersverband, sofort mit der Bahn nach Pensacola an die Grenze von Florida zu fahren und von dort nach Key West überzusetzen. 12 h später kamen die Matchpartner in Pensacola an, wo zwar nicht gestreikt wurde, wo aber auch kein einziges Schiff auslaufbereit im Hafen lag.

»So geht's nicht!« rief Commodore Urrican.

»Die Verantwortlichen werde ich am Schlawittchen packen!« brüllte Turk.

Den ganzen Tag wanderte Urrican die Kais entlang und sprach jeden Schiffer an. Keiner konnte ihn und seinen Begleiter nach Key West bringen, statt dessen wurde ihm geraten, mit der Bahn weiter nach Florida hineinzufahren. Ein Blick auf die Karte belehrte ihn aber, daß die Bahnlinien schon in der Mitte der Halbinsel endeten, so daß er den restlichen Weg bis zur Südküste mit dem Pferdewagen hätte zurücklegen müssen. Dafür reichte die knappe Woche bis zum 25. Mai niemals aus.

Als der Commodore am 19. Mai völlig verzweifelt an der Kaimauer saß, kam ein Halbspanier auf ihn zu und legte die Hand an die Mütze:

»Kein Schiff nach Key West, Commodore?«

»Du kriegst 10 Piaster, wenn du eins weißt.«

»Geben Sie mir die Piaster, ich fahre Sie nach Key West.«

»Ist das auch ein amerikanischer Pott? Ich darf nur auf einheimischen Schiffen reisen, sonst werde ich disqualifiziert.«

»Meine *Chicola* ist sowohl sehr amerikanisch als auch sehr schnell. 9 Knoten.«

»Wenn sie die 500 Seemeilen in sechs Tagen schafft, soll mir alles recht sein«, meinte der Commodore.

5 min später war das Gepäck an Bord des 45 t großen Schoners verstaut. Der Commodore und Turk wollten gerade auf Deck springen, da sagte der Kapitän Huelcar zu ihnen:

»Moment noch. 100 Piaster pro Tag und Nase.«

»Meinetwegen«, knurrte Urrican. »Sie haben leider eine Monopolstellung.«

Mit Eintritt der Ebbe lief die breite *Chicola* aus und hielt Kurs Südost. Huelcar mußte hart gegen den Ostwind segeln, um nicht zu weit auf die offene See hinauszutreiben. Gegen Abend flaute der Ostwind etwas ab, der Commodore hoffte schon, der Wind werde in der Nacht die Richtung wechseln und der *Chicola* von achtern kräftig in die Segel blasen, aber am folgenden Morgen regte sich überhaupt kein Lüftchen mehr. Nur eine schwache Meeresströmung trieb den Schoner vorwärts. Am 22. Mai lag die *Chicola* immerhin schon auf der Höhe von Tampa. Huelcar schaute mehrmals besorgt zum westlichen Horizont hinüber. Gegen Mittag fuhren plötzlich Böen von Westen her in die Segel und zwangen die Mannschaft, das Mars- und Großsegel zu reffen. Die Strömung stand genau zum Land; die Seeleute hatten Mühe, den Kurs entlang der Küste zu halten.

»Ist das auch ein amerikanischer Pott?
Ich darf nur auf einheimischen Schiffen reisen, sonst werde ich disqualifiziert«, sagte der Commodore.

»Ich fürchte, wir müssen in der Bucht von Whitewater vor Anker gehen«, sagte der Kapitän zu seinen Passagieren, »sonst werden wir hinter Cap Sable auf den Atlantik hinausgetrieben und landen auf den Bahamas statt auf Key West.«
»Aber aus der Bucht kommen wir bei diesem Wind nie mehr heraus!« rief Turk.
Die Mannschaft vollbrachte ein Meisterstück, als sie die *Chicola* nur mit einem Spriet- und Klüversegel auf Kurs hielt. Im Lauf der Nacht wurde der Schoner bis auf wenige Seemeilen an die Küste herangedrückt. Am nächsten Morgen waren schon die Riffe am Cap Sable zu erkennen, in denen die *Chicola* unweigerlich hängenbleiben mußte.
»Wir müssen an Land gehen«, sagte Huelcar, »ich habe keine Lust, mein Schiff und meine Mannschaft aufs Spiel zu setzen.«
»Deinen alten Kahn kaufe ich dir ab«, antwortete der Commodore.
»Ich verkaufe ihn nicht.«
»Alles ist zu verkaufen, wenn man es über Preis bezahlt. Ich biete dir 2000 Piaster.«
»Wann sehe ich die?« fragte Huelcar.
»Auf der Bank in Key West. Los, laß deine beziehungsweise meine Nußschale ins Meer hinauslaufen.«
Der Wind hatte in der Zwischenzeit etwas nach Norden gedreht, so daß die *Chicola* wieder leichter zu manövrieren war. Im Lauf der Nacht flaute der Wind immer mehr ab; am nächsten Morgen sahen die Seefahrer nichts als Nebel um sich. Huelcar wollte unbedingt vor Anker gehen, aber der Commodore zwang ihn, mit vollen Segeln weiterzufahren.
Gegen 5 h morgens knirschte es plötzlich unter dem Kiel, Sekunden später wurde die *Chicola* hochgehoben und mit voller Wucht auf einen Felsen geschleudert. Mit zerbrochenem Bug blieb sie mit Schlagseite nach Backbord liegen. Im gleichen Augenblick hörten die Seeleute einen Schrei, der sich im Nebel verlor.
»Der Commodore ist über Bord!« brüllte Turk.
Die Seeleute ließen sich über die Reeling auf das Riff hinab und suchten in allen Felsspalten. Aber im Nebel sahen sie kaum die Hand vor Augen. Erst nach einer Stunde entdeckte ein Matrose einen dunklen Fleck zwischen den weißen Felsen. Turk beugte sich sofort über den Commodore, der zwar atmete, aber nicht bei Bewußtsein war. Beim Anprall mußte er über Bord gestürzt sein und

sich den Schädel an den Felsen angeschlagen haben. Als die Seeleute den Verletzten auf den höchsten Punkt des Riffs geschafft hatten, sahen sie kaum 4 sm entfernt den Leuchtturm von Key West.
In drei Stunden mußte das Telegramm des Notars am Postamt von Key West abgeholt sein, oder der Commodore schied aus dem Spiel. Turk begann sich allmählich mit dem Gedanken abzufinden. Der Commodore war zum Glück immer noch ohnmächtig, sonst hätte er vor Wut wahrscheinlich den Verstand verloren. Die Seeleute richteten sich von vornherein darauf ein, erst nach Tagen von dem kahlen Riff herunterzukommen.
Auf einmal meldete einer der Matrosen ein Boot von Osten her, gleich darauf stellten sich die Männer auf der Spitze des Riffs auf und winkten. Eine halbe Stunde später war das Fischerboot mit den Schiffbrüchigen auf dem Weg nach Key West. 11.45 h legte es im Hafen an. Eine riesige Menschenmenge hatte sich schon auf dem Kai versammelt, aber keiner hätte erwartet, den Teilnehmer des Match Hypperbone in einem so erbärmlichen Zustand anreisen zu sehen. Urrican wurde sofort zum Hafenarzt gebracht und dort flüchtig untersucht.
»Bringt ihn zur Post!« rief Turk, als er auf die Uhr sah. Der Commodore wurde auf eine Bahre gelegt und in die Schalterhalle getragen.
»Wir sind kein Krankenhaus«, sagte ein Postbeamter.
»Wir wollten nur nach einem Telegramm für Commodore Urrican fragen«, meinte Turk.
»Nichts da«, sagte der Beamte.
»Dann quittieren Sie mir bitte, daß Commodore Urrican vor 12 h hier im Postamt eingetroffen ist.
Der Postbeamte hatte gerade seinen Stempel auf die Bescheinigung gedrückt, da klingelte der Telegraph, und Turk konnte die erwartete Depesche entgegennehmen.

3 + 2, Feld 58, Californien, Tal des Todes.

Tornbrock.

8

Am 13. Mai, dem Tag, an dem der Spieler X.K.Z. aufgefordert wurde, sich nach Milwaukee zu begeben, war der Bahnhof von Chicago fast vollkommen von Neugierigen verstopft, die darauf hofften, den Unbekannten zu sehen, ihn vielleicht an irgendeinem geheimnisvollen Merkmal zu erkennen. Als der Zug nach Milwaukee abfuhr, glaubte man schon, den 7. Spieler identifiziert zu haben, aber dann war es nur ein Studienrat, der seiner Familie zuwinkte. Auch an den folgenden Tagen waren die Bahnsteige von Schaulustigen besetzt. Gleichzeitig wurde Notar Tornbrock von allen Seiten bedrängt, die Identität X.K.Z. endlich preiszugeben, aber der wakkere Jurist schwor, ihn nicht zu kennen. Er wußte ebensowenig wie die anderen, auf welche Weise der Unbekannte die Zahl der Würfelaugen und damit sein Ziel erfahren hatte.

Mit der Zeit interessierte sich niemand mehr für X.K.Z. Sollte er das Spiel gewinnen, konnte man seinen Namen früh genug in allen Zeitungen lesen, verlor er, dann geriet sein Name über kurz oder lang ohnehin in Vergessenheit. In der Zwischenzeit waren in allen größeren Städten der USA Wettbüros für das Match Hypperbone eingerichtet worden. Die Geschäfte florierten, ein neuer Markt begann sich zu entwickeln, es gab eine regelrechte Börse mit Kurssteigerungen und Gefällen. Das Spielfieber verbreitete sich mit der Zeit auch über die Grenzen der USA hinaus. Nicht nur in Toronto, Mexico City und Buenos Aires wurde gewettet, auch in Paris, Berlin, St. Petersburg, Tokio, Peking und Canberra kletterten die Kurse in schwindelerregende Höhen. Obwohl die Chancen der sieben Spieler nicht zu bestimmen waren, lag Harris T. Kymbale von Anfang an am höchsten im Kurs, zumal er selbst den meisten Wind um sich machte. Auch Tom Crabbe war ein beliebtes Wettobjekt, da viele Leute davon überzeugt waren, daß eine so gewaltige körperliche Masse Geld anziehen müsse wie ein Magnet Eisenfeilspäne.

Hohe Einsätze waren zu Anfang auch auf den Namen von Hodge Urrican gezahlt worden. Als man aber erfuhr, unter welchen Umständen er in Key West angekommen war, und daß er von dort nach Kalifornien reisen und damit das Spiel wieder von vorne beginnen mußte, war er praktisch schon aufgegeben. Während man sich um Lissy Wag, Max Réal und das Ehepaar Titbury aus unerfindlichen Gründen nicht weiter bekümmerte, schienen viele Wettlustige bereit zu sein, alles auf X.K.Z. zu setzen, sobald er sein Telegramm in Milwaukee abgeholt hatte.

Einige tausend Chikagoer fuhren am 27. Mai mit den Frühzügen nach Milwaukee, um den Unbekannten im Postamt abzupassen. Wer auch an den Telegraphenschalter ging, wurde von Tausenden neugieriger Blicke verfolgt. Die Spannung stieg auf einen Höhepunkt, als kurz vor 12 h ein elegant gekleideter Herr mit Bart und

Kneifer an den Schalter trat und leise ein Telegramm für Herrn X.K.Z. verlangte. Man reichte ihm das Formular durch die Scheibe, der Fremde las es kurz durch und bahnte sich dann einen Weg nach draußen, ohne nach links oder rechts zu schauen.
Die Wettlustigen hatten endlich Gewißheit. X.K.Z. existierte, er war ein Mensch aus Fleisch und Blut und nicht nur ein Phantom. Sie wußten bereits vom frühen Morgen, daß der Unbekannte nach einem Wurf von 4 + 6 Augen auf das 36. Feld, Illinois, kam und deshalb noch einmal um 10 Felder bis Pennsylvania weiterrücken durfte.
Die Zeitungen meldeten am Abend des 27. Mai folgende Situation:
Max Réal war am 15. Mai von Fort Riley in Kansas nach Wyoming (Feld 28) abgefahren.
Tom Crabbe war am 17. Mai von Austin, Texas, nach Ohio (Feld 35) abgereist.
Hermann Titbury war nach verkürzter Verbüßung seiner Strafe am 19. Mai von Calais (Maine) nach Utah (4) abgereist.
Harris T. Kymbale war am 21. Mai von Santa Fé, New Mexico, nach South-Carolina (22) abgereist.
Lissy Wag war am 23. Mai von Milwaukee, Wisconsin, nach Kentucky (38) abgereist.
Commodore Urrican war am 25. Mai von Key West, Florida, nach Kalifornien abgereist, von wo er nach Chikago zurückkehren mußte, um das Spiel von vorne anzufangen.
X.K.Z. war am 27. Mai von Milwaukee nach Harrisburg, Pennsylvania (46) abgereist.
Um die Erkennung der Teilnehmer zu erleichtern, ließ die *Tribune* verschiedenfarbige Fähnchen drucken, die jedermann kaufen und in seine Karte des Edlen Vereinigte Staaten-Spiels stecken konnte. Max Réal bekam Violett, Tom Crabbe Indigoblau, Hermann Titbury reines Blau, Harris T. Kymbale Grün, Lissy Wag Gelb, Hodge Urrican Orange und X.K.Z. Rot.
Das violette Fähnchen, Max Réal, reiste am 15. Mai mit seinem Gehilfen Tommy aus Fort Riley ab.
»Weißt du, daß wir jetzt zum Nationalpark fahren?« sagte der Maler zu Tommy. »Es ist gar nicht weit, Kansas und Wyoming stoßen fast aneinander.«
Max Réal beschloß, zunächst über Salina, Ellis, Oakley, Denver in Colorado, Jersey, Brighton, La Salle und Dover nach Cheyenne, der Hauptstadt von Wyoming, zu fahren und dann an den Yellowstone-

Nationalpark weiterzureisen. Mit Malutensilien und dem Gepäck in der Hand erwischten Max Réal und Tommy gerade noch einen Zug der Union Pacific, der in den Norden ging. Max Réal schlief bald ein, denn in den flachen Steppen von Kansas gab es nichts, was sein Auge reizte. In der Nacht überquerte der Zug die Grenze nach Colorado und lief am frühen Morgen in Denver ein. Nach einer Stunde Aufenthalt rollte er wieder weiter und kam nach einer Fahrt von 160 km in Cheyenne an. Niemand stand am Bahnhof, um den Teilnehmer des Match Hypperbone in Empfang zu nehmen, und Max Réal war ganz froh, daß er mit verdauungsschädigenden Banketten verschont wurde und ebenso vor den Nachstellungen der Frauen sicher war, die sich in Wyoming ganz besonders aggressiv zeigten, weil sie vor einiger Zeit das Wahlrecht bekommen hatten.
Am liebsten wäre der Maler zu Fuß oder mit dem Wagen zum Nationalpark gereist. Dazu hätte er sich aber mehrere Wochen Zeit nehmen müssen; so blieb ihm nur die Fahrt mit der Bahn, die er als Künstler und leidenschaftlicher Fußwanderer verachtete.
Am Abend stiegen die Reisenden in einen Zug der Pazifik-Linie und machten es sich im Liegewagen bequem. Erst nach einer Fahrt von über 800 km mußten sie in Odgen am Ufer des Salzsees umsteigen, um auf einer Zweiglinie nach Helena in unmittelbarer Nähe des Yellowstone-Nationalparks zu gelangen. Von Ogden hätte Max Réal bequem einen Abstecher in das Frauenparadies Salt Lake City machen können, aber er war ein viel zu pflichtbewußter Spieler, als daß er seine pünktliche Ankunft für zweifelhafte Vergnügungen aufs Spiel gesetzt hätte.
Am 17. Mai betraten die Reisenden zum ersten Mal in ihrem Leben den Boden Idahos, und am Abend überfuhren sie die Grenze nach Montana. Zum ersten Mal sahen sie richtige Indianer aus der Nähe, Angehörige der Schwarzfuß-, Lochnasen-, Plattkopf-, Dickbauch- und Cheyennestämme. Zwischen ihnen liefen auch einige Chinesen herum, von denen niemand wußte, wie sie in das rauhe Bergland gekommen waren.
In Monida stiegen die beiden Männer aus und fanden gleich einen Postwagen, der sie in wenigen Stunden an den Nationalpark brachte. Jetzt gab es für den Maler kein Halten mehr. Jeder knorrige Baum, jeder Bach, der sich sein Bett in die Felsen gefressen hatte, vor allem der Große Geysir wurden in seinem Skizzenbuch festgehalten. Max Réal verbrachte die glücklichsten Tage seines Lebens auf einem Fleckchen Erde, wie es nur in Amerika zu finden ist.

9

»Und ich sage Ihnen, er ist da!«

»In meiner Zeitung steht davon nichts.«

»Dann würde ich Ihnen raten, einem solchen Mistblatt sofort das Abonnement zu kündigen.«

Mitten auf der Hängebrücke, die den Ohio bei Cincinnati überspannt, standen zwei Männer und stritten sich darüber, ob ein gewisses Wesen nun in der Stadt eingetroffen war oder nicht. Auch in allen Schlachthäusern, Raffinerien, Brauereien und Universitätsseminaren bildeten sich um diese Zeit Diskussionsgruppen; besonders unter den Schlachtmeistern, die Körperkraft und Muskeldurchmesser wohl zu schätzen wußten, entstanden die temperamentvollsten Wortgefechte, die um ein Haar zu berufsfremden Messerstechereien geführt hätten.

»2 m soll der Kerl lang sein!« rief ein Schlachtermeister.

»Das gibt es doch gar nicht. Das ist sicher nur ein Reklametrick, um die Leute auf die Ausstellung von Spring Grove zu locken.«

»Unsinn«, rief ein anderer dazwischen, »in Texas hat man ihn schon längst gesehen und gemessen. Der schlägt alle Konkurrenten, verlaßt euch drauf!«

Als John Milner mit dem eben genesenen Tom Crabbe in Cincinnati eintraf, wo sie der Notar durch einen Wurf von 6 + 6, was Illinois bedeutete und damit einen Sprung von nochmals 12 Augen, hingeschickt hatte, fand er die Stadt in hellem Aufruhr, obwohl der Boxchampion am Bahnhof von niemandem erkannt worden war.

Der Trainer war mehr als zufrieden. Seit der Abfahrt aus Texas waren die Einsätze zugunsten des Boxers sprunghaft gestiegen, die Zeitungen schätzten, daß insgesamt 1,5 Millionen Dollars für Tom Crabbe verwettet worden waren. Diesmal hatte John Milner einen ganz besonderen Plan augeklügelt. Niemand sollte wissen, wo sich der Champion aufhielt, im Gegenteil, in der Öffentlichkeit sollte der Eindruck entstehen, Tom Crabbe sei unterwegs verunglückt oder aufgehalten worden und könne sein Telegramm auf keinen Fall am 31. Mai auf der Post von Cincinnati abholen. Dann in letzter Sekunde, sollte der Boxer aus der Versenkung aufsteigen, wie ein Phönix aus der Asche oder der Prophet Elias, der seinen Mantel wieder haben wollte. Die Popularität des Boxers mußte dadurch bis ins Unendliche steigen.

»Ich muß mich doch einmal in der Stadt umhorchen, was man hier

so über dich denkt«, sagte John Milner zu Tom Crabbe, nachdem er ihn wohlbehalten und unerkannt in einem Hotel abgeliefert hatte.
»Hüte dich bloß, das Zimmer oder gar das Hotel zu verlassen!«
»Aber wenn ich Hunger bekomme?« fragte der Boxer.
»Man wird dir sämtliche Früh-, Mittag- und Abendmahlzeiten aufs Zimmer bringen«, antwortete der Trainer.
Bevor John Milner das Hotel verließ, übergab er dem Direktor ein Merkblatt mit den unabdingbaren Speisevorschriften für die Mahlzeiten Tom Crabbes. Dann schlenderte er durch die Straßen und beäugte die Menschen, die an jeder Ecke in lichten Haufen beieinander standen. Schließlich betrat er die Metzgerei Wolgod und verlangte einen Schinken.
»Ich habe gehört, morgen ist hier Ausstellung?« sagte John Milner beiläufig zu dem Metzgermeister.
»Das stimmt«, antwortete der, »die ganze Stadt wird auf den Beinen sein, um ein solches Phänomen zu bewundern.«
»Hat denn niemand Angst, daß er nicht mehr rechtzeitig hier ankommt?«
»Nein, auf die Eisenbahn ist in solchen Fällen immer Verlaß.«
John Milner wurde allmählich stutzig. Offensichtlich wußte man in Cincinnati bereits, daß Tom Crabbe am nächsten Tag auf dem berühmten Ausstellungsgelände vorgeführt werden sollte. Als der Trainer um die nächste Ecke bog, wurde er rot und blaß vor Wut. An einem Bauzaun klebten riesige Plakate mit der Aufschrift:
»Er kommt! Er ist im Anmarsch! Er ist da!!!«
Also wußte man bereits, daß Tom Crabbe am Ziel angekommen war, so daß niemand zu fürchten brauchte, der Champion werde den Termin verpassen. Jetzt ging John Milner auch ein Licht auf, weshalb alle Leute so freudig erregt wirkten.
»Sollte Tom, der dumme Junge, den Mund nicht gehalten haben?« sagte er zu sich selbst. »O weh, der ganze schöne Auftritt ist im Eimer.«
Am nächsten Morgen marschierten John Milner und Tom Crabbe in Festtagskleidern zum Ausstellungsgelände, wo die große nationale Tierschau angekündigt war. Die ganze Stadt schien unterwegs zu sein. Stolz und befriedigt betrachtete John Milner seinen prächtigen Schützling, den zu seinem namenlosen Erstaunen aber niemand beachtete.
Um 9 h kamen die beiden Männer auf dem Ausstellungsgelände an.

Ein ohrenbetäubendes Brüllen, Blöken, Quietschen und Grunzen erfüllte die Luft; die schönsten und edelsten Zuchtschweine, Milchschafe, Milchkühe, Mastrinder und Zugochsen waren in frischgestrichenen Hürden zusammengetrieben und harrten der Preisverleihung, die auf einem erhöhten Podest stattfinden sollte. John Milner schleppte den Boxer eiligst dorthin, um ihn der überraschten Menge zu präsentieren. Der Platz war aber schon besetzt. Ein ungeheurer Eber thronte dort oben, eine Mischung aus dem Polant-China- und Red Jersey-Schwein, ein wahres Prachtstück von 3,6 m Länge und 1,30 m Höhe und einem Gewicht von 1954 Pfund. Die Zuschauer rasten beim Anblick dieses hervorragenden Tieres, und im selben Augenblick begriff John Milner, daß der ganze Trubel mit Plakaten und Aufmärschen dem Schwein und nicht dem Boxer gegolten hatte. Sofort packte er Tom Crabbe am Arm und zerrte ihn möglichst unauffällig durch die Zuschauer hindurch mit sich fort.
Zehn Tage vor dem denkwürdigen Datum, an dem sich Cincinnati den alten Beinamen *Porcopolis* wieder zurückholte, wurde in Calais, Maine, eine Quittung überreicht:
300 Dollar von Herrn Hermann Titbury als Strafe für Übertretung des Alkoholgesetzes lt. Protokoll vom 14.5. erhalten.
Walter Hoek, Gerichtsschreiber.
Am 18. Mai endlich hatte man auch in Maine vom Match Hypperbone gehört, und der Richter Ordak erbarmte sich des verzweifelten Spielers Titbury und ließ ihn in letzter Minute am 19. vormittags laufen. Die Bevölkerung von Calais nahm von der Anwesenheit des Spielers Titbury aber auffallend wenig Notiz, weil sie beleidigt war, daß er sich nicht offiziell als Teilnehmer des Edlen Vereinigte Staaten-Spiels bei ihr eingeführt hatte. Als das Paar um 11.40 h am 19. Mai das Postamt betrat, war nur ein Dutzend Neugierige erschienen. Mißmutig ließ sich Frau Titbury das für ihren Mann bestimmte Telegramm aushändigen und riß es auf.
»Hermann!« rief sie. »Ich fall' um. 1 + 1 auf Feld 4, Salt Lake City Utah!«
Die Umstehenden begannen zu lachen und zu spotten, und die Titburys mußten sich erst einmal setzen. In zwei Runden waren sie nicht mehr als zwei Felder weitergekommen, dazu mußten sie nun in das entlegene Utah fahren. Frau Titbury faßte sich als erste. Sie packte ihren Mann unter den Armen und zerrte ihn entschlossen aus dem Postamt.
»Ich geb's auf«, jammerte Hermann Titbury.

»Hermann!« rief sie. »Ich falle um.
1 + 1 auf Feld 4, Salt Lake City Utah!«

»Bist du still!« rief seine Frau. »Jetzt wird erst recht weitergemacht.«
Noch am Nachmittag reiste das Paar aus Calais ab, wo ihm keiner nachtrauerte. 48 h später kam es in Chikago an, wo Hermann Titbury plötzlich von einem Rheumaanfall aufs Bett geworfen wurde. Seine Frau war freilich viel zu geizig, einen Arzt zu konsultieren, sie rief das Dienstmädchen, und gemeinsam mit ihr schrubbte und striegelte sie ihren Mann so intensiv ab, daß er freiwillig wieder aus dem Bett sprang. Am Morgen des 24. Mai setzten sie sich in den Expreß nach Omaha, stiegen in einen Zug der Union Pacific um und trafen am 28. in Ogden ein. Während sie über den Bahnsteig schlenderten, um die Weiterfahrt nach Salt Lake City abzuwarten, ging auf einmal ein hübscher junger Mann auf sie zu.
»Wenn mich nicht alles täuscht«, sagte er freundlich, »dann sind Sie doch Herr Hermann Titbury!«
»Meinen Sie mich?« antwortete Hermann Titbury barsch.
»Verzeihen Sie, aber wir haben uns doch schon bei dem Begräbnis des Herrn Hypperbone gesehen! Mein Name ist Max Réal.«
»Was erlauben Sie sich eigentlich, mich hier in aller Öffentlichkeit bloßzustellen?« schrie Hermann Titbury.
»Ach so einer sind Sie! Nachdem Sie in zwei Runden nur vier Felder weitergekommen sind, wollen Sie auf einmal nicht mehr Titbury heißen! Ich bin immer noch Max Réal und empfehle mich, Guten Abend.«
Der Maler rannte davon und erwischte gerade noch den Zug, der ihn nach Cheyenne bringen sollte, wo er sein nächstes Telegramm abholen mußte. Als der letzte Wagen des Zuges verschwunden war, trat ein elegant gekleideter Herr auf die Titburys zu und verbeugte sich höflich: »So ein Lümmel, meine Herrschaften, ich mußte mich sehr bezwingen, sonst hätte ich ihn gezüchtigt. Eine Unverschämtheit, einfach wildfremde Menschen zu belästigen. War das wirklich Max Réal?«
»Ich glaube, ja«, antwortete Hermann Titbury.
»Ich wünsche mir nur, daß dieser Tropf nie ans Ziel kommt. Ich bin sowieso überzeugt, daß Sie und niemand anders das Match gewinnen werden. Mein Name ist übrigens Robert Inglis, von Beruf Vertreter, und ich wäre sehr froh, wenn ich Sie nach Salt Lake City führen dürfte.«
Das Ehepaar Titbury nahm das Angebot sofort an. Robert Inglis trug ihr Gepäck zum Zug, dann nahmen sie zusammen in einem

Abteil Platz. Unterwegs schwärmte der Fremde, der das 43. Kind einer Mormonenfamilie war, von seiner Religion und ihrem Papst Brigham Young, der 1847 in der Nähe des Salzsees Neu-Jerusalem gegründet hatte.
»Sind Sie verheiratet?« fragte Frau Titbury.
»Ach gnädige Frau, seit die amerikanische Bundesregierung die Polygamie verboten und ein Fort in der Nähe errichtet hat, um die Gesetze zu schützen, macht das Heiraten gar keinen Spaß mehr. Mit einer einzigen Frau hat man mehr Ärger als mit 50.«
Um 20 h hielt der Zug in Salt Lake City. Inglis wollte die Titburys unbedingt dazu überreden, die Mormonenstadt noch am selben Abend zu besichtigen, aber die Titburys dachten nur an Schlaf. Inglis kannte ein sehr billiges Hotel etwas außerhalb der Stadt, und für einen billigen Preis nahmen die Titburys gern einen kleinen Fußmarsch in Kauf. Es war bereits vollkommen dunkel, als sie gegen 22 h vor dem Cheap Hotel standen. Inglis übergab die Reisenden dem finster aussehenden Wirt, dann versprach er, am nächsten Morgen wiederzukommen.
Das Ehepaar schlief sofort ein und erwachte erst um 8 h am nächsten Morgen. Hermann Titbury war etwas erstaunt, als er aus dem Fenster sah und nur Fichtenwälder erblickte, wo er einen Vorort von Salt Lake City erwartet hatte. Als um 10 h immer noch niemand gekommen war, beschloß das Paar, ohne seinen Führer auszugehen.
Kaum hatten sie die Zimmertür aufgestoßen, wurden sie von zwei Männern zurückgehalten.
»Erst die Rechnung bezahlen, dann ausgehen«, sagte der eine. Die Gäste standen wie vom Donner gerührt.
»Was macht es denn?« fragte Frau Titbury vorsichtig.
»3000 Dollar«, antwortete ein Mann aus dem Hintergrund, der sich bei näherem Hinsehen als Robert Inglis entpuppte.
»Ach Sie sind es!« rief Hermann Titbury. »Sie sind wirklich ein lustiger Patron.«
»Ich weiß, nun aber im Ernst, eine Nacht im Cheap Hotel kostet 3000 Dollar.«
»Machen Sie keine Witze, wir müssen jetzt gehen, wir haben in der Stadt zu tun.«
»Aber doch erst am 2. Juni. Wenn Sie die 3000 Dollar, die Sie doch bei sich haben, wie Sie mir gestern abend anvertraut haben, gleich bezahlen, können Sie natürlich auch gleich gehen.«

»Aber dann habe ich keinen Cent mehr!« rief Hermann Titbury.
»Sie können sich doch Geld schicken lassen! Sehen Sie, ich weiß sehr genau, daß Sie 3000 Dollar in Ihrer Brieftasche haben, ich könnte sie Ihnen jetzt herausziehen, aber ich bin doch kein Dieb. Ich bin lediglich der Kassierer des Cheap Hotels und möchte Sie höflich bitten, den Zimmerpreis von 3000 Dollar zu bezahlen.«
»Komm, zieh dein Geld heraus«, sagte Frau Titbury.
»Nein«, antwortete ihr Mann.
Die Titburys wurden nun in ein anderes Zimmer gesperrt, von dem aus sie nur in einen Hof sehen konnten. Frau Titbury redete unaufhörlich auf ihren Mann ein, das Geld in Gottes Namen zu opfern; aber ihr Mann hoffte immer noch, durch eine Polizeistreife aus dem Banditenloch befreit zu werden.
Auch als der 1. Juni kam, und immer noch nichts geschehen war, blieb Hermann Titbury hartnäckig bei seinem Nein. Gegen Abend trat Inglis ins Zimmer.
»Morgen ist Ihr großer Tag, meine Herrschaften. Ich würde Ihnen in Ihrem eigenen Interesse raten, heute noch in die Stadt zu fahren.«
»Aber Sie hindern uns doch daran!« rief Hermann Titbury.
»Ich? Sie müssen nur Ihre Rechnung bezahlen.«
In diesen Augenblick griff Frau Titbury blitzschnell in die Jackentasche ihres Mannes, zog ein Bündel Geldscheine heraus und gab es Inglis, der die Banknoten sofort nachzählte.
»In Ordnung«, sagte er und sperrte die Tür auf.
In der nächsten Sekunde stürmten die Titburys aus dem Haus und liefen nach Salt Lake City hinein. Die Polizeiwache war schon geschlossen, ihre Anzeige konnten sie erst am nächsten Morgen aufgeben. Da saßen sie einem ungewöhnlich intelligent aussehenden Beamten gegenüber, der sich alle Einzelheiten dieser unverschämten Erpressung geduldig anhörte.
»Wo soll dieses Cheap Hotel liegen?« fragte er.
»Am Crescent River«, antwortete Frau Titbury.
»Den gibt es hier nicht, so wenig wie ein Cheap Hotel oder einen Herrn Inglis. Aber ich habe den begründeten Verdacht, daß es sich bei Inglis um den berüchtigten Bill Arrol handelt, der schon wegen mehrerer ähnlicher Verbrechen gesucht wird.«
»Und warum haben Sie ihn noch nicht?« fragte Hermann Titbury.
»Das ist nicht so einfach, mein Herr. Aber wenn wir ihn erwischen,

dann kommt er an den Galgen, das verspreche ich Ihnen, und das Ende vom Galgenstrick werde ich Ihnen schicken, damit Sie es sich als Talisman um den Hals hängen können und das Match Hypperbone damit gewinnen, falls es bis dahin noch nicht beendet ist.«

10

Am 21. Mai fuhr Harris T. Kymbale aus Santa Fé ab, und gleichzeitig wurden Millionen von grünen Fähnchen aus dem 12. Feld gezogen. Da der Reporter nicht wußte, wann er wieder in die Rocky Mountains reisen konnte, entschloß er sich, so lange wie möglich in Colorado umherzufahren und so spät wie möglich nach Charleston, Süd-Karolina, aufzubrechen. Er stieg also in Denver wieder aus und mietete sich im besten Hotel am Platze ein. Die Zeitung würde die Rechnung in jedem Fall bezahlen. Schon nach einem Tag wußte er, daß er seinen Alterssitz in Denver und nirgendwo anders aufschlagen würde. Bald hatte er auch schon einen geeigneten Bauplatz ausgewählt.

Nach längeren Streifzügen durch die amerikanische Schweiz, den Canon des Colorado und Rio Grande, kehrte der Reporter am 26. in sein Hotel zurück. Am Nachmittag ließ er sich in den Gouverneurspalast fahren, wo alle Bürger, die auf die grüne Flagge gesetzt hatten, ihm zu Ehren einen Empfang gaben. Harris T. Kymbale machte eine so glänzende Figur, daß die Wettbüros am selben Abend ihren Umsatz verdreifachten. Eine singende und tanzende Menge begleitete ihn am nächsten Morgen zum Bahnhof. Über Fort Wallace fuhr der Reporter durch Kansas, durchquerte den Staat Missouri während der Nacht und kam am 28. Mai in St. Louis an. Dort wollte er nicht länger als notwendig bleiben, denn St. Louis war das Gefängnis; er steuerte deshalb gleich nach der Ankunft eine Tafel mit den Abfahrtzeiten der Züge an. Plötzlich rannte er frontal mit einem Mann zusammen, der über den Bahnsteig stürmte.

»Idiot!« rief der Reporter.

»Depp«, antwortete der andere.

»Ach der Commodore. Freut mich, daß Sie noch am Leben sind. Das nächste Mal reißen Sie aber Ihre Augen auf, Sie Barrasknochen.«

»Halt's Maul, Zeitungsschmierer.«

»Jetzt wird es mir aber bald zu bunt!« rief der Reporter.

»Und ich verlange von Ihnen Satisfaktion!«

In diesem Moment pfiff eine Lokomotive.

»Verflucht, ich muß auf meinen Zug«, sagte der Commodore. »Herr Journalist«, brüllte er vom Trittbrett herunter, »Sie werden noch von mir hören, beim Pförtner des European Hotel!«
»Meinetwegen«, knurrte Harris T. Kymbale. »Ach, jetzt ist der Holzkopf auch noch in den falschen Zug gestiegen! Er muß doch nach Kalifornien und fährt dabei nach Osten.« Der Reporter konnte nicht wissen, daß der Commodore in St. Louis nur deshalb gewesen war, um einen falsch verschickten Koffer zu reklamieren, den er in Herculanum, der nächsten östlichen Station, wo Turk auf ihn wartete, in Empfang nehmen sollte. Als Harris T. Kymbale nach einem längeren Stadtbummel das European Hotel aufsuchte, streckte ihm der Pförtner ein Telegramm entgegen.
Wenn Sie noch genug Mark in den Knochen haben und einen anständigen Revolver, dann steigen Sie morgen früh um 7 h in den Zug St. Louis–Herculanum und stellen sich auf der hinteren Plattform des letzten Personenwagens auf. Ich steige gleichzeitig in den Zug Herculanum–St. Louis, der um 7.17 h den Gegenzug kreuzt. Wir wollen dann ein bißchen knallen.
Commodore Hodge Urrican.
»Die grüne Flagge wird nicht vor der orangefarbenen gestrichen«, sagte der Reporter zu sich.
Am folgenden Morgen setzte er sich in den schwach besetzten letzten Personenwagen des Frühzuges. Draußen war es empfindlich kalt, so daß sich der Reporter erst um 7.16 h auf die Plattform hinauswagte. Kaum hatte er sein Magazin überprüft, hörte er auch schon den Gegenzug heranbrausen. Schnell hob er seinen Revolver, Dampfwolken hüllten den Waggon ein, dann schoß er schnell ein paarmal hintereinander, und gleichzeitig spürte er den Luftzug einer feindlichen Kugel an seinem Kopf vorbeistreichen. Sekunden später war der Gegenzug verschwunden. Harris T. Kymbale setzte sich wieder auf seinen Platz, als ob nichts geschehen wäre.
Über Nashville (Tennessee), Chattanooga, Augusta (Georgia) erreichte er am Abend des 2. Juni sein Ziel Charleston an der Atlantikküste. Gleich erfuhr er aus den Zeitungen, daß Commodore Urrican wohlbehalten durch Ogden gekommen war; im Grunde war er ganz froh darüber, daß er Urrican nicht getroffen hatte, der zwar ein Zottelbär war, aber doch ein Mensch. Kaum hatte der Reporter den Boden der ehemaligen Sklavenstadt betreten, da war er auch schon erkannt. Schon zum ersten Frühstück wurde er ins Rathaus eingeladen, und von da an riß die Kette der Empfänge nicht mehr ab. Harris

Kaum hatte der Reporter sein Magazin überprüft, hörte er auch schon den Gegenzug heranbrausen.

T. Kymbale war von der Anhänglichkeit seiner Charlestoner Bewunderer so gerührt, daß er ihnen versprach, falls er gewinnen sollte, ein Altersheim zu schenken und ein Armenasyl dazu. Sofort wurden im Rathaus Listen ausgelegt, in denen sich die Alten und Armen eintragen konnten.
Am Abend des 3. Juni wurde der Reporter mit Fahnen und einem festlichen Umzug zu der Mündung des Ashtley geführt, wo unter schattigen Bäumen mehrere hundert Meter lange Tafeln aufgebaut waren. Kaum hatte Harris T. Kymbale inmitten von Stadträten und Ehrengästen Platz genommen, da wurde unter Fanfarenklängen eine Riesenpastete von 8000 kg Gewicht herangerollt, in der die besten Köche der Stadt 2400 kg Rindfleisch, 400 kg Kalbfleisch, 400 kg Lammfleisch, 120 kg Butter, 360 kg Speck, 76 Kaninchen, 188 Hühner, 200 Tauben, 2800 kg Mehl und 240 Rehe und anderes Wild verbacken hatten. Zwölf Pferde zogen das Ungetüm, das 5 m breit, 8 m lang und 2 m hoch war und von 20 Köchen mit 2 m langen Messern zerteilt wurde, um die hungrigen Mäuler von 5000 Gästen zu stopfen, für die auch 5000 Würstchen auf kleiner Flamme gehalten wurden, falls sie beim Pastetenessen zu kurz kamen. Bis sehr spät in die Nacht hallten die Hurras und Vivats auf Harris T. Kymbale übers Meer.
Zur gleichen Zeit stieg Lissy Wags Kurs an Börsen des Match Hypperbone. Ihre Gesundheit war stabiler als je zuvor, und als sie von Wisconsin nach Chikago zurückkehrte, um dort die Abfahrt nach Kentucky abzuwarten, konnte sie sich vor dem Ansturm der Reporter und anderer Neugieriger kaum retten. Jovita Foley drängte die Trägerin der gelben Flagge immer wieder, doch endlich abzureisen, aber Lissy wollte Geld sparen und billig zuhause leben, so lange es nur ging.
Eines Tages ließ sich das Mädchen endlich davon überzeugen, daß nun keine Zeit mehr zu verlieren sei, da der Weg zu den Mammuthöhlen im benachbarten Kentucky ziemlich umständlich war. Bevor sich die Mädchen in den Schnellzug setzten, schauten sie noch einmal bei ihrem Prinzipal vorbei, dem die kostenlose Werbung für seine Firma sehr willkommen war. Über Indianapolis, wo sie übernachteten, erreichten sie innerhalb von 24 h die Stadt Louisville, die sich auf einem Felsplateau 100 m über den Ohio erhebt. Lissy wollte hier unbedingt verweilen, mußte Jovita allerdings versprechen, am nächsten Tag endlich zu den Höhlen weiterzufahren. Nach einer Fahrt durch eine ebene, waldreiche Landschaft erreichten die

Mädchen unter der gelben Flagge am Vormittag die Bahnstation Maufort und ließen sich mit einem Wagen durch das Tal des Green River in das Mammoth Hotel am Eingang der berühmten Grotten bringen. Jovita hätte die Höhlen am liebsten gleich besucht, aber die Führer hatten Ruhetag, so daß sie sich bis zum nächsten Tag gedulden mußte. In der Hotelhalle trafen die Mädchen zufällig mit John Hamilton, dem Gouverneur von Illinois, zusammen und mußten beim Abendessen rechts und links von ihm sitzen. Unter den Hotelgästen sprach sich rasch herum, wer mit ihnen unter einem Dach wohnte; von allen Tischen prostete man den Mädchen zu.
»Die Männer hier sind wirklich reizend«, sagte Jovita später auf dem Zimmer zu Lissy.
»Mir tun sie nur leid, weil sie alle ihre Einsätze verlieren werden«, meinte Lissy.
»Dann hilf ihnen, daß sie es nicht verlieren.«
»Ich will jetzt nicht gewinnen, sondern schlafen«, sagte Lissy und zog sich die Decke über die Ohren.
Am nächsten Morgen, es war der 31. Mai, um 8 h verließen Jovita und Lissy geschniegelt und gebügelt das Hotel. Zusammen mit einer Schar warm angezogener Touristen traten sie um 9 h durch einen niedrigen Durchlaß in die Höhle ein. Vorneweg ging ein Führer, und ein paar Neger wiesen mit ihren Grubenlampen den Nachfolgenden den Weg. Über eine Treppe gelangten die Besucher bald in eine riesige Galerie, die wegen ihrer spitzen Stalaktiten und Stalagmiten gotische Kirche hieß.
»Was daran gotisch ist, kann ich zwar nicht ganz verstehen«, sagte Lissy Wag, die früher zwei Semester Kunstgeschichte studiert hatte, »aber schön ist es hier auf jeden Fall.«
Auch ihre Freundin war entzückt. Den Mädchen schien es überhaupt nichts auszumachen, daß sie sich dauernd tief hinunterbükken mußten und daß ihnen kalte Wassertropfen auf die Frisur fielen. Nach einem mühsamen Weg durch schmale, gewundene, nach allen Seiten verzweigte Gänge, erreichten die Besucher die Gespensterhöhle, in der sich zwar keine Geister herumtrieben, aber verschiedene Invaliden, die von der heilkräftigen Wirkung der feuchten Höhlenluft gehört hatten. Für die Gäste des Mammoth Hotels hatte man ein Büfett aufgebaut, an dem sich jeder bedienen durfte. Noch zwei Stunden mußten die Touristen gebückt und feucht durch endlose Höhlengänge marschieren, bis ihnen die Hauptattraktion der Mammuthöhlen vorgeführt wurde, eine bodenlose Felsspalte, in die

einer der Führer brennendes Papier hinunterwarf, damit die Besucher eine beleuchtete Unendlichkeit sehen konnten. Lissy Wag liebte die Natur und besonders eine so phantastisch erstarrte zwar ebenso wie ihre Freundin, sie liebte aber ihre geschwollenen Füße nicht, so daß Jovita an den nächsten Tagen allein durch die Höhlen wanderte und die Führer in die hintersten Winkel der Grotten jagte. Sie ließ sich auch mit dem größten Vergnügen über einen unterirdischen Jordan rudern und andere Attraktionen zeigen; Lissy mußte sie am 6. Juni sehr energisch bitten, sonst wäre sie auch an diesem wichtigen Datum wieder in den Höhlen verschwunden. Alle Gäste waren in der Hotelhalle versammelt und sahen Lissy mit teilnahmsvollen Blicken an, als am späten Vormittag der Hoteltelegraph klingelte. Bleich, aber ruhig nahm Jovita das Formular entgegen, aber als sie den Text vorlas, zitterte ihre Stimme: *7 + 7, Feld 51, St. Louis, Missouri (Gefängnis)*

Tornbrock.

11

Als Commodore Urrican nach dem Schiffbruch wieder zu sich kam und ihm Turk in aller Vorsicht beibrachte, daß er innerhalb der nächsten 14 Tage nach Kalifornien fahren und in Chikago ankommen müsse, um das Spiel von vorne anzufangen, bekam er eine heillose Wut, die sich noch dadurch steigerte, daß er sie an niemandem auslassen konnte, weil Turk noch schlimmer tobte als er selbst.

»Ein Schiff her!« schrie er im Hafenamt, aber kein einziges Fahrzeug, das ihn hätte aufs Festland bringen können, lag am Kai.

Eine knappe Stunde nach Mittag meldete der Semaphor plötzlich eine Rauchfahne 5 sm vor der Küste. Sofort lief die halbe Einwohnerschaft von Key West am Strand zusammen. Das Fahrzeug nahm tatsächlich Kurs auf die Insel, und zwei Stunden später war es schon wieder ausgelaufen, mit dem Commodore und seinem Faktotum an Bord. Dem angeschlagenen Teilnehmer des Match Hypperbone ging es schon bedeutend besser, als er hörte, daß die *President Grant* die unglaubliche Geschwindigkeit von 20 Knoten entwickelte und am nächsten Abend in Mobile erwartet wurde. In der Nacht des 27. Mai erwischten die alten Mariner gerade noch den Zug und erreichten 20 h später nach einer Fahrt von fast 1200 km St. Louis. Während sich der Commodore dort um seinen Koffer kümmern

mußte, mit dem Reporter zusammenstieß und zwischen Herculanum und St. Louis hin- und herfuhr, kam ihm der glorreiche Gedanke, per Telegramm ein Mietauto an die kalifornische Bahnstation Keeler zu bestellen, um so auf dem kürzesten Weg in das Tal des Todes zu kommen. Über Topeka erreichte er am 31. Mai Ogden, stieg in die Pazifik-Linie um und verließ in Sacramento, Kalifornien, am nächsten Tag den Zug.
Da der nächste Zug erst drei Stunden später abging, ließ sich der Commodore einen Sonderzug mit einer Schnellzugslokomotive und einem Personenwagen zusammenstellen. Ohne anzuhalten raste der Zug über Beno, Carson City in Nevada, Bentom nach Keeler, der Endstation dieser Seitenstrecke. Kaum war die Lokomotive zum Stehen gekommen, sprangen die beiden Fahrgäste auf die Schienen, riefen dem Lokomotivführer zu, er solle auf sie warten, und rannten auf die Straße, wo ein schwerer Kraftwagen mit laufendem Motor bereitstand.
»Los!« kommandierte der Commodore. »Geben Sie Gas, Mann, am 8. Juni muß ich wieder in Chikago sein!«
Der Chauffeur fuhr wie der Teufel durch die gewundenen Gebirgstäler. Ein Mechaniker, der für alle Fälle auf dem Sitz neben dem Fahrer saß, erklärte den Passagieren, daß der Motor nach dem System Adamson konstruiert sei und so wenig Petroleum verbrauche, daß man mit gefülltem 600-Liter-Tank eine Woche lang fahren könne. Der Commodore hörte aber überhaupt nicht zu, sondern brütete immer nur stumm vor sich hin. Nicht das Geld, das er für den Sonderzug, den Mietwagen und den dreifachen Einsatz auf den Tisch legen mußte, reute ihn, es war die gekränkte Ehre, die ihm keine Ruhe ließ. Von lauter hergelaufenen Zivilisten überrundet zu sein, das konnte er nicht verwinden.
Nach einer raschen Fahrt durch dünn besiedeltes Land ratterte das Auto am 2. Juni in die kalifornische Wüste hinein. Kaum ein Grashalm wuchs in diesem tonigen Boden, der immerfort Salz auszuschwitzen schien. Am frühen Morgen des 3. Juni fuhren die Reisenden dann in das 200 km lange und 30 km breite Tal des Todes hinein, dessen Sohle stellenweise 60 m unter dem Meeresspiegel liegt. Am Fuß der Funeral Mounts, einer berüchtigten Gegend, in der vor Jahrzehnten unzählige Karawanen untergegangen waren, ließ der Commodore den Wagen anhalten, verfaßte eine Anwesenheitserklärung, ließ Turk und die Kraftfahrer gegenzeichnen, versteckte das Dokument unter einem Felsblock und befahl dem Chauffeur,

sofort zu wenden und zurückzufahren. Nach einer Non-Stop-Fahrt von 48 h bremste der Wagen vor dem Bahnhof von Keeler, die Fahrgäste sprangen heraus, zahlten, liefen zu den Gleisen hinüber, gaben dem Lokomotivführer ein Zeichen, warfen sich in ihren Sonderwagen, und 6 h später stiegen sie in Reno in den fahrplanmäßigen Expreßzug um. Pünktlich um 9.37 h am 8. Juni rollte der Zug in Chikago ein, wo der Commodore von seinen wenigen, aber treuen Anhängern herzlich begrüßt und sofort ins Auditorium begleitet wurde.
Dort waren die Würfel für ihn bereits gefallen: 6 + 3, wie bei Lissy Wag und X.K.Z. Hodge Urrican mußte also nur nach Milwaukee fahren. Seine Chancen schienen wieder zu steigen, bald stand er ebenso hoch im Kurs wie Tom Crabbe und Max Réal.

12

Am 1. Juni um 8 h morgens wurde in der South Halsted Street 3997 zu Chikago stürmisch geläutet. Frau Réal lief rasch zur Tür; statt des Milchmanns stand aber ihr Sohn vor der Tür.
»Max!« rief sie. »Was treibst du in Chikago? Du gehörst doch nach Richmond!«
»Schon, aber Chikago lag auf meiner Strecke, und da dachte ich mir, ich könnte mich hier ruhig ein paar Tage ausruhen.«
»Wenn dieses Spiel nur bald zu Ende wäre!«
»Mir gefällt es ganz gut, vor allem wenn ich weiterhin soviel Glück habe. Von Cheyenne aus durfte ich gleich 16 Felder bis nach Richmond, Virginia, weiterrücken. Manchmal fühle ich ganz deutlich, daß ich gewinnen werde; wie sieht es eigentlich mit meinen Partnern aus?« »Komm mit herüber in mein Zimmer, dort kannst du alles sehen.«
Tom Crabbe, die blaue Flagge, lag vorn, auf Feld 47, in Pennsylvanien. Das rote Fähnchen X.K.Z. war bei 46, Distrikt Columbia, eingesteckt. Die gelbe Lissy Wag war noch in Kentucky, ins Gefängnis sollte sie erst ein paar Tage später wandern. Die Positionen Harris T. Kymbales, Commodore Urricans und Hermann Titburys wußte der Maler aus der Zeitung. Als dritter Mann hatte er ihnen gegenüber immer noch gute Chancen. In den nächsten Tagen dachte Max Réal kaum mehr an das Spiel, sondern nur noch an zwei Landschaftsbilder, die er vor Kansas und im Nationalpark begonnen und jetzt vollenden wollte, um sie bald verkaufen zu können.

Seine Mutter ließ ihn aber selten in Ruhe. Alle zwei Tage kam sie mit den Ergebnissen der neuesten Würfelwürfe in sein Atelier gestürmt. Am 2. Juni wurde Hermann Titbury auf Feld 19 geschickt, wo er warten mußte, bis seine Partner zweimal gewürfelt hatten. Am 4. Juni bescherten die Würfel Harris T. Kymbale eine Reise nach Nord-Dakota auf Feld 33, und am 6. fielen für Lissy Wag die Unglückswürfel, die sie nach St. Louis ins Gefängnis beorderten, wo sie so lange bleiben mußte, bis ein anderer Spieler ihre Stelle einnahm. Nach den letzten Ergebnissen lagen Max Réal und Tom Crabbe am höchsten im Kurs; vor dem Ansturm der Reporter und Wettlustigen kam der Maler nicht mehr dazu, seine beiden Bilder fertigzustellen. Am 7. Juni reiste er aus Chikago ab. Am 12. erhielt seine Mutter folgenden Brief:

Mein liebes Mütterchen, *Richmond, 11.6.*
ich bin wohlbehalten in Richmond angekommen. Die Fahrt war wunderschön, und ich habe sie sehr genossen; Tommy hat fast die ganze Zeit geschlafen. Ich habe ihn nicht geweckt, denn er sah immer aus, als ob er von vielen Millionen träumte. Dabei soll man niemanden stören.

Ich mußte immer an Lissy Wag denken, die jetzt in St. Louis herumsitzt. Ich kann nur hoffen, daß bei der nächsten Runde ein Titbury, Urrican oder Crabbe an ihrer Stelle ins Gefängnis muß. Von Cleveland aus sind wir übrigens ein kleines Stück von der Route abgewichen. Ich wollte doch einmal eine richtige Industrielandschaft sehen – es war entsetzlich. Überall stehen diese häßlichen Ölpumpen herum, und bei Pittsburg ist die Luft so schmutzig, daß aus einem Glas Wasser, das man vors Fenster stellt, sofort Tinte wird. Ich als Künstler ziehe doch die Natur vor. Deshalb sind wir gleich darauf in die Alleghanies gefahren, wo es noch unberührte Berge, Täler und Wälder gibt.

Als wir nach West-Virginia hineinkamen, schlief Tommy zum Glück wieder einmal. Es wäre für ihn sicher sehr schmerzlich, von jedem Ortsnamen an die Greuel der Sklavenhalterei erinnert zu werden. Als der Zug in Martinsburg hielt, konnte ich nicht anders, ich mußte das Grab John Browns besuchen, des Helden der Freiheit und Märtyrers des Sklavenbefreiungsgedankens, der in unserer Nationalgeschichte immer noch nicht gebührend gewürdigt ist. Von dort aus sind wir ohne Unterbrechung nach Richmond gereist. Die amerikanischen Städte sehen sich fast alle gleich, wenn man eine davon kennt, kennt man auch die anderen.

Soeben lese ich in der Zeitung, daß X.K.Z. um fünf Augen weiterrücken wird und so nach Minnesota kommt, auf das 51. Feld. Der Kerl liegt also an der Spitze. Meinst Du, ich kann ihn überholen? Wenn Du diesen Brief bekommst, wirst Du es wissen.
Ich grüße und küsse Dich,
Dein Max, der mehr ein Rennpferd als ein Mensch ist.
P.S. Ist es nicht grotesk, daß der hirnlose Fleischberg Tom Crabbe ausgerechnet nach Philadelphia geschickt worden ist?
Am 31. Mai waren John Milner und Tom Crabbe enttäuscht aus Cincinnati abgereist. Daß die Bürger dieser Stadt eher einem Schwein als einem Boxchampion zujubelten, war Grund genug, diese sportfeindliche Stadt auf der Stelle zu verlassen. Kein einziger Reporter hatte den berühmten Faustkämpfer interviewen wollen, niemand hatte ihn um ein Autogramm aus seiner riesigen Klaue gebeten. Während die beiden Männer im Schnellzug durch Ohio und Pennsylvanien rollten, überlegte sich John Milner, wie er den Boxer wieder populär machen könnte. Als der Zug am Abend gegen 22 h in Philadelphia einrollte, hatte er sich schon einen Plan zurechtgelegt; vor der Ausführung wollte er aber erst einmal die Stimmung in der Stadt studieren.
Tom Crabbe blieb, mit ausreichenden Mahlzeiten versehen, am nächsten Morgen im Hotel, während der Trainer durch die Straßen Philadelphias schlenderte. Dazu brauchte er allerdings viele Stunden, weil die Stadt fast nur aus Einfamilienhäusern bestand und dementsprechend weit ausgedehnt war. John Milner wußte sehr wohl, daß es unter den Hunderttausenden von Metall-, Hafen- und Textilarbeitern ein dankbares Boxpublikum gab. Diese Leute mußten besonders angesprochen werden, denn wenn Tom Crabbe die 60 Millionen nicht gewann, mußte er sich seinen Lebensunterhalt weiter mit Boxen verdienen, und zu diesem Beruf gehörte nun einmal die Öffentlichkeit.
Am nächsten Tag ließ John Milner in der Presse bekanntgeben, daß der bekannte Boxer Tom Crabbe, der Sieger über Fitzsimons und Corbett, in Philadelphia eingetroffen war. Sofort druckten die Wettbüros riesige Plakate, auf denen der Boxer auch schon als der künftige Sieger im Match Hypperbone angepriesen wurde. An allen Straßenecken wurden Flugblätter verteilt, auf denen zu lesen war:
Tom Crabbe nur noch 16 Felder vor dem Ziel! Er wird es schaffen, er wird die indigoblaue Fahne auf den Bergen von Illinois flattern las-

sen! Ein dreifaches Hurra für Tom Crabbe, den Champion der Neuen Welt!
Andere Agenturen gaben sogleich Plakate in Druck, auf denen für Harris T. Kymbale und Max Réal mit nicht geringerem Aufwand an Farben und Ausrufezeichen geworben wurde. Als John Milner mit dem Boxer am 7. Juni in der Stadt spazierenging, entdeckte er plötzlich einen Maueranschlag, der ihm das Blut in den Adern stocken ließ:
Herausforderung! Cavanaugh gegen Crabbe.
Der Trainer wußte sofort, was das bedeutete. Cavanaugh, ein gefährlicher Boxer, den Tom Crabbe drei Monate zuvor besiegt hatte, verlangte Revanche. Dem Champion war aber gar nicht nach Kämpfen zumute, er wollte seine Ruhe haben und den nächsten Würfelwurf abwarten. John Milner hatte sogar den Verdacht, daß eine feindliche Wettagentur Cavanaugh bestochen hatte, Crabbe aufzuhalten und den anderen einen Vorsprung zu geben. Es gab aber keine Möglichkeit, Tom Crabbe mußte die Herausforderung annehmen, wenn er sich nicht vor aller Welt lächerlich machen wollte.
Tom Crabbe nimmt die Herausforderung Cavanaughs an.
Die Anschläge hatten zur Folge, daß die Einsätze für Tom Crabbe beträchtlich zurückgingen, weil sich die Leute sagten, der Boxer solle sich auf das Match konzentrieren und nicht auf irgendwelche Prügeleien.
Kaum hatte die Polizei von dem bevorstehenden Kampf Wind bekommen, verbot sie den Fight unter Androhung von Strafen. Da es sich Tom Crabbe auf keinen Fall leisten konnte, seinen Termin im Gefängnis zu verpassen, einigte er sich mit Cavanaugh darauf, den Zweikampf in dem Städtchen Arondale 50 km von Philadelphia auszutragen. Dort versammelten sich die beiden Boxer, ihre Trainer und ein paar Boxsportenthusiasten sowie ein Photograph und Filmleute in einem Vereinssaal. Tom Crabbe fühlte sich ausgezeichnet, aber auch sein Gegner schien blendend in Form zu sein.
Die Trainer wollten gerade durch Handzeichen den Kampf beginnen lassen, da stürmte der Ortssheriff Vincent Bruck und der Methodistenpfarrer Hugh Hunter, der sich durch den Vertrieb von antiseptischen und antiskeptischen Bibelausgaben einen Namen in Fachkreisen gemacht hatte, in die Arena. Da niemand ihren Einspruch hören wolle, sprangen sie gleich in den Ring; John Milner, der den Vertreter der himmlischen Autorität aufhalten wollte, bekam eine Ohrfeige, daß er sich in der Luft überschlug, sein Kollege räumte das

Es half alles nicht. Tom Crabbe mußte die Herausforderung annehmen, wollte er sich nicht lächerlich machen.

Feld lieber freiwillig. Die beiden Rivalen sahen sich zunächst verdutzt an, aber ehe sie sich ein klares Bild der Lage verschaffen konnten, hatte der Sheriff Cavanaugh das linke Auge dienstuntauglich geschlagen, während Hochwürden damit beschäftigt war, Tom Crabbes rechtes Auge zu verdunkeln.
Da endlich trommelten die Boxer mit ihren Fäusten los. Aber ihre drahtigen Gegner duckten und drehten sich so flink, daß alle Haken in die Luft gingen.
Unter Beifall des sachverständigen Publikums gelang es dem Methodisten, Tom Crabbe auf die gleiche Methode auch noch das andere Auge zuschwellen zu lassen. Als Cavanaugh durch sein heiles Auge eine Polizeipatrouille in den Saal stürzen sah, nahm er Reißaus, und John Milner packte seinen Schützling, führte ihn wie einen Blinden hinaus und nach Philadelphia zurück, wo sich beide schamrot und mit blau angelaufenen Backen in ihrem Hotelzimmer einschlossen.

13

Für ein Galgenstrickende als Talisman hätten die Titburys am Ende auch noch 3000 Dollar bezahlt, vorerst sah es aber nicht so aus, als kämen sie zu dem einen oder anderen. Bis das Paar im Postamt von Salt Lake City auftauchte, hatte die ganze Stadt schon erfahren, was ein paar Spitzbuben mit den Teilnehmern des Match Hypperbone angestellt hatten. Als Hermann Titbury totenbleich zur Kenntnis nahm, daß ihn 2 + 3 Augen nach Feld 9, Illinois schickten, von dort um weitere 5 Augen auf Feld 14, wiederum Illinois und deshalb nochmals 5 Felder weiter auf 19, New Orleans, das gleichzeitig das Wirtshaus war, wo er zweimal aussetzen und den zweifachen Einsatz zu bezahlen hatte, grinsten ein paar Neugierige und hänselten das unglückliche Paar mit bissigen Bemerkungen.
»Ich steck's auf«, sagte Hermann Titbury.
»Nein. Jetzt wird erst recht weitergespielt! Die können uns doch nicht fertigmachen.«
Die Titburys mußten laut Telegramm nach New Orleans fahren und dort im Hotel Excelsior absteigen. Frau Titbury ergriff gleich die Initiative und ließ sich von der National Bank in Chikago einen größeren Betrag schicken; nachdem die 5000 Dollar angekommen waren, reisten die Titburys am 5. Juni aus Salt Lake City ab. Mit der Union Pacific fuhren sie bis nach Omaha und stiegen dort auf einen

wesentlich billigeren Missouridampfer um. Um noch mehr zu sparen, aßen sie nicht im Bordkasino, sondern kauften sich an den Anlegestellen Brot und Wurst und schlangen ihre Brotzeit in ihrer Kabine hinunter.
6 Tage verbrachten die Titburys an Bord der *Black Warrior*, bis sie am 11. Juni in New Orleans an Land gingen. Kaum hatten sie den Kai verlassen, da sprang ein Neger von einem blitzenden Stadtwagen und ging auf sie zu:
»Habe ich mit Herrn und Frau Titbury die Ehre?«
»Was wollen Sie, wir haben keinen Wagen bestellt«, antwortete Frau Titbury.
»Meine Herrschaften, das Hotel Excelsior empfängt nur Gäste mit Wagen«, sagte der Schwarze dienstlich, und die Titburys mußten sich fügen.
Ein paar Minuten später hielt die Equipage vor einem prächtigen Gebäude mit der Aufschrift *Excelsior Hotel Company Limited* an der Fassade. Sofort wurde der Schlag aufgerissen, mehrere Boys halfen den Titburys beim Aussteigen, und ein Chefportier im schwarzen Frack führte sie durch in Licht gebadete Flure in ihre Zimmerflucht. Als Frau Titbury nach einer tief durchschlafenen Nacht auf ihr Nachttischchen schaute, entdeckte sie eine schwach beleuchtete Schalttafel mit Knöpfen aus Perlmutt. Kaum hatte sie auf den ersten Knopf gedrückt, da zogen sich die Stores zurück, die Jalousien rollten sich ein, und die Morgensonne schien auf die seidenbestickten Bettdecken. Staunend betrachteten die Titburys ihr Luxusappartement, das aus Schlafzimmer, Speisezimmer, Empfangssalon, Damenzimmer mit Klavier, Noten, Illustrierten und einem Herrenzimmer mit Kleinbüro und Schreibmaschine bestand.
»Wie in der Höhle Ali Babas!« rief Hermann Titbury.
»Paß nur auf, daß man uns hier nicht auch ausräubert«, antwortete seine Frau.
»Drück doch einmal auf die Personalklingel«, meinte Titbury. Frau Titbury klingelte, und eine halbe Minute später stand ein Herr in dunklem Anzug und mit Silberschlips in der Tür.
»Meine Herrschaften, im Namen der Direktion des Hotels Excelsiors heiße ich Sie in unserem Hause herzlich willkommen. Wir sind besonders stolz, daß wir gerade Sie für einige Zeit in unserem Etablissement beherbergen dürfen, und wir werden versuchen, Ihnen den Aufenthalt in New Orleans so angenehm wie möglich zu

gestalten. Falls Sie sich der üblichen Hausordnung anzuschließen gedenken, so werden Sie Ihren Morgentee um 8 h serviert bekommen, das Frühstück um 11, den Lunch um 16 h, das Diner um 19 h und den Abendtee um 22 h. Sie können zwischen amerikanischer, englischer und französischer Küche wählen, wobei ich bemerken darf, daß wir selbstverständlich nur ausländische Spitzenweine führen. Ab sofort steht eine Equipage zu Ihrer Verfügung und eine kleine Dampfjacht, außerdem ist jeden Abend für Sie eine Loge in der Oper reserviert, in der übrigens zur Zeit ein französisches Ensemble gastiert.«

»Und was kostet der Spaß?« fragte Hermann Titbury.

»100 Dollar pro Person.«

»Im Monat?«

»Pro Tag, mein Herr, wobei ich Ihnen bekanntgeben darf, daß wir den Preis in Anbetracht Ihres wohl längerfristigen Aufenthalts besonders scharf kalkuliert und einen gewissen Mengenrabatt abgezogen haben.«

»Pack den Koffer, Kate!« schrie Hermann Titbury, als sich der Oberboy empfohlen hatte. »Keine Stunde bleibe ich in dem Hotel, indem die Stunde 8 Dollar kostet.«

»Halt den Mund und denke an die 60 Millionen«, antwortete Frau Titbury und verschwand im Badezimmer, in dem man sich mit sehr warmem, warmem, lauwarmem und kaltem Wasser waschen konnte.

Hermann Titbury blieb, weil seine Frau es so wollte, und schon nach ein paar Tagen hatte sich der alte Knicker an den neuen Luxus gewöhnt. Als hätten sie es nie anders erlebt, stiegen die Titburys Tag für Tag in ihre Equipage, ließen sich an einer neidischen Zuschauermenge vorbei an den Hafen fahren, dirigierten die Jacht durch den Mississippi und saßen Abend für Abend stolz und gähnend in der Oper. Wie viele Gänge ihnen auch zu den Mahlzeiten aufgetragen wurden, die Titburys räumten alles ab, selbst auf die Gefahr hin, auf ihre späten Tage hin an pathologischen Magenvergrößerungen und Gastralgien leiden zu müssen; als Abkömmlinge von Schwaben waren sie nach dem Grundsatz erzogen worden, sich lieber den Magen zu verrenken, als dem Wirt was zu schenken, und dabei blieben sie auch. Dabei vergaßen sie nie, sich nach den neuesten Ergebnissen des Würfelwurfs in Chikago zu erkundigen. So wie die Dinge standen, ergab sich immer noch keine Aussicht, daß sie bald aus ihrer luxuriösen Verbannung befreit wurden, die Tag für Tag 200 Dollar kostete.

Als hätten sie es nie anders erlebt, ließen sich die beiden Knicker den ganzen Tag über den Mississippi kutschieren.

14

Eine immer noch festlich gestimmte Menge begleitete Harris T. Kymbale am 4. Juni zum Postamt von Charleston, aber ein niedergeschlagener Haufen kehrte zurück. Der Reporter durfte zwar insgesamt um 20 Felder auf das 42. Feld vorrücken, mußte dort aber, weil es das Labyrinth war, den doppelten Einsatz zahlen und auf Feld 30 zurückgehen. Ihm blieb nur als Trost, daß der Weg von Süd-Karolina über Nebraska (das Labyrinth) direkt in den Staat Washington (das 30. Feld) führte, und daß er die 6400 km lange Strecke auf den besten Bahnlinien der Union zurücklegen konnte.

Harris T. Kymbale, der um sein Renommé ernstlich besorgt war, hielt an Ort und Stelle eine aufmunternde Ansprache an seine Anhänger und setzte sich gleich anschließend in den Zug, der ihn am 5. Juni nach St. Louis brachte. Von dort erreichte er in einem Tag Omaha in Nebraska, wo er ein Telegramm seines Redaktionskollegen vorfand.

Am 7. Juni 8.35 h in Omaha abfahren und in Julesburg-Junction aussteigen. Dort mit bereitstehendem Postwagen in das »Verrufene Land« (Nebraska) fahren, Anwesenheit bestätigen lassen und mit dem Wagen nach Julesburg zurück. Dort am 10. den Abendzug nehmen und am 12. in Sacramento, Kalifornien, übernachten. Am 13. weiter bis Shasta (Oberkalifornien), Rennpferd mieten, spätestens am 17. in Roseburg (Oregon) ankommen. Den Nachmittagszug nehmen und am frühen Vormittag des 18. in Olympia, Washington, ankommen. Mach bloß keine Zicken, alter Junge, Du kostest uns eine Stange Geld.

Der Pokerclub von der Tribune.

Bis Julesburg konnte der Reporter ungestört reisen, aber dann drängten sich ein Dutzend Kymbale-Anhänger zu ihm in den Postwagen, dessen Federn sich unter der Last beängstigend bogen. Aber der Kutscher hatte Verständnis für die wettfreudigen Amerikaner und drosch schonungslos auf seine sechs Pferde ein. 48 h später hielt das Gespann in einer wildzerklüfteten Bodensenke an, inmitten einer von fossilem Gestein bedeckten Wüstenei. Nachdem ihm die ortskundigen Begleiter versichert hatten, daß dieser öde Platz tatsächlich zu den Bad Lands gehörte, setzte der Reporter seine Anwesenheitserklärung auf, ließ alle anderen Anwesenden unterschreiben, vergrub das Papier und ließ den Wagen augen-

blicklich wenden. Pünktlich am 10. Juni kam die whiskyselige Gesellschaft wieder in Julesburg an.
Nach einer angenehmen Fahrt mit der Pazifik-Linie durch Wyoming, Utah und Nevada stieg Harris T. Kymbale in Sacramento aus, wo ihn trotz der vorgerückten Nachtstunde eine Schar Kymbale-Anhänger begeistert begrüßte, die der Kalifornien-Korrespondent der *Tribune* anführte. Den Rest der Nacht verschlief der Reporter im Bahnhofshotel, dann reiste er auf der Nordkalifornienlinie weiter. Der Zug entwickelte eine für die Begriffe des rasenden Reporters geradezu lächerliche Durchschnittsgeschwindigkeit; an jeder Station hielt er an, und auf Steigungen konnte man die Blüten von den vorbeischleichenden Sträuchern pflücken. Aber das Tempo war vom Fahrplan vorgeschrieben, so daß der Zug pünktlich am 13. in Shasta anhielt. Zwei Männer und drei Pferde warteten vor dem Bahnhof. Der Reporter schwang sich ohne viel zu reden in den Sattel, es gab nun keine Zeit mehr zu verlieren, denn im Tagesdurchschnitt mußten 100 km zurückgelegt werden. Der Führer und der Stallbursche waren zum Glück ziemlich schweigsam. Der Reporter brauchte sich also nur über sich selbst aufzuregen. Für die Landschaft hatte er keinerlei Auge übrig, nur für die Uhr. Zum Schluß ritten die Männer auch bei Nacht. Am 16. gegen 24 h sah der Führer plötzlich Lichter auftauchen, und wenig später erkannte er auch schon das Ortsschild des Bahnhofs von Roseburg.
Der Reporter warf sich in den ersten Zug, der nach Norden ging. Vinchester, Eugène City, Harrisburg, Albany, Salem und Portland an der Columbiamündung flogen rasch hintereinander vorüber. Am 18. um 8 h morgens war der Reporter in seinem Zug noch 200 km südlich von Olympia, wo er kurz vor 12 h eintreffen sollte. In der Station Tenino, 64 km südlich von Olympia, wo der Zug um 11.03 h abfahren sollte, gab es einen unerwarteten Aufenthalt. Die weitere Strecke war unterbrochen, eine Brücke war eingestürzt.
Fluchend sprang Harris T. Kymbale auf den Bahnsteig. Plötzlich kamen 2 junge Männer im Sporttrikot auf ihn zu.
»Kommen Sie, Herr Kymbale«, sagte einer von ihnen. Aus dem Gepäckwagen ließen sie sich ein Dreiertandem herausreichen, der Radfahrer namens Will Stanton setzte sich auf den ersten, Robert Flock auf den letzten Sitz, und der Reporter, der nicht wußte, was da eigentlich vorging, saß plötzlich auf dem mittleren.
Schon wurde das Tandem von hilfreichen Händen angeschoben, und das Rennrad aus der Firma Cambdon & Co, schoß mit zwei Berufs-

stehern und einem Außenseiteramateur aus der Bahnhofsstraße hinaus. Eine knappe Stunde hatten die drei Radfahrer Zeit, um eine Strecke von mehr als 60 km zurückzulegen. Falls sie es schafften, war der Straßenweltrekord damit gebrochen. Mit ungeheurer Kraft traten die Männer in die Pedale, auch der Reporter gab sein letztes her. Eine Viertelstunde später sausten sie schon 20 km nördlich von Tenino über die Ebene; wenn sie das Tempo beibehalten konnten, mußte der Reporter noch rechtzeitig um 12 h ankommen.
Plötzlich schrie der Schlußmann auf. Als er sich umdrehte, hatte er ein Rudel Kojoten erkannt, die der Staubwolke nachjagten, die das Triplett aufwirbelte.
»Revolver raus!« brüllte Will Stanton nach hinten. Er selbst konnte nicht schießen, weil er die Lenkstange in der Hand behalten mußte. Zwei Schüsse krachten, und zwei Kojoten wälzten sich im Dreck. Aber die anderen Tiere setzten dem Fahrrad mit verdoppelter Wut nach. Im Nu waren die Revolvertrommeln leergeschossen.
»Los, stemmt euch in die Pedale!« brüllte der Vordermann.
Die Kette knirschte in den Zahnrädern, und die Augen der Radfahrer tränten von dem schneidenden Fahrtwind. Aber die Kojoten blieben ihnen über 20 km hinweg auf den Fersen.
Inzwischen war es Harris T. Kymbale gelungen, seinen Revolver nachzuladen. Es war aber auch höchste Zeit, denn die Kojoten schnappten schon nach Beinen und Radnaben. Nachdem sechs Tiere auf der Strecke geblieben waren, ließ der Rest des Rudels schließlich von der radfahrenden Beute ab.
Inzwischen war es 11.50 h geworden, aber auch die ersten Häuser von Olympia waren schon in etwa 10 km Entfernung zu sehen. Die Radfahrer setzten zu ihrem Endspurt an, rasten ein paar Minuten später ohne Rücksicht auf Fußgänger und Kreuzungen durch die Stadt und kamen just in dem Moment vor dem Postamt zum Stehen, als die Turmuhr zwölf Uhr schlug. Harris T. Kymbale fiel halbtot aus dem Sattel, raffte sich noch einmal auf und schleppte sich an den Telegraphenschalter.
»Ist hier ein Harris T. Kymbale?« rief der Beamte und schwenkte ein Telegramm.
Der Reporter riß es ihm aus der Hand, sank dann aber besinnungslos auf eine Bank. Doch schon ging die Nachricht um die Welt, daß die Rennradfahrer Will Stanton und Robert Flock bei einem Straßentest die unglaubliche Zeit von 56 min 33 sec auf einer Strecke von 64 km herausgefahren hatten.

Während der Reporter noch zwischen Karolina und Washington unterwegs war, saßen Lissy Wag und Jovita Foley verzweifelt in Louisville (Kentucky) herum, und warteten auf ihre Abreise ins Gefängnis nach St. Louis. Die Würfel wollten und wollten nicht zu ihren Gunsten fallen; selbst Commodore Urrican war wieder im Kommen, nachdem er durch einen Wurf von 6 + 3 mit einem Schlag auf Feld 26 nach Wisconsin vorrücken durfte. Am Abend des 10. Juni entschlossen sich die Mädchen, am nächsten Tag nach Chikago zurückzufahren, das Match aufzugeben und den Rest ihres Lebens als namenlose Angestellte zu verbringen.
Aus heiterem Himmel erschien plötzlich ein Geldbriefträger im Hotel und übergab Lissy Wag einen Umschlag, dessen Empfang sie quittieren mußte. In dem Brief lag ein Scheck und ein kurzes Begleitschreiben.
Sehr geehrtes Fräulein Wag, anbei ein Scheck über 3000 Dollar auf die Bank von Louisville. Nehmen Sie ihn bitte als kleinen Trost.
Ihr Humphrey Weldon.
»Ich weiß nicht, ob ich das Geld von einem fremden Mann annehmen soll«, sagte Lissy. »Vielleicht hat er irgendwelche Absichten.«
»Natürlich hat er die Absicht, dich weiterspielen zu lassen!« rief Jovita. »Er hat doch auf dich gesetzt. Ich wäre glatt imstande, diesen netten alten Herrn auf der Stelle zu heiraten!«
Der Scheck wurde anstandslos eingelöst, und schon am 11. Juni hatten sich die Mädchen in St. Louis einquartiert, wo man sie jedoch nicht gerade überschwenglich empfing, denn die Bewohner waren verärgert, daß der selige Hypperbone ausgerechnet diese hauptsächlich von Deutschen besiedelte Stadt zum Gefängnis ernannt hatte.
Am 12. war wieder Würfeltermin. Jovita kroch früh am Morgen leise aus dem Hotelbett und ging in die Stadt. Zwei Stunden später war sie schon wieder zurück.
»Wir sind befreit!« rief sie Lissy entgegen.
»Von wem?«
»Von diesem jungen Springer, Max Réal.«
»Ach, das tut mir aber leid, Jovita.«
»Einer muß eben dran glauben. Ich packe jetzt die Koffer, wir reisen am besten gleich ab.«
»Nein, wir warten wenigstens noch, bis der arme Kerl hier ankommt.«
Schon am nächsten Tag traf der Maler, aus Richmond kommend, in

St. Louis ein. Da er aus den Zeitungen wußte, in welchem Hotel Lissy Wag abgestiegen war, stand er schon eine halbe Stunde später vor ihrer Zimmertür.
Die Mädchen bedauerten ihn aufrichtig und versicherten ihm, wie sehr sie wünschten, daß er bald aus dem Gefängnis befreit würde. Besonders Lissy beteuerte, wie sehr sie ihm Erfolg wünsche, und Jovita war allmählich auch nicht mehr strikt dagegen, daß der junge Maler anstelle ihrer Freundin gewann, weil die 60 Millionen doch in die Familie kommen würden, falls sich die Dinge zwischen Lissy und Max Réal so weiterentwickelten. Stundenlang plauderten die USA-Spieler über ihre Reisen, die Eisenbahnverbindungen und die Chancen der anderen Teilnehmer. Dazwischen ließ Lissy Wag einfließen, daß sie ein Waisenkind war, und Max Réal bemerkte nebenbei, daß die South Halsted Street gar nicht weit von der Sheridan Street entfernt sei. Aber Jovita brachte die Unterhaltung hartnäckig wieder auf das Match zurück.
»Wieviel Augen müssen wir denn das nächste Mal bekommen, um möglichst schnell am Ziel zu sein?«
»12; erstens müssen Sie so nicht in den Wilden Westen fahren, sondern nur nach Indiana, dem Feld 56, und dann brauchen Sie nur noch 7 Augen und Sie haben gewonnen.«
»Komm Lissy, wir fahren jetzt endlich nach Virginia.«
»Bleiben Sie doch noch ein bißchen hier«, sagte Max Réal, »Sie haben doch noch Zeit bis zum 26., heute ist erst der 13.«
Lissy wäre zwar gern noch eine Woche in der Nähe Max Réals geblieben, aber ihre Freundin gab ihr mit ihrem gefürchteten Blick zu verstehen, daß sie sofort abzureisen wünsche. Zwei Stunden später begleitete Max Réal die beiden Mädchen zum Bahnhof.
»Alles, alles Gute«, sagte der Maler beim Abschied zu Lissy Wag und drückte ihr lange die Hand.
»Zu mir sagen Sie wohl nichts?« meinte Jovita.
»Doch, passen Sie gut auf Fräulein Lissy auf und bringen Sie sie gesund nach Chikago zurück.«
Der Maler stand noch lange auf dem Bahnsteig, auch als die Schlußlichter des Zuges längst in der Dunkelheit verschwunden waren. Dann ging er traurig in sein Hotel zurück; daß er im Gefängnis saß, daß seine Chancen sanken und sich seine alten Anhänger von ihm abwandten, hatte er beinahe vergessen. Schon am nächsten Morgen wendete sich das Blatt. Für Tom Crabbe wurden 5 Augen geworfen, das hieß, er war gezwungen, vom 47. Feld in Pennsylvania auf das

52. in Missouri nachzurücken und Max Réal aus dem Gefängnis zu befreien, der dafür nach Pennsylvania zu reisen hatte. Kaum war die Neuigkeit bekannt, wurde der Maler in seinem Hotel von den nimmersatten Reportern überfallen. Sechs Tage mußte er dem Ansturm wohl oder übel standhalten, denn er hatte beschlossen, den nächsten Würfelwurf für Lissy Wag in St. Louis abzuwarten, weil er im stillen hoffte, ihr unterwegs noch einmal zu begegnen.

15

Nachdem man Harris T. Kymbale ein paar Schluck Whisky eingeflößt hatte, war er endlich imstande, sein Telegramm zu lesen. Notar Tornbrock forderte ihn darin auf, von Olympia nach Yankton in Süd-Dakota zu fahren. Der Reporter war ganz zufrieden. Mit dem 39. Feld lag er zwar hinter X.K.Z. (Minnesota), Max Réal (Pennsylvania) und Lissy Wag (Virginia) auf dem vierten Platz, aber die 2000 km lange Fahrt nach Süd-Dakota versprach interessant zu werden. Außerdem konnten die drei Spitzenreiter immer noch stolpern; X.K.Z. konnte durchaus am Totenkopf in Kalifornien zur Rückkehr auf das erste Feld gezwungen werden, und die beiden anderen waren immer noch vom Labyrinth in Nebraska und dem Gefängnis in Missouri bedroht.
Harris T. Kymbale entschloß sich schnell, mit der Northern Pacific durch Montana und Idaho nach Nord-Dakota zu fahren und dann in die Linie nach Süd-Dakota umzusteigen. Trotz der kalten Zugluft hielt er sich die meiste Zeit auf der offenen Plattform auf, um möglichst viel von den Naturschönheiten der überwältigenden Gebirgslandschaft Washingtons, Idahos und Montanas zu erhaschen. Idaho lag bereits hinter dem Zug, da mußte sich der Reporter schleunigst in sein Abteil zurückziehen. Schon Stunden zuvor hatten sich drohende Wolken zusammengezogen. Nun brach mit einem Schlag ein Gewitter los, das einen in dieser Gegend gefürchteten Blizzard mit sich brachte. In den Eisenbahnwagen waren die Reisenden zwar sicher, aber oft stürmten aufgescheuchte Tierherden kurz vor der Lokomotive über die Geleise, oder herabrollende Felsbrocken blieben knapp vor dem Schienenstrang liegen.
Als der Reporter wieder einmal auf die Plattform hinaustrat, während der Zug eine Steigung hinaufkroch, entdeckte er einen schwarzen Bären, der verängstigt neben dem im Schrittempo fahrenden Zug hertrottete. Plötzlich zuckte ein Blitzstrahl auf, und fast im

gleichen Moment hob das Zotteltier die rechte Tatze bis vor die Stirn und bekreuzigte sich. Zuerst glaubte der Reporter, er habe sich getäuscht. Aber die Szene wiederholte sich ein paarmal, jedesmal, wenn der Blitz einschlug, schlug der Bär ein Kreuz. Harris T. Kymbale zog sein Notizbuch heraus und schrieb hinein:
Schwarzer (sic!) Grizzly bekreuzigt sich bei einem Unwetter. In den Rocky Mountains lebt demnach eine Spezies von Bären, die ich als erster Beobachter Ursi Christiani taufe.
Zusammen mit einem Reisebericht in Stichworten steckte der Reporter diese Notiz in einen Umschlag, adressierte ihn an die *Tribune* und warf das Schreiben im Bahnhof von Helena, der malerisch gelegenen Hauptstadt Montanas, in den Kasten. Auf der weniger abwechslungsreichen Fahrt durch das flache Hochland von Montana und Nord-Dakota fand er noch genug Zeit, viele angefangene Artikel über seine Erlebnisse während des Match Hypperbone fertigzuschreiben. In Fargo, einem Eisenbahnknotenpunkt an der Grenze zu Minnesota, verließ er schließlich den Zug. Schon war er froh, daß er in der kleinen Bahnstation nicht mit Pomp empfangen wurde und demnach nicht erkannt war, da trat ein 50 Jahre alter Mann auf ihn zu und sprach ihn an:
»Verzeihen Sie, mein Name ist Hoggarth, wollen Sie zufällig nach Yankton fahren?«
»Ja, warum?«
»Verzeihen Sie eine andere Frage: Ihre Gattin ist wohl nicht dabei?«
»Wie kommen Sie denn auf meine Gattin?«
»Macht nichts, mein Herr, wir werden Ihre Scheidung auch ohne die Anwesenheit Ihrer Gattin durchbringen.«
»Ich hoffe, Sie sind nicht enttäuscht, Herr Hoggarth, aber ich bin gar nicht verheiratet.«
»Was? Wieso fahren Sie dann nach Yankton?«
»Sagen Sie mal, was sind Sie eigentlich von Beruf?«
»Ich bin Werbeassistent des Scheidungsanwaltsvereins Yankton und gelernter Scheidungszeuge.«
»Es tut mir wirklich leid, daß ich nicht verheiratet bin«, sagte Harris T. Kymbale. »Unter Ihrer Assistenz hätte ich mich sicher noch begeisterter scheiden lassen.«
»Wenn Sie sich so sehr für das Scheidungswesen in Süd-Dakota interessieren, mein Herr, so kommen Sie doch morgen um 15 h nach Yankton zu einem Meeting, auf dem unter Leitung des ehrenwerten

Herrn Heldreth für eine Verkürzung der Scheidungsaufenthaltsdauer von 6 auf 3 Monate demonstriert wird.«
»Wer ist denn dieser ehrenwerte Herr Heldreth?«
»Ein renommierter Geschäftsmann, der von Mitgliedern meines Anwaltsvereins schon 17mal geschieden worden ist.«
»Ich komme, verlassen Sie sich darauf.«
Am nächsten Morgen um 6 h stieg der Reporter in den Zug nach Yankton, mußte aber kurz vor Sioux Falls wieder aussteigen, weil die Bahnverbindung noch nicht eingeweiht war. Der erste Personenzug nach Sioux Falls sollte erst am nächsten Tag abgehen. Doch auf einem Nebengleis entdeckte er eine unter Dampf stehende Lokomotive, an die zwei Güterwagen angehängt waren.
»Geht dieser Zug nach Sioux Falls?« fragte er einen Bahnbeamten.
»Ja, aber ...« In diesem Moment wurde der Beamte zu seinem Chef gerufen, und Harris T. Kymbale benutzte die Gelegenheit, um unbemerkt in den Packwagen zu springen. Wenige Minuten später setzte sich der Zug in Bewegung und gewann unglaublich rasch an Tempo, das sich auch nicht verminderte, wenn er durch eine Station rollte.
Als sich der Reporter einmal aus der geöffneten Tür beugte, fuhr ihm der Schreck gleich zweimal in die Glieder. Einmal war kein Mensch auf dem Führerstand, und zum zweiten raste der führerlosen Lokomotive ein anderer Zug mit voller Geschwindigkeit auf dem selben Gleis entgegen. Wenige Augenblicke krachte es auch schon. Die Lokomotiven bohrten sich ineinander, die Güterwagen lösten sich in ihre Bestandteile auf, die Dampfkessel explodierten, und gleichzeitig klatschten und schrien Tausende von Zuschauern beiderseits des Bahndamms. Die Leute hatten zusammengelegt, zwei Lokomotiven gekauft und unter tätiger Mithilfe der amerikanischen Bahngesellschaft den Zusammenstoß ihrer dahinrasenden Lokomotiven genossen, womit zugleich die neue Strecke eingeweiht war.
Zur gleichen Zeit freuten sich viele Amerikaner über ein gleichfalls ungefährliches Unglück. Der Boxer Tom Crabbe saß im Gefängnis, und Lissy Wag dankte dem Himmel, daß Max Réal dadurch befreit war. Das Mädchen aus dem Hemdengeschäft stieg innerhalb einer Woche ganz unglaublich im Kurs der Wettagenturen. Die anderen Teilnehmer waren kaum noch gefragt. Zwei Würfe fehlten ihr noch, dann konnte sie mit etwas Glück am Ziel und damit eine der reich-

Die Leute hatten zusammengelegt, 2 Lokomotiven gekauft und den Zusammenstoß aus vollen Zügen genossen.

sten Erbinnen der USA sein. Am Morgen des 20. Juni fielen die Würfel für Lissy, wie sie es nicht zu träumen gewagt hatte: 6 + 6, Feld 56, Indiana. Sie und Jovita konnten sich nur mit Mühe vor der rasenden Menge ins Hotel flüchten und in ihr Zimmer einschließen.

»Nach Indianapolis, Lissy!« rief Jovita verzückt und preßte ihre Freundin an sich, daß sie kaum mehr Luft bekam. »X.K.Z. ist um fünf Felder geschlagen. Wir brauchen nur noch 7 Augen und warum sollten wir sie nicht bekommen, es ist doch eine heilige Zahl, und wenn der Himmel ein Einsehen mit uns hat, oh, wir werden Sanatorien und Waisenhäuser gründen, und die Fürsten Europas werden uns zu Füßen sinken!«

Da die Mädchen in Richmond nichts mehr hielt, gingen sie am nächsten Morgen zum Bahnhof. Sie wollten sich gerade einen Zug nach Indianapolis aussuchen, da trat ein livrierter Mann auf sie zu und verbeugte sich ehrerbietig.

»Meine Chefin, Frau Migglesy Bullen, würde sich glücklich schätzen, wenn die beiden Damen sich entschließen könnten, in ihrem Privatzug nach Indianapolis zu reisen.

Die Mädchen nahmen das Angebot an, in dem Salonwagen einer der berühmtesten Milliardärinnen der Vereinigten Staaten ein paar schöne Stunden zu verbringen. Die alte Dame empfing sie höflich und offenbarte Lissy, daß sie die fünfte Spielerin schon immer in ihr Herz geschlossen habe, freilich ohne in irgendeiner Weise wie die gewöhnlichen Leute finanziell engagiert zu sein.

»Wenn du gewinnst, Lissy«, sagte Jovita halblaut, »kannst du auch im eigenen Salonwagen durch unser herrliches Amerika fahren.«

»Sei doch endlich still«, murmelte Lissy.

»Wenn ich dir auf die Nerven gehe, Lissy, dann weiß ich schon, was mit dir los ist. Du bist verliebt.«

Einen vor Feinheit fast nicht sichtbaren, mit Diamanten besetzten Ring mußte Lissy als Andenken an die alte Dame annehmen, als die Mädchen in Indianapolis aus dem Zug stiegen. Dort verkrochen sie sich in einem unauffälligen Hotel, um die weitere Entwicklung abzuwarten.

Am 22. Juni wurde Hodge Urrican auf Feld 31, Nevada, in den Schacht geschickt, wo er bis zur Ablösung durch einen anderen Spieler ausharren mußte. Als die Mädchen an diesem Tag von einem Stadtbummel in ihr Hotel zurückkehrten, fanden sie Max Réal in der Halle sitzen.

»Wissen Sie, ich hatte zufällig einen Aufenthalt in Indianapolis, und da wollte ich einmal nach Ihnen sehen«, sagte der Maler verlegen.
»Und so haben Sie wohl auch rein zufällig unser Hotel gefunden?« fragte Jovita Foley spitz.
»Jovita, du bist unmöglich!« flüsterte Lissy.
»Da Sie noch 6 Tage Zeit haben, Herr Réal, können Sie durchaus und rein zufällig auch in diesem Hotel absteigen wollen! Aber ich sage Ihnen gleich: ich wenigstens will nicht daran schuld sein, wenn Sie Ihren Zug nach Philadelphia verpassen!«
Lissy Wag schaute ihre Freundin so giftig an, daß jene schmollend davonrauschte. Jetzt endlich konnte sie sich ungestört mit Max Réal über Chikago unterhalten, ohne daß die spielwütige Jovita ständig über das Match diskutieren wollte. Erst spät verschwand der Maler aus dem Mädchenzimmer und ging zu Tommy hinüber, der schon ganz unruhig geworden war. Beim Frühstück am nächsten Morgen wurde beschlossen, mit dem Zug nach Spring Valley zu fahren und eine Strecke weit am White River entlangzuwandern. Zwei Stunden später stiegen Max Réal und die beiden Mädchen zusammen mit fünf Männern, die aber eine andere Richtung einschlugen, aus dem Zug und marschierten auf dem nächsten Weg zum White River. Jovita spürte trotz ihrer dicken Haut, daß sie das junge Paar ein wenig störte, deshalb lief sie oft ein Stück voraus oder versteckte sich in den Gebüschen am Flußufer.
Nachmittags um 15 h ließen sie sich mit einer Seilfähre auf das andere Ufer übersetzen, in dessen Nähe eine andere Bahnlinie nach Indianapolis vorbeiführte. Bald fanden sie einen breiten Fahrweg. Max Réal marschierte als geübter Fußwanderer zügig los, aber die Mädchen baten vor dem letzten Stück um eine kurze Rast.
Kaum hatten sich die Ausflügler ins Gras gesetzt, da sprangen fünf Männer aus dem Gebüsch, drei von ihnen warfen sich auf den Maler, einer auf Jovita und der stärkste auf Lissy. Max Réal ahnte sofort, was die Spitzbuben vorhatten und wer hinter dem Überfall steckte. Sie wollten Lissy solange festhalten, bis sie vom Match ausgeschlossen wurde. Ehe sich der Maler aber darüber klar werden konnte, welchem der Matchteilnehmer eine solche Gaunerei zuzutrauen war, lag er schwer atmend am Boden. Dennoch gelang es ihm, seine Revolver aus der Tasche zu ziehen und einen der Spitzbuben zu verwunden. Lissy und Jovita, die sofort in den Wald gelaufen waren, schrien verzweifelt um Hilfe, bevor sie am Rockzipfel gepackt wurden.

Auf einmal tauchten, von den Schreien alarmiert, ein Dutzend Jäger an der Straße auf. Im gleichen Augenblick sah Max Réal, wie einer der Räuber die strampelnde Lissy auf die andere Straßenseite zerrte; er überlegte nicht lange und schoß. Da fiel ihm auch schon der Revolver aus der Hand, und ein Messer steckte in seinem Rücken. Als die Jäger auf dem Kampfplatz erschienen, waren die Halunken bis auf den letzten Mann verschwunden. Statt sie zu verfolgen, nahmen sie den schwach atmenden Maler auf und trugen ihn zu der eine halbe Stunde entfernten Bahnstation. Lissy heulte ununterbrochen, und als der Arzt kam, mußte sie hinausgehen, um die Behandlung nicht zu stören. Die Wunde wurde als schwer, aber nicht lebensgefährlich diagnostiziert. Vorsichtig trug man den Bewußtlosen zum Zug, in Indianapolis wurde er mit einem Krankenwagen ins Hotel geschafft. Obwohl es Jovita unschicklich fand, bestand Lissy darauf, die ganze Nacht neben Max Réal zu wachen.

Am nächsten Morgen war der Maler wieder bei Bewußtsein. Eine herbeigerufene Kapazität auf dem Gebiet der Stichverletzungen bestätigte, daß der Maler nicht lebensgefährlich verletzt war, warnte ihn aber streng davor, früher als in 14 Tagen das Bett zu verlassen. Max Réals einziger Wunsch war, seiner Mutter nichts von dem Überfall zu sagen.

Die Nachricht von dem Bubenstück am White River verhalf Lissy zu ungeahnten Kurssprüngen. Einzig und allein die gelbe Fahne war in den Agenturen noch gefragt.

Am 24. saßen Lissy und Jovita gerade beim Frühstück am Bett des Malers, da hörten sie die Stimmen von Ausrufern unten von der Straße.

»Die rote Fahne weht über Illinois! Die rote Fahne hat gesiegt! X.K.Z. hat das Edle Vereinigte Staatenspiel gewonnen!«

16

Als Max Réal am 4. Juli mit einem dicken Verband um die schmächtige Brust zuhause in Chikago ankam, ahnte seine Mutter schon, daß er bei dem Überfall auf Lissy Wag nicht ungeschoren davongekommen war.

»Max! Dein Leben hast du für ein Mädchen opfern wollen?« rief seine Mutter unter Tränen. »So heldenhaft kenne ich dich gar nicht.«

»Das wirst du schon verstehen, wenn du sie gesehen hast.«

Schon am Nachmittag standen Lissy und Jovita mit einem Blumenstrauß vor der Tür in der South Halsted Street. Frau Réal schloß die Mitspielerin ihres Sohnes gleich in ihre Arme und bald auch in ihr Herz, ohne die kühlere Jovita außer acht zu lassen. Als die beiden Mädchen spät abends das Haus verließen, war die eine dennoch ein bißchen gekränkt, die andere aber verlobt. Im Gegensatz zu Max Réal und Lissy Wag kamen die anderen Spieler nur mit Mühe über den unverhofften Ausgang des Spiels hinweg. Vor allem Hermann Titbury raste vor Wut, als er in New Orleans die Hotelrechnung von 2800 Dollar präsentiert bekam und ausrechnete, daß ihn das Match inclusive Fahrkarten 8000 Dollar gekostet hatte. Jetzt war Frau Titbury an der Reihe, ihren Mann zu beschimpfen, daß er sich auf dieses Spiel überhaupt eingelassen hatte. Das Dienstmädchen nahm sofort für die Hausherrin Partei, als die Titburys nach Chikago zurückgekehrt waren, so daß Hermann Titbury sich überhaupt nur noch brüllend verständigte.

Über das Schicksal Harris T. Kymbales hatten die Zeitungen in der Zwischenzeit ausführlich berichtet. Es war ihm damals Sekunden vor dem Zusammenstoß gelungen, aus dem Zug zu springen und sich die Böschung hinunterrollen zu lassen. Dort hatten ihn Bahnarbeiter gefunden, als sie nach Trümmern der Lokomotiven suchten.

Als Kymbale aus der Ohnmacht erwachte, lag er im Bahnhof von Sioux Falls, drei Bahnbeamte standen schimpfend um ihn herum und verlangten von ihm sofort eine Geldbuße wegen Verstoßes gegen die Beförderungsbestimmungen. Erst als er sich zu erkennen gab und mit Papieren auswies, gaben sie sich mit der Erstattung des einfachen Fahrpreises zufrieden. Nach Chikago kehrte er weniger als der gefeierte Starreporter denn als belächelter Amateurzoologe zurück. In der Zwischenzeit hatten sich findige Kollegen von den Konkurrenzblättern auf den Weg nach Montana gemacht und dabei herausbekommen, daß der sensationelle Ursus Christianus nichts anderes als ein Bergbauer war, der sich als Schutz gegen den Regen ein Bärenfell umgehängt und sich als frommer Katholik und aus Angst bei jedem Blitzschlag bekreuzigt hatte. Den nächsten Sitzungen des Journalistenclubs blieb Harris T. Kymbale fern.

Zwei Tage vor dem Sieg X.K.Z.s war Commodore Urrican von Wisconsin nach Nevada in den Schacht geschickt worden, was ihn 3000 Dollar Einsatz und eine Bahnfahrt von 2000 km kostete. Als er bei einem Aufenthalt in Salt Lake City am 24. erfuhr, daß das Match schon zu Ende war, schwor er Tornbrock ewige Rache und fuhr kochend vor Wut nach Chikago zurück. Alle Welt wußte zwar nun, wer das Spiel gewonnen hatte, aber die Identität X.K.Z.s war immer noch nicht gelüftet. Da er sich zuletzt in Minnesota aufgehalten hatte, wäre zu erwarten gewesen, daß er einen halben Tag später in Chikago eintreffen und sich der Presse stellen würde; aber auch eine Woche später war er immer noch nicht aufgetaucht. Jeden Tag war der Zuschauerraum des Auditoriums gerammelt voll, und Notar Tornbrock wurde von allen Seiten mit Fragen nach dem Gewinner bestürmt.

»Geduld«, antwortete Tornbrock immer, »er wird noch beizeiten kommen und sich vorstellen.«

Commodore Urrican, Hermann Titbury und John Milner als Vertreter Tom Crabbes ließen durch ihre aufgebrachten Anwälte bekanntgeben, daß sie den Testamentsvollstrecker Hypperbones in Bälde verklagen würden. Gleichzeitig schrieb Harris T. Kymbale in der *Tribune* eine unflätige Glosse gegen X.K.Z., und die meisten Zeitungen schlugen ihren Lesern vor, eine neue Partie zu fordern, falls der Gewinner nicht bis zu einem bestimmten Datum in Chikago öffentlich aufgetreten war. Außer Max Réal und Lissy Wag waren alle Teilnehmer auf der Stelle bereit, wieder kreuz und quer durch die USA zu reisen.

Am 15. Juli verbreitete sich in der Innenstadt um 10.17 h das Gerücht, die Glocke auf dem Mausoleum William J. Hypperbones läute ununterbrochen und in größter Lautstärke. Innerhalb weniger Minuten waren alle Verkehrswege zum Oakswoods Cemetery rettungslos verstopft; der Gouverneur mußte die Nationalgarde einsetzen, um wenigstens die Eingänge freizuhalten. Seltsamerweise waren Georges B. Higginbotham, Tornbrock und die Mitglieder des Excentric Clubs lange vor den anderen am Mausoleum angekommen. Stunden später bahnten sich auch die sechs Partner des Match Hypperbone durch die Volksmassen einen Weg bis auf den Friedhof. In dem Augenblick, als sie die von Soldaten gesicherte Schwelle des Mausoleums überschritten, hörte das Glockengeläut schlagartig auf. Eine Anzahl ausgewählter Besucher wurde noch eingelassen, dann schloß man die Tür.

Als es um 11.03 h endlich totenstill im Mausoleum war, hörten alle ein kratzendes Geräusch vom Katafalk her. Auf einmal flog der Sargdeckel zur Seite, und unter dem hysterischen Gekreisch der anwesenden Damen stieg William J. Hypperbone aus dem Sarg.

»Das ist doch Humphrey Weldon!« rief Jovita.
Die gespannte Stimmung schlug rasch in ein allgemeines, befreites Gelächter um. Der auferstandene Hypperbone, der Sieger des gleichnamigen Match, wurde im Triumphzug zum Auditorium getragen, wo er im Kreis der Spieler und Exzentriker sein Geheimnis enthüllte.
Am Abend nach dem Begräbnis wollte der Friedhofswärter gerade die Lichter ausdrehen, da hörte er es in dem Sarg stöhnen und rufen. An ähnliche Vorkommnisse gewöhnt, holte der Mann gleich einen Schraubenzieher und öffnete den Sarg.
»Wenn du den Mund hältst, brauchst du für deine alten Tage nicht zu sorgen«, raunte ihm Hypperbone zu. »Lauf los und hol sofort den Notar.«
Tornbrock schlug vor, das Testament gleich annullieren zu lassen, aber Hypperbone bestand darauf, unter der Chiffre X.K.Z. an seinem Spiel teilzunehmen, auf die Gefahr hin, daß er sein gesamtes Vermögen an einen der Teilnehmer verlor. Er setzte schnell ein entsprechendes Kodizill zu seinem Testament auf und ließ es von Tornbrock verlesen. Dann verschwand er, nachdem er den Friedhofswärter noch einmal eindringlich zum Schweigen verpflichtet hatte.
Bald nach Spielbeginn konnte er sich ein Urteil über seine möglichen Erben bilden. Urrican, Titbury und Crabbe waren für ihn sehr bald abgeschrieben; bei Kymbale war er sich nicht ganz sicher, aber sympathisch waren ihm nur Max Réal, Lissy Wag und die außer Konkurrenz laufende Jovita Foley, mit denen er sich im Auditorium auch ausschließlich unterhielt.
Einen Rekord hatte der Commodore wenigstens aufgestellt: fast 20000 km war er in wenigen Wochen gereist, der Reporter lag mit knapp 15000 km weit abgeschlagen.
»Hätten Sie sich nicht in einen Sarg legen«, rief der Commodore William J. Hypperbone zu, »sondern ins Krematorium schaffen lassen, dann wäre die Sache wenigstens nicht ganz und gar für die Katz gewesen.«
»Wer weiß, ich habe immer unverschämtes Glück.«
»Für dieses Glück, das ich im übrigen als Beleidigung eines ehemals aktiven Seeoffiziers empfinde, verlange ich Genugtuung!«
»Oh bitte, Commodore.«
Am Abend stand plötzlich Turk vor Hypperbones Haustür.
»Verzeihen Sie die Störung, aber ich muß Ihnen unbedingt sagen,

daß der Commodore wirklich nicht so schlimm ist wie er aussieht und spricht.«

»Hat er Sie hergeschickt?«

»Ja. Ich soll ausrichten, daß er seinen Ausbruch bereut und Sie herzlich um Entschuldigung bittet.«

Inzwischen waren die Hochzeitsvorbereitungen für Max Réal und Lissy Wag nahezu abgeschlossen. Am Polterabend tauchte plötzlich William J. Hypperbone auf und überreichte Lissy Wag eine Kopie seines neuen, endgültigen Testaments, wonach sie die Hälfte seines Vermögens erben sollte. Jovita ertrug es mit erstaunlicher Fassung, daß sie auch dieses Mal wieder leer ausging. Sie hatte sich schon damit abgefunden, am nächsten 1. wieder ihre alte Stelle als Verkäuferin anzutreten.

Am nächsten Tag drängten sich Tausende von Chikagoern in der Kirche, in der der Maler und die Textilverkäuferin getraut wurden. Beim anschließenden Festessen in der Wohnung der Mutter Réal war Jovita Foley William J. Hypperbones Tischdame.

»Als Humphrey Weldon haben Sie älter ausgesehen, Herr Hypperbone«, sagte Jovita schnippisch.

»Ich bin aber erst ganze 50.«

»Geben Sie doch nicht so an!«

»Ich bin tatsächlich 50 Jahre alt, und wenn Lissy nicht gelogen hat, sind Sie 25. Stimmt's?«

»Damen fragt man nicht nach dem Alter.«

»Das ändert nichts daran, daß 25 die Hälfte von 50 ist. Da nun Ihre Jahre die Hälfte von meinen Jahren sind, ist es nur recht und billig, daß Sie auch meine bessere Hälfte werden. Oder habe ich mich da verrechnet?«

»Wenn Sie als Ehemann so gut sind wie als Mathematiker, habe ich nichts dagegen«, antwortete Jovita.

»Ich danke Ihnen. Sie haben meine Ehre als Exzentriker gerettet.«

Ein Tag aus dem Leben eines amerikanischen Journalisten im Jahre 2889

1000 Apparate taten nichts anderes,
als riesige Plakate gegen die Wolken zu werfen.

1

Die Menschen des 29. Jahrhunderts leben wie in einem Märchenland, ohne es zu merken oder sich groß darüber zu wundern, so selbstverständlich stehen sie dem Fortschritt gegenüber. Müßten sie aber einmal ihre Zivilisation mit der Lebensweise von anno dazumal vergleichen, sie würden Mund und Nase aufsperren oder ungläubig lächeln.

Kein Zweifel, der bisher zurückgelegte Weg ist enorm.

Nehmen wir nur einmal unsere Städte: Städte mit 100 m breiten Fahrbahnen, mit 300 m hohen Häusern, die in allen Stockwerken gleichmäßig temperiert sind, mit unzähligen Luftbussen und Taxis, die hoch am Himmel entlangflitzen. Gegen diese Städte, deren Bevölkerung sehr oft bis zu 10000000 Einwohner zählt, waren die Städte vor rund 1000 Jahren, also Paris, London, Berlin oder New York, lediglich Kuhdörfer, nur schlecht gelüftete Miniaturen.

Ist es überhaupt noch denkbar, daß Pferde einmal als Zugtiere verwendet wurden? Sind Dampfer und langsame Eisenbahnen, sind Untergänge und Kollisionen noch vorstellbar? Unsere Reisenden sind an hypermoderne Aerotrains und an pneumatische, transozeanische Untergrundbahnen mit einer Spitzengeschwindigkeit von 1500 km/h gewöhnt. Was würden sie beispielsweise für Augen machen, wenn sie ihr Fernsehtelefon mit den vorsintflutlichen Telefonen tauschen müßten?

Sonderbar! Unsere überraschenden Transformationen beruhen genau auf Prinzipien, die auch unsere Großväter und Urgroßväter gekannt haben. Nur zogen sie daraus keinerlei Nutzen. Wärme, Elektrizität oder Dampf sind ja schließlich so alt wie die Menschheit. Und haben nicht bereits gegen Ende des 19. Jahrhunderts Gelehrte geschrieben, daß der einzige Unterschied zwischen physikalischen und chemischen Kräften in ihrer Art der Vibration, in der Art der eigentümlichen ätherischen Teilchen also besteht? Ja, man war seinerzeit schon auf dem richtigen Weg, nur ...

Wieviel Zeit verging dann noch, bis man diese Vibrationsarten einwandfrei bestimmen konnte! Es scheint unmöglich, jedoch ist es tatsächlich so: die Möglichkeit, einerseits direkt von einer Kraft auf die andere überzugehen und sie andererseits einzeln zu erzeugen, wurde erst vor kurzem entdeckt.

Im Jahre 2790, vor 100 Jahren, gelang Oswald Myer, diesem großen, bedeutenden Erfinder, die Entdeckung. Sofort machten sich

ganze Scharen kluger Köpfe darüber her, bis hin zu unserem Genie James Jackson. Ihm allein verdanken wir die neuen Akkumulatoren, die die Energie aus völlig fremden Quellen, aus Flüssen, Wasserfällen und Winden gewinnen. Von ihm stammt auch jener ungeheure Transformator, der auf einen Handgriff hin die elektrische Kraft aus den Akkumulatoren wieder herauszieht und sie in den Weltraum in Form von Licht, Wärme, Elektrizität und mechanischer Kraft abgibt, nachdem die von ihr gewünschte Leistung erbracht wurde.
Mit der Erfindung dieser beiden Apparate begann der eigentliche Fortschritt und Erfolg. Sie gaben dem Menschen unbegrenzte Macht in die Hand. Die Anwendungsmöglichkeiten schienen unendlich. Die von Jackson erfundenen Apparate revolutionierten die gesamte Landwirtschaft, indem sie beispielsweise das Winterklima durch Wärmezufuhr mildern und ausgleichen konnten; sie trieben den allgemeinen Handel zu einer unverhofften Blüte, indem sie die Luftfahrzeuge mit Treibstoff fütterten; mit ihnen war auch eine permanente Stromerzeugung ohne galvanische Säulen und dgl. möglich; nicht zuletzt konnte die industrielle Kapazität dadurch verhundertfacht werden.

2

Diese unwahrscheinliche Wunderwelt werden wir in einem Hotel ohne Beispiel – dem Hotel des *Earth Herald*, das gerade eben in der 16 823. Straße eingeweiht wurde – zu sehen bekommen.
Wäre Gordon Benett, der Gründer des *New York Herald*, heute noch am Leben, ihm würden die Augen übergehen. Was würde er zu diesem Palast aus Gold und Marmor, zu dem Gebäude seines erfolgreichen und überall gefeierten Enkels Francis Benett sagen?
Seit 30 Generationen ist der *New York Herald* ein reines Familienunternehmen. Als die Unionsregierung vor 200 Jahren von Washington nach Centropolis verlegt wurde, folgte die Zeitung der Regierung nach – vielleicht war es auch umgekehrt, vielleicht folgte auch die Regierung der Zeitung. Jedenfalls änderte die Zeitung ihren Namen in *Earth Herald* um. Unter der Leitung von Francis Benett gewann das Unternehmen an Macht, Vitalität und Spannkraft; er war es auch, der den telefonischen Journalismus einführte, und so seine Position festigte wie nie einer der Benetts zuvor.
Das System dürfte ja bekannt sein: jeden Morgen wird der *Earth Herald* gesprochen statt gedruckt. In kurzen Gesprächen mit Repor-

tern, Politikern oder Wissenschaftlern erfährt der Abonnent, was er wissen will. Der Straßenverkauf spielt sich dementsprechend ab: der Zeitungsverkäufer alter Prägung geht jetzt in eine der zahllosen Telefonkabinen und läßt sich das Gewünschte phonografisch durchgeben.
Diese Erfindung wies dem Zeitungswesen neue Wege und Möglichkeiten. Innerhalb weniger Monate steigerte er die Zahl der Abonnenten auf 85 000 000, sein Vermögen vergrößerte sich auf runde 30 000 000 000; heute beträgt es bereits ein Vielfaches dieser Summe. Mit diesem Geld – man sollte sich vielleicht bei so immensen Summen ein neues Wort einfallen lassen: vielleicht *Pfuido* oder *Mammullione* – war es ihm dann auch möglich, diesen riesenhaften Schinken zu bauen: ein Monumentalpalast mit 4 Fronten von je 3 km Länge, dessen Dach mit den 75 Sternen der Bundesfahne geschmückt ist.
Zur Stunde wäre Zeitungskönig Francis Benett auch Herr über beide amerikanische Kontinente – aber die Yankees erkennen ja einen Souverän dieser Machart nicht an. Zweifeln Sie an meinen Worten, lieber Leser? Sie sollten sich vorstellen, wie sich die Machthaber aller Nationen, auch unsere Minister, jawoll, auch unsere!, vor seiner Tür drängeln, um Rat und Unterstützung einzuholen, wie sie um seine Sympathie buhlen und um Geld betteln! Schauerlich? Nein, warum? Er, der weltberühmte Francis Benett, fördert wissenschaftliche Projekte, er finanziert die Künstler, er subventioniert die Erfinder.
Diese pausenlose Anstrengung hätte ein Mensch früherer Zeiten nicht lange mitmachen können. Doch glücklicherweise sind die heutigen Menschen robuster, dank dem Fortschritt der Hygiene und dem Turnunterricht, der das Durchschnittsalter der Menschen von 37 auf 68 Jahre erhöht hat, und dank der aseptischen Lebensmittelzubereitung, was natürlich nur eine Mittelstufe darstellt, solange, bis man entdeckt hat, wie man sich von Luft ernährt... indem man einfach kräftig durchatmet.
Und nun möchte ich Sie, lieber Leser, mit der täglichen Arbeit eines *Earth Herald*-Direktors bekanntmachen. Bitte, nehmen Sie sich die Zeit und begleiten Sie ihn bei seinen vielseitigen Aufgaben – heute, am 25. Juli des laufenden Jahres 2889.

3

Kaum hatte Francis Benett die Augen offen, schon ist er sauer. Der Grund? Seine Frau Edith Benett, eine Schönheit, wie sie in vielen Büchern steht, ist jetzt schon ganze 8 Tage unterwegs in Frankreich. Er fühlt sich verlassen und allein. Seit 10 Jahren sind die beiden nun schon verheiratet, aber heute passiert es zum erstenmal, daß Lady Benett länger als 2 oder 3 Tage braucht, um in Paris Hüte einzukaufen.

Kaum aufgewacht, greift Francis Benett zum Fernsehtelephon und läßt sich mit dem Hotel – mit seinem Hotel an der Champs-Elysées verbinden.

Das durch das Fernsehbild ergänzte Telefongespräch ist eine weitere Errungenschaft unserer Epoche. Sie wurde erst vor wenigen Jahren möglich. Eine wirklich herrliche Entdeckung!! Und Francis Benett ist nicht der erste und einzige, der den Erfinder dafür preist, daß er jetzt seine Frau sehen kann, die vor ihm in seinem Fernspiegel sichtbar wird, und zwar, trotz der großen Kilometerentfernung, außerordentlich deutlich.

Lady Benett liegt noch im Bett! Welch ein Anblick!! Offenbar ist sie noch etwas ermüdet von einem Ball- oder Theaterbesuch den Abend zuvor. Drüben in Europa muß es bereits Mittag sein, und sie schläft noch immer, das schöne Gesicht ins weiche Kissen vergraben.

Jetzt! Jetzt bewegt sie sich! Ihre Lippen... Träumt sie?... Ja, sie bewegt die Lippen und flüstert:

»Francis ... mein geliebter Francis!«

Francis Benett ist überglücklich. So eine Frau müßte man haben, denkt er, seine eigene Frau müßte man haben. Er will sie nicht wecken. Seine Laune ist mit einem Schlag ganz außerordentlich, er springt aus dem Bett und stellt sich in den mechanischen Ankleideapparat.

Zack!! Peng! 2 Minuten später setzt ihn diese Teufelsmaschine gewaschen, frisiert, von Kopf bis Fuß korrekt angekleidet vor der Tür seines Arbeitszimmers ab. Die Arbeit kann losgehen! Zuerst geht er in die Feuilleton-Redaktion, wie man das in der Steinzeit noch nannte. Das ist jetzt ein riesiger Saal, von einer Glaskuppel völlig überdacht. In der einen Ecke stehen zahllose Telefone, über die 100 Literaten des *Earth Herald* 100 Zuhörern 100 Kapitel aus 100 Romanen vorlesen.

Einem gerade 5 Minuten pausierenden Feuilletonisten sagt Francis Benett:
»Ausgezeichnet, ganz famos, Ihr letztes Kapitel. Die Szene, wo die Dorfschönheit zusammen mit ihrem Verehrer spezifische Probleme der transzendenten Philosophie diskutiert, beweist viel Einfühlungsvermögen. Großartig, wie Sie dieses ländliche Idyll plastisch werden lassen. Weiter so, mein Guter! Seit gestern haben wir wegen der Metaphysik 10000 neue Abonnenten, wegen ihrer vorzüglichen Metaphysik, hhmmm!«
Dann wendet sich Benett einem anderen Mitarbeiter zu. »Mr. John Last, ich bin sehr unzufrieden. Ihr Roman ist nicht erlebt. Sie rasen aufs Thema zu und erreichen das Ziel viel zu schnell! Wo bleibt da die Dokumentation? Sie müssen die Feder wegwerfen und das Schnitzmesser in die Hand nehmen, he!! Bedienen Sie sich des elektrischen Hypnotismus, spalten Sie das Wesen des Menschen, trennen Sie es in seine zwei Persönlichkeiten. Machen Sie es wie Ihr Kollege, den ich eben gelobt habe. Lassen Sie sich hypnotisieren... Was!?... Sie tun das bereits? Dann eben nicht gründlich genug.«
Nach dieser Ermahnung geht Francis Benett weiter in den Reportersaal. 1500 Reporter sitzen vor 1500 Telefonen und geben den Abonnenten die neuesten Nachrichten durch, die während der Nacht aus allen Erdteilen eingelaufen sind. Jeder Reporter hat eine bestimmte Anzahl von Übermittlungsgeräten, die es ihm ermöglichen, sich in bestimmte Fernsehkanäle einzuschalten. Die Abonennten können also die Nachrichten nicht nur hören, sondern auch sehen. In der Sparte »Verschiedenes« wird statt der laufenden Bilder das Photo verwendet.
Francis Benett geht auf einen jener 10 Reporter zu, die das Ressort Astronomie unter sich haben.
»Was haben Sie aufgefangen, Cash?«
»Fototelegramm von Merkur, Venus und Mars, Chef!«
»Ergiebig?«
»Toll! Im Zentralreich eine Revolution zugunsten der liberalen Reaktionäre und gegen die konservativen Republikaner.«
»Genau wie bei uns. – Und Jupiter?«
»Bis jetzt Stille. Es ist nicht einfach, die Jupitersignale zu verstehen. Klappt nicht so recht.«
»Ich mache Sie dafür verantwortlich, Cash!« sagte Francis Benett in sehr bestimmtem Ton, dann geht er weiter in den Redaktionssaal fur wissenschaftliche Dinge.

30 Wissenschaftler sitzen dort über 30 Rechenmaschinen und grübeln über Gleichungen 95. Grades. Einige probieren die Formeln für die Unendlichkeit in der Algebra, probieren mit Formeln des Weltraumes in der 24. Dimension. Keiner der Herren schwitzt, niemand ist nervös.
Francis Benett platzt mitten hinein in diese abstrakte Brutanstalt.
»Soso, keine Antwort von Jupiter? Ist doch immer die gleiche Geschichte! Corley, Sie fummeln jetzt schon 20 Jahre auf diesem Planeten herum und...«
»Was wollen Sie, Chef«, antwortete Corley, »unsere Optik läßt sehr viel zu wünschen übrig, sogar mit unseren Drei-Kilometer-Teleskopen...«
»Hat man da noch Töne«, flucht Francis Benett in Richtung eines Herrn namens Peer, »die Optik läßt zu wünschen übrig. Das ist Ihre Sparte. Schnallt Eure Brillen enger, putzt die Gläser!«
Dann sagt er wieder zu Corley:
»Bekommen wir wenigstens vom Mond Antwort?«
»Auch nicht.«
»Und wieder die Optik? Neinneinnein!! Der Mond liegt 600 Mal näher als Mars, mit dem wir regelmäßig korrespondieren. An den Teleskopen kann es also hier nicht liegen.«
»Es muß an den Bewohnern liegen«, erwidert Corley und lächelt radikal.
»Was!! Sie wollen damit sagen, der Mond sei nicht bewohnt?«
»Auf der uns sichtbaren Seite allemal«, sagt Corley und fügt hinzu, »was die andere Seite zu bieten hat, wer weiß? Vielleicht eine Mischung aus Pavian, Elefant und Embryo!«
»Corley, es gibt ein einfaches Mittel, das festzustellen!«
»Und das wäre?«
»Wir drehen den ganzen Mond einfach um.«
Kaum heraus, schon sitzen verschiedene Koryphäen der Benett-Betriebe über Zahlen, die es ermöglichen werden, dieses Vorhaben präzis auszuführen.
Aber Francis Benett hat heute keinen Grund zur Aufregung. Einer der Astronomen hat soeben die Daten eines neu entdeckten Planeten namens Gandini bestimmt. Gandini kreist in einem Abstand von 12 Trillionen 841 Billionen 348 Millionen 284 623 Metern und 7 Dezimetern um die Sonne. Er benötigt dazu eine Zeit von 572 Jahren 194 Tagen 12 Stunden 43 Minuten und 9⅘ Sekunden! Fran-

cis Benett streicht die Krawatte glatt. Diese Präzision ist begeisternd!«

»Bravissimo«, ruft er, »gebt die Meldung in dieser Form in den Reportersaal, die Leute hungern ja geradezu nach solch einer Meldung! Das muß noch in die heutige Ausgabe!«

Benett geht hinüber zur Spezialgruppe der Interviewer und wendet sich an den Leiter der Abteilung »Berühmte Persönlichkeiten«.

»Wurde Präsident Wilcox schon interviewt?«

»Jawohl, Herr Benett. Ich berichte, daß er ganz klar an einer Magenerweiterung leidet und daß er das gesamte Verdauungssystem durchspült.«

»Gut beobachtet! Und die Angelegenheit Chapmann, diese Mördergeschichte? Sind die Geschworenen bereits interviewt?«

»Alles erledigt. Die Herren sind von seiner Schuld so eindeutig überzeugt, daß die ganze Affäre wahrscheinlich überhaupt nicht zur Sprache kommen wird. Chapmann wird hingerichtet, ehe sie ihn verurteilt haben.«

»Warum nicht, ich sehe, auch hier Präzision! Wunderbar!«

Die Werbeabteilung ist in einem Saal von 500 m Länge untergebracht. Werbung spielt bei einer Zeitung wie der *Earth Herald*, die im Schnitt 3 000 000 Dollar täglich einträgt, eine große Rolle. Sie wird, kein Wunder bei diesen Verhältnissen, in einer noch nie dagewesenen Form gebracht. Das Patent hierzu wurde einem armen Schlucker, der bald darauf an Unterernährung starb, für ganze 3 Dollar abgeschwatzt. Es handelt sich um gigantische Plakate, die gegen den Himmel projiziert werden und von der Bevölkerung eines Landes sehr genau und ohne Anstrengung gelesen werden können. Die Maschinen stehen auf einer Spezialgalerie, die Francis Benett soeben betritt.

4

Die Projektionsapparate arbeiten augenblicklich nicht. Die Mechaniker stehen mit verschränkten Armen auf der Galerie. Francis fragt nach dem Grund dieser Pause. Die Arbeiter zeigen auf den strahlend blauen Himmel.

»Ach ja, leider schönes Wetter! Die Wolken fehlen! Was soll man tun? Regen könnte man ja herstellen, aber Wolken?«

»Weiße Wolken, Wolken mit Superweißeffekt!« stöhnt einer der Mechaniker.

»Herr Samuel Mark, Sie haben die Aufgabe, sich mit der wissenschaftlichen Redaktion, Abteilung Meteorologie, in Verbindung zu setzen. Die Herren sollen sich mal mit der künstlichen Wolkenbildung befassen. Wir müssen etwas tun, sonst werden wir unglaubwürdig.«

Nach seinem Rundgang betritt Francis Benett den Empfangsraum, wo schon die Botschafter und Minister, die bei der amerikanischen Regierung akkreditiert sind, warten. Sie wollen Ratschläge haben. Im Saal wird schon hitzig debattiert.

»Exzellenz«, sagt da gerade der Botschafter Frankreichs zum russischen Botschafter, »ich sehe überhaupt nicht ein, was an der Karte Europas geändert werden muß. Meinetwegen, wenn Sie wollen, den Norden den Slawen. Aber dann auch den Süden den Romanen! Der Rhein als gemeinsame Grenze scheint mir wirklich wie ein Geschenk. Ich möchte betonen: meine Regierung wird sich jeder Aktivität, die sich gegen Rom, gegen Madrid und Wien richtet, mit allem Nachdruck widersetzen.«

»Na großartig«, mischt sich Francis Benett ein, »haben Sie, mein lieber Russe, an ihrem Großreich immer noch nicht genug? Vom Rhein bis nach China hinunter, vom Eismeer bis zum Indischen Ozean, was sollen denn diese Drohungen dann? Ist so etwas wie Krieg bei allen modernen Erfindungen denn überhaupt noch möglich? Denken Sie doch an die 100-km-Geschosse, an die wirkungsvollen elektrischen Entladungen, die ein gesamtes Armeekorps nullkommanichts wegfegen können, an die Projektile mit Mikrobenfüllung, die schlimme Seuchenkrankheiten wie Pest, Cholera und Sumpffieber verbreiten, damit kann man ja ganze Nationen ausrotten.«

»Wir wissen Bescheid, Herr Benett«, antwortet der russische Botschafter. »Trotzdem werden wir von den Chinesen bedrängt, weshalb wir unbedingt im Westen etwas unternehmen müssen...« »Ist denn das alles?« sagt Francis Benett in kulinarisch-gönnerhaftem Tonfall, »vielleicht bedeutet die schreckliche Fruchtbarkeit der Chinesen eine Gefahr für die Menschheit, aber sowas läßt sich doch schließlich ohne Krieg ändern. Wir beschränken einfach die Geburtenziffer. Also: ein Kind zuviel macht einen Vater weniger! Diese Rechnung hat doch was für sich, oder?... Und Sie, Herr Konsul?« sagt Francis Benett zum britischen Attaché, »was kann ich für Sie tun?«

»Ihre Zeitung sollte sich für unsere Zwecke einsetzen!«

»Zu welchem Zweck?«
»Um gegen die Einverleibung Großbritanniens durch die Vereinigten Staaten zu protestieren.«
»Aber, aber, da kommen Sie doch exakte 100 Jahre zu spät. Völliger Wahnsinn, was Sie da wollen! Sie *sind* einverleibt – und das wird auch so bleiben! Meinen Sie denn, ich würde antipatriotisch handeln?«
»Nach der Monroe-Doktrin gehört Amerika den Amerikanern, das wissen Sie genau. Aber es war da nur von Amerika die Rede und nicht auch von...«
»England, mein Herr Oxford, ist eine unserer Kolonien, eine sehr schöne im übrigen. Wir werden sie nicht wieder abtreten.«
»Sie weigern sich also!«
»Wünschen Sie, daß ich deshalb einen Kriegsgrund zusammenrechnen lasse. Können Sie haben, wenn es Ihnen recht ist. Ein Achselzucken genügt.«
»Das ist das Ende«, stöhnt der Brite bleich wie ein Krokodil, »Großbritannien, Kanada und Neu-Britannien gehören den Amerikanern, Indien den Russen, Australien und Neuseeland gehören sich selbst. Und uns? Was bleibt uns? Ojemine, das ist wirklich der Untergang.«
»What about Gibraltar?« schmunzelt Francis Benett dem Briten links und rechts an der rötlichen Nase vorbei.

5

12 Uhr mittags!
Francis Benett macht eine kleine Handbewegung: Ende der Audienz. Er verläßt den Salon.
Er setzt sich in einen Rollsessel und rollt in ein paar Minuten in seinen Speisesaal, der 1 km entfernt am anderen Ende des Hotels liegt.
Der Tisch ist natürlich bereits gedeckt. Der Chef des *Earth Herald* nimmt Platz. In Reichweite befinden sich viele Hähne. Vor ihm, direkt vor seiner Nase, wölbt sich eine Fernsehscheibe. Und was sieht der alleingelassene Ehemann? Seine Ehefrau, wie sie leibt und speist? Nichts Schöneres, als sich beim Essen gegenüber zu sitzen und miteinander zu plaudern – auch und gerade weil ein weiter Ozean dazwischen liegt.
Aber nein! Das Eßzimmer in Paris ist noch leer

»Sie hat sich wieder einmal verspätet«, denkt Francis Benett, » in der Pünktlichkeit nehmen es die Frauen dieser Welt ja nie so genau. Alle Dinge werden ständig besser, nur diese eine...«
Er dreht an einem der Hähne.
Wie alle reichen Leute besitzt auch Francis Benett keine Küche. Er ist einer der vielen Abonnenten einer großen Traiteur-Company, die tausenderlei Mahlzeiten über ein Rohrpostnetz liefert. Das System ist teuer, versteht sich, aber die Speisen schmecken erstens besser und zweitens benötigt man keine Köche mehr zur Herstellung der umfangreichen Mahlzeiten.
Francis Benett ist schon wieder leicht angesäuert: allein aufwachen, jetzt allein speisen. Aber gerade als er seinen Kaffee austrinkt, erscheint Frau Benett auf der Bildfläche.
»Wo kommst denn Du her?« fragt Benett.
»Bist Du schon fertig mit essen? Komme ich etwa zu spät? Wo ich herkomme? Na, vom Hutmacher selbstverständlich. Du, es gibt dieses Jahr wirklich phantastische Hüte, richtige Brummer, ganz wie Kirchenkuppeln oder so!«
»Meine Liebe, ich bin leider schon fertig mit der Mittagsmahlzeit...«
»Na schön, macht auch nichts, dann geh ich auch gleich wieder an die Arbeit, ich muß zu meinem Schneider und zum Modelleur.«
Dieser Schneider, das sei hier nur kurz angemerkt, ist niemand anderes als der weltbekannte Wormspire, der Mann, der gesagt haben soll: »Eine Frau ist nichts weiter als ein Formproblem.«
Francis Benett gibt seiner Frau einen Kuß auf den Bildschirm (denke: Wange) und geht dann zum Fenster, wo bereits sein Aerotaxi wartet.
»Wohin darf ich Sie bringen?« fragt der Pilot
»Wohin?... Na, warten Sie... Ach, bringen Sie mich mal zu den Akkumulatorenfabriken am Niagara.«
Das Aerotaxi ist eine eigenartige, aber erstaunliche Maschine, deren Konstruktion auf dem Prinzip des unterschiedlichen spezifischen Gewichts beruht; Spitzengeschwindigkeit: 600 km/h. Die überflogenen Städte tauchen nur wie Punkte auf und verschwinden sofort wieder, Städte mit rollenden Gehwegen wechseln ab mit Landschaften, eingehüllt in elektrische Kabel und Hochleitungen.
Die Fahrt dauert nicht länger als 30 min, dann ist Niagara erreicht. Francis Benett verkauft den hier aus den Wasserfällen erzeugten Strom an die Verbraucher. Er schaut sich kurz um; sobald er seinen

Besuch beendet hat, fliegt er über Philadelphia, New York und Boston zurück. Gegen 17 Uhr ist er wieder zu Hause.

6

Im Foyer des *Earth Herald* wartet eine Menge Leute auf Francis Benett. Diesmal sind es Vertreter, denen der Chef jeden Tag eine Audienz gewährt. Es handelt sich dabei um Erfinder, denen Geld fehlt, um Vermittler mit neuen Vorschlägen usw. Alles hervorragende Leute mit hochtrabenden Plänen. Francis Benett hat jeden Tag die Qual der Auswahl unter den verschiedensten Projekten. Wie sagt er doch immer kurz und bündig:
»Schlechtes muß sofort abgelehnt, Zweifelhaftes geprüft und Gutes sofort angenommen werden!«
So geschieht es auch. In wenigen Minuten haben bereits einige Leute das Foyer verlassen. Da kommt doch tatsächlich so eine Nulpe und sagt, er wolle die Malerei wieder aufleben lassen, eine Kunst, die immer mehr in Vergessenheit geraten ist, so sehr, daß z. B. der *Angelus* von Millet nur noch 15 Francs erzielt. Aber das ist ja auch selbstverständlich in einer Zeit der hochentwickelten Farbfotografie, erfunden von dem Japaner Aruziswa Riochi Nichome Sanjukamboz Kio Baski Ku, dessen Name jedem Schulkind geläufig ist. Ein anderer Besucher will doch tatsächlich den Bioogen-Bazillus gefunden haben, der den Menschen unsterblich macht, sobald er gespritzt wird. Dann redet ein Chemiker vom Nihilum, einem neuen Element, von dem ein einziges Gramm nur 3 000 000 Dollar kosten soll! Und schließlich erscheint auch ein Arzt, der behauptet, er habe endlich ein todsicheres Mittel gegen Schnupfen bei sich.
»Herr Benett«, beginnt da ein junger Mann, »früher gab es 75 Elemente, heute nur noch 3. Das wissen Sie doch, nicht wahr?«
»Klar, natürlich weiß ich das!«
»Also: ich bin dabei, diese 3 Elemente nun auf ein einziges zu reduzieren. Was ich dazu brauche, ist Geld. In wenigen Wochen könnte es dann so weit sein...«
»Und was weiter?«
»Was weiter??! Ahnen Sie denn nichts? Ich werde das Absolute erforschen!!« schreit der Jüngling.
»Schön und gut, aber was soll ich denn damit?«
»Die Folge wird sein: eine einfachste Herstellung sämtlicher Stoffe wie Stein, Holz, Metall, Kunststoff usw.«

»Sie wollen behaupten, Sie könnten damit auch ein menschliches Wesen herstellen?«
»Von oben bis unten, haargenau... ob's mit der Seele allerdings hinhaut, das müßte man noch ausprobieren.«
»Ist ja allerdings nicht ganz unwichtig, ob das auch klappt!« meint Francis Benett ironisch.
Nach kurzer Überlegung weist er dem jungen Mann einen Platz in der wissenschaftlichen Abteilung der Zeitungsredaktion zu.
Ein anderer Erfinder möchte eine Stadt aus einem einzigen Wohnblock herstellen – eine alte, schon aus dem 19. Jahrhundert stammende Idee, die nie verwirklicht, aber immer wieder diskutiert worden ist. Hierbei handelt es sich jetzt um die Stadt Saaf, 30 km vom Meer entfernt, die nun in einen Badeort umgewandelt werden soll, indem sie auf Schienen bis zur Küste gefahren wird. Francis Benett greift sich an die Stirn. Ihn faszinierte diese Idee! Er ist bereit, sich mit 50 % am Projekt Saaf zu beteiligen.
Dann kommt wieder ein anderer.
»Wie Sie ja wissen, Herr Benett, ist es uns durch die Apparate von Jackson gelungen, die Jahreszeiten auszugleichen. Ich will Ihnen heute sagen, daß ich noch weitergehe: warum verwandeln wir nicht einen Teil der gewonnenen Energie in Wärme und leiten diese Wärme dann in die Arktisgebiete, wo sie das Eis schmilzt?«
»Lassen Sie mir Ihre Pläne da, ich will mir das genau überlegen. Kommen Sie in 8 Tagen wieder!«
Und nach diesem Eisschmelzer kommt ein vierter Wissenschaftler und teilt mit, daß eines der größten Probleme, das die Menschheit beschäftige, noch heute abend gelöst werden könne.
Erinnern wir uns einen Augenblick: vor etwa einem Jahrhundert zog Dr. Nathaniel Faithburn die Augen aller mit einem kühnen Experiment auf sich. Er war ein überzeugter Vertreter der Winterschlaftheorie, der Möglichkeit also, lebenswichtige Funktionen »einzufrieren« und sie dann nach längerer Zeit wiederzubeleben. Diese Methode wollte er an sich ausprobieren. In seinem Testament stand die Operation, die ihn nach 100 Jahren wieder lebendig werden lassen sollte, genau und in allen Einzelheiten beschrieben. Er ließ sich bei 172° einfrieren. Die Eismumie wurde in eine Gruft gelegt, um nach 100 Jahren...
Und nun, heute, am 25. Juli 2889, ist diese Frist abgelaufen. Francis Benett wird gebeten, sich in einen anderen Saal des Hotels zu begeben, wo die Enteisung und die Wiederbelebung des kühnen

Dr. Faithburn vor sich gehen soll. Die Öffentlichkeit soll über die Vorgänge von Sekunde zu Sekunde informiert werden.
Francis Benett legt sich bis 22 Uhr, zu diesem Zeitpunkt soll die Operation beginnen, auf ein Bett im Hörsaal. Er dreht an einem Knopf, und schon ist er mit dem Zentralkonzert verbunden.

7

Langsam wird es dämmrig draußen. Francis Benett liegt in einem halbekstatischen, von berühmten Dirigenten herbeigezauberten Dämmerschlaf.
Plötzlich geht die Tür auf.
»Wer ist das?«
Er drückt auf einen Knopf, der die Luftteilchen im Raum zum Vibrieren bringt und so Licht erzeugt.
»Ach, Sie sind es, Doktor!«
Francis Benett richtet sich auf. Der Arzt macht seine tägliche Visite – schließlich darf man das bei einem Jahresabonnement auch verlangen.
»Wie geht's Ihnen?«
»Ausgezeichnet!«
»Zeigen Sie mal die Zunge!«
Der Doktor prüft den Belag. »Gut! Und jetzt den Puls, bitte!«
»Auch gut. Wie steht es mit dem Appetit?«
»Schweigen wir lieber«, stöhnt Francis Benett.
»Jaja, der Magen. Sie müssen sich unbedingt einen neuen einoperieren lassen, dieser hier arbeitet nicht mehr gut.«
»Werde ich machen, Doktor, aber nun essen wir erst mal miteinander«, sagt der Chef des *Earth Herald*.
Während des Essens hat er die Verbindung nach Paris wieder hergestellt. Diesmal sitzt Lady Benett am Tisch. Das Essen verläuft ruhig, geistreich und witzig. Der Doktor erzählt neue Geschichten aus seiner Praxis.
Nach dem Essen fragt Francis Benett seine Frau:
»Wann kommst du denn wieder zurück?«
»Ich reise jetzt sofort ab!«
»Mit der Untergrundbahn oder dem Aerotrain?«
»Untergrund.«
»Und wann seh ich dich dann?«
»23 Uhr 59.«

»Pariser Zeit?«
»Nein nein, Centropolis-Zeit.«
»Na dann, bis gleich, und steig nicht in den falschen Zug.«
Mit den transozeanischen Untergrundbahnen fährt man in 295 min von Europa nach Centropolis, sie sind also viel schneller als die Aerotrains, die ja nur 1000 km/h schaffen.

8

Der Arzt zieht sich zurück, aber er verspricht hoch und heilig, bei der Enteisung seines berühmten Kollegen Nathaniel Faithburn dabei zu sein.
Francis Benett geht noch kurz ins Büro, um die Einnahmen zu kontrollieren. Das ist ja an sich eine gewaltige Rechnerei, wenn man einmal bedenkt, daß sich die Unkosten eines einzigen Tages auf mindestens 80000 Dollar belaufen. Aber auch hier haben moderne Maschinen alles revolutioniert. Mit Hilfe des elektronischen Rechenapparates ist die Arbeit im Nu erledigt.
Es wird Zeit. Nach der letzten getippten Addition wird Francis Benett auch schon in den Hörsaal gerufen. Er wird von einer Reihe seiner Wissenschaftler, darunter auch Dr. Sam, begrüßt. Auf einem Gestell steht der Sarg mit dem eingefrorenen Dr. Nathaniel Faithburn. Die Fernsehkameras surren bereits. Die ganze Welt ist jetzt dabei, sie kann mitanschauen, wie dieses Experiment vonstatten gehen wird.
Der Sarg wird geöffnet. Nathaniel Faithburn wird herausgenommen. Er sieht immer noch wie eine Mumie aus, gelb, steinhart, völlig getrocknet. Beim Klopfen ertönt ein hölzerner Ton. Jetzt wird Faithburn erhitzt. Er wird hypnotisiert. Man suggeriert ihm Zeichen. Aber vorerst ändert sich nichts an seiner Starre.
»Was denken Sie, Dr. Sam?«, fragt Francis Benett seinen Hausarzt.
Der Arzt beugt sich über den leblosen, kalten Körper, untersucht ihn aufmerksam, nimmt dann eine hypodermische Nadel zur Hand und gibt der Ultraleiche eine Spritze, gefüllt mit dem üblichen Brown-Séquard-Elexier. Aber die Mumie bleibt eine Mumie.
»Je nun«, sagt Dr. Sam bedauernd, »ich glaube, dieser Winterschlaf war entschieden zu lang.«
»Aha!«
»... wenn mich nicht die Ratte beißt, ist Nathaniel Faithburn tot!«

»Was sagen Sie?? Tot?!«
»Tut mir leid, aber so ist es.«
»Aber seit wann ist er denn tot?«
»Seit 100 Jahren!«
»Komisch.«
»Die Idee war alles in allem gar nicht so schlecht, aber das klappte eben noch nicht so ganz.«
»Wir müssen diese Idee eben verbessern.«
Dr. Sam nickt.
Und die Herren von der Winterschlaf-Abteilung nehmen das Eispaket in ihre Mitte und schleichen beschämt und bedrückt über den Mißerfolg ab.

9

Francis Benett und Dr. Sam gehen in die Privaträume des obersten Zeitungschefs. Der Arzt rät dem müde und abgespannt aussehenden Benett, vor dem Schlafengehen noch ein Bad zu nehmen.
»Sie haben recht. Doktor, das beruhigt mich todsicher.«
»Ich werde draußen Bescheid sagen«, bietet sich Dr. Sam an.
»Nicht nötig! Hier im Hotel steht immer ein Bad für mich bereit. Ich brauche mich nicht aus dem Zimmer zu begeben. Schauen Sie mal: ich drücke jetzt auf diesen Knopf, zack, die Wanne hat sich schon in Bewegung gesetzt, sie wird sofort hier sein, das Wasser, ich schwöre es Ihnen, wird exakte 37° warm sein.«
Schon hören die beiden Herren ein dumpfes Rollen. Die Türen gehen auf, die Wanne rollt auf Rädern herein. Die Schienen, auf denen sie laufen, sind fast nicht sichtbar, so gut wird in Centropolis verputzt und gearbeitet. Aber was ist denn das?? Du lieber Herrgott!!
Dr. Sam wird ganz nervös und hält sich die Augen zu. Aus der Badewanne hört man Schreie der Scham.
In der Wanne liegt Lady Benett! Sie ist vor einer halben Stunde mit der transozeanischen Untergrundbahn im Hotel angekommen ...
Am anderen Tag, es war der 26. Juli 2889, begann Francis Benett, Direktor des *Earth Herald*, erneut seinen Rundgang: 20 km Arbeitsräume! Am Abend errechneten die Maschinen eine Tageseinnahme von 250000 Dollar – 50000 mehr als am 25. Juli 2889.
Und nun sagen Sie, lieber Leser: ist der Job eines Journalisten im 29. Jahrhundert etwa kein einträglicher Beruf?

Quellenverzeichnis

Ein Drama in den Lüften
(Un drame dans les airs, Paris 1874)
Deutsch von Joachim Fischer
Aus: Die große Jules Verne-Ausgabe in 20 Bänden. Band 2.
Frankfurt am Main 1966, S. 329–347

Die Stadt unter der Erde
Deutsch von Max Rheub
Aus: Die große Jules Verne-Ausgabe in 20 Bänden. Band 7.
Frankfurt am Main 1967, S. 229–344

Der Herr der Welt
(Maître du monde, Paris 1905)
Deusch von Lothar Baier und Burkhard A. Kiegeland
Aus: Die große Jules Verne-Ausgabe in 20 Bänden. Band 10.
Frankfurt am Main 1967, S. 153–281

Die Schule der Robinsons
(L'école des Robinsons, Paris 1882)
Deutsch von Stefan Reisner
Aus: Die große Jules Verne-Ausgabe in 20 Bänden. Band 18.
Frankfurt am Main 1968, S. 207–339

Testament eines Exzentrikers
(Le testament d'un excentrique, Paris 1899/1900)
Deutsch von Lothar Baier
Aus: Die große Jules Verne-Ausgabe in 20 Bänden. Band 19.
Frankfurt am Main 1968, S. 239–375

Ein Tag aus dem Leben eines amerikanischen Journalisten
(La journée d'un journaliste américain en 1889, Paris 1910)
Deutsch von Wolf Wondratschek
Aus: Die große Jules Verne-Ausgabe in 20 Bänden. Band 14.
Frankfurt am Main 1968, S. 303–327

GOLDMANN VERLAG

Bluff – mehr sein durch Scheinen

8414/DM 6,80

Eine taktische Studie zur Informations beschaffung im kalten und heißen Schulkrieg. Den Satz „Davon habe ich nichts gewußt!" kennt der Schulbluffer nicht.

Gerd Schmitt-Hausser
Bluff im Büro
8415/DM 6,80 (Dez. '85)
Eine wertvolle Anleitung, wie man mit psychologischen Tricks Ansehen, Karriere und hohes Gehalt erblufft.

Richard Kerler
Bluff mit Geld
8416/DM 6,80 (Jan. '86)
Einführung in die gehobene Sprache der feinen Geldgesellschaft. Wer kennt sich schon so ohne weiteres im Subventions-, Investment- oder Börsenkauderwelsch aus?

Helmuth Haenchen
Bluff im Sport
Mit Zeichnungen von Stano Kochan
8417/DM 6,80 (Febr. '86)
Ein überaus gefragtes Lehrbuch, weil das Bluffen im Sport tatsächlich nicht ganz einfach ist.

Heinrich Mehrmann
Bluff in der Musik
8418/DM 6,80 (März '86)
Ausgerüstet mit diesem Buch können Sie unter Musikfreunden einen großen Eindruck machen, ohne die geringste Ahnung zu haben.

Jules Verne

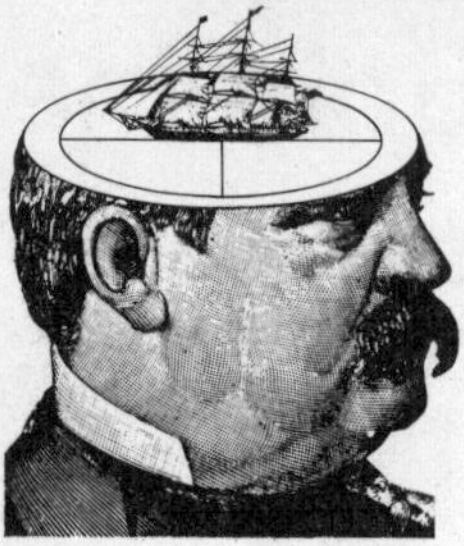

»Er ist wieder da! Jules Verne hat das Kap der kritischen Jahrzehnte, die nach dem Tode des Autors jedem literarischen Werk drohen, umfahren, und er ist das geworden, als was ihn Kenner immer wieder bezeichneten: ein Klassiker.«
Neue Zürcher Zeitung

Werke in 20 Bänden

Reise zum Mittelpunkt der Erde

Fünf Wochen im Ballon

Die Kinder des Kapitäns Grant

Von der Erde zum Mond

Reise um den Mond

20 000 Meilen unter den Meeren

Reise um die Erde in 80 Tagen

Die geheimnisvolle Insel

Der Kurier des Zaren

Die 500 Millionen der Begum

Der Schuß am Kilimandscharo

Der Stahlelefant

Keraban der Starrkopf

Das Karpatenschloß/ Katastrophe im Atlantik

Meister Antifers wunderbare Abenteuer

Zwei Jahre Ferien

Die Jagd nach dem Meteor

Die Propellerinsel

Reise durch das Sonnensystem

Die Eissphinx

Fischer Taschenbuch Verlag

fi 124/2